BESTSELLER

Mika Waltari nació en Helsinki, Finlandia, en 1908 y murió en la misma ciudad en 1979. Hijo de un profesor de religión, estudió teología y filosofía. Durante muchos años se dedicó a ejercer el periodismo, al mismo tiempo que desarrollaba su carrera literaria. Fue director del semanario *Soumen Buvalethi*. Sus novelas están casi siempre inspiradas en tiempos antiguos y en países lejanos, aunque también escribió obras realistas de gran hondura psicológica.

La crítica le ha elogiado su rigor histórico. De sus novelas cabe destacar *Un forastero llegó a la granja*, *Sinuhé el egipcio*, *Miguel el finlandés*, *El sultán renegado*, *El ángel negro*, *El etrusco*, *La lengua de fuego*, *Juan el peregrino* y *El secreto del reino. Humildad y pasión*, publicado en 1979, que recoge sus memorias.

MIKA WALTARI

Sinuhé, el egipcio

Traducción de

Manuel Bosch Barret

Sinuhé, el egipcio

Título original: *Sinuhe, Egyptilainen*

Novena edición en España: marzo, 2017
Primera edición en México: 2007
Segunda edición en México: octubre, 2017

www.megustaleer.com.mx

ISBN: 978-607-315-785-8

Impreso en México – *Printed in Mexico*

El papel utilizado para la impresión de este libro ha sido fabricado a partir de madera procedente de bosques y plantaciones gestionadas con los más altos estándares ambientales, garantizando una explotación de los recursos sostenible con el medio ambiente y beneficiosa para las personas.

Penguin
Random House
Grupo Editorial

ÍNDICE

LIBRO PRIMERO

LA CESTA DE CAÑAS

1

Yo, Sinuhé, hijo de Senmut y de su esposa Kipa, he escrito este libro. No para cantar las alabanzas de los dioses del país de Kemi, porque estoy cansado de los dioses. No para alabar a los faraones, porque estoy cansado de sus actos. Escribo para mí solo. No para halagar a los dioses, no para halagar a los reyes, ni por miedo del porvenir ni por esperanza. Porque durante mi vida he sufrido tantas pruebas y pérdidas que el vano temor no puede atormentarme y cansado estoy de la esperanza en la inmortalidad como lo estoy de los dioses y de los reyes. Es, pues, para mí solo para quien escribo, y sobre este punto creo diferenciarme de todos los escritores pasados o futuros.

Porque todo lo que se ha escrito hasta ahora lo fue para los dioses o para los hombres. Y sitúo entonces a los faraones también entre los hombres porque son nuestros semejantes en el odio y en el temor, en la pasión y en las decepciones. No se distinguen en nada de nosotros, aun cuando se sitúen mil veces entre los dioses. Son hombres semejantes a los demás. Tienen el poder de satisfacer su odio y de escapar a su temor, pero este poder no les salva de la pasión ni las decepciones, y cuanto ha sido escrito lo ha sido por orden de los reyes, para halagar a los dioses o para inducir fraudulentamente a los hombres a creer en lo que no ha ocurrido. O bien para pensar que todo ha ocurrido de manera diferente de la verdad. En este sentido afirmo que desde el pasado más remoto hasta nuestros días todo lo que ha sido escrito se escribió para los dioses y para los hombres.

Todo vuelve a empezar y nada hay nuevo bajo el sol; el hombre no cambia aun cuando cambien sus hábitos y las palabras de su lengua. Los hombres revolotean alrededor de la mentira como las moscas alrededor de un panal de miel, y las palabras del narrador embalsaman como el incienso, pese a que esté en cuclillas sobre el estiércol en la esquina de la calle; pero los hombres rehúyen la verdad.

Yo, Sinuhé, hijo de Senmut, en mis días de vejez y de decepción estoy hastiado de la mentira. Por esto escribo para mí solo lo que he visto con mis propios ojos o comprobado como verdad. En esto me diferencio de cuantos han vivido antes que yo o vivirán después de mí. Porque el hombre que escribe y, más aún, el que hace grabar su nombre y sus actos sobre la piedra, vive con la esperanza de que sus palabras serán leídas y que la posteridad glorificará sus actos y su cordura. Pero nada hay que elogiar en mis palabras; mis actos son indignos de elogio, mi ciencia es amarga para el corazón y no complace a nadie. Los niños no escribirán mis frases sobre la tablilla de arcilla para ejercitarse en la escritura. Los hombres no repetirán mis palabras para enriquecerse con mi saber. Porque he renunciado a toda esperanza de ser jamás leído o comprendido.

En su maldad, el hombre es más cruel y más endurecido que el cocodrilo del río. Su corazón es más duro que la piedra. Su vanidad, más ligera que el polvo de los caminos. Sumérgelo en el río; una vez secas sus vestiduras, será el mismo de antes. Sumérgelo en el dolor y la decepción; cuando salga será el mismo de antes. He visto muchos cataclismos en mi vida, pero todo está como antes y el hombre no ha cambiado. Hay también gente que dice que lo que ocurre nunca es semejante a lo que ocurrió, pero esto no son más que vanas palabras.

Yo, Sinuhé, he visto a un hijo asesinar a su padre en la

esquina de una calle. He visto a los pobres levantarse contra los ricos, los dioses contra otros dioses. He visto a un hombre que había bebido vino en copas de oro inclinarse sobre el río para beber agua con la mano. Los que habían pesado el oro mendigaban por las callejuelas, y sus mujeres, para procurar pan a sus hijos, se vendían por un brazalete de cobre a negros pintarrajeados.

No ha ocurrido, pues, nada nuevo ante mis ojos, pero todo lo que ha sucedido acaecerá también en el porvenir. Lo mismo que el hombre no ha cambiado hasta ahora, tampoco cambiará en el porvenir. Los que me sigan serán semejantes a los que me han precedido. ¿Cómo podrían, pues, comprender mi ciencia? ¿Por qué desearía yo que leyesen mis palabras?

Pero yo, Sinuhé, escribo para mí, porque el saber me roe el corazón como un ácido y he perdido todo el júbilo de vivir. Empiezo a escribir durante el tercer año de mi destierro en las playas de los mares orientales, donde los navíos se hacen a la mar hacia las tierras de Punt, cerca del desierto, cerca de las montañas donde antaño los reyes extraían la piedra para sus estatuas. Escribo porque el vino me es amargo al paladar. Escribo porque he perdido el deseo de divertirme con las mujeres, y ni el jardín ni el estanque de los peces causan regocijo a mis ojos. Durante las frías noches de invierno, una muchacha negra calienta mi lecho, pero no hallo con ella ningún placer. He echado a los cantores, y el ruido de los instrumentos de cuerda y de las flautas destroza mis oídos. Por esto escribo yo, Sinuhé, que no sé qué hacer de las riquezas ni de las copas de oro, de la mirra, del ébano y del marfil.

Porque poseo todos estos bienes y de nada he sido despojado. Mis esclavos siguen temiendo mi bastón, y los guardianes bajan la cabeza y ponen sus manos sobre las rodillas cuando yo paso. Pero mis pasos han sido limitados y jamás un navío abordará en la resaca. Por esto yo, Sinuhé, no volveré a respirar jamás el perfume de la tierra negra durante las noches de primavera, y por esto escribo.

Y, sin embargo, mi nombre estuvo un día escrito en el libro de oro del faraón, y habitaba el palacio dorado a la derecha del rey. Mi palabra tenía más peso que la de los poderosos del país de Kemi; los nobles me enviaban regalos, y collares de oro adornaban mi cuello. Tenía cuanto un hombre puede desear, pero yo deseaba más de lo que un hombre puede obtener. He aquí por qué estoy en este lugar. Fui desterrado de Tebas en el sexto año del reinado de Horemheb, con la amenaza de ser matado como un perro si osaba volver, ser aplastado como una rana entre dos piedras si jamás ponía el pie fuera de la tierra que me ha sido fijada como residencia. Tal es la orden del rey, del faraón que fue un día mi amigo.

Pero ¿puede acaso esperarse otra cosa de un hombre de baja extracción que ha hecho borrar los nombres de los reyes en la lista de sus antecesores para sustituirlos por los de sus parientes? He visto su coronación. He visto colocar sobre su cabeza la tiara roja y la tiara blanca. Y seis años después me desterró. Pero, según el cálculo de los escribas, era el trigésimo segundo año de su reinado. Cuanto se escribió entonces y ahora, ¿no es acaso ajeno a la verdad?

A aquel que vivía de la verdad lo he despreciado durante su vida a causa de su debilidad, y he vuelto a encontrar el terror que sembraba en el país de Kemi a causa de su verdad. Ahora su venganza pesa sobre mí porque yo también quiero vivir en la verdad, no por su dios, sino por mí mismo. La verdad es un cuchillo afilado, la verdad es una llaga incurable, la verdad es un ácido corrosivo. Por esto durante los días de su juventud y de su fuerza, el hombre huye de la verdad hacia las casas de placer y se ciega con el trabajo y con una actividad febril, con viajes y diversiones, con el poder y las destrucciones. Pero viene un día en que la verdad lo atraviesa como un venablo y ya no siente más el júbilo de pensar o trabajar con sus manos, sino que se encuentra solo, en medio de sus semejantes, y los dioses no aportan ningún alivio a su soledad. Yo, Sinuhé, escribo esto con plena conciencia de que mis actos han sido malos y mis caminos injustos, pero también con la certidumbre de que alguien obtendrá de ello una lección para sí si por casualidad me leyere. Por esto escribo para mí mismo. ¡Que otros borren sus pecados en el agua sagrada de Amón! Yo, Sinuhé, me purifico escribiendo mis actos. ¡Que otros hagan pesar las mentiras de su corazón en las balanzas de Osiris! Yo, Sinuhé, peso mi corazón con una brizna de junco.

Pero antes de comenzar mi libro dejaré que mi corazón exhale su llanto. He aquí cómo mi corazón de desterrado lamenta su dolor:

Que el que ha bebido una vez agua del Nilo aspire a volver a ver el Nilo, porque ninguna otra agua apagará su sed.

Que el que ha nacido en Tebas aspire a volver a Tebas, porque en el mundo no existe ninguna otra villa parecida a ésta. Que el que ha nacido en una callejuela tebana aspire a volver a ver esta callejuela; en un palacio de cedro echará de menos su cabaña de arcilla; en el perfume de la mirra y de los buenos ungüentos aspira el olor del fuego de boñiga seca y del pescado frito.

Cambiaría mi copa de oro por el tarro de arcilla del pobre si tan sólo pudiese hollar de nuevo el suave terruño del país de Kemi. Cambiaría mis vestiduras de lino por la piel endurecida del esclavo si tan sólo pudiese oír aún el murmullo de los cañaverales del río bajo la brisa de la primavera.

El Nilo se desborda, como joyas las villas emergen de su agua verde, las golondrinas vuelven, las grullas caminan por el fango, pero yo estoy ausente. ¿Por qué no seré una golondrina, por qué no seré una grulla de alas vigorosas para poder volar ante las barbas de mis guardianes hacia el país de Kemi?

Construiría mi nido sobre las columnas policromadas del templo de Amón, en el resplandor fulgurante y dorado de los obeliscos, en el perfume del incienso y de las víctimas de los sacrificios. Construiría mi nido sobre el techo de una pobre cabaña de barro. Los bueyes tiran de las carretas, los artesanos pegan el papel de caña, los mercaderes vocean sus mercancías, el escarabajo va empujando su bola de estiércol sobre el camino empedrado.

Clara era el agua de mi juventud, dulce era mi locura. Amargo y ácido es el vino de mi vejez, y el pan de miel más exquisito no vale el duro mendrugo de mi pobreza. ¡Años, dad la vuelta y volved! ¡Amón, recorre el cielo de Poniente a Levante a fin de que vuelva a encontrar mi juventud! No puedo cambiar una sola palabra, no puedo modificar ningún acto. ¡Oh, esbelta pluma de caña, oh, suave papel de caña, devolvedme mis vanas acciones, mi juventud y mi locura!

He aquí lo que ha escrito Sinuhé, desterrado, más pobre que todos los pobres del país de Kemi.

2

Senmut, a quien yo llamaba mi padre, era médico de los pobres en Tebas. Kipa, a quien yo llamaba mi madre, era su esposa. No tenían hijos. En los días de su vejez me recogieron. En su simplicidad decían que yo era un regalo de los dioses, sin que pudieran darse cuenta de todas las calamidades que este regalo les iba a causar. Kipa me llamó Sinuhé según una leyenda, porque le gustaban las narraciones y pensaba que también yo había llegado huyendo de los peligros, como Sinuhé el legendario que, habiendo escuchado por descuido un terrible secreto en la tienda del faraón, huyó a países extranjeros donde vivió largos años y tuvo toda clase de aventuras.

Pero no era más que un producto de su imaginación infantil, y esperaba que sabría huir de los peligros para evitar los fracasos. Por esto me llamó Sinuhé. Pero los sacerdotes de Amón decían que era un presagio. Acaso fuera ésta la razón por la cual mi nombre me llevó a peligros y aventuras en tierras extranjeras. Mi nombre me valió conocer terribles secretos, secretos de reyes y sus esposas, que pueden acarrear la muerte. Finalmente, mi nombre hizo de mí un desterrado.

Pero la idea de la buena Kipa al bautizarme así no es más infantil que imaginarse que el nombre ejerce alguna influencia sobre el destino del hombre. Mi suerte hubiera sido la misma si me hubiese llamado Kepru, Kafrán o Mosé, estoy convencido. No se puede, sin embargo, negar que Sinuhé fue desterrado, mientras Heb, el hijo del halcón, era coronado con la doble corona bajo el nombre de Horemheb como soberano del Alto y Bajo País. Por esto cada uno es libre de pensar lo que quiera sobre el presagio de los nombres. Cada cual busca en sus creencias un consuelo a las contrariedades y reveses de la vida.

Nací durante el reinado del gran faraón Amenhotep III, y el mismo año nació Aquel que quiso vivir de la verdad y cuyo nombre no debe ser pronunciado porque es un nombre maldito, aun cuando entonces no lo supiese nadie. Por esto una gran alegría reinó en el palacio cuando su nacimiento, y el rey ofreció grandes sacrificios en el gran templo de Amón, y el pueblo se regocijaba sin darse cuenta de lo que iba a ocurrir. La reina Tii había esperado en vano un hijo pese a que hubiese sido la real esposa durante veintidós años y que su nombre hubiese sido grabado al lado del rey en templos y estatuas. Por esto Aquel cuyo nombre no debe ser ya mencionado fue proclamado solemnemente heredero del poder real en cuanto los sacerdotes lo hubieron circuncidado.

Pero él nació en primavera, en la época de las siembras, mientras yo había venido al mundo el otoño precedente, en la más fuerte de las inundaciones. Pero ignoro la fecha de mi nacimiento porque llegué por el Nilo en una pequeña cesta de cañas calafateada con pez, y mi madre me encontró en los cañaverales de la ribera, en el umbral de su casa, donde me había depositado la crecida del río. Las golondrinas acababan de llegar y piaban sobre mi cabeza, pero yo permanecía silencioso y me creyó muerto. Se me llevó a casa y me calentó cerca del hogar y me sopló en la boca hasta que comencé a llorar.

Mi padre regresó de visitar a sus enfermos y trajo dos patos y un celemín de harina. Oyó mi llanto y creyó que Kipa había encontrado un gatito y comenzó a dirigirle reproches. Pero mi madre dijo:

–No es un gato, he recibido un hijo. ¡Regocíjate, Senmut, marido mío, porque tenemos un hijo!

Mi padre se enfadó y la trató de lechuza, pero Kipa le mostró mi desnudez y se compadeció. Así fue como me adoptaron y Kipa hizo creer a los vecinos que había dado a luz. Era una falsa vanidad y no sé si fueron muchos los que lo creyeron. Pero Kipa suspendió la cesta de cañas en el techo, sobre mi cuna. Mi padre tomó su mejor vaso de cobre y me llevó al templo para inscribirme entre los vivos como hijo suyo y de Kipa. Él mismo procedió a mi circuncisión, porque era médico y temía la cuchilla de los sacerdotes que deja llagas purulentas. Por esto no permitió que los sacerdotes me tocaran. Pero acaso lo hiciese también por economía, porque, siendo como era médico de pobres, distaba mucho de ser rico.

Cierto es que todas estas cosas me han sido referidas por mi padre y por mi madre y no las he visto ni oído, pero no tengo ninguna razón para creer que me hayan engañado. Durante toda mi infancia creí siempre que eran mis verdaderos padres y ningún dolor ensombreció mis días. No me dijeron la verdad hasta que me cortaron mis bucles de niño y me convertí en un adolescente. Lo hicieron porque temían y respetaban a los dioses, y mi padre no quería que viviese toda mi vida en la mentira.

Pero jamás pude saber de dónde había venido ni quiénes eran mis verdaderos padres. Creo, sin embargo, poder adivinarlo por lo que explicaré más tarde, aun cuando no sea más que una mera suposición.

Lo que sí sé seguro es que no soy el único en haber bajado por el Nilo en una cuna calafateada con pez. Tebas, con sus templos y sus palacios, era en efecto una gran ciudad y las cabañas de los pobres se extendían hasta el infinito, alrededor de los templos y los palacios. En los tiempos de los grandes faraones, Egipto había sometido a muchos países y con la grandeza y las riquezas las costumbres habían evolucionado; los extranjeros acudieron a Tebas como mercaderes y artesanos y edificaron también templos a sus dioses. De la misma manera que el lujo, la riqueza y el esplendor reinaban en los palacios y los templos, la pobreza asediaba las cabañas de sus alrededores. Muchos pobres abandonaban a sus hijos y más de una esposa rica, cuyo marido estaba de viaje, confiaba al río el fruto de sus ilícitos amores. Yo había sido quizá abandonado por la esposa de un pescador que había engañado a su marido con un mercader sirio; acaso fuese hijo de extranjeros, puesto que no me habían circuncidado a mi nacimiento. Cuando me hubieron cortado mis bucles y mi madre los hubo encerrado en un cofre de madera con mi primera sandalia, contemplé durante largo rato la barquita de cañas que me mostraba. Las cañas estaban amarillentas y rotas, sucias por el hollín del hogar. Las cañas estaban sujetas con nudos de pajarero; esto era lo único que revelaba a mis padres. Así fue como mi corazón recibió la primera herida.

3

Al aproximarse la vejez, mi espíritu goza volando como un pájaro hacia los días de mi infancia. En mi memoria mi infancia brilla con un resplandor maravilloso, como si entonces todo hubiese sido mejor y más bello que ahora. Sobre este punto no hay diferencia entre ricos y pobres porque no hay ciertamente nadie, por pobre que sea, cuya infancia no encierre algún destello de júbilo y de luz al evocarla en sus viejos días.

Mi padre Senmut vivía cerca de los muros del templo, en el barrio bullicioso y pobre de la villa. No lejos de su casa se extendían los muelles de río arriba donde los barcos del Nilo descargaban sus mercancías. En los callejones estrechos los tugurios de vino y de cerveza acogían a los marineros, y había también casas de lenocinio a las que algunas veces los ricos de la villa se hacían llevar en sus literas. Nuestros vecinos eran preceptores, suboficiales, patronos de barcas y algunos sacerdotes de quinto orden. Éstos formaban con mi padre la aristocracia de este barrio pobre, de la misma manera que un muro emerge sobre la superficie del agua.

Nuestra casa era vasta en comparación con las casuchas de barro que flanqueaban en hileras desoladas los estrechos callejones. Teníamos incluso un jardincillo de algunos pasos en el que crecía un sicómoro plantado por mi padre. Matojos de acacias lo separaban de la calle y había una especie de estanque de piedra que sólo se llenaba de agua cuando las crecidas del río. Teníamos cuatro habitaciones en una de las cuales mi madre preparaba la comida. Ésta la tomábamos en la terraza, a la que se tenía acceso también desde el gabinete de consulta de mi padre. Dos veces por semana ayudaba a mi madre una mujer de faenas, porque le gustaba el aseo. Una lavandera iba a buscar la ropa sucia una vez por semana para ir a lavarla al río.

En este suburbio pobre, agitado e invadido por los extranjeros y cuya corrupción sólo me fue revelada durante mi adolescencia, mi padre y sus vecinos representaban las tradiciones y las viejas costumbres respetables. Cuando las costumbres se habían relajado ya en la ciudad entre los ricos y los nobles, él y sus vecinos permanecían imperturbablemente aferrados al viejo Egipto, al respeto de los dioses, a la limpieza de corazón y al desinterés. Parecía que, en oposición a su barrio y a las gentes en medio de las cuales tenían que vivir y ejercer su profesión, quisiesen subrayar con sus costumbres y su actitud el hecho de no pertenecer a la misma clase.

Pero ¿a qué contar estas cosas que no he comprendido hasta más tarde? ¿Por qué no evocar en su lugar el tronco rugoso del sicómoro y el ruido de sus hojas mientras me resguardaba bajo su sombra del ardor del sol?

¿Por qué no recordar mi mejor juguete, un cocodrilo de madera que yo arrastraba con un cordel por la calle empedrada, abriendo su boca pintada de rojo? Los hijos de los vecinos se detenían llenos de admiración. Me procuré muchos bizcochos de miel, muchas piedras brillantes y muchos hilos de cobre dejándolos jugar con el cocodrilo. Sólo los hijos de los nobles poseían juguetes parecidos, pero mi padre lo había recibido de un carpintero real a quien curó un absceso que le impedía sentarse.

Por la mañana mi madre me llevaba al mercado. No tenía gran cosa que comprar, pero podía consagrar el tiempo de una clepsidra regateando un manojo de cebollas, o una semana entera para la elección de un par de zapatos. Se adivinaba por sus palabras que estaba en situación desahogada y que no quería más que primera calidad. Pero si no compraba todo lo que cautivaba su mirada era porque quería educarme en un espíritu de economía. Como ella decía: «El rico no es el que posee oro y plata, sino el que se contenta con poco.» Así hablaba, pero al mismo tiempo sus ojos cansados admiraban las telas de lana de colores de Sidón y de Biblos, leves y ligeras como plumas. Sus manos oscuras y endurecidas por los trabajos acariciaban las joyas de marfil y las plumas de avestruz. Todo aquello no era más que vanidad y cosas superfluas, asegurábase a sí misma. Pero mi espíritu infantil se rebelaba contra estas enseñanzas y hubiera querido poseer un mono que pasara sus brazos alrededor del cuello de su dueño o un pájaro de brillante plumaje que gritara palabras sirias o egipcias. Tampoco hubiese tenido nada que decir contra unos collares o unas sandalias de hebilla dorada. Sólo mucho más tarde comprendí que la pobre Kipa quiso apasionadamente ser rica.

Pero como no era más que la esposa de un médico de pobres, apaciguaba sus sueños con relatos. Por la noche, antes de dormir, me contaba en voz baja todas las leyendas que conocía. Me hablaba de Sinuhé y el náufrago que traía de casa del rey de las serpientes tesoros fabulosos.

Hablaba de los dioses y de los hechiceros, de los encantadores y de los antiguos faraones. Mi padre refunfuñaba algunas veces y decía que me llenaba el espíritu de vaciedades y fantasías, pero en cuanto había empezado a roncar, Kipa reanudaba su narración, tanto para su placer como para el mío. Recuerdo aquellas noches tórridas de verano en las que la casa abrasaba el cuerpo desnudo y el sueño no venía; oigo todavía su voz baja y soñolienta; de nuevo estoy en seguridad cerca de mi madre. Mi verdadera madre no hubiera podido ser para mí más dulce y más tierna que la simple y supersticiosa Kipa, en cuya casa los narradores ciegos o lisiados tenían seguridad de encontrar una buena comida.

Los cuentos me divertían el espíritu y me servían de contrapeso contra la calle bulliciosa, hogar de moscas, lugar impregnado de innumerables olores y pestilencias. A veces, viniendo del puerto, el aroma salubre del cedro y de la resina invadían el callejón. O bien una gota de perfume caía de la litera de una mujer noble que se inclinaba para regañar a la chiquillería. Por la tarde, cuando la barca dorada de Amón descendía hacia las colinas de Occidente, de todas las terrazas y de todas las cabañas salía el olor a pescado frito que se mezclaba con los efluvios del pan fresco. Este olor de barrio pobre de Tebas, aprendí a amarlo desde mi infancia y no lo he olvidado jamás.

Durante las comidas recibí también las primeras lecciones de mi padre. Con un paso fatigado atravesaba el jardincillo o salía de su dormitorio con las ropas oliendo a medicinas y pomadas. Mi madre le vertía agua en las manos y nos sentábamos en unos taburetes mientras ella nos servía. Por la calle pasaba un bullicioso grupo de marineros borrachos de cerveza que golpeaban las paredes con sus bastones y se detenían para hacer sus necesidades bajo nuestras acacias.

Hombre prudente, mi padre no protestaba. Pero cuando los marineros se habían alejado, me decía:

–Sólo un miserable negro o un puerco sirio es capaz de

hacer sus necesidades en la calle. Un egipcio las hace en el interior.

O bien decía aún:

–El vino es un don de los dioses si se usa con moderación. Un vaso no hace daño a nadie, dos hacen un charlatán, pero quien vacía la jarra entera se despierta en el arroyo desnudo y lleno de contusiones.

Algunas veces un perfume violento llegaba hasta la terraza cuando pasaba una mujer de cuerpo adornado con telas transparentes, pintadas las mejillas, las pestañas y los labios, y llevando en los ojos un brillo húmedo que no se ve nunca en los de las mujeres decentes. Mientras la contemplaba con fascinación, mi padre me decía con tono grave:

–Ten cuidado con las mujeres que te dirijan palabras lisonjeras y traten de atraerte a sus casas, porque su corazón es una red y una trampa y su seno quema con mayor ardor que el fuego.

¿Es acaso sorprendente que después de estas enseñanzas haya sentido horror hacia las jarras de vino y hacia las bellas mujeres que no se parecen a las otras? Porque al mismo tiempo veía en ellas todo el encanto peligroso de lo que asusta.

Desde mi infancia mi padre me permitió asistir a sus consultas. Me mostró sus instrumentos, sus cuchillos y sus botes de medicinas, explicándome cómo utilizarlos. Mientras examinaba un enfermo, yo permanecía a su lado tendiéndole una taza de agua, vendajes, ungüentos o vinos. Mi madre, como todas las mujeres, no podía ver los abscesos y las heridas y jamás aprobó mi infantil interés por las enfermedades. Un chiquillo no comprende los dolores ni los sufrimientos hasta haberlos experimentado. Abrir un absceso era para mí una operación apasionante y hablaba con orgullo a los demás chiquillos de todo lo que había visto, para suscitar su admiración. En cuanto llegaba un enfermo, seguía atentamente los ademanes y preguntas de mi padre hasta el momento en que decía: «La enfermedad es curable.» O bien: «Voy a cuidarlo.» Pero había también casos en que no creía que pudiese sanar; en este caso escribía unas palabras sobre un trozo de papiro y mandaba al enfermo a la Casa de la Vida, en el templo. Después lanzaba un suspiro, movía la cabeza y exclamaba: «¡Pobre hombre!»

No todos los enfermos de mi padre eran pobres. De las casas de placer le llevaban algunas veces, por la noche, algún hombre con vestiduras de lino, y los capitanes de navíos sirios iban a verlo por un absceso o un simple dolor de muelas.

Por esto no me sorprendió ver un día a la esposa del droguero entrar en casa de mi padre con todas sus joyas. Suspiró, gimió y enumeró todas sus penas a mi padre, que la escuchaba atentamente. Quedé muy decepcionado cuando le vi coger el trozo de papiro para escribir, porque había esperado que la pudiese curar, lo cual nos hubiera procurado muchas golosinas. Esta vez fui yo quien, lanzando un suspiro, moví la cabeza y exclamé: «¡Pobre mujer!»

La enferma tuvo un sobresalto y dirigió a mi padre una mirada asustada. Pero mi padre cogió algunos caracteres antiguos y unos dibujos de un viejo papiro usado, vertió aceite y vino en una copa e hizo macerar el papel hasta que la tinta se hubo disuelto en el vino; vertió después la poción recomendando a la mujer que la tomase en cuanto tuviese dolor de cabeza o de estómago. Cuando salió dirigí una mirada de asombro a mi padre. Él quedó confundido, tosió ligeramente y me dijo:

–Hay muchas enfermedades a las que la tinta, utilizada como remedio, puede curar.

No dijo nada más, pero al cabo de un rato, a media voz, añadió:

–En ningún caso este remedio puede hacer daño al enfermo.

A los siete años recibí la vestidura de adolescente, que ciñe los riñones, y mi madre me llevó al templo a asistir a un sacrificio. El templo de Amón en Tebas era entonces el más importante de todo Egipto. Una avenida flanqueada de esfinges con cabeza de macho cabrío se dirigía a través de la villa y el estanque de la diosa lunar hasta el templo, cuyo recinto estaba formado por muros poderosos y era como una villa dentro de la villa. En la cúspide de un pilón alto como una colina flotaban oriflamas abigarradas, y las estatuas gigantes de los reyes montaban la guardia a cada lado de la puerta de cobre.

Franqueamos la puerta y los vendedores de Libros de los Muertos comenzaron a solicitar a mi madre y a someterle sus ofertas murmurando o gritando. Me llevó a ver los talleres de los tallistas y las estatuillas de esclavos y servidores que, gracias a los encantamientos de los sacerdotes, trabajarían en el más allá por sus dueños sin que éstos tuviesen que mover ni un dedo. Pero ¿a qué hablar de lo que todo el mundo sabe, puesto que todo está establecido y el corazón humano no cambia? Mi madre pagó la suma exigida para poder asistir al sacrificio, y vi a los sacerdotes de blancas vestiduras inmolar y descuartizar un buey que llevaba entre los cuernos un sello atestiguando que era inmaculado y no tenía un solo pelo negro. Los sacerdotes estaban gordos y sus cabezas afeitadas relucían de aceite. Cerca de doscientas personas asistían al sacrificio, y los sacerdotes, sin prestarles la menor atención, discutían entre ellos.

En cuanto a mí, examinaba las imágenes guerreras sobre las paredes del templo y admiraba las columnas gigantescas. Y no comprendía la emoción de mi madre, que, con los ojos llenos de lágrimas, me llevaba a casa. Me quitó mis zapatos y me dio unas sandalias nuevas que eran incómodas y me hicieron daño en los pies hasta que me hube acostumbrado.

Después de la comida, mi padre puso su hábil mano sobre mi cabeza y acarició los bucles de mis sienes.

–Tienes siete años, Sinuhé –me dijo–, debes elegir una carrera.

–Quiero ser soldado –dije yo en el acto.

No comprendí su expresión decepcionada. Porque los mejores juegos de muchachos en las calles son militares;

había visto a los soldados ejercitarse en la lucha delante de los cuarteles; había visto los carros de combate salir de la villa para hacer maniobras, con sus ruedas ruidosas y sus colgantes oriflamas. No podía existir carrera más brillante y honorable que la carrera de las armas. Un soldado no necesita saber escribir, y ésta era para mí la razón principal de mi elección, porque mis camaradas me habían contado cosas terribles sobre las dificultades de la escritura y la crueldad de los maestros, que le arrancaban a uno los cabellos si tenía la desgracia de romper la tablilla o el estilete.

Mi padre no debió de estar muy dotado durante su infancia, de lo contrario hubiera llegado a algo más que médico de los pobres. Pero era concienzudo y no perjudicaba a sus enfermos, y con el curso de los años había llegado a acumular experiencias. Sabía también cuán sensible y obstinado yo era, pero no protestó de mi decisión.

Pero al cabo de un rato pidió a mi madre una jarra vacía, entró en su habitación y vertió en ella vino ordinario.

–Ven, Sinuhé –dijo llevándome hacia la ribera.

Yo le seguí sorprendido. En el muelle se detuvo para observar una barcaza de la cual unos hombres sudorosos, con la espalda encorvada, sacaban mercancías embaladas en telas cosidas. El sol se ocultaba detrás de las colinas sobre la Villa de los Muertos; nosotros estábamos saciados, pero los hombres seguían descargando, jadeantes los flancos y cubiertos de sudor. El capataz los excitaba con su látigo y, tranquilamente sentado bajo un toldo, un escriba iba anotando la carga.

–¿Quisieras ser como ellos? –preguntó mi padre.

La pregunta me pareció estúpida y no contesté, pero miré a mi padre sorprendido porque nadie podía querer ser como aquellos hombres.

–Trabajan desde primera hora del día hasta tarde de la noche –dijo mi padre Senmut–. Su piel está curtida como la del cocodrilo, sus manos son rudas como las patas del cocodrilo. Sólo por la noche pueden regresar a su cabaña de barro, y su alimentación es un trozo de pan, una cebolla y un sorbo de cerveza agria. Ésta es la vida de los descargadores. Ésta es también la del labrador. Tal es la de todos los que trabajan con sus manos. Tal vez no los envidiarás.

Moví la cabeza y lo miré sorprendido. Yo quería ser soldado y no cargador o abrir surcos en la tierra, regar los campos o ser pastor mugriento.

–Padre –dije yo mientras andábamos–, la vida del soldado es bella. Viven en los cuarteles y comen bien; por la noche beben vino en las casas de placer y las mujeres los ven con benevolencia. Los mejores de entre ellos llevan una cadena al cuello aunque no sepan escribir. De sus expediciones traen botín y esclavos que trabajan por ellos y ejercen un oficio por cuenta de ellos. ¿Por qué no sería yo soldado?

Mi padre no contestó, pero apresuró el paso. Cerca de un depósito de inmundicias, en medio de un enjambre de moscas que revoloteaba en torno a nosotros, se inclinó para dirigir una mirada a una cabaña baja.

–Inteb, amigo mío, ¿estás ahí? –dijo.

Un viejo, lleno de mugre, con el brazo derecho amputado a la altura del hombro y cubierto por un trozo de tela roída por la grasa, salió apoyándose en un palo. Su rostro estaba descarnado y surcado de arrugas; no tenía dientes.

–¿Es... es verdaderamente Inteb? –pregunté suavemente a mi padre, dirigiendo una mirada de pavor a aquel hombre.

Porque Inteb era un héroe que había combatido en las campañas de Tuthmosis III, el más grande de los faraones, en Siria, y se contaban muchas historias sobre sus proezas y las recompensas que había recibido.

El anciano levantó la mano para hacer un saludo militar y mi padre le tendió la jarra de vino. Se sentaron en el suelo, porque Inteb no tenía siquiera un banco en su casa, y con mano temblorosa se llevó la jarra a los labios y bebió ávidamente el vino sin verter una sola gota.

–Mi hijo Sinuhé quiere ser soldado –dijo mi padre sonriendo–. Te lo he traído porque eres el único superviviente de los héroes de las grandes guerras, a fin de que le hables de la vida magnífica y de las hazañas de los soldados.

–¡Por Seth y Baal y todos los diablos! –gritó el viejo con una risa aguda y entornando los ojos para verme mejor–. ¿Estás loco?

Su boca desdentada, sus ojos apagados, el muñón de su brazo y su pecho arrugado y sucio eran tan espantosos que me refugié detrás de mi padre y le agarré por la manga.

–¡Muchacho, muchacho! –exclamaba Inteb, ahogándose de risa–. Si tuviese un sorbo de vino por cada maldición que he lanzado contra mi vida y contra el triste destino que hizo de mí un soldado, podría llenar el lago que el faraón ha hecho excavar para divertir a su mujer. No lo he visto, porque no tengo medios para hacerme transportar más allá del río, pero no me cabe duda de que el lago se llenaría y sobraría vino todavía para embriagar a todo el ejército.

De nuevo bebió un largo trago.

–Pero... –dije yo temblando– el oficio de soldado es el más glorioso de todos.

–La gloria y el renombre –dijo Inteb, el héroe– es sencillamente estiércol, estiércol para alimentar las moscas. Toda mi vida he contado historias sobre la guerra y mis hazañas para sacarles un poco de vino a los papanatas que me escuchaban con la boca abierta, pero tu padre es un hombre honrado y no quiero engañarlo. Por esto te digo, muchacho, que de todos los oficios, el de soldado es el más horrible y miserable.

El vino borraba las arrugas de su rostro y daba brillo a sus ojos. Se sentó y se llevó a la garganta su única mano.

–Mira, muchacho, este cuello descarnado ha sido adornado con quíntuples collares de oro. Con su propia mano el faraón me los puso. ¿Quién puede contar las manos cortadas que he acumulado ante su tienda? ¿Quién fue el primero en trepar por las murallas de Kadesh? ¿Quién se lanzaba como un elefante enfurecido en medio del enemigo? ¡Yo, yo, Inteb, el héroe! Pero ¿quién me lo agradece hoy? Mi oro se ha disipado a los cuatro vientos del cielo, mis esclavos han huido o han muerto de miseria. Mi brazo derecho quedó en el país de Mitanni y desde largo tiempo hubiera muerto de miseria si no hubiese sido por algunas almas caritativas que me traen pescado seco y cerveza a fin de que cuente a sus hijos la verdad sobre las guerras. Soy Inteb, el héroe, pero mírame, muchacho. Mi juventud huyó en el desierto, en el hambre, en los tormentos y en las fatigas. Allí se ha fundido la carne de mis miembros, allí mi piel se ha curtido, allí mi corazón se ha vuelto más duro que la piedra. Y lo peor es que en los desiertos sin agua mi lengua se secó y que sufro de una sed eterna, como todos los soldados que regresan con vida de sus expediciones a países lejanos. Por esto mi vida ha sido un abismo mortal desde el día en que perdí mi brazo. Y no quiero siquiera mencionar el dolor de las heridas y los tormentos causados por los cirujanos cuando sumergen tu muñón en el aceite hirviendo, como tu padre sabe muy bien. ¡Que tu nombre sea alabado, Senmut; eres justo y bueno, pero el vino se ha acabado!

El anciano calló, jadeando un momento, y volvió melancólicamente la jarra. El brillo salvaje de sus pupilas se apagó y de nuevo reapareció el pobre desgraciado.

–Pero un soldado no necesita saber escribir –me atreví a murmurar.

–¡Hum! –gruñó Inteb, mirando a mi padre.

Éste se quitó rápidamente un brazalete de cobre de la muñeca y lo tendió al anciano que lanzó un grito. Un chiquillo sucio apareció y tomó el brazalete y la jarra para ir a buscar vino.

–No tomes del mejor –le gritó Inteb–. Toma del más barato; te darán más. –Fijó sobre mí su mirada atenta–. Tienes razón –dijo–, un soldado no necesita saber escribir, debe saber solamente batirse. Si supiese escribir, sería jefe y daría órdenes al más bravo de los soldados. Porque todo hombre que sabe escribir es capaz de mandar a los soldados, y no se confían ni cien hombres al jefe que no es capaz de garabatear unos signos sobre un papel. ¿Qué placer puede hallar en las cadenas y las condecoraciones si es el hombre de la pluma quien le da órdenes? Pero así es y así será siempre. Por esto te digo, muchacho, que si quieres mandar soldados y conducirlos, aprende primero a escribir. Entonces los portadores de cadenas de oro se inclinarán ante ti y los esclavos te llevarán al combate en tu litera.

El chiquillo andrajoso regresó con la jarra de vino y el rostro del anciano se iluminó de júbilo.

–Tu padre Senmut es un buen hombre –dijo gentilmente–. Sabe escribir y me cuidó cuando empezaba a ver cocodrilos e hipopótamos, los días de felicidad y de fuerza, cuando no carecía de vino. Es un buen hombre, pese a que no sea más que un médico, incapaz de tensar un arco. Le doy las gracias.

Miré con inquietud la jarra que Inteb iba indudablemente a vaciar y tiré de la manga de mi padre, porque temía que bajo la influencia del vino nos despertásemos en el arroyo. Mi padre miró también la jarra, lanzó un ligero suspiro y volvió la cabeza. Inteb se puso a cantar con voz ronca un himno guerrero sirio y el chiquillo desnudo y bronceado por el sol se echó a reír.

Pero yo, Sinuhé, abandoné mi sueño de ser soldado y no protesté cuando al día siguiente mi padre y mi madre me condujeron a la escuela.

4

Mi padre no tenía medios para poder mandarme a las grandes escuelas de los templos donde los hijos de los nobles, de los ricos y de los sacerdotes de alto grado recibían su educación. Mi maestro fue el viejo sacerdote

Oneh, que vivía no lejos de mi casa y tenía la escuela en la terraza destrozada. Sus discípulos eran hijos de artesanos, mercaderes, marinos y suboficiales a quienes sus ambiciosos padres destinaban a la carrera de escriba. Oneh había sido durante un tiempo contable de los depósitos de la celeste Mut y era capaz de enseñar los rudimentos de la escritura a los chiquillos que más tarde tendrían que escribir las cantidades de trigo, el número de cabezas de ganado y las facturas del avituallamiento de los soldados. En la villa de Tebas, la gran capital del mundo, había centenares de estas pequeñas escuelas. La enseñanza no era cara, pues los discípulos debían simplemente mantener al viejo Oneh. En las tardes de invierno, el hijo del carbonero le llevaba carbón de encina para su estufa, el hijo del tejedor se ocupaba de sus vestidos, el hijo del mercader de trigo le suministraba harina y mi padre le daba, para calmar sus dolores, pociones de plantas medicinales maceradas en vino.

Estas relaciones de dependencia hacían de Oneh un maestro indulgente. El discípulo que se dormía sobre su tablilla debía al día siguiente llevar al maestro alguna golosina, a título de castigo. Algunas veces el hijo del mercader de trigo le llevaba una jarra de cerveza y en este caso aguzábamos el oído, porque el viejo Oneh se lanzaba a contarnos historias maravillosas sobre el más allá y leyendas sobre la celeste Mut, sobre Ptah, el constructor de todo, y sobre los demás dioses que le eran familiares. Nosotros nos reíamos y pensábamos haberlo inducido a olvidar las lecciones difíciles y los enojosos jeroglíficos para todo el día. Sólo más tarde comprendí que el viejo Oneh era mucho más docto y comprensivo de lo que nos figurábamos. Sus leyendas, que él vivificaba con su ignorancia piadosa, tenían un objeto determinado. Así nos enseñaba la ley moral del viejo Egipto. Ninguna mala acción escapa al castigo. Implacablemente todo corazón humano sería pesado una vez ante el tribunal de Osiris. Todo hombre de quien el dios de la cabeza de chacal había descubierto las maldades, era arrojado como presa al

Devorador y éste era a la vez cocodrilo e hipopótamo, pero mucho más terrible que ambos.

Nos hablaba también del reacio transbordador de las ondas infernales, de «Aquel que mira hacia atrás» y sin la ayuda del cual ningún difunto puede alcanzar los campos de los bienaventurados. Este batelero miraba constantemente hacia atrás y nunca hacia adelante como los bateleros del Nilo. Oneh nos enseñó de memoria las fórmulas propiciatorias destinadas a este batelero. Nos las hizo reproducir en signos y aprender de memoria. Corregía nuestros errores con dulces reprimendas. Debíamos comprender que la menor distracción podía comprometer toda vida de bienaventuranza en el más allá. Si se tendía al batelero un pasaporte con la más leve mancha, se permanecía errando implacablemente como una sombra, de una eternidad a otra, en las márgenes del río sombrío, o bien, peor aún, se caía en las espantosas simas del infierno.

Mi camarada más dotado era el hijo del comandante de los carros de guerra, Thotmés, que tenía dos años más que yo. Desde su infancia estaba acostumbrado a cuidar a los caballos y a luchar. Su padre, cuyo látigo se adornaba de hilos de cobre, quería hacer de él un gran capitán y por esto le exigía que aprendiese a leer. Pero su nombre, el del glorioso Thotmés, no fue un presagio como su padre había creído. Porque una vez en la escuela, el muchacho no se ocupó ya más de lanzar el venablo ni de los ejercicios de los carros de guerra. Aprendió fácilmente los signos de la escritura y mientras los otros penaban en su tarea, él dibujaba imágenes sobre la tablilla. Dibujaba carros de guerra y caballos empinados sobre sus patas posteriores y también soldados. Llevó arcilla a la escuela y se puso a modelar según las narraciones de Oneh una imagen muy curiosa del Devorador que, con sus enormes fauces abiertas, se disponía a deglutir un hombrecillo calvo cuyas espaldas encorvadas y vientre prominente eran las de nuestro buen maestro. Pero Oneh no se enfadó. Nadie era capaz de enfadarse con Thotmés. Tenía el rostro ancho de la gente del pueblo y las piernas gruesas, pero sus ojos tenían siempre una expresión de malicia contagiosa y sus manos hábiles daban forma a pájaros y animales que nos divertían enormemente. Yo había buscado su amistad a causa de sus relaciones militares, pero nuestra amistad subsistió a pesar de su poca ambición por la carrera de las armas.

Al cabo de cierto tiempo se produjo bruscamente un milagro. Fue tan claro que me acuerdo todavía de este instante como de una aparición. Era una fresca jornada de primavera, los pajaritos piaban y las cigüeñas reparaban sus nidos sobre los techos de las casas. Las aguas se habían retirado y el suelo comenzaba a verdear. Se sembraban y plantaban huertos y jardines. Era un día que inspiraba locas aventuras y nosotros estábamos inquietos en la terraza carcomida de Oneh. Yo dibujaba distraídamente signos enojosos, letras que se graban sobre la piedra y las abreviaciones corrientes del estilo ordinario. Súbitamente, una palabra olvidada de Oneh o un fenómeno inexplicable en mí dio vida a las palabras y los caracteres. De la imagen sale una palabra, de la palabra una sílaba, de la sílaba una letra. Asociando las letras, de las imágenes se formaban palabras nuevas, extrañas, que no tenían nada de común con las imágenes. El portador de agua más obtuso puede comprender una imagen, pero sólo el hombre que sabe leer puede descifrar dos imágenes conjugadas. Yo creo que todos los que han aprendido la escritura comprenderán el fenómeno de que hablo. Fue para mí una verdadera aventura, más apasionante y más cautivadora que una granada robada en la tienda del frutero, más dulce que un dátil seco, deliciosa como el agua para el sediento.

A partir de aquel momento no hubo ya necesidad de alentarme. Me puse a devorar el saber de Oneh como el suelo bebe el agua de las inundaciones del Nilo. Aprendí rápidamente a escribir. Después aprendí a leer lo que los demás habían escrito. Al tercer año podía ya deletrear viejos textos y dictar a mis camaradas leyendas didácticas.

También en esta época me di cuenta de que no era igual que los demás. Mi rostro era más estrecho, mi tez más pálida, mis miembros más finos. Recordaba más un muchacho noble que un hijo del pueblo entre el que vivía. Y si hubiese ido vestido de una manera diferente, estoy seguro de que hubiera podido ser tomado por uno de estos muchachos que pasaban en litera o a quienes los esclavos acompañaban por las calles. Esto me procuró contrariedades. El hijo del mercader de trigo me cogía por el cuello y me trataba de muchacha hasta que me veía obligado a pincharle con mi estilete. Su presencia me era desagradable, porque olía mal. Como desquite, buscaba la compañía de Thotmés, porque éste no me tocaba jamás.

Un día me dijo tímidamente:

–¿Quieres servir de modelo para un retrato?

Lo llevé a casa y bajo el sicómoro del jardín modeló en arcilla una figura que se parecía a mí y grabó mi nombre debajo. Mi madre, Kipa, nos dio pasteles y al ver el busto tuvo miedo y dijo que era arte de hechicería. Pero mi padre declaró que Thotmés podía llegar a ser artista real si conseguía ser admitido en la escuela del templo. En broma me incliné delante de Thotmés poniendo mis manos sobre las rodillas como se hace al saludar a los grandes. Los ojos de Thotmés brillaron, pero suspiró y dijo que desgraciadamente su padre quería de todos modos meterlo en la escuela de suboficiales de carros de guerra. Para un futuro jefe militar sabía escribir ya bastante bien. Mi padre se alejó y oímos a mi madre afanarse por la cocina. Pero Thotmés y yo nos regalamos con sabrosos bizcochos.

Yo entonces era completamente feliz.

5

Llegó entonces el día en que mi padre se puso su mejor traje y ciñó su cuello con un ancho collarete bordado por Kipa. Iba al gran templo de Amón pese a que en el fondo de su corazón no quería mucho a los sacerdotes.

Pero sin la ayuda y la intervención de los sacerdotes ni en Tebas ni en todo Egipto podía conseguirse nada. Los sacerdotes administraban justicia y dictaban sentencia de manera que un hombre osado podía apelar contra una sentencia dictada por el tribunal del rey ante un templo elegido en suerte para disculparse. Toda la enseñanza que abría las carreras importantes estaba en manos de los sacerdotes; ellos eran también quienes predecían la importancia de las crecidas y las cosechas y fijaban los impuestos sobre todo el país. Pero ¿a qué exponer lo que todo el mundo sabe?

Creo que mi padre debió forzarse para dar este paso. Había pasado toda su vida cuidando a los pobres alejado del templo y de la Casa de la Vida. Ahora, como los demás padres pobres, iba a hacer cola en la sección administrativa del templo, esperando que un sacerdote altivo consintiese en recibirlo. Me parece todavía ver a aquellos padres pobres que, con sus mejores vestiduras, se sentaban en el patio del templo, soñando ambiciosos una vida mejor para sus hijos. A menudo llegaban de muy lejos, en sus barcas por el río, con sus provisiones, y consagraban sus mezquinos recursos a sobornar a los guardianes y los escribas para llegar hasta el sacerdote ungido con un óleo precioso. Éste frunce la nariz ante su pestilencia, les habla brutalmente. Y, sin embargo, Amón necesita sin cesar nuevos servidores. A medida que aumentan sus riquezas y su poderío, debe aumentar el número de sus servidores que sepan escribir; pero, a pesar de esto, cada padre considera como una gracia divina poder colocar a su hijo en el templo, mientras en realidad es él quien aporta, en la persona de su hijo, un don más preciado que el oro.

Mi padre tuvo suerte, pues no había esperado más que hasta la noche cuando vio pasar a su antiguo condiscípulo Ptahor, que era entonces trepanador real. Mi padre osó dirigirle la palabra y Ptahor prometió ir en persona a nuestra casa para verme.

El día fijado mi padre se procuró una oca y vino de calidad. Kipa cocinaba refunfuñando. Un maravilloso aroma de grasa de oca salía de nuestra casa, atrayendo a la multitud de ciegos y mendigos. Exasperada, Kipa acabó distribuyéndoles pedazos de pan mojados en la grasa y se alejaron. Thotmés y yo barrimos la calle delante de la casa, porque mi padre había dicho a mi amigo que se quedase para el caso en que Ptahor quisiera hablarle. No éramos más que dos chiquillos, pero cuando mi padre encendió los dos recipientes de incienso para perfumar la terraza, nos sentimos como en un templo. Yo custodiaba el jarro de agua perfumada y protegía de las moscas el bello pañuelo de lino que mi madre guardaba para su entierro, pero que ahora tenía que servir de toalla para las manos del ilustre visitante.

La espera fue larga. El sol se puso y el aire refrescó. El incienso se consumía en sus recipientes y la oca iba chisporroteando en la grasa. Yo tenía hambre y el rostro de Kipa se alargaba y endurecía. Mi padre no decía nada, pero no encendió las lámparas cuando cayó la noche. Estábamos sentados en bancos en la terraza y nadie tenía interés en ver el rostro de su vecino. Entonces fue cuando supe cuántos dolores y decepciones pueden causar los ricos a los humildes y a los pobres por su sola negligencia.

Pero, por fin, aparecieron antorchas en la calle y mi padre se levantó de su asiento y se precipitó hacia la cocina a fin de coger una brasa con que encender las dos lámparas. Yo levanté, temblando, el jarro de agua y Thotmés suspiró profundamente a mi lado.

Ptahor, el trepanador real, llegó en una simple silla de manos llevada por dos esclavos negros. Delante de la litera un servidor, visiblemente borracho, sostenía una antorcha. Gimiendo y gritando saludos, Ptahor se apeó de su silla y mi padre lo saludó poniendo sus manos a la altura de las rodillas. Ptahor le puso la mano sobre el hombro, bien fuese para demostrar que juzgaba aquella cortesía exagerada, bien para encontrar en él un punto de apoyo. Dio una patada al portador de la antorcha diciendo que se fuese a incubar su vino debajo del sicómoro.

Los negros dejaron la litera en el macizo de acacias y se sentaron sin que se les invitase a ello.

Apoyando la mano sobre el hombro de mi padre, Ptahor subió los escalones de la terraza, yo le vertí el agua sobre sus manos a pesar de sus protestas y le tendí la servilleta. Pero él me rogó que puesto que le había mojado las manos se las secase. Después me dio amistosamente las gracias y dijo que era un buen muchacho. Mi padre lo instaló en el sillón de honor, prestado por un vecino, y nuestro huésped dirigió varias miradas a su alrededor. Durante algún tiempo nadie habló. Después pidió de beber porque tenía la garganta seca por el largo camino. Mi padre se apresuró a ofrecerle vino.

Ptahor lo husmeó con aire desconfiado; después lo bebió con manifiesto placer.

Era un hombrecillo de cabello cortado al rape y piernas torcidas; su barriga y su pecho pendían lacios bajo la delgada tela de su traje. Su cuello estaba adornado de pedrería, pero iba sucio y lleno de manchas. Apestaba a vino, sudor y ungüentos.

Kipa le ofreció bizcochos de especias, pescados fritos, frutos y la oca asada. Comió por cortesía, pese a que visiblemente salía de un banquete. Probó todos los platos e hizo de ellos alabanzas que alegraron a Kipa. A petición suya, llevé a los negros víveres y cerveza, pero respondieron a mi cortesía con improperios y me preguntaron si el barrigudo tardaría mucho en salir. El servidor roncaba bajo el sicómoro y no sentí deseos de despertarlo.

La velada fue muy confusa, pues mi padre se entregó a la bebida más de lo razonable, hasta el punto de que Kipa se fue a la cocina y se sentó moviendo tristemente la cabeza entre las manos. Cuando hubieron terminado la jarra de vino, bebieron los vinos medicinales de mi padre y acabaron contentándose con cerveza ordinaria, pues Ptahor afirmaba que no era exigente.

Evocaron los años de estudio en la Casa de la Vida, contaron anécdotas sobre sus maestros y se abrazaron tambaleándose con efusión. Ptahor explicó sus experiencias como trepanador real y dijo que era el último de los oficios para un médico especialista. Pero el trabajo no era penoso, lo cual ya era una ventaja apreciable para un perezoso como él. «¿No es verdad, mi viejo Senmut?» El cráneo humano, sin hablar de la garganta y las orejas que requieren los cuidados de un especialista, era, a su juicio, la cosa más difícil de aprender; por esto lo había elegido.

–Pero –añadió– si hubiese sido un médico enérgico, hubiera sido un buen médico ordinario y habría dado la vida en lugar de dar la muerte cuando los parientes están hartos de los viejos y de los enfermos incurables. Daría la vida como tú, amigo Senmut. Sería quizá más pobre, pero viviría una vida respetable y más sobria.

–No creáis una palabra, hijos míos –dijo mi padre–. Estoy orgulloso de mi amigo Ptahor, trepanador real, que es el hombre más eminente en su ramo. ¿Cómo no recordar sus maravillosas trepanaciones que salvaron la vida de tantos nobles y villanos y suscitaron un asombro general? Expulsa los malos espíritus que enloquecen a las gentes y extrae de los cerebros los huevos redondos de las enfermedades. Sus clientes reconocidos lo han colmado de oro y plata, y collares...

–He recibido dones de parientes reconocidos –dijo Ptahor con la lengua pastosa–. Porque si por azar curo un enfermo sobre diez o sobre cincuenta, no, digamos sobre cien, la muerte de los demás es mucho más cierta. ¿Has oído acaso hablar de un faraón que haya sobrevivido tres días a la trepanación? No, me mandan los incurables y los locos para que los trate con mi trepanador de sílex, y tanto más pronto cuanto más ricos o nobles son. Mi mano libra de los sufrimientos, mi mano distribuye las herencias, las tierras, el ganado y el oro; mi mano eleva un faraón al trono. Por eso se me teme, y nadie osa contradecirme, porque sé demasiadas cosas. Pero lo que aumenta el saber aumenta también el dolor, y por esto soy tan desgraciado.

Ptahor se echó a llorar y se sonó con el pañuelo funerario de Kipa.

–Eres pobre, pero honrado, Senmut –dijo sollozando–. Por esto te amo, porque soy rico, pero podrido. Podrido como una boñiga de vaca en el camino.

Se quitó el collar de piedras preciosas y se lo puso en el cuello a mi padre. Después entonaron cantos de los que no comprendí las palabras, pero Thotmés los escuchaba con éxtasis, diciendo que en las casas de los soldados no se oían canciones más crudas. Kipa comenzó a llorar en la cocina y uno de los negros acudió a levantar a Ptahor para llevárselo. Pero el trepanador se resistía y llamó a un servidor gritando que el negro quería asesinarlo. Como mi padre no estaba en estado de intervenir, fuimos Thotmés y yo quienes tuvimos que echar al negro a bastonazos. Gritando y lanzando juramentos, los dos negros salieron corriendo llevándose la litera.

Ptahor se vertió entonces la jarra de cerveza sobre la cabeza, reclamando ungüentos para frotarse el rostro, y quiso bañarse en el estanque del jardín. Thotmés me dijo en voz baja que deberíamos meter a los dos hombres en la cama y finalmente mi padre y su amigo durmieron uno al lado del otro en el lecho nupcial de Kipa, jurándose amistad eterna.

Kipa lloraba, se arrancaba los cabellos y se vertía ceniza sobre la cabeza. Yo me preguntaba qué dirían nuestros vecinos, pues los cantos debieron de oírse a gran distancia en el silencio de la noche. Pero Thotmés permaneció tranquilo y afirmó haber visto escenas mucho más violentas en la casa de los soldados y en la suya, cuando los hombres de los carros de guerra contaban sus antiguas hazañas y sus expediciones a Siria y al país de Kush. Declaró que la velada había sido muy animada, pese a que no se hubiesen llamado músicos ni cortesanas para divertirlos. Consiguió calmar a Kipa, y después de haber limpiado lo mejor posible las trazas del festín nos fuimos a dormir. El servidor siguió roncando bajo el sicómoro y Thotmés fue a mi cama, me pasó su brazo por el cuello y me habló de mujeres, porque también había bebido vino. Pero aquello no me divirtió porque era más joven que él y no tardé en dormirme.

Me desperté temprano al oír pasos en el dormitorio. Mi padre dormía todavía profundamente, con el collar de Ptahor, pero éste estaba sentado en el suelo con la cabeza entre las manos, preguntándose con voz lastimera dónde estaba.

Yo le saludé respetuosamente con las manos a la altura de las rodillas, y le dije que estaba en el barrio del puerto, en casa de Senmut, médico de pobres. Estas palabras lo tranquilizaron y me pidió cerveza. Yo le recordé que se había vertido la jarra sobre la cabeza, como lo delataban sus vestiduras. Entonces se levantó, frunció el ceño y salió. Yo le vertí agua sobre las manos y se inclinó gimiendo, pidiéndome que también le vertiese agua sobre la cabeza. Thotmés, que se había despertado, apareció con un pote de leche agria y pescado salado. Ptahor se sintió muy restablecido y acercándose al sicómoro despertó a su servidor a bastonazos.

–¡Miserable puerco! ¿Es así como cuidas a tu señor y llevas la antorcha delante de él? ¿Dónde está mi litera? ¿Dónde mis vestidos limpios? ¿Y mis píldoras? ¡Fuera de mi vista, puerco miserable!

–¡Soy un cerdo! –respondió humildemente el servidor–. ¿Qué me ordenas, oh, señor?

Ptahor le dio sus órdenes y el hombre se marchó en busca de una silla de manos. Ptahor se instaló cómodamente bajo el sicómoro y recitó, apoyado contra el tronco, un poema en el que se hablaba del alba y de una reina que se bañaba en el río. Después nos contó historias graciosas. Kipa, después de haber encendido el fuego, fue al dormitorio, donde oímos su voz. Al cabo de un rato, mi padre, vestido con nuevas vestiduras, apareció con aire contrito.

–Tu hijo es hermoso –dijo Ptahor–. Tiene el talle de un príncipe y sus ojos son dulces como los de las gacelas. –Pero a pesar de que yo entonces fuera sólo un chiquillo comprendí que hablaba de aquella forma para hacer olvidar su conducta de la víspera. Poco después añadió–: ¿Qué sabe tu hijo? ¿Los ojos de su espíritu son tan abiertos como los de su cuerpo?

Thotmés y yo fuimos a buscar nuestras tablillas. Después de haber dirigido una mirada a la cima del sicómoro, el trepanador real me dictó una poesía que recuerdo todavía.

Muchacho, goza de tu juventud,
porque la vejez tiene ceniza en la garganta
y el cuerpo embalsamado no se ríe
en la sombra de su tumba.

Yo hice cuanto supe y la escribí primero de memoria en escritura ordinaria. Después tracé las imágenes y finalmente escribí las palabras *vejez*, *cuerpo* y *tumba* de todas las maneras posibles, tanto en sílabas como en letras. Le tendí la tablilla y vi que no encontraba ni una sola falta. Sentí que mi padre estaba orgulloso de mí.

–¿Y este otro muchacho? –preguntó Ptahor señalando a Thotmés.

Mi amigo estaba sentado no lejos de nosotros y había dibujado alguna cosa. Vaciló antes de entregar su tablilla, pero sus ojos reían. Había dibujado a Ptahor poniendo su collar en el cuello de mi padre y vertiéndose la jarra de cerveza sobre la cabeza; en un tercer dibujo, mostraba a los dos amigos cantando cogidos por el cuello. Era tan divertido que podía casi adivinarse lo que gritaban. Yo sentí ganas de reír, pero no me atreví por miedo a que Ptahor se enfadase. Thotmés no le había favorecido. Estaba reproducido tan pequeño y calvo como era, tan patizambo y barrigudo como en la realidad.

Durante largo rato Ptahor no dijo nada; miraba atentamente ya los dibujos, ya a Thotmés. Mi amigo tuvo miedo y se puso de puntillas. Por fin, Ptahor habló:

–¿Cuánto quieres por ese dibujo? Te lo compro.

Pero Thotmés se sonrojó y dijo:

–Mi tablilla no está en venta. A un amigo se la regalaría.

Ptahor dijo:

–¡Bien contestado! Seamos amigos, y la tablilla es mía.

Miró nuevamente los dibujos, sonrió y rompió la tablilla contra una piedra. Todos tuvimos un sobresalto y Thotmés se apresuró a pedir perdón ante la eventualidad de haber ofendido al trepanador.

–¿Me enojaré acaso contra el agua en que he visto mi imagen? –preguntó lentamente Ptahor–. Pero la mano y el ojo del dibujante son más que el agua. Porque sé ahora el aspecto que ofrecía ayer, no quiero que nadie lo vea. Por esto he roto la tablilla, pero reconozco que eres un artista.

Thotmés saltó de júbilo.

Ptahor se volvió entonces hacia mi padre y recitó, mirándome con aire solemne, la antigua promesa de los médicos:

–Lo tomo para curarlo. –Y dirigiéndose a Thotmés añadió–: Haré lo que pueda.

Habiendo así vuelto a encontrar la jerga de los médicos, los dos amigos rieron satisfechos. Mi padre me puso la mano sobre la cabeza y me preguntó:

–Sinuhé, hijo mío, ¿querrías ser médico como yo?

Las lágrimas acudieron a mis ojos y mi garganta se contrajo hasta el punto que no pude contestar, pero asentí con la cabeza.

–No como él, ni tampoco como yo –dijo Ptahor, incorporándose y con la mirada fija y penetrante–, sino un verdadero médico. Porque nada es más grande que un verdadero médico. Delante de él el faraón está desnudo y el hombre más rico es igual que el más pobre.

–Quisiera ser un verdadero médico –dije yo tímidamente, porque era todavía un chiquillo y no sabía nada de la vida ni que la vejez desea siempre transmitir a la juventud sus sueños y sus ambiciones.

En cuanto a Thotmés, Ptahor le mostró el brazalete de oro de su muñeca y le dijo:

–¡Lee!
Thotmés descifró las imágenes grabadas y leyó:
–«La copa llena de júbilo mi corazón.»
Sonrió.
–No sonrías, granuja –dijo Ptahor con tono serio–. No se trata de vino. Pero si quieres llegar a ser artista, debes exigir tu copa llena. En todo verdadero artista es Ptah quien se manifiesta, el creador y constructor. El artista no es solamente el agua o un espejo, sino mucho más. Cierto es que el artista es a menudo un agua aduladora o un espejo mentiroso, pero a pesar de todo el artista es más que el agua. Exige la copa llena, muchacho, y no te contentes con lo que te digan; debes creer lo que ven tus ojos claros.
Me prometió entonces que recibiría una invitación para entrar en la Casa de la Vida y que haría cuanto pudiese porque Thotmés fuese admitido en la Escuela de Bellas Artes de Ptah.
–Muchachos, escuchad lo que os digo y olvidadlo en cuanto os lo haya dicho y olvidad también que es el trepanador real quien os lo ha dicho. Vais a caer en manos de los sacerdotes y Sinuhé será ordenado sacerdote, porque nadie puede ejercer la medicina, como tu padre y yo, si no ha sido ordenado. Pero cuando estéis entre las patas de los sacerdotes del templo, sed desconfiados como el chacal y astutos como la serpiente, a fin de no perderos ni cegaros. Pero exteriormente sed dulces como la paloma, porque sólo cuando ha llegado a la meta puede el hombre descubrir su propia naturaleza. Siempre fue así, y así será siempre. Recordad bien lo que os digo.
Al cabo de un rato llegó el servidor de Ptahor con una litera de alquiler y vestiduras limpias para su dueño. La silla de manos de Ptahor había sido dejada en prenda en una casa de lenocinio por los negros, que dormían todavía allí. Ptahor dio orden a su esclavo de desempeñar la silla y los negros; se despidió de nosotros, aseguró a mi padre su amistad y regresó a su barrio elegante.
Así fue como pude entrar en la Casa de la Vida del

gran templo de Amón. Pero al día siguiente Ptahor, el trepanador real, envió a Kipa un escarabajo sagrado artísticamente grabado en una piedra, para que mi madre pudiese llevarlo sobre su corazón, bajo los vendajes, en su tumba. No hubiera podido causarle un júbilo más grande, hasta el punto de que Kipa se lo perdonó todo y dejó de hablar a mi padre de la maldición del vino.

LIBRO SEGUNDO

LA CASA DE LA VIDA

1

En aquellos tiempos los sacerdotes de Amón en Tebas se habían atribuido el derecho exclusivo de la enseñanza superior y era imposible comenzar los estudios sin su consentimiento. Es fácil de comprender que tanto la Casa de la Vida como la Casa de la Muerte hayan sido en todos los tiempos instaladas en el interior de las murallas del templo así como la alta escuela de teología para los sacerdotes de grados superiores. En rigor, puede admitirse que las facultades de matemáticas y de astronomía dependan de su jurisdicción; pero cuando los sacerdotes hubieron acaparado la escuela de comercio y la facultad de derecho, las gentes de cultura comenzaron a preguntarse si el clero no se mezclaba en cuestiones que dependían del faraón o del fisco. Cierto era que no se exigía la ordenación para entrar en la facultad de comercio o de derecho, pero como Amón disponía al menos de un quinto de las tierras de Egipto y del comercio, y la influencia de los sacerdotes era considerable en todos los terrenos, toda persona deseosa de consagrarse al comercio o de entrar en la administración, obraba cuerdamente sometiéndose al examen de un sacerdote de grado inferior, convirtiéndose así en un obediente servidor de Amón.

La mayor de las facultades era naturalmente la de derecho, porque daba la competencia requerida para todas las funciones, ya se tratase del fisco, de la administración o de la carrera de armas. La pequeña tropa de los astrólogos y los matemáticos llevaban una existencia apacible en las salas de conferencias, despreciando profundamente a los adolescentes que afluían a los cursos de contabilidad y geodesia. Pero la Casa de la Vida y la Casa de la Muerte vivían aparte en el recinto del templo, y sus discípulos gozaban de la consideración temerosa de todos los demás estudiantes.

Antes de franquear el umbral de la Casa de la Vida, me era indispensable pasar el examen de sacerdote de grado inferior en la facultad de teología. Debí consagrar a ello tres años, porque al mismo tiempo acompañaba a mi padre en sus visitas a fin de aprovecharme de su experiencia. Vivía en casa, pero cada día asistía a los cursos. Los muchachos que tenían protector poderoso podían pasar en pocas semanas este examen, que comprendía, además de los elementos de lectura, escritura y cálculo, unos textos sagrados aprendidos de memoria, así como leyendas sobre las santas trinidades y las santas enéadas, que culminaban siempre en el rey de todos los dioses, Amón. El objeto de esta enseñanza maquinal era ahogar el deseo natural de los estudiantes de pensar por sí mismos e inspirarles una confianza ciega en la importancia de los textos aprendidos. Sólo cuando estaba ciegamente sometido al poderío de Amón, podía el joven estudiante alcanzar el primer grado del sacerdocio.

Los candidatos a este sacerdocio estaban clasificados según los estudios que tenían intención de emprender más tarde. Nosotros, los futuros discípulos de la Casa de la Vida, formábamos un grupo aparte, pero no hallé en él ni un solo amigo. No había olvidado la prudente recomendación de Ptahor y me replegaba en mí mismo, obedeciendo humildemente las órdenes y haciéndome el distraído cuando los demás gastaban bromas o se mofaban de los dioses. Había entre nosotros hijos de médicos rurales, a menudo mayores que nosotros, y que, torpes y bronceados, trataban de disimular su extrañeza y balbucían estúpidamente sus lecciones. Había, en fin, muchachos de baja extracción que sentían una sed natural de saber y aspiraban a abandonar el oficio y la situación de sus padres; pero eran tratados severamente y con exigencia, porque los sacerdotes sentían por ellos una desconfianza innata, ya que veían en ellos gente descontenta de su suerte.

Mi prudencia me fue útil, porque no tardé en darme cuenta de que los sacerdotes tenían entre nosotros sus espías. Una palabra imprudente, una duda expresada en público o una broma entre compañeros, llegaba rápidamente a oídos de los sacerdotes y el culpable era interrogado y castigado. Algunos discípulos eran bárbaramente apaleados, otros relegados del templo, y la Casa de la Vida les era igualmente cerrada, tanto en Tebas como en cualquier parte de Egipto. Si eran enérgicos, podían ganar las colonias como ayudantes de los amputadores de las guarniciones o seguir una carrera en Siria o el país de Kush, porque la reputación de los médicos egipcios se había extendido por el mundo entero. Pero la mayoría fracasaban a medio camino y se quedaban convertidos en vulgares escribas si habían conseguido saber leer y escribir.

El hecho de saber ya leer y escribir me dio ventaja sobre muchos de mis condiscípulos de más edad que yo. Estaba ya a punto de entrar en la Casa de la Vida, pero mi ordenación se retrasaba y yo no tenía valor para preguntar las razones, porque hubieran visto en ello una rebelión contra Amón. Entretanto, perdía el tiempo escribiendo los Libros de los Muertos que vendía en los patios. Me rebelaba en espíritu y me ponía melancólico. Muchos de mis camaradas, incluso los menos dotados, habían comenzado ya a estudiar en la Casa de la Vida, pero quizá, gracias a las enseñanzas de mis padres, tenía yo mejor preparación que ellos. Más tarde comprendí que los sacerdotes de Amón habían tenido más cordura que yo, porque creían en mí, adivinaban mi rebelión y mis dudas y de esta forma me ponían a prueba.

Finalmente, me anunciaron que había llegado mi turno de ir a velar en el santuario. Durante una semana debía habitar en el interior del templo, con prohibición de franquear el recinto. Debía purificarme y ayunar, y mi padre se apresuró a cortarme los cabellos y convocar a nuestros vecinos a fin de celebrar mi madurez. En efecto, a partir de aquel día era ya un adulto, puesto que estaba en condiciones de recibir la ordenación, acto que, pese a su carácter insignificante, me colocaba por encima de mis vecinos y de mis camaradas.

Kipa había hecho cuanto estuvo en su mano, pero los pasteles de miel no me fueron agradables al paladar, y las pesadas bromas de mis vecinos no me divirtieron. Por la noche, después de la marcha de los invitados, mi melancolía ganó también a Senmut y a Kipa. Mi padre me informó del misterio de mi nacimiento, Kipa precisó algunos pormenores y yo conservaba la vista fija en mi cuna de cañas suspendida en el techo, encima de la cama. Aquellas cañas ennegrecidas y rotas me destrozaban el corazón, porque no tenía padre ni madre. Estaba solo en la vida, solo bajo las estrellas de la inmensa ciudad. No era quizá más que un miserable extranjero, y acaso mi nacimiento encerrase un infame secreto.

Con una herida en el corazón, entré en el templo con las ropas de iniciación preparadas con amor y solicitud por Kipa, mi madre.

2

Éramos veinticinco candidatos a la iniciación. Después del baño en el estanque del templo, nos afeitaron la cabeza y nos dieron vestiduras groseras. Nuestro ordenador resultó ser un sacerdote muy poco concienzudo. Según la tradición, hubiera podido someternos a ceremonias humillantes; pero había entre nosotros hijos de familia así como hombres ya hechos que habían pasado sus exámenes de derecho y querían entrar al servicio de Amón para asegurarse su porvenir. Tenían provisiones abundantes, ofrecían de beber al sacerdote y algunos de ellos iban incluso a pasar la noche en las casas de lenocinio, porque para ellos la ordenación no tenía significado alguno. Yo velaba con el corazón herido y era presa de muy tristes pensamientos. Me contentaba con un trozo de pan y un vaso de agua, nuestra pitanza prescrita, y esperaba con una esperanza ansiosa lo que tenía que ocurrir.

Porque era todavía tan joven que hubiera querido creer de una manera indecible. Durante la ordenación, se decía, Amón aparecía y hablaba con cada uno de los candidatos, y hubiera sentido un alivio inmenso si hubiese podido liberarme de mí mismo y penetrar en el secreto de las cosas. En compañía de mi padre, había visto la enfermedad y la muerte desde mi infancia, y mi mirada era más penetrante que la de los muchachos de mi edad. Para un médico, no hay nada tan sagrado como la muerte, ante la cual tiene que inclinarse, decía mi padre. Por esto dudaba, y todo lo que había visto en el templo durante tres años reforzaba mi incredulidad.

Pero acaso detrás de la cortina, en la oscuridad de lo sacrosanto, me decía, se oculte un misterio que desconozco. Acaso Amón se muestre a mí para apaciguar mi corazón.

Tales eran mis pensamientos mientras erraba por el corredor destinado a los profanos, contemplando las santas imágenes coloreadas y leyendo las inscripciones sagradas que referían cómo los faraones habían ofrecido a Amón inmensas dádivas procedentes de su botín. Entonces fue cuando vi ante mí una mujer bellísima vestida con un traje del más sutil lino, de manera que veía sus pechos y sus muslos a través de la tela. Era alta y delgada, sus labios, sus mejillas y sus cejas estaban pintados, y me miraba con una curiosidad provocativa.

–¿Cuál es tu nombre, bello muchacho? –me preguntó, mirando con sus ojos verdes mi túnica gris que delataba que me preparaba para la ordenación.

–Sinuhé –respondí yo confuso, sin osar levantar la vista.

Pero era tan bella y el aceite que corría por su frente olía tan bien que esperaba que me pediría que la guiase por el templo.

–Sinuhé –dijo ella, pensativa–. ¿Entonces tienes miedo y huyes si se te confía un secreto?

Pensaba sin duda en la leyenda de Sinuhé, lo cual me irritaba, porque ya me habían atormentado bastante en la escuela con la leyenda de Sinuhé. Por esto me erguí y la miré cara a cara. Pero su mirada era tan extraña, tan curiosa y brillante, que sentía mis mejillas sonrojarse y un fuego extraño devoró mi cuerpo.

–¿Por qué tendría miedo? Un futuro médico no teme nada.

–¡Ah...! –dijo ella sonriendo–. El polluelo pía ya antes de haber roto el cascarón. ¿Tienes entre tus camaradas un muchacho llamado Metufer? Es el hijo del constructor real.

Este Metufer era el camarada que había ofrecido vino al sacerdote, dándole, además, un brazalete de oro. Me sentí desagradablemente sorprendido, pero me ofrecí para ir a buscarlo. Me decía que quizá era una hermana suya o una parienta. Esta idea me tranquilizó y la miré sonriendo.

–Pero ¿cómo hacerlo puesto que no conozco tu nombre y no podré decirle quién pregunta por él?

–Lo adivinará –dijo golpeando el suelo con impaciencia. Esto me llevó a mirar su pie, que el polvo no había ensuciado y cuyas uñas estaban pintadas de rojo–. Sabrá quién pregunta por él. Acaso me deba algo. Quizá mi marido esté de viaje y espere a Metufer para consolarme en mi dolor.

Mi corazón se angustió nuevamente al pensar que era casada. Pero respondí valientemente:

–¡Bien, bella desconocida! Voy a buscarlo. Le diré que una mujer más joven y más bella que la diosa de la Luna pregunta por él. Así sabrá enseguida quién eres, pues el que te ha visto una vez no puede olvidarte jamás.

Asustado de mi osadía, di la vuelta, pero ella me sujetó del brazo, diciéndome con aire meditativo:

–¡Mucha prisa tienes! Espera, tenemos todavía muchas cosas que decirnos.

De nuevo fijó sus ojos en mí y el corazón saltó dentro de mi pecho. Después, tendió su brazo cargado de brazaletes y sortijas y me acarició la cabeza.

–¿Esta bella cabeza no tiene frío, ahora que no lleva ya sus bucles? –E inmediatamente añadió–: ¿Me has dicho la verdad? ¿Me encuentras realmente bella? ¡Mírame mejor!

La miré y vi que sus vestidos eran de lino real; era bella a mis ojos, más bella que todas las mujeres que había visto hasta entonces, y no hacía nada por ocultar su beldad. La miraba, y sentía cicatrizarse la herida de mi corazón; olvidaba a Amón y la Casa de la Vida, y su presencia quemaba mi cuerpo como el fuego.

–No contestes –dijo ella tristemente–. No tienes necesidad de contestar, porque seguramente me encuentras vieja y fea, incapaz de regocijar tus bellos ojos. Ve, pues, a buscar a Metufer, así quedarás libre de mí.

Pero yo no me alejé, ni sabía qué decir, a pesar de que comprendía que se estaba burlando de mí. Reinaba la oscuridad entre las gigantescas columnas del templo. El resplandor de la piedra arquitectónica brillaba en sus ojos y nadie podía vernos.

–Acaso no sea necesario que vayas a buscarle –me dijo sonriendo–. Si gozas y te places con mi compañía, me basta, porque no tengo a nadie con quien divertirme.

Entonces me acordé de las palabras de Senmut sobre las mujeres que invitan a los muchachos a divertirse con ellas. Fue este recuerdo tan brusco que retrocedí un paso.

–¿No adiviné acaso que Sinuhé tiene miedo? –dijo ella avanzando hacia mí.

Pero yo levanté la mano y dije rápidamente:

–Sé muy bien quién eres tú. Tu marido está de viaje; y tu corazón es un cebo pérfido y tu seno quema con mayor ardor que el fuego.

La bella desconocida mostró una leve confusión, pero sonrió de nuevo y me dijo:

–¿Eso crees? Pues no es verdad. Mi seno no quema como el fuego; por el contrario, se dice que es delicioso. Compruébalo tú mismo.

Me cogió la mano y la llevó a su pecho, del que sentí la belleza a través de la tenue tela; hasta tal punto que empecé a temblar y mis mejillas se sonrojaron.

–No me crees todavía –dijo con una decepción fingida–. Es que la tela te estorba; espera, deja que la separe.

Abrió su túnica y puso mi mano sobre su pecho desnudo. Sentí latir su corazón, pero su pecho era tierno y fresco bajo mi mano.

–Ven, Sinuhé –dijo en voz baja–. Ven conmigo, beberemos vino y nos divertiremos juntos.

–No debo alejarme del templo –dije, angustiado, sintiendo vergüenza de mi cobardía porque la deseaba y la temía tanto como a la muerte–. Debo conservarme puro hasta mi ordenación, de lo contrario me arrojarían del templo y no podría entrar jamás en la Casa de la Vida. ¡Ten piedad de mí!

Así hablé porque sabía que estaba dispuesto a seguirla si me lo hubiese pedido una sola vez más. Pero ella tenía experiencia y comprendió mi situación angustiosa. Dirigió una mirada a nuestro alrededor. Estábamos solos, pero la gente circulaba no lejos de nosotros y un guía explicaba a unos extranjeros las curiosidades del templo, exigiéndoles monedas de cobre para mostrarles nuevas maravillas.

–Muy tímido eres, Sinuhé –me dijo–. Nobles y ricos me ofrecen alhajas de oro para que acepte divertirme con ellos. Pero tú deseas permanecer puro, Sinuhé.

–Querrás sin duda que vaya en busca de Metufer –dije desamparado.

Sabía que Metufer no vacilaría en abandonar el templo toda la noche, pese a que fuese su turno de vela. Tenía medios de hacerlo porque su padre era constructor real; pero en aquel momento hubiera sido capaz de matarlo.

–Quizá no deseo ya que llames a Metufer –dijo con una expresión de malicia en los ojos–. Quizá también desee que nos separemos como buenos amigos. Por esto te diré mi nombre, que es Nefernefernefer; se me juzga tan bella que nadie, después de haber pronunciado mi nombre, puede evitar repetirlo dos o tres veces. También es costumbre que al separarse los amigos cambien regalos para no olvidarse mutuamente. Por esto te pido que me ofrezcas un regalo.

Así conocí de nuevo mi pobreza, porque no tenía nada que darle, ni siquiera un modesto brazalete de cobre que, por otra parte, no hubiera osado ofrecerle. Sentía tanta vergüenza de mí mismo que bajé la cabeza sin decir nada.

–Pues bien, dame algo que caliente mi corazón –dijo ella levantando con su dedo mi barbilla y aproximando su rostro al mío.

Cuando comprendí lo que deseaba toqué con mis labios sus labios tiernos. Lanzó un leve suspiro y dijo:

–Gracias, ha sido un bello regalo, Sinuhé. No lo olvidaré. Pero debes de ser seguramente extranjero, de un lejano país, porque no has aprendido a besar. ¿Cómo es posible que las cortesanas de Tebas no te hayan enseñado todavía este arte pese a que tu cabello está cortado ya?

Se quitó una sortija del pulgar, una sortija de plata y oro con una piedra verde sin grabar, y me la puso en un dedo.

–También yo debo hacerte un regalo para que no me olvides, Sinuhé –dijo–. Cuando hayas entrado en la Casa de la Vida, podrás hacerte grabar en ella tu sello y serás lo mismo que los nobles y los ricos. Pero recuerda que la piedra es verde porque mi nombre es Nefernefernefer y porque me han dicho que mis ojos son verdes como el Nilo bajo los rayos del sol.

–No puedo aceptar tu sortija, Nefernefernefer –y la repetición de este nombre me causó un goce indecible–. Pero no te olvidaré jamás.

–¡Qué tontería! –dijo ella–. Guarda la sortija, puesto que yo lo quiero. Guárdala a causa de mi capricho, porque sé que me traerá algún día un gran interés.

Agitó su dedo meñique delante de mis ojos y me dijo con coquetería:

–Desconfía siempre de las mujeres cuyo seno es más ardiente que el fuego.

Dio media vuelta y se alejó, prohibiéndome acompañarla. Desde la puerta del templo la vi subir a una litera ricamente adornada; el corredor salió para abrirle paso gritando. Vi a la gente apartarse y susurrar después, pero su marcha me dejó sumido en una espantosa sensación de vacío, como si me hubiese arrojado de cabeza a algún sombrío abismo.

Metufer vio la sortija en mi mano algunos días después, me cogió la mano y, contemplando la sortija, dijo:

–¡Por los cuarenta y dos babuinos de Osiris! Nefernefernefer, ¿verdad? ¡Jamás lo hubiera creído de ti!

Me miró con aire de respeto, pese a que el sacerdote me hubiese encargado barrer el suelo y realizar los más bajos menesteres porque no le había llevado ningún regalo.

En aquel momento odiaba a Metufer como sólo puede odiar un adolescente. A pesar de que ardía en deseos de interrogarlo sobre Nefernefernefer, me abstuve porque no quería rebajarme tanto. Oculté mi secreto en mi corazón, porque la mentira es más exquisita que la verdad y el sueño más puro que la realidad terrestre. Admiraba la piedra verde en mis dedos, evocaba sus ojos y su delicioso seno y sentía el olor de su perfume. Sus labios dulces tocaban los míos y me consolaba, porque Amón se me había ya aparecido y mi fe se había derrumbado.

Por esto al pensar en ella murmuraba: «Hermana mía.» Era a mis oídos como una caricia, porque desde la más remota antigüedad esta palabra ha significado: «Mi adorada.»

3

Pero quiero contar aquí cómo se me apareció Amón.

La cuarta noche era mi turno de velar sobre el reposo de Amón. Éramos siete, de los cuales dos, Mosé y Bek, querían entrar también en la Casa de la Vida. Por esto los conocía.

Yo estaba debilitado por el ayuno y la tensión de espíritu. Gravemente seguíamos sin sonreír al sacerdote –¡que su nombre permanezca siempre en el olvido!– que nos llevaba hacia el santuario. Amón había descendido de su barca tras la montaña occidental, los guardianes soplaron en sus trompetas de plata y las puertas del templo fueron cerradas. Pero el sacerdote que nos guiaba se había saciado de la carne de los sacrificios, los frutos y los panecillos dulces, el aceite corría por su rostro y el vino había empurpurado sus mejillas. Riéndose, levantó la cortina y nos mostró el santo de los santos. Una enorme hornacina excavada en la roca albergaba a Amón, y bajo la luz de las lámparas sagradas, la pedrería de su cuello y su tiara lanzaban destellos rojos, verdes y azules; parecían ojos vivos. Al alba, bajo la dirección del sacerdote, debíamos ungirlo y cambiarle las vestiduras. Yo lo había visto ya durante la fiesta de la primavera, llevado en procesión en una barca de oro, y la gente se postraba delante de él. Lo había visto también durante las crecidas navegar por el lago sagrado en su real nave de cedro. Pero, pobre estudiante, no lo había visto más que de lejos, y su traje rojo no me había producido una impresión tan grande como ahora, bajo la luz de las lámparas y en el silencio absoluto del santuario. El color rojo estaba reservado a los dioses, y al mirarlo, me parecía que la estatua de piedra me aplastaba con todo su peso.

–Velad y orad por el dios –dijo el sacerdote, agarrándose de las cortinas porque sus piernas no estaban muy seguras–. Quizá os llamará por vuestros nombres, porque tiene la costumbre de mostrarse a los candidatos y hablarles, si los juzga dignos de ello.

Hizo rápidamente con la mano los signos sagrados, murmurando los nombres divinos de Amón, y dejó caer la cortina sin hacer tan sólo una reverencia ni poner sus manos a la altura de las rodillas.

Salió dejándonos solos en el atrio sombrío, cuyas losas helaban nuestros pies desnudos. Después de su marcha, Mosé sacó una lámpara y Ahmose penetró sin embarazo en el santuario y usó del fuego de Amón para encenderla.

–Sería una locura estar a oscuras –dijo Mosé.

Y nos sentimos más tranquilos aunque algo intimidados. Ahmose tenía pan y carne. Mata y Nefru comenzaron a jugar a los dados gritando con una voz tan aguda que resonaba en todo el templo. Después de haber comido, Ahmose se envolvió en sus vestiduras y se tendió en el suelo, lanzando maldiciones contra la dureza de las losas; Sinufer y Nefru no tardaron en seguir su ejemplo.

Yo era joven y velaba, a pesar de saber que Metufer había regalado al sacerdote una jarra de vino, invitándolo a su habitación con otros dos hijos de buena familia, de manera que no podía venir a sorprendernos. Velaba, pese a saber, por haberlo oído decir, que todos los candidatos comían, jugaban o dormían. Mata comenzó a hablar del templo de Sekhmet, de cabeza de leona, donde la hija celeste de Amón se aparecía a los reyes guerreros y los besaba. Este templo estaba situado detrás del de Amón, pero no gozaba ya del favor del pueblo. Hacía décadas que el faraón no había vuelto a él y la hierba crecía por entre las grandes losas del patio. Pero Mata decía que no tendría ningún inconveniente en velar allá y besar la desnudez de la diosa, y Nefru lanzaba los dados, bostezaba y lamentaba no haber tenido la idea de proveerse de vino. Después, los dos se acostaron y pronto fui yo el único en velar.

La noche fue larga y, mientras los demás dormían, una profunda piedad se apoderó de mí, porque era todavía joven y me decía que había permanecido puro y observado todos los ritos, a fin de que Amón se me apareciera. Repetía sus nombres sagrados y aguzaba el oído al menor ruido poniendo en tensión mis sentidos, pero el templo permanecía vacío y frío. Hacia el alba la cortina del santuario se movió un poco, pero eso fue todo. Cuando la luz del día entró en el templo apagué la luz, presa de una decepción indecible, y desperté a mis compañeros.

Los soldados hicieron sonar sus trompetas, los guardias fueron relevados en las murallas y un murmullo indistinto procedente de los patios llegó hasta mí, como la resaca de las olas lejanas bajo el viento; así nos dimos cuenta de que el trabajo cotidiano del templo había comenzado. El sacerdote vino por fin con grandes prisas, seguido, con gran sorpresa mía, de Metufer. Los dos apestaban a vino, iban cogidos del brazo; y el sacerdote balanceaba las llaves de los cofres en su mano y repetía, ayudado por Metufer, las palabras sagradas antes de saludarnos:

–Candidatos Mata, Mosé, Bek, Sinufer, Nefru, Ahmose y Sinuhé, ¿habéis velado y orado, como está prescrito, para merecer vuestra iniciación?

–Sí –respondimos con una sola voz.

–¿Se os ha aparecido Amón según su promesa? –prosiguió el sacerdote, mirándonos con sus ojos cansados.

Después de un momento de vacilación en el grupo, Mosé dijo con prudencia:

–Se nos ha aparecido según su promesa.

Todos repitieron esta frase, pero yo no dije nada; me parecía que una mano me estrujaba el corazón, porque lo que decían mis compañeros se me antojaba sacrílego.

Metufer dijo con imprudencia:

–He velado y orado también por merecer la ordenación, porque la noche próxima tengo otra cosa que hacer que velar aquí. Amón se me ha aparecido, como puede testimoniarlo el sacerdote, en forma de gruesa jarra que me ha confiado una serie de secretos que no puedo revelaros, pero sus palabras eran en mi boca dulces como el vino, de forma que he tenido sed de beberlas hasta el nuevo día.

Armándose de valor, Mosé dijo:

–A mí se me ha aparecido bajo la forma de su hijo Horus; se posó sobre mi hombro y me dijo: «Bendito seas, Mosé, bendita sea tu familia, a fin de que un día puedas sentarte en la casa de las dos puertas y tengas numerosos servidores a quienes mandar.»

Los demás se dieron prisa en repetir lo que Amón les había dicho y hablaban todos a la vez mientras el sacerdote los miraba, riéndose. No sé si contaban sus sueños o mentían. Pero yo me sentía solo y desamparado y no decía nada.

Finalmente, el sacerdote se volvió hacia mí, frunció el ceño y dijo severamente:

–Y tú, Sinuhé, ¿no eres acaso digno de ser ordenado? ¿No se te ha aparecido acaso el divino Amón? ¿No lo has visto siquiera bajo la forma de un ratón, puesto que elige a su antojo millares de formas distintas?

Para mí se trataba de entrar en la Casa de la Vida, de manera que me armé de valor:

–Al alba he visto moverse la cortina del santuario, pero no he visto a Amón ni me ha hablado.

Ante mis palabras todos se echaron a reír y Metufer se golpeó las rodillas diciéndole al sacerdote:

–Es tonto...

Cogió al sacerdote por la manga, que estaba manchada de vino, y le dijo unas palabras al oído, mirándome. El sacerdote me lanzó una nueva mirada severa.

–Si no has oído la voz de Amón –dijo–, no podré iniciarte. Pero lo intentaremos, porque eres un muchacho creyente y con intenciones buenas.

Y con estas palabras entró en el santuario. Metufer se acercó a mí, vio mi expresión desolada y me sonrió amistosamente.

–No temas nada –me dijo.

Al cabo de un instante todos tuvimos un sobresalto, porque en el templo resonaba una voz sobrenatural que parecía manar de todas partes, del techo, del muro y de las columnas. Esta voz decía:

–Sinuhé, Sinuhé, gandul, haragán, ¿dónde estás? Preséntate ante mí y hónrame, porque no tengo ganas de esperarte todo el día.

Metufer se ahogaba de risa y, empujándome hacia el santuario, me hizo acostarme sobre el suelo en la actitud prescrita para saludar a los dioses y a los faraones. Pero levanté la cabeza y vi que la luz había invadido todo el santuario. La voz salía de la boca de Amón.

–Sinuhé, Sinuhé, cerdo babuino..., ¿estabas borracho, puesto que dormías cuando te llamé? Deberías ser ahogado en el fango, pero por tu temprana edad te perdono, pese a que seas una bestia perezosa, porque perdono a los que creen en mí y arrojo a los demás a un abismo infernal.

No recuerdo todo lo que dijo la voz, gritando y maldiciendo, ni quiero recordarlo, tan humillante y amargo era para mí, porque, escuchando bien, había reconocido en aquel rugido sobrenatural el tono de voz del sacerdote y este descubrimiento me había dejado consternado y glacial. Pese a que la voz se hubiese callado, continué postrado a los pies de Amón, hasta que el sacerdote vino a levantarme de un puntapié, mientras mis compañeros me entregaban incienso, ungüentos, pomadas y vestiduras rojas.

Cada cual tenía su misión determinada. Yo recordé la mía y corrí al vestíbulo en busca de un cubo de agua sagrada y paños para lavar el rostro, las manos y los pies del dios. A mi regreso vi al sacerdote escupir al rostro de Amón y enjugarlo con su manga mancillada. Después Mosé y Nefru le pintaron los labios, las cejas y las mejillas. Metufer lo ungió y, riéndose, pasó el pincel por el rostro del sacerdote y el suyo. Finalmente, desnudamos la estatua, la lavamos y la secamos, como si hubiese hecho sus necesidades, y le pusimos vestiduras limpias.

Cuando todo hubo terminado, el sacerdote recogió los vestidos y las ropas porque los vendía a trozos a los ricos visitantes del templo, y el agua servía para curar las enfermedades de la piel. Por fin quedamos libres y pude salir al patio bajo el sol, donde vomité.

Mi corazón y mi cabeza estaban tan vacíos como mi estómago, porque no creía ya en los dioses. Pero cuando, una semana después, me ungieron con aceite y me ordenaron sacerdote de Amón, presté el juramento sacerdotal y recibí un certificado. Éste ostentaba el sello del gran templo de Amón y mi nombre, y me daba acceso a la Casa de la Vida.

Así fue como Mosé, Bek y yo entramos en esta casa. La puerta se abrió ante nosotros, mi nombre fue inscrito en el libro de la vida, como lo fueran un día los de mi padre Senmut y el de su padre. Pero ya no era feliz.

4

En la Casa de la Vida, la enseñanza hubiera debido ser vigilada por los médicos reales, cada cual en su rama. Pero sólo se les veía raramente, porque su clientela era numerosa, recibían ricos regalos por sus servicios y habitaban vastas residencias en las afueras de la villa. Sin embargo, cuando se llevaba un enfermo a la Casa de la Vida cuyo caso sobrepasaba la competencia de los médicos ordinarios o al que nadie se atrevía a tratar, se llamaba a un médico real, que hacía lo que podía delante de los discípulos. Así, gracias a Amón, el enfermo más pobre podía gozar de los cuidados de un médico real.

Porque los enfermos de la Casa de la Vida pagaban según sus medios, y aun cuando muchos llevaban un certificado atestiguando que un médico ordinario no podía curarlos, los más pobres iban directamente a la Casa de la Vida y no se les hacía pagar nada. Todo aquello era bello y justo, pero yo no hubiera querido ser pobre y estar enfermo, porque con estos pobres desgraciados se ejercitaban los aprendices y los alumnos los cuidaban sin darles calmantes, de manera que tenían que sufrir las pinzas, las cuchilladas y el fuego sin anestesia. Por esto frecuentemente se oían en los patios de la Casa de la Vida los aullidos y los lamentos de los pobres.

Incluso para un alumno dotado, los estudios eran largos. Debíamos aprender la ciencia de los remedios y conocer las plantas, saber cogerlas en el momento propicio, secarlas y destilarlas, porque en caso de necesidad un médico debía poder preparar él mismo sus pociones. Yo y muchos otros murmurábamos contra este sistema, porque no veíamos la utilidad, puesto que en la Casa de la Vida se podían obtener todos estos remedios ya mezclados y dosificados. Pero, como se verá más tarde, esta enseñanza me fue muy útil.

Debíamos aprender también los nombres de las diferentes partes del cuerpo, su función y el objeto de los diferentes órganos. Debíamos aprender a manejar el cuchillo, el escalpelo y las tenazas, pero ante todo debíamos acostumbrar a nuestras manos a sentir los dolores tanto en las cavidades del cuerpo humano como a través de la piel y había que saber también leer las enfermedades en los ojos del paciente. Teníamos asimismo que asistir a un parto cuando los cuidados de la comadrona no bastaban. Había que aprender a aumentar o a calmar los dolores según las necesidades. Había que saber distinguir las enfermedades graves de las benignas, las que procedían del espíritu, como las del cuerpo. Había que saber filtrar la verdad a través de las palabras del enfermo y de la cabeza a los pies, saber hacer las preguntas necesarias para obtener una imagen clara de la enfermedad.

Era, pues, comprensible que cuanto más avanzaba en mis estudios más sintiese la insuficiencia de mi saber. ¿No es acaso una realidad que un médico no lo es realmente hasta que reconoce humildemente que no sabe nada? Pero no hay que decirlo a los profanos, porque lo que importa es que un enfermo tenga confianza en su médico y en su habilidad. Es el fundamento de toda curación sobre el cual hay que edificar. Por esto un médico no debe equivocarse nunca, porque un médico falible pierde su reputación y disminuye la de sus colegas. Por esto ocurre que en las casas de los ricos, cuando después de un primer médico se llama a un segundo y a un tercero para examinar un caso difícil, los colegas prefieren enterrar el error del primero antes que revelarlo con gran perjuicio del cuerpo médico. Por esto se dice que los médicos entierran juntos a sus enfermos.

Pero en aquel tiempo yo no sabía nada de esto y entré

en la Casa de la Vida con la respetuosa convicción de que iba a descubrir toda la sabiduría terrestre. Las primeras semanas fueron duras, porque el discípulo joven es el servidor de los antiguos y no hay criado subalterno que no le sea superior. Ante todo el alumno debe aprender la limpieza, y no hay tarea repugnante que no se le confíe, de manera que se siente enfermo de asco hasta el momento en que se endurece. Pero no tarda en saber que un cuchillo no está limpio hasta que ha sido purificado por el fuego, y una tela hervida en agua de sosa.

Sin embargo, todo cuanto hace referencia al arte de la medicina está escrito en los libros, de manera que no me detendré más sobre ello. Como desquite quiero hablar de lo que he visto y en particular sobre lo que los demás no han escrito.

Después de una larga estancia, vino el día en que me dieron una blusa blanca después de las purificaciones rituales y pude aprender, en las salas de visita, a arrancar dientes a los hombres fuertes, curar heridas y entablillar miembros fracturados. Todo aquello no era nuevo para mí y gracias a las enseñanzas de mi padre hice rápidos progresos y llegué a ser pronto el jefe de mis camaradas. Algunas veces recibía regalos, y un día hice grabar mi nombre sobre la piedra verde que Nefernefernefer me había dado, a fin de poder estampar mi nombre sobre mis recetas.

Abordé tareas cada vez más difíciles, y pude velar en las salas donde reposaban los incurables, seguir los cuidados y las operaciones de los médicos célebres que eran capaces de salvar a un enfermo de cada diez. Aprendí también a ver que para el médico la muerte no tiene nada de espantoso y que a menudo para el enfermo es una amiga compasiva, de manera que frecuentemente el rostro de un hombre moribundo demuestra más felicidad que durante los días miserables de su vida.

Sin embargo, fui ciego y sordo hasta el momento en que tuve una iluminación como antaño, durante mi infancia, cuando las imágenes, las palabras y las letras cobraron vida para mí. Un día mis ojos se abrieron, me desperté como de un sueño y con el espíritu desbordante de alegría me pregunté: «¿Por qué?» Porque la temida clave de todo verdadero saber es la pregunta: «¿Por qué?» Esta palabra es más fuerte que la caña de Thot y más poderosa que las inscripciones grabadas sobre la piedra.

He aquí cómo ocurrió. Una mujer no había tenido hijos y se creía estéril porque había pasado ya de la cuarentena. Un día, sus menstruos cesaron y, atemorizada, acudió a la Casa de la Vida preguntándose si un mal espíritu habría penetrado en ella emponzoñando su cuerpo. Como está prescrito, tomé unos granos de trigo y los hundí en la tierra. Regué algunos granos con agua del Nilo y los otros con orina de la mujer. Puse todo aquello al sol y le dije a la mujer que volviese a pasar al cabo de algunos días. Cuando vino, los granos habían germinado; los que habían sido regados con agua del Nilo eran pequeños, mientras los demás estaban florecientes. Así lo que estaba escrito era verdad, como se lo dije a la mujer sorprendida.

–Regocíjate, mujer, porque en su misericordia el poderoso Amón ha bendecido tu seno y tendrás un hijo, como las demás mujeres benditas.

La pobre mujer lloró y me dio un brazalete de plata que pesaba dos *deben*. Pero en el acto me preguntó si sería un varón, porque se figuraba que lo sabía todo. Reflexioné un momento, la miré a los ojos y le dije:

–Será un hijo.

Porque las probabilidades eran las mismas y en aquellos tiempos tenía suerte en el juego. Estuvo todavía más contenta y me dio otro brazalete igual al primero.

Una vez se hubo marchado, me pregunté:

«¿Cómo es posible que un grano de trigo sepa lo que ningún médico puede dilucidar antes de que los signos del embarazo sean perceptibles a la vista?» Entonces me decidí a ir a hacer esta pregunta a mi maestro, pero éste se limitó a contestar:

–Está escrito.

Pero aquélla no era una respuesta satisfactoria a mi porqué.

Me decidí a consultar acerca de la maternidad al médico comadrón real, quien me dijo:

–Amón es el dios de todos los dioses. Su ojo ve la matriz que recibe la semilla. Si permite la fecundación, ¿por qué no permitiría que un grano germine en la tierra si se ha regado con el agua de la mujer fecundada?

Me dirigió una mirada de compasión como a un imbécil, pero su respuesta no me satisfizo.

Ahora mis ojos se abren y veo que los médicos de la Casa de la Vida conocían únicamente los textos y las costumbres, pero nada más. Porque si preguntaba por qué había que cauterizar una herida purulenta mientras se unta una herida ordinaria y se la cubre con un apósito y por qué el moho y las telarañas curan los abscesos, me respondían:

–Así se ha hecho siempre.

De la misma forma el manipulador del cuchillo que cura tiene el derecho de practicar las ciento veintidós operaciones e incisiones que han sido descritas, y las ejecuta más o menos bien según su experiencia y habilidad; más o menos lentamente, ocasionando más o menos sufrimientos al enfermo; pero no puede hacer nada más porque sólo éstas han sido descritas.

Había gente que se adelgazaba y cuyo rostro se ponía pálido, pero el médico no podía descubrir enfermedad ni defecto. Y, sin embargo, estos enfermos recuperaban la salud si comían el hígado crudo de las víctimas de los sacrificios pagando por él un precio elevado, pero nadie podía explicar el porqué; nadie se atrevió siquiera a preguntarlo. Otros tenían dolores de vientre, y sus manos y sus rostros se ponían ardientes; tomaban purgantes y calmantes, pero unos sanaban y otros morían sin que los médicos pudiesen decir de antemano lo que ocurría. No estaba siquiera permitido preguntarse el porqué.

No tardé en darme cuenta de que hacía demasiadas preguntas, porque todos comenzaron a mirarme de soslayo y los camaradas entrados más tarde que yo pasaron delante de mí y me daban órdenes. Entonces fue cuando me quité mi vestidura blanca, me purifiqué y abandoné la Casa de la Vida, llevándome los dos brazaletes cuyo peso era de cuatro *deben*.

5

Cuando salí del templo en pleno día, cosa que no me había ocurrido desde hacía muchos años, me di inmediatamente cuenta de que Tebas había cambiado mucho durante mis estudios. Lo vi al seguir la avenida de los Carneros y al cruzar las plazas de los mercados. Por doquier reinaba una nueva inquietud y la indumentaria de la gente era más lujosa y complicada y era ya imposible distinguir, por los pliegues del traje y la peluca, si era un hombre o una mujer. De las tabernas y las casas de placer salía la música de Siria y en las calles se oían constantemente nombres extranjeros; los sirios y los negros se mezclaban descaradamente con los egipcios. La opulencia y el poderío de Egipto eran infinitos y desde hacía siglos ningún enemigo había hollado el suelo del país, y los hombres llegados a la edad adulta ignoraban cuanto hiciese referencia a la guerra. Pero la gente ¿era acaso más feliz? No lo creo, porque todas las miradas estaban inquietas, todo el mundo llevaba prisa, cada cual esperaba una mejora futura sin gozar del momento presente.

Andaba al azar por las calles de Tebas; iba solo y mi corazón estaba henchido de angustia y de dolor. Regresé a casa y vi que mi padre Senmut había envejecido; su espalda se había encorvado y sus ojos no podían ya distinguir los signos sobre el papel. Vi también que mi madre Kipa había envejecido, jadeaba al caminar y no hablaba más que de la tumba, porque con sus economías mi padre había comprado una tumba en la necrópolis situada al oeste del río. Yo la había visto, era de ladrillos con los muros adornados con las imágenes e inscripciones habituales. Estaba rodeada de millares de tumbas semejantes que los sacerdotes de Amón vendían muy caras a la gente respetable y pudiente y a fin de asegurarles la inmortalidad. Para complacer a mi madre, le había redactado un Libro de los Muertos que sería enterrado en la tumba con mis padres a fin de que no se extraviasen en su largo viaje, y estaba escrito sin la menor falta, si bien no tenía imágenes pintadas como los que vendían en el templo de Amón.

Mi madre me dio de comer y mi padre me interrogó sobre mis estudios, pero no encontramos nada más que decirnos; mi casa me era extranjera y extranjera me era también la calle en que vivíamos. Y por esto mi corazón se acongojaba. Pero yo pensaba en el templo de Ptah y en Thotmés, que quería ser artista. Y me dije: «Tengo cuatro *deben* de plata en el bolsillo. Voy a ir a encontrar a mi amigo a fin de que nos divirtamos juntos bebiendo vino, puesto que no obtengo nunca respuesta a mis preguntas.»

Por eso me despedí de mis padres diciéndoles que debía regresar a la Casa de la Vida y a la caída de la tarde fui al templo de Ptah y pregunté al guardián por el alumno Thotmés. Entonces me enteré de que había sido expulsado de la escuela hacía mucho tiempo ya. Los alumnos a quienes me había dirigido y que tenían las manos manchadas de grasa, escupían en el suelo al pronunciar su nombre. Pero uno de ellos me habló:

–Si buscas a Thotmés, lo hallarás en una taberna o en una casa de lenocinio.

Otro añadió:

–Si oyes a alguien que blasfeme de los dioses, Thotmés no estará lejos de allá.

Y un tercero dijo:

–Encontrarás a tu amigo Thotmés por todas partes donde se riña y se hiera.

De nuevo escupieron delante de mí porque había dicho que era amigo de Thotmés, pero creo que obraban así únicamente a causa de su dueño, porque en cuanto éste hubo dado media vuelta me dijeron que fuese a una taberna llamada «La Jarra Siria».

Descubrí este antro en el límite del barrio de los pobres y el de los grandes, y su puerta estaba adornada con inscripciones en alabanza de las viñas de Amón y del vino del puerto. En el interior, las paredes estaban cubiertas de pinturas alegres en las que los babuinos acariciaban a las bailarinas y las cabras tocaban la flauta. En el suelo, los artistas sentados dibujaban con ardor y un anciano contemplaba tristemente su copa vacía delante de él.

–¡Sinuhé, por el torno del alfarero! –gritó alguien que se levantó a saludarme alzando la mano en signo de gran amistad.

Reconocí a Thotmés, pese a que sus ropas estuviesen sucias y desgarradas; tenía los ojos inyectados en sangre y un chichón en la frente. Había adelgazado y envejecido y la comisura de sus labios estaba arrugada pese a su juventud. Pero en sus ojos había todavía algo atractivo y ardiente cuando me miraba. Inclinó su cabeza hacia mí, hasta que nuestras mejillas se tocaron. Así reconocí que seguíamos siendo amigos.

–Mi corazón está henchido de dolor y todo es vanidad –le dije–. Por esto te he buscado, a fin de que regocijásemos juntos nuestros corazones con el vino, porque nadie me responde cuando pregunto: «¿Por qué?»

Pero Thotmés levantó su escasa vestidura para demostrarme que no tenía con qué comprar vino.

–Llevo en mis muñecas cuatro *deben* de plata –dije con orgullo.

Pero Thotmés mostró mi cabeza afeitada que delataba que era un sacerdote de primer grado. Era lo único de que podía envanecerme. Y sentí despecho por no haber dejado crecer mis cabellos. Por esto le dije con impaciencia:

–Soy médico y no sacerdote. Creo haber leído en la puerta que tienen aquí también los vinos del puerto. Probémoslos, si son buenos.

Con estas palabras sacudí los brazaletes de mis brazos y el dueño acudió y se inclinó ante mí poniendo las manos a la altura de las rodillas.

–Tengo vinos de Sidón y de Biblos, cuyos sellos están

todavía intactos y que han sido endulzados con mirra –dijo–. Ofrezco también vinos mezclados en copas de colores; suben a la cabeza como los suspiros de una mujer bonita y llenan de júbilo el corazón.

En vista de que el dueño seguía enumerando incansablemente las excelencias de su mercancía, me volví hacia Thotmés, que encargó una mezcla de vinos. Un esclavo vino a echarnos agua sobre las manos y nos dejó un plato de granos de loto asados, sobre una mesita baja que puso delante de nosotros. El dueño depositó sobre ella las copas. Thotmés vertió una gota de vino por el suelo exclamando:

–¡Por el divino alfarero! ¡Que el diablo se lleve la escuela de bellas artes y todos sus maestros!

Entonces mencionó los nombres de los que más detestaba y yo seguí su ejemplo.

–¡En nombre de Amón –dije–, que su barca se hunda eternamente, que la panza de sus sacerdotes se reviente y que la peste roa a los ignorantes maestros de la Casa de la Vida!

–No temas nada –me dijo Thotmés–. En esta taberna han escandalizado tanto los oídos de Amón que nadie hace ya caso. Aquí todos los clientes son gente perdida. No conseguiría siquiera ganar mi pan y mi cerveza si no se me hubiese ocurrido dibujar ilustraciones para los hijos de los ricos.

Me mostró un rollo de papiro cubierto de dibujos y no pude menos que reírme porque había dibujado una fortaleza defendida por un gato tembloroso contra unos ratones; había también un hipopótamo que cantaba en la cima de un árbol, mientras un pichón trepaba penosamente por una escalera apoyada contra el tronco.

Thotmés me miró y sus ojos pardos sonrieron. Enrolló de nuevo el papiro y dejó de reír porque me mostraba una imagen en la que un diminuto sacerdote calvo llevaba a un faraón como se lleva una víctima al suplicio. En otro, un faraón pequeño se inclinaba ante la inmensa estatua de Amón.

Viendo mi sorpresa, me explicó:

–¿No es acaso justo? También los padres se ríen de mis imágenes porque son disparatadas. Es tan ridículo que un ratón ataque a un gato, como que un sacerdote arrastre a un faraón tirando de la correa. Pero los que saben comienzan a reflexionar. Sin embargo, no careceré de pan ni de cerveza hasta el día en que los sacerdotes me hagan asesinar por sus guardianes en cualquier esquina. Les ha ocurrido ya a otros.

–Bebamos –dije yo.

Y vaciamos nuestras copas, pero mi corazón no sintió ningún regocijo.

–¿Es acaso un error preguntar «¿por qué?»? –dije entonces.

–Desde luego, es un error, porque el hombre que se atreve a preguntar por qué, no tiene ya hogar, ni techo, ni asilo en el país de Kemi. Todo debe permanecer inmutable, ya lo sabes. Yo temblaba de júbilo y de orgullo al entrar en la escuela de bellas artes, recuérdalo, Sinuhé. Era como un sediento al lado de una fuente. Como un hambriento que recibe un pan. Y he aprendido muchas cosas útiles. He aprendido a sostener un lápiz, a manejar un cincel, a moldear el modelo en cera antes de esculpirlo en la piedra, a pulir ésta, a combinar los guijarros de colores y a teñir el alabastro. Pero cuando quise ponerme a modelar lo que soñaba para el goce de mis ojos, un muro se levantó ante mi mirada y me hicieron amasar el barro para los demás. Porque ante todo existe la fórmula. El arte tiene su canon, como cada letra su tipo, y el que se aparta de ello está maldito. Por esto el que desdeña las fórmulas no llegará nunca a ser artista. Desde el principio de los tiempos está escrito cómo debe figurar un hombre sentado y un hombre de pie. Desde el principio de los tiempos está establecido cómo un caballo levanta las patas y cómo un buey arrastra su carreta. Desde el principio de los tiempos está prescrito cómo debe trabajar un artista, y quien no se sujete a ello será arrojado del templo y privado de piedra y de cincel. ¡Oh, Sinuhé, amigo mío, también yo he preguntado: «¿Por qué?»! ¡Con demasiada frecuencia lo pregunté! «¿Por qué?» Por este motivo estoy aquí, con este chichón en la frente.

Bebimos el vino, nuestro espíritu se aligeró y mi corazón experimentó un alivio como si hubiese reventado un absceso, porque no estaba ya solo. Y Thotmés prosiguió:

–Sinuhé, amigo mío, hemos nacido en una extraña época. Todo se mueve y cambia, como el barro en el torno del alfarero. Las modas cambian, las palabras y las costumbres también, y las gentes no creen ya en los dioses aunque los teman todavía. Sinuhé, amigo mío, hemos nacido probablemente en la decadencia de un mundo, porque el mundo es ya viejo, puesto que han transcurrido ya mil o dos mil años desde la construcción de las pirámides. Cuando pienso en ello, quisiera bajar la cabeza y llorar como un niño.

Pero no lloró, porque bebíamos vino mezclado en copas pintadas y cada vez que nos la llenaba el dueño se inclinaba poniendo las manos a la altura de las rodillas. Algunas veces acudía un esclavo a verternos agua sobre las manos. Mi corazón era ligero e iba rápido como una golondrina al principio de la primavera y sentía deseos de recitar poemas y abrazar al mundo entero.

–Vamos a una casa de placer –dijo Thotmés, riéndose–. Vamos a escuchar música y a ver bailarinas a fin de que nuestro corazón se regocije y no nos preguntemos más «¿por qué?».

Entregué en pago uno de los brazaletes, recomendando al dueño que lo manejase con cautela porque estaba todavía húmedo de la orina de una mujer encinta. Esta idea me regocijó en gran manera y el patrón se rió también y me devolvió un buen puñado de monedas, de manera que pude darle una al esclavo. El dueño se inclinó ante mí y nos acompañó hasta la puerta rogándonos que no olvidásemos «La Jarra Siria». Afirmó conocer también una serie de muchachas sin prejuicios que estarían encantadas de conocerme si iba a su encuentro con un barril de vino comprado en su casa. Pero Thotmés dijo que su abuelo se había ya acostado con aquellas mismas sirias que podrían llamarse abuelas más que hermanas. Tal era nuestro buen humor después de haber bebido. Rondamos por las calles. La noche había llegado y aprendí a conocer bien Tebas, donde no había nunca noche, porque los barrios del placer estaban tan iluminados de día como de noche. Delante de las casas de placer ardían las antorchas y las lámparas brillaban en las esquinas sobre unas columnas. Los esclavos llevaban las literas y los gritos de los portadores se mezclaban a la música y al escándalo de los borrachos en los lupanares. Pasamos delante de la taberna de Kush, en la que unos negros golpeaban con los puños o unas mazas de madera unos tambores cuyo sordo redoble se propagaba a lo lejos. De todas partes llegaba una música siria, ruidosa y primitiva, cuya extrañeza rompía el tímpano, pero cuyo ritmo cautivaba y enardecía.

Yo no había puesto todavía nunca los pies en una casa de placer, y estaba un poco intimidado, pero Thotmés me llevó a una llamada «El Gato y la Uva». Era un local pequeño y limpio y nos instalamos sobre unas alfombras blandas, la iluminación era de un amarillo suave y unas muchachas muy bonitas con las manos teñidas de rojo llevaban el compás de las flautas e instrumentos de cuerda. Al final del número vinieron a sentarse a nuestro lado pidiéndonos vino, porque sus gargantas estaban secas como la paja. La música volvió a empezar y dos mujeres desnudas ejecutaron una danza complicada que seguí con el mayor interés. Como médico estaba ya acostumbrado a ver mujeres desnudas, pero sus pechos no saltaban ni sus vientres y sus nalgas se estremecían con tanta seducción.

La música me puso de nuevo melancólico sin que supiese por qué. Una linda muchacha puso su mano sobre la mía y se apoyó en mí, diciéndome que tenía ojos de sabio. Sus ojos no eran verdes como el agua del Nilo bajo el sol estival y sus vestiduras no eran de lino puro, pese a que descubriese su pecho. Por esto bebí vino sin el menor deseo de llamarla hermana ni pedirle que se divirtiese conmigo. El último recuerdo que tengo de este lugar es el puntapié que me dio un negro en las nalgas y el chichón que me hice al caerme en la calle. Me había ocurrido lo que me predijo mi madre Kipa. Yacía en el arroyo, sin una pieza de cobre en mi bolsillo, mis vestiduras laceradas. Thotmés me levantó y me condujo al embarcadero, donde pude apagar mi sed con el agua del Nilo y lavarme el rostro y las manos.

Aquella mañana entré en la Casa de la Vida con los ojos hinchados, un chichón doloroso en la cabeza y sin el menor deseo de preguntar «¿por qué?». Estaba de vigilancia en la sección de enfermos del oído y fui rápidamente a cambiarme. Pero mi maestro se cruzó conmigo en los corredores y me dirigió una mercurial que me sabía de memoria por haberla leído en los libros.

–¿Qué va a ser de ti, que pasas las noches recorriendo lugares de mala nota y bebiendo sin medida? ¿Qué va a ser de ti, que frecuentas las casas de lenocinio y asustas a la gente? ¿Qué va a ser de ti, que produces heridas y huyes ante los guardias?

Habiendo así cumplido con su deber, sonrió con satisfacción y llevándome a su estancia me ofreció una bebida destinada a purgarme. Me sentí mejor y comprendí que las casas de placer y el vino estaban autorizados a los alumnos de la Casa de la Vida, pero que debía renunciar a preguntar «¿por qué?».

6

Así fue como la pasión de Tebas se infiltró en mi sangre y comencé a preferir la noche al día, la luz temblorosa de las antorchas al sol, la música siria a los gemidos de los enfermos y los murmullos de las bellas meretrices a los enigmas de los textos amarillentos. Nadie tenía nada que decir con tal de que mi trabajo no sufriese por ello, que saliese bien de mis exámenes y no perdiese mi habilidad manual. Estaba tolerado a los iniciados, porque eran pocos los estudiantes que tenían medios para fundar un hogar durante sus estudios. Por esto mis maestros me dieron a entender que hacía bien en distraerme y buscar el regocijo de mi cuerpo. Pero no había tocado todavía a ninguna mujer, a pesar de que sabía ya que el seno femenino no quema como el fuego.

La época era inquieta y el gran faraón estaba enfermo. Vi su rostro demacrado cuando lo llevaron al templo para la fiesta de otoño, cubierto de oro y pedrería, inmóvil como una imagen, con la cabeza inclinada bajo el peso de la doble corona. Sufría, y los médicos eran incapaces de curarlo, tanto que la gente decía que su tiempo había pasado ya y que en breve el heredero le sucedería en el trono. Y, no obstante, este príncipe era un muchacho de mi edad.

En el templo de Amón los sacrificios y las plegarias se sucedían, pero Amón era incapaz de ayudar a su divino hijo, pese a que el faraón Amenhotep le hubiese elevado el templo más majestuoso de todos los tiempos. Se decía que el rey estaba enojado con los dioses de Egipto y que había mandado un emisario a su suegro, el rey de Mitanni, implorando el auxilio de la milagrosa Ishtar de Nínive. Lo cual era para Amón una afrenta tal que no se hablaba de ello más que en voz baja en todo el territorio del templo y en la Casa de la Vida.

Llegó en efecto la estatua de Ishtar y vi a los sacerdotes de barba rizada con sus extrañas tiaras y sus gruesos mantos de lana, pasearla sudando por la villa de Tebas al son de los instrumentos de metal y al sordo redoble de los tamboriles. Pero ni aun los dioses extranjeros pudieron, con gran júbilo de los sacerdotes, curar al faraón. En el momento en que empezó la crecida, el trepanador real fue llamado a palacio.

Durante mi estancia en la Casa de la Vida no había visto más que una sola vez a Ptahor, porque las trepanaciones son raras y no estaba lo suficientemente versado para seguir de cerca las operaciones y los cuidados de los especialistas. He aquí, pues, a Ptahor llamado a toda prisa a la Casa de la Vida. Se purificó cuidadosamente y tuve buen cuidado de hallarme cerca de él. Era calvo, su rostro estaba arrugado, sus mejillas pendían lacias y tristes a cada lado de su boca de viejo descontento. Me reconoció y, sonriendo, me dijo:

–¿Eres tú, Sinuhé? ¿Estás verdaderamente tan versado, hijo de Senmut?

Me tendió una caja negra donde guardaba sus instrumentos y me ordenó que lo acompañase. Era para mí un honor inmerecido que incluso un médico real hubiera podido envidiarme, y me di cuenta de ello.

–Tengo que probar la seguridad de mis manos –dijo Ptahor–. Empezaremos trepanando por aquí dos cráneos a fin de ver cómo lo hago.

Tenía los ojos cansados y sus manos temblaban un poco. Entramos en la sala de los incurables, los paralíticos y los heridos en la cabeza. Ptahor examinó algunos cráneos y eligió a un viejo para quien la muerte sería una liberación, y a un robusto esclavo que no podía hablar ni mover los miembros a causa de una herida de piedra que había recibido durante una pelea. Se les dio un anestésico y fueron llevados a la sala de operaciones. Ptahor limpió él mismo sus instrumentos y los pasó por la llama.

Mi tarea consistió en afeitar la cabeza de los dos enfermos. Después de esto limpiamos la cabeza y la lavamos, untamos la piel con una pomada y Ptahor pudo ponerse al trabajo. Comenzó por hendir el cuero cabelludo del viejo y separarlo a los lados sin inquietarse ante la intensa hemorragia; después, con movimientos rápidos, perforó el hueso desnudo haciendo un agujero con el trépano y sacó un trozo de hueso. El viejo comenzó a jadear y su rostro se puso de color violeta.

–No veo ningún defecto en su cabeza –dijo Ptahor volviendo a colocar el hueso en su sitio y vendando la cabeza después de haberla recosido.

Después de lo cual el viejo entregó su alma.

–Mi mano tiembla un poco –dijo Ptahor–. ¿Alguien

más joven que yo iría a buscarme una copa de buen vino?

Entre los espectadores se encontraban, además de los maestros de la Casa de la Vida, numerosos estudiantes que se preparaban para ser trepanadores. Una vez hubo bebido su vino, Ptahor se ocupó del esclavo que, sólidamente amarrado, lanzaba miradas enfurecidas, pese al estupefaciente que había tomado. Ptahor ordenó que lo atasen más sólidamente todavía y que colocasen su cabeza sobre un soporte especial a fin de que no pudiese moverse. Cortó el cuero cabelludo y esta vez evitó cuidadosamente la hemorragia. Las venas del borde de la herida fueron cauterizadas y la efusión de sangre fue parada por medio de medicamentos. Esto fue el trabajo de los demás médicos porque Ptahor quería evitar cansarse las manos. En realidad, existía en la Casa de la Vida un hombre inculto cuya sola presencia bastaba para detener al instante una hemorragia, pero Ptahor quería hacer un curso y se reservaba el hombre para el faraón.

Después de haber limpiado el cráneo, Ptahor mostró a todos los asistentes el sitio donde el hueso había sido hundido. Utilizando el trépano, la sierra y las pinzas, levantó un trozo de hueso grande como la mano y mostró a todo el mundo cómo la sangre coagulada se había adherido a los pliegues blancos del cerebro. Con una prudencia extrema, retiró los coágulos de sangre uno a uno y una esquirla de hueso que había penetrado en el cerebro. La operación fue bastante larga, de manera que cada estudiante tuvo tiempo de mirar bien y grabar en su memoria el aspecto exterior de un cerebro vivo. Enseguida Ptahor cerró el agujero con una placa de plata que se había preparado entretanto con el modelo del hueso retirado y la fijó con unos pequeños garfios. Después de haber recosido la piel del cráneo y cuidado la herida, dijo:

–Despertad a este hombre.

En efecto, casi había perdido el conocimiento.

Se desató al esclavo, le vertieron vino en la garganta y se le hizo respirar algunos medicamentos fuertes. Al cabo de un instante se sentó y empezó a lanzar maldiciones. Era un milagro increíble para el que no lo hubiese visto con sus propios ojos, porque antes de la operación el hombre no podía hablar ni mover sus miembros. Esta vez no tuve que preguntarme por qué, ya que Ptahor explicó que el hueso hundido y la sangre vertida en el cerebro habían producido aquellos síntomas visibles.

–Si no muere en el plazo de tres días, podrá considerársele curado –dijo Ptahor–, y dentro de dos semanas podrá darle una paliza al hombre que le fracturó el cráneo. No creo que muera.

Después dio las gracias a todos los que habían asistido y mencionó incluso mi nombre, a pesar de que no hubiese hecho más que tenderle los instrumentos que necesitaba. Pero yo no había adivinado su intención al encargarme esta tarea; al confiarme su caja de ébano, me designaba para ser su ayudante en el palacio del faraón. Durante dos operaciones yo le había tendido los instrumentos, era, por consiguiente, un especialista que le haría mucho más servicio que cualquiera de los médicos reales al asistirlo en una trepanación. Por esto mi sorpresa fue grande cuando me dijo:

–Bien, henos ya dispuestos a trepanar el cráneo real, ¿no es verdad, Sinuhé?

Y así fue como con mi simple blusa de médico tuve el honor de subir al lado de Ptahor en la litera real. El hombre cuya presencia detenía las hemorragias tuvo que instalarse en uno de los brazos y los esclavos del faraón nos llevaron rápidamente con un paso tan igual que la litera no se balanceaba en lo más mínimo. En la ribera nos esperaba la barca real y se nos llevó a fuerza de remos, más parecía volar que deslizarse sobre la superficie del agua. Del desembarcadero nos llevaron rápidamente al palacio dorado, y yo no me sorprendí de aquella prisa porque por las calles de Tebas circulaban ya los soldados y los mercaderes llevando sus mercancías a los depósitos y se cerraban puertas y ventanas. Síntomas todos que indicaban que el faraón estaba próximo a morir.

LIBRO TERCERO

LA FIEBRE DE TEBAS

1

Una muchedumbre de nobles y plebeyos se agrupaba delante de las murallas de la casa de oro, e incluso la ribera prohibida estaba atestada de embarcaciones; las barcas de los ricos, de madera y con remeros, y los modestos esquifes de los pobres, de cañas embreadas. Cuando nos vieron, un largo murmullo parecido al ruido lejano del agua recorrió la muchedumbre, y de boca en boca se esparció la noticia de que había llegado el trepanador real. La gente levantó los brazos en signo de luto y los gemidos y las lamentaciones nos precedieron hacia el palacio, porque todos sabían que ningún faraón había sobrevivido tres días a una trepanación.

De la Puerta de los Lirios nos llevaron a las estancias reales y los altos dignatarios de la Corte estaban a nuestro servicio y se inclinaban hasta el suelo a nuestro paso porque llevábamos la muerte en nuestras manos. Nos habían preparado una cámara especial para purificarnos, pero después de haber cambiado algunas palabras con el médico real, Ptahor levantó el brazo en señal de luto y ejecutó distraídamente las ceremonias de la purificación. El fuego sagrado fue llevado detrás de nosotros y a través de las maravillosas estancias reales penetramos en el dormitorio.

El gran faraón reposaba en su lecho bajo un alto baldaquino dorado; los dioses formaban las columnas de su cama protegiéndolo y unos leones la soportaban. Estaba extendido sin ninguno de los emblemas de su poderío, el cuerpo tumefacto y desnudo, sin conocimiento, la cabeza inclinada hacia un lado, jadeando penosamente, mientras la saliva caía por la comisura de sus labios. El poderío y la gloria son tan efímeros que el faraón no se distinguía en nada de un agonizante cualquiera de la Casa de la Vida. Pero en las paredes de la estancia los caballos empenachados seguían arrastrándolo en su carro real, su mano potente tendía el arco y los leones perecían bajo sus dardos. El rojo, el oro y el azul brillaban sobre los muros y por el suelo nadaban los peces, los patos volaban con sus alas rápidas y los cañaverales se inclinaban bajo el viento.

Hicimos una profunda reverencia delante del faraón moribundo y todos nos dimos cuenta de que todo el arte de Ptahor sería vano. Pero desde todos los tiempos el faraón ha sido trepanado durante sus últimos instantes si no ha muerto de muerte natural, y esta vez había que seguir el rito. Yo abrí la caja de ébano, purifiqué de nuevo los instrumentos al fuego y tendí a Ptahor su cuchillo de sílex. El médico del rey había afeitado ya el cráneo, de manera que Ptahor ordenó al hombre hemostático que se sentase en la cama y pusiese la cabeza del faraón sobre sus rodillas.

En aquel momento la gran esposa real Tii se acercó y dijo:

–¡No!

Hasta entonces había permanecido junto a la pared, con los brazos levantados en señal de luto, inmóvil como una estatua. Detrás de ella se veía al joven heredero del trono y a su hermana Baketamon, pero yo no había osado todavía levantar los ojos hacia ellos. Ahora, gracias a la confusión, los reconocí por sus retratos en los templos. El heredero tenía mi edad, pero era más alto que yo. Mantenía erguida su cabeza de barbilla prominente y los ojos cerrados. Sus miembros tenían una debilidad enfermiza, sus párpados y sus mejillas temblaban. La princesa Baketamon tenía unos rasgos nobles y unos grandes ojos ovalados. Su boca y sus mejillas estaban pintadas de rojo, iba vestida con lino real, de manera que sus miembros se transparentaban como los de las diosas. Pero más imponente todavía era la esposa real, Tii, pese a ser pequeña y corpulenta. Su tez era oscura y sus pómulos pronunciados. Se decía que había sido una vulgar mujer del pueblo y que tenía sangre negra, pero no puedo afirmarlo. Lo único que sé es que, a pesar de que en las inscripciones no se indicasen los títulos de sus padres, tenía unos ojos inteligentes, vivos y penetrantes y todo su porte era majestuoso. Cuando levantó la mano y miró al esclavo hemostático, éste no fue más que polvo ante sus grandes pies de un pardo subido. Yo la comprendí, porque el hombre no era más que un vulgar boyero y no sabía leer ni escribir. Tenía la nuca abombada, los brazos colgantes, la boca bestialmente abierta y una expresión estúpida. No tenía mérito alguno ni talento, pero poseía el don de parar la sangre con su mera presencia y por esto se le había arrancado de su arado para llevarlo al servicio del templo. A pesar de todas las purificaciones despedía sin cesar un olor a estiércol y era incapaz de decir de dónde le venía su virtud. No era un arte, ni siquiera el ejercicio de su voluntad. Era un don que estaba en él como la piedra preciosa en su ganga, y no podía adquirirse ni por el estudio ni por un ejercicio espiritual.

–No permito que toque a un ser divino –dijo la reina–. Yo sostendré la cabeza del dios si es necesario.

Ptahor protestó arguyendo que la operación era cruenta y desagradable para ser presenciada. A pesar de esto la esposa real tomó asiento en el borde de la cama y cogió la cabeza de su moribundo esposo sin ocuparse de la saliva que le mojaba las manos.

–Es mío –añadió–. Que nadie más lo toque. Sobre mis rodillas entrará en el reino de la muerte.

–El dios subirá en la barca del sol, su padre, y llegará directamente al país de los bienaventurados –dijo Ptahor, cortando con su cuchillo de sílex el cuero cabelludo–. Descendió del sol y a él volverá, y su nombre será celebrado por todos los pueblos de eternidad en eternidad. En nombre de Seth y de todos los diablos, ¿qué hace, pues, nuestro hemostático?

Su propósito era hablar para distraer la atención de la esposa real, como hace un médico con su paciente cuando le hace daño. La última frase, dicha a media voz, se dirigía al hombre que estaba apoyado contra la puerta, la expresión medio dormida, al ver la sangre correr sobre las rodillas de la reina, que palideció estremeciéndose. El hombre tuvo un sobresalto, estaba quizá pensando en sus bueyes y sus canales de irrigación, pero de repente se acordó de su cometido, se acercó y miró al faraón con los brazos levantados. La sangre dejó en el acto de manar y pude lavar y limpiar la cabeza.

–Perdona, señora –dijo Ptahor, tomando el taladro–. Hacia el sol, derecho hacia su padre en una barca dorada y que Amón lo bendiga.

Mientras hablaba, iba hundiendo el taladro en el hueso con rápidos y precisos ademanes. Entonces el heredero abrió los ojos, avanzó un paso y dijo con el temblor en el rostro:

–No es Amón, sino Re-Herakthi quien le bendecirá y Atón es su manifestación.

Yo levanté la mano respetuosamente pese a que no supiese de quién hablaba, porque ¿quién puede vanagloriarse de conocer los mil dioses de Egipto? Sobre todo un sacerdote de Amón, que bastante trabajo tiene con las santas tríadas y enéadas.

–Sí, Atón –murmuró Ptahor, plácidamente–. ¿Por qué no Atón? He tenido un descuido.

Volvió a coger el cuchillo de sílex y un martillo de mango de ébano y a golpecitos separó el hueso.

–Es verdad, había olvidado que en su divina sabiduría elevó un templo a Atón. Fue poco después del nacimiento del príncipe, ¿no es cierto, bella Tii? Bien, bien, un momento todavía...

Dirigió una mirada inquieta al príncipe, que, de pie al lado de la cama, cerraba los puños y sollozaba.

–En el fondo, una gota de vino afirmaría mi mano y no le haría ningún daño al príncipe tampoco. Para esta ocasión valdría la pena de romper el precinto de una ánfora real. ¡Hop!

Yo le tendí las pinzas y sacó el trozo de hueso, de manera que la cabeza osciló de pronto sobre las rodillas de la reina.

–Un poco de luz, Sinuhé.

Ptahor suspiró, porque lo peor había pasado. Yo suspiré también instintivamente y el mismo sentimiento de alivio pareció extenderse asimismo sobre el rostro del faraón desvanecido, porque movió los miembros, la respiración se calmó y cayó en una inconsciencia más profunda. Bajo la luz, Ptahor examinó un instante el real cerebro cuya materia era de un bello color gris y palpitaba.

–¡Hum...! –dijo Ptahor con aire abstraído–. Lo hecho, hecho. Atón es quien debe hacer ahora el resto, porque es cosa de los dioses y no de los hombres.

Ligera y cautelosamente puso de nuevo en su sitio el trozo de hueso, tapó la grieta con una pomada y volvió a poner la piel en su sitio; después curó la herida. La esposa real colocó la cabeza sobre una almohada de madera ricamente tallada y miró a Ptahor. La sangre se había secado sobre sus rodillas, pero le era indiferente. Ptahor cruzó su mirada impávida con ella sin inclinarse y en voz baja dijo:

–Vivirá hasta el nacimiento del día si su dios lo permite.

Levantó los brazos en signo de luto y yo hice como él. Después limpié los instrumentos a la llama y los metí en la caja de ébano.

–Tu regalo será importante –dijo la gran reina, que con un ademán de su mano nos autorizó a retirarnos.

Nos habían servido una comida en una sala del palacio y Ptahor vio con júbilo un gran número de jarras de vino a lo largo de las paredes. Hizo abrir una después de haber examinado atentamente el precinto, y los esclavos nos vertieron agua sobre las manos.

Al quedarme solo con Ptahor lo interrogué acerca de Atón, porque verdaderamente ignoraba que Amenhotep III hubiese hecho construir un templo a este dios. Ptahor me explicó que Re-Herakthi era el dios familiar de los Amenhotep, porque el más grande de los reyes guerreros, el primer Thotmés, había tenido un sueño en el desierto, al lado de la Esfinge, en el cual este dios se le apareció para anunciarle que un día ceñiría la corona de dos reinos, lo que en aquel momento parecía increíble, porque había varios herederos delante de él. Durante los días de su loca juventud, Ptahor había visto personalmente entre las patas de la Esfinge el templo elevado en memoria del sueño de Thotmés y la tablilla donde se daba cuenta de la aparición. Desde entonces la familia había venerado a Re-Herakthi, que habitaba en Heliópolis y cuya forma de aparición era Atón. Por esto también en Tebas se había erigido un templo a este dios, pese a que estaba representado por un toro que llevaba un sol entre los cuernos y Horus bajo la forma de un halcón. Este Atón era un dios antiguo, más antiguo que Amón, pero olvidado hasta el día en que la esposa real había puesto un hijo en el mundo después de haber ido a implorar a Atón en Heliópolis.

–Así es como el príncipe heredero es el hijo celeste de este Atón –dijo Ptahor después de un largo rato–. La real esposa tuvo su visión en el templo de Re-Herakthi y dio un hijo al mundo. Trajo de allí también un sacerdote muy ambicioso que había conseguido ganar su favor. Se llama Ai y su esposa fue la nodriza del príncipe. Tiene una hija mayor cuyo nombre es Nefertiti, que ha mamado la misma leche que el príncipe heredero del trono y ha jugado con él como una hermana, de manera que ya puedes imaginarte lo que ocurrirá.

Ptahor bebió más vino, lanzó un suspiro y añadió:

–¡Ah, nada es tan agradable para un anciano como beber buen vino y charlar de cosas que no le importan! ¡Sinuhé, hijo mío, si supieses cuántos secretos se ocultan tras la frente de este viejo trepanador! Encontrarías incluso secretos reales; mucha gente se pregunta por qué los niños no nacen nunca vivos en el gineceo de palacio, porque es contrario a todas las leyes de la medicina. Y, sin embargo, el soberano actualmente trepanado no se andaba con remilgos en los días de su fuerza y de su goce. Fue un gran cazador que derribó mil leones y quinientos búfalos; pero el número de mujeres que derribó bajo la sombra de su baldaquino, ni el guardián del harén sería capaz de decirlo; sin embargo, no tuvo más que un hijo único con Tii.

Yo me sentía excitado porque había bebido bastante vino también. Por eso suspiré al contemplar la piedra verde que llevaba en el dedo. Pero Ptahor prosiguió implacablemente:

–Conoció a su real esposa durante una cacería. Dicen que era hija de un pajarero de los cañaverales del Nilo, pero el rey la crió a su lado a causa de su pureza y honró de esta forma a sus indignos padres cuyas tumbas llenó de regios presentes. Tii no tenía nada que objetar a las licencias de su esposo con tal de que las odaliscas del harén no pusiesen en el mundo más que hijas. Y sobre este punto se vio favorecida por una suerte maravillosa. Pero si el hombre que reposa allá sostenía el látigo y el cetro, era la real esposa quien dirigía la mano y el brazo. Cuando por razones políticas el rey se desposó con la hija del rey de Mitanni para evitar para siempre jamás las guerras con el país de los ríos que corren hacia arriba, Tii consiguió hacerle creer que la princesa tenía una pezuña de cabra en el sitio al que se dirige el miembro del hombre y que apestaba a macho cabrío, según se decía, y finalmente esta princesa acabó loca. –Ptahor me dirigió una mirada y añadió precipitadamente–: Sinuhé, no des nunca crédito a estos rumores porque han sido inventados por gente malevolente, y todo el mundo sabe la dulzura y la prudencia de la real esposa, así como su inteligencia en rodearse de hombres capaces. Es cierto.

Y Ptahor dijo:

–Condúceme, Sinuhé, hijo mío, porque soy ya viejo y mis piernas son débiles.

Lo llevé afuera; la noche había cerrado y al este el resplandor de las luces de Tebas teñía el cielo de un color rojo. Yo había bebido vino y sentía en mis venas de nuevo la pasión y la fiebre de Tebas, mientras las flores embalsamaban el aire y las estrellas fulguraban sobre mi cabeza.

–Ptahor, tengo sed de amor cuando el reflejo de las luces de Tebas tiñe de rojo el cielo nocturno.

–El amor no existe. El hombre está triste si no tiene una mujer con quien acostarse. Pero cuando se ha acostado con una mujer está todavía más triste que antes. Así es y así será siempre.

–¿Por qué?

–Ni aun los dioses lo saben. No me hables de amor o te partiré el cráneo. Lo haré gratuitamente y sin la menor retribución, porque así te evitaré un buen número de contrariedades.

Entonces consideré oportuno hacer el oficio de esclavo; lo cogí en mis brazos y lo llevé a la habitación que nos estaba destinada. Era tan pequeño y tan viejo que pude llevarlo sin jadear. En cuanto estuvo en su cama se quedó dormido después de haber buscado en vano una copa a su lado. Lo cubrí cuidadosamente, porque la noche era fresca, y regresé a los parterres de flores, porque era joven y la juventud no necesita sueño la noche en que se muere un rey.

Las voces bajas de la gente congregada para toda la noche al pie de las murallas de palacio, llegaban a mí como el susurro de los lejanos cañaverales traído por el viento.

2

Velaba en la terraza florida mientras las luces de Tebas enrojecían el cielo oriental y yo pensaba en unos ojos verdes como el Nilo bajo el cielo de verano, cuando me di cuenta de que no estaba solo.

La luna era delgada y la luz de las estrellas débil y temblorosa, de manera que no sabía si era un hombre o una mujer quien se acercaba a mí. Pero venía alguien que trataba de ver mi rostro para reconocerme. Me moví, y el desconocido dijo con una voz infantil e imperativa a la vez:

–¿Eres tú, solitario?

Entonces reconocí por su voz y su cuerpo frágil al heredero del trono y me incliné hasta tierra sin osar abrir la boca. Pero él me empujó con el pie impaciente y dijo:

–Levántate y no seas imbécil. Nadie nos ve y no tienes necesidad de postrarte ante mí. Guarda tus devociones para el dios del cual soy hijo, porque no hay más que un solo dios, y todos los demás son meras formas de aparición. ¿No lo sabes acaso? –Sin esperar mi respuesta, al cabo de un instante de reflexión continuó–: Todos los dioses, salvo quizá Amón, que es un falso dios. –Yo hice con la mano un ademán de reprobación para indicar que temía tales afirmaciones–. Está bien –dijo–. He visto a mi padre de cerca cuando entregabas el martillo y el cuchillo a ese viejo loco de Ptahor. Por esto te he llamado el solitario. Mi madre llamó a Ptahor el Viejo Mono. Serán vuestros nombres si debéis morir antes de abandonar el palacio. Pero he sido yo quien he encontrado el tuyo.

Me dije que debía de estar verdaderamente enfermo y perturbado para proferir tales monstruosidades, pero Ptahor me había dicho también que deberíamos perecer si el faraón moría. Por esto mis cabellos se erizaron y levanté el brazo, porque no tenía deseos de morir.

El heredero respiraba irregularmente a mi lado, agitaba los brazos y hablaba con exaltación.

–Estoy inquieto, quisiera estar fuera de aquí. Mi dios se me aparecerá, lo sé, pero le temo. Quédate conmigo, solitario, porque el dios destrozará mi cuerpo con su fuerza brutal y mi lengua enfermará cuando se me haya aparecido. –Fui presa de un temblor porque creía que deliraba. Pero con un tono imperativo me dijo : ¡Ven!

Lo seguí. Me hizo bajar de la terraza y avanzar por el lago real mientras los murmullos de la muchedumbre llegaban a nosotros como un lúgubre susurro. Pasamos por delante de las caballerizas y las perreras y salimos por la puerta de servicio sin ser detenidos por los guardias. Yo sentía miedo porque Ptahor me había dicho que no debíamos abandonar el palacio antes de la muerte del rey; pero no podía resistirme al heredero.

Caminaba con el cuerpo en tensión, a pasos rápidos y resbaladizos, de manera que tenía dificultad en seguirlo. No llevaba más que el diminuto delantal y la luna iluminaba su cuerpo blanco y sus muslos delgados como los de una mujer. La luna iluminaba también sus orejas abiertas y su rostro demudado por el sufrimiento, como si estuviese perseguido por una visión imperceptible para los demás.

Al llegar a la ribera me dijo:

–Tomemos una barca; debo ir hacia oriente al encuentro de mi padre.

Tomó la primera barcaza que vimos y yo le seguí; atravesamos el río sin que nadie nos lo impidiese, a pesar de que habíamos robado la barca. La noche no era apacible: numerosas embarcaciones surcaban el río y delante de nosotros el resplandor de las luces de Tebas enrojecía el cielo con un resplandor grandioso. Apenas desembarcó abandonó la barca a su suerte y echó a andar hacia adelante sin volverse, como si hubiese realizado ya muchas veces aquel trayecto. No pudiendo hacer otra cosa, yo le seguí temblando.

Caminaba con pasos rápidos y yo admiraba la resistencia de su cuerpo frágil porque, a pesar de que la noche fuese fría, el sudor corría por mi espalda. La posición de las estrellas cambió y la luna descendió, pero él seguía caminando y salimos del valle hacia una soledad estéril hasta que Tebas desapareció en la lejanía, mientras las tres montañas orientales, guardianas de la ciudad, se destacaban en negro sobre el cielo. Yo me preguntaba dónde y cómo encontraríamos una silla de manos, porque pensaba que no tendría fuerzas para regresar a pie.

Acabó sentándose sobre la arena y con tono temeroso dijo:

–Cógeme las manos, Sinuhé, porque tiemblan y mi corazón late con fuerza. El instante se acerca, porque el mundo está desierto y no hay en él más que tú y yo, pero no podrás seguirme a donde voy. Y, sin embargo, no quiero quedarme solo.

Lo cogí por las muñecas y sentí que todo su cuerpo temblaba y estaba cubierto de un sudor frío. El mundo estaba desierto a nuestro alrededor y a lo lejos un chacal comenzó a aullar a la muerte. Las estrellas palidecían lentamente y todo el ambiente se volvía gris como la muerte. Súbitamente, el heredero liberó sus manos, se levantó y volvió el rostro hacia las colinas de levante.

–¡El dios viene! –dijo con voz baja. Y su rostro adquirió una expresión enfermiza–. ¡El dios viene! –gritó.

Y la luz brotó alrededor de nosotros incendiando y dorando las montañas. El sol se levantó y el muchacho lanzó un grito y se desvaneció. Pero sus miembros se agitaban todavía, su boca se abrió y sus pies golpeaban la arena. Yo no sentía miedo porque había oído ya estos gritos en la Casa de la Vida y sabía lo que había que hacer. No tenía ningún trozo de madera que ponerle entre los dientes pero desgarré mi delantal y se lo metí en la boca; después le hice masaje en los miembros. Sabía que se sentiría enfermo y confuso al recobrar el conocimiento y miraba a mi alrededor en busca de ayuda. Pero Tebas estaba lejos y no veía la menor cabaña por los alrededores.

En el mismo instante un halcón voló cerca de mí lanzando gritos. Parecía salir directamente de los rayos brillantes del sol y describió un gran círculo alrededor de nosotros. Después descendió como si hubiese querido posarse sobre la cabeza del heredero. Me sentí tan sobrecogido que hice instintivamente el signo sagrado de Amón. Acaso el príncipe hubiese pensado en Horus al hablarme de su dios y éste se nos aparecía bajo la forma de un halcón. El heredero gemía y yo me incliné para cuidarle. Cuando volví a levantar la cabeza vi que el pájaro se había transformado en un hombre joven que estaba de pie delante de mí, bello como un dios bajo los rayos del sol. Llevaba una lanza en la mano y sobre el hombro la tosca ropa de los pobres. Yo no creía realmente en los dioses, pero por si acaso me prosterné delante de él.

–¿Qué ocurre? –preguntó en el dialecto del Bajo País, mostrándome al heredero–. ¿Está enfermo?

Yo sentí vergüenza y me puse de rodillas saludándolo.

–Si eres un bandido, tu botín será mezquino, pero este muchacho está enfermo y los dioses te bendecirán quizá si nos prestas ayuda.

Lanzó un grito violento y en el acto un halcón bajó del cielo posándose sobre su hombro. Yo me dije que era mejor ser prudente por si acaso era un dios, aun cuando fuese un dios menor. Por esto le hablé cortésmente y le pregunté quién era, de dónde venía y adónde iba.

–Soy Horemheb, hijo del halcón –dijo con orgullo–. Mis padres son simples fabricantes de quesos, pero me han predicho desde mi nacimiento que mandaría a muchos hombres. El halcón volaba delante de mí, por esto he venido aquí no habiendo encontrado albergue en la villa. Los habitantes de Tebas temen la lanza después de la caída de la noche. Pero me propongo alistarme como soldado, porque dicen que el faraón está enfermo y necesitará brazos sólidos para protegerle.

Su cuerpo era bello como el de un león joven y su mirada penetrante como una flecha alada. Pensé con cierta envidia en que más de una mujer le diría: «Bello muchacho, ¿quieres divertir mi soledad?»

El heredero del trono lanzó un gemido, se pasó la mano por el rostro y movió los pies. Le quité la mordaza de la boca y hubiera querido tener agua que darle. Horemheb lo observaba todo con curiosidad y preguntó fríamente:

–¿Va a morir?

–No, no morirá –dije yo con impaciencia–. Sufre del mal sagrado.

Horemheb me miró y estrechó el venablo que llevaba en la mano.

–No debes menospreciarme –dijo–, pese a que vaya descalzo y sea todavía pobre. Sé escribir convenientemente y leer las inscripciones y mandaré a mucha gente. ¿Qué dios lo ha poseído?

Hizo esta pregunta porque el pueblo cree que el dios habla por boca de los epilépticos.

–Tiene un dios particular –dije–. Creo que está un poco loco. Cuando haya recobrado el conocimiento me ayudarás a llevarlo hasta la villa, donde encontraré una litera para transportarlo a su casa.

–Tiene frío –dijo Horemheb, que se quitó la capa para cubrir al heredero–. Los amaneceres de Tebas son fríos, pero yo tengo mi sangre para calentarme. Conozco, además, muchos dioses y podría citarte el nombre de muchos que me han sido propicios. Pero mi dios particular es Horus. Este muchacho es seguramente hijo de ricos porque su piel es blanca y sus manos no han trabajado. Y tú, ¿quién eres?

Hablaba mucho y con vivacidad, porque era un pobre muchacho que había recorrido un gran trayecto para llegar a Tebas y había sufrido durante su camino muchos contratiempos y desdichas.

–Soy médico. He sido ordenado también sacerdote de primer grado en el templo de Amón de Tebas.

–Lo has traído seguramente al desierto para curarlo –declaró Horemheb–. Pero hubieras debido vestirlo más. Sin embargo, no quiero censurarte –añadió enseguida.

La arena roja brillaba bajo la luz del sol de levante, la punta de su lanza se enrojecía y el halcón describía grandes órbitas por encima de la cabeza del muchacho. El heredero del trono se sentó, sus dientes castañeteaban, gemía dulcemente y miró a su alrededor con sorpresa.

–Lo he visto –dijo–. Este instante es como un siglo; yo no tenía edad y he tenido mil manos benefactoras sobre mi cabeza y cada una de ellas me daba una garantía de vida eterna. ¿No creería, acaso?

–Espero que no te hayas mordido la lengua –dije yo,

preocupado–. Quise cuidarte, pero no tenía un pedazo de madera para ponértela entre los dientes.

Pero mi voz no era más que un zumbido de mosquitos en sus oídos. Miraba a Horemheb con los ojos muy abiertos y brillantes, y aquella sonrisa de asombro le daba cierta belleza.

–¿Es a ti a quien Atón, el único, ha enviado? –preguntó con sorpresa.

–Un halcón ha volado delante de mí y he seguido al halcón –dijo Horemheb–. Por esto estoy ahora aquí. No sé nada más.

Pero el heredero vio la lanza y su rostro se ensombreció.

–Tienes una lanza –dijo con tono de reproche.

Horemheb se la mostró.

–El asta es de una madera excelente –dijo–. Su punta es de cobre y tiene sed de beber la sangre de los enemigos del faraón. Mi lanza tiene sed y su nombre es Degolladora.

–Nada de sangre –dijo el heredero–. Atón siente horror de la sangre. No hay nada más horrible que la sangre vertida.

Aun cuando había visto cómo el heredero cerraba los ojos mientras Ptahor trepanaba a su padre, no sabía todavía que era una de esas personas a quienes la vista de la sangre enferma hasta el desvanecimiento.

–La sangre purifica a los pueblos y los hace fuertes –afirmó Horemheb–. Es la sangre lo que engorda a los dioses y les asegura la salud. Mientras haya guerras, correrá la sangre.

–No habrá nunca más guerras –dijo el heredero.

–Este muchacho está loco –dijo Horemheb–. Ha habido siempre guerras y las habrá siempre, porque los pueblos necesitan poner sus fuerzas a prueba para vivir.

–Todos los pueblos son sus hijos, las lenguas y los colores, la tierra roja y la tierra negra –dijo el heredero del Sol–. Yo edificaré su templo en todos los países y enviaré a los reyes el símbolo de su vida, porque lo veo, he nacido de él y a él debo volver.

–Está verdaderamente loco –dijo Horemheb, moviendo la cabeza–. Comprendo que necesite cuidados.

–Su dios acaba de aparecérsele –dije yo para ponerlo en guardia porque sentía ya simpatía por él–. El mal grande le ha hecho ver a su dios y no tenemos competencia para discutir lo que le ha dicho. Cada cual busca su salvación a su manera.

–Yo creo en mi lanza y en mi halcón –dijo Horemheb.

Pero el heredero levantó la mano para saludar al Sol y su rostro recobró belleza y brillantez como si contemplase un mundo diferente del nuestro. Después de haberlo dejado orar a su gusto nos lo llevamos hacia la villa sin que opusiese resistencia. El ataque de la enfermedad lo había agotado y caminaba difícilmente. Por esto lo llevábamos entre los dos, precedidos del halcón.

Llegados al lindero de los campos cultivados hasta donde se extendían los canales de irrigación, vimos que una litera real nos esperaba. Los esclavos se habían tendido en el suelo y un imponente sacerdote avanzó hacia nosotros. Llevaba la cabeza afeitada y sus facciones sombrías eran bellas. Yo llevé mis manos a la altura de las rodillas porque adiviné que era el sacerdote de Re-Herakthi, de quien Ptahor me había hablado. Pero no se ocupó de mí. Se postró ante el heredero y lo saludó con el nombre de rey. Así fue como supe que el faraón Amenhotep III había muerto. Los esclavos se precipitaron alrededor del nuevo rey, le lavaron los miembros, le dieron masaje y lo ungieron, lo vistieron con lino real y colocaron sobre su cabeza un emblema real.

Entonces Ai, el sacerdote, me dirigió la palabra:

–¿Ha encontrado a su dios, Sinuhé?

–Ha encontrado a su dios –respondí–. Pero he velado por él para que no le ocurriese nada malo. ¿Cómo sabes mi nombre?

El sacerdote sonrió y dijo:

–Es mi deber saber cuanto ocurre dentro del palacio hasta que haya sonado mi hora. Sé tu nombre y que eres médico. Por esto lo he confiado a tu guardia. Sé también que eres sacerdote de Amón y que le has prestado juramento.

Dijo estas últimas palabras con tono de amenaza, pero yo levanté el brazo diciendo:

–¿Qué significa un juramento para Amón?

–Tienes razón –dijo–, y no tienes necesidad de arrepentirte. Debes saber que se siente inquieto cuando el dios se acerca a él. Nada puede retenerlo entonces y no permite que los guardias lo sigan. Sin embargo, habéis estado en seguridad toda la noche; ningún peligro os ha amenazado y ya ves que una litera os espera. Pero ¿quién es este lancero? –Me mostró a Horemheb, que, un poco a distancia, probaba el hierro de su lanza, con el halcón posado sobre el hombro–. Sería quizá mejor hacerlo perecer porque no es conveniente que los sacerdotes de los faraones sean demasiado conocidos.

–Ha cubierto al faraón con sus vestiduras porque hacía frío –dije–. Está dispuesto a blandir su lanza contra los enemigos del faraón. Creo que te será de mayor utilidad vivo que muerto, sacerdote Ai.

Entonces Ai le arrojó un brazalete de oro diciéndole:

–Ve un día a verme a la casa dorada, lancero.

Pero Horemheb dejó que el brazalete cayese a sus pies sobre la arena y lanzó a Ai una mirada de reto.

–No recibo órdenes más que del faraón –dijo–. Si no me equivoco, el faraón es éste que lleva la corona. Mi halcón me ha conducido a él; es un signo suficiente.

Ai no se enojó.

–El oro es precioso y se tiene siempre necesidad de él –dijo recogiendo el brazalete y poniéndoselo otra vez en el brazo–. Inclínate delante del faraón, pero depón la lanza en su presencia.

El heredero se acercó a nosotros. Su rostro estaba pálido y cansado, pero subsistía en él un destello extraño que calentaba el corazón.

–Seguidme todos –dijo–, seguidme por el nuevo camino, porque la verdad me ha sido revelada.

Lo seguimos hacia la litera, pero Horemheb murmuró:

–La verdad está en la lanza.

Consintió, sin embargo, en confiarla al corredor y pudimos sentarnos sobre los brazos cuando la litera emprendió el camino. Los portadores comenzaron a correr. Una barca nos esperaba en la ribera del Nilo y regresamos a palacio como habíamos salido, sin llamar la atención, pese a que la muchedumbre se apretujaba alrededor de sus muros.

Fuimos recibidos en la estancia del heredero, que nos mostró unos grandes vasos cretenses sobre los que había peces y animales pintados. Yo hubiera querido que Thotmés hubiese podido admirarlos, porque demostraban que el arte podía ser otra cosa que lo que era en Egipto. Ahora que estaba restablecido y calmado, el heredero se comportaba como un muchacho razonable, sin exigir de nosotros una cortesía excesiva ni señales de respeto. Pronto le anunciaron que la reina madre iba a acudir a prestarle acatamiento y se despidió de nosotros prometiendo no olvidarnos.

Una vez fuera Horemheb me miró desconcertado.

–Estoy inquieto –dijo– porque no sé adónde ir.

–Quédate tranquilamente aquí. Ha prometido no olvidarte. Por esto es conveniente que estés a su alcance cuando se acuerde de ti. Los dioses son caprichosos y olvidan pronto.

–¿Quedarme aquí en medio de este enjambre de moscas? –dijo, mostrándome a los cortesanos que se precipitaban hacia las puertas que daban a las estancias reales–. No, estoy inquieto –añadió–. ¿Qué va a ser de Egipto bajo un faraón que tiene miedo a la sangre y para quien todos los pueblos, cualesquiera que sean su lengua y su color, son iguales? Nací soldado y mi buen sentido de soldado me dice que es enojoso para los soldados. En todo caso, voy a recuperar mi lanza; el corredor se ha quedado con ella.

Nos separamos después de haberlo invitado a preguntar por mí en la Casa de la Vida, si necesitaba un amigo.

Ptahor me esperaba en nuestra habitación, con los ojos rojos y malhumorado.

–Estabas ausente cuando el faraón ha entregado el alma al alba. Tú estabas ausente y yo dormía, de manera que ninguno de los dos ha visto cómo le salía el alma por la nariz en forma de pájaro para volar directamente al sol. Numerosos testigos lo certifican. También yo hubiese querido estar presente porque me gusta ver estos milagros, pero tú estabas ausente y no me has despertado. ¿Con qué mujer has pasado la noche?

Le conté todo lo ocurrido y levantó la mano en señal de gran sorpresa.

–¡Que Amón nos proteja! –dijo–. Este nuevo faraón está completamente loco.

–No lo creo –dije vacilando, porque mi corazón sentía simpatía hacia aquel muchacho enfermizo a quien había protegido y que tanta benevolencia me había demostrado–. Creo que ha encontrado un nuevo dios. Cuando sus ideas se hayan aclarado, veremos quizá milagros en el país de Kemi.

–Que Amón nos proteja contra ellos –dijo Ptahor, asustado–. Escánciame vino, porque mi garganta está seca como el polvo del camino.

Entonces vinieron a buscarnos para llevarnos a la Casa de la Justicia, donde el viejo guardasellos estaba sentado delante de cuarenta rollos de cuero donde estaba consignada la ley. Soldados armados nos rodeaban de manera que no podíamos escaparnos, y el guardasellos nos leyó la ley por la que nos informaba que debíamos morir, puesto que el faraón no se había repuesto de la trepanación. Yo miré a Ptahor, pero él se limitó a sonreír cuando entró el verdugo con su espada.

–Comienza por el hombre hemostático –dijo–; lleva más prisa que nosotros, porque su madre le prepara ya una sopa de guisantes en el país del occidente.

El hombre se despidió amablemente de nosotros, hizo los signos sagrados de Amón y se arrodilló delante de los rollos de cuero. El verdugo blandió la espada y la hizo girar por encima de la cabeza de la víctima, después le tocó ligeramente el cuello. El boyero se desplomó sobre el suelo y creímos que el miedo le había hecho perder el conocimiento, porque no tenía la menor herida. Cuando vino mi vez, me arrodillé sin miedo, el verdugo me sonrió y se limitó a rozarme el cuello. Ptahor se juzgó tan pequeño que no se dignó siquiera arrodillarse y el verdugo no hizo más que un simulacro de decapitación. Así estábamos, pues, muertos, la sentencia había sido cumplida y nos dieron nuevos nombres que habían sido grabados en unos brazaletes de oro. El de Ptahor llevaba estas palabras: «El que parece un babuino», y el mío: «El que es solitario». Después de esto se pesó para Ptahor una retribución en oro y yo recibí también una buena cantidad de él. Nos dieron vestiduras nuevas y por primera vez tuve una túnica plisada de lino real y un cuello al que daban peso la plata y las piedras preciosas. Pero cuando los servidores trataron de levantar al hombre hemostático para reanimarlo, todo fue inútil: estaba realmente muerto. Esto es lo que he visto con mis propios ojos. En cuanto a decir de qué había muerto, no podía comprenderlo, a menos que muriese porque creyó que iba a morir. Porque, pese a su bestialidad, tenía el poder de detener las hemorragias y un hombre así no es parecido a los demás.

La noticia de aquella muerte se esparció rápidamente y los que la oyeron no podían evitar el reírse. Se golpeaban los muslos soltando la carcajada porque verdaderamente la cosa era risible.

En cuanto a mí, estaba oficialmente muerto y a partir de entonces no pude firmar ningún documento sin añadir a mi nombre de Sinuhé las palabras «El que es solitario». Únicamente por este nombre se me conocía en la Corte.

3

A mi regreso a la Casa de la Vida, con mis vestidos nuevos y mi pequeño brazalete de oro, mis maestros se inclinaron ante mí poniendo las manos a la altura de las rodillas.

Pero no era más que un estudiante y tuve que redactar un minucioso informe sobre la trepanación y la muerte del faraón, atestiguando su exactitud. Este trabajo exigió bastante tiempo y terminé mi relato explicando cómo el espíritu se había escapado por la nariz en forma de pájaro para volar directamente hacia el sol. Insistieron en hacerme decir si el faraón no había recuperado el conocimiento pocos instantes antes de morir para decir: «Que Amón sea bendito», como lo certificaban varios testigos. Después de haber reflexionado, decidí atestiguar también la exactitud de este hecho, y tuve el goce de oír leer mi informe al pueblo en los patios del templo durante los setenta días en que el cuerpo del faraón se preparaba para la eternidad en la Casa de la Muerte. Durante todo el duelo las casas de placer, las tabernas y demás sitios de este género fueron cerradas en la villa de Tebas de manera que no se podía beber vino ni oír música más que entrando por la puerta trasera.

Durante este tiempo fui informado de que había llegado al término de mis estudios y podía ya ejercer mi arte en el barrio de la ciudad que quisiera. Si deseaba continuar mis estudios y especializarme para ser médico de las orejas o de los dientes, vigilar los partos, imponer las manos, manejar el cuchillo salvador o ejercer una de las catorce especialidades que se enseñaban bajo la dirección de los médicos reales, no tenía más que decir qué rama elegía. Aquél era un favor especial que demostraba cuánto sabía Amón recompensar a sus servidores.

Yo era joven y la ciencia de la Casa de la Vida no me interesaba ya. Había sido dominado por la fiebre de Tebas y quería enriquecerme, llegar a ser célebre y aprovechar el tiempo en que todos me conocían todavía por el nombre de Sinuhé, «El que es solitario». Tenía oro y compré una casa situada a la entrada del barrio de los ricos, la amueblé según mis posibilidades y adquirí un esclavo que, a decir verdad, era flaco y tuerto, pero que me convenía por todo lo demás. Se llamaba Kaptah y afirmaba que era una suerte que fuese tuerto, porque podría afirmar a mis clientes que lo había comprado ciego y había devuelto la vista a uno de sus ojos. Por esto lo compré. Hice ejecutar algunas pinturas en la sala de espera. Una de ellas mostraba cómo Imhotep, el dios de los médicos, daba lecciones a Sinuhé. Yo era pequeño a su lado, como convenía, pero bajo la imagen podían leerse estas palabras: «El más sabio y más hábil de mis discípulos es Sinuhé, hijo de Senmut, el que es solitario.» En otra imagen ofrecía un sacrificio a Amón, para dar a Amón lo que es de Amón, y para que los clientes tuviesen confianza en mí. Y en una tercera imagen, el faraón me contemplaba desde lo alto de los cielos bajo la forma de un pájaro y sus servidores pesaban oro para mí y me cubrían de vestiduras nuevas. Fue Thotmés quien pintó estas imágenes, pese a que no era artista legalizado y su nombre no figurase en el registro del templo de Ptah. Pero era mi amigo. En nombre de nuestra vieja amistad consintió el pintar a la moda antigua y su obra fue tan hábilmente ejecutada, y el rojo y el amarillo, los dos colores menos caros, resplandecían con un brillo tal que los que veían aquellas pinturas por primera vez exclamaban maravillados:

–Verdaderamente, Sinuhé, hijo de Senmut, «El que es solitario», inspira confianza y cura hábilmente a sus enfermos.

Cuando todo estuvo terminado, me senté esperando a mis clientes y enfermos, pero nadie apareció. Por la noche fui a la taberna y animé mi corazón con vino, porque me quedaba todavía un poco de oro y plata. Era joven, me creía un médico hábil y tenía confianza en el porvenir. Por esto bebía con Thotmés y hablábamos en voz alta de los asuntos de los dos países, porque en aquella época, en las plazas, delante de los almacenes, en las tabernas y en las casas de placer, todo el mundo hablaba de los asuntos de los dos países.

En efecto, cuando el cuerpo del faraón hubo estado preparado para durar una eternidad y sido depositado en el Valle de los Reyes y las puertas de la tumba cerradas con los sellos reales, la real esposa subió al trono provista del látigo y el cetro, una barba postiza en el mentón y una cola de león en la cintura. El heredero no fue coronado faraón porque se decía que quería purificarse e implorar a los dioses antes de asumir el poder. Pero cuando la reina madre despidió al viejo guardasellos y elevó a este cargo al sacerdote desconocido, Ai, que se encontró de esta forma elevado por encima de todos los grandes de Egipto, que actuó en el pabellón de la Justicia ante cuarenta libros de cuero de la ley para nombrar los preceptores y los constructores del faraón, todo el templo de Amón comenzó a zumbar como una colmena; se vieron numerosos presagios funestos y los sacrificios regios no dieron ningún resultado. Hubo sueños extraños que los sacerdotes interpretaron. Los vientos cambiaron de dirección contra todas las reglas de la naturaleza, hasta el punto de que llovió dos días consecutivos en Egipto, las mercancías se estropearon en los almacenes y los montones de trigo se pudrieron en los muelles. En las afueras de Tebas, algunos estanques se convirtieron en charcas de sangre y mucha gente fue a verlas. Pero nadie experimentaba temor alguno, porque eran cosas que se habían visto otras veces cuando los sacerdotes estaban encolerizados.

Pero reinaba una sorda inquietud y circulaban muchos rumores. Entretanto, los mercenarios del faraón, egipcios, sirios y negros, recibían de la reina madre abundantes salarios; sus jefes se repartían en la terraza del palacio los collares de oro y las condecoraciones, y el orden era mantenido. Nada amenazaba el poderío de Egipto porque en Siria las guarniciones velaban también por el orden, y los príncipes de Biblos, Simyra, Sidón y Ghaza, que habían pasado su infancia a los pies del faraón y recibido su educación en la casa dorada, lamentaron su muerte como si hubiese sido la de su padre y escribían a la reina madre unas cartas en las que declaraban no ser más que polvo a su lado. En el país de Kush, en Nubia y en las fronteras del Sudán había desde los tiempos más remotos la costumbre de guerrear a la muerte del faraón, como si los negros quisieran poner a prueba la longanimidad del nuevo soberano. Por esto el virrey de las tierras del Sur, el hijo de dios en las guarniciones del Sur, movilizó sus tropas en cuanto se enteró de la muerte del faraón y sus hombres cruzaron la frontera e incendiaron numerosos poblados después de haber capturado un rico botín de ganado, esclavos, colas de león y plumas de avestruz, de manera que las rutas hacia el país de Kush fueron de nuevo seguras y todas las tribus que se dedicaban al pillaje deploraron vivamente la muerte del faraón al ver a sus jefes colgados cabeza abajo en los muros de los puestos fronterizos.

Incluso en las islas del mar se lloró la muerte del gran faraón, y el rey de Babilonia y el del país de los Khattis, que reinaba sobre los hititas, enviaron a la reina madre unas tablillas de arcilla lamentando la muerte del faraón y pidiendo oro a fin de poder levantar su imagen en los templos porque el faraón había sido para ellos como un padre y un hermano. En cuanto al rey de Mitanni, en Naharina, envió a su hija para que se casase con el futuro faraón, como lo había hecho su padre antes que él y conforme había sido convenido con el faraón celeste antes de su muerte. Tadu-Hepa, que tal era el nombre de la princesa, llegó a Tebas con sus servidores, esclavos y asnos cargados con mercancías preciosas; la princesa era una chiquilla de seis años y el heredero la tomó por mujer, porque el país de Mitanni era un muro de separación entre la rica Siria y los países del Norte y protegía todas las rutas de las caravanas del país de los dos ríos hasta la ribera del mar. Así fue como los sacerdotes de la celeste hija de Amón, Sekhmet, de cabeza de leona, perdieron su júbilo, y se enmohecieron los goznes de las puertas de su templo.

He aquí de lo que hablábamos Thotmés y yo en alta voz, regocijando nuestros corazones con vino, escuchando música siria y contemplando bellas danzarinas. La fiebre de Tebas me dominaba y cada mañana mi esclavo tuerto se acercaba a la cama, ponía sus manos a la altura de las rodillas y me tendía un pan, pescado seco y un vaso de cerveza. Yo me lavaba y me sentaba a esperar a los clientes, los recibía, escuchando sus dolencias y los curaba.

Algunas veces las mujeres me traían a sus hijos, y si las madres estaban delgadas y sus hijos débiles, con los párpados devorados por las moscas, enviaba a Kaptah a comprarles carne y frutas y se los regalaba, pero de esta forma no me enriquecía y al día siguiente, delante de mi puerta, me esperaban cinco o seis madres con sus hijos y yo no podía recibirlas y tenía que ordenar a mi esclavo que les cerrase la puerta y las mandase al templo, donde, los días de los grandes sacrificios, se distribuía entre los pobres los restos de lo que dejaban los sacerdotes ahítos. Cada noche las antorchas brillaban en las calles de Tebas, la música resonaba en las casas de placer y en las tabernas, y el cielo se enrojecía sobre la ciudad. Yo quería alegrar mi corazón con el vino, pero mi corazón no se alegraba ya, mis recursos se acababan y tuve que pedir prestado oro al templo para poder vestirme decentemente y tratar de olvidar mis preocupaciones.

4

Era de nuevo la época de la crecida del río y las aguas alcanzaban los muros del templo. Cuando se retiraron, la tierra se puso verde, los pájaros hicieron sus nidos y los lotos florecieron en los estanques mientras las acacias embalsamaban el aire. Un día, Horemheb fue a verme. Iba vestido de lino real, llevaba un collar de oro y una fusta en la mano, insignia de su dignidad de oficial del faraón. Pero no llevaba lanza ya. Levanté el brazo para testimoniarle mi alegría al verlo y él repitió mi ademán y sonrió.

–He venido a pedirte consejo, Sinuhé solitario –me dijo.

–No te comprendo. Eres fuerte como un toro y osado como un león. ¿Cómo puede ayudarte un médico?

–Vengo a consultar al amigo y no al médico –dijo.

Mi servidor vertió agua sobre sus manos y yo le ofrecí bizcochos enviados por mi madre Kipa y vino de precio, porque mi corazón estaba contento de verlo.

–Has alcanzado un grado superior, eres oficial del rey y seguramente las mujeres te sonríen.

Pero él se ensombreció y dijo:

–¡Nada de eso! –Y excitado, prosiguió–: El palacio está lleno de moscas que me cubren de excrementos. Las calles de Tebas son duras y me hieren los pies y las sandalias me aprietan los dedos. –Se quitó las sandalias y se dio masaje en los pies–. Soy oficial de la guardia de Corps, pero mis camaradas se mofan de mí porque son chiquillos de dieciocho años y de alta estirpe. Su brazo es demasiado débil para tensar un arco, sus espadas son juguetes dorados llenos de incrustaciones, buenas para cortar el asado, pero no para verter la sangre del enemigo. Pasan sobre sus carros de guerra incapaces de mantener el orden, enredan las riendas y las ruedas de sus carros chocan contra las de sus vecinos. Los soldados se emborrachan y se acuestan con las esclavas del palacio y no obedecen las órdenes. En la escuela de guerra los hombres no han visto nunca una batalla ni han conocido el hambre, la sed ni el miedo delante del enemigo y leen viejas narraciones. –Sacudió furiosamente su collar de oro y continuó–: ¿Qué me importan los collares ni las condecoraciones, puesto que no se ganan en los campos de batalla, sino postrándose ante el faraón? La reina madre ha fijado una barba a su mentón y ceñido su cintura con una cola de león, pero ¿cómo podrá jamás un soldado respetar a una mujer como soberano? Lo sé, lo sé... –dijo cuando hice alusión a la gran reina que había mandado una gran flota al país de Punt–. Lo que ha sido antes debe ser ahora también. Pero en los tiempos de los grandes faraones los soldados no eran menospreciados como ahora. A los ojos de los tebanos la profesión militar es la más vil de todas y cierran la puerta a los soldados. Pierdo el tiempo. Pierdo mi juventud y mis fuerzas aprendiendo el arte militar entre hombres que huirían aullando al oír los gritos de guerra de los negros. Sí, se desvanecerían de miedo si la flecha de un habitante de los desiertos silbase a sus oídos. Se esconderían bajo las ropas de sus madres si oyeran el estruendo de los carros lanzados al ataque. ¡Por mi halcón, sólo la guerra forma al soldado, y al ruido de las armas se ve de lo que es capaz! Por esto he venido a hablarte.

Dio un golpe con la fusta sobre la mesa, derribó los vasos, y mi servidor huyó gritando.

–Estás verdaderamente enfermo, Horemheb, amigo mío –le dije–. Tienes los ojos febriles y sudas.

–¿No soy acaso un hombre? –gritó, golpeándose el pecho con los puños–. Soy capaz de levantar un esclavo con cada mano y hacer chocar sus cabezas. Puedo llevar pesados fardos como conviene a un soldado; no me ahogo corriendo; no temo el hambre ni la sed ni el ardor del desierto. Pero para ellos todo es despreciable y las mujeres de la casa no admiran más que a los chiquillos que no se afeitan todavía. Admiran a los hombres de brazos delgados y que tienen caderas de mujer. Admiran a los hombres que usan parasol, que se pintan la boca de colorado y pían como los pájaros en la rama. A mí me desprecian porque soy robusto y el sol ha curtido mi piel y se ve en mis manos que soy capaz de trabajar con ellas. –Se calló, la mirada fija, y bebió vino–. Tú eres solitario, Sinuhé –dijo–. Yo tambié lo soy; más solitario que nadie, porque adivino lo que va a ocurrir y sé que estoy destinado a mandar a las muchedumbres y que los dos reinos tendrán necesidad de mí. Por esto soy más solitario que nadie, pero no tengo la fuerza de continuar solo, Sinuhé, porque mi corazón está lleno de centellas de fuego; siento mi garganta cerrada y no duermo por la noche.

Siendo médico, creía tener cierto conocimiento de los hombres y las mujeres. Por esto le dije:

–Seguramente debe de ser casada y su marido la vigila mucho...

Horemheb me dirigió una mirada tan sombría que me

precipité a coger una copa y ofrecerle vino. En el acto se calmó y, tocándose el pecho y la garganta, dijo:

–Tengo que abandonar Tebas; me ahogo en este estercolero y las moscas me ensucian. –Y súbitamente se desplomó, diciéndome en voz baja–: Sinuhé, eres médico; dame un filtro que me permita vencer el amor.

–Es muy fácil. Puedo darte unas píldoras que disueltas en el vino te volverán fuerte y apasionado como un babuino, de forma que las mujeres suspirarán y se desvanecerán en tus brazos. Es muy fácil.

–No, no; me has entendido mal, Sinuhé. No soy impotente. Pero deseo un remedio que me cure de mi locura. Quiero un remedio que calme mi corazón y lo haga duro como la roca.

–No existe tal remedio. Basta una sonrisa y la mirada de unos ojos verdes para reducir la medicina a la impotencia. Lo sé por mí mismo. Pero los sabios han dicho que un diablo arroja a otro. No sé si es verdad, pero algunas veces el segundo diablo es peor que el primero.

–¿Qué quieres decir? –dijo con tono irritado–. Estoy cansado de las frases que no hacen más que complicar las cosas y enredarlas.

–Debes encontrar una nueva mujer que arroje de tu corazón a la primera. He aquí mi idea. Tebas está lleno de mujeres bellísimas y seductoras que se arreglan y se visten con el más fino lino. Habrá seguramente una que estará dispuesta a sonreírte. Eres joven y fuerte, tienes los miembros largos y llevas una cadena de oro en el cuello. Pero no comprendo qué te separa de la mujer que deseas. Incluso si está casada, no hay muro suficientemente alto para detener el amor, y la astucia de la mujer que desea al hombre vence todos los obstáculos. Las leyendas de los dos países lo demuestran. Se dice también que la fidelidad de la mujer es como el viento; continúa siendo la misma, pero puede cambiar de dirección. Se dice también que la virtud de la mujer es como la cera, se funde cuando se calienta. El galán no sufre vergüenza alguna, pero el marido cornudo es objeto de mofa. Así ha sido y así será siempre.

–No está casada –dijo Horemheb con impaciencia–. Deja ya de hablar de fidelidad, de virtud y de vergüenza. No se digna siquiera mirarme, pese a que esté bajo sus ojos. No toca mi mano si se la tiendo para ayudarla a subir a la litera. Acaso me cree sucio porque el sol me ha bronceado.

–¿Es, pues, una mujer noble?

–Es inútil hablar de ella. Es más bella que la luna y las estrellas; como ellas está alejada de mí. Me sería más fácil estrechar la luna entre mis brazos; por esto debo olvidarla. Por esto debo abandonar Tebas. Si no, moriré.

–¿No habrás puesto tus ojos en la reina madre? –dije bromeando porque quería hacerlo reír–. La creía vieja y regordeta, por lo menos para el gusto de un hombre joven.

–Tiene su sacerdote –dijo él con desprecio–. Creo que fornicaban ya en vida del rey.

Pero yo levanté el brazo para interrumpirlo y dije:

–Verdaderamente has saciado tu sed en algún pozo envenenado desde tu llegada a Tebas.

–La que es objeto de mis ardores –dijo Horemheb– se pinta los labios y las mejillas con ocre rojo, sus ojos son ovalados y oscuros y nadie ha acariciado jamás sus miembros bajo el lino real. Se llama Baketamon y por sus venas corre sangre de los faraones. Ya conoces ahora mi locura, Sinuhé. Pero si hablas de ella a alguien, aun cuando sea a mí mismo, te mataré; doquiera que estés, pondré tu cabeza entre tus piernas y te arrojaré al río. Guárdate mucho de pronunciar jamás su nombre en mi presencia; si no, te mataré.

Me sentí presa de horror, porque era espantoso pensar que un villano hubiese osado levantar los ojos hasta la hija de un faraón y desearla en lo más hondo de su corazón. Por esto le dije:

–Ningún mortal puede levantar las manos sobre ella, y si alguien se desposa con ella no puede ser más que su hermano, heredero del trono, para elevarla a su lado como esposa real. Es lo que ocurrirá, porque lo he leído en los ojos de la princesa junto al lecho de muerte de su padre, porque no miraba a nadie más que a su hermano. Yo la temía, porque es una mujer cuyos miembros no calientan a nadie y en sus ojos ovalados se lee el vacío y la muerte. Por esto te digo: vete, Horemheb, amigo mío, porque Tebas no es para ti.

Pero con impaciencia me respondió:

–Todo esto lo sé tan bien o mejor que tú, de manera que tus palabras son como un zumbido de moscas en mis oídos. Pero volvamos a lo que decías hace poco de los diablos, porque mi corazón está vacío y una vez he bebido quisiera que una mujer me sonriese. Pero debe ir vestida de lino real y llevar una peluca, debe pintarse los labios y las mejillas de ocre rojo y mi deseo no se despertará más que si sus ojos son ovalados como el arco de la luna en el cielo.

Sonreí y dije:

–Tus palabras son cuerdas, amigo. Examinemos juntos, si quieres, cómo debes comportarte. ¿Tienes oro?

–No me importa pesar mi oro –respondió con jactancia–, porque el oro no es más que estiércol a mis pies. Pero tengo un collar y brazaletes. ¿Es suficiente?

–No es seguro. Es quizá más seguro que te limites a sonreír, porque las mujeres que visten lino real son caprichosas y tu sonrisa puede inflamar a una de ellas. ¿No existe alguna en el palacio? ¿Por qué ir a derrochar un oro del que puedes más tarde tener necesidad?

–No me importan nada las mujeres de palacio –respondió Horemheb–. Pero conozco otro remedio. Entre mis camaradas hay un tal Kefta, un cretense, a quien di un día de puntapiés porque se había burlado de mí y ahora me respeta. Me ha invitado a acompañarlo hoy a una fiesta en casa de unos nobles situada cerca del templo de un dios de cabeza de gato, cuyo nombre no recuerdo porque no pensaba ir.

–Se trata de Bastet –dije yo–. Conozco el templo y es un lugar propicio a tus intenciones, porque las mujeres ligeras invocan a menudo a la diosa de cabeza de gato y le ofrecen sacrificios para que les proporcione amantes ricos.

–Pero no iré si tú no me acompañas –dijo Horemheb, desconcertado–. Soy de bajo origen, sé dar puntapiés y latigazos, pero no sé cómo comportarme en Tebas ni, sobre todo, cómo tratar a las mujeres. Tú eres hombre de mundo, Sinuhé, y has nacido en Tebas. Por esto debes ayudarme.

Yo había bebido vino y su confianza me halagaba, pero no quería confesarle que conocía a las mujeres tan poco como él. Pero había bebido tanto vino que mandé a Kaptah a buscar una litera y ajusté el precio de la carrera mientras Horemheb seguía bebiendo para darse ánimos. Los portadores nos depositaron cerca del templo de Bastet, y viendo antorchas y lámparas delante de la casa a donde íbamos, comenzaron a discutir el precio de la carrera hasta que Horemheb les administró unos cuantos latigazos que les impusieron silencio. Delante del templo algunas muchachas nos sonrieron pidiéndonos que sacrificásemos con ellas; pero no iban vestidas con lino real, llevaban el cabello natural y no quisimos saber nada de ellas.

Entramos; yo caminando delante, y nadie se extrañó de nuestra llegada; los servidores nos echaron agua sobre las manos, y el aroma de los platos calientes, de los ungüentos y de las flores llegaba hasta la cancela. Los esclavos nos adornaron con coronas de flores y penetramos en la sala porque el vino nos había hecho osados.

En cuanto entramos, no tuve ojos más que para una mujer que acudió a nuestro encuentro. Iba vestida con lino real, de manera que sus miembros aparecían a través de la tela como los de una diosa. Llevaba una gruesa peluca azul adornada con numerosas joyas coloradas, sus párpados estaban pintados de negro y verde bajo los ojos. Pero más verdes que todos los verdes eran sus pupilas, que eran como el Nilo bajo los ardores del sol estival, porque era Nefernefernefer, a quien había encontrado un día en el templo de Amón. No me reconoció; nos miró con curiosidad y dirigió una sonrisa a Horemheb, quien levantó el látigo para saludarla. Un muchacho joven, el cretense Kefta, vio también a Horemheb y acudió titubeando, lo abrazó y lo llamó su amigo. Nadie me prestó atención, de manera que pude contemplar a placer a la hermana de mi corazón. Era de más edad de lo que pensaba y sus ojos no sonreían ya y eran duros como las piedras verdes. Sus ojos no sonreían, pero su boca sí, y ante todo miraba la cadena de oro que Horemheb llevaba al cuello. Pero, a pesar de todo, mis rodillas flaqueaban.

Los muros del salón estaban pintados por los mejores artistas y unas columnas abigarradas sostenían el techo. Había mujeres casadas y solteras y todas llevaban vestidos de lino real, pelucas y muchas joyas. Sonreían a los hombres que se agolpaban alrededor de ellas y eran jóvenes o viejos, bellos o feos, y tenían también joyas de oro y sus cabellos estaban recargados de piedras preciosas y oro. Gritaban o reían; copas y jarras llenaban el suelo; se caminaba sobre flores y los músicos sirios agitaban sus ruidosos instrumentos y apagaban el ruido de sus palabras. Habían bebido mucho vino, porque una mujer se sintió indispuesta y el esclavo le tendió demasiado tarde la jofaina, de manera que se manchó el traje y todo el mundo se rió de ella.

Kefta el cretense me besó también llamándome su amigo y me manchó la cara con sus afeites. Pero Nefernefernefer me miró y me dijo:

–¡Sinuhé...! Conocí una vez a un Sinuhé que, como tú, quería ser médico.

–Yo soy este Sinuhé –dije, mirándola fijamente y temblando.

–No, tú no eres el mismo Sinuhé –me replicó, haciendo un ademán con la mano para alejarme–. El Sinuhé que yo conocí era joven y sus ojos eran claros como los de la gacela. Pero tú eres un hombre, entre tus cejas pasan dos surcos y tu rostro no es tan liso como el suyo.

Le mostré la sortija con la piedra verde en mi dedo, pero ella movió la cabeza y dijo:

–He acogido a un bandido en mi casa porque seguramente has matado a Sinuhé cuya vista alegraba mi corazón. Lo has matado y le has robado la sortija que me quité del pulgar para dársela en prenda de amistad. Le has robado incluso su nombre; el Sinuhé que me gustaba no existe ya.

Levantó el brazo para mostrarme su dolor. Entonces mi corazón se llenó de amargura y el dolor invadió mis miembros. Me quité la sortija y se la tendí diciéndole:

–Recobra tu sortija. Voy a marcharme; no quiero ser importuno.

Pero ella dijo:

–No te marches. –Puso ligeramente su mano sobre mi hombro como la otra vez y repitió en voz baja–: No te marches.

En aquel instante supe que su seno me quemaría más que el fuego y que no podría ser nunca feliz sin ella. Pero los servidores nos trajeron vino y bebimos para reconfortar nuestros corazones, y jamás vino alguno fue tan delicioso a mi paladar.

La mujer que se había sentido indispuesta se enjuagó la boca y volvió a beber. Después se quitó el traje manchado y lo lanzó a lo lejos, y se quitó también la peluca, de manera que estaba desnuda, y apretándose los pechos con las manos mandó a los esclavos que vertiesen vino entre ellos de manera que todos pudiesen beber a gusto. Con el paso vacilante andaba de un lado a otro de la sala, riéndose en voz alta. Era joven, bella y ardiente, y deteniéndose delante de Horemheb le ofreció de beber entre sus pechos. Horemheb se inclinó y bebió, y cuando levantó la cabeza su rostro estaba congestionado; miró a la mujer a los ojos, cogió su cabeza entre sus manos y la besó. Todo el mundo se reía y la mujer también, pero de repente se enojó y pidió ropas limpias. Los servidores la vistieron, se puso la peluca y, sentándose al lado de Horemheb, no bebió más vino. Los músicos sirios seguían tocando; yo sentía en mis miembros y en mi sangre el ardor de Tebas y sabía que había visto el día del declive del mundo; nada me importaba ya con tal de poder sentarme al lado de la hermana de mi corazón y contemplar el verde de sus ojos y el rojo de sus labios.

Así fue como, a causa de Horemheb, volví a encontrar a Nefernefernefer, mi adorada; pero hubiera sido mejor para mí no volver a verla.

5

–¿Es tuya esta casa? –le pregunté, mientras, sentada a mi lado, me examinaba con sus ojos duros y verdes.

–Es mía y estos invitados son mis huéspedes; todas las noches vienen porque no me gusta estar sola.

–Serás seguramente muy rica –dije yo, descorazonado porque temía no ser digno de ella.

Pero ella me sonrió como a un niño y contestó con las palabras de la leyenda:

–Soy una sacerdotisa y no una mujer despreciable. ¿Qué quieres de mí?

Pero yo no entendí qué quería decir con estas palabras.

–¿Y Metufer? –pregunté, porque quería saberlo todo aun a riesgo de sufrir.

Me lanzó una mirada interrogadora y me miró frunciendo ligeramente sus cejas pintadas.

–¿No sabes que murió? Robó los fondos que el faraón había confiado a su padre para construir templos. Metufer ha muerto y su padre no es ya arquitecto real. ¿No lo sabes?

–Sí, es verdad –dije yo sonriendo–; casi creería que Amón lo ha castigado por haberse mofado de él.

Y le conté cómo él y el sacerdote habían escupido al rostro del dios y se ungieron con óleos sagrados. Ella sonrió también, pero sus ojos permanecían duros y fijos en la lejanía.

Bruscamente, dijo:

–¿Por qué no fuiste a mi casa entonces, Sinuhé? Si me

hubieses buscado, me hubieras hallado. Hiciste mal en no haber ido a mi casa, en lugar de correr tras otras mujeres con mi sortija en el dedo.

–Era todavía un chiquillo y tenía miedo de ti. Pero en mis sueños eras mi hermana. Te burlarás de mí cuando te diga que no me he divertido todavía nunca con una mujer, porque esperaba volver a encontrarte un día.

Ella sonrió e hizo un ademán con la mano.

–Mientes con desfachatez –dijo–. Para ti soy una mujer vieja y fea y te diviertes mofándote de mí y engañándome.

Me miró y sus ojos me sonreían como en otros tiempos y a mis ojos se rejuvenecía como antaño, de manera que mi corazón se henchía de alegría.

–Es verdad que no he tocado nunca a ninguna mujer –dije–. Pero acaso no sea verdad no haberte esperado más que a ti, porque quiero ser franco. Muchas mujeres han pasado cerca de mí, jóvenes y viejas, inteligentes y estúpidas, pero las he mirado sólo con los ojos del médico y mi corazón no se ha inflamado por ninguna de ellas. ¿Por qué? Lo ignoro. –Y añadí–: Me sería fácil decirte que es a causa de la piedra que me diste como prenda de amistad. Sin que yo lo supiese, acaso me has encantado al poner tus labios sobre los míos, porque tus labios eran dulces. Pero no es una explicación. Por esto podrías preguntarme millares de veces «¿por qué?». Yo no sabría contestarte.

–Acaso de muchacho te caíste a horcajadas sobre el brazo de una litera y te volviste triste y solitario –dijo, bromeando y tocándome la mano con una dulzura que no había conocido en ninguna mujer.

No tuve necesidad de responder porque sabía que había bromeado. Entonces retiró la mano y susurró:

–Bebamos juntos y alegremos nuestros corazones. Quizá me divertiré contigo, Sinuhé.

Bebimos más vino; los esclavos se llevaron a algunos invitados en sus literas y Horemheb pasó su brazo alrededor de su compañera llamándola hermana. La mujer sonreía, le cerró la boca con una mano y le dijo que no contase tonterías de las que se arrepentiría al día siguiente. Pero Horemheb se levantó y con un vaso en la mano gritó:

–De cualquier cosa que haga no me arrepentiré nunca, porque a partir de hoy quiero mirar solamente hacia adelante y nunca hacia atrás. Lo juro por mi halcón y los mil dioses de los reinos cuyos nombres soy incapaz de enumerar, pero que pueden recoger mi juramento.

Se quitó el collar de oro y quiso pasarlo al cuello de su compañera, pero ésta rehusó.

–Soy una mujer respetable y no una prostituta.

Se levantó irritada y salió, pero al llegar a la puerta le hizo un signo disimulado a Horemheb, que salió tras ella, y no volvimos a verlos en toda la noche.

Pero esta marcha pasó inadvertida, porque la velada estaba ya avanzada y los invitados hubieran debido marcharse ya. Sin embargo, continuaban bebiendo y tambaleándose y agitando los instrumentos que habían quitado a los músicos.

Se besaban llamándose hermanos y amigos y un instante después se golpeaban tratándose de cerdos y de castrados. Las mujeres se quitaban impúdicamente las pelucas y dejaban que los hombres les acariciasen los cráneos desnudos, porque desde que las mujeres ricas y nobles han empezado a afeitarse la cabeza no hay caricia tan excitante para el hombre. Algunos hombres se acercaron a Nefernefernefer pero ella los rechazó con ambas manos, y yo les pisaba los dedos de los pies cuando insistían sin fijarme en su rango ni condición, pues estaban todos borrachos.

Y yo no estaba embriagado de vino, sino de su presencia y del contacto de sus manos. Hizo, por fin, una seña y los esclavos apagaron las luces, se llevaron las mesas y los taburetes, recogieron las flores aplastadas y las coronas, y se llevaron en las literas a los hombres que se habían dormido delante de su copa de vino. Entonces le dije:

–Tengo indudablemente que marcharme.

Pero cada una de estas palabras me quemaba como la sal vertida sobre una herida, porque no quería perderla y todo instante pasado lejos de ella habría de estar completamente vacío para mí.

–¿Adónde quieres ir? –me preguntó con fingida sorpresa.

–Velaré toda la noche delante de tu puerta. Iré a hacer sacrificios a todos los templos de Tebas para dar gracias a los dioses por haberte encontrado al fin, porque desde que te he visto vuelvo a creer en los dioses. Iré a coger flores para sembrarlas a tu paso, cuando salgas de tu casa. Iré a comprar mirra para ungir los montantes de tu puerta.

Pero ella sonrió y dijo:

–Es mejor que no salgas porque tengo ya flores y mirra. Es mejor que no salgas porque, excitado por el vino, podrías caer en manos de otras mujeres y no lo quiero.

Estas palabras me entusiasmaron hasta tal punto que quise poseerla, pero ella me rechazó diciendo:

–¡Déjame! Mis servidores nos ven y no quiero que, a pesar de que vivo sola, me tomen por una mujer despreciable. Pero puesto que has sido franco conmigo, quiero serlo yo también. No haremos, pues, todavía, lo que te ha traído aquí, pero iremos al jardín, donde te contaré una leyenda.

Me llevó al jardín iluminado por la luna, y los mirtos y las acacias embalsamaban el aire; los lotos habían cerrado sus flores para la noche en el agua del estanque de bordes de piedras de colores. Los servidores nos vertieron agua sobre las manos y nos trajeron una oca asada y frutos con miel, y Nefernefernefer dijo:

–Come y goza de mí, Sinuhé.

Pero la pasión me estrujaba la garganta y no hubiera podido tragar un bocado. Ella me observaba con aire malicioso y se divertía, y cada vez que me miraba la luna se reflejaba en sus ojos. Cuando hubo terminado de comer, me dijo:

–Te he prometido una leyenda y te la voy a contar porque el alba está lejana todavía y no tengo sueño. Es la leyenda de Satné y Tabubué, sacerdotisa de Bastet.

–Conozco ya esta leyenda –dije con impaciencia–. La he oído contar muchas veces, hermana. Ven conmigo para que te coja en mis brazos en tu lecho y duermas conmigo. Ven, hermana mía, porque mi corazón está enfermo de languidez y, si no vienes, me heriré el rostro contra las piedras y aullaré de pasión.

–Silencio, silencio, Sinuhé... –dijo, tocándome la mejilla con la mano–. Eres demasiado violento, me das miedo. Quiero contarte una leyenda para calmarte. Ocurrió que Satné, hijo de Kemvesé, buscando el libro encadenado de Thot, vio en el templo a Tabubué, sacerdotisa de Bastet, y quedó tan impresionado que mandó a su servidor a ofrecerle diez *deben* de oro para que pasase una hora divirtiéndose con él. Pero ella le respondió: «Soy una sacerdotisa y no una mujer despreciable. Si tu dueño quiere lo que dices, que acuda a mi casa, donde nadie nos verá, de manera que no tendré que conducirme como una hija de la calle.» Satné quedó encantado y fue en el acto a casa de Tabubué, donde ésta le dio la bienvenida y le ofreció vino. Después de haber alegrado su corazón quiso realizar lo que lo había llevado a ella, pero ella le dijo: «No olvides que soy una sacerdotisa y no una mujer despreciable. Si verdaderamente deseas hallar tu placer en mí, debes darme tus bienes y tu fortuna, tu casa y tus campos y cuanto posees.» Satné la miró y mandó a buscar un escriba para que redactase un acta por la cual le cedía todo cuanto poseía. Entonces ella se levantó, se vistió de lino real transparente, a través del cual se veían sus miembros como los de las diosas y se embelleció. Pero cuando él quiso pasar a lo que había venido, ella lo rechazó diciendo: «No olvides que soy una sacerdotisa y no una mujer despreciable. Por esto debes repudiar a tu esposa a fin de que no tenga que temer que tu corazón se vuelva hacia ella.» Él la miró y envió a sus servidores a que arrojasen a su mujer de la cama. Entonces ella le dijo: «Entra en la habitación y échate sobre la cama; recibirás tu recompensa.» Él se tendió sobre su cama, pero entonces entró un esclavo que le dijo: «Tus hijos están aquí y reclaman a su madre llorando.» Pero él se hizo el sordo y quiso pasar a lo que había venido. Entonces Tabubué dijo: «Soy una sacerdotisa y no una mujer despreciable. Por esto te digo que tus hijos podrían buscar querella a los míos por tu herencia. Esto no debe ser y tienes que permitirme que mate a tus hijos.» Satné le dio permiso para matar a sus hijos en su presencia y arrojar los cuerpos por la ventana a los perros y a los gatos. Bebiendo vino con ella oyó los perros disputarse los cuerpos de sus hijos.

Entonces la interrumpí y mi corazón se oprimió en mi pecho como en los días de mi infancia cuando mi madre me contaba esta leyenda, y dije:

–Pero esto no es más que un sueño. Porque al acostarse en el lecho de Tabubué, Satné oyó un grito y se despertó. Y era como si hubiese pasado por el horno ardiente y no tenía ni un solo pedazo de tela sobre el cuerpo. Todo había sido un sueño.

Pero Nefernefernefer dijo tranquilamente:

–Satné tuvo un sueño y se despertó, pero muchos otros no se han despertado hasta la Casa de la Muerte. Sinuhé, también yo debo decirte que soy una sacerdotisa y no una mujer despreciable. Mi nombre podría ser también Tabubué.

Pero el claro de luna jugaba en sus ojos y no la creí. Por esto la tomé en mis brazos, pero ella se soltó y me hizo esta pregunta:

–¿Sabes por qué Bastet, la diosa del amor, está representada con cabeza de gato?

–Me burlo de los dioses y de los gatos –dije yo, tratando de poseerla, con los ojos mudos de pasión.

Pero ella me rechazó y dijo:

–Podrás pronto tocar mis miembros y poner tu mano sobre mi pecho si esto puede calmarte, pero debes antes escucharme y saber que la mujer es como el gato y la pasión es como un gato también. Sus patas son dulces, pero ocultan unas garras aceradas que penetran sin piedad hasta el corazón. Verdaderamente, la mujer es como el gato, porque también el gato goza atormentando a su víctima y haciéndola sufrir con sus garras, sin cansarse jamás de este juego. Una vez paralizada su víctima, la devora y busca otra. Te cuento esto para ser franca contigo, porque no quisiera hacerte daño. No, en verdad, no quisiera hacerte el menor daño –repitió.

Con aire distraído cogió mis manos y puso una de ellas sobre su pecho y la otra sobre su muslo. Yo empecé a temblar y las lágrimas brotaron de mis ojos. Pero bruscamente rechazó mis manos y dijo:

–Me llamo Tabubué. Ahora que lo sabes, vete y no vuelvas nunca más a fin de que no te pueda hacer daño. Pero si te quedas, no podrás reprocharme nunca los contratiempos que te puedan ocurrir.

Me dejó tiempo para reflexionar, pero no me marché. Entonces lanzó un leve suspiro como si estuviese cansada de este juego y dijo:

–De acuerdo. Debo ciertamente darte lo que has venido a buscar. Pero no seas demasiado ardiente, porque estoy cansada y temo quedarme dormida en tus brazos.

Me llevó a su dormitorio. Su lecho era de marfil y madera negra. Se desnudó y me abrió los brazos. Yo tenía la sensación de que mi cuerpo y mi corazón y todo mi ser estaban reducidos a cenizas. Pero no tardó en bostezar y dijo:

–Estoy verdaderamente cansada y creo realmente que no has tocado mujer porque eres muy inhábil y no me causas el menor placer. Pero un hombre que viene por primera vez a casa de una mujer le hace un don irreemplazable. Por esto no te pido nada más. Vete ahora y déjame dormir, porque has recibido ya lo que viniste a buscar.

Quise besarla de nuevo, pero ella me rechazó, de manera que regresé a mi casa. Pero mi cuerpo estaba inflamado; en mí bullía todo, y sabía que no podría olvidarla jamás.

6

Al día siguiente le dije a mi servidor Kaptah que despidiese a todos los enfermos que se presentasen, diciéndoles que buscasen otro médico. Yo fui a casa del peluquero, me lavé y purifiqué y me ungí con ungüentos perfumados. Encargué una silla de manos para ir a casa de Nefernefernefer sin mancillar mis pies y mis ropas con el polvo de las calles. Mi esclavo tuerto me seguía con la mirada inquieta, moviendo la cabeza, porque era la primera vez que yo abandonaba mi trabajo en pleno día y temía ver disminuir mis regalos si abandonaba a mis enfermos. Pero mi mente estaba obsesionada por una idea única y mi corazón ardía como un brasero. Y, sin embargo, esta llama era deliciosa.

Un servidor me hizo entrar y me llevó a la habitación de su dueña. Estaba arreglándose delante de un espejo y me miró con unos ojos fríos y duros como las piedras verdes.

–¿Qué quieres, Sinuhé? –preguntó–. Tu presencia me importuna.

–Bien sabes lo que quiero –dije yo, tratando de besarla porque recordaba su complacencia de la noche pasada. Pero ella me rechazó con impaciencia.

–Eres malvado y tienes malas intenciones, puesto que me molestas –dijo con viveza–. ¿No ves que debo embellecerme porque espero a un rico mercader de Sidón que posee una joya de reina encontrada en una tumba? Esta noche me ofrecerá esta joya que anhelo porque nadie tiene una igual. Por esto debo arreglarme y darme masaje.

Sin pudor, se desnudó extendiéndose sobre la cama para que una esclava pudiese darle masaje y ungirla. El corazón se me subió a la garganta y mis manos se cubrieron de sudor mientras admiraba su belleza.

–¿Qué haces aquí, Sinuhé? –me preguntó cuando la esclava se hubo marchado–. ¿Por qué no te has marchado? Tengo que vestirme.

Entonces la pasión se apoderó de mí y me arrojé sobre ella, pero supo defenderse hábilmente y me sumí en lágrimas ante mi ardor impotente. Para terminar le dije:

–Si tuviese medios, te compraría esta joya, bien lo sabes... Pero no quiero que otro te toque. Prefiero morir.

–¿De veras? –dijo ella, cerrando los ojos–. ¿No quieres que nadie me bese? ¿Y si te sacrificase el día? ¿Si bebiese hoy contigo y gozase de ti porque mañana no hay nada cierto? ¿Qué me darías?

Abrió los brazos desperezándose sobre la cama, y todo su bello cuerpo estaba cuidadosamente depilado.

–¿Qué me darías? –repitió mirándome.

–No tengo nada que darte –dije yo, admirando su cama de marfil y ébano, el suelo de lapislázuli adornado con turquesa y las numerosas copas de oro–. No, no poseo nada verdaderamente que pueda darte.

Y mis rodillas flaqueaban. Hice ademán de retirarme, pero ella me retuvo.

–Tengo piedad de ti, Sinuhé –dijo, desperezándose voluptuosamente–. Me has dado ya lo más precioso que poseías, si bien, una vez analizado, encuentro que se exagera mucho su importancia. Pero tienes todavía una casa, ropas y tus instrumentos de médico. No eres totalmente pobre.

Yo temblaba de pies a cabeza, pero respondí, sin embargo:

–Todo será tuyo, Nefernefernefer, si lo deseas. Todo será tuyo si quieres gozar conmigo. Poco vale, desde luego, pero mi casa está instalada para ejercer la profesión de médico y un alumno de la Casa de la Vida puede darte un buen precio por ella si sus padres son ricos.

–¿De veras? –dijo ella, volviéndose desnuda para mirarse en un espejo y corregir con sus dedos finos la línea negra de sus cejas–. Sea, pues, como quieres. Ve a buscar a un escriba que redacte el acta a fin de transferir a mi nombre cuanto posees. Porque si bien vivo sola, no soy una mujer despreciable y debo pensar en el porvenir si me abandonas, Sinuhé.

Yo contemplaba su espalda desnuda y mi corazón latía tan locamente que me aparté de su lado y fui a buscar a un escriba que redactó rápidamente los papeles necesarios y fue a depositarlos en los archivos reales. Cuando regresé, Nefernefernefer estaba vestida con lino real y llevaba una peluca roja como el fuego; sus muñecas y sus tobillos se adornaban con maravillosos brazaletes y una espléndida litera la esperaba delante de la casa. Le di el documento del escriba y dije:

–Todo cuanto poseo es ahora tuyo, Nefernefernefer, incluso los vestidos que llevo. Comamos y bebamos y divirtámonos hoy, porque mañana no hay nada seguro.

Ella tomó el papel, lo encerró cuidadosamente en un cofre de ébano y dijo:

–Estoy desconsolada, Sinuhé, pero acabo de darme cuenta de que tengo mis reglas, de manera que no puedes tocarme. Por eso es mejor que te retires para que pueda purificarme, porque tengo la cabeza pesada y dolor en los riñones. Ven otra vez y obtendrás lo que tanto deseas.

Yo la miré, con la muerte en el alma, sin poder hablar. Ella se impacientó y golpeando el suelo con el pie exclamó:

–Vete porque tengo prisa.

Cuando quise tocarla exclamó:

–Vas a estropear mis afeites...

Regresé a mi casa y lo puse todo en orden para el nuevo propietario. Mi esclavo tuerto me seguía paso a paso, moviendo la cabeza; su presencia acabó por exasperarme y le grité con violencia:

–¡Deja de seguirme porque no soy ya tu dueño! Obedece a tu nuevo amo cuando venga y no le robes tanto como me has robado a mí, porque su bastón será quizá más duro que el mío.

Entonces se postró a mis pies y levantó la mano en señal de duelo, y vertiendo amargas lágrimas dijo:

–No me despidas, ¡oh amo mío!, porque mi viejo corazón está unido al tuyo y me lo destrozarás si me echas. Te he sido siempre fiel, pese a que seas joven y simple, y si te he robado lo he hecho teniendo en cuenta tu propio interés y calculando lo que valía la pena de robarte. Con mis viejas piernas he recorrido las calles durante las horas calurosas de la jornada cantando tu nombre y tu reputación de curador pese a los servidores de los demás médicos que me daban bastonazos o me arrojaban excrementos.

Mi corazón estaba saturado de sal; un gusto amargo me apestaba la boca; sin embargo, me sentí emocionado y le puse la mano en el hombro diciéndole:

–¡Levántate, Kaptah!

Éste era su nombre, pero yo no lo llamaba nunca así para que no se sintiese halagado y se creyese mi igual. Cuando lo llamaba, le daba habitualmente los nombres de «esclavo», «canalla», «imbécil» o «ladrón».

Al oír su nombre aumentó su antojo y tocó con su frente mis manos y mis piernas y puso mi pie sobre su cabeza. Pero yo acabé enfadándome y le di un bastonazo ordenándole que se levantara.

–De nada sirve llorar –le dije–. Pero debes saber que no te he cedido a otro por despecho, porque estoy contento de tus servicios pese a tu frecuente impertinencia al cerrar con ruido las puertas y romper mi vajilla. En cuanto a tus hurtos, no te guardo rencor porque es el derecho del esclavo. Siempre fue y siempre será así. Pero tengo que renunciar a tus servicios porque no tengo nada que darte. He cedido mi casa y cuanto poseo, de manera que ni aun mis vestidos son míos. Por esto es inútil que llores delante de mí.

Entonces Kaptah se levantó, se rascó la cabeza y dijo:

–Es un día nefasto. –Reflexionó un momento y añadió–: Eres un gran médico, Sinuhé, pese a que seas joven, y el mundo entero se abre ante ti. Por eso harías bien en reunir todos tus bienes más preciosos y huir esta noche conmigo, en la oscuridad, para ocultarnos en un barco cuyo capitán no sea demasiado minucioso y descenderíamos por el río. En los dos países existen numerosas villas, y si te reconocen como un hombre buscado por la justicia y a mí como un esclavo fugitivo, iremos a los países rojos donde nadie sabrá quiénes somos. Podremos alcanzar las islas del mar, donde los vinos son fuertes y las mujeres alegres. En el país de Mitanni y en Babilonia, donde los ríos corren curso arriba, se honra mucho la medicina egipcia, de manera que podrías enriquecerte y yo seré el servidor de un hombre considerado. Date prisa, dueño mío, a fin de que lo tengamos todo dispuesto para la noche.

Y me tiraba de la manga.

–¡Kaptah, deja de importunarme con tus necias palabras! Mi corazón está sombrío como la muerte y mi cuerpo ya no me pertenece. Estoy ligado por unos lazos más sólidos que los hilos de cobre, pese a que tú no lo veas. Por esto no puedo huir, porque todo instante pasado lejos de Tebas sería para mí peor que un horno caliente.

Mi servidor se sentó en el suelo, porque sus piernas estaban llenas de varices, que yo le cuidaba de vez en cuando. Dijo:

–Amón nos ha visiblemente abandonado, lo cual no me extraña porque vas raramente a llevarle ofrendas. Yo, en cambio, le he ofrecido siempre la quinta parte de lo que te robaba, para darle gracias por haberme deparado un dueño tan joven y simple, pero a pesar de todo me ha abandonado también. Poco importa. Nos basta sencillamente cambiar de dios y hacerle rápidamente nuestras ofrendas; acaso aparte el mal de nosotros y ponga las cosas en orden.

–Cesa ya de decir estupideces –dije yo, lamentando haberlo llamado por su nombre al verlo tan familiar–. Tus palabras son como un zumbido de moscas en mis oídos y olvidas que no tenemos nada que ofrecer puesto que es otro quien posee cuanto teníamos.

–¿Es un hombre o una mujer? –preguntó con curiosidad.

–Una mujer –respondí.

¿Por qué se lo habría ocultado? Al oír mis palabras se echó de nuevo a llorar, se arrancó los cabellos y gritó:

–¿Por qué he venido a este mundo? ¡Oh, madre mía! ¿Por qué no me estrangulaste con el cordón umbilical el día de mi nacimiento? No hay peor destino para un esclavo que servir a una dueña sin corazón, porque sin corazón tiene que ser la mujer que así te ha tratado. Me mandará saltar y trotar todo el día con mis piernas enfermas, me clavará agujas en el cuerpo y me molerá a palos. Eso es lo que me espera, pese a que haya sacrificado a Amón para darle las gracias por haberme deparado un dueño joven y sin experiencia.

–No le falta corazón –dije (porque el hombre es tan insensato, que me rebajaba a hablar de ella con un esclavo en vista de que no tenía otro confidente)–. Desnuda sobre su lecho es más bella que la luna y sus miembros son lisos bajo los ungüentos y sus ojos son verdes como el Nilo bajo el sol estival. Tu suerte es digna de envidiar, Kaptah, porque podrás vivir cerca de ella y respirar el aire que ella respira.

Kaptah redobló sus gritos:

–Me venderá seguramente como portador de mortero u obrero de las minas, mis pulmones jadearán y la sangre brotará debajo de mis uñas y reventaré en el fango como un asno agotado.

Yo sabía en el fondo de mi corazón que decía la verdad, porque en casa de Nefernefernefer no había sitio ni pan para un hombre de su suerte. Las lágrimas acudían a mis ojos, pero no sé si lloraba por él o por mí. Al verme, se detuvo y me miró con ansiedad. Pero yo cogí mi cabeza entre las manos y lloré sin importarme ser visto por mi esclavo. Kaptah me tocó la cabeza con su enorme mano y dijo melancólicamente:

–Todo esto es culpa mía por no haber velado mejor sobre mi dueño. Pero no sabía que fuese cándido y puro como una tela jamás lavada. De lo contrario, no entiendo lo que ha ocurrido. En verdad que siempre me ha extrañado que mi dueño no mc mandase nunca en busca de una mujer al volver de la taberna. Y las mujeres que te mandaba para que se desnudasen delante de ti y te incitasen a divertirte con ellas las despedías insatisfechas y me trataban de rata y de cucaracha. Y, sin embargo, hubo entre ellas alguna joven y bonita. Pero toda mi solicitud fue vana y en mi estupidez me felicitaba de que no trajese a casa una mujer que me apaleara y me lanzase agua caliente a mis pies al disputar contigo. ¡Cuán bestia era! Cuando se arroja una primera antorcha a una cabaña de tierra arde enseguida.

Y añadió aún:

–¿Por qué no me has pedido consejo en tu inexperiencia? Porque he visto y sé muchas cosas, a pesar de que no lo creas. Yo también me he acostado con mujeres, verdad es que hace ya mucho tiempo, y puedo asegurarte que el pan, la cerveza y la panza valen más que el seno de la mujer más bonita. Cuando un hombre va a casa de una mujer, amo mío, tiene que llevarse un palo, de lo contrario ella lo domina y lo sujeta con ligaduras que se hunden en la carne como un alambre delgado y frotan el corazón; como una piedra en la sandalia lastima el pie. ¡Por Amón, amo y señor, hubieras debido traer mujeres aquí y toda esta miseria nos hubiera sido evitada! Has perdido el tiempo en las tabernas y las casas de placer, puesto que una mujer ha hecho de ti su esclavo.

Durante largo rato siguió hablando así, pero sus palabras eran como un zumbido de moscas a mis oídos. Acabó calmándose y me preparó comida y me vertió agua sobre las manos. Pero no pude comer, porque mi cuerpo ardía y un solo y único pensamiento acaparó durante toda la noche mi espíritu.

LIBRO CUARTO

NEFERNEFERNEFER

1

A primera hora me fui a casa de Nefernefernefer, pero dormía todavía y sus servidores también, de manera que me insultaron y me arrojaron agua sucia cuando los desperté. Por esto me senté en el umbral como un mendigo hasta el momento en que oí ruidos de voces en la casa.

Nefernefernefer estaba tendida sobre su cama con el rostro pequeño y delgado y los ojos turbios todavía por el vino.

–Me molestas, Sinuhé –dijo–. Verdaderamente me molestas mucho. ¿Qué quieres?

–Quiero comer y beber y divertirme contigo tal como me lo prometiste –dije yo con un nudo en la garganta.

–Esto fue ayer y hoy es otro día –dijo, mientras su esclava le quitaba la túnica arrugada y le daba masaje con ungüentos.

Después se miró en su espejo y se puso afeites y una peluca y tomó una diadema de oro con incrustaciones de perlas y piedras preciosas que se puso en la frente.

–Esta joya es bella –dijo–. Vale seguramente un alto precio, pero estoy cansada y mis miembros están agotados como si hubiese luchado toda la noche.

Bostezó y bebió un sorbo de vino para reanimarse. Me ofreció también vino, pero lo bebí sin placer delante de ella.

–Así ayer me mentiste al decirme que no podías divertirte conmigo. Pero ya sabía yo ayer que no era verdad.

–Me equivoqué –dijo–. Era, no obstante, la época. Estoy muy inquieta y acaso esté embarazada por tu causa, Sinuhé, porque he sido débil en tus brazos y eres fogoso.

Pero diciendo estas palabras sonreía con aire malicioso de manera que me di cuenta de que se burlaba de mí.

–Esta joya procede seguramente de una tumba real de Siria –le dije–. Recuerdo que me hablaste de ella ayer.

–Sí –dijo ella–. En realidad, la he encontrado debajo de la almohada de un comerciante sirio, pero no tienes por qué inquietarte, porque es un hombre ventrudo, gordo como un cerdo y apesta a ajo. Ahora que he obtenido lo que deseaba no quiero volver a verlo jamás.

Se quitó la peluca y la diadema y las dejó caer con negligencia al lado de la cama y se tendió. Su cráneo era liso y bello y estiró todo su cuerpo poniendo las manos en la nuca.

–Estoy débil y cansada, Sinuhé –repitió–. Abusas de mi agotamiento devorándome con los ojos cuando no puedo impedirlo. Debes recordar que no soy una mujer despreciable, pese a que viva sola, y debo velar por mi reputación.

–Ya sabes que no tengo nada que ofrecerte, puesto que posees cuanto tenía –le dije inclinando mi frente sobre su cama.

Y sentí el olor de sus ungüentos y el perfume de su piel. Ella me acarició la cabeza, pero retiró rápidamente la mano y se echó a reír moviendo la cabeza.

–¡Cuán pérfidos y mentirosos son los hombres! –dijo–. También tú me mientes, pero te amo y soy débil, Sinuhé. Me dijiste una vez que mi seno arde más que una llama, pero no es cierto. Puedes tocar mi pecho, es firme y fresco para ti. Y mis pechos aman tus caricias porque están cansados.

Pero cuando quise gozar de ella me rechazó, se incorporó y dijo con tono ofendido:

–Aunque esté sola y sea débil, no permito que me toque un hombre pérfido. ¿Por qué no me dices que tu padre posee una casa en el barrio de los pobres? Cierto es que no tiene gran valor, pero está cercana a los muelles y se podría sacar algo de los muebles vendiéndolos allá mismo. Quizá podría comer y beber y divertirme contigo hoy si me dieses estos bienes, porque mañana nada es seguro y debo velar por mi reputación.

–La fortuna de mi padre no es mía –dije asustado–. No puedes pedirme lo que no me pertenece, Nefernefernefer.

Pero ella inclinó la cabeza y me miró con sus ojos verdes, y su rostro era pálido y fino cuando me dijo:

–La fortuna de tu padre es tu herencia legal, Sinuhé, lo sabes muy bien, ya que tus padres no tienen ninguna hija, que tendría prioridad sobre ti, porque eres hijo único. Me ocultas también que tu padre es ciego y te ha dado su sello para que administres sus bienes y dispongas de ellos como si fueran tuyos.

Era verdad. A punto de perder la vista, mi padre me había dado su sello encargándome de velar por sus intereses, porque no podía ya firmar con su nombre. Kipa y él decían a menudo que deberían vender la casa por un buen precio a fin de poder comprar una casa de campo fuera de la villa y vivir en ella hasta el día en que entrasen en la tumba avanzando hacia la vida eterna.

No supe qué responder, tanto me llenaba de horror la idea de que iba a engañar a mis padres, que tanta confianza tenían en mí. Pero Nefernefernefer entornó los ojos y dijo:

–Toma mi cabeza entre tus manos y apoya tus labios sobre mi pecho, porque tienes algo que me hace débil, Sinuhé. Por esto descuido por ti mis verdaderos intereses, y me divertiré todo el día contigo si me cedes la fortuna de tu padre, pese a que no tenga gran valor.

Tomé su cabeza entre mis manos y era pequeña y lisa, y una excitación indecible se apoderó de mí.

–Que sea como tú deseas –le dije.

Y mi voz se quebró. Pero cuando quise tocarla dijo:

–Pronto tendrás lo que deseas, pero ve antes a buscar un escriba que redacte las actas conforme a la ley, porque no me fío de las promesas de los hombres, que son todos pérfidos, y debo velar por mi reputación.

Fui a buscar el escriba y cada uno de mis pasos fue un sufrimiento. Le di prisa al escriba y puse el sello de mi padre sobre el papel a fin de que pudiese llevarlo a los archivos. Pero no tenía oro ni cobre con que pagarlo, y estuvo descontento, pero consintió en aplazar el cobro hasta el día en que vendiera la casa, lo cual fue consignado en el acta de cesión.

A mi regreso a casa de Nefernefernefer sus servidores me dijeron que su señora dormía y tuve que esperar a que se despertase hasta la noche. Finalmente me recibió y le entregué el papel del escriba, que encerró distraídamente en un cofrecito de madera negra.

–Eres obstinado, Sinuhé –me dijo–, pero yo soy una mujer honrada y mantengo siempre mis promesas. Toma, pues, lo que has venido a buscar.

Se tendió en la cama y me abrió los brazos, pero no halló el menor placer en mí; volvió la cabeza para mirarse en un espejo y ahogaba los bostezos con una mano de manera que el goce que esperaba se convirtió para mí en cenizas. Cuando me levanté, dijo:

–Ya has recibido lo que querías, Sinuhé; déjame ahora en paz, porque me aburres prodigiosamente. No me produces el menor placer porque eres torpe y violento y tus manos me hacen daño. Pero no quiero enumerarte las penas que me causas, puesto que eres tan torpe. Retírate, pues. Podrás volver otro día, a menos que estés ya harto de mí.

Yo me sentía vacío como la cáscara de un huevo. Tambaleándome salí y llegué a mi casa. Quería encerrarme en una habitación oscura para llorar mi infortunio y mi miseria pero en el umbral vi a un hombre sentado con una peluca teñida y un traje sirio de colores vivos. Me saludó con arrogancia y me pidió un consejo como médico.

–No recibo ya más enfermos, porque esta casa no es mía –le dije.

–Tengo varices –dijo con un lenguaje sembrado de palabras sirias–. Tu bravo esclavo Kaptah me ha recomendado a ti por tu gran saber en materia de varices. Líbrame de mis dolores y no tendrás que arrepentirte.

Insistía tanto que acabé haciéndolo entrar y llamé a Kaptah para que trajese agua caliente para lavarme. Pero Kaptah estaba ausente y solamente al examinar las varices del sirio me di cuenta de que eran las de mi esclavo. Kaptah se quitó la peluca, echándose a reír.

–¿Qué significa esta farsa? –dije, dándole un bastonazo que cambió su risa en gemidos.

Cuando hube dejado el bastón, me dijo:

–Puesto que ya no soy tu esclavo, sino el de otra persona, puedo confesarte que pienso huir y he probado si mi disfraz era bueno.

Le recordé los castigos aplicados a los esclavos fugitivos y le dije que un día u otro le pescarían, porque ¿de qué iba a vivir? Pero me respondió:

–Después de haber bebido mucha cerveza esta noche he tenido un sueño. En este sueño, tú, mi amo, estabas tendido en un horno, pero llegaba yo súbitamente y después de haberte cubierto de reproches te tiraba por la nuca y te sumergía en una corriente de agua que se te llevaba lejos. He ido al mercado y he preguntado a un oniromante qué significaba este sueño y me ha dicho que mi amo corría un gran peligro, que recibiría numerosos bastonazos a causa de mi imprudencia y que mi amo emprendería un largo viaje. El sueño es verdad, porque basta ver tu cara para comprender que estás en grave peligro; los bastonazos los he recibido ya y el final del sueño debe de ser verdad también. Por esto me he procurado esta ropa a fin de que no me reconozcan, porque pienso seriamente acompañarte en tu viaje.

–Tu fidelidad me emociona, Kaptah –le dije afectando un tono irónico–. Es posible que me espere un largo viaje, pero en este caso me conducirá a la Casa de los Muertos y no creo quc quieras acompañarme.

–Del mañana nadie está seguro –dijo él con desfachatez–. Eres todavía joven y tierno como un ternero que su madre no ha lamido bastante. Por esto no me atrevo a dejarte salir solo para el penoso viaje a la Casa de los Muertos y el país de occidente. Es probable que te acompañe para ayudarte con mi experiencia, porque mi corazón te es adicto a pesar de tu locura y no tengo hijos a pesar de haber engendrado probablemente más de uno. Pero no los he visto nunca y por esto quiero hacerme el cargo de que eres hijo mío. No digo esto para despreciarte, sino para mostrarte cuáles son mis sentimientos hacia ti.

Su desfachatez pasaba de los límites, pero renuncié a apalearlo, porque no era mi esclavo. Me encerré en mi cuarto, me cubrí la cabeza y dormí como un muerto hasta la mañana siguiente, porque cuando la vergüenza y el arrepentimiento son suficientemente grandes obran como soporífero. Pero en cuanto abrí los ojos pensé en Nefernefernefer, en sus ojos y en su cuerpo, y me pareció estrecharla entre mis brazos y acariciar su cabeza lisa. ¿Por qué? No lo sé, quizá me había encantado con un sortilegio misterioso y, sin embargo, no creo gran cosa en la magia. Lo único que sé es que me aseé y arreglé para ir a su casa.

2

Me recibió en el jardín, cerca del estanque de los lotos. Sus ojos eran brillantes y alegres y más verdes que las aguas del Nilo. Lanzó un grito al verme y dijo:

–¡Oh, Sinuhé, regresas a mí, a pesar de todo! Acaso no sea todavía vieja y fea, puesto que no te has saciado de mí. ¿Qué quieres?

La miré como un hambriento mira un pan, y ella, inclinando la cabeza, dijo con tono enojado:

–Sinuhé, Sinuhé, ¿deseas verdaderamente gozar todavía de mí? Cierto es que vivo sola, pero no soy una mujer despreciable y debo velar por mi reputación.

–Te cedí ayer toda la fortuna de mi padre –le dije–.

Ahora está arruinado, pese a haber sido un médico reputado, y tendrá que ir a mendigar el pan de sus últimos días y mi madre hará coladas.

–Ayer era ayer y hoy es hoy –dijo, mirándome con los ojos entornados–. Pero no soy exigente y te permito sentarte a mi lado y cogerme la mano si esto te causa placer. Hoy mi corazón está lleno de júbilo y quiero compartirlo contigo, pese a que no me atreva probablemente a gozar contigo de ninguna otra manera.

Me miraba maliciosamente y sonreía al acariciar mi rodilla.

–No me preguntas por qué mi corazón está lleno de júbilo –dijo ella con tono de reproche–. Pero puedo, sin embargo, decírtelo. Debes de saber, pues, que acaba de llegar un noble del país del bajo Sur y trae un vaso de oro que pesa cerca de cien *deben* y cuyos lados están adornados con divertidos dibujos. Es tan viejo y flaco que sus huesos se me clavarían probablemente en los muslos pero creo que este bello vaso decorará mañana mi casa. No soy una mujer despreciable y debo velar por mi reputación.

Respiró profundamente al ver que yo no decía nada y miró soñadora los lotos y demás flores del jardín. Después se desnudó sin prisas y comenzó a nadar en el estanque. Su cabeza emergía del agua entre los lotos y era más bella que ellos.

Flotaba sobre el agua delante de mí con la mano bajo la nuca y me dijo:

–Estás muy silencioso hoy, Sinuhé. Espero no haberte ofendido sin querer. Si puedo compensarte de mi maldad, lo haré con gusto.

Entonces yo no pude resistir ya más.

–Sabes muy bien lo que quiero, Nefernefernefer.

–Tu rostro está colorado y tus arterias palpitan con fuerza, Sinuhé –dijo–. Deberías desnudarte y venir a refrescarte en el estanque conmigo, porque la jornada es verdaderamente calurosa. Aquí nadie nos ve; no tienes nada que temer.

Me desnudé y bajé a su lado, y bajo el agua mi costado tocó el suyo. Pero cuando quise tomarla se escapó riendo y me salpicó el rostro.

–Sé muy bien lo que quieres, Sinuhé, a pesar de que sea demasiado tímida para mirarte. Pero debes empezar por darme un regalo, porque ya sabes que no soy una mujer despreciable.

Yo me enojé y dije:

–Estás loca, Nefernefernefer, porque sabes muy bien que me has despojado de todo. Tengo ya vergüenza de mí y no me atreveré nunca más a mirar a mis padres. Pero soy todavía médico y mi nombre está inscrito en el Libro de la Vida. Quizá un día ganaré lo suficiente para hacerte un regalo digno de ti, pero ten compasión de mí, porque incluso en el agua mi cuerpo arde como bajo las llamas y me muerdo los dedos hasta hacer brotar la sangre al mirarte.

Ella comenzó a nadar sobre la espalda balanceándose ligeramente y sus pechos salían del agua como dos flores rojas.

–Un médico ejerce su profesión con las manos y los ojos, ¿no es verdad, Sinuhé? Sin ojos y sin manos no serías ya médico, aunque tu nombre estuviese escrito mil veces en el Libro de la Vida. Quizá bebería y gozaría contigo hoy si me dejases reventarte los ojos y cortarte las manos a fin de que pudiese suspenderlas como trofeos en el dintel de mi puerta para que mis amigos me respetasen y supiesen que no soy una mujer despreciable. –Me miró por debajo de sus párpados pintados de verde y añadió–: Pero no, renuncio, porque no haría nada con tus ojos, y tus manos podrían atraer moscas. Pero ¿no podríamos encontrar algo, Sinuhé, que pudieses darme? Me haces débil y siento impaciencia al verte desnudo en el estanque. Eres torpe e inexperimentado, pero creo que en el transcurso de una jornada podría enseñarte muchas cosas que ignoras todavía, porque conozco innumerables maneras que gustan a los hombres y pueden también hacer gozar a una mujer. Reflexiona un poco, Sinuhé.

Pero cuando traté de agarrarla se me escapó, salió del agua y se detuvo bajo un árbol chorreando agua.

–No soy más que una mujer débil y los hombres son traidores y pérfidos. Tú también lo eres, Sinuhé, puesto que sigues mintiendo. Mi corazón está triste y las lágrimas acuden a mis ojos, porque evidentemente estás cansado de mí. De lo contrario no me ocultarías que tus padres se han preparado una bella tumba en la Villa de los Muertos y que han depositado en el templo una suma suficiente para que sus cuerpos sean embalsamados y puedan soportar la muerte y el viaje hacia el país de Poniente.

Al oír estas palabras me desgarré el pecho y la sangre brotó, y grité:

–¡En verdad que eres Tabubué, ahora estoy seguro!

Pero ella me contestó tranquilamente:

–No debes censurarme por no ser una mujer despreciable. No he sido yo quien te ha invitado a venir; has venido tú solo. Pero está bien. Ahora sé que no me amas ya y que vienes solamente para burlarte de mí, puesto que una bagatela como ésta es un obstáculo entre nosotros.

Las lágrimas corrieron por mis mejillas y suspiré de dolor, pero me acerqué a ella y apoyó ligeramente su cuerpo contra el mío.

–Esta idea es verdaderamente culpable e impía –le dije–. ¿Debo acaso privar a mis padres de la vida eterna y dejar que sus cuerpos se disuelvan en la nada como los de los esclavos y los pobres y los de los criminales arrojados al río? ¿Es, pues, esto lo que exiges de mí?

Ella estrechó su cuerpo desnudo contra el mío, y dijo:

–Cédeme la tumba de tus padres y murmuraré a tu oído la palabra «hermano», y mi cuerpo estará para ti lleno de fuego delicioso y te enseñaré mil secretos que ignoras y que gustan a los hombres.

No pude contenerme y me eché a llorar al decir:

–Haré lo que me pides y que mi nombre sea maldito durante toda la eternidad. Pero no puedo resistirme, tan grande es la magia de tu fuerza sobre mí.

Pero ella dijo:

–No hables de magia en mi presencia porque es una ofensa para mí, ya que no soy una mujer despreciable, vivo en una casa mía y velo por mi reputación. Pero puesto que eres enojoso y pesado, voy a enviar a un esclavo a buscar un escriba y entretanto vamos a beber vino y comer, para que tu corazón se reconforte y podamos gozar juntos una vez esté firmada la cesión.

Se marchó riendo alegremente y corriendo.

Yo me vestí y la seguí y los servidores me vertieron agua sobre las manos y se inclinaron delante de mí, las manos a la altura de las rodillas. Me di perfecta cuenta de que a mi espalda se reían y se burlaban de mí, pero afecté comportarme como si sus mofas fuesen como un zumbido de moscas a mis oídos. Se callaron en cuanto reapareció Nefernefernefer y comimos y bebimos juntos, y había cinco especies de carne y doce especies de pasteles, y bebimos vino mezclado que se sube pronto a la cabeza. El escriba llegó y redactó los papeles necesarios por los cuales cedía a Nefernefernefer la tumba de mis padres en la Villa de los Muertos con todo el mobiliario y el dinero depositado en el templo, de manera que perdieron la vida eterna y la posibilidad de efectuar después de su muerte el viaje al país de Poniente. Puse el sello de mi padre sobre las actas en los registros para que tuvieran fuerza de ley. Entregó a Nefernefernefer un recibo, que guardó distraídamente en un cofre negro, y ella le hizo un regalo, de manera que salió después de haberse inclinado delante de ella, llevándose las manos a la altura de las rodillas.

En cuanto se hubo marchado, dije:

–Desde este momento estoy maldito ante los hombres y los dioses, Nefernefernefer. Demuéstrame ahora que mi acto merece su recompensa.

Pero ella respondió sonriendo:

–Bebe vino, hermano mío, a fin de que tu corazón se reconforte.

Cuando quise poseerla me rechazó y vertió vino en mi copa. Al cabo de un instante miró al sol y dijo:

–Ya sabes que debo ir a vestirme y arreglarme, porque

una copa de oro me espera para que mañana pueda adornar con ella mi casa.

Cuando quise tocarla se me escapó y, llamando en voz alta, acudieron los esclavos. Y les dijo:

–¿Quién ha dejado entrar a este inoportuno mendigo? ¡Arrojadlo a la calle y no le abráis nunca más la puerta, y si insiste dadle de bastonazos!

Los esclavos me arrojaron a la calle, porque el vino y la cólera me habían restado todas las fuerzas, y me dieron de palos porque no quería alejarme de allí. Comencé a gritar y aullar y la gente se arremolinó, pero los esclavos les dijeron:

–Este beodo ha ofendido a nuestra señora, que vive en una casa suya y no es una mujer despreciable.

Nuevamente me dieron de palos y me abandonaron desvanecido en el arroyo, donde la gente escupía sobre mí mientras los perros se me orinaban encima.

Habiendo recobrado el conocimiento y dándome cuenta de mi triste situación, permanecí tendido en el suelo hasta el alba. La oscuridad me protegía y tenía la sensación de no poder abordar nunca más a un ser humano. El heredero del trono me había llamado «El que es solitario», y verdaderamente solitario era entre los hombres aquella noche. Pero al alba, cuando la gente comenzó a circular, cuando los mercaderes dispusieron sus escaparates y los bueyes pasaron arrastrando las carretas, salí de la villa y me oculté tres días y tres noches, sin comer ni beber, entre los cañaverales. Mi cuerpo y mi alma no eran más que una llaga y si alguien me hubiese dirigido la palabra hubiese aullado como un demente.

3

El tercer día lavé mi cara, mis pies y mis ropas ensangrentadas y regresé a la villa. Mi casa no era ya mía y ostentaba el nombre de otro médico. Llamé a Kaptah, que salió corriendo y lloró de júbilo al verme.

–¡Oh, dueño mío! –dijo–, porque en mi corazón sigues siendo mi dueño, aunque otro me dé órdenes. Tu sucesor es un hombre joven que se cree un gran médico, se prueba tus ropas y ríe satisfecho. Su madre está ya instalada en la cocina y me ha arrojado agua hirviendo a los pies llamándome rata y mosca de estercolero. Pero tus enfermos te echan de menos y dicen que su mano no es tan ligera como la tuya, que sus cuidados les causan dolores exagerados y que no conoce sus males como tú.

Continuó hablando y su ojo rodeado de rojo expresaba el temor, de manera que acabé diciéndole:

–Cuéntamelo todo, Kaptah. Mi corazón es como una piedra en mi cuerpo y nada me importa ya.

Entonces levantó el brazo para expresar el dolor más profundo y dijo:

–Hubiera dado mi único ojo para evitarte este dolor. Porque esta jornada es mala para ti; debes de saber que tus padres han muerto.

–¡Mi padre Senmut y mi madre Kipa! –exclamé, levantando el brazo como es costumbre, mientras mi corazón saltaba dentro de mi pecho.

–Esta mañana los servidores de la justicia han forzado su puerta después de haberles dado ayer la orden de marcharse –refirió Kaptah–, pero reposan sobre el lecho y no respiran ya. Tienes todo el día de hoy para llevar sus cuerpos a la Casa de la Muerte, porque mañana la casa será derruida, según las órdenes del nuevo propietario.

–¿Sabían mis padres por qué los expulsaban así?

–Tu padre Senmut ha venido a buscarte –dijo Kaptah–. Tu madre lo guiaba, porque había perdido la vista y los dos eran viejos y decrépitos y caminaban temblando. Pero yo no sabía dónde estabas. Entonces tu padre ha dicho que quizá es mejor así. Ha contado que los servidores de la justicia pusieron los sellos sobre todos sus bienes, de manera que no poseían ya más que las ropas que llevaban. Cuando preguntó por qué los expulsaban de aquella forma, los servidores respondieron riendo que su hijo Sinuhé había vendido la casa y los muebles e incluso la tumba de sus padres para poder dar oro a una mujer de mala vida. Después de haber vacilado mucho, tu padre me pidió una moneda para poder dictar a un escriba una carta para ti. Pero el nuevo médico había entrado ya en la casa y cuando tu madre me llamó me dio un bastonazo por perder el tiempo charlando con mendigos. Me creerás si te digo que hubiera dado la moneda a tu padre, porque aunque no he tenido tiempo todavía de robar a mi nuevo dueño, he economizado un poco de cobre de mis antiguas supercherías. Pero cuando volví a salir a la calle tus padres se habían marchado y mi nueva dueña me prohibió correr tras ellos y me encerró en casa toda la noche.

–Así mi padre no te ha dejado ningún mensaje para mí...

Y Kaptah respondió:

–Tu padre no ha dejado ningún mensaje para ti.

Mi corazón era como una piedra en mi pecho y no latía ya, pero mis pensamientos eran como pájaros en el aire glacial. Al cabo de un instante, le dije a Kaptah:

–Dame todo tu cobre y tu plata. Dámelos pronto y quizá Amón te lo recompensará si yo no puedo hacerlo, porque tengo que llevar a mis padres a la Casa de la Muerte y no tengo nada con que pagar la conservación de sus cuerpos.

Kaptah comenzó a gemir y llorar, levantó los brazos al cielo en señal de gran dolor, pero finalmente fue a un rincón del jardín y miró hacia atrás como un perro que va a desenterrar un hueso. Movió una piedra y sacó un trapo en el cual había empaquetado su cobre y su plata; no había siquiera por valor de dos *deben*, pero era el precio de toda una vida de esclavitud. Me los dio llorando y dando muestras de un profundo dolor; por esto su nombre merece ser bendito para siempre jamás y su cuerpo conservado eternamente.

En verdad tenía amigos, pues Ptahor y Horemheb me hubieran quizá prestado dinero y Thotmés hubiese podido también ayudarme, pero era joven y creía que mi deshonor era ya conocido de todos y no me hubiera atrevido a mirar a mis amigos cara a cara. Antes morir. Estaba maldito y cubierto de vergüenza delante de los dioses y los hombres, y no podía siquiera darle las gracias a Kaptah, pues la madre de su dueño había aparecido en la puerta y lo llamó con voz enojada, con un rostro como el de un cocodrilo y un bastón en la mano. Por eso Kaptah me abandonó corriendo y comenzó a gritar al subir las escaleras de la terraza aun antes de que el bastón lo hubiese tocado. Y esta vez no tenía necesidad de simular su dolor, porque lloraba amargamente por la pérdida de su pequeño pecunio.

Me fui enseguida a casa de mis padres; las puertas estaban destrozadas y todo ostentaba los sellos de la justicia. Los vecinos estaban reunidos en el patio y levantaron los brazos en señal de duelo, pero nadie me dirigió la palabra, sino que todos se apartaron de mí con horror. Senmut y Kipa reposaban sobre el lecho con el rostro todavía rojo como si hubiesen dormido y en el suelo ahumaba un brasero con cuyo humo se habían asfixiado cerrando las puertas y ventanas. Envolví sus cuerpos en una manta sin preocuparme de los sellos de la justicia y fui a buscar a un arriero que con su asno quisiera transportar los cuerpos. Me ayudó a cargar los despojos mortales sobre el asno y partimos hacia la Casa de la Muerte. Pero se negaron a dejarnos entrar porque no tenía dinero suficiente para pagar el embalsamamiento más rudimentario. Entonces dije a los lavadores de cadáveres:

–Soy Sinuhé, hijo de Senmut, y mi nombre está inscrito en el registro de la Vida, pese a que la suerte adversa me haya llevado hasta el punto de que no tengo dinero para pagar el entierro de mis padres. Por esto, por Amón y por todos los dioses de Egipto, os suplico que embalsaméis los cuerpos de mis padres para que resistan a la destrucción y yo os serviré con todo mi arte mientras dure el embalsamamiento.

Lanzaron maldiciones contra mi insistencia y me injuriaron, pero finalmente el jefe aceptó el dinero de Kaptah y, plantando el garfio bajo la barbilla de mi padre, arrojó el cuerpo en el gran aljibe de los pobres. Después hizo lo mismo con el de mi madre. Había treinta aljibes, de manera que cada día se llenaba uno y se vaciaba otro, de modo que los cuerpos de los pobres permanecían en total treinta días y treinta noches en el agua salada y en lixiviación para poder resistir a la destrucción, y no se hacía más para su conservación, como lo supe más tarde.

Tenía que regresar todavía a casa de mi padre a devolver la manta sellada por la justicia. El jefe embalsamador se burló de mí y me dijo:

–Regresa antes del alba, porque si no has vuelto entonces sacaremos del aljibe los cuerpos de tus padres y los arrojaremos a los perros.

Esto me hizo pensar que no me creían médico legalizado, sino que imaginaron que había mentido.

Regresé a casa de mi padre y mi corazón era pesado como una piedra. Cada ladrillo de los muros me gritaba sus reproches, el viejo sicómoro gritaba y el estanque de mi infancia gritaba también. Por esto me alejé rápidamente después de haber dejado la manta en su sitio, pero en el umbral me crucé con un escriba que ejercía su oficio en la esquina de la calle frente a la tienda de un mercader de comestibles. Levantó el brazo en señal de dolor y me dijo:

–Sinuhé, hijo de Senmut, ¿eres tú?

Y yo le contesté:

–Sí, yo soy.

El escriba habló:

–No huyas, pues tu padre me ha confiado un mensaje para ti al no encontrarte en casa.

Entonces me arrojé al suelo y me llevé las manos a la cabeza, mientras el escriba sacaba un papel y leía:

–«Senmut, cuyo nombre está inscrito en el Libro de la Vida, y su esposa Kipa envían este saludo a su hijo Sinuhé, a quien fue dado en el palacio del faraón el nombre de "El que es solitario". Los dioses te enviaron a nosotros, y cada día de tu vida nos ha causado alegrías y jamás pesadumbres, y nuestro orgullo ha sido grande a causa de ti. Ahora estamos tristes a causa de ti, y estamos tristes porque has tenido contratiempos y no hemos podido ayudarte como hubiéramos querido. Y creemos que todo lo que has hecho has tenido razón al hacerlo, porque no podías hacer otra cosa. No te quedes desolado por nosotros pese a que hayas vendido incluso nuestra tumba, porque no lo habrás hecho sin una razón imperativa. Pero los servidores de la justicia llevan prisa y no hemos tenido el valor de esperar el día de nuestra muerte; pero la muerte es para nosotros bien venida como el sueño para el hombre cansado y la casa para el ausente. Nuestra vida ha sido larga y nuestras alegrías numerosas, pero eres tú, Sinuhé, quien nos ha proporcionado las mayores cuando viniste a nuestra casa siendo ya nosotros viejos y solitarios. Por esto te bendecimos y no debes preocuparte porque no tengamos tumba, porque la vanidad de las cosas es grande y acaso es mejor que desaparezcamos en la nada, sin conocer los peligros y las angustias del largo viaje al reino del Poniente. Recuerda siempre que nuestra muerte ha sido fácil y te bendecimos antes de desaparecer. Que los dioses de Egipto te protejan de todos los peligros, que el dolor sea evitado a tu corazón y tengas tanto goce de tus hijos como nosotros hemos tenido de ti. Esto es lo que te desean tu padre Senmut y tu madre Kipa.»

Mi corazón no era ya como una piedra; vivía y se fundía y vertía lágrimas sobre el polvo de la tierra. Pero el escriba dijo:

–He aquí la carta. Falta, es cierto, el sello de tu padre, y no ha podido firmarla con su nombre, pero me creerás ciertamente si te digo que la escribí bajo su dictado y que las lágrimas de tu madre han dejado huellas aquí.

Me mostró el billete, pero mis ojos estaban cegados por las lágrimas y no vi nada. Arrolló el papiro y me lo puso en la mano, diciéndome:

–Tu padre Senmut era justo y tu madre Kipa una buena mujer, si bien, a veces, tenía un poco expedita la lengua, como es costumbre en las mujeres. Por esto escribí este billete, bien que tu padre no pudiese hacerme el menor regalo, y yo te doy este papiro pese a que sea de primera calidad y podría rascarlo y emplearlo todavía una vez más.

Reflexioné un instante y le dije:

–Tampoco yo tengo regalo alguno para ti, amigo mío. Pero toma mi túnica, es de buena tela, pese a que esté sucia y arrugada.

Me quité la ropa y se la tendí; él examinó la tela con desconfianza y levantó los ojos sorprendido, diciendo:

–Tu generosidad es grande, Sinuhé, diga la gente lo que diga de ti. Aun cuando dijesen que has despojado a tus padres y los has arrojado desnudos a la muerte, te defenderé. Pero no puedo aceptar tu túnica porque la tela es de precio y sin ella el sol te tostará la espalda como la de los esclavos y te levantará ampollas que duelen terriblemente.

Pero yo le dije:

–Tómala y que todos los dioses de Egipto te bendigan y tu cuerpo se conserve eternamente, porque no sabes el bien que me has concedido.

Entonces aceptó mi túnica y se alejó, sosteniéndola en alto por encima de su cabeza, riéndose de felicidad. Y yo regresé a la Casa de la Muerte, cubierto tan sólo por mi delantal como los esclavos y los boyeros, para servir a los embalsamadores durante treinta días y treinta noches.

4

Como médico, creía estar familiarizado con la muerte y el sufrimiento, haberme endurecido frente a las pestilencias y ante el contacto con los abscesos y las llagas purulentas; pero cuando hube comenzado mi trabajo en la Casa de las Muerte comprendí que no era más que un novicio y que no sabía nada. A decir verdad, los pobres no daban mucho trabajo, pues reposaban tranquila y reposadamente en su baño de natrón, de color acre, y aprendí pronto a manejar el garfio con el cual se los trasladaba de un lugar a otro. Pero los cuerpos de grado superior exigían mucha habilidad y el lavado de los intestinos y su colocación en los canopes exigían bastante resistencia. Pero lo que me asqueó sobre todo fue comprobar que los sacerdotes de Amón robaban a la gente todavía más después de la muerte que antes, porque el precio de la conservación variaba según las fortunas, y los embalsamadores engañaban a los parientes de los difuntos facturándoles numerosos bálsamos y ungüentos costosos que decían haber utilizado, cuando empleaban una única y sola clase de aceite para todo el mundo. Los cadáveres de los grandes eran preparados según todas las reglas del arte, pero en las cavidades de los demás se limitaban a inyectar un aceite que disolvía las entrañas y metían en ellas cañas mojadas en pez. Para los pobres, no se tomaban siquiera este trabajo; los dejaban secar después de haberlos tenido en el baño durante treinta días y los devolvían a las familias.

Los sacerdotes vigilaban la Casa de la Muerte, pero a pesar de ello los embalsamadores robaban todo lo que podían considerándose con derecho a ello. Robaban las plantas medicinales, los ungüentos preciosos y las bandeletas de tela para revenderlos y volver a robarlos, y los sacerdotes no podían impedirlo porque aquellos hombres conocían bien su oficio y no era fácil reclutar hombres para la Casa de la Muerte. Sólo la gente maldecida por los dioses, y los criminales, se contrataban como embalsamadores para escapar a la justicia y se les reconocía de lejos por su olor salobre y a cadáver, de manera que todo el mundo los evitaba y no eran admitidos ni en las tabernas ni en las casas de placer.

Por esto me tomaron por uno de los suyos al ver que me ofrecía y no me ocultaron nada de sus trucos. Si no hubiese cometido yo mismo un delito peor aún, hubiese huido de allí con horror al ver cómo maltrataban los cuerpos, incluso de los nobles, y los despedazaban para vender a los hechiceros los órganos humanos que necesitaban. Si existe un reino del Poniente como lo espero para mis padres, creo que muchos difuntos quedarán sorprendidos al ver cuán incompletos están sus cuerpos para emprender el largo viaje, pese a haber depositado en el templo el dinero necesario para su eterno reposo.

Pero el júbilo llegaba a su colmo cuando les llevaban el cadáver de una mujer joven; poco importaba que fuese fea o bonita. No la arrojaban enseguida al aljibe, sino que debía pasar una noche sobre el camastro de un embalsamador y se la jugaban a la suerte. Porque era tal el espanto que inspiraba un embalsamador que incluso la más vil mujer de la calle se negaba a divertirse con ellos cualquiera que fuese la cantidad de oro que le ofreciesen; incluso las negras los temían demasiado para acogerlos. Antes, cotizaban para comprar una esclava en común cuando se vendían baratas después de las grandes expediciones guerreras, pero era tan atroz la vida en la Casa de la Muerte que esas mujeres no tardaban en volverse locas y escandalizaban de tal manera que los sacerdotes les prohibieron comprar esclavas. Desde entonces los embalsamadores tuvieron que prepararse ellos mismos la comida y lavar sus ropas, y se contentaban con gozar de los cadáveres. Pero se justificaban diciendo que una vez, durante el reinado del gran rey, habían llevado a la Casa de la Muerte a una mujer que se despertó durante el tratamiento, lo cual fue un milagro en honor de Amón y una alegría de los parientes y el marido de la mujer. Por esto era para ellos un piadoso deber tratar de renovar el milagro recalentando con su espantoso calor a las mujeres que les traían, salvo si eran demasiado viejas para que su resurrección no pudiese causar júbilo a nadie. No sabría decir si los sacerdotes estaban al corriente de estas prácticas, porque todo aquello ocurría de noche y en secreto, cuando la Casa de la Muerte estaba cerrada.

Quien se hubiese contratado como embalsamador en la Casa de la Muerte, salía de ella raramente, para evitar los sarcasmos, y pasaba su vida entre los cadáveres. Los primeros días, los consideraba a todos como malditos de los dioses, y sus palabras, mientras profanaban los cuerpos y se mofaban de ellos, me causaban espanto. Al principio no vi más que a los más endurecidos e impúdicos, que gozaban dándome órdenes y confiándome las tareas más repugnantes; pero más tarde me di cuenta de que entre ellos habían también hábiles profesionales cuya ciencia se transmitía del mejor al mejor, que consideraban su arte como muy digno de respeto y completamente esencial. Cada uno tenía su especialidad, como en la Casa de la Vida, y uno trataba la cabeza del cadáver, otro el vientre, el tercero el corazón, un cuarto los pulmones, hasta que todas las partes del cuerpo habían sido preparadas para la eternidad.

Uno de ellos se llamaba Ramose, era un hombre ya de edad, cuya tarea era la más delicada. Él era quien soltaba y sacaba por la nariz el cerebro del cadáver para lavar después el cráneo con un aceite especial. Observó mi habilidad manual y se asombró; después decidió instruirme en su arte de manera que a la mitad de mi estancia en la Casa de la Muerte me tomó como ayudante, lo cual hizo mi existencia soportable. Mientras a mis ojos todos los embalsamadores eran unos brutos poseídos, cuyos pensamientos y palabras no recordaban en nada los de los hombres que viven bajo el sol, Ramose, como animal, hacía pensar sobre todo en una tortuga que vive bajo su concha. Tenía la nuca curvada como la de la tortuga y su rostro y sus brazos estaban arrugados como la piel de este animal. Yo le ayudaba en su trabajo, que era el más limpio y considerado en la Casa, y su autoridad era tan grande que los demás no se atrevían ya a gastarme bromas ni lanzarme intestinos o excrementos. Pero no sé de dónde procedía esta autoridad, porque no levantaba nunca la voz.

Viendo cómo robaban los embalsamadores y cuán poco se preocupaban de la conservación de los cuerpos de los pobres, pese a que el precio fuese elevado, resolví ayudar a mis padres en la medida de lo posible y robar para asegurarles una vida eterna. Porque estimaba que mi pecado contra ellos era tan abominable que el robo no podía ensombrecerlo más. En su bondad, Ramose me enseñó cómo y cuándo podía robar a un cadáver de noble, porque no trataba más que a éstos y yo era su ayudante. Así pude retirar del aljibe común los cadáveres de mis padres y meterles cañas embadurnadas de pez en el vientre y rodearlos de bandeletas, pero no pude ir más lejos, porque el robo tiene límites que ni aun el propio Ramose podía traspasar.

Durante su lento y tranquilo trabajo en las cavernas de la Casa de la Muerte me dio, además, sabias enseñanzas. Con el tiempo, me atreví a hacerle preguntas y no se molestó. Mi nariz se había acostumbrado ya a la pestilencia de la Casa, porque el hombre se adapta fácilmente a todo y la cordura de Ramose disipó mi temor.

Le pregunté en primer lugar por qué los embalsamadores blasfemaban incesantemente y se peleaban por los cadáveres de las mujeres no pensando más que en su pasión carnal, cuando hubiera sido de creer que se hubiese ya calmado al vivir tantos años, día tras día, en compañía de la muerte. Ramose me dijo:

–Son hombres de baja extracción y su voluntad se revuelca por el fango de la misma manera que el cuerpo del hombre no es más que fango si se deja descomponer. Pero el fuego alienta una pasión por la vida, y esta pasión ha hecho nacer las bestias y los hombres y estoy seguro de que ha suscitado también los dioses. Pero cuanto más cerca está el hombre de la muerte, más fuerte surge en él la llamada del fango si su voluntad vive en él, por esto la muerte calma al virtuoso, pero transforma al hombre vil en una bestia que, incluso atravesado por una flecha, vierte su simiente en la arena. Y el cuerpo de estos hombres ha sido atravesado por una flecha, de lo contrario no estarían aquí. No te asombres, pues, de su conducta, sino ten piedad de ellos. Porque no causan mal ni perjuicio al cadáver, puesto que el cadáver está frío y no siente nada, pero cada vez se hacen daño a sí mismos porque vuelven a caer en el fango.

Prudente y lentamente, metiendo unos cortos instrumentos en la nariz, rompía los débiles huesos del interior del cráneo de un noble y después, tomando unas largas pinzas flexibles, extraía el cerebro, que depositaba en un ánfora que contenía un aceite fuerte.

–¿Por qué –le pregunté yo– hay que conservar eternamente el cuerpo, pese a que esté frío y no sienta nada?

Ramose me miró con sus diminutos ojos de tortuga, se secó las manos y bebió cerveza.

–Siempre se ha hecho y siempre se hará –dijo–. ¿Quién soy yo para explicarte una costumbre que se remonta al comienzo de los tiempos? Pero se dice que en la tumba el Ka del hombre, que es su alma, recupera el cuerpo y come el alimento que se le ofrece y goza de las flores que tiene delante de él. Pero el Ka consume muy poco, de manera que el ojo humano no puede darse cuenta. Por esto la misma ofrenda puede servir para varios, y la ofrenda al faraón pasa de su tumba a la de los nobles, y finalmente los sacerdotes la comen cuando viene la noche. Pero Ka, que es el espíritu del hombre, sale por la nariz en el momento de la muerte y nadie sabe hacia adónde vuela. Pero mucha gente ha atestiguado que es así. Entre Ka y el hombre no hay más diferencia que ésta: Ka no tiene sombra bajo la luz, mientras que el hombre sí. Por lo demás, son iguales. Esto es lo que se dice.

–Tus palabras son como un zumbido de moscas en mis oídos, Ramose –le dije–. No soy ningún imbécil y no tienes que contarme leyendas que he leído hasta la saciedad. Pero ¿dónde está la verdad?

Ramose bebió de nuevo cerveza y contempló el cerebro, que en pequeños fragmentos flotaba sobre el aceite.

–Eres todavía demasiado joven y ardiente para hacer estas preguntas –dijo sonriendo–. Tu corazón está inflamado para que hables así. Mi corazón es viejo y está cicatrizado y no se atormenta ya por estas vanas cuestiones. En cuanto a saber si es útil o no para el hombre que su cuerpo se conserve eternamente, no podría decírtelo, y nadie, ni aun los sacerdotes, lo saben. Pero puesto que así se ha hecho y se hará en todos los tiempos, lo más cuerdo es respetar la costumbre, porque así no se causa ningún perjuicio. Lo que sé es que nadie ha vuelto todavía del país del Poniente para contar lo que en él ocurre. Algunos pretenden que los Ka de sus queridos difuntos vuelven a ellos en sueños para darles consejos, advertencias y enseñanzas, pero los sueños sueños son y al alba no queda nada de ellos, se han disipado. Es verdad que una vez una mujer se despertó en la Casa de la Muerte y volvió a sus padres y marido y que vivió mucho tiempo todavía antes de volver a morir, pero es probable que no estuviese muerta y que alguien la hubiese hechizado para robar su cuerpo y dirigirla a su antojo como a veces ocurre. Esta mujer ha contado que había bajado al valle de los muertos, donde todo está oscuro, donde unos seres horribles la persiguieron, entre otros unos babuinos que querían poseerla y unos monstruos de cabeza de cocodrilo que le mordían los senos y todo esto ha sido consignado por escrito en un documento que se conserva en el templo y que todos los que lo desean pueden leer pagando. Pero ¿quién puede dar crédito a la narración de una mujer? En todo caso, la muerte surtió para ella el efecto de hacerla devota hasta el fin de sus días; iba cada día al templo, donde disipaba en ofrendas toda la fortuna de su marido, de manera que sus hijos quedaron arruinados y no tuvieron los medios de hacer embalsamar su cuerpo una vez estuvo realmente muerta. A cambio, el templo le dio una tumba e hizo conservar su cuerpo. Enseñan todavía esta tumba en la Villa de los Difuntos, como acaso sepas.

Pero a medida que me hablaba yo me confirmaba en mi resolución de hacer embalsamar los cuerpos de mis padres, porque creo que les debía eso, a pesar de que desde que estaba en la Casa de la Muerte ya no sabía si obtendría con ello algún provecho o no. Su única alegría y la única esperanza de sus últimos días había sido pensar que sus cuerpos se conservarían eternamente y yo tenía empeño en ver realizado su deseo. Por esto, con la ayuda de Ramose, los embalsamé y los envolví en bandeletas de tela, lo cual me obligó a pasar cuarenta días y cuarenta noches en la Casa de la Muerte, de lo contrario no hubiera tenido tiempo de robar lo suficiente para tratarlos dignamente. Pero no tenía tumba alguna que darles y ni siquiera un ataúd de madera. Por esto los cosí a los dos dentro de una piel de buey a fin de que viviesen eternamente juntos.

Nada me retenía ya en la Casa de la Muerte, pero vacilaba en abandonarla porque mi corazón estaba acongojado. Ramose, conociendo la habilidad de mis manos, me pedía que me quedase a su lado, y como ayudante hubiera podido ganar largamente mi vida y robar y vivir en los antros de la Casa sin que nadie supiese dónde estaba y sin experimentar los sinsabores y contrariedades de la existencia. Sin embargo, no permanecí en la Casa de la Muerte. ¿Por qué? Lo ignoro, porque ahora que estaba acostumbrado al lugar me encontraba bien en él y no echaba nada de menos.

Por esto me lavé y purifiqué lo mejor que supe y salí de la Casa de la Muerte bajo los insultos y las pullas de los embalsamadores. No era que estuviesen mal dispuestos contra mí, sino que era su manera de hablar entre ellos. Me ayudaron a llevar la piel de buey en que estaban cosidos los cuerpos de mis padres. Pero pese a que me había lavado cuidadosamente, la gente se apartaba de mí y se tapaba la nariz y demostraba su repugnancia con gestos, hasta tal punto me había impregnado el olor de la Casa de la Muerte, y nadie se prestó a pasarme al otro lado del río. Por esto esperé a la noche y, sin temor a los guardias, robé una barca y transporté los cuerpos de mis padres a la necrópolis.

5

La Villa de los Muertos estaba tan vigilada por la noche que no conseguí encontrar una sola tumba donde esconder los cuerpos de mis padres para que viviesen para siempre en ella y se beneficiasen de las ofrendas hechas a los ricos y nobles. Tuve que llevármelos al desierto y el sol me abrasaba la espalda y me agotaba, tanto que me creí a punto de morir. Pero con mi fardo al hombro tomé los peligrosos senderos a lo largo de las colinas por las cuales sólo los ladrones de tumbas se atreven a aventurarse y entré en el valle prohibido donde estaban enterrados los faraones. Los chacales aullaban, las serpientes venenosas del desierto silbaban a mi vista y los escorpiones caminaban sobre las rocas ardientes, pero yo no tenía miedo, porque mi corazón estaba endurecido contra todo riesgo y, pese a que fuese joven, hubiera saludado a la muerte con júbilo si ella hubiese querido algo de mí. No sabía todavía que la muerte se aparta de los que la llaman. Por esto las serpientes venenosas se apartaban de mí y los escorpiones no intentaban atacarme, y el sol no conseguía consumirme abrasado. Los guardianes de la villa prohibida fueron ciegos y sordos, no me vieron ni oyeron los guijarros resbalar bajo mis pies. Porque si me hubiesen visto me hubieran dado muerte en el acto, abandonando mi cuerpo a los chacales. Pero yo llegaba de noche y acaso temiesen al valle que guardaban, porque los sacerdotes habían hechizado y encantado todas las tumbas reales con su potente magia. Al oír las piedras resbalar por los flancos de las montañas y verme pasar en medio de la noche cargado con una piel de buey en la espalda, volvían probablemente la cabeza y se tapaban la cara, pensando que los difuntos erraban por el valle. Yo no los evitaba ni hubiera podido evitarlos, puesto que ignoraba la situación de sus puestos y no me ocultaba de ellos. El Valle de los Reyes se abría ante mí, tranquilo como la muerte y con toda su desolación, más majestuosa a mis ojos de lo que pudieron ser los faraones sobre su trono durante su vida.

Anduve toda la noche por el valle en busca de la tumba de un gran faraón cuya puerta hubiese sido sellada por los sacerdotes, porque hasta entonces no había encontrado nada suficientemente bueno para mis padres. Quería también una tumba cuyo faraón no hubiese tomado la barca de Amón hacía mucho tiempo, para que las ofrendas estuviesen frescas todavía e impecable el servicio del templo mortuorio de la orilla del río, porque sólo lo mejor era suficientemente bueno para mis padres, ya que no podía darles una tumba particular.

Cuando la luna se acostó, cavé una fosa al lado de la puerta de la tumba de un gran faraón, metí en ella la piel de buey en que estaban cosidos los cuerpos de mis padres y volví a cubrirla de arena. A lo lejos, en el desierto, los chacales aullaban, de manera que supe que Anubis erraba por las soledades y se ocuparía de mis padres para guiarlos durante su último viaje. Estaba seguro de que delante de Osiris mis padres pasarían con éxito el pesaje de los corazones, aun sin tener un Libro de los Muertos escrito por los sacerdotes y repleto de mentiras. Por esto experimentaba un inmenso alivio al amasar la arena sobre la tumba de mis padres. Sabía que vivirían eternamente al lado del gran faraón y que gozarían humildemente de las piadosas ofrendas. En el país del Poniente podrían navegar en la barca real, comer el pan de los faraones y beber sus vinos. Esto es lo que había obtenido exponiendo mi cuerpo a las lanzas de los guardianes del valle prohibido, pero no hay que darme mérito alguno por esto, porque no temía sus lanzas, ya que aquella noche la muerte me hubiera sido más deliciosa que la mirra.

Mientras cerraba la tumba, mi mano tropezó con un objeto y vi que era un escarabajo tallado en una piedra roja, cuyos ojos eran piedras preciosas y estaba cubierto de signos sagrados. Entonces un temblor se apoderó de mí y mis lágrimas resbalaron en la arena, porque en pleno valle de la muerte me parecía haber recibido de mis padres el signo que indicaba que estaban tranquilos y felices. Esto es, al menos, lo que yo quería creer, pero, no obstante, sabía que aquel escarabajo había caído seguramente de entre los objetos del faraón durante el entierro.

La luna se acostaba y el cielo tomaba un color gris. Me postré sobre la arena y levantando los brazos saludé a mi padre Senmut y a mi madre Kipa. Que sus cuerpos duren eternamente y su vida sea feliz en el reino del Poniente, porque solamente por ellos quería creer en la existencia de este país. Después me alejé sin volver la cabeza. Pero llevaba en la mano el escarabajo sagrado y su fuerza era grande, porque los guardianes no me vieron, pese a que yo los viese a ellos cuando salían de sus cabañas para preparar al fuego sus comidas. El escarabajo era muy poderoso, porque mi pie no resbaló sobre la roca ni las serpientes y los escorpiones me tocaron, a pesar de que no llevaba ya la piel de buey sobre los hombros. Aquella misma noche alcancé la ribera del Nilo y bebí el agua del Nilo, después me acosté entre los cañaverales y me dormí. Mis pies estaban llenos de sangre y mis manos desgarradas; y el desierto me había deslumbrado, mi cuerpo ardía y estaba cubierto de ampollas. Pero vivía, y el dolor no me impidió dormir porque estaba muy cansado.

6

Por la mañana me despertaron los gritos de los patos entre las cañas. Amón atravesaba el cielo en su barca dorada y el ruido de la villa llegaba hasta mí a través del río. Las barcas y los navíos descendían por el río con sus velas limpias y las lavanderas agitaban sus palas y reían y gritaban trabajando. El alba era joven y clara, pero mi corazón estaba vacío y la vida era ceniza en mis manos.

Los dolores de mi cuerpo me causaban júbilo, porque daban un cierto sentido a mi existencia. Hasta entonces no había tenido más que un objeto y mi única tarea había sido asegurar a mis padres la vida eterna que les había robado precipitándolos a una muerte prematura. Mi crimen estaba expiado, pero mi vida no tenía objeto ni sentido. No llevaba sobre mí más que un trozo de tela hecha jirones, como el traje de un esclavo, mi espalda estaba cubierta de ampollas y no tenía la más pequeña moneda con que comprar alimento. Si me movía, sabía que pronto los guardianes me preguntarían quién era y de dónde venía, y yo no sabría contestar, porque me figuraba que el nombre de Sinuhé estaba maldito y deshonrado para siempre. Por esto no podía tampoco dirigirme a mis amigos, no debía hacerles compartir mi infamia y no quería verles levantar el brazo en signo de reproche o volverme la espalda. Creía que había causado ya suficiente escándalo.

Tales eran mis reflexiones cuando me di cuenta de que un ser viviente rondaba a mi alrededor, pero no pude de momento considerarlo un hombre, tal era su aspecto de fantasma de pesadilla. Un agujero ocupaba el sitio de su nariz; sus orejas estaban cortadas y su demacración era espantosa; mirándolo mejor vi que sus manos eran gruesas y nudosas y su cuerpo vigoroso y cubierto de equimosis producidas por los fardos y las cuerdas.

En cuanto se dio cuenta de que lo había visto me dirigió la palabra y dijo:

–¿Qué llevas en tu puño cerrado?

Abrí la mano, le mostré el escarabajo sagrado del faraón que había encontrado en la arena, y me dijo:

–Dámelo para que me traiga suerte, porque tengo necesidad de ella.

Pero yo le respondí:

–También yo soy pobre y no poseo más que este escarabajo. Quiero guardarlo como talismán para que me traiga suerte.

Y él dijo:

–Aunque sea pobre y miserable te daré por él una pieza de plata, y no obstante, es mucho para un trozo de piedra pintada. Pero tengo piedad de tu pobreza. Por esto te daré una pieza de plata.

Sacó una moneda de su cinturón, pero yo estaba firmemente decidido a guardar el escarabajo porque de repente me imaginé que iba a asegurarme el éxito, y así se lo dije al hombre. Pero éste respondió con cólera:

–Olvidas que hubiera podido asesinarte mientras dormías, porque te he observado largo tiempo y me preguntaba qué tendrías en tu mano crispada. He esperado tu despertar, pero ahora lamento no haberte dado muerte, puesto que eres tan ingrato.

Yo le contesté en estos términos:

–Por tu nariz y tus orejas veo que eres un criminal y que has huido de las minas. Si me hubieses matado durante mi sueño, hubieras realizado una buena acción porque estoy solo y no sé adónde dirigirme. Pero ten cuidado y huye, porque si los guardias te ven aquí te cogerán y colgarán de la pared cabeza abajo o te mandarán de nuevo a las minas de donde te has escapado.

Y él dijo:

–Podría matarte todavía ahora si quisiera, porque en mi miseria soy fuerte. Pero renuncio a hacerlo a cambio de una piedra porque estamos cerca de la Villa de los Difuntos y los guardias podrían oír tus gritos. Guarda, pues, tu talismán: acaso tengas más necesidad de él que yo. Me pregunto también de dónde vienes, puesto que no sabes que yo no tengo ya nada que temer de los guardias, que soy libre y ya no esclavo. Podría irme a la villa, pero no quiero, porque los chiquillos tienen miedo de mi rostro.

–¿Cómo puede ser libre un condenado a perpetuidad en las minas? Tu nariz y tus orejas cortadas te traicionan –le dije irónicamente, porque imaginaba que era jactancia.

–No me ofendo de tus palabras porque soy piadoso y temo a los dioses –dijo–. Por esto no te he matado durante tu sueño. Pero ¿ignoras verdaderamente que, cuando su coronación, el príncipe heredero ha mandado romper todas las cadenas y liberar a los condenados a las minas y canteras de manera que a partir de entonces sólo trabajan en ellas los hombres libres a cambio de un salario?

Así fue como me enteré de que el nuevo faraón había subido al trono con el nombre de Amenhotep IV y que había liberado a todos los esclavos, de manera que las minas y las canteras de las riberas del mar oriental estaban tan desiertas como las del Sinaí. Porque nadie en Egipto estaba suficientemente loco para ir a trabajar voluntariamente en las minas. La gran esposa real era ahora la princesa de Mitanni, que jugaba aún con sus muñecas, y el faraón era un jovenzuelo que adoraba a un nuevo dios.

–Su dios es ciertamente un ser extraordinario –dijo el antiguo minero–, puesto que incita al faraón a estos actos insensatos. Porque los bandidos y los asesinos se pasean ahora en libertad por los dos reinos, las minas están desiertas y Egipto no se enriquece ya. Cierto es que soy inocente de todo delito y fui castigado injustamente, pero siempre fue y será así. Por esto es insensato liberar a centenares de miles de criminales a fin de rendir justicia a un inocente. Pero esto es asunto del faraón y no mío.

Mientras hablaba me miraba y me tocaba las manos y las ampollas de mi espalda. El olor de la Casa de la Muerte no le incomodaba y sentía probablemente piedad de mi juventud, porque me dijo:

–El sol te ha abrasado la piel. Tengo aceite. ¿Quieres que te unte?

Me frotó la espalda y los brazos, pero al hacerlo iba murmurando y decía:

–Por Amón, que no sé verdaderamente por qué te cuido, porque no sacaré de ello ningún provecho y nadie me cuidó cuando estaba apaleado y herido y maldecía a todos los dioses por la injusticia de que era víctima.

Yo sabía que todos los esclavos y los condenados protestaban de su inocencia, pero aquel hombre había sido bueno para mí. Por esto quería demostrarle mi agradecimiento y estaba tan abandonado que temía verlo partir y quedarme solo con mi angustia. Por esto le dije:

–Cuéntame la injusticia de que fuiste víctima a fin de que pueda deplorarla contigo.

Y habló así:

–El dolor me fue arrancado del cuerpo a bastonazos durante el primer año en la mina. La cólera fue más resistente, porque fueron necesarios cinco años para librarme de ella y para que mi corazón fuese huérfano de todo sentimiento humano. Pero será mejor que te cuente toda mi historia para distraerte, porque, frotando tus llagas, te he hecho seguramente daño. Debes saber, pues, que yo era un hombre libre que cultivaba la tierra y poseía una cabaña y bueyes, y una mujer, y tenía cerveza en mi jarra. Pero tenía por vecino a un hombre poderoso llamado Anukis (¡que su cuerpo se pudra!). La vista no podía medir sus tierras y su ganado era numeroso como la arena y mugía tan fuerte como la resaca del mar, pero a pesar de esto deseaba mis bienes. Por esto me buscaba querella, y después de cada crecida el mojón se acercaba a mi cabaña y yo iba perdiendo tierras. Yo no podía hacer nada, porque los geómetras lo escuchaban y rechazaban mis quejas porque él les hacía buenos regalos. Obstruía así mis canales de irrigación y me impedía regar mis campos, de manera que mis bueyes sufrían sed, mis cereales se agostaban y mi jarra se vaciaba de cerveza. Pero cerraba el oído a mis súplicas; en invierno vivía en Tebas en una bella mansión y en verano descansaba en sus vastos dominios y sus esclavos me apaleaban y excitaban a los perros si me atrevía a acercarme.

El hombre de la nariz cortada lanzó un profundo suspiro y de nuevo comenzó a untarme la espalda. Después reanudó su relato.

–Pero viviría todavía en mi cabaña si los dioses no me hubiesen dado una hija de una gran belleza. Tenía cinco hijos y tres hijas, porque el pobre se reproduce aprisa, y una vez mis hijos fueron mayores pudieron secundarme y darme grandes alegrías, pese a que un mercader sirio me robó uno. Pero la menor de mis hijas era muy bella, y yo, en mi locura, me alegraba de ello, de manera que no tenía necesidad de hacer grandes trabajos ni de tostarse la piel en los campos ni transportar agua. Hubiera obrado más cuerdamente cortándole el cabello y ennegreciéndole la piel, porque mi vecino Anukis la vio y la deseó, y desde entonces no tuve ya tranquilidad. Me citó en justicia y juró que mis bueyes habían hollado sus tierras, que mis hijos habían obstruido malvadamente sus canales de irrigación y que habían arrojado animales muertos a sus pozos. Juró también que le había pedido trigo prestado durante los años malos y sus esclavos certificaron la exactitud de sus quejas y el juez se negó a escucharme. Pero el vecino me hubiera dejado mis campos si le hubiese dado mi hija. No consentí en ello, porque esperaba que a causa de su belleza encontraría un marido conveniente que me sostendría durante los días de mi vejez y sería generoso conmigo. Finalmente los esclavos de Anukis cayeron sobre mí y yo no tenía más que un bastón, pero uno de ellos recibió un golpe en la cabeza y murió. Entonces me cortaron la nariz y las orejas y me mandaron a las minas, y mi mujer y mis hijos fueron vendidos para pagar mis deudas, pero la pequeña le tocó a Anukis, quien después de haber abusado de ella, la cedió a sus esclavos. Por esto te digo que se cometió una injusticia conmigo mandándome a las minas. Ahora que al cabo de diez años el faraón me ha devuelto la libertad, he regresado enseguida a mi casa, pero la cabaña había sido derribada y un rebaño desconocido pace por mis tierras y mi hija no ha querido reconocerme y me ha lanzado agua caliente a las piernas. Me he enterado de que Anukis ha muerto y que su gran tumba está en la Villa de los Muertos de Tebas con una gran inscripción sobre la puerta. He venido a Tebas para alegrar mi corazón leyendo lo que dice la inscripción, pero no sé leer y nadie me lo ha leído.

–Si quieres, te lo leeré, porque sé leer –dije.

–Que tu cuerpo se conserve eternamente –dijo–, si me haces este servicio. Porque soy un pobre hombre que cree cuanto está escrito. Por esto quiero saber antes de morir lo que se ha escrito sobre Anukis.

Acabó de untarme el cuerpo y lavó mi pobre delantal en el río. Fuimos juntos a la Villa de los Muertos y los guardias no nos detuvieron. Después de haber caminado por entre las hileras de tumbas, llegó a una gran tumba delante de la cual habían depositado carne y muchos frutos, pasteles y flores. Una jarra de vino sellado estaba al lado de la puerta. El hombre de la nariz cortada se sirvió y me ofreció también comida; después me pidió que le leyese la inscripción.

–«Yo, Anukis, he cultivado el trigo y plantado árboles y mis cosechas eran abundantes, porque temía a los dioses y les ofrecía la quinta parte de mis cosechas. El Nilo me testimoniaba su favor y en mis dominios nadie conoció el hambre; mientras viví mis vecinos no conocieron el hambre tampoco, porque llevaba el agua a sus campos y les daba trigo los años de penuria. Secaba las lágrimas de los huérfanos y no despojaba a las viudas, sino que renunciaba a todos mis créditos sobre ellas, de manera que todos, de un extremo a otro del país, bendecían mi nombre. A quien había perdido un buey, yo, Anukis, le daba uno más bello. Me oponía al cambio fraudulento de los mojones y no impedía que el agua corriese por los campos de mis vecinos, porque fui justo y piadoso cada día de mi vida. He aquí todo lo que he hecho yo, Anukis, a fin de que los dioses me sean propicios y faciliten mi viaje hacia el país del Poniente.»

El hombre de la nariz cortada me había escuchado con atención y al final de la lectura lloraba amargamente. Después me dijo:

–Soy un pobre hombre y creo todo lo que está escrito. Veo, pues, que Anukis era un hombre piadoso y que se le honra después de muerto. Las generaciones futuras leerán la inscripción sobre su puerta y le honrarán. Pero yo soy un criminal sin nariz ni orejas, de manera que todos ven mi infamia y cuando muera seré arrojado al río y no existiré ya más. ¿No es acaso todo vanidad en este bajo mundo?

Rompió el precinto de la jarra y bebió un buen trago. Un guardián se acercó a él amenazándolo con su bastón, pero el hombre le dijo:

–Anukis me hizo mucho bien durante su vida. Por esto quiero honrar su memoria comiendo y bebiendo delante de su tumba. Pero si pones la mano sobre mí o sobre mi amigo, que es un hombre instruido, puesto que sabe leer las inscripciones, debes saber que somos numerosos en los cañaverales y tenemos cuchillos, de manera que vendremos por la noche a cortarte el cuello. Pero me apenaría, porque soy un hombre piadoso que cree en los dioses y no quiere hacer daño a nadie. Por esto creo mejor que nos dejes en paz y hagas como si no nos vieses. Será mejor para ti.

Movía los ojos y estaba horrible en sus andrajos, de manera que el guardián juzgó prudente retirarse. Comimos y bebimos junto a la tumba de Anukis, y el lugar de las ofrendas era fresco y umbrío. Después de haber bebido, el hombre de la nariz cortada habló:

–Ahora comprendo que hubiera tenido que ceder voluntariamente mi hija a Anukis. Acaso me hubiese dejado mis campos e incluso me hubiera hecho regalos, porque mi hija era bella e inocente y ahora no es más que una vieja estera usada por los esclavos. Ahora sé ya que en este mundo no hay otro derecho que el del rico y el fuerte y que el lamento del pobre no llega a los oídos del faraón.

Levantó la jarra riéndose ruidosamente y dijo:

–A tu salud, justo Anukis; que tu cuerpo se conserve eternamente porque no tengo el menor deseo de seguirte hacia el país del Poniente, donde tú y tus semejantes lleváis una vida alegre con el permiso de los dioses. Pero a mi juicio sería equitativo que continuases tus bondades sobre la tierra y que compartieses conmigo las copas de oro y las joyas que hay en tu tumba. Por esto la noche próxima volveré a saludarte si la luna se oculta detrás de las nubes.

–¿Qué dices, hombre? –exclamé asustado, haciendo al mismo tiempo con la mano el signo sagrado de Amón–. No vas a comenzar a robar las tumbas, porque es el más infamante de todos los crímenes a los ojos de los dioses y de los hombres...

Pero bajo el efecto del vino respondió:

–Divagas con elocuencia, pero Anukis es mi deudor y yo no soy tan generoso como él; reclamo mi crédito. Si quieres impedírmelo, te romperé la nuca; pero si eres razonable me ayudarás, porque cuatro ojos ven más que dos y juntos podremos llevarnos de la tumba el doble de lo que puede llevar un hombre solo.

–No tengo interés en que me cuelguen de las murallas cabeza abajo –dije con inquietud.

Pero, reflexionando, me dije que mi vergüenza no sería mayor si mis amigos me veían en esta postura, y la muerte en sí misma no me asustaba.

Cuando hubimos apurado la jarra la rompimos y lanzamos los trozos a las tumbas vecinas. Los guardias no nos dijeron nada y nos volvieron la espalda porque nos tenían miedo. Por la noche, los soldados venían a proteger las tumbas de la Villa de los Muertos, pero el nuevo faraón no les había hecho regalos como era la costumbre. Por esto murmuraban y encendían antorchas y penetraban en las tumbas fracturándolas para saquearlas después de haber bebido vino, porque había muchas jarras en los abrigos de las ofrendas. Nadie nos impidió forzar la tumba de Anukis, volcar su ataúd y llevarnos tantas copas de oro como pudimos coger. Al alba numerosos mercaderes sirios esperaban en la ribera dispuestos a comprar los objetos robados y llevárselos en sus barcas. Les vendimos nuestro botín y nos dieron oro y plata por cerca de doscientos *deben*, que nos repartimos, según el peso marcado sobre el oro y la plata. Pero el precio que recibimos no era más que una ínfima fracción del valor real de los objetos, y el oro con que nos pagaron no era puro. El hombre de la nariz cortada estaba, sin embargo, en el colmo de su júbilo y me dijo:

–Heme, pues, rico, porque verdaderamente este oficio es más lucrativo que el de descargador o portador de agua en los campos.

Pero yo le respondí:

–Tanto va el cántaro a la fuente que al final se quiebra.

Y así nos separamos y un mercader me llevó en su barca al otro lado del río y llegué a Tebas. Me compré ropas nuevas y comí y bebí en una taberna, porque mi cuerpo no olía ya a la Casa de la Muerte. Pero durante todo el día se oyó al otro lado del río toques de trompetas y ruido de armas. Los carros de guerra recorrían las avenidas y los guardias de corps del faraón atravesaban con sus lanzas a los soldados que habían saqueado las tumbas y a los mineros liberados, cuyos aullidos llegaban hasta la villa. Aquella noche el muro se cubrió de cuerpos cabeza abajo y el orden reinó en Tebas.

7

Después de una noche transcurrida en una posada me acerqué a mi antigua casa y llamé a Kaptah. Llegó cojeando y con una mejilla tumefacta, pero al verme lloró de júbilo con su único ojo y se arrojó a mis pies diciendo:

–¡Oh, dueño mío, hete aquí cuando ya te creía muerto! Porque me decía que si vivieses hubieras vuelto a pedirme plata y cobre. Porque cuando se da una vez hay que darlo siempre. Pero no venías y, sin embargo, yo robaba para ti a mi nuevo dueño (¡que su cuerpo se descomponga!) tanto como podía, como puedes verlo por mi mejilla y mi pierna que han recibido los golpes. Su madre, este cocodrilo (¡que se disuelva en polvo!), ha amenazado con venderme y estoy muy asustado. Apresurémonos, pues, a huir los dos de esta casa maldita.

Vacilé y él comprendió los motivos, porque añadió:

–En verdad he robado tanto que durante algún tiempo podré mantenerte, ¡oh, dueño mío!, y cuando el dinero llegue a su fin, trabajaré para ti, a condición de que me saques de las garras de este cocodrilo y del imbécil de su hijo.

–He venido a pagarte mi deuda, Kaptah –le dije, dándole oro y plata en cantidad mucho mayor de la que me había prestado–. Pero, si lo deseas, puedo comprarte a tu amo a fin de que puedas ir libremente a donde quieras.

Al sentir en su mano el peso del oro y la plata, Kaptah

llegó al colmo de su júbilo y comenzó a bailar pese a que era viejo, olvidando su cojera. Después tuvo vergüenza de su conducta y dijo:

–En realidad he vertido amargas lágrimas después de haberte dado mi pecunio, pero no me guardes rencor. Y si me comprabas para liberarme, ¿adónde iría yo, después de haber sido esclavo toda la vida? Sin ti, soy un gato ciego o un cordero abandonado por su madre. Y además, es inútil malgastar todo este dinero para comprar lo que ya te pertenece. –Guiñó maliciosamente su ojo único y dijo en tono astuto–: Esperándote, me he ido informando cada día de los barcos que salen. En este instante está aparejando un barco que inspira confianza y saldrá hacia Simyra, y creo que podríamos arriesgarnos, después de haber hecho una ofrenda suficiente a los dioses. La única contrariedad es que no he encontrado todavía un dios suficientemente poderoso para reemplazar a Amón, de quien he renegado por haberme traído tantos sinsabores. Me he informado respecto a los diferentes dioses y he probado enseguida el nuevo dios del faraón, cuyo templo acaba de abrirse y al que va mucha gente para ganarse el favor del faraón. Pero se dice que el faraón afirma que su dios sólo vive de la verdad, y por eso temo que sea un dios muy complicado, lo cual no me sería útil.

Recordé el escarabajo que había encontrado y lo mostré a Kaptah diciendo:

–He aquí un dios muy poderoso aunque sea de pequeño tamaño. Consérvalo cuidadosamente, porque creo que nos traerá suerte, puesto que tengo ya oro en mi bolsa. Disfrázate de sirio y huye, si verdaderamente lo deseas, pero no me reproches nada si te cogen. Que este pequeño dios te ayude, porque verdaderamente es mejor economizar nuestro dinero para pagar nuestro pasaje hasta Simyra. En Tebas, en efecto, no me atrevo a mirar a la gente cara a cara, y tampoco en todo Egipto. Por esto quiero partir, puesto que tengo que vivir en alguna parte y no regresaré jamás a Tebas.

Pero Kaptah dijo:

–No hay que jurar nada, ¡oh, dueño mío!, porque del mañana nadie sabe nada y quien ha bebido agua del Nilo no apagará su sed con otra agua. Pero, por lo demás, tu decisión es cuerda; mas harás mejor en llevarme contigo, porque sin mí eres como un niño que no sabe doblar sus pañales. No sé qué delito has cometido, pese a que tus ojos centellean cuando hablas de él, pero eres todavía joven y olvidarás. Un acto humano es como una piedra arrojada al mar. Cae con gran estrépito y agita el agua, pero al cabo de un instante la superficie está de nuevo lisa y no se ve ya rastro de la piedra. Lo mismo ocurre con la memoria. Con el tiempo, todo se olvida, y podrás regresar y espero que entonces serás suficientemente poderoso y rico para protegerme si por casualidad la lista de esclavos fugados me causare perjuicios.

–Parto mañana para no volver –dije resueltamente.

Pero en aquel momento Kaptah fue llamado por la voz aguda de su dueña. Fui a esperarlo a la esquina de la calle y no tardó en comparecer con un cesto y un fardo, haciendo sonar sus monedas de cobre en la mano.

–La madre de todos los cocodrilos me manda a hacer compras al mercado –dijo encantado–. Naturalmente, como de costumbre, no me ha dado bastante dinero, pero será de todos modos una pequeña contribución a la caja del viaje, porque me parece que Simyra está lejos de aquí.

En la cesta estaba su traje y su peluca. Fuimos hasta la ribera y se cambió de ropa entre los cañaverales; yo le compré un bastón como suelen llevar los servidores de los grandes y los corredores. Después fuimos al muelle de Siria, donde encontramos un gran barco de tres palos con unos obenques de proa a popa gruesos como un hombre, y el pabellón de aparejar flotando en lo alto. El capitán era sirio y estuvo encantado de saber que yo era médico, porque respetaba la medicina egipcia y la mayoría de sus marineros estaban enfermos. El escarabajo nos había traído realmente suerte, porque el capitán nos inscribió en el registro del navío y no nos pidió nada por la travesía, pero teníamos que ganarnos la manutención. Desde aquel instante Kaptah honró al escarabajo como a un dios, lo ungió con aceite precioso y lo envolvió en una tela fina.

El barco se alejó del muelle, los esclavos se inclinaron sobre sus remos y después de un viaje de doce días llegamos a la frontera de los dos reinos. Al cabo de doce días más llegamos a un sitio donde el río se divide en dos para lanzarse al mar y dos días después el mar se abría ante nosotros. Durante el camino habíamos visto templos y palacios, campos y rebaños, pero la riqueza de Egipto no alegraba mi corazón, porque tenía prisa en abandonar el país de la tierra negra. Mas cuando el mar se extendió ante nosotros sin que se viese la ribera opuesta, Kaptah se sintió inquieto y me preguntó si no sería prudente desembarcar y llegar a Simyra por tierra a pesar de que este viaje fuese malo y peligroso a causa de los bandidos. Su inquietud aumentó todavía cuando los marineros y los remeros empezaron, según su costumbre, a gemir y a hacerse cortes en la cara con guijarros afilados, pese a la prohibición del capitán, que no quería que la vista de la sangre asustase a sus numerosos pasajeros. El barco se llamaba *El Delfín*. El capitán hizo flagelar a los marineros y a los esclavos, pero esto no disminuyó sus gemidos ni sus gritos, de manera que numerosos pasajeros comenzaron a lamentarse y a sacrificar a sus dioses. Los egipcios invocaron a Amón, y los sirios se arrancaban la barba llamando a los Baal de Simyra, de Sidón, de Biblos y de otras villas, según su origen.

Por esto le dije a Kaptah que ofreciese un sacrificio a nuestro dios si tenía miedo, y sacando el escarabajo se postró delante de él y lanzó al agua una moneda de plata para calmar a las divinidades marinas, después de lo cual vertió lágrimas sobre el dios y por la moneda perdida. Los marineros dejaron de gritar e izaron las velas, el barco escoró y comenzó a bailar y los remeros recibieron cerveza y pan.

Pero en cuanto el barco comenzó a cabecear, Kaptah cambió de color, dejó de gritar y se agarró al obenque. Al cabo de un instante me dijo en voz baja con tono plañidero que el estómago le subía hasta las orejas y que iba a morir. No me dirigió ningún reproche por haberlo metido en aquella aventura, sino que me lo perdonó todo, a fin de que los dioses fuesen reconocidos y propicios, porque tenía la débil esperanza de que el agua del mar sería lo suficientemente salada para conservar su cuerpo, de manera que incluso ahogado podría verificar el último viaje al país del Poniente. Pero los marinos, que lo habían oído, se burlaron de él, diciéndole que el mar estaba atestado de monstruos que lo devorarían antes de que hubiese llegado al fondo.

El viento refrescó y el barco cabeceaba furiosamente, el capitán hizo rumbo a alta mar y perdimos de vista la costa. Yo empecé también a inquietarme un poco, porque me preguntaba cómo encontraríamos la costa. Y dejé de mofarme de Kaptah; sentía un vago vértigo y un profundo malestar. Al cabo de un momento Kaptah se desplomó sobre cubierta, su rostro se puso verde, vomitó y no dijo nada más. Entonces tuve miedo, y viendo que numerosos pasajeros vomitaban y se ponían verdes y creían rendir el alma, corrí hacia el capitán y le dije que visiblemente los dioses habían maldecido su navío, porque a pesar de toda mi ciencia médica se había declarado a bordo una terrible epidemia. Por esto le conjuré a que virase en redondo y volviese hacia la costa mientras era posible todavía, de lo contrario, como médico, no respondía de las consecuencias. Añadí que la tempestad que nos azotaba y sacudía al navío hasta hacer crujir las junturas era terrible, si bien no quería intervenir en cuestiones pertenecientes a su oficio.

Pero el capitán me calmó y me dijo que navegábamos sencillamente bajo un vientecillo fresco excelente para navegar, propio para acelerar la travesía, de manera que no tenía que provocar a los dioses hablando de tempestades. En cuanto a la enfermedad que se había declarado a bordo, provenía únicamente de que, habiendo pagado la comida, se habían hartado con exceso, cosa que causaba un perjuicio considerable a la compañía siria dueña del navío. Por esto en Simyra seguramente la compañía debió de ofrecer sacrificios a los dioses indicados para que los pasajeros vomitasen todo lo que habían comido y no agotasen como fieras las provisiones de a bordo.

Esta contestación no acabó de convencerme y le pregunté si estaba seguro de encontrar la orilla ahora que la noche había cerrado. Me aseguró que su camarote encerraba una buena cantidad de divinidades que le ayudarían a encontrar la tierra tanto de día como de noche, con la sola condición de que las estrellas brillasen de noche y el sol de día. Pero era seguramente una mentira, porque no sé que existan dioses de esta naturaleza.

Por esto, a fin de burlarme un poco de él, le pregunté por qué yo no estaba enfermo como los demás pasajeros. Me dijo que era muy natural, porque me ganaba la manutención a bordo y no causaba perjuicio a la compañía. En cuanto a Kaptah, dijo que los esclavos eran un caso particular; unos caían enfermos y otros no. Pero juró por su barba que todos los pasajeros estarían sanos como un macho cabrío en cuanto pusiesen pie a tierra en Simyra, de manera que no tenía nada que temer por mi reputación de médico. Pero viendo el estado lamentable de los pasajeros me costaba creerlo.

En cuanto a saber por qué yo no me sentía enfermo como los demás, lo ignoro, pero acaso fue debido a que recién nacido me habían confiado a una cesta de cañas para bajar por el Nilo. No veo otra explicación.

Traté de cuidar lo mejor posible a Kaptah y a los pasajeros, pero me lanzaban improperios en cuanto los tocaba y Kaptah, cuando le ofrecí algo de comida para fortificarlo, volvió la cabeza y soltó unos ruidos extravagantes como un hipopótamo que estuviese aliviando su vientre, a pesar de que no tenía nada que evacuar. Jamás hasta entonces Kaptah había rechazado un plato; por esto empecé a creer realmente que iba a morir, y estaba muy afligido porque me había acostumbrado ya a sus vanas divagaciones.

Vino la noche y acabé durmiéndome, pese a que el chasquido de las velas y el estruendo de las olas contra los flancos del navío eran terribles. Pasaron varios días y no murió ningún pasajero; algunos se restablecieron incluso y volvieron a comer y a pasearse por cubierta. Kaptah seguía echado sin probar comida, pero daba signos de vida implorando la ayuda de nuestro escarabajo, lo cual me hizo pensar que, a pesar de todo, pensaba llegar vivo a puerto. El séptimo día apareció la costa y el capitán me dijo que había navegado a lo lejos de Joppe y de Tiro directamente hacia Simyra gracias al viento favorable. Pero ignoro cómo lo sabía. En todo caso, Simyra apareció al día siguiente y el capitán hizo ofrendas a los dioses del mar y de su camarote. Se arriaron las velas; los remeros metieron sus remos en el agua y el navío hizo su entrada en el puerto.

En cuanto estuvimos en agua mansa, Kaptah se levantó y juró por el escarabajo que nunca más volvería a poner el pie en un navío.

LIBRO QUINTO

LOS KHABIRI

1

Voy a hablar de las villas que en Siria he visitado, pero ante todo hay que hacer constar que en las tierras rojas ocurre lo contrario que en las negras. Así ocurre que no hay río, pero el agua cae del cielo y riega la tierra. Al lado de cada valle se levanta una montaña detrás de la cual hay otro valle, y en cada valle vive un pueblo diferente que tiene un príncipe independiente que paga un tributo al faraón. Hablan lenguas y dialectos diferentes y los habitantes del litoral viven del mar, ya como pescadores, ya como navegantes, pero en el interior, la población cultiva los campos y se entrega a una serie de robos que las guarniciones egipcias son impotentes para evitar. Las vestiduras que llevan son abigarradas y hábilmente tejidas en lana, y se cubren el cuerpo de pies a cabeza, probablemente porque su país es más frío que Egipto, pero también porque juzgan impúdico descubrir su cuerpo, salvo para hacer sus necesidades al aire libre, lo cual es un horror para un egipcio. Llevan barba y el cabello largo y toman siempre sus comidas en el interior de las casas; sus dioses, que difieren en cada villa, exigen también sacrificios humanos. Estas palabras bastan para hacer comprender que en los países rojos todo es diferente de los países negros, pero no sabría dar una explicación.

Así todo el mundo comprenderá que los nobles egipcios enviados en aquellas épocas a las villas de Siria para recaudar el tributo del faraón y mandar las guarniciones, considerasen su misión más como un castigo que como un honor y que echasen de menos las riberas del río, salvo algunos que se afeminaban y, seducidos por la novedad, cambiaban de vestiduras y de mentalidad y sacrificaban a los dioses extranjeros. Las costumbres extravagantes de Siria, sus continuas intrigas y sus demoras en el pago del tributo, así como las querellas entre los príncipes, causaban muchas preocupaciones a los funcionarios egipcios. Había, sin embargo, en Simyra un templo de Amón y la colonia egipcia daba festines y fiestas y vivía sin mezclarse con la población siria, conservando sus propias costumbres y tratando de imaginarse de la mejor manera posible estar en Egipto.

Pasé dos años en Siria y aprendí la lengua y la escritura de Babilonia, porque me habían dicho que el hombre que las conocía podía viajar por todo el mundo conocido y hacerse comprender por la gente de cultura. El babilonio se escribe sobre una tablilla de arcilla con un punzón, como todo el mundo sabe, y así es como los reyes se escriben entre ellos. Pero no podría decir por qué, a menos que sea porque el papiro se puede quemar, mientras las tablillas se conservan indefinidamente y pueden probar con cuánta rapidez los reyes y los soberanos olvidan sus alianzas y sus tratados secretos.

Al decir que en Siria todo ocurre de forma distinta que en Egipto, entiendo también que el médico debe ir él mismo en busca del enfermo y que éstos no llaman al médico, sino que toman el que va a su casa porque imaginan que ha sido llamado por los dioses. Dan el regalo al médico antes y no después de la curación, lo cual es favorable a los médicos, porque un enfermo curado olvida el reconocimiento. Es también costumbre que los nobles y los ricos tengan un médico titular a quien hacen regalos mientras gozan de buena salud, pero una vez enfermos no le dan nada hasta que están curados.

Yo me proponía empezar a practicar tranquilamente mi arte en Simyra, pero Kaptah me dijo: «No.» Su idea era que debía gastar todo mi dinero en comprar ropas suntuosas y retribuir a los heraldos encargados de cantar mis cualidades por los lugares donde se reunía la gente. Estos hombres debían decir también que yo no iba a buscar a los enfermos, sino que éstos debían acudir a mi casa, y Kaptah no me permitía recibir a ningún cliente que no hubiese pagado por lo menos una pieza de oro. Yo le dije que aquello era insensato en una ciudad donde nadie me conocía y cuyas costumbres eran diferentes de las de la tierra sagrada, pero Kaptah se mantuvo firme y tuve que inclinarme, porque cuando se le metía una idea en la cabeza era terco como una mula.

Me decidió también para que fuera a ver a los mejores médicos de Simyra y decirles:

–Soy el médico egipcio Sinuhé, a quien el faraón ha dado el nombre de «El que es solitario», y gozo de gran reputación en mi país. Despierto a los muertos y doy vista a los ciegos si mi dios lo quiere, porque llevo en mi bagaje un dios muy poderoso. Pero la ciencia no es la misma por todas partes ni las enfermedades tampoco. Por esto he venido a vuestra villa para estudiar las enfermedades y curarlas, y aprovecharme de vuestra ciencia y vuestro saber. No es mi intención entorpeceros en la práctica de vuestra profesión, porque ¿quién soy yo para rivalizar con vosotros? El oro es como el polvo para mis pies, y así os propongo que me mandéis a los enfermos que hayan incurrido en la cólera de vuestros dioses y que por esta razón vosotros no podéis curar, y sobre todo aquellos que necesiten la intervención del cuchillo, que vosotros no empleáis, a fin de que vea si mi dios puede curarlos. Si lo consigo, os daré la mitad del regalo que reciba, porque en realidad no he venido aquí a amasar oro, sino a saber. Y si no los curo, no querré recibir regalo alguno y os los devolveré con su regalo.

Los médicos de Simyra a quienes encontraba en la calle o en las plazas en busca de enfermos y a quienes hablaba así se rascaban la barba moviendo sus vestidos y me decían:

–Eres ciertamente joven, pero tu dios te ha concedido la cordura, porque tus palabras son agradables a mis oídos, sobre todo lo que dices respecto al oro y los regalos. Tu proposición respecto a las operaciones con el cuchillo nos conviene también, porque al cuidar a un enfermo no recurrimos nunca al cuchillo, porque un enfermo tratado de esta forma muere más seguramente que si no ha sido operado. Lo único que te pedimos es que no cures a la gente por magia, porque nuestra magia es muy poderosa y en este terreno la concurrencia es ya muy exagerada en Simyra y otras villas del litoral.

Lo que decían de la magia era verdad, porque por las calles circulaban gran número de hombres ignorantes que no sabían escribir y prometían curar a los enfermos por medio de la magia y vivían opulentamente a costa de los crédulos hasta que sus clientes se morían o estaban curados. También sobre este punto diferían de Egipto, donde, como todo el mundo sabe, la magia no se practica más que en los templos, por medio de los sacerdotes de grado superior, de manera que todos los demás que curan deben trabajar en secreto y bajo la amenaza de un severo castigo.

El resultado fue que vi acudir a mí enfermos que los demás médicos no habían podido curar y yo los sanaba, pero a los incurables volvía a mandarlos a los médicos de Simyra. Iba a buscar el fuego sagrado al templo de Amón para purificarme según está mandado y enseguida me arriesgaba a utilizar el cuchillo y a realizar operaciones que maravillaban a mis colegas de Simyra. Conseguí también devolver la vista a un ciego que había sido tratado en vano por los médicos y los hechiceros con un bálsamo hecho con saliva y polvo. Pero yo lo curé con una aguja, a la moda egipcia, y este caso me valió una inmensa reputación, pese a que el enfermo perdiese la vista poco después, porque estas curaciones son de corta duración.

Los mercaderes y los ricos de Simyra llevan una existencia de pereza y de lujo y son más gordos que los egipcios, pero sufren de asma y dolor de estómago. Yo los trataba con el cuchillo de manera que su sangre corría como la de un cerdo cebado, y cuando mi provisión de medicamentos tocó a su fin me felicité por haber aprendido a recoger las hierbas medicinales los días propicios según la luna y las estrellas, porque sobre este punto el saber de los médicos sirios era tan insuficiente que no me fiaba de sus remedios. A la gente obesa les daba drogas que calmaban sus dolores de estómago y les evitaba sofocarse. Les vendía estos remedios muy caros; a cada cual según su fortuna, y no tuve conflicto con nadie porque hacía regalos a los médicos y a las autoridades, y Kaptah cantaba mis alabanzas y albergaba en mi casa mendigos y narradores a fin de que proclamasen mi fama por las calles y plazas con objeto de que mi nombre no naufragase en el olvido.

Ganaba bastante, y el oro que no utilizaba para mí o para hacer regalos lo depositaba en las casas de comercio de Simyra que mandaban navíos a Egipto, a las islas del mar y al país de Khatti, de manera que poseía partes de navíos, tan pronto una centésima parte, tan pronto cinco centésimas, según el estado de mis finanzas. Algunos navíos no regresaban jamás a puerto, pero la mayor parte volvían y mi cuenta en los registros de las compañías se doblaba o triplicaba. Tal era la costumbre en Simyra, desconocida en Egipto, porque se juntaban quince o veinte para comprar una participación de una milésima de navío o cargamento. Así no tenía que guardar mi oro en mi casa, porque atrae a los ladrones y bandidos, y todo mi oro estaba inscrito en los registros de las compañías, de manera que cuando iba a Biblos o Sidón a cuidar a algún enfermo, no tenía necesidad de llevarme oro y la compañía me entregaba una tablilla de arcilla y a su presentación las compañías de Biblos o Sidón me entregaban oro si lo necesitaba o quería hacer alguna compra. Pero la mayoría de las veces no tenía necesidad de recurrir a ello, porque recibía oro de los enfermos a quienes había curado y que me habían llamado de Simyra, después de haber perdido la confianza en los médicos de su villa.

Así prosperaba y me enriquecía, y Kaptah engordaba

y llevaba vestidos de precio y se untaba con perfumes y se volvía arrogante conmigo y entonces tenía que darle de bastonazos. En cuanto a saber por qué todo iba tan bien, no podría decirlo. Era joven y creía en mi ciencia; mis manos no temblaban al manejar el cuchillo y era osado en el tratamiento de mis enfermos, porque no tenía nada que perder. No despreciaba tampoco la ciencia siria y recurría a ella cuando sus métodos me parecían buenos, y eran sobre todo hábiles en el manejo del hierro candente en lugar del cuchillo, pese a que este procedimiento fuese más doloroso para el enfermo.

Pero la razón de mi gran éxito era que no envidiaba a nadie ni rivalizaba con nadie, puesto que partía generosamente mis regalos con los otros y recibía los enfermos que mis colegas no podían curar, y para mí el saber era tan importante como el oro. Una vez hube acumulado suficiente oro para poder vivir lujosamente según mi rango, éste perdió para mí todo valor y algunas veces curé a algún indigente para instruirme con sus sufrimientos.

2

Pero seguía solitario y la vida no me procuraba ningún placer. Me cansé pronto del vino porque no alegraba mi corazón; mi rostro se ponía negro como el hollín y creía que iba a morir, después de haber bebido. Pero aumentaba mi saber y aprendía la lectura y la escritura de Babilonia, de manera que no tenía un momento de ocio durante mis días, y por la noche mi sueño era profundo.

Estudiaba también los dioses de Siria para ver si tendrían algún mensaje para mí. Como todo lo demás, los dioses egipcios se diferenciaban de los de Simyra. Su dios supremo era Baal de Simyra, y era un dios cruel cuyos sacerdotes castraban y exigían sangre humana para ser propicio a la villa. El mar pedía también sacrificios y Baal quería incluso niños, de manera que los mercaderes y las autoridades de Simyra estaban sin cesar preocupados en encontrar víctimas. Por esto no había visto en Simyra un solo esclavo deforme y los pobres eran sometidos a castigos espantosos por cualquier bagatela, de forma que el hombre que robaba un pescado para alimentar a su familia era descuartizado vivo en el altar de Baal. En cambio, el hombre que engañaba al prójimo falseando las pesas o mezclando plata al oro, no era castigado, sino que se admiraba su astucia y la gente decía: «El hombre ha sido creado para ser engañado.» Por esto también los mercaderes y los capitanes robaban niños incluso en Egipto y a lo largo de las costas para los sacrificios a Baal, lo cual era para ellos un gran mérito.

Su diosa Astarté, que se llamaba también Ishtar, tenía numerosos pechos y se la adornaba cada día con ropas finas y joyas y era servida por mujeres que se llamaban las vírgenes del templo a pesar de que no fuesen ya vírgenes. Al contrario, su función consistía en prostituirse en el templo y este acto era agradable a la diosa, la cual se mostraba tanto más favorable cuanto más plata y oro daban los visitantes del templo. Por esto estas mujeres rivalizaban en habilidad para gustar a los hombres y desde su infancia se las instruía para este fin con objeto de que los hombres fuesen generosos con la diosa. Esta costumbre es también diferente en Egipto donde es un gran pecado divertirse con una mujer en el terreno del templo, y si es sorprendida una pareja se manda al hombre a las minas y se purifica el templo.

Pero los mercaderes de Simyra vigilan estrechamente a sus mujeres y las guardan recluidas en sus casas y llevan espesos vestidos de la cabeza a los pies a fin de no seducir por su aspecto exterior. Ellos van al templo a distraerse y a adorar a los dioses. Por esto no existen en Simyra casas de placer como en Egipto, y si un hombre no se contenta con las vírgenes del templo se ve reducido a casarse o comprar una esclava para divertirse con ella. Cada día numerosas esclavas eran puestas en venta porque llegaban navíos sin cesar, y las había de todos colores y dimensiones, gordas y flacas, chiquillas y vírgenes, para contentar y satisfacer todos los gustos. Los esclavos contrahechos eran comprados a bajo precio por las autoridades para ser sacrificados a Baal, y los habitantes de Simyra sonreían y se golpeaban los muslos considerándose muy listos por haber engañado de esta forma al dios. Pero si el esclavo sacrificado era muy viejo o desdentado o inválido o moribundo, ponían una venda delante de los ojos del dios a fin de que no viese los defectos de la víctima, deleitando al mismo tiempo su olfato con el olor de la sangre vertida en su honor.

También yo sacrificaba a Baal, porque era el dios de la villa y era mejor estar en buenas relaciones con él. Pero, como buen egipcio, no le ofrecía víctimas humanas, sino que le entregaba oro. Algunas veces iba también al templo de Astarté, que se abría por la noche, y escuchaba la música contemplando cómo las mujeres del templo, que me resisto a llamar vírgenes, ejecutaban sus danzas voluptuosas en honor de la diosa. Puesto que era la costumbre, me divertía también con ellas, y mi estupefacción fue grande cuando me enseñaron muchas cosas que ignoraba. Pero mi corazón no gozaba con ellas, y no iba más que por curiosidad, y cuando me hubieron enseñado todo lo que sabían, me cansé de ellas y no volví al templo y a mi juicio nada había más monótono que su habilidad.

Sin embargo, Kaptah estaba inquieto por mí y movía la cabeza mirándome, porque mi rostro envejecía y las arrugas aparecían entre mis cejas, y mi corazón se cerraba. Por esto esperaba que comprase una esclava para divertirme con ella cuando tuviese tiempo. Como Kaptah era mi intendente y disponía de mi bolsa, me compró un día una esclava a su gusto, la lavó, la untó y la vistió y me la mostró una noche cuando, cansado de mis cuidados a los enfermos, deseaba descansar.

Esta esclava venía de las islas del mar y tenía la piel blanca y los dientes sin defectos. No estaba delgada y sus ojos eran redondos y dulces como los de una ternera. Me observaba respetuosamente y temía la villa extranjera en que había caído. Kaptah me la mostró y me describió entusiasmado su belleza, de manera que para complacerle consentí en divertirme con ella. Pero a pesar de mis esfuerzos por romper mi soledad, mi corazón no gozaba y con mi mejor voluntad no pude llamarla hermana.

Pero fue un error mostrarme gentil con ella, porque se volvió orgullosa y no cesaba de estorbarme en mi trabajo. Comía mucho y engordaba y reclamaba continuamente joyas, siguiéndome por todas partes con sus ojos lánguidos y queriendo sin cesar divertirse conmigo. En vano partía de viaje al interior del país y las villas de la costa, porque a mi regreso era la primera en saludarme y lloraba de júbilo persiguiéndome para que me divirtiese con ella. En vano en mi cólera le daba de bastonazos, porque no hacía más que excitarla y admirar mi cólera, de manera que mi vida fue imposible en mi casa. Finalmente decidí dársela a Kaptah, que la había elegido a gusto suyo, a fin de que se divirtiese con ella y yo quedase en paz, pero mordió y arañó a Kaptah y lo injurió en la lengua de Simyra, de la que había aprendido algunas palabras, y en la de las islas del mar, de la que ninguno de los dos sabía una palabra. Y fue en vano que entre los dos le pegásemos porque insistía en querer divertirse conmigo.

Pero el escarabajo nos sacó de este mal paso, porque un día recibí la visita de un príncipe del interior, que era el rey de Amurrú, llamado Aziru, que conocía mi reputación. Le cuidé los dientes y le hice uno de marfil; luego recubrí de oro sus dientes cariados. Hice cuanto supe y durante su estancia en Simyra fue todos los días a casa. Así fue como vio a mi esclava, a la que había dado el nombre de Keftiú porque no podía pronunciar su nombre pagano, y se enamoró de ella. Aziru era robusto como un toro y tenía la piel blanca. Su barba era de un negro azulado y brillante y sus ojos tenían un brillo altivo, de manera que Keftiú se puso también a mirarlo con concupiscencia, porque todo lo que es extranjero cautiva a las mujeres. Él admiraba sobre todo la corpulencia de la esclava, que era joven todavía, y sus vestiduras, que vestía a la moda cretense, lo excitaban fuertemente, porque tapaban el cuello pero dejaban al descubierto los pechos, y él estaba acostumbrado a ver a su mujer tapada de pies a cabeza. Por todas estas razones acabó no pudiendo dominar más su pasión, y suspirando profundamente un día me dijo:

–Cierto es que soy tu amigo, Sinuhé, el egipcio, y me has cuidado los dientes y gracias a ti mi boca reluce ahora de oro cuando la abro, de manera que tu reputación será grande en el país de Amurrú. La recompensa de tus cuidados será tan magnífica que levantarás los brazos asombrado. Pero a pesar de todo tengo que ofenderte contra mi voluntad, porque desde que he visto la mujer que habita en esta casa estoy perdidamente enamorado y no puedo refrenar mi deseo, porque la pasión me desgarra el cuerpo como un gato salvaje y todo tu arte es impotente para curar esta enfermedad. Como jamás hasta ahora he visto otra igual, comprendo que la ames cuando de noche calienta tu lecho. A pesar de todo te pido que me la des, para hacer de ella una de mis mujeres y no que sea ya esclava. Te hablo francamente, porque soy tu amigo y un hombre honrado, y te pagaré el precio que me pidas. Pero también te digo francamente que si no me la cedes, la raptaré por la fuerza y me la llevaré a mi país, donde no la encontrarás jamás aun cuando te aventures a buscarla. Y si huyeres de Simyra con ella, te descubriré y mis enviados te matarán y me la llevarán a casa. Te expongo todo esto porque soy un hombre honrado y amigo tuyo y no quiero dirigirte palabras pérfidas.

Estas palabras me causaron tal júbilo que levanté los brazos en señal de alegría, mientras Kaptah se arrancaba los cabellos y vociferaba:

–Este día es nefasto, y más hubiera valido que mi amo no hubiese nacido, pues quieres robarle la única mujer que regocija su corazón. Esta pérdida será irreparable, pues para mi dueño esta mujer es más preciosa que el oro, las joyas y el incienso, más bella que la luna llena y su vientre es blanco y redondo como un seno, y sus senos son como dos melones, como tú mismo puedes ver.

Hablaba así porque había aprendido las costumbres de los mercaderes de Simyra y quería obtener un buen precio por la esclava, de la que nuestro común deseo era desembarazarnos cuanto antes. Ante estas palabras, Keftiú se echó a llorar y declaró que jamás me abandonaría, pero entre los dedos miraba con admiración a Aziru y su barba rizada.

Yo levanté el brazo imponiéndole silencio y, afectando un tono muy serio, dije:

–Príncipe Aziru, rey de Amurrú y amigo mío: cierto es que esta mujer es dulce a mi corazón y la llamo mi hermana, pero tu amistad me es más preciosa que todo y por esto te la doy en prenda de amistad; no te la vendo, es un regalo, y te ruego que la trates bien y hagas todo lo que reclame el gato montés de tu cuerpo, porque, si no me equivoco, su corazón se ha vuelto hacia ti y estará encantada de cuanto hagas, porque su cuerpo encierra también más de un animal salvaje.

Aziru lanzó un grito de júbilo y dijo:

–Verdaderamente, Sinuhé, pese a que seas egipcio y todo el mal venga de Egipto, seré siempre más tu amigo y tu hermano, y tu nombre será bendecido en todo el país de Amurrú, y cuando acudas a verme estarás sentado a mi derecha con mis nobles y mis demás huéspedes, aun cuando sean reyes; yo te lo juro.

Habiendo dicho estas palabras sonrió mostrando el oro de su boca y miró a Keftiú, que había olvidado sus lágrimas, y se puso serio. Sus ojos brillaron como ascuas y la tomó en sus brazos, haciendo temblar los dos melones, y la echó sobre su litera sin parecer incomodado por su peso. Así fue como se llevó a Keftiú, y no la vi más durante tres días, ni nadie la vio por la villa, pues se había encerrado en su hostería. Pero Kaptah y yo estábamos encantados de habernos desembarazado de tan molesta persona. Mi esclavo me reprochó, sin embargo, no haber exigido un regalo, puesto que Aziru me hubiera dado cuanto le hubiese pedido, pero yo le dije:

–Dándole esta esclava me he conquistado la amistad de Aziru. Del mañana nada es seguro. Aunque el país de Amurrú sea pequeño y no produzca más que asnos y corderos, la amistad de un rey es quizá más importante que el oro.

Kaptah movió la cabeza, pero ungió de mirra el escarabajo y le ofreció excrementos frescos para darle las gracias por habernos desembarazado de Keftiú.

Antes de regresar a su país, Aziru fue a verme e, inclinándose hasta el suelo delante de mí, dijo:

–No te ofrezco regalos, Sinuhé, porque me has dado un presente que no puede compensarse con regalos. Esta esclava es todavía más maravillosa de lo que yo creía y sus ojos son como pozos sin fondo y jamás me cansaré de ella, pese a que me haya sacado ya toda la simiente como se prensa una oliva para extraer aceite. Para hablarte francamente, mi país no es muy rico y no puedo procurarme oro más que imponiendo un tributo a los mercaderes que atraviesan mis tierras y guerreando contra mis vecinos, pero entonces los egipcios son como moscardones en torno mío y el daño es a menudo superior al provecho. Por esto no puedo darte oro ni los regalos que merecías, y estoy enojado contra Egipto, que ha aniquilado la antigua libertad de mi país; de manera que no puedo guerrear a mi antojo ni desvalijar a los mercaderes según la antigua costumbre de mi padre. Pero te prometo que si alguna vez acudes a mí para pedirme cualquier cosa, te la daré si está en mi mano, a condición de que no sea esta esclava ni caballos, porque tengo muy pocos y los necesito para mis carros de guerra. Pero pídeme otra cosa y te la daré si está en mi poder. Y si alguien trata de perjudicarte, mándame un mensaje y mis emisarios lo matarán dondequiera que esté, porque tengo hombres míos, en Simyra, aunque nadie lo sepa, así como en otras villas de Siria, pero espero que guardarás el secreto para ti. Te digo esto para que sepas que haré matar a quien quieras y nadie lo sabrá y tu nombre no estará mezclado en el asunto. Tal es mi amistad por ti.

Con estas palabras me besó a la siria y comprendí que me respetaba y admiraba sobremanera, porque se quitó una cadena de oro que llevaba en el cuello y me la tendió, pese a que fuese sin duda un gran sacrificio porque al hacerlo lanzó un profundo suspiro. Por esto a mi vez le di una cadena de oro de mi cuello, que había recibido del más rico mercader de Simyra por haber salvado a su mujer en un parto difícil, con lo cual no perdió nada en el cambio y le fue agradable. Y así fue como nos separamos.

3

Liberado de mi esclava, mi corazón era ligero como un pájaro, mis ojos aspiraban de nuevo a ver y una vaga inquietud invadía mi espíritu, de manera que no me sentía ya a gusto en Simyra. Era la primavera y en el puerto los navíos se preparaban para grandes viajes y los sacerdotes salían de la villa hacia el campo verdeante para desenterrar a su Tammuz, al que habían enterrado en otoño en medio de lamentos, cortándose la cara.

En mi agitación, seguí de cerca a los sacerdotes mezclado con la muchedumbre, y la tierra reverdecía, las palomas arrullaban y las ranas croaban en los estanques. Los sacerdotes apartaron la piedra que obstruía la tumba y sacaron al dios con grandes gritos de alegría diciendo que resucitaba. El pueblo lanzó clamores de entusiasmo y comenzó a romper ramas y a beber vino y cerveza en unos tenderetes que los mercaderes habían levantado alrededor de la tumba. Las mujeres arrastraban en una carreta un enorme miembro viril de madera y a la caída de la tarde se quitaron las ropas y corrieron por los prados y, fuese casado o soltero, cualquiera podía elegir una compañera a su gusto, y por todas partes se veían parejas. Todo esto era distinto también de Egipto. Este espectáculo me entristeció y me dije que era viejo desde mi nacimiento, como la tierra negra es más vieja que las demás, mientras aquella gente era joven y servía a sus dioses adecuadamente.

Con la primavera se esparció la noticia de que los khabiri habían abandonado su desierto y asolaban las regiones fronterizas de Siria, de norte a sur, incendiando los pueblos y sitiando las ciudades. Pero las tropas del faraón llegaron a Tanis a través del desierto del Sinaí y entablaron lucha contra los khabiri y encadenaron a sus jefes rechazándolos hacia el desierto. Estos acontecimientos se reproducían todos los años, pero esta vez los habitantes de Simyra estaban inquietos, porque los khabiri habían saqueado la villa de Katna, donde había una guarnición egipcia, matando al rey y pasando a cuchillo a todos los egipcios, comprendido las mujeres y los niños, sin hacer prisioneros para obtener rescate, cosa que no había ocurrido jamás, porque habitualmente los khabiri evitaban las villas donde había guarnición.

La guerra se había declarado, pues, en Siria, y yo no había visto nunca una guerra. Por esto me reuní con las tropas del faraón, porque deseaba conocer también la guerra y ver lo que podía enseñarme, y estudiar las heridas producidas por las armas y las mazas. Pero ante todo partí porque las tropas estaban mandadas por Horemheb y en mi soledad deseaba ver el rostro de un amigo y escuchar su voz. Por esto luchaba conmigo mismo y me decía que no tenía más que fingir no conocerme si sentía vergüenza de mis actos. Pero el tiempo había pasado; en dos años habían ocurrido muchas cosas y mi corazón no debía estar tan endurecido, puesto que el recuerdo de mi infancia no me consternaba tanto como antes. Por esto salí en barco hacia las tierras del sur y llegué al interior con las tropas de avituallamiento y los bueyes que arrastraban las carretas de trigo y los asnos cargados de jarras de aceite, vino y sacos de cebollas. Así llegué a una pequeña villa situada en el flanco de una colina cuyo nombre era Jerusalén. Había en ella una guarnición egipcia y Horemheb había establecido en ella su cuartel general. Pero los rumores que corrían por Simyra habían exagerado grandemente la fuerza del ejército, porque Horemheb no tenía más que una sección de carros de combate con dos mil arqueros y lanceros, mientras se decía que la horda de los khabiri era más numerosa que las arenas del desierto.

Horemheb me recibió en una sórdida cabaña y me dijo:

–Conocí en un tiempo a un Sinuhé que era médico y, además, mi amigo.

Me miró y el manto sirio que yo llevaba lo desconcertó. Había envejecido también, como él, y mi rostro había cambiado. Pero me reconoció y, levantando su látigo trenzado de oro, sonrió y me dijo:

–¡Por Amón, tú eres Sinuhé y yo te creí muerto!

Despidió a sus oficiales de Estado Mayor y a sus secretarios con notas y mapas, pidió vino y me ofreció, diciéndome:

–Extraños son los designios de Amón, puesto que nos encontramos en las tierras rojas de este asqueroso poblado.

Al oír estas palabras mi corazón vibró en mi pecho y comprendí que había echado de menos a mi amigo. Le narré mi vida y mis aventuras, cosa que consideré conveniente, y me dijo:

–Si así lo deseas, puedes seguir a las tropas como médico y compartir los honores conmigo, porque verdaderamente cuento con administrar a estos cochinos khabiri un escarmiento que les hará arrepentirse de haber nacido. –Y añadió–: Cuando nos conocimos yo era un ignorante y no me había lavado todavía la suciedad de los pies. Tú eras un hombre de mundo y me diste buenos consejos. Ahora sé algo más y mi mano sostiene un látigo de oro, como puedes verlo. Pero lo he merecido por un miserable trabajo en la guardia del faraón, persiguiendo a los bandidos y criminales que en su locura había liberado de las minas, y fue un arduo trabajo aniquilarlos. Pero al enterarme del ataque de los khabiri he pedido al faraón tropas para venir a combatirlos y ningún oficial superior se ha opuesto a ello, porque las gracias llueven más fácilmente alrededor del faraón que en el desierto y los khabiri tienen las lanzas aceradas y sus gritos de guerra son espantosos, como he podido comprobar yo mismo. Pero puedo adquirir experiencia y llevar las tropas a la batalla. Y, sin embargo, la única preocupación del faraón es que erijan un templo a su dios en Jerusalén y que arroje a los khabiri sin efusión de sangre. –Horemheb se echó a reír dándose un golpe en el muslo con el látigo. Yo me reí también, pero él pronto dejó de reír, bebió vino y dijo–: Para ser sincero, Sinuhé, he cambiado mucho desde que no nos hemos visto, porque quien viva cerca del faraón tiene que cambiar a la fuerza, quiera o no. Me inquieta, porque piensa mucho y habla de su dios, que es diferente de los demás, de manera que en Tebas tenía yo también la sensación de que las hormigas circulaban por mi cráneo, y por la noche no podía dormir si no había bebido vino y me había acostado con mujeres para aclararme las ideas. Su dios es verdaderamente extraordinario. No tiene forma, pese a que esté por todas partes; su imagen es redonda y bendice con las manos a todo el que está delante de él porque no hace diferencia entre un noble y un esclavo. Dime, Sinuhé: ¿verdad que todo esto son palabras de un enfermo? Me digo que quizá un mono enfermo le mordió en su infancia. Porque sólo un loco puede pensar que se puede arrojar a los khabiri sin efusión de sangre. En cuanto los hayas oído aullar en el combate verás si tengo razón. Pero el faraón podrá lavarse las manos si tal es su voluntad. Me haré cargo a mi gusto de este pecado delante de su dios y aplastaré a los khabiri con mi ejército de carros.

Volvió a tomar vino y dijo:

–Horus es mi dios y no tengo nada contra Amón, porque en Tebas he aprendido una serie de excelentes blasfemias en las que figura su nombre y son de gran eficacia con los soldados. Pero comprendo que Amón ha llegado a ser demasiado poderoso y por esta razón el nuevo dios lucha contra Amón para fortalecer su poderío real. La reina madre me lo ha dicho y el sacerdote Ai, que lleva ahora el cetro a la derecha del faraón, me lo ha confirmado. Con la ayuda de su Atón esperan derribar a Amón, o en todo caso restringir su poderío, porque no conviene que el cetro de Amón gobierne Egipto por encima del rey. Es alta política y como soldado comprendo muy bien por qué el nuevo dios es necesario. No tendría nada que objetar si el faraón se limitara a erigirle templos y a reclutar sacerdotes, pero piensa demasiado en él, habla de él a propósito de cualquier cosa y acaba siempre volviendo a su dios. De esta forma vuelve a todos los que lo rodean más locos que él. Dice que vive de la verdad, pero la verdad es como un cuchillo acerado en manos de un niño, y es todavía más peligrosa en manos de un loco.

Bebió más y prosiguió:

–Doy gracias a mi halcón por haber podido salir de Tebas, porque la ciudad se agita como un nido de serpientes a causa de su dios, y no quiero mezclarme en disputas teológicas. Los sacerdotes de Amón cuentan ya muchas anécdotas escabrosas sobre el nacimiento del faraón y excitan al pueblo contra el nuevo dios. Su matrimonio ha causado también indignación, porque la princesa Mitanni, que jugaba con sus muñecas, murió súbitamente y el faraón ha escogido como esposa real a la joven Nefertiti, que es hija de Ai. Cierto es que es bella y se viste bien, pero es muy obstinada y digna hija de su padre.

–¿Cómo ha muerto la princesa de Mitanni? –pregunté, porque había visto a aquella chiquilla de ojos tristes mirar a Tebas con angustia cuando la llevaban al templo por la avenida de los Carneros vestida y adornada como la imagen de un dios.

–Los médicos dicen que no ha soportado el clima de Egipto –contestó Horemheb, riéndose–. Es una broma porque todo el mundo sabe que en ninguna parte el clima es tan sano como en Egipto. Pero ya sabes que la mortalidad infantil en el gineceo real es grande, más grande que en el barrio de los pobres de Tebas, aunque parezca increíble. Es más prudente no mencionar nombres, pero yo llevaría mi carro delante de la casa de Ai, si me atreviese.

Hablaba descuidadamente, dándose golpes con el látigo en los muslos y bebiendo vino, pero había crecido y se había virilizado; su espíritu conocía las preocupaciones, de manera que no era ya un muchacho jactancioso. Dijo aún:

–Si deseas conocer al dios del faraón, acude mañana al templo que le he hecho erigir rápidamente en la colina de esta villa. Le mandaré un informe de la fiesta sin mencionar los muertos ni la sangre vertida, por no atormentarlo en su palacio de oro. –Y añadió–: Pasa la noche en una tienda si encuentras sitio. Mi dignidad exige que duerma aquí en el palacio del príncipe, pese a que impere en él la suciedad. Pero la suciedad forma parte de la guerra, como el hambre y la sed, las heridas y los poblados incendiados, de manera que no me quejo.

Pasé la noche en una tienda donde me trataron muy bien, porque por el camino había trabado amistad con un oficial de avituallamiento. Le encantó saber que seguiría a las tropas como médico, y ¿qué soldado no tendría empeño en estar en buenas relaciones con un médico?

Al alba las trompetas me despertaron y los soldados formaron alineándose, y los oficiales y los jefes pasaban entre las filas gritando y distribuyendo latigazos. Cuando todos estuvieron en orden, Horemheb salió de la sórdida residencia del príncipe, con el látigo de oro en la mano, y un servidor sostenía un parasol sobre su cabeza y espantaba las moscas, mientras Horemheb habló a los soldados en los siguientes términos:

–¡Soldados de Egipto! Digo soldados de Egipto y con estas palabras os designo tanto a vosotros, negros asquerosos, como a vosotros, sucios lanceros sirios, y a vosotros también, sardos y conductores de carros de guerra que parecéis más soldados y egipcios que este rebaño vociferante que está mugiendo. He sido paciente con vosotros y os he entrenado a conciencia, pero ahora mi paciencia se ha agotado y renuncio a mandaros a hacer ejercicio, porque si lo hicieseis os embarazaríais con vuestras lanzas, y si disparáis el arco corriendo vuestras flechas vuelan hacia los cuatro vientos del cielo y os herís los unos a los otros y vuestras flechas se pierden, lo cual es un despilfarro que no podemos permitirnos gracias al faraón, que su cuerpo se conserve eternamente. Por esto hoy os llevaré al combate, porque mis exploradores me han comunicado que los khabiri han acampado detrás de las montañas, pero no sé cuántos son, porque mis exploradores han huido antes de haberlos contado, tan grande era su miedo. Espero, sin embargo, que serán lo suficientemente numerosos para aniquilaros hasta el último de vosotros, a fin de que no tenga que contemplar más vuestros rostros repugnantes y cobardes y que pueda regresar a Egipto a reunir un ejército de verdaderos hombres que amen el botín y el honor. Sea como sea, os ofrezco hoy la última oportunidad. ¡Oficial! Tú, sí, el de la nariz hendida, arréale una patada a este hombre que se rasca el trasero mientras hablo. Sí, os ofrezco hoy la última oportunidad. –Horemheb lanzó sobre sus hombres una mirada furibunda y nadie se atrevió a moverse mientras hablaba–. Os llevaré al combate y que cada uno sepa que me lanzo el primero a la pelea sin entretenerme a mirar quién me sigue. Porque soy hijo de Horus y un halcón vuela delante de mí, y hoy quiero aniquilar a los khabiri aunque tenga que hacerlo solo. Pero os advierto que esta noche mi látigo chorreará sangre, porque pienso azotar a todo el que no me siga o trate de huir, y lo azotaré tanto que deseará no haber nacido, porque os advierto que mi látigo muerde más que las lanzas de los khabiri, que son de mal acero y se rompen fácilmente. Y los khabiri no tienen nada de espantoso, salvo sus gritos, que son verdaderamente horribles, pero si hay alguno de vosotros que deteste los aullidos no tiene más que taparse los oídos con arcilla. No causará ningún perjuicio, porque los gritos de los khabiri os impedirán oír las órdenes, pero todos debéis seguir a vuestro jefe y todos seguiréis a mi halcón. Puedo deciros todavía que los khabiri se baten en desorden, como un rebaño, pero yo os he enseñado a formar filas y he ejercitado a los arqueros a tirar todos a la vez a la voz de mando o a la señal. Que Seth y todos sus demonios asen a quienquiera que tire demasiado rápidamente o sin apuntar como mujeres, pero tratad de ser hombres que llevan un delantal delante y no faldas. Si derrotáis a los khabiri, podréis repartiros sus rebaños y sus mercancías y seréis ricos, porque nos han cogido un gran botín en los poblados incendiados y no quiero quedarme para mí ni un solo buey ni un solo esclavo y todo será para vosotros. Podréis también repartiros sus mujeres, y creo que gozaréis acariciándolas esta noche, porque son bellas y ardientes y aman a los soldados aguerridos.

Horemheb miró a sus soldados, que súbitamente comenzaron a gritar y a golpear sus escudos con las lanzas y a tender sus arcos. Horemheb sonrió y, agitando distraídamente su látigo, dijo:

–Veo que os morís de ganas de haceros flagelar, pero antes tenemos que inaugurar un nuevo templo al dios del faraón que se llama Atón. Es, sin embargo, un dios que no tiene nada de guerrero, y no creo que os sea de gran utilidad hoy. Por esto el grueso de la tropa va a partir y la retaguardia se quedará para la fiesta a fin de asegurar la benevolencia del faraón hacia nosotros. Tendréis una larga marcha que hacer, porque pienso lanzaros a la batalla tan cansados como sea posible a fin de que no tengáis fuerzas para huir, y que os batáis valientemente para defender la vida.

Agitó de nuevo el látigo y la tropa lanzó gritos de entusiasmo saliendo de la villa en gran desorden, cada sección siguiendo su insignia, que iba sujeta en lo alto de una pica. Así los soldados siguieron colas de león y los milanos y las cabezas de cocodrilo, y los carros de guerra precedían a las tropas y cubrían su marcha. Pero los jefes superiores y la retaguardia acompañaron a Horemheb al templo que se elevaba sobre una roca en el lindero de la villa. Mientras nos dirigíamos allá, oí que los oficiales murmuraban entre ellos diciendo: «¿No es estúpido que el jefe se arroje el primero al combate? Nosotros no lo haremos, porque de todos los tiempos ha sido siempre costumbre llevar a los jefes y oficiales en literas detrás de las tropas, porque son los únicos que saben escribir, y, de otra manera, ¿cómo anotar los actos de los soldados y castigar a los cobardes?» Horemheb oyó perfectamente estas frases, pero se limitó a agitar su látigo sonriendo.

El templo era pequeño y había sido construido precipitadamente con madera y arcilla y no era como los templos ordinarios, porque carecía de techo y en medio se veía un altar, pero en él no había ningún dios, de manera que los soldados se miraban con sorpresa buscándole. Horemheb les habló así:

–Su dios es redondo y parecido al disco del sol, de manera que mirad hacia el cielo y acaso lo veáis. Os bendice con sus manos, pese a que me doy cuenta de que hoy, después de la marcha, sus dedos os harán el efecto de agujas candentes sobre vuestra espalda.

Pero los soldados murmuraron y dijeron que el dios del faraón estaba demasiado lejos. Deseaban un dios delante del cual pudiesen prosternarse y tocarlo con las manos si se atrevían. Pero se callaron cuando el sacerdote avanzó, y éste era un hombre joven y frágil, cuya cabeza no estaba afeitada y llevaba una túnica blanca. Sus ojos eran brillantes e inspirados y depositó como ofrenda sobre el altar flores primaverales, aceite y vino, hasta el momento en que los soldados se rieron en voz alta. Cantó también un himno a Atón y se dijo que el faraón lo había compuesto. Era muy largo y monótono y los soldados escuchaban con la boca abierta sin entender nada. He aquí las palabras:

Tu aparición es bella en el horizonte del cielo
¡oh vivo Atón, príncipe de vida!
Cuando te levantas en el horizonte oriental
del cielo, llenas los países con tu beldad,

porque eres bello, grande, resplandeciente, elevado
sobre [la tierra.
Tus rayos envuelven los países y cuanto has creado.
Los encadenas con tu amor;
aunque estés alejado, tus rayos caen sobre la tierra;
aunque residas en el cielo, las huellas de tus pasos
[son el día.

Después el sacerdote describió las tinieblas nocturnas y los leones que salen de sus antros por la noche y las serpientes que muerden, hasta tal punto que muchos soldados comenzaron a temblar. Describía la claridad del día y afirmaba que al alba los pajarillos agitan las alas para alabar a Atón. Declaraba también que este nuevo dios creaba el infierno en el seno de la mujer. A darle crédito se quedaba persuadido de que este Atón no omitía ningún detalle del universo, porque no hay polluelo que llegue a romper las cáscaras del huevo ni a piar sin ayuda de Atón.

Estás en mi corazón
y nadie te conoce
sino tu hijo el faraón.
Tú lo inicias para tus designios
y lo consagras con tu poderío;
el universo está en tus manos
tal como lo has creado;
los hombres viven de tu luz;
cuando te acuestas mueren,
porque eres la vida
y por ti los hombres viven.
Todos los ojos contemplan tu belleza
hasta que te acuestas;
todo trabajo es abandonado
cuando desapareces tras el Occidente.
Desde que has establecido la Tierra,
la has preparado para la venida de tu hijo
que ha salido de tus brazos,

para ver el dios en vida de la verdad.
El dueño de los dos padres, hijo de Ra,
que vive de la verdad,
por el dueño de las dos coronas has creado el
mundo y para la gran esposa real,
su amada, Dueña y Señora del Doble País,
por Nefertiti, viva y próspera para siempre.

Los soldados prestaban atención escarbando en la arena con los dedos de los pies, y al final del himno lanzaron vítores en honor del faraón, porque lo único que habían entendido de él era que el objetivo era proclamar hijo del dios al faraón y cantar sus alabanzas, lo cual era justo y bueno, puesto que siempre había ocurrido así y así sería para siempre. Horemheb despidió al sacerdote, quien encantado de los aplausos de los soldados, se fue a redactar un informe para el faraón. Pero me parece que el himno y sus ideas no causaron el menor placer a los soldados que escarbaban en la arena y se disponían a partir para el combate y acaso hacia una muerte violenta.

4

La retaguardia se puso en movimiento seguida de las carretas de bueyes y las acémilas. Horemheb se puso a la cabeza con su carro y los oficiales se alejaron en sus literas, quejándose del ardor del sol. Yo me contenté con montar un asno en compañía de mi amigo el oficial de avituallamiento y me llevé mi caja de medicamentos, de la que pensaba tener necesidad.

Las tropas caminaron hasta la noche con un breve descanso para comer y beber. Algunos rezagados, cada vez más numerosos, se quedaban en los bordes del camino, incapaces de levantarse, ni aun cuando los oficiales les azotaban o saltaban con los pies juntos sobre ellos. Los soldados tan pronto cantaban como blasfemaban, y cuando las sombras se alargaron, las flechas comenzaron a caer desde las colinas en el borde del camino, de manera que algunas veces en la columna un hombre lanzaba un grito llevándose la mano a su hombro atravesado o se desplomaba sobre el suelo. Pero Horemheb no se entretuvo en limpiar el borde del camino, aceleró la marcha y acabaron llevando el paso de carrera. Los carros ligeros abrieron el camino y pronto vimos en el borde de éste los cuerpos descuartizados de algunos khabiri, acostados sobre sus mantos, con la boca y los ojos llenos de moscas. Algunos soldados salieron de la columna para dar vuelta a los cuerpos y buscar algún recuerdo de guerra, pero no había ya nada que robar.

El oficial de avituallamiento sudaba sobre su asno. Me encargó que transmitiese su último adiós a su mujer y a sus hijos porque presentía que aquél sería su último día. Por esto me dio la dirección de su mujer en Tebas, rogándome que velase porque su cuerpo no fuese desvalijado, a menos que los khabiri nos hubiesen aniquilado a todos antes de la noche, tal como era su presentimiento.

Finalmente se abrió ante nosotros una llanura donde los khabiri habían acampado. Horemheb hizo sonar las trompetas y dispuso sus tropas para el ataque, los lanceros en el centro y los arqueros en los dos flancos. En cuanto a los carros, los despidió y salieron a toda velocidad, levantando nubes de polvo. No conservó a su lado más que algunos carros pesados. De los valles lejanos, detrás de las montañas, ascendía el humo de los poblados incendiados. El número de khabiri de la llanura parecía inmenso y sus rugidos y sus gritos llenaban el aire al avanzar a nuestro encuentro; era como el mugido de las olas; los escudos y las puntas de las lanzas relucían terribles bajo la luz del sol poniente. Pero Horemheb gritó:

–Que vuestras rodillas no tiemblen, porque los khabiri armados son poco numerosos y los que veis son sus mujeres, sus hijos y sus ganados, que serán vuestro botín antes de la noche. Y en sus marmitas de tierra os espera una comida caliente. Pegad duro, pues, a fin de que podáis pronto saciaros, porque tengo ya un hambre de cocodrilo.

Pero la horda de khabiri se lanzaba contra nosotros, espantosa, y eran más numerosos que nosotros y bajo la luz del sol sus lanzas parecían aceradas y la guerra no me divertía en absoluto. Las filas de lanceros flaquearon y los hombres miraban hacia atrás, como yo mismo, pero los oficiales blandían los látigos y juraban, y los soldados se decían sin duda que estaban demasiado cansados y demasiado hambrientos para poder huir, de manera que las filas se formaban de nuevo y los arqueros comenzaron a palpar nerviosamente la cuerda de su arco esperando la señal.

Llegados a buena distancia, los khabiri lanzaron sus gritos de guerra, y sus aullidos eran tan espantosos que toda mi sangre acudió a mi corazón y mis piernas flaquearon. Se lanzaron contra los nuestros y oí las flechas silbar en mis oídos como zumbido de moscas, pst... pst... Jamás en mi vida había oído un ruido tan emocionante como el silbido de las flechas. Pero me tranquilizaba diciéndome que habían producido poco daño, pues, o volaban demasiado alto o caían sobre los escudos. En aquel instante Horemheb gritó: «¡Seguidme, cochinos!» Su conductor lanzó los caballos al galope, los arqueros dispararon mientras los carros de guerra lo seguían y los lanceros echaron a correr detrás de ellos. Entonces, de todas las gargantas salió un grito más espantoso que el de los khabiri, porque todo el mundo gritaba por su vida y para acallar su miedo, y me di cuenta de que también yo gritaba con todas mis fuerzas, lo cual me calmó inmediatamente.

Los carros de guerra penetraron con gran estruendo en la masa de los khabiri, y en primera fila, por encima de las nubes de polvo y de las lanzas blandidas, se destacaba el casco de Horemheb con sus plumas de avestruz. En la brecha de los carros avanzaron los lanceros detrás de las colas de león y los milanos, y los arqueros se desplegaron en la llanura haciendo disparos contra la multitud densa de los khabiri. A partir de aquel momento no hubo más que una confusión indescriptible, un estruendo, choque de armas, aullidos y gritos de agonía. Las flechas silbaban en mis oídos y mi asno se desbocó lanzándose a lo más recio de la pelea, a pesar de mis patadas y mis gritos. Los khabiri se batían con valentía y sin miedo y los hombres derribados de sus caballos trataban todavía de alcanzar con sus lanzas a los que pasaban a su alcance y más de un egipcio perdió la vida al agacharse para cortar como trofeo la mano de un enemigo derribado. El olor a sangre dominaba el de sudor de los soldados y los cuervos revoloteaban por el cielo en enjambres cada vez más numerosos.

Súbitamente los khabiri lanzaron un grito de furia y emprendieron la huida porque vieron que los carros ligeros, después de haber rodeado la llanura, atacaban el campo persiguiendo a las mujeres y dispersando el ganado robado. No pudieron soportar este espectáculo y huyeron para tratar de proteger a sus mujeres y su campo, y aquello fue su pérdida. Porque los carros se volvieron contra ellos y los dispersaron, y los lanceros y los arqueros de Horemheb acabaron aquella carnicería. Cuando el sol se puso, la llanura estaba cubierta de cadáveres sin manos, el campamento estaba en llamas y por todas partes mugía el ganado disperso.

Pero en el furor de la victoria los soldados continuaban matando y hundiendo sus lanzas en cuanto se movía; así mataban a hombres que habían depuesto las armas, a infelices chiquillos a mazazos y tiraban estúpidamente sobre el ganado enloquecido. Horemheb dio orden de tocar las trompetas y los oficiales recobraron la serenidad y reunieron a los soldados a latigazos. Pero mi asno enloquecido continuaba corriendo por la llanura y sacudiéndome como un saco, de manera que no sabía ya si estaba muerto o vivo. Los soldados se mofaban de mí y me insultaban, y finalmente un hombre dio un golpe con el asta de la lanza en el hocico del asno, que se detuvo irguiendo sus orejas desconcertado, y pude por fin echar pie a tierra. Desde entonces los soldados me llamaron Hijo de Onagro.

Los prisioneros fueron reunidos y encerrados en una empalizada, se recogieron las armas y se mandaron pastores en busca del ganado disperso. Los khabiri eran tan numerosos que una gran parte pudo huir, pero Horemheb pensó que correrían toda la noche y tardarían en volver. A la luz de las tiendas y de los montones de forraje en llamas, entregaron a Horemheb el cofre del dios, y lo abrió, sacando de él a Sekhmet con su cabeza de leona que erguía orgullosamente sus pechos de madera. Los soldados la salpicaron alegremente con la sangre de sus heridas y arrojaron delante de ella las manos cortadas como trofeo. Estas manos formaron un gran montón y algunos soldados arrojaban tres o cuatro y aun cinco. Horemheb recompensó a los más bravos, distribuyendo cadenas de oro y nombrándolos suboficiales. Estaba cubierto de polvo y ensangrentado y su látigo chorreaba sangre también, pero sonreía a los soldados dándoles nombres afectuosos.

Yo tenía mucho trabajo, porque las lanzas y las mazas de los khabiri habían producido heridas espantosas. Trabajaba a la luz de los incendios, y, a los gritos de dolor de los heridos se mezclaban los lamentos de las mujeres que los soldados se llevaban para echarlas a suerte y divertirse con ellas. Lavaba y suturaba las heridas abiertas, metía en su sitio los intestinos salidos de los vientres desgarrados y cosía los cueros cabelludos caídos sobre los ojos. A los que debían morir les daba cerveza o estupefacientes para que la muerte sobreviniese dulcemente durante la noche.

Cuidaba también de los khabiri cuyas heridas les habían impedido huir, pero no sé por qué obraba así, acaso porque pensaba que Horemheb sacaría mejor precio vendiéndolos como esclavos si los curaba. Pero muchos de ellos rehusaban mis cuidados y otros se arrancaban los apósitos al oír llorar a los niños y gemir a las mujeres violadas por los soldados egipcios. Doblaban la pierna, se cubrían la cabeza y morían de hemorragia.

Viéndolos, no me sentía ya tan orgulloso de nuestra

victoria, porque eran infelices habitantes del desierto, y el ganado y el trigo de los valles los atraía porque padecían hambre. Por esto se entregaban al pillaje en Siria y tenían los miembros demacrados y muchos los ojos enfermos. Sin embargo, eran rudos y temibles combatientes, y a su paso subía el humo de los poblados incendiados y el llanto y los gemidos. Pero viendo palidecer sus largas narices mientras para morir se cubrían con sus harapos, sentía piedad de ellos.

Al día siguiente vi a Horemheb, que me felicitó. Yo le aconsejé construir un campo fortificado donde los soldados más gravemente heridos podrían curarse, porque si los transportábamos a Jerusalén morirían por el camino. Horemheb me dio las gracias por mi ayuda y me dijo:

–No te creía tan valiente y ayer, con mis propios ojos, me di cuenta de que lo eras mientras te lanzabas en medio de la refriega montado en un asno furioso. Sin duda no sabías que en la guerra el trabajo de un médico no comienza hasta después de terminada la batalla. He oído que los soldados te llamaban Hijo de Onagro, y si quieres te llevaré al combate en mi propio carro porque tienes suerte de estar todavía vivo no llevando lanza ni coraza.

–Tus hombres te celebran y prometen seguirte a donde vayas –le dije para halagarlo–. Pero ¿cómo es posible que no tengas la menor herida cuando pensé que ibas a hallar la muerte al arrojarte el primero en el fragor de la batalla, en medio de las flechas y las lanzas?

–Tengo un conductor hábil –dijo–. Además, mi halcón me protege, porque pronto se tendrá necesidad de mí para altas misiones. Por esto mi conducta de ayer no tiene nada de meritoria ni valerosa, puesto que sé que las flechas, las lanzas y las mazas del enemigo me evitan. Me lanzo el primero porque sé que estoy llamado a verter mucha sangre, pese a que la sangre vertida no me produce ya júbilo alguno ni me diviertan los aullidos de los soldados aplastados bajo mi carro de guerra. En cuanto mis tropas estén suficientemente entrenadas para no temer la muerte, me haré llevar en litera detrás de ellos como hace todo capitán razonable, porque un verdadero capitán no mancilla sus manos con una tarea horrenda y sangrienta que el más vil esclavo puede ejecutar, sino que trabaja con su cerebro y emplea mucho tiempo dictando a los escribas sus órdenes, que tú, Sinuhé, no comprendes, porque no es tu oficio, como yo no comprendo nada del arte de la medicina, aunque lo respete, sin embargo. Por esto experimento casi vergüenza por haberme ensuciado las manos y el rostro con la sangre de los ladrones de ganado, pero no podía obrar de otra manera; si no hubiese precedido a mis hombres, les hubiera faltado valor y hubieran caído de rodillas gimiendo, porque en verdad los soldados egipcios que no han visto la guerra desde dos generaciones son todavía más cobardes y lamentables que los khabiri. Por esto los llamo a veces escarabajos y se sienten orgullosos de este nombre.

Yo no podía creer que al arrojarse en la refriega como lo hacía no sintiese miedo a la muerte. Por esto insistí:

–Tienes la piel caliente y la sangre corre por tus venas como en los demás hombres. ¿Gracias a algún poderoso sortilegio evitas las heridas, o de dónde viene que no sientas el miedo?

Y él dijo:

–He oído hablar de sortilegios de esta suerte y sé que muchos soldados llevan al cuello amuletos que deben protegerlos, pero después del combate de hoy se han recogido muchos hombres que los llevan, de manera que no creo ya en esta hechicería, si bien puede ser útil, porque inspira confianza al hombre inculto que no sabe leer ni escribir y lo hace heroico en el combate. En realidad, todo esto es un engaño, Sinuhé. Para mí es diferente porque sé que debo realizar grandes hazañas, pero no sabría decirte cómo lo sé. Un soldado tiene suerte o no la tiene, y yo la he tenido desde que mi halcón me condujo hasta el faraón. Verdad es que mi halcón no se encontraba a gusto en palacio y levantó el vuelo para no volver; pero mientras atravesábamos el desierto de Sinaí para venir a

Siria y sufríamos hambre y sobre todo sed, porque yo también sufro con mis soldados para saber mejor lo que sienten y poderlos mandar mejor, he visto en un valle un matorral ardiendo. Era un fuego vivo que parecía un matorral o un árbol, y no se consumía ni bajaba, sino que ardía día y noche y reinaba un olor que subía a la cabeza y me daba valor. Lo he visto cazando las fieras del desierto lejos de mis tropas, y sólo el conductor de mi carro lo ha visto y lo puede testimoniar. Desde entonces supe que ni la lanza, ni la flecha, ni la maza podrán alcanzarme, mientras mi hora no haya llegado, pero no puedo decir cómo lo sé porque es un misterio.

Lo creí y mi respeto hacia él aumentó, porque no tenía ningún motivo para inventar esta historia para divertirme y no creo que hubiese sido capaz, porque no creía más que aquello que había visto con sus ojos o tocado con sus manos.

Hizo acampar sus tropas en el campo de los khabiri, donde comieron y bebieron, y después tiraron al blanco y se ejercitaron con la lanza, y tomaban como blanco a los khabiri demasiado heridos para ser vendidos como esclavos o excesivamente rebeldes para someterse como tales. Por esto los hombres no se quejaron de este juego, al contrario, se entregaron a él con verdadero júbilo. Pero al tercer día el olor de los cadáveres extendidos sobre la llanura se hizo terrible y los cuervos, los chacales y las hienas armaban tal escándalo por la noche que nadie podía dormir. La mayoría de las mujeres khabiri se habían estrangulado con sus cabellos, que llevaban largos, y no divertían ya a nadie.

El tercer día Horemheb levantó el campo y mandó una parte de las tropas a Jerusalén para transportar el botín, porque los mercaderes no habían acudido en número suficiente al campo para comprar todos los esclavos, utensilios de cocina y trigo, y el resto se fue a apacentar los rebaños. Se montó un campo para los heridos que quedaron bajo la custodia de los soldados de una cola de león, pero muchos de ellos murieron. Horemheb salió con los carros en persecución de los khabiri, porque al interrogar a los prisioneros supo que habían conseguido huir con su dios.

Me llevó con él pese a mi resistencia y yo iba de pie detrás de él agarrado a su cintura y lamentando el día en que nací, porque avanzaba como un alocado y a cada momento pensaba que volcaríamos y me estrellaría la cabeza contra las rocas. Pero él se reía de mí y decía que quería mostrarme la guerra, puesto que había deseado saber si podía enseñarme alguna cosa.

Me hizo saborear la guerra y vi a los carros arrojarse contra los khabiri como un huracán mientras cantaban de alegría empujando delante de ellos el ganado robado hacia los escondrijos del desierto. Los caballos aplastaban a los ancianos y a los niños en medio del humo de las tiendas incendiadas, y Horemheb enseñaba a los khabiri con sangre y lágrimas que hubieran hecho mejor en permanecer pobres en su desierto y reventar de hambre en sus cavernas que invadir la rica y fértil Siria para untarse de aceite la piel quemada por el sol y engordarse con trigo robado. Así fue como saboreé la guerra, que no era ya en realidad una guerra, sino una persecución y una matanza, hasta el momento en que Horemheb se sintió satisfecho e hizo levantar los mojones sin preocuparse de retrocederlos en el desierto. Y dijo:

–Necesito guardar simiente de khabiri para poder entrenar a mis soldados, porque si los pacifico matándolos a todos no existirá en todo el país un solo lugar donde batirse. La paz reina desde hace cuarenta años en el mundo, los pueblos viven en buena armonía y los reyes de los grandes Estados se llaman en sus cartas hermano y amigo; el faraón les manda oro para que puedan erigirle una estatua en los templos de sus dioses. Por esto quiero guardar semilla de khabiri, porque dentro de unos años el hambre los arrojará de nuevo de su desierto y olvidarán lo que les había costado la última vez.

Así consiguió alcanzar en su carro el dios de los khabiri y se arrojó sobre ellos como un halcón, de manera que los que lo llevaban lo arrojaron al suelo y huyeron hacia las montañas, lejos de los carros. Horemheb hizo cortar el dios a pedazos y lo quemó delante de Sekhmet, y los soldados se golpeaban el pecho y decían con orgullo: «Así es como quemamos al dios de los khabiri.» El nombre de este dios era Jahvé o Jehu, y los khabiri no tenían otro, de manera que tuvieron que regresar sin dios a su desierto y más pobres todavía que a su marcha, a pesar de que hubiesen cantado ya de júbilo agitando ramas de palmera.

5

Horemheb entró en Jerusalén, donde se habían reunido los fugitivos de las regiones fronterizas, y les volvió a vender su ganado, su trigo y sus utensilios de cocina, de manera que ellos se desgarraban las vestiduras y decían: «Este pillaje es peor que el de los khabiri.» Pero no tenían por qué quejarse, porque podían pedir dinero prestado a sus templos, a los mercaderes y a las oficinas del fisco, y lo que no pudieron volver a comprar, Horemheb lo vendió a los mercaderes venidos de toda Siria. Así fue cómo pudo distribuir a los soldados una recompensa en cobre y plata, y entonces comprendí por qué la mayoría de los heridos habían muerto en el campo pese a mis cuidados. Sus camaradas recibían de esta forma una parte más grande de botín, y, además, habían robado los vestidos de los heridos, sus armas y sus joyas, y no les dieron ni agua ni comida, de manera que se murieron. También comprendí por qué a los ignorantes fabricantes de embutidos les gustaba tanto acompañar a los ejércitos a las guerras y regresaban ricos a Egipto, pese a que su saber fuese mínimo.

Los gritos y la música siria estaban resonando por todo Jerusalén. Los soldados tenían cobre y plata y bebían cerveza y se divertían con las mujeres pintadas que los mercaderes habían traído, y se disputaban y peleaban y se robaban unos a otros, de manera que cada día nuevos cuerpos pendían cabeza abajo de los muros. Pero los soldados no se preocupaban y decían: «Así fue siempre y siempre será.» Derrochaban su cobre y plata en cerveza y mujeres hasta la marcha de los mercaderes. Horemheb impuso un tributo a los mercaderes a su llegada y a su marcha, y se enriqueció, pese a haber cedido su parte de botín a los soldados. Pero no se alegró en lo más mínimo, porque cuando fui a despedirme de él para regresar a Simyra me dijo:

–Esta campaña ha terminado aun antes de haber empezado, y el faraón me reprocha en una carta haber vertido sangre a pesar de su prohibición. Tengo que regresar a Egipto con mis soldados y licenciarlos, y depositar en sus templos sus halcones y sus colas de león. Pero no sé qué ocurrirá, porque son las únicas tropas ejercitadas que hay en Egipto, y las demás no sirven más que para cargar en los muros y pellizcar a las mujeres. Por Amón, es fácil para el faraón componer himnos a su dios en el palacio dorado y creer que gobernará los pueblos por amor, pero tendría que oír los gemidos de los hombres destrozados y los aullidos de las mujeres en los poblados incendiados cuando el enemigo invade un país, y entonces quizá cambiaría de idea.

–Egipto carece de enemigos porque es demasiado rico y poderoso –dije yo–. Tu reputación se ha extendido por toda Siria y los khabiri no franquearán ya más la frontera. Es, pues, mejor licenciar a las tropas, porque en verdad se embriagan y arman escándalo, y sus barrios apestan a orines y la porquería lo invade todo.

–No sabes lo que dices –respondió, rascándose bajo el brazo porque la cabaña del rey estaba llena de parásitos–. Egipto se basta, pero las rebeliones se fomentan fuera de él. Así es como me he enterado de que el rey de Amurrú se procura febrilmente caballos y carros de guerra, cuando haría mejor en pagar más regularmente su tributo al faraón. En su país se cuenta ya abiertamente quc un día los amorritas dominaron el mundo entero, en lo cual hay un fondo de verdad, porque los últimos hiksos viven allí.

–Este Aziru es amigo mío, y está saturado de vanidad porque le doré los dientes. Creo también que tiene otras preocupaciones, porque ha tomado una mujer que agota sus fuerzas y debilita sus rodillas.

–Muchas cosas sabes, Sinuhé –dijo Horemheb con expresión pensativa–. Eres un hombre libre y decides tus actos y viajas de una ciudad a otra oyendo cosas que los demás ignoran. Si estuviese en tu sitio y fuese libre como tú, iría a todos los países para instruirme. Iría a Mitanni y a Babilonia y aprovecharía la ocasión para instruirme sobre los carros de guerra de los hititas y la manera cómo ejercitan sus tropas, y visitaría también las islas del mar para ver cuál es la verdadera fuerza de los navíos de guerra de que tanto se habla. Pero yo no puedo, porque el faraón me llama. Además, mi nombre es tan conocido en toda Siria que no me contarían lo que deseo averiguar. Pero tú, Sinuhé, vas vestido a lo sirio y hablas la lengua de la gente culta de todos los países. Eres médico y nadie cree que estés al corriente de otra cosa que de tu arte. Tu lenguaje es simple y a menudo infantil a mis oídos; me miras con tus ojos abiertos, y no obstante sé que tu corazón está cerrado y que no eres como te creen. ¿Es verdad?

–Quizá sí –dije–. Pero ¿qué quieres de mí?

–Si te diera mucho oro –dijo– para que pudieses ir a los países de que te he hablado a practicar tu arte y difundir el renombre de la medicina egipcia y tu reputación como sanador, en cada villa los ricos te invitarían a sus casas y podrías escrutar sus corazones, y quizá los reyes y soberanos te llamarían también y podrías sondear sus intenciones. Pero mientras ejercieras tu arte, tus ojos serían los míos y tus orejas las mías, y grabarías en tu espíritu todo lo que vieses y oyeses a fin de contármelo cuando regresaras a Egipto.

–No regresaré jamás a Egipto –dije–. Y tus proposiciones son peligrosas; no tengo interés en acabar colgado cabeza abajo de las murallas de una villa extranjera.

–Del mañana nadie está seguro –respondió–. Creo que

regresarás a Egipto, porque quien ha bebido el agua del Nilo no puede apagar la sed con otra. También las golondrinas y las grullas regresan cada invierno a Egipto porque no se encuentran bien en otra parte. Por esto tus palabras son como un zumbido de moscas a mis oídos. El oro no es más que polvo a mis pies y con gusto lo cambiaría por informaciones. Lo que dices de colgarte es estúpido, porque no te pido que cometas ningún acto reprensible ni que violes las leyes de los países extranjeros. Las grandes villas ¿no atraen acaso a los extranjeros para que visiten sus templos, no organizan fiestas y diversiones para distraer a los viajeros a fin de que éstos dejen su oro en manos de los habitantes de la villa? Si llevas oro en tus bolsillos, serás bien recibido en todas partes. Y tu arte será apreciado en los países donde matan a los ancianos a hachazos o se llevan a los enfermos a morir al desierto, como lo he oído contar. Los reyes están orgullosos de su poderío y hacen desfilar sus tropas delante de ellos a fin de que los extranjeros se formen idea de su poderío. ¿Qué mal habría en que observes cómo marchan los soldados y qué armas llevan, el número de carros de guerra que tienen y si son grandes y pesados o pequeños y ligeros, y si llevan dos o tres hombres, porque han dicho que algunas veces un escudero toma sitio al lado del conductor? Es igualmente importante saber si los soldados están bien alimentados y brillantes de grasa, o si, por el contrario, están flacos y devorados por los parásitos o si tienen los ojos enfermos como los gatos. Se cuenta también que los hititas han descubierto por medio de la magia un nuevo metal capaz de hacer mella en el acero mejor templado y este metal es azul y se llama hierro, pero no sé si es verdad, porque es posible que hayan encontrado simplemente un nuevo método para templar el cobre y mezclarlo, pero quisiera saber de qué se trata. Sin embargo, lo que es esencial es saber las disposiciones del soberano y las de sus consejeros. ¡Mírame!

Lo miré y pareció crecer ante mis ojos; su mirada tenía una expresión sombría y era parecido a un dios, de manera que mi corazón se estremeció y me incliné ante él, llevándome las manos a las rodillas. Y entonces me dijo:

–¿Crees que soy tu dueño?

–Mi corazón me dice que eres mi dueño, pero no sé por qué –dije, con la lengua torpe y sintiendo miedo–. Es probablemente exacto que estás llamado a ser un conductor de muchedumbres como lo afirmas. Partiré, pues, y mis ojos serán tus ojos y mis oídos serán tus oídos, pero no sé si te aprovecharás de todo lo que vea y oiga, porque no soy entendido en las cosas que te interesan y sólo en medicina soy docto. Sin embargo, haré cuanto pueda, y no por oro, sino porque eres mi amigo y porque los dioses lo han decidido manifiestamente así, si es que hay dioses.

Y contestó él:

–Creo que no te arrepentirás nunca de ser mi amigo, pero te daré oro porque lo necesitarás, pues conozco bien a los hombres. No tienes que preguntarte por qué los informes que deseo tener me son más preciosos que el oro. Puedo, sin embargo, decirte que los grandes faraones envían hombres hábiles a las Cortes de los otros reinos, pero los enviados de los faraones son imbéciles que no saben contar más que la forma cómo se plisan las ropas, cómo se llevan las condecoraciones y en qué orden cada cual está sentado a la derecha o la izquierda del soberano. No te preocupes, pues, de ellos si los encuentras, y que sus discursos sean como un zumbido de moscas para tu oído.

Pero cuando me despedí de él abandonó su dignidad y puso su mano sobre mi mejilla y tocó mi hombro con su rostro, diciendo:

–Mi corazón se acongoja por tu marcha, Sinuhé, porque si eres solitario yo estoy solo también y nadie conoce los secretos de mi corazón.

Creo que al decir estas palabras pensaba en la princesa Baketamon, cuya belleza lo había hechizado.

Me entregó mucho oro, más del que yo pensaba, y

creo que me entregó todo el oro que había ganado en la campaña de Siria, y ordenó a una escolta que me acompañase hasta la costa para protegerme contra los bandidos. Yo deposité el oro en una gran casa de comercio y lo cambié por unas tablillas de arcilla más fáciles de transportar porque los ladrones no podrían utilizarlas, y tomé el barco para regresar a Simyra.

Tengo que mencionar también que antes de salir de Jerusalén trepané a un soldado que había recibido un golpe de maza en la cabeza durante una riña delante del templo de Atón, y el cráneo estaba fracturado y el hombre agonizaba y no podía mover los brazos ni las piernas. Pero no pude curarlo; su cuerpo se puso ardiente y se contorsionaba y murió al día siguiente.

LIBRO SEXTO

LA JORNADA DEL FALSO REY

1

Al principio de este nuevo libro tengo que elogiar aquel tiempo pasado durante el cual pude viajar sin obstáculos por tantos países y aprender tantas cosas, porque jamás volveré a ver días parecidos. Recorría un mundo que no había visto una guerra desde hacía cuarenta años, y los soldados de los reyes protegían las rutas de las caravanas y los mercaderes y los navíos de los soberanos defendían el río y los mares contra los piratas. Las fronteras estaban abiertas, los mercaderes y los viajeros eran bien recibidos en las villas y la gente no se ofendía una de otra y se saludaban inclinándose, con las manos a la altura de las rodillas, informándose de las costumbres ajenas, de manera que muchas personas cultas hablaban varias lenguas y conocían dos escrituras. Se regaban los campos que producían abundantes cosechas, y en lugar del Nilo terrestre, el Nilo celeste regaba los prados y las tierras rojas. Durante mis viajes los rebaños pacían tranquilamente y los pastores no usaban lanza, sino que tocaban la flauta y cantaban alegremente. Los viñedos eran florecientes y los árboles frutales se inclinaban bajo el peso de su carga, los sacerdotes se untaban de aceite y ungüentos y estaban gordos, y el humo de infinitos sacrificios subía hacia el cielo por los patios de los templos de todo el país. Los dioses eran también generosos y propicios y gozaban con las suntuosas ofrendas. Los ricos se enriquecían todavía más y los poderosos aumentaban su poderío, y los pobres eran más pobres todavía, como los dioses lo han prescrito, de manera que cada cual estaba contento con su suerte y nadie murmuraba. Tal me parece este pasado que no volverá nunca más; el tiempo en que yo estaba en la fuerza de la edad y no cansado por los largos viajes, mis ojos tenían curiosidad de ver cosas nuevas y mi corazón avidez de saber.

Para demostrar lo bien organizadas que estaban las condiciones, diré que la casa de comercio del templo de Babilonia me entregó sin vacilar el oro contra mis tablillas de arcilla escritas por la de Simyra, y en cada gran villa se podía comprar vino de la procedencia más lejana y en las villas sirias gustaba sobre todo el vino de las colinas de Babilonia, mientras los babilonios compraban a precio de oro el vino de Siria.

Después de haber ensalzado aquellos tiempos felices en los que el sol era más brillante y el viento más dulce que en nuestras duras épocas actuales, voy a hablar de mis viajes y de todo lo que he visto con mis ojos y oído con mis orejas. Pero tengo que narrar primero cómo regresé a Simyra.

A mi llegada a casa, Kaptah salió a mi encuentro llorando de gozo y, gritando, se arrojó a mis pies y dijo:

–¡Bendito es el día que vuelve el dueño a su casa! Has vuelto y, sin embargo, te creía muerto en la guerra, y estaba seguro de que habías sido atravesado por una lanza por haber desoído mis advertencias y querido ver cómo era la guerra. Pero nuestro escarabajo es verdaderamente poderoso y te ha protegido. Mi corazón desborda de júbilo al verte, y la alegría brota de mis ojos en forma de lágrimas, y, sin embargo, creía heredar de ti todo el oro que habías depositado en las casas de comercio de Simyra. Pero no lamento esta riqueza que se me escapa, porque sin ti soy como un cabritillo perdido y balo lamentablemente y mis días son lúgubres. Durante tu ausencia no te he robado más que de costumbre, me he cuidado de tu casa y de tu fortuna, y he velado tan bien por tus intereses que eres más rico que antes de tu marcha.

Me lavó los pies, vertió agua sobre mis manos y me cuidó sin dejar de hablar. Ordené que se callara y dije:

–Prepáralo todo porque vamos a salir de viaje muy lejos, durante algunos años quizá, y el viaje será penoso, porque visitaremos el país de Mitanni y Babilonia y las islas del mar.

Entonces Kaptah comenzó a llorar y a gemir:

–¿Por qué habré nacido en un mundo como éste? ¿Para qué haber engordado y vivido días felices, puesto que tengo que renunciar a ellos? Si te marchases por un mes o dos, como otras veces, no diría nada y me quedaría en Simyra, pero si tu viaje dura años es posible que no regreses nunca y no vuelva a verte más. Por esto debo seguirte llevándome el escarabajo, porque durante un viaje como éste necesitarás toda la suerte, y sin el escarabajo caerás en los abismos y los bandidos te atravesarán con sus lanzas. Sin mí y mi experiencia eres como un ternero al que un ladrón ata las patas de atrás para llevárselo sobre los hombros; sin mí eres como un hombre con los ojos vendados que anda a tientas al azar, de manera que cualquiera te robaría a su antojo, cosa que yo no permitiría, puesto que si debes ser robado es mejor que lo seas por mí, porque te robo razonablemente teniendo en cuenta tus recursos y tus intereses. Pero es mucho mejor que nos quedemos en nuestra casa de Simyra.

La desfachatez de Kaptah había crecido con los años, y mi esclavo hablaba ahora de «nuestra casa», de «nuestro escarabajo», y, al hablar de pagos, de «nuestro oro». Pero esta vez me sentí excedido y agarrando mi bastón le acaricié sus bien redondas nalgas a fin de darle motivo legítimo de llorar. Y le dije:

–Mi corazón me dice que un día penderás cabeza abajo en los muros por culpa de tu desfachatez. Decide ya si quieres acompañarme o quedarte, pero cesa en tus sempiternas charlas, que me irritan las orejas.

Kaptah acabó resignándose a su suerte y preparamos la marcha. Como había jurado no volver a poner nunca más los pies sobre un navío, nos asociamos a una caravana que se dirigía hacia la Siria del norte, porque quería ver las selvas de cedros del Líbano que procuraban la madera para los palacios y la barca sagrada de Amón. Poco tengo que decir sobre este viaje, que fue monótono y sin incidentes. Las hosterías eran limpias y comíamos y bebíamos convenientemente y en ciertas etapas me llevaron enfermos que pude curar. Me hacía llevar en una litera porque estaba harto de asnos que, por otra parte, tampoco gustaban a Kaptah, pero no pude tomarlo en mi litera a causa de mi dignidad, porque era mi servidor. Por esto gimió y llamaba a la muerte. Yo le recordé que hubiéramos podido hacer este viaje más rápidamente y con mayores comodidades por mar, pero no fue esto para él un consuelo. El viento seco me irritaba la cara y tenía que untarme continuamente de pomada y el polvo me llenaba la boca, y las pulgas de arena me atormentaban, pero estos inconvenientes me parecían mínimos y mis ojos gozaban de todo lo que veían.

Admiré también los bosques de cedros, cuyos árboles son tan grandes que ningún egipcio me creería si hablara de ellos. Por esto los paso en silencio. Pero debo, sin embargo, decir que el perfume de estas selvas es maravilloso y los arroyos muy claros, y yo me decía que nadie puede ser desgraciado en tan bello país. Pero entonces vi esclavos que cortaban aquellos árboles y hacían pedazos de ellos para transportarlos a la costa por las pendientes. Su miseria era grande, tenían los brazos y las piernas cubiertos de abscesos purulentos y sobre sus espaldas las moscas se fijaban en los surcos de los latigazos. Esto me hizo cambiar de opinión.

Acabamos llegando a la villa de Kadesh, donde había un fuerte y una guarnición egipcia. Pero las murallas no estaban guardadas ni los fosos llenos; los soldados y oficiales vivían en la villa con sus familiares, sin acordarse de que eran soldados más que los días en que distribuían trigo, cebollas y cerveza. Nos quedamos en esta villa hasta que las llagas del trasero de Kaptah estuvieron cicatrizadas y cuidé a muchos enfermos, porque los médicos de la guarnición eran malos y sus nombres fueron borrados del registro de la Casa de la Vida, si es que habían figurado alguna vez en él. Por esto los enfermos que disponían de medios se hacían transportar al país de Mitanni, para recibir los cuidados de los médicos instruidos en Babilonia. Vi los monumentos erigidos por los grandes faraones y leí las inscripciones que hablaban de sus victorias, del número de enemigos muertos y de cazas al elefante. Me hice grabar un sello en una piedra preciosa, porque aquí los sellos no son iguales que en Egipto y no se llevan engarzados en una sortija en el dedo, sino en el cuello, porque son pequeños cilindros atravesados por un agujero y se hacen rodar sobre la tablilla de arcilla para que dejen la marca. Pero los pobres y los ignorantes, cuando tienen que utilizar alguna tablilla, imprimen en ella solamente la impresión de su pulgar.

Kadesh era una villa tan triste y lúgubre, tan abrasada por el sol y tan desvergonzada, que incluso Kaptah se alegró de abandonarla a pesar de que temía a los asnos. La única diversión era la llegada de numerosas caravanas procedentes de todos los países, porque era un importante cruce de caminos. Todas las villas fronterizas son parecidas, sean quienes sean sus soberanos, y para los oficiales y soldados son lugares de castigo, pertenezcan a Egipto, a Mitanni o a Babilonia y a Khatti, de manera que en estas guarniciones los soldados y los oficiales no hacían más que lamentarse y maldecir el día en que habían nacido.

Pronto cruzamos la frontera y entramos en Naharanni sin que nadie nos lo impidiese y vimos un río que corría hacia arriba y no hacia abajo como el Nilo. Nos dijeron que estábamos en el país de Mitanni y pagamos los derechos establecidos sobre los viajeros para las cajas del rey. Pero como éramos egipcios, la gente nos trataba con respeto y se acercaban a nosotros diciéndonos:

–Bienvenidos seáis, porque nuestro corazón se regocija al ver a egipcios. Hace tiempo que no habíamos visto ninguno y estábamos inquietos, porque el faraón no nos manda soldados ni armas ni oro y dicen que ha ofrecido a nuestro rey un nuevo dios del que no sabemos nada, cuando teníamos ya a Ishtar de Nínive y una multitud de otros dioses poderosos que nos han protegido hasta ahora.

Me invitaron a sus casas y nos obsequiaron a Kaptah y a mí, de manera que mi esclavo exclamaba:

–Es un buen país. Quedémonos aquí, dueño mío, para ejercer la medicina, porque todo indica que esta gente es ignorante y crédula y podremos engañarlos fácilmente.

El rey de Mitanni se había retirado a las montañas para pasar los calores del estío, y yo no tenía el menor deseo de llegar a él, porque estaba impaciente por ver todas las maravillas de Babilonia de las que tanto había oído hablar. Pero, cumpliendo órdenes de Horemheb, conversé con los notables y los humildes y todos me dijeron lo mismo y yo comprendía que estuviesen inquietos. Porque un día el país de Mitanni había sido poderoso, pero ahora se encontraba entre Babilonia al este, los pueblos bárbaros al norte y los hititas al oeste, en el país de los Khatti. Cuando más oía hablar de los hititas, a quienes temían, mejor comprendía que debía ir también al país de Khatti, pero antes quería visitar Babilonia.

Los habitantes de Mitanni son de escasa talla y sus mujeres bellas y elegantes y sus hijos como muñecas. Quizá fueron un día un pueblo fuerte, porque pretenden haber dominado sobre todos los pueblos del norte, sur, este y oeste, pero todos los pueblos dicen lo mismo. No creo que hayan podido vencer y saquear a Babilonia como lo afirman; si lo han hecho debió de ser con la ayuda del faraón. Porque desde la época de los grandes faraones este país ha sido dependiente de Egipto y durante dos generaciones las hijas de sus reyes han habitado el palacio como esposas del faraón. Los antepasados de Amenhotep han atravesado este país con sus carros de guerra y en las villas se muestran todavía estelas de sus victorias. Oyendo los lamentos y recriminaciones de los habitantes, comprendía que este país era un tapón que cubría la Siria y el Egipto contra Babilonia y los poblados bárbaros, y que debía ser el escudo de la Siria y recibir las lanzas dirigidas contra el poderío egipcio. Ésta era la única razón por la que los egipcios sostenían el vacilante trono de su rey y le enviaban oro, armas y tropas mercenarias. Pero los habitantes no lo comprendían, estaban muy orgullosos de su país y de su poderío, y decían:

–Tadu-Hepa, la hija de nuestro rey, era la gran esposa real de Tebas, pese a que no era más que una chiquilla, y murió súbitamente. No comprendemos por qué el faraón no nos manda más oro, pese a que los faraones han querido siempre a nuestros reyes como hermanos, y a causa de este amor les daban siempre armas y carros de guerra, y oro y piedras preciosas.

Pero yo me daba cuenta de que este país estaba cansado y que la sombra de la muerte planeaba sobre sus templos y sus bellos edificios. Ellos no se daban cuenta, y sólo se preocupaban de su alimentación, que preparaban de muchas maneras extrañas y pasaban el tiempo probando nuevas vestiduras y zapatos de punta retorcida y altos sombreros, y escogían sus joyas con cuidado. Sus brazos eran delgados como los de los egipcios y la piel de sus mujeres era suave, de manera que se veía la sangre azul correr por sus venas, y hablaban y se comportaban con elegancia y aprendían desde su infancia a caminar graciosamente.

Su medicina estaba también a un alto nivel y sus médicos eran hábiles; conocían su profesión y sabían muchas cosas que yo ignoraba. Así fue como me dieron un vermífugo que causaba menos dolores y menos inconvenientes que los otros que yo conocía. Sabían también devolver la vista a los ciegos con las agujas, y yo les enseñé a manejarlas mejor. Pero ignoraban completamente la trepanación y no creían lo que yo les decía; pretendían que sólo los dioses podían curar las heridas de la cabeza, y si los dioses las curan, los enfermos no recobran nunca su estado anterior, de manera que era mejor que se muriesen.

Los habitantes de Mitanni, llevados por su curiosidad, me llevaron también enfermos, porque todo lo que era extranjero les gustaba; se vestían incluso a la extranjera, se deleitaban con platos extranjeros, bebían el vino de las colinas y adoraban las joyas extranjeras; de la misma forma deseaban ser cuidados por un médico extranjero. Vinieron también mujeres, y me sonreían al contarme sus penas, y se lamentaban de la frialdad de sus maridos y de su pereza. Yo sabía muy bien lo que esperaban de mí, pero no las tocaba ni me divertía con ellas, porque no quería violar las leyes del país. En desquite, les daba remedios que hubieran llevado a un muerto a divertirse con una mujer, porque en esta materia los médicos sirios son los más hábiles del mundo y sus filtros mucho más poderosos que los egipcios. En cuanto a saber si las mujeres los daban a sus maridos o a otros hombres, lo ignoro; sin embargo, creo que debieron de utilizarlos para sus amantes en detrimento de sus maridos, porque sus costumbres eran libres y no tenían hijos, lo cual reforzaba mi creencia de que la muerte flotaba sobre el país.

Debo consignar también que los habitantes de Mitanni ignoraban las fronteras exactas de su país, porque los mojones se desplazaban incesantemente; los hititas se los llevaban en sus carros para levantarlos en otro sitio a su antojo. Si lo que contaban de los hititas era verdad, no existía en el mundo un pueblo más cruel y más temible. Según ellos, los hititas no tenían mayor placer que escuchar los gemidos de los torturados y ver correr la sangre, cortaban las manos de los habitantes fronterizos que se quejaban de que los rebaños de los hititas pisoteaban sus campos y pacían el trigo joven, y después se burlaban de ellos diciéndoles que volviesen a poner los mojones en su sitio. Les cortaban también los pies y les decían que corriesen a quejarse a su rey y les soltaban la piel del cráneo para bajársela delante de los ojos para que no viesen cómo cambiaban de sitio los mojones. Los habitantes de Mitanni pretendían que los hititas se mofaban de los dioses de Egipto, lo cual era una terrible ofensa para todo el país, y esto solo hubiera sido motivo para que el faraón mandase oro, armas y mercenarios a fin de resistir por la fuerza a los hititas; pero a la gente de Mitanni no le gustaba la guerra y esperaban que los hititas se retirarían al ver que el faraón sostenía Mitanni. No puedo repetir aquí todo el mal que los hititas les hubieran causado ni las crueldades y horrores cometidos por ellos. Pero decían que eran peores que la langosta, porque después del paso de la langosta el suelo reverdece, pero sobre los rastros de los carros hititas la hierba no vuelve a crecer.

Yo no quería entretenerme más en Mitanni, porque creía haberme enterado de todo lo que quería saber, pero mi honor de médico se sentía ofendido ante las sospechas de los médicos del país, que no querían creer lo que les contaba de la trepanación. Y un día vino a verme un noble que se quejaba de oír constantemente en su cabeza el ruido del mar, y se caía sin conocimiento y tenía tales dolores en la cabeza que si no se podía curar no tenía ya apego a la vida. Los médicos de Mitanni se negaban a tratarlo. Por esto quería morir, porque la vida le era un sufrimiento continuo. Y yo le dije:

–Es posible que vivas, si dejas que te agujeree el cráneo, pero también que mueras, porque sólo el uno por ciento de los enfermos sobrevive a una trepanación.

Y él dijo:

–Loco sería de no aceptar tu proposición, pues tengo una probabilidad sobre ciento; pero si tengo que librarme yo mismo de mis sufrimientos, permaneceré echado y no me levantaré más. En verdad no creo que puedas curarme, pero si me trepanas no pecaré contra los dioses, como pecaría quitándome la vida. Si, en todo caso, contra toda esperanza, me curases, te daré la mitad de cuanto poseo, y no es poco; pero si muero no tendrás nada que lamentar; porque tu regalo será grande.

Lo examiné a fondo explorándole el cráneo con atención, pero mi reconocimiento no le causó dolor ni el cráneo presentaba en ninguna parte la menor anomalía. Entonces Kaptah dijo:

–Pálpale el cráneo con el martillo; no arriesgas nada.

Le golpeé el cráneo con un martillo y no se quejaba, pero de repente lanzó un grito y cayó desvanecido. Creyendo haber encontrado el sitio donde había que abrir el cráneo, convoqué a los médicos de Mitanni, que no habían querido creerme, y les dije:

–Me creeréis o no, pero voy a trepanar a este enfermo para curarlo, si bien es muy probable que muera.

Pero los médicos rieron maliciosamente, diciendo:

–Tenemos verdaderamente curiosidad de verlo.

Mandé a buscar fuego al templo de Amón y me lavé, y lavé también al enfermo que iba a operar y purifiqué todo cuanto había en la habitación. Cuando la luz fue más clara, a mediados del día, me puse a la obra y corté una fuerte hemorragia con un hierro candente, pese a que deploraba el dolor que producía. Pero el enfermo dijo que aquel dolor no era nada comparado con el que sentía todos los días. Yo le había dado mucho vino en el cual había disuelto anestésicos, de manera que tenía los ojos fijos como los de un pescado muerto y estaba muy alegre. Entonces le abrí el cráneo con toda la prudencia posible con la ayuda de los instrumentos de que disponía y el enfermo no perdió el conocimiento, y dijo que se sentía mejor cuando levanté el trozo de hueso que había cortado. Mi corazón se alegró, porque en el preciso lugar que había elegido, el diablo o el espíritu de la enfermedad había puesto su huevo, como decía Ptahor, y éste era rojizo y feo y del tamaño de un huevo de golondrina. Con todo mi arte lo extirpé y cautericé todo lo que lo sujetaba al cerebro y lo mostré a los médicos, que ya no se reían. Pronto volví a cerrar el cráneo con una placa de plata y cosí la piel del cráneo, y durante toda esta operación el enfermo no perdió el conocimiento, y después se levantó, anduvo y me dio las gracias, porque ya no oía aquel espantoso ruido en los oídos y sus dolores habían cesado.

Esta operación me valió una inmensa reputación en Mitanni y la noticia se extendió hasta Babilonia. Pero mi enfermo comenzó a beber vino y divertirse y su cuerpo se puso ardiente y deliró, y en su delirio, al tercer día, se escapó de la cama y se cayó de las murallas rompiéndose la nuca y se mató. Sin embargo, todo el mundo reconoció que no era culpa mía y se celebró mi habilidad.

Al poco tiempo alquilé una barca y en compañía de Kaptah bajé por el río hasta Babilonia.

2

El país que domina Babilonia lleva diferentes nombres, y se llama tan pronto Caldea como Khosea, según el pueblo que lo habita. Pero yo lo llamo Babilonia porque así todo el mundo sabe de cuál se trata. Es un país fértil y los campos están surcados por canales de irrigación y el suelo es llano hasta perderse de vista, y no como en Egipto, donde todo es diferente, porque, por ejemplo, así como en Egipto las mujeres muelen el trigo de rodillas dando vueltas a una muela redonda, las mujeres de Babilonia permanecen de pie y hacen girar dos muelas en sentido contrario, lo cual es, naturalmente, mucho más penoso.

En este país los árboles son tan poco numerosos que es un crimen contra los dioses y los hombres cortar uno, pero, por el contrario, si alguien planta alguno se gana el favor de los dioses. En Babilonia la gente es más corpulenta que en los demás sitios y se ríe mucho, a la manera de los obesos. Comen platos grasos y feculentos, y he visto en sus casas a un pájaro que llaman gallina que no puede volar, pero habita con los hombres y cada día les pone un huevo, que tiene el tamaño de un huevo de cocodrilo, pero ya sé que nadie me creerá. Sin embargo, me han ofrecido huevos de éstos, que los babilonios consideran como un manjar exquisito. Pero yo no me he atrevido a probarlo porque he pensado que era mejor ser prudente y me he contentado con los platos que ya conocía y sabía cómo estaban preparados.

Los babilonios dicen que su villa es la más grande y

más antigua del mundo, pero yo no lo creo, porque ésta es Tebas. Y afirmo de nuevo que no existe en el mundo una ciudad como Tebas, pero Babilonia me sorprendió por su magnificencia y su riqueza, porque las murallas son altas como montañas y el templo que han erigido a su dios sube hasta el cielo. Las casas tienen cuatro o cinco pisos, de manera que viven unos sobre otros, y en ningún sitio, ni aun en Tebas, he visto almacenes tan lujosos y una cantidad tal de mercancías como hay en las casas de comercio del templo.

Su dios es Marduk, y en Ishtar han elevado un pórtico que es más grande que el pilón del templo de Amón, y lo han revestido de ladrillos policromados y brillantes, cuyos dibujos deslumbran la vista bajo el sol. Desde este pórtico, una ancha avenida lleva hasta el templo de Marduk, y la torre tiene varios pisos y el camino sube hasta lo alto y es tan ancho y poco inclinado que pueden pasar por él varios carros de frente a la vez. En lo alto de la torre es donde viven los astrólogos, que saben cuanto hace referencia a los movimientos de los astros y calculan sus órbitas y anuncian los días fastos y nefastos, de manera que cada cual puede amoldar a ellos su vida. Dicen que también pueden predecir el porvenir, pero para esto tienen que saber el día y el momento del nacimiento, de manera que no pude recurrir a su saber, pese a todo mi deseo, puesto que ignoraba el momento preciso de mi nacimiento.

Tenía a mi disposición todo el oro que quisiera retirar de la caja del templo a cambio de mis tablillas, y por esto me alojé cerca de la puerta de Ishtar, en una gran hostería de varios pisos y sobre el techo de la cual crecían árboles frutales y arrayanes, y había también en ella arroyos y estanques con peces. Allí es donde se alojaban los grandes si no tenían casa en la villa, así como los enviados de los países extranjeros, y las habitaciones estaban amuebladas con espesas alfombras y los muebles tapizados con pieles de animales y las paredes decoradas con ladrillos brillantes con figuras ligeras. El nombre de esta hostelería era «Pabellón de Ishtar» y pertenecía a la torre del dios, como todo lo notable de Babilonia. Si se cuentan todas las habitaciones y el personal de servicios, creo que se verá que esta sola casa alberga tanta gente como todo un barrio de Tebas. Y, sin embargo, nadie que no lo haya visto con sus ojos lo creerá.

En ninguna parte del mundo se ven tantas gentes diferentes como en Babilonia y en ninguna parte se oyen hablar a la vez tantas lenguas como aquí, porque los babilonios dicen con orgullo que todos los caminos llevan a Babilonia, que es el centro del mundo. En efecto, aseguran que su país no está en el extremo del mundo, como se afirma en Egipto, sino que por el este, detrás de las montañas, se extienden poderosos reinos cuyas caravanas armadas traen algunas veces a Babilonia extrañas mercancías, telas y preciosos vasos transparentes. Debo decir que en Babilonia he visto gente de piel amarilla y ojos ovalados, pese a que no iban pintados, y se dedicaban al comercio vendiendo telas finas como el lino real, pero más finas todavía, lanzando destellos de todos los colores, como el aceite puro.

Porque los habitantes de Babilonia son ante todo comerciantes y no respetan nada tanto como el comercio, de manera que incluso sus dioses hacen negocios con ellos. Por esto no les gustan las guerras, pero reclutan mercenarios y elevan murallas tan sólo para proteger su comercio, y su deseo es que las rutas estén abiertas a todos los pueblos y a todos los países. Porque el negocio les produce mayor beneficio que la guerra. Sin embargo, están orgullosos de sus soldados, que vigilan los baluartes de la villa y sus templos y desfilan cada día bajo el pórtico de Ishtar, con sus cascos y sus corazas de oro y plata resplandecientes. Las empuñaduras de sus sables y las puntas de sus lanzas están recubiertas de oro y plata como muestra de su riqueza. Y dicen:

–¿Acaso has visto jamás, ¡oh, extranjero!, soldados o carros de guerra parecidos?

El rey de Babilonia era un adolescente imberbe que tenía que ponerse una barba postiza para subir al trono. Su nombre era Burraburiash. Le gustaban los juguetes y las historias maravillosas, y desde Mitanni mi reputación me había precedido hasta Babilonia, de manera que apenas instalado en el «Pabellón de Ishtar», después de haber visitado el templo y hablado con los médicos y sacerdotes de la Torre, recibí un recado diciéndome que el rey me esperaba. Kaptah se inquietó, según su costumbre, y me dijo:

–No vayas; huyamos más bien juntos, porque de un rey no puede esperarse nada bueno.

Pero yo le respondí:

–¡Idiota! ¿Has olvidado acaso que tenemos nuestro escarabajo?

Y él dijo:

–El escarabajo es un escarabajo y no lo he olvidado en absoluto, pero es mejor estar seguro de las cosas y no hay que abusar de la paciencia de nuestro amuleto. Si, de todos modos, estás firmemente decidido a ir a palacio, te acompañaré para que muramos juntos. En efecto, si alguna vez regresamos a Egipto quisiera poder contar que me he postrado ante el rey de Babilonia. Sería tonto no aprovechar esta casualidad que se ofrece ante mí. Sin embargo, si vamos, debemos conservar nuestra dignidad y debes exigir que te manden una litera real, pero no iremos hoy porque es un día nefasto según las creencias del país; los mercaderes han cerrado sus tiendas y la gente reposa en sus casas, porque hoy todo fracasaría, siendo el séptimo día de la semana.

Reflexionando comprendí que Kaptah tenía razón, porque si bien para un egipcio todos los días son iguales, salvo los que son proclamados nefastos según las estrellas, era posible que en este país el séptimo día fuese también nefasto para un egipcio, y era preferible la seguridad a la incertidumbre. Por esto dije al servidor del rey:

–Debes de pensar seguramente que soy extranjero y loco, puesto que me invitas a ir a ver al rey en un día como hoy. Pero iré mañana si el rey me envía una litera, porque no soy un hombre despreciable y no quiero presentarme ante él con los pies llenos de estiércol de asno.

Y el servidor dijo:

–Temo, vil egipcio, que tendré que llevarte delante del rey acariciándote las nalgas con mi lanza.

Pero salió y al día siguiente fue la litera real a buscarme al «Pabellón de Ishtar».

Pero era una litera ordinaria como las que llevaban al palacio a los mercaderes deseosos de mostrar joyas o plumas o monos. Por esto Kaptah apostrofó a los portadores en estos términos:

–¡Por Seth y todos los demonios, que Marduk os azote con su látigo de escorpiones, y marchaos pronto, porque mi dueño no subirá jamás a esta litera!

Los portadores se marcharon decepcionados y el corredor amenazó a Kaptah con su bastón, mientras una multitud se aglomeraba delante del pabellón riendo y gritando:

–Tenemos curiosidad de ver a tu dueño, para quien la litera no es bastante buena.

Pero Kaptah alquiló una litera del albergue, que requería cuarenta servidores y que era utilizada por los invitados extranjeros en sus misiones importantes y en la cual se llevaba a los dioses extranjeros a su llegada a la villa. Y la gente no se rió ya cuando bajé de mi habitación con vestiduras sobre las cuales habían bordado en oro y plata los dibujos simbólicos del arte de la medicina, con mi collarete resplandeciente de oro y piedras preciosas y las cadenas de oro balanceándose en mi cuello y los esclavos del albergue llevando detrás de mí cajas de ébano y cedro con marquetería de marfil que contenían mis instrumentos y mis remedios. La gente no se reía ya, sino que se inclinaba profundamente ante mí diciendo:

–Este hombre es ciertamente igual a los dioses menores en su saber. Sigámoslo hasta el palacio.

Así fue como una muchedumbre de curiosos siguió hasta el palacio la litera delante de la cual avanzaba Kaptah montado en un asno blanco y los cascabeles resonaban en sus arneses. No por mí obraba de aquella forma, sino por Horemheb, porque me había dado mucho oro y mis ojos eran sus ojos y mis oídos sus oídos.

Delante del palacio la guardia dispersó a la muchedumbre y levantaron sus escudos, que formaron una doble hilera de oro y plata, y los leones alados guardaban el camino por el que me llevaban al palacio. Fui acogido por un anciano cuya barbilla estaba afeitada a la manera de los sabios. Pendientes de oro resonaban en sus orejas y sus mejillas pendían lacias. Dirigiéndome una mirada hostil, me dijo:

–Mi hígado está enfermo por todo el ruido y escándalo que provoca tu llegada, porque el dueño de los cuatro continentes se pregunta ya cuál es el hombre suficientemente osado para venir cuando le conviene y no cuando conviene al rey, y que tanto ruido arma viniendo.

Y yo le dije:

–Anciano, tus palabras son como un zumbido de moscas para mis oídos, pero te pregunto, sin embargo, quién eres para osar hablarme en este tono.

Y él dijo:

–Soy el médico particular del dueño de los cuatro continentes; pero tú, ¿qué embaucador eres que vienes a sonsacar el oro y la plata a nuestro rey con tus charlatanerías? Debes saber, sin embargo, que si nuestro rey te da, en su bondad, oro o plata timbrado, tendrás que darme la mitad.

Y yo le dije:

–Tu hígado me deja indiferente y harías mejor en hablar de todo esto con mi servidor, porque él es el encargado de alejar a los importunos y a los pedigüeños. Quiero, sin embargo, ser amigo tuyo, porque eres viejo y tu inteligencia es muy limitada. Por esto te doy estos brazaletes, para demostrarte que el oro no es más que polvo para mis pies y no he venido aquí a buscar oro, sino saber.

Le tendí unos brazaletes de oro y quedó tan desconcertado que no supo qué decir. Por esto autorizó también a Kaptah a entrar y nos condujo delante del rey. Burraburiash estaba sentado sobre unos blandos almohadones en una vasta sala cuyos muros relucían de azulejos brillantes. Era un niño mimado y a su lado un cachorro de león rugió al vernos entrar. El anciano se arrojó cuerpo a tierra para lamer el suelo ante su rey, y Kaptah lo imitó, pero al oír los rugidos del león se levantó de un salto como una rana y aulló de miedo, de manera que el rey soltó la carcajada y se echó hacia atrás en sus almohadones ahogándose de risa. Pero Kaptah se enfadó y exclamó:

–Llevaos este animal maldito antes de que me muerda porque nunca en mi vida he visto a un monstruo más espantoso y su grito es como el estruendo de los carros de guerra en las plazas de Tebas cuando los soldados borrachos regresan a sus cuarteles después de una fiesta.

Se levantó y puso los brazos en actitud de defensa y el león se sentó también y bostezó; después cerró las fauces con un ruido parecido al del cofre del templo al cerrarse sobre el diezmo de la viuda.

El rey se reía tanto que las lágrimas corrían por sus mejillas; después se acordó de su dolor y comenzó a gemir llevándose la mano a la mejilla, que estaba fuertemente hinchada hasta el punto de que uno de los ojos estaba casi cerrado. Frunció el ceño y el anciano se apresuró a decir:

–He aquí a este egipcio recalcitrante que no ha venido cuando lo llamabas. Di una palabra y los soldados le reventarán la barriga con sus lanzas.

Pero el rey le largó un puntapié y dijo:

–Basta ya de tonterías; ahora se trata de curarme rápidamente, porque mis dolores son atroces y temo morir. Hace noches que no duermo y no puedo tomar más que caldos tibios.

Entonces el anciano se lamentó y, golpeando el suelo con su frente, dijo:

–Oh, dueño de los cuatro continentes, lo hemos hecho todo por curarte y hemos sacrificado mandíbulas y barbillas en el templo para expulsar el diablo que se ha ocultado en el fondo de tu boca; hemos hecho redoblar el tambor y sonar las trompetas y hemos danzado con vestiduras rojas para exorcizar al demonio, y no hemos podido hacer nada más para curarte, porque no nos has permitido tocar tu barbilla sagrada. Y no creo que este cochino extranjero sea más competente que nosotros.

Pero yo dije:

–Soy Sinuhé, el egipcio, el que es Solitario, el Hijo de Onagro, y no tengo que examinarte para poder ver que uno de tus molares ha infectado tu boca, porque no te lo has limpiado o hecho arrancar, según los consejos de tus médicos. Ésta es una enfermedad de niños y perezosos, y no digna del dueño de los cuatro continentes, delante del cual los pueblos tiemblan y, por lo que veo, el león inclina la cabeza. Pero sé que tu dolor es grande y por esto quiero ayudarte.

El rey conservaba la mano sobre la mejilla y dijo:

–Tus palabras son osadas, y si estuviese en buena salud te haría arrancar la lengua de la boca desvergonzada y reventar el estómago, pero no es ahora el momento; date prisa en curarme y mi recompensa será grande. Pero si me haces daño te haré matar en el acto.

Y yo le dije:

–Que tu voluntad sea cumplida. Tengo como protector a un dios muy pequeño, pero muy eficaz, que me ha impedido venir ayer a verte porque mi visita hubiera sido ineficaz. Pero ahora veo, sin examinarte siquiera, que tu absceso está a punto de reventarse y voy a abrirlo enseguida, pero debes saber que los dioses no pueden evitar el dolor ni aun a un rey. Sin embargo, te aseguro que tu alivio será tan grande después, que no te acordarás siquiera del dolor, y te prometo que mi mano será tan ligera como sea posible.

El rey vaciló un momento mirándome frunciendo el ceño. Era un muchacho muy bello, seguro de sí mismo y sentí que me gustaba. Sostuve su mirada y con rabia dijo:

–¡Pronto!

El anciano comenzó a gemir y a golpear el suelo con su frente, pero no me inquieté y le di orden de calentar vino, donde eché un anestésico que hice beber al rey, y al cabo de un instante se mostró alegre y dijo:

–Tengo menos dolor; no te acerques a mí con tus pinzas y tus cuchillos.

Pero mi voluntad era más fuerte que la suya y le hice abrir la boca manteniendo sólidamente su cabeza bajo mi brazo y pinché el absceso con un cuchillo purificado a la llama del fuego traído por Kaptah. No era, en realidad, el fuego sagrado de Amón, porque Kaptah lo había dejado apagar por descuido durante el viaje por el río, pero había vuelto a encender otro en presencia del escarabajo, y en su locura lo creía tan poderoso como el de Amón. El rey lanzó un grito en cuanto el cuchillo le tocó y el león se levantó y agitó la cola con los ojos brillantes. Pero el rey tenía mucho trabajo en escupir el pus que salía del absceso, y su alivio fue rápido y yo le ayudaba apretando ligeramente sobre su mejilla. Escupía y lloraba de gozo y volvía a escupir, y después dijo:

–Sinuhé, el egipcio, eres un hombre bendito, aunque me hayas hecho daño.

Y volvía a escupir.

Pero el anciano dijo:

–Yo hubiera trabajado tan bien y aun mejor que él si me hubieses permitido tocar tu mandíbula sagrada. Y tu dentista lo hubiera hecho mejor todavía.

Quedó muy sorprendido cuando contesté en estos términos:

–Este anciano dice verdad, porque lo hubiera hecho tan bien como yo y tu dentista aun mejor. Pero su voluntad no era tan fuerte como la mía y por esto no han podido desembarazarte de tus dolores. Porque un médico debe atreverse a hacerle daño incluso a un rey si es necesario, sin temer por sí mismo. Ellos han tenido miedo y yo no, porque todo me es igual, y si lo deseas puedes ordenar a tus guardas que me revienten el estómago porque te he curado.

El rey escupía sosteniéndose la mejilla y volvía a escupir, y su mejilla no le hacía daño ya, y dijo:

–No he oído nunca a nadie hablar como tú, Sinuhé. Si lo que dices es verdad, no vale la pena de hacerte reventar el estómago por mis soldados, porque, si no te contraría, ¿de qué habría de servirme? En verdad me has procurado un gran alivio y por eso te perdono tu desfachatez y perdono también a tu servidor, pese a que ha visto mi cabeza bajo tu brazo y oído mis gritos. Pero lo perdono porque me ha hecho reír por primera vez desde hace mucho tiempo con su cómico salto.

Y dijo a Kaptah:

–Vuelve a hacerlo.

Pero Kaptah dijo con desprecio:

–Está por debajo de mi dignidad.

Burraburiash sonrió y dijo:

–Esto lo vamos a ver.

Llamó al león, que se levantó desperezándose hasta hacer gruñir sus articulaciones y miró a su dueño con ojos inteligentes. El rey le mostró a Kaptah y el león se dirigió lentamente hacia él, balanceando la cola, y Kaptah retrocedía delante de él, como fascinado. Entonces súbitamente el león lanzó un rugido sordo y Kaptah dio media vuelta y, agarrándose a la cortina, trepó por el montante de la puerta lanzando gritos, mientras el león trataba de alcanzarlo con la pata. El rey se reía a gusto y dijo:

–No he visto nunca nada tan gracioso.

El león se sentó lamiéndose el hocico, mientras Kaptah se agarraba a los montantes de la puerta, angustiado. Pero el rey pidió de comer y beber diciendo:

–Tengo hambre.

Entonces el anciano lloró de júbilo porque el rey estaba curado, y le trajeron numerosos manjares en fuentes de plata grabadas y vino en copas de oro y dijo:

–Regálate conmigo, Sinuhé, aunque sea contrario a la etiqueta, pues hoy olvido mi dignidad porque has tenido mi cabeza bajo tu brazo y me has metido los dedos en la boca.

Así fue como comí y bebí con el rey, y le dije:

–Tus dolores han desaparecido, pero seguramente volverás a tenerlos si no te haces arrancar la muela que los causa. Por esto debes ordenar a tu dentista que te la arranque así haya desaparecido la hinchazón de tu mejilla.

El rey se ensombreció y dijo con impaciencia:

–Tus palabras son malvadas y destruyen mi alegría, extranjero estúpido. –Pero al cabo de un instante dijo–: Acaso tengas razón, porque estos dolores vuelven cada otoño y cada primavera, cuando tengo los pies mojados, y son tan violentos que quisiera morirme. Pero si es necesario serás tú quien me operarás, pues no quiero volver a mi dentista, que tanto me ha torturado para nada.

Yo le dije:

–Tus palabras me revelan que durante tu infancia has bebido más vino que leche, y las cosas dulces no te convienen, porque en esta villa las preparan con jarabe de dátiles, que estropea los dientes, mientras que en Egipto se utiliza la miel que los pequeños pajarillos recogen para el hombre. Por esto, a partir de ahora, come solamente las cosas dulces que vienen por el puerto y bebe leche cada mañana al despertar.

Y él dijo:

–Eres ciertamente bromista, Sinuhé, porque no he oído nunca decir que los pajarillos recogiesen cosas dulces para los hombres.

Pero yo le respondí:

–Mi suerte es adversa, porque en mi país la gente me tratará de mentiroso cuando les cuente que aquí he visto pájaros que viven con los hombres y les ponen un huevo cada mañana, enriqueciendo así a los propietarios. En estas condiciones es mejor para mí no contar nada, si no, perdería mi reputación y me tratarían de embustero.

Pero él protestó con energía e insistió en que siguiese hablando porque nadie hasta entonces se había expresado como yo en su presencia.

Y entonces le dije seriamente:

–No quiero arrancarte esta muela, pero tu dentista lo hará, porque es muy hábil y no quisiera provocar su rencor. Pero yo podré estar a tu lado y cogerte la mano durante la operación. Así disminuiré tus dolores con todo mi poder, con los medios que he aprendido en mi patria y en otros países. Fijemos esta operación para dentro de quince días, porque es conveniente que la fecha sea fijada de antemano a fin de que no cambies de opinión. Tu encía estará entonces curada y hasta entonces te lavarás la boca cada día con un remedio que voy a darte, pese a que tenga un gusto un poco amargo.

Adoptó un aire contrariado y dijo:

–¿Y si me niego?

Yo le dije:

–Debes darme tu real palabra de que seguirás mis prescripciones y el dueño de los cuatro continentes no faltará a ella. Si aceptas, te divertiré cambiando el agua en sangre en tu presencia y te enseñaré el procedimiento para que puedas asombrar a tus súbditos. Pero debes prometerme no comunicar el secreto a nadie, porque es un secreto sagrado de los sacerdotes de Amón, y lo sé porque soy sacerdote de primer grado, y sólo te lo revelo porque eres rey.

A estas palabras Kaptah comenzó a lamentarse con voz plañidera desde lo alto de la puerta.

–Llevaos a esta bestia maldita o bajo y la mato, porque mis manos están entumecidas y me duele el trasero de estar en esta postura poco conveniente para mi dignidad. Verdaderamente voy a bajar y retorcer el pescuezo a este animal si no se lo llevan.

Burraburiash comenzó a reírse a gusto al oír estas amenazas y fingió tomarlas en serio y dijo:

–Sería una lástima que matases a mi león, porque ha crecido bajo mis ojos y es mi amigo. Por esto voy a llamarlo a fin de que no cometas ningún desafuero en mi palacio.

Llamó al león y Kaptah bajó agarrándose a la cortina y se frotó sus miembros entumecidos lanzando miradas de odio al león, tanto, que el rey se reía golpeándose los muslos.

–Verdaderamente –dijo–, no he visto nunca a un hombre tan gracioso. Véndemelo y te haré rico.

Pero yo no quería vender a Kaptah y el rey no insistió y nos separamos como buenos amigos cuando comenzó a cabecear y sus ojos se cerraron, porque el sueño reclamaba sus derechos en vista de que los dolores le habían impedido dormir durante muchas noches. El anciano me acompañó y me dijo:

–He comprobado por tu conducta y tus palabras que no eres un granuja, sino un hábil médico que conoce su oficio. Admiro, sin embargo, la valentía con que has hablado al dueño de los cuatro continentes porque si uno de sus médicos se hubiese atrevido a hacerlo reposaría ya en una jarra de arcilla al lado de sus antepasados.

–Será conveniente que dispongamos juntos lo que será necesario hacer dentro de quince días, porque será un mal día y convendrá sacrificar anticipadamente a todos los dioses propicios –le dije.

Mis palabras le gustaron porque era piadoso y convinimos en encontrarnos en el templo para hacer sacrificios y tener una consulta sobre las muelas del rey. Pero antes de dejarme marchar ofreció una colación a los servidores que me habían traído, y comieron y bebieron cantando mis alabanzas. Al volver a llevarme al albergue, cantaban a voz en grito y la muchedumbre nos seguía y mi nombre fue célebre desde entonces en toda Babilonia. Pero Kaptah iba montado con aire contrariado en su asno blanco y no me dirigió la palabra porque su dignidad estaba ofendida.

3

Al cabo de dos semanas encontré en la torre de Marduk a los médicos reales y sacrificamos juntos un cordero, del que los médicos examinaron el hígado para leer los presagios, porque en Babilonia los sacerdotes leen en el hígado de las víctimas y hallan en él cosas que la demás gente ignora. Dijeron que el rey se enojaría con nosotros, pero que nadie perdería la vida ni recibiría herida alguna grave. Pero debíamos tener cuidado con las uñas del rey durante la operación. Los astrólogos leyeron también en el Libro del Cielo para saber si el día elegido era el más apropiado. Nos dijeron que era propicio, pero que hubiéramos podido escoger uno mejor todavía. Además, los sacerdotes vertieron aceite sobre el agua, pero no leyeron nada de particular. A nuestra salida del templo, un águila voló sobre nosotros llevando en sus garras una cabeza humana cogida en las murallas y los sacerdotes vieron con gran sorpresa por mi parte un presagio favorable para nosotros.

Siguiendo el consejo dado por el hígado, echamos de la estancia a los guardas armados, y el león no fue admitido tampoco en la sala, porque el rey hubiera podido, en su cólera, lanzarlo sobre nosotros para que nos devorase, como lo había ya hecho según decían los médicos. Pero el rey estaba lleno de valor al entrar, había bebido vino para alegrarse el hígado, como se decía en Babilonia. Pero al ver el sillón del dentista que se había llevado a la estancia, se puso pálido y dijo que tenía todavía importantes asuntos de Estado que resolver, pero que los había olvidado bebiendo vino.

Quiso retirarse, pero mientras los demás médicos se postraban ante él lamiendo el suelo, yo lo cogí por la mano y le dije que todo terminaría pronto si tenía valor. Ordené a los médicos que se lavasen y yo purifiqué al fuego del escarabajo los instrumentos del dentista y unté las encías del rey con un anestésico, pero me dijo que cesase porque sentía la mejilla como madera y no podía mover la lengua. Entonces nos sentamos sobre la silla y sujetamos la cabeza del rey al respaldo y le metimos una mordaza en la boca para que no la pudiese cerrar. Yo lo sujetaba por las manos y lo animaba, y después de haber evocado a todos los dioses de Babilonia, el dentista introdujo las pinzas en la boca y arrancó la muela con tanta habilidad que jamás hasta entonces había visto una extracción tan rápidamente hecha. Pero el rey lanzó unos gritos horribles, y el león comenzó a rugir detrás de la puerta, lanzándose contra ella y arañándola con sus garras.

Fue un momento terrible porque el rey comenzó a escupir sangre y a gritar y las lágrimas le corrían por los ojos. Cuando hubo terminado de escupir llamó a los guardas para que nos matasen y llamó también al león, derribó el fuego sagrado y golpeó a los médicos, pero yo le cogí el bastón y le dije que se enjuagase la boca. Así lo hizo, los médicos permanecían echados sobre el vientre delante de él, temblorosos, y el dentista creyó llegada su última hora. Pero el rey se calmó y bebió vino torciendo la boca, y me pidió que lo divirtiese como le había prometido.

Pasamos a la gran sala de fiestas, porque aquella donde estábamos no le gustaba ya después de la operación, y la hizo cerrar para siempre y la llamó la cámara maldita. Yo vertí agua en un vaso y la hice probar al rey y a los médicos, y todos dijeron que, en efecto, era agua corriente. Entonces trasvasé el agua lentamente y a medida que caía en el otro vaso se iba convirtiendo en sangre, de manera que el rey y los médicos lanzaron gritos de asombro y se asustaron.

Hice traer por Kaptah una caja conteniendo un cocodrilo, porque todos los juguetes fabricados en Babilonia son de arcilla e ingeniosos, pero al recordar el cocodrilo de madera con el que había jugado durante mi infancia, había encargado a un hábil artesano prepararme uno parecido según mis indicaciones. Era de cedro y plata, pintado y adornado de manera que parecía un cocodrilo verdadero. Lo saqué de la caja y, tirando de él, me seguía moviendo las patas y abriendo las fauces como buscando una presa. Se lo regalé al rey, que estuvo encantado, porque en sus ríos no había cocodrilos. Arrastrando el cocodrilo por el suelo olvidó sus dolores recientes y los médicos me miraron sonriendo con alegría.

Entonces el rey dio a los médicos ricos regalos y el

dentista fue rico en lo sucesivo y todos se marcharon. Pero me hizo quedar para que le explicase el misterio del agua, y se lo enseñé dándole unos polvos que se mezclan con el agua antes de que el milagro se produzca. El truco es muy sencillo, como saben todos los que lo conocen. Pero todo gran arte es sencillo, y el rey quedó muy sorprendido y me felicitó. No paró hasta que hubo convocado a los grandes de la Corte y al pueblo en el jardín del palacio, y delante de todos cambió en sangre el agua de un estanque; todo el mundo lanzaba gritos de horror y se postró delante del rey, que estaba encantado.

No pensaba ya en su muela y me dijo:

–Sinuhé, el egipcio, me has curado de un mal muy penoso y me has divertido el hígado. Puedes pedirme lo que quieras y te lo daré, porque también yo quiero divertirte el hígado.

Y entonces yo le dije:

–¡Oh, rey Burraburiash, señor de los cuatro continentes! Como médico he tenido tu cabeza bajo mi brazo y he estrechado tus manos mientras aullabas de dolor, y no es justo que yo, un extranjero, guarde un tal recuerdo del rey de Babilonia cuando regrese a mi país para relatar lo que he visto. Por esto deseo que me hagas temblar como hombre mostrándome toda tu fuerza y que, poniéndote la barba en el mentón, ciñas tu cintura y hagas desfilar delante de ti a tus soldados a fin de que vea tu poderío y pueda postrarme humildemente ante tu majestad y besar el suelo que pisas. Esto es lo que te pido y nada más.

Mi petición le fue grata porque dijo:

–Verdaderamente, jamás nadie me ha hablado como tú, Sinuhé. Por esto escucharé tu ruego, bien que sea enojoso para mí, porque tengo que permanecer sentado un día entero en mi trono dorado y mis ojos se cansan y comienzo a bostezar. Pero así sea, puesto que tú lo deseas.

Mandó un emisario a cada provincia para convocar las tropas y se fijó el día del desfile.

Éste tuvo efecto cerca de la puerta de Ishtar y el rey estaba sentado en el trono dorado con el león a sus pies y los nobles le rodeaban con sus armas, de manera que parecía una nube de oro, plata y púrpura. Pero abajo, en una ancha avenida, el ejército desfilaba delante de él, los lanceros y los arqueros en un frente de sesenta hombres, y los carros de guerra formados de seis en fondo y transcurrió todo el día antes de que todos los hombres hubiesen desfilado. Las ruedas de los carros de guerra rugían como el estruendo del mar durante la tormenta, de manera que la cabeza me daba vueltas y mis piernas temblaban contemplando aquel espectáculo.

Pero le dije a Kaptah:

–No basta poder decir que los ejércitos de Babilonia son numerosos como las arenas del mar y las estrellas del cielo. Necesitamos saber el número.

Pero Kaptah murmuró:

–Es imposible, porque no existen en el mundo cifras suficientes.

Los conté, sin embargo, y llegué a encontrar que la infantería era sesenta veces sesenta veces sesenta, y los carros de guerra sesenta veces sesenta, porque sesenta es un número sagrado en Babilonia y los demás números sagrados son cinco, siete y doce, pero no sé por qué, pese a que los sacerdotes me lo hayan explicado, porque no entendí una palabra de sus explicaciones.

Vi también que las rodelas de los guardas de corps brillaban de oro y plata y sus armas eran doradas y plateadas y sus rostros relucían de aceite y estaban tan gordos que se ahogaban al pasar corriendo delante del rey, como un rebaño de bueyes cebados. Pero su número era pequeño, y las tropas venidas de las provincias estaban bronceadas y sucias y apestaban a orines. Muchos hombres no llevaban lanza porque la orden del rey los había sorprendido, y las moscas habían roído sus párpados, de manera que yo me decía que los ejércitos son los mismos en todos los países. Observé también que los carros de guerra eran viejos y destartalados y algunos habían perdido sus ruedas durante el desfile y las hoces fijadas en los ejes estaban cubiertas de moho.

El rey me mandó llamar y me preguntó sonriendo:
–¿Has visto mi poderío, Sinuhé?
Yo me postré delante de él y besé el suelo a sus pies, respondiendo:
–En verdad que no existe rey más poderoso que tú y con justicia te llaman el dueño de los cuatro continentes. Mis ojos están cansados de girar en mi cabeza y mis miembros están paralizados por el miedo, porque el número de tus soldados es como la arena del mar o las estrellas del cielo.
Sonrió con satisfacción y dijo:
–Has conseguido lo que deseabas, Sinuhé, pero hubieras podido creerme con menos gasto, porque mis consejeros están muy enfadados porque este capricho me costará los impuestos de una provincia durante un año, porque hay que alimentar a los soldados y esta noche cometerán violencias y armarán escándalo en la villa según la costumbre de los soldados, y durante un mes los caminos no serán seguros a causa de ellos, tanto que me parece que no repetiré nunca más este desfile. Mi augusto trasero está dolorido por haber pasado todo el día sentado en mi trono dorado y los ojos me duelen. Bebamos, pues, vino y regocijémonos de esta jornada agotadora, porque tengo muchas cosas que preguntarte.
Bebí vino con él y me hizo una serie de preguntas como hacen los niños y los adolescentes que no han visto mucho todavía. Pero mis respuestas le gustaron y para terminar me dijo:
–¿Tiene alguna hija tu faraón? Porque después de todo lo que me has contado de Egipto he decidido pedir la mano de una hija del faraón. Cierto es que tengo ya en el gineceo cuatrocientas mujeres y que es suficiente para mí, porque no puedo ver más que una por día, y sería muy enojoso que no fuesen todas diferentes. Pero mi dignidad aumentaría si entre mis esposas contase una hija del faraón, y los pueblos sobre los que reino me honrarían aún más.
Levanté el brazo en signo de reprobación y respondí:

–Burraburiash, tú no sabes lo que dices, porque jamás, desde que el mundo es mundo, una hija del faraón se ha unido a un extranjero porque deben casarse con sus hermanos, y si no los tienen permanecen solteras para siempre y se hacen sacerdotisas. Por esto tus palabras son una blasfemia contra los dioses de Egipto, pero te lo perdono porque no sabes lo que dices.

Frunció el ceño y con aire contrariado dijo:

–¿Quién eres tú para perdonarme? ¿No vale mi sangre acaso la de los faraones?

–He visto correr tu sangre y la del faraón y confieso que no he notado diferencia entre ellas. Pero no debes olvidar que el faraón está casado desde hace poco y no sé si tiene ya alguna hija.

–Soy todavía joven y puedo esperar –dijo Burraburiash, lanzándome una mirada de picardía, porque era el rey de un pueblo de mercaderes–. Además, si el faraón no tiene ninguna hija o no quiere dármela si la tiene, le basta mandarme cualquier dama egipcia noble para que yo pueda decir que es la hija del faraón. Porque aquí nadie pondrá en duda mis palabras y el faraón no pierde nada con ello. Pero si se niega mandaré a mis tropas a buscar a una hija del faraón, porque soy muy obstinado y no abandono nunca mis proyectos.

Sus palabras me inquietaron y le dije que una guerra costaría muchísimo y complicaría el comercio mundial, lo cual le traería más perjuicio que a Egipto. Le dije también:

–Será mejor que tus enviados te notifiquen el nacimiento de una hija del faraón. Entonces podrás dirigir una tablilla de arcilla al faraón y, si se digna acceder a tu demanda, te mandará a su hija y no te engañará, porque tiene un nuevo dios poderoso con el cual vive en la verdad.

Pero Burraburiash se hizo el sordo y dijo:

–No quiero saber nada de este dios y me extraña que tu faraón le haya elegido, porque todo el mundo sabe que la verdad a veces perjudica y empobrece. Cierto es que adoro a todos los dioses, incluso a los que no conozco, porque vale más estar seguro y es la costumbre, pero un dios como éste no quiero conocerlo más que de lejos. –Y añadió–: El vino que anima y alegra mi hígado, y tus palabras sobre las hijas del faraón y su belleza me han excitado, de manera que voy a retirarme a mi gineceo. Acompáñame, pues en tu calidad de médico puedes entrar, y como ya te he dicho, tengo abundancia de mujeres y no me enojaré si eliges una para divertirte con ella con tal de que no tengas un hijo con ella, porque esto trae muchas complicaciones. Tengo también curiosidad de ver cómo hace el amor un egipcio, porque cada pueblo tiene sus costumbres, y no me creerías si te contase las extrañas maneras que emplean aquellas de mis mujeres que vienen de lejanos países.

Se negó a escuchar mis protestas y me llevó a la fuerza al harén, donde me mostró las decoraciones murales de azulejos relucientes en los que hombres y mujeres hacían el amor de todas las maneras. Me hizo ver también algunas de sus esposas, que iban ricamente vestidas y cubiertas de joyas y las había de todos los países conocidos y de pueblos bárbaros que los mercaderes le habían llevado. Charlaban entre ellas en toda clase de lenguas y parecían una bandada de monas. Bailaron delante del rey descubriendo su vientre y rivalizando en ingeniosidad para ganar sus favores. No cesaba de invitarme a elegir una que fuese de mi gusto y finalmente le dije que había prometido a mi dios abstenerme de tocar mujeres mientras tuviese enfermos que cuidar. Y habiendo prometido operar al día siguiente a uno de sus nobles que tenía una adherencia en los testículos, no podía tocar mujer. El rey me creyó y me dejó marchar, pero las mujeres quedaron desoladas y me lo demostraron con gestos y palabras de reproche. Porque aparte los eunucos del rey, no habían visto nunca a un hombre completo en el gineceo, y el rey era joven e imberbe y de constitución débil.

Pero antes de mi marcha, él me dijo aún:

–Los ríos se han desbordado y ha llegado la primavera. Por esto los sacerdotes han fijado la fiesta de la primavera y la del falso rey a treinta días a partir de hoy. Para esta fiesta te he preparado una sorpresa que, espero, te gustará mucho y creo hallar diversión en ello yo también, pero no quiero decirte lo que será para no estropear mi ilusión.

Por esto me marché lleno de sombríos presentimientos, porque temía que lo que era capaz de divertir al rey Burraburiash no fuese en absoluto divertido para mí. En este punto, por una sola vez, Kaptah fue de mi opinión.

4

Los médicos del rey no sabían cómo testimoniarme su reconocimiento, pues gracias a mí no habían incurrido en la cólera real, sino recibido grandes regalos y los había defendido delante del soberano encomiando su saber. Yo lo había hecho con corazón, pues eran hábiles en su ramo, yo tenía mucho que aprender de ellos y no me ocultaban ninguno de sus métodos. Lo que me interesó sobre todo fue la manera de extraer el jugo de los granos de la adormidera para preparar medicamentos que dan un buen sueño, la pérdida del conocimiento o la muerte, según la dosis. Muchas personas de Babilonia utilizaban este remedio con o sin vino y decían que les procuraba un gran goce. Los sacerdotes recurrían también a él para sus predicciones. Por esto se cultivaba mucho la adormidera en Babilonia y los campos con las flores multicolores eran extraños y terribles de ver a causa de la abundancia de colores y los llamaban los campos de los dioses porque eran propiedad de la Torre y el Pórtico.

Los sacerdotes trataban también por procedimientos secretos los granos del cáñamo y extraían de él una medicina que volvía a los hombres insensibles al dolor y a la muerte y si se tomaba a menudo y con exageración no se deseaba a las mujeres y se gozaba de una beatitud celeste con las fantásticas mujeres que el sueño provocado por la droga arrojaba a vuestros brazos. Así fue como adquirí muchos conocimientos durante mi estancia en Babilonia, pero admiré sobre todo la habilidad de los sacerdotes para confeccionar, con cristal claro como el cristal de montaña, unos instrumentos que aumentaban el tamaño de los objetos si se miraba a través del vidrio mágico. Me negaría a creerlo si no hubiese tenido en mis manos uno de estos cristales, pero no sé por qué este cristal poseía aquella facultad ni los sacerdotes supieron explicármelo, ni creo que nadie fuese capaz de hacerlo. Pero los nobles y los grandes utilizaban estos cristales cuando su vista había menguado.

Pero lo que era más extraño todavía era que cuando el sol atravesaba estos cristales, sus rayos podían inflamar el estiércol seco o las hojas secas desmenuzadas, de modo que se podía encender fuego sin frotamiento. Creo que, debido a estos cristales, los hechiceros babilonios son más fuertes que los de los demás países y yo respetaba profundamente a sus sacerdotes. Estos cristales son caros y valen varias veces su peso en oro, pero viendo cómo me interesaban, el dentista del rey me regaló uno.

Pero para saber mejor lo que ocurre hay que leer el libro luminoso del cielo durante las noches. Yo no intenté siquiera aprender los rudimentos de esta escritura porque hubiera necesitado años y décadas, y los astrólogos eran viejos de barba blanca con los ojos gastados de tanto examinar las estrellas y, no obstante, no dejaban nunca de pelearse entre ellos y no eran nunca de la misma opinión sobre la importancia de las posiciones astrales, de manera que juzgué este estudio inútil. Pero por los sacerdotes aprendí que lo que ocurre en la tierra ocurre también en el cielo y que no hay cosa pequeña que no pueda leerse en las estrellas por adelantado, a condición de que se esté al corriente de la escritura astral. Esta doctrina me pareció mucho más digna de fe que muchas otras sobre los hombres y los dioses, y facilita la vida, puesto que enseña a los hombres a comprender que todo ocurre según una ley inflexible y que nadie puede modificar su destino, porque ¿quién podría modificar la posición de los astros y fijar sus movimientos? Si se reflexiona bien, esta doctrina es la más lógica y natural de todas y corresponde a la creencia del corazón humano, aun cuando los babilonios hablan del hígado cuando los egipcios hablan del corazón, pero esta diferencia no es más que cuestión de palabras.

Estudié también el hígado de los corderos y tomé nota asimismo de los informes que me dieron los sacerdotes de Marduk sobre el vuelo de los pájaros, a fin de poder sacar de ellos las enseñanzas durante mis viajes. Consagré también mucho tiempo a hacerles verter aceite sobre el agua y explicarme las imágenes que se formaban en la superficie, pero este arte me inspiró menos confianza, porque los dibujos eran siempre diferentes y para explicarlos no era necesario mucha ciencia, sino especialmente mucha ligereza de lengua.

Pero antes de hablar de la fiesta de la primavera en Babilonia y de la jornada del falso rey, tengo que relatar un incidente extraordinario relacionado con mi nacimiento. En efecto, después de haber estudiado el hígado de un cordero y las manchas de aceite sobre el agua, los sacerdotes me dijeron:

–Un espantoso secreto está relacionado con tu nacimiento y no lo podemos explicar, porque resulta que no solamente no eres egipcio como crees, sino que eres extranjero en todo el mundo.

Entonces les referí cómo me habían recogido en la orilla. Los sacerdotes se miraron e inclinándose delante de mí dijeron:

–Así lo creíamos.

Y me contaron que su gran rey Sargón, que había sometido a los cuatro continentes y reinado incluso sobre las islas del mar, había bajado también por el río en una cesta de cañas embreadas y que se ignoró todo, desde su nacimiento hasta el día en que resultó descender del cielo.

Pero mi corazón se acongojó al oír estas palabras y, tratando de reír, les dije:

–¿No creeréis, sin embargo, que yo, médico, haya nacido de los dioses?

Pero ellos no se rieron y contestaron:

–Lo ignoramos, pero vale más estar seguro y por esto nos inclinamos delante de ti.

Pero yo acabé diciéndoles:

–Cesad en vuestras reverencias y volvamos a nuestros corderos.

De nuevo comenzaron a explicarme el sentido de las circunvalaciones del hígado, pero a hurtadillas me lanzaban miradas respetuosas y cuchicheaban entre ellos.

5

Quiero contar también la fiesta del falso rey. Cuando los granos hubieron germinado y las noches fueron más cálidas después de las grandes heladas, los sacerdotes salieron de la villa y desenterraron el dios gritando que había resucitado, después de lo cual Babilonia se convirtió en una plaza de fiesta ruidosa y animada, las calles desbordaban de gente bien vestida y la plebe saqueaba las tiendas y metía más bullicio que los soldados a punto de marcha. Las mujeres y muchas muchachas iban al templo de Ishtar para ganar el dinero de su dote y cualquiera podía divertirse con ellas porque no era considerado una cosa infamante. El último día de la fiesta era la jornada del falso rey.

Me había ya acostumbrado a muchas cosas de Babilonia, pero, a pesar de todo, quedé atónito cuando vi la guardia del rey penetrar, todos borrachos, al alba, en el «Pabellón de Ishtar» y forzando las puertas golpeaban a los huéspedes con el asta de su lanza gritando con toda la fuerza de sus pulmones:

–¿Dónde se esconde nuestro rey? Devolvednos nuestro rey porque el día va a amanecer y tiene que administrar la justicia al pueblo.

El escándalo era espantoso, se encendían las lámparas,

la servidumbre del albergue corría por los alrededores. Kaptah creyó que había estallado una revuelta y se escondió bajo mi cama, pero yo salí al encuentro de los soldados, desnudo bajo mi manto, y les pregunté:

–¿Qué queréis? Guardaos mucho de ofenderme, porque soy Sinuhé, el egipcio, Hijo de Onagro y habéis sin duda oído pronunciar mi nombre.

Gritaron, respondiendo:

–Si eres Sinuhé, es a ti a quien buscamos.

Me arrancaron mi manto y comenzaron a examinarme con sorpresa porque no habían visto nunca a un hombre circunciso. Y dijeron:

–¿Podemos dejarlo en libertad? Es un peligro para nuestras mujeres, que son curiosas de toda novedad.

Y decían también:

–Verdaderamente no habíamos visto nada tan extraño desde el día en que nos llegó de las islas del mar caliente un hombre negro de pelo rizado que se había pasado por el miembro viril un hueso con un cascabel para gustar a las mujeres.

Después de haberse burlado de mí a sus anchas, me soltaron diciéndome:

–Cesa ya de hacernos perder el tiempo y entréganos a tu esclavo porque tenemos que llevárnoslo a palacio, porque es la jornada del falso rey y el rey quiere que lo llevemos a palacio.

Al oír estas palabras, Kaptah empezó a temblar con tanta fuerza que sacudió la cama de manera que los soldados lo vieron y se apoderaron de él lanzando gritos de triunfo e inclinándose ante él. Y decían:

–Es para nosotros un día de gran alegría porque hemos encontrado a nuestro rey, que había huido para esconderse, pero ahora nuestros ojos son felices al verlo y esperamos que sabrá recompensarnos generosamente nuestra fidelidad.

Kaptah los miraba, aturdido, con los ojos desmesuradamente abiertos. Viendo su temor y su sorpresa, los soldados redoblaron sus risas y dijeron:

–En verdad es el rey de los cuatro continentes y lo reconocemos por su rostro.

Se inclinaban delante de él mientras otros le arreaban puntapiés en el trasero para acelerar su marcha. Kaptah me dijo:

–En verdad esta villa está corrompida y ha perdido el juicio y el pueblo está lleno de maldad; parece que nuestro escarabajo sea incapaz de protegerme. No sé si estoy de pie o de cabeza, o quizá duermo en esta cama y estoy soñando porque todo esto no es más que un sueño. Sea como sea, tengo que seguirlos porque son fuertes, pero tú, oh dueño mío, salva tu piel y descuelga mi cuerpo cuando lo hayan colgado en las murallas cabeza abajo, consérvalo y no dejes que lo arrojen al río.

Pero los soldados se reían a carcajadas al oírlo y se daban golpes en la espalda diciendo:

–Por Marduk, que no hubiéramos encontrado un mejor rey; porque su lengua no se traba al hablar.

Pero alboreaba ya y le dieron a Kaptah golpes con el asta de la lanza para hacerlo avanzar, y se marcharon con él. Yo me vestí rápidamente y me fui al palacio, donde nadie me impidió entrar, pero los patios y las antecámaras del palacio estaban atestadas de gente agitada. Por esto estaba convencido de que había estallado una revuelta en Babilonia y que la sangre no tardaría en correr por las calles antes de que las tropas regresaran de las provincias.

Una vez llegado a la gran sala del palacio, vi que Burraburiash estaba sentado en su trono de baldaquino sostenido por patas de león y que llevaba el vestido real y sus emblemas. A su alrededor estaban agrupados los sumos sacerdotes de Marduk y sus consejeros y dignatarios. Pero los soldados, sin ocuparse de él, arrastraron a Kaptah delante del trono. Súbitamente reinó el silencio, pero Kaptah comenzó a gemir.

–¡Llevaos pronto a este cochino animal; si no, renuncio a todo y me voy!

Pero en el mismo instante la luz del sol que se elevaba

entró por los ventanales y todo el mundo comenzó a gritar:

–¡Tiene razón! Llevaos a esta bestia porque estamos asqueados de este chiquillo imberbe. Pero este hombre es sabio y por esto lo consagramos rey a fin de que nos pueda gobernar.

No daba crédito a mis ojos cuando los vi lanzarse sobre el rey de una manera violenta, pero riéndose, y arrancarle las insignias reales y el traje, de manera que el rey quedó pronto casi desnudo. Le pellizcaban los brazos y le palpaban los muslos y se burlaban de él diciendo:

–Bien se ve que está apenas desmamado y su boca huele todavía a leche materna. Por esto pensamos que es hora de que las mujeres del gineceo puedan divertirse un poco, y este farsante de Kaptah, el egipcio, será seguramente un buen caballero para ellas.

Burraburiash no ofreció la menor resistencia, se reía también, y su león, asustado, se retiró a un rincón con la cola entre las piernas.

Yo ya no sabía si estaba de pie o sobre la cabeza, porque abandonaron al rey para correr hacia Kaptah y poniéndole los hábitos reales le forzaron a tomar los emblemas del poder y lo instalaron en el trono y, postrándose delante de él, besaron el suelo a sus pies. El primero en arrastrarse hacia él fue Burraburiash, desnudo como un gusano, que gritó:

–Es justo. Que sea nuestro rey; no podríamos encontrar uno mejor.

Todo el mundo se levantó y aclamó a Kaptah, retorciéndose de risa y apretándose los ijares.

Kaptah, con los ojos asombrados, observaba todo aquello y sus cabellos se erizaban bajo la corona real que habían puesto de través en su cabeza. Pero acabó enfadándose y con una voz fuerte que imponía el silencio, gritó:

–Todo esto debe ser una pesadilla que este maldito mago me hace ver, como ocurre algunas veces. No tengo el menor deseo de ser vuestro rey; preferiría ser el rey de los babuinos o de los cerdos. Pero si verdaderamente queréis que sea vuestro rey no puedo hacer nada, porque sois demasiado numerosos. Por esto os pregunto francamente si soy en efecto vuestro rey o no.

Y todos a la vez gritaron:

–Eres nuestro rey y el dueño de los cuatro continentes. ¿No lo sientes y lo comprendes, imbécil?

Después se inclinaron de nuevo y uno de ellos se revistió con una piel de león y se agazapó delante de él y rugió estremeciéndose cómicamente. Kaptah reflexionó un instante y dijo:

–Si verdaderamente soy rey, vale la pena mojar el acontecimiento. Traed pronto vino, esclavos, si es que hay; si no, mi bastón bailará sobre vuestras espaldas y os haré colgar en los muros, puesto que soy rey. Traed mucho vino, pues estos amigos que me han elegido rey quieren beber a mi salud y quieren nadar en vino hasta el cuello.

Estas palabras suscitaron una viva alegría y una multitud animada lo escoltó hasta la gran sala donde estaban servidos manjares y vinos excelentes y variados. Cada cual se sirvió a su antojo y Burraburiash se tapó con un delantal de esclavo y corrió por entre las piernas de la gente, vertiendo las copas y las salsas sobre las ropas de los invitados, y todos gritaban contra él y le arrojaban huesos mondos. En todos los patios del palacio se ofrecía comida y bebida al pueblo y se distribuían bueyes enteros y corderos y se podía sacar vino y cerveza de los cuencos de arcilla y llenarse la panza de papilla de trigo con leche y dátiles dulces, de manera que cuando el sol estuvo alto en el cielo, en el palacio reinaba un escándalo, una confusión y un desconcierto tan grandes como jamás se hubiera creído posible.

En cuanto pude me acerqué a Kaptah y le susurré al mismo oído:

–Kaptah, sígueme, vamos a ocultarnos y huir, porque todo esto no traerá nada bueno.

Pero había bebido vino y tenía la panza repleta, de manera que me contestó:

–Tus palabras son un zumbido de moscas en mis oídos y en mi vida he oído nada más estúpido. ¿Marcharme cuando este pueblo simpático acaba de nombrarme su rey y todo el mundo se inclina delante de mí? Es el escarabajo, lo sé, el que me procura este honor, así como mis cualidades que este pueblo ha sabido apreciar al fin en su justo valor. A mi modo de ver no es conveniente que sigas llamándome Kaptah como a un esclavo y hablándome tan familiarmente, sino que debes inclinarte ante mí como los demás.

–Kaptah, Kaptah, esto no es más que una farsa que pagarás muy caro. Huye mientras es tiempo todavía y te perdonaré tu desfachatez.

Pero él se secó su boca grasienta y me amenazó con un hueso de asno que estaba royendo.

Gritó:

–Llevaos a este inmundo egipcio antes de que me enfade y haga danzar mi bastón sobre sus espaldas.

Entonces el hombre disfrazado de león se arrojó sobre mí rugiendo y me mordió en el muslo, me derribó y me arañó la cara. Yo no estaba tranquilo, pero afortunadamente en aquel momento sonaron las trompetas y se anunció que el rey iba a dictar justicia al pueblo y me olvidaron.

Kaptah quedó un poco desconcertado cuando lo llevaron a la Casa de la Justicia y declaró que se entregaba enteramente en manos de los jueces del país. Pero el pueblo protestó con gritos:

–Queremos ver la prudencia del rey para estar seguros de que es realmente nuestro rey y que conoce las leyes.

Así fue como Kaptah fue izado en el trono de la justicia y le pusieron en la mano los emblemas, el látigo y las esposas y se invitó al pueblo a presentarse y a exponer sus asuntos al rey. El primero que se arrojó a los pies de Kaptah fue un hombre que había desgarrado sus vestiduras y se había derramado ceniza sobre los cabellos. Se postró llorando y gritando a los pies de Kaptah y dijo:

–Nadie tiene la sabiduría de nuestro rey, dueño de los cuatro continentes. Por esto invoco su justicia y he aquí el asunto que me trae. Tengo a una mujer que tomé hace cuatro años y no tenemos hijos, pero ahora está embarazada. Ayer me enteré de que mi mujer me engañaba con un soldado; los he sorprendido en flagrante delito, pero el soldado es alto y fuerte, de manera que no he podido hacerle nada y ahora mi hígado está lleno de pena y de duda, porque ¿cómo saber si el niño que tiene que nacer es hijo mío o del soldado? Por esto pido justicia al rey y quiero saber con certeza de quién es el hijo, para obrar en consecuencia.

Kaptah lanzó unas miradas de angustia a su alrededor, pero acabó por decir con aplomo:

–Coged unos palos y apalead a este hombre para que se acuerde de este día.

Los alguaciles cogieron al hombre y lo apalearon y el hombre gritó y se dirigió al pueblo gritando:

–¿Es justo eso?

Y el pueblo murmuraba también y exigió explicaciones. Y entonces Kaptah habló:

–Este hombre ha merecido una paliza en primer lugar porque me molesta por una tontería. Pero, además, a causa de su estupidez, porque ¿se ha oído jamás hablar de un hombre que dejando su campo inculto venga a quejarse de que otro lo siembre por pura bondad y le ceda la cosecha? Y no es culpa de la mujer que se dirija a otro hombre sino del marido, puesto que no ha sabido dar a su mujer lo que ésta desea, y también por esto este hombre merece ser apaleado.

Al oír estas palabras el pueblo lanzó grandes gritos de júbilo y elogió altamente la cordura del rey. Y entonces un grave anciano se acercó y dijo:

–Delante de esta columna donde está grabada la ley y delante del rey pido justicia para mi caso, que es el siguiente. Me he hecho construir una casa en la esquina de una calle, pero el contratista me ha engañado, de manera que se ha venido abajo matando a un transeúnte al caer. Ahora los parientes de la víctima me reclaman una indemnización. ¿Qué debo hacer?

Después de haber reflexionado, Kaptah dijo:

–Es un asunto complicado que merece reflexión y a mi juicio concierne más a los dioses que a los hombres. ¿Qué dice la ley a este respecto?

Los juristas avanzaron, leyendo la columna de la ley y se explicaron de esta forma:

–Si la casa se hunde por negligencia del contratista y el propietario perece en los escombros, el contratista está condenado a muerte. Pero si al derrumbarse mata al hijo del propietario será condenado a muerte el hijo del contratista. La ley no dice nada más, pero la interpretamos así: cualquier cosa que la casa destruya al hundirse, el contratista es responsable y se destruirá una parte adecuada a sus bienes. No podemos decir nada más.

Kaptah entonces dijo:

–No sabía que existiesen aquí contratistas tan pérfidos y en adelante estaré en guardia. Pero, según la ley, este caso es sencillo: que los parientes de la víctima vayan a casa del contratista y que acechen y maten al primer transeúnte que vean y la ley será observada. Pero al obrar así tendrán que responder de las consecuencias si los parientes del muerto piden justicia contra el asesinato. A mi juicio el más culpable es el transeúnte que va a pasearse por delante de una casa que amenaza ruina, cosa que no hace ninguna persona de juicio salvo si los dioses lo han prescrito. Por esto libero al contratista de toda responsabilidad y declaro que el hombre que ha venido a pedir justicia es un imbécil por no haber vigilado al contratista a fin de que trabajase concienzudamente, de manera que el contratista ha hecho bien en engañarlo, porque hay que engañar a los imbéciles para que el perjuicio les haga prudentes. Así ha sido y así será siempre.

El pueblo cantó de nuevo las alabanzas del rey y el demandante se alejó taciturno. Entonces se presentó un mercader corpulento que llevaba un traje de precio. Expuso su caso y dijo:

–Hace tres días fui al pórtico de Ishtar donde las muchachas pobres de la villa se reúnen con ocasión de la fiesta de la primavera, a fin de sacrificar su virginidad a la diosa y constituirse una dote. Entre ellas había una que me gustó mucho, de manera que después de haber largamente mercadeado le entregué una suma de plata y el asunto quedó concluido. Pero cuando me disponía a realizar lo que allí me había llevado fui súbitamente presa de cólicos y tuve que salir para desahogarme. A mi regreso la muchacha estaba acostada con otro hombre que le había dado dinero y estaba realizando lo mismo que me había llevado a mí al pórtico. Me ofreció divertirse también conmigo, es verdad, pero yo me negué porque ya no era virgen y le reclamé mi dinero, pero se negó a devolvérmelo. Por esto pido justicia al rey, porque ¿no soy acaso víctima de la peor injusticia, puesto que he perdido mi dinero sin nada recibir a cambio? En efecto, si compro un jarro, el jarro es mío hasta que lo rompa, pero el vendedor no tiene derecho a romperlo y ofrecerme los fragmentos.

A estas palabras Kaptah se levantó del trono enojado y, haciendo chasquear su látigo, gritó:

–Verdaderamente nunca he visto tanta estupidez como en esta villa y sólo me cabe pensar que este cornudo se está burlando de mí. La muchacha tenía perfectamente razón al aceptar a otro hombre, puesto que este imbécil no estaba en estado de aprovechar aquello en cuya busca había ido. Ha obrado también perfectamente al ofrecer a este hombre una recompensa que no había merecido. Este hombre hubiera debido estar reconocido a la muchacha y al hombre, puesto que, divirtiéndose juntos, han suprimido un obstáculo que no hace más que causar disgustos y preocupaciones en estos asuntos. Y tiene el aplomo de comparecer ante mí y hablarme de jarros. Puesto que confunde las muchachas con los jarros, lo condeno a no divertirse en adelante más que con jarros y nunca más tocará a una muchacha.

Habiendo dictado esta sentencia, Kaptah se sintió hastiado de la justicia y, desperezándose en el trono, dijo:

–Hoy ya he comido, bebido y trabajado suficiente, y

rendir justicia me fatiga demasiado. Los jueces pueden seguir administrando justicia si así lo desean porque este último caso me ha recordado que, como rey, soy también dueño del harén donde, según me han dicho, cuatrocientas mujeres me esperan. Por esto voy a elegirme una compañera y no me sorprendería que durante esta expedición rompiese algunos jarros, porque el vino y el poder me han fortificado maravillosamente y me siento robusto como un león.

Al oír estas palabras, el pueblo lanzó gritos que no terminaban nunca y la muchedumbre lo escoltó hacia el palacio y se detuvo en la puerta del gineceo. Pero Burraburiash no se reía ya. Al verme, acudió a mí y me dijo:

–Sinuhé, tú eres mi amigo y, como médico, puedes entrar en el gineceo real. Síguelo y vela porque no haga nada de que tenga que arrepentirse amargamente, porque en verdad que lo haré desollar vivo y su piel colgará de las murallas si toca a una de mis mujeres; pero si se porta bien la muerte le será leve.

Yo le pregunté:

–Burraburiash, soy verdaderamente tu amigo y estoy dispuesto a ayudarte, pero dime qué significa todo esto, porque estoy angustiado viéndote vestido de esclavo y escarnecido por todos.

Con impaciencia dijo:

–Es la jornada del falso rey: todo el mundo lo sabe, pero date prisa a fin de que no ocurra nada irreparable.

Pero no obedecí, pese a que me hubiese agarrado del brazo, y le dije:

–No conozco las costumbres de este país, y por tanto debes explicarme lo que todo esto significa.

Entonces habló:

–Cada año se elige en este día al hombre más bestia de Babilonia y puede reinar todo un día desde el alba hasta la puesta del sol con todo el poderío del rey, y el rey ha de obedecerle. Y jamás he visto a un rey más divertido que Kaptah, a quien he designado yo mismo a causa de su comicidad. Ignora lo que le espera y esto es lo más gracioso.

–¿Qué le espera? –pregunté yo.

–A la puesta del sol será ejecutado con la misma rapidez con que ha sido coronado al alba –explicó Burraburiash–. Puedo hacerlo perecer cruelmente si quiero, pero generalmente se mezcla un veneno en el vino y el falso rey se duerme tranquilamente sin saber que muere, porque un hombre que ha reinado no puede continuar con vida. Pero una vez ocurrió que el verdadero rey murió durante la fiesta por haber bebido en su embriaguez un bol de caldo hirviendo y el falso rey permaneció en el trono durante treinta y seis años y nadie tuvo nada que decir de su reinado. Por esto debo abstenerme hoy de beber caldo hirviendo. Pero date prisa en ir a ver que tu servidor no haga nada de que tenga que arrepentirse esta noche.

No tuve, sin embargo, que ir en busca de Kaptah porque salió corriendo del gineceo, muy irritado y con una mano sobre su ojo; la sangre salía de su nariz. Y gemía y gritaba:

–Mira lo que me han hecho; me han ofrecido mujeres viejas, negras y gordas, pero cuando he querido tocar una jovencita se me ha convertido en una tigresa, me ha dado un puñetazo en mi ojo y me ha hecho sangrar la nariz a golpes de babucha.

Entonces Burraburiash se rió tan a gusto que tuvo que agarrarse a mi brazo para tenerse en pie. Pero Kaptah continuaba gimiendo:

–No me atrevo a abrir la puerta, porque esta mujer está fuera de sí y se comporta como una fiera, pero ve tú, Sinuhé, a trepanarla hábilmente a fin de que el mal espíritu salga de su cabeza. Tiene que estar poseída, de lo contrario no hubiera osado poner la mano sobre su rey haciéndome brotar la sangre de la nariz como un buey que se desangra.

Burraburiash me dio un golpe con el codo y dijo:

–Ve a ver qué ha ocurrido, Sinuhé, puesto que conoces la casa, porque hoy no puedo entrar, y ven luego a contarme lo que ocurre. Creo saber de qué se trata, porque ayer me trajeron de las islas del mar a una muchacha con quien me prometo mucho placer, pero habrá que calmarla primero con jugo de adormidera.

Tanto insistió que acabé entrando en el gineceo, donde reinaba una gran confusión, y los eunucos no me detuvieron, porque sabían que era médico. Las mujeres viejas que se habían adornado y puesto afeites y pintado para esta jornada, me rodearon y me preguntaron con una sola voz:

–¿Dónde se ha ido, pues, nuestra monada, nuestra joya, nuestro cabrón que estamos esperando desde el alba?

Una gruesa negra cuyos pechos caían lacios y negros sobre el vientre se había desnudado para ser la primera en recibir a Kaptah y gemía:

–¡Devuélveme a mi encanto para que lo estreche contra mi pecho! ¡Devuélveme a mi elefante para que pase su trompa alrededor de mi cintura!

Pero con aire preocupado, los eunucos me dijeron:

–No te inquietes por estas mujeres porque estaban encargadas de divertir al falso rey y se han alegrado el hígado con vino esperándolo. Pero tenemos verdaderamente necesidad de un médico, porque la muchacha que trajeron ayer se ha vuelto loca y es más fuerte que nosotros y nos da de puntapiés, de manera que no sabemos qué va a ocurrir, porque ha encontrado un cuchillo y está furiosa.

Me condujeron al patio del harén, que relucía bajo el sol con todo el brillo de sus azulejos de colores. En el centro había un surtidor en el que unos animales marinos esculpidos vertían agua. Allí se había refugiado la muchacha furibunda; los eunucos habían desgarrado sus ropas al tratar de dominarla y estaba muy mojada por haber nadado en el surtidor y el agua caía en torno de ella. Pero, para no caerse, estaba agarrada con una mano al morro de un delfín que arrojaba agua y con la otra esgrimía un cuchillo. El agua se agitaba y los eunucos gritaban, de manera que yo no podía entender las palabras de la muchacha. Era ciertamente bella, pese a que sus ropas estuviesen desgarradas y sus cabellos en desorden, pero adopté una actitud tranquila y dije a los eunucos:

–Largaos de aquí a fin de que pueda hablarle y calmarla, y detened los chorros de agua, para poder oír lo que grita.

Cuando el ruido del agua hubo cesado oí que cantaba en una lengua extranjera que no comprendía. Cantaba con la cabeza erguida y los ojos verdes y brillantes como los de un gato, y sus mejillas estaban rojas de excitación, de manera que la apostrofé vivamente:

–Deja de maullar, gata vieja, tira tu cuchillo y ven aquí para que podamos hablar y te cure, porque seguramente estás loca.

La muchacha dejó de cantar y me contestó en lengua babilónica todavía peor que la mía:

–Salta al agua, babuino, y ven aquí a que te hunda el cuchillo en el hígado, porque estoy furiosa.

Yo le grité:

–No quiero hacerte ningún daño.

Y ella respondió:

–Muchos hombres me han dicho lo mismo para enmascarar sus malvadas intenciones, pero yo estoy consagrada a un dios para bailar delante de él. Por esto tengo este cuchillo, y antes le haré beber mi sangre que permitir que un hombre me toque, especialmente este diablo tuerto que parece más un cuero hinchado que un ser humano.

–¿Eres tú quien ha golpeado al rey? –pregunté.

Y ella respondió:

–Lo he golpeado en un ojo y he abierto las fuentes de la sangre de su nariz con mi babucha y estoy orgullosa de mi acto, porque ni aun un rey me tocará, puesto que estoy destinada a bailar delante de un dios.

–Baila cuanto quieras, locuela –le dije–. No es cosa mía, pero vas a dejar este cuchillo, con el que podrías hacerte daño, y sería una lástima porque los eunucos me han dicho que el rey ha pagado por ti una fuerte suma en el mercado de esclavos.

Y ella respondió:

–No soy ninguna esclava; he sido traidoramente raptada como puedes adivinarlo si tienes ojos en la cara. Pero ¿no hablas ninguna lengua que esta gente no entienda? He visto a algunos eunucos ocultarse detrás de las columnas para espiar nuestras palabras.

–Soy egipcio –le dije en esta lengua–, y mi nombre es Sinuhé. El que es solitario, el Hijo de Onagro. Soy médico, de manera que no tienes nada que temer de mí.

Entonces se echó al agua y nadó vigorosamente hacia mí con el cuchillo en la mano y se tendió delante de mí, diciendo:

–Sé que los egipcios son débiles y no hacen nunca daño a las mujeres, a menos que ellas lo deseen. Por esto tengo confianza en ti y espero me perdonarás que no deje el cuchillo, porque es probable que esta noche tenga que abrirme las venas para no ser deshonrada delante de mi dios. Pero si eres temeroso de los dioses y quieres mi bien, sálvame y sácame de este país, pese a que no pueda recompensarte como te mereces, porque no debo entregarme a ningún hombre.

–No tengo el menor deseo de tocarte –le dije–. Sobre este punto puedes estar tranquila. Pero tu locura es grande al querer salir del real harén, donde estarías bien alimentada y recibirías cuanto tu corazón anhelase.

–Hablas de comida y ropas porque no entiendes nada de nada –dijo lanzándome una mirada de irritación–. Y cuando afirmas no quererme tocar, me ofendes. Estoy ya acostumbrada a que los hombres me deseen y lo he leído en sus ojos y oído en su respiración durante mis danzas. Lo he visto mejor aún en el mercado de esclavas, cuando los hombres babeaban delante de mi desnudez cuando pedían a los eunucos que comprobasen si era virgen. Pero podremos hablar de todo esto más tarde si quieres, porque ante todo tienes que sacarme de aquí y ayudarme a huir de Babilonia.

Su aplomo era tan grande que yo no sabía qué decirle, y por fin respondí bruscamente:

–No tengo la menor intención de ayudarte a huir, porque esto sería un crimen contra el rey, que es mi amigo. Debo decirte también que el pellejo hinchado que has visto aquí no es más que el falso rey que reina solamente hoy, y mañana el verdadero querrá verte. Es un muchacho joven, de complexión agradable, y te espera mucho placer con él cuando te hayas calmado un poco. No creo que el poderío de tu dios se extienda hasta aquí, de manera que no tienes nada que perder al someterte a la necesidad. Por eso tendrías que renunciar a tus chiquilladas y darme el cuchillo.

Pero ella dijo:

–Mi nombre es Minea. Puesto que quieres ocuparte de mí, toma el cuchillo que me ha protegido hasta ahora; te lo doy porque sé que a partir de ahora serás tú quien me protegerá y que no me engañarás, sino que me sacarás de este cochino país.

Me sonrió, tendiéndome el cuchillo, pese a mis denegaciones.

–¡No quiero tu cuchillo, locuela!

Minea no quería volver a cogerlo y me miraba sonriendo por entre sus largos cabellos mojados, de manera que acabé marchándome contrariado, con el cuchillo en la mano. Porque me había dado cuenta de que era mucho más hábil que yo y al darme el cuchillo me había ligado a su suerte, de manera que yo no podía abandonarla.

A mi salida del gineceo, Burraburiash me preguntó con viva curiosidad qué había pasado.

–Tus eunucos han hecho un mal negocio –le dije–, porque Minea, la muchacha que han comprado para ti, está furiosa y no quiere entregarse a un hombre porque su dios se lo prohíbe. Por esto harías mejor en dejarla en paz hasta que se haya puesto razonable.

Pero Burraburiash se rió alegremente y dijo:

–En verdad que encontraré mucho placer con ella, porque conozco a estas muchachas y no se doman más que a bastonazos. Soy todavía joven e imberbe. Por lo cual me fatigo divirtiéndome con una mujer y hallo mucho mayor placer contemplándolas y escuchándolas mientras mis eunucos las golpean con sus delgados juncos. Esta pequeña recalcitrante me proporcionará tanto mayor placer cuanto que tendré un motivo para hacerla fustigar por mis eunucos, y en verdad te juro que la próxima noche su piel estará tan hinchada que no podrá dormir sobre su espalda y mi placer será tanto más grande.

Se alejó frotándose las manos y riéndose como una mujer. Viéndole alejarse, comprendí que ya no era mi amigo.

6

Después de aquello fui incapaz de reír y divertirme, pese a que el palacio estuviese lleno de una muchedumbre jocosa que bebía vino y cerveza y se divertía con todas las extravagancias que Kaptah inventaba sin cesar, porque había olvidado su desventura del gineceo y habiéndole puesto un trozo de carne cruda sobre el ojo no tenía daño ya. Pero yo estaba atormentado sin saber por qué.

Me decía que tenía muchas cosas que aprender todavía en Babilonia puesto que mis estudios sobre el hígado de cordero no estaban acabados y no sabía todavía verter el aceite sobre el agua como lo hacían los sacerdotes. Si me conservaba en buenas relaciones con él, Burraburiash, a cambio de mis cuidados y mi amistad, me daría seguramente generosos regalos cuando me fuera. Pero cuanto más reflexionaba, más me obsesionaba Minea, cualquiera que fuese su extravagancia, y pensaba también en Kaptah, que tenía que perecer aquella noche por un estúpido capricho del rey, que, sin consultarme, lo había designado como falso rey a pesar de que fuese mi servidor.

Así endurecía mi corazón diciéndome que Burraburiash había abusado de mí, de manera que estaría justificado devolviéndole la misma moneda, pese a que mi corazón me decía que de esta manera violaría todas las leyes de la amistad. Pero era extranjero y solo, y nada me ligaba a él. Por esto, por la tarde, fui a la ribera del río y alquilé una barca de diez remeros y les dije:

–Ésta es la jornada del falso rey y sé que estáis borrachos de cerveza y de alegría y que vacilaréis en salir. Pero os daré doble paga porque mi tío ha muerto y debo llevar su cadáver entre los de sus antepasados. El viaje será largo, porque nuestra tumba de familia se encuentra cerca de la frontera de Mitanni.

Los remeros murmuraron, pero yo les procuré dos barriles de cerveza y les dije que podían beber hasta la puesta del sol a condición de que estuviesen a punto de partir a la caída de la noche. Pero ellos protestaron diciendo:

–No remaremos de noche, porque las tinieblas están llenas de temibles diablillos que lanzan gritos espantosos y quizá vuelquen nuestra barca y nos maten.

Pero yo les dije:

–Voy a sacrificar al templo para que no nos ocurra nada malo y el sonido de todo el dinero que os daré al final del viaje os impedirá seguramente oír los aullidos de los demonios.

Fui a la Torre, donde sacrifiqué un cordero, y había poca gente en los patios porque toda la villa estaba agrupada alrededor del palacio. Examiné el hígado del cordero, pero estaba tan distraído que no vi nada de particular. Observé solamente que era mayor que de ordinario y olía muy fuerte, de manera que me sentí invadido de malos pensamientos. Recogí la sangre en la bolsa de cuero y me la llevé a palacio. A mi entrada en el harén una golondrina voló sobre mi cabeza, lo cual reanimó mi corazón y me reconfortó, porque era un pájaro de mi país y me daría suerte. Dije a los eunucos:

–Dejadme solo con esta mujer loca a fin de que pueda exorcizar a los demonios.

Me obedecieron conduciéndome a una pequeña habitación donde expliqué a Minea lo que debía hacer y le entregué su puñal y la bolsa de sangre. Me prometió seguir mis instrucciones y la dejé, diciendo a los eunucos que nadie debía molestarla porque le había dado un remedio para expulsar el demonio y éste podría meterse en el cuerpo del que abriese la puerta sin permiso. Y me creyeron sin discutir.

El sol iba a ocultarse y la luz era roja en todas las habitaciones del palacio. Kaptah comía y bebía servido por Burraburiash, que se reía como un chiquillo. El suelo estaba cubierto de charcos de vino en los que yacían los hombres, nobles y villanos, que dormían la borrachera. Yo le dije a Burraburiash:

–Quiero asegurarme de que la muerte de Kaptah será dulce, porque es mi servidor y soy responsable de él.

Y él me dijo:

–Date prisa, porque vierten ya el veneno en el vino y tu servidor morirá a la puesta del sol, como es costumbre.

Fui a encontrar al médico del rey y me creyó cuando le dije que el rey me había encargado que mezclara yo mismo el veneno.

–Será mejor que me reemplaces tú entonces –dijo–, porque mis manos tiemblan y mis ojos están húmedos. Es que he vaciado muchas copas y tu servidor nos ha divertido de una manera prodigiosa.

Vertí en el vino jugo de adormidera, pero no lo suficiente para producir la muerte. Llevé la copa a Kaptah y le dije:

–Kaptah, es posible que no volvamos a vernos nunca más, porque tu dignidad se te ha subido a la cabeza y mañana no me reconocerás ya. Vacía, pues, esta copa a fin de que a mi regreso a Egipto pueda contar que soy amigo del dueño de los cuatro continentes. Al vaciarla debes saber que no pienso más que en tu bien, pase lo que pase, y acuérdate de nuestro escarabajo.

Y Kaptah dijo:

–Las palabras de este egipcio serían un zumbido de moscas en mis oídos si no estuviesen ya llenos del murmullo del vino, de manera que no oigo lo que me dice. Pero no he escupido nunca en una copa de vino, como he tratado hoy de demostrarlo a mis súbditos que me gustan mucho. Vaciaré, pues, esta copa, pese a que mañana los asnos salvajes me pisotearán la cabeza.

Bebió y al mismo tiempo el sol se puso y trajeron las lámparas y todo el mundo se levantó y un gran silencio se extendió por el palacio. Kaptah se quitó la corona real y dijo:

–Esta maldita corona me destroza el cráneo y estoy harto de ella. Mis piernas se entumecen y mis párpados pesan como el plomo; es el momento de dormir.

Tiró del pesado mantel y se cubrió con él, derribando las copas y los jarros, de manera que nadaba verdaderamente en vino como había prometido por la manaña. Pero los servidores lo desnudaron y pusieron a Burraburiash las vestiduras manchadas de vino y, devolviéndole la corona y los emblemas de su realeza, lo llevaron al trono.

–Esta jornada ha sido muy cansada –dijo el rey–, pero he observado, no obstante, a algunas personas que no me han demostrado suficiente consideración durante la farsa, esperando probablemente que me ahogaría bebiendo caldo caliente. Echad, pues, a palos a todos estos borrachos y barred la sala, y, en cuanto haya muerto, meted en una jarra al payaso este, del que ya estoy cansado.

Se volvió a Kaptah de espaldas y el médico lo palpó con sus temblorosas manos de borracho y dijo:

–Este hombre está realmente muerto.

Los servidores trajeron una gran ánfora de arcilla como aquellas en que los babilonios entierran a sus muertos, y metiendo a Kaptah dentro la cerraron. El rey dio orden de llevarla a los sótanos del palacio entre los precedentes falsos reyes, pero entonces yo dije:

–Este hombre es egipcio y circunciso como yo. Por esto tengo que embalsamarlo y proveerlo de todo lo necesario para el viaje al país del Poniente a fin de que pueda comer y beber y divertirse después de su muerte sin hacer nada. Este trabajo dura treinta o setenta días, según el rango del difunto en vida. Para Kaptah, creo que treinta días serán suficientes porque no era más que un servidor. Después de este plazo te devolveré el cuerpo a fin de que sea depositado al lado de los anteriores falsos reyes.

Burraburiash me escuchó con curiosidad y dijo:

–De acuerdo, pese a que crea que tu trabajo es cosa perdida porque un hombre muerto permanece acostado y su espíritu va errante por todas partes con inquietud y se alimenta de los desperdicios arrojados en las calles, a menos que sus parientes guarden su cuerpo en un jarro de arcilla a fin de que su espíritu reciba su parte de las comidas. Es la suerte de todos, salvo la mía, porque soy el rey y los dioses me acogerán después de mi muerte, de manera que no tengo que ocuparme de mi comida ni de mi cerveza después de muerto. Pero obra a tu antojo, puesto que es la costumbre de tu país.

Hice llevar la jarra a una litera que había dejado delante del palacio, pero antes de marcharme dije al rey:

–Durante treinta días no me verás, porque mientras dura el embalsamamiento debo permanecer sin mostrarme a nadie a fin de no infectarlo con las miasmas que trasciende el cadáver.

Burraburiash se echó a reír y dijo:

–Sea como tú quieres, y si apareces por aquí mis servidores te echarán a palos a fin de que no introduzcas malos espíritus en mi palacio.

Ya en la litera agujereé la arcilla de la jarra, que estaba blanda todavía, a fin de que Kaptah pudiese respirar. Después volví a entrar secretamente en el palacio y penetré en el harén, donde los eunucos se sintieron felices al verme, porque temían la llegada del rey.

Después de haber abierto la puerta de la habitación de Minea, me volví rápidamente a los eunucos y, desgarrándome las vestiduras, grité:

–Venid a ver lo que ha ocurrido; yace empapada en sangre y el cuchillo ensangrentado está a su lado y sus cabellos están cubiertos de sangre también.

Se acercaron y fueron presa del terror, porque los eunucos temen la sangre y no osan tocarla.

–Todos estamos en el mismo compromiso. Traed, pues, pronto una alfombra para que pueda arrollar en ella su cuerpo y después lavad el suelo a fin de que nadie sepa lo ocurrido. Corred enseguida a comprar a otra esclava, de preferencia una que venga de un país lejano e ignore vuestra lengua. Vestidla y adornadla para el rey y si se resiste apaleadla delante de él porque estará contento y os recompensará generosamente.

Los eunucos comprendieron la cordura de mi consejo y después de algún regateo les di la mitad de lo que me pedían para comprar otra esclava, si bien sabiendo que me robaban, porque pagarían la esclava con el dinero del rey y ganarían todavía exigiendo del mercader de esclavos que marcase sobre la tablilla un precio superior al convenido, porque ésta es y será siempre la costumbre de los eunucos en todo el mundo. Pero no me quería pelear con ellos. Me trajeron una alfombra en la cual envolví a Minea y me ayudaron a llevarla por los patios oscuros hasta la litera donde me esperaba Kaptah metido en su jarra.

Así fue como, en medio de las tinieblas, abandoné Babilonia como fugitivo, abandonando también mucho oro y plata, pese a que hubiera podido adquirir más riqueza y saber.

Llegado a la ribera hice meter la jarra en la barca, pero cogí yo mismo la alfombra y la deposité bajo el tenderete. Y dije a los servidores:

–¡Esclavos e hijos de perro! Esta noche no habéis visto ni oído nada si alguien os interroga, y por esto os doy una moneda de plata a cada uno.

Saltaron de júbilo y gritaron:

–Verdaderamente hemos servido a un gran señor y nuestros oídos son sordos y nuestros ojos ciegos, y no hemos visto ni oído nada esta noche.

Así fue como me desembaracé de ellos, pero sabía que se emborracharían según costumbre de los portadores de todos los tiempos y que en su embriaguez revelarían todo lo que habían visto. Pero no podía evitarlo, porque eran ocho y muy robustos, y no podía matarlos y arrojarlos al río como hubiera querido hacer.

Después de su marcha desperté a los remeros y al salir la luna hundieron sus pértigas en el agua y empujaron de firme, bostezando y murmurando contra su suerte porque sentían que sus cabezas eran pesadas por causa de la cerveza que habían bebido. Así fue como huí de Babilonia, y no podría decir por qué, ya que lo ignoro; pero todo estaba escrito en las estrellas antes de mi nacimiento y no podía cambiar nada.

LIBRO SÉPTIMO

MINEA

1

Una vez salido de la villa sin ser interrogado por los guardias, pues el río no está cerrado por la noche, me metí bajo el toldo para descansar mi cabeza fatigada. Los soldados del rey me habían despertado antes del alba, como ya he referido, y la jornada había sido rica en inquietudes e incidentes, hasta el punto que jamás había vivido otra parecida. Pero no encontraba todavía la paz, porque Minea se había desembarazado de la alfombra y se lavaba sacando agua del río y las gotas que caían de su mano brillaban al claro de luna. Me miró con aire de reproche y sin sonreírme me dijo:

–Me he ensuciado horriblemente siguiendo tus consejos y apesto a sangre y no podré desembarazarme jamás de este olor, y todo por tu culpa. Y al llevarme envuelta en la alfombra me has estrechado contra tu pecho más de lo necesario, de manera que no podía respirar.

Pero yo estaba muy cansado y estas palabras aumentaron todavía mi lasitud. Por esto ahogué un bostezo diciendo:

–Cállate, mujer maldita, porque al pensar en todo lo que me has hecho hacer mi corazón se rebela, y estoy dispuesto a arrojarte al río, donde podrás lavarte a tu antojo. Porque sin ti estaría sentado al lado del rey de Babilonia y los sacerdotes de la Torre me enseñarían toda su ciencia sin ocultarme nada, de manera que sería en breve el más eminente de todos los médicos del mundo. He perdido también por culpa tuya todos mis regalos de médico y mi oro se ha fundido y no me atrevo a utilizar mis tablillas de arcilla para retirar dinero en las cajas de los templos. Todo esto me ha ocurrido por causa tuya, y maldigo verdaderamente el día en que te vi, y cada año lo recordaré cubriéndome con un saco de ceniza.

Ella llevaba la mano hundida en la corriente al claro de luna y el agua se hendía como plata líquida. Entonces me dijo con voz grave, pero sin mirarme:

–Si es así, es mejor que salte al agua como deseas. Así te desembarazarás de mí.

Se levantó para arrojarse al río, pero yo la agarré por el brazo y dije:

–Cesa de disparatar, porque si saltas al agua, todo lo que he hecho hoy habrá sido inútil y sería el colmo de la tontería. En nombre de todos los dioses déjame descansar un instante, Minea, y no me molestes con tus caprichos, porque estoy muy cansado.

Habiendo dicho estas palabras, me metí bajo la alfombra y me cubrí con ella porque la noche era fresca pese a que estuviésemos en primavera y las cigüeñas gritasen en los juncales. Pero ella se deslizó reptando bajo la alfombra y dijo dulcemente:

–Puesto que no puedo hacer nada más por ti, quiero calentarte con mi cuerpo, porque la noche es fría.

Yo no tuve la fuerza de protestar y me quedé dormido y pude descansar, porque su cuerpo era como una delgada estufa contra el mío.

Al alba estábamos ya muy lejos de la villa y los remeros murmuraron:

–Nuestros hombros son como de madera y nuestras espaldas están doloridas. ¿Quieres hacernos perecer con los remos en la mano ya que no vamos a apagar ningún incendio?

Pero yo endurecí mi corazón y les dije:

–El que dejare de bogar sabrá el sabor de mi bastón porque no nos detendremos hasta media jornada. Entonces podréis comer y beber y cada uno de vosotros recibirá un trago de vino, y dátiles, y os animará y os sentiréis ligeros como pájaros. Pero si refunfuñáis contra mí soltaré contra vosotros todos los demonios de los infiernos, porque sabed que soy sacerdote y hechicero y conozco a numerosos diablos que adoran la carne humana.

Yo hablaba así para asustarlos, pero no me oyeron, porque el sol brillaba, y dijeron:

–Está solo y nosotros somos diez.

Y uno de ellos intentó golpearme con su remo.

Pero en aquel instante la jarra que llevaba a popa comenzó a resonar con una voz aguda y los remeros se pusieron pálidos de miedo y, echándose al agua, desaparecieron en la corriente. La barca comenzó a derivar e inclinarse, pero pude guiarla hacia la orilla y eché el ancla, Minea salió del tenderete peinándose y yo no tuve ya miedo de nada, porque era bella a mis ojos y el sol brillaba y las cigüeñas gritaban en los juncales. Fui hacia la jarra y rompí la arcilla diciendo en voz alta:

–¡Sal, hombre que reposas aquí dentro!

Kaptah salió de la jarra con los cabellos erizados y dirigió a su alrededor miradas de sorpresa. Jamás había visto un aspecto tan estupefacto. Gimió y dijo:

–¿Qué farsa es ésta? ¿Dónde estoy y dónde está mi real corona y mis emblemas reales? ¿Por qué me veo desnudo y tengo frío? Mi cabeza está llena de avispas y mis miembros son de plomo, como si hubiese sido mordido por una serpiente venenosa. Ándate con cuidado, Sinuhé, en gastarme bromas, porque con los reyes no se juega.

Yo quería castigarlo por la arrogancia de la víspera, y por esto, fingiendo ignorancia, le dije:

–No entiendo tus palabras, Kaptah, y estás seguramente todavía borracho, porque no te acuerdas de que ayer, antes de nuestra salida de Babilonia, bebiste demasiado vino y metiste tanto escándalo a bordo que los remeros te encerraron en esta jarra por miedo a que los hirieses. Hablabas sin cesar de un rey y de los jueces y no decías más que tonterías.

Kaptah cerró los ojos y reflexionó un buen rato; poco después dijo:

–¡Oh, dueño mío! No quiero beber vino nunca más porque el vino y el sueño me han arrastrado a aventuras que no podría contarte. Pero puedo, sin embargo, decirte que por la gracia del escarabajo me imaginaba ser rey y rendir justicia y fui incluso al harén real y me divertí con una linda muchacha. Y tuve, además, muchas otras aventuras, pero no tengo ya fuerzas para pensar en ellas, porque me duele la cabeza y serías bien misericordioso si me dieses el remedio que los borrachos de esta maldita Babilonia usan al día siguiente.

Y entonces Kaptah vio a Minea y desapareció dentro de la jarra, diciendo con voz plañidera:

–¡Oh, dueño mío, no estoy bien o sueño, porque creo ver allá a la muchacha que encontré en el harén real! ¡Que el escarabajo me proteja, porque creo perder la razón!

Se tocó su ojo tumefacto y comenzó a llorar tristemente. Pero Minea se acercó a la jarra y agarrando la pelambrera de Kaptah le sacó la cabeza fuera diciendo:

–¡Mírame! ¿Soy yo la mujer con la cual te divertiste la noche pasada?

Kaptah le dirigió una mirada temerosa, cerró los ojos y dijo gimiendo:

–Que los dioses de Egipto tengan piedad de mí y me perdonen por haber adorado a los dioses extranjeros, pero eres tú, y debes perdonarme, porque era un sueño.

Minea se quitó la babucha y le dio golpes en la cara diciendo:

–He aquí tu castigo por tu sueño indecente, a fin de que sepas que ahora estás despierto.

Pero Kaptah redoblaba sus gritos diciendo:

–En verdad que no sé ya si duermo o estoy despierto, porque he sufrido el mismo castigo durante mi sueño cuando esta espantosa mujer se ha arrojado sobre mí en el harén.

Le ayudé a salir de la jarra y le di un remedio amargo para purgarlo y le até una cuerda a la cintura para sumergirlo a pesar de sus gritos y lo dejé agitarse en el agua para disipar su borrachera de vino y adormidera. Cuando lo saqué del agua lo perdoné y le dije:

–Que sea esto una lección por tu desvergüenza conmigo, que soy tu dueño. Pero debes saber que cuanto has soñado es verdad y sin mí reposarías ahora en esta jarra al lado de los demás falsos reyes.

Y le conté todo lo ocurrido, pero tuve que repetírselo varias veces para que se convenciera. Para terminar, dije:

–Nuestra vida está en peligro y no tengo ganas de reír, porque tan cierto como estamos en esta barca que colgaremos de las murallas de la villa, con la cabeza abajo, si el rey nos echa la garra, y podrá infligirnos suplicios peores todavía. Por esto toda buena idea es preciosa, puesto que nuestros remeros han desaparecido y eres tú, Kaptah, quien tiene que encontrar un medio de llevarnos sanos y salvos hasta el país de Mitanni.

Kaptah se rascó la cabeza y reflexionó largo rato. Después arguyó:

–Si he comprendido bien tus palabras, todo lo que me ha ocurrido es verdad y no he soñado y el vino no me ha jugado una mala pasada. Por esto esta jornada es feliz, porque puedo beber vino sin preocupaciones para aclararme las ideas cuando creía ya que nunca más podría saborear este néctar.

Y con estas palabras se metió bajo el tenderete, rompió el sello de una de las jarras y bebió largamente alabando a todos los dioses de Egipto y Babilonia cuyos nombres citaba, y alabando también a los dioses desconocidos cuyos nombres ignoraba. A cada nombre de dios, levantaba la jarra, y finalmente se desplomó sobre la alfombra y comenzó a roncar con una voz sorda como un hipopótamo.

Yo estaba tan furioso por su conducta que me disponía a arrojarlo al agua cuando Minea dijo:

–Este Kaptah tiene razón, porque a cada día le basta su pena. ¿Por qué no beber vino para alegrarnos en este rincón al que la corriente nos ha traído, porque la campiña es bella y los cañaverales nos dan sombra y las cigüeñas gritan en los juncales? Veo también los patos volar con el cuello tendido para ir a construir sus nidos; el agua brilla verde y amarilla bajo el sol y mi corazón se siente ligero como un pájaro liberado de su cautiverio.

Estas palabras me parecieron sensatas. Y le dije:

–Puesto que los dos estáis locos, ¿por qué no lo estaría yo también? Porque en verdad me da igual que mi piel se seque mañana en las murallas o dentro de diez años, porque todo está escrito en las estrellas desde antes de nuestro nacimiento, como me lo han enseñado los sacerdotes de la Torre. El sol brilla deliciosamente y el trigo verdea en las riberas. Por esto quiero nadar en el río y coger peces con la mano, como en mi infancia, porque este día es tan bueno como otro.

Y nadamos en el río y el sol secó nuestras ropas y después bebimos y comimos y Minea ofreció una libación a su dios y bailó delante de mí en la barca, de manera que yo me quedé sin aliento. Y por esto le dije:

–Una sola vez en mi vida he llamado a una mujer «mi hermana», pero sus brazos fueron para mí como un horno ardiente y su cuerpo era como un desierto árido. Por esto te suplico, Minea, líbrame del sortilegio en que me tienen sujeto tus miembros y no me mires con estos ojos que son como el claro de luna en el espejo del río, porque de lo contrario te llamaría «mi hermana» y también tú me llevarías por el camino del crimen y de la muerte, como aquella maldita mujer.

Minea me miró con aire sorprendido y dijo:

–Tú has frecuentado verdaderamente extrañas mujeres, Sinuhé, para hablar conmigo de esta forma, pero quizá en tu país las mujeres son así. Pero no tengo la menor intención de seducirte, como pareces temer. En efecto, mi dios me ha prohibido entregarme a ningún hombre, y si lo hago tendría que morir.

Cogió mi cabeza entre sus manos y la puso sobre sus rodillas y acariciándome el cabello y las mejillas, dijo:

–Eres verdaderamente malvado para hablar de esta forma de las mujeres, porque si bien las hay que envenenan los pozos, otras son como un manantial en el desierto o el rocío sobre un prado seco. Pero pese a que tu cabeza sea espesa y limitada y que tus cabellos sean negros y recios, tengo con gusto tu cabeza sobre mis rodillas, porque en ti, en tus brazos y en tus ojos, se oculta una fuerza que me gusta deliciosamente. Por esto estoy desconsolada por no poder entregarme a ti como lo deseas, y estoy desconsolada no solamente por ti, sino también por mí, si esta confesión impúdica puede alegrarte.

El agua corría verde y amarilla a ambos lados de la barca y yo tenía cogidas las manos de Minea, que eran firmes y bellas. Como un ahogado me agarraba a sus manos y contemplaba sus ojos, que eran como un claro de luna sobre el río, cálidos como una caricia, y le dije:

–¡Minea, hermana mía! En el mundo hay muchos dioses y cada país posee el suyo, el número de dioses es infinito y yo estoy saciado de todos los dioses que los hombres inventan sólo por temor, según lo que creo. Por esto debes renunciar a tu dios, porque sus exigencias son crueles e inútiles y sobre todo crueles hoy. Yo te llevaré a un país al que no alcanza el poderío de tu dios; aunque tuviéramos que ir al fin del mundo y comer hierba y pescado seco en el país de los bárbaros y pasar las noches en los cañaverales hasta el fin de nuestros días.

Pero ella apartó la mirada y dijo:

–A donde quiera que vaya, el poder de mi dios me alcanza y deberé morir si me doy a un hombre. Hoy, al mirarte, creo que quizá mi dios es cruel y exige un vano sacrificio, pero no puedo hacer nada y mañana todo será diferente cuando estés cansado de mí y me olvides, porque los hombres sois así.

En mí todo ardía por ella como si mi cuerpo hubiese sido un montón de cañas abrasadas por el sol y bruscamente encendidas por una cerilla.

–Tus palabras son vanos pretextos y sólo quieres atormentarme, como es costumbre en las mujeres, para gozar de mis penas.

Pero ella retiró su mano y, dirigiéndome una mirada de reproche, dijo:

–No soy una mujer ignorante, porque hablo, además de mi lengua materna, la de Babilonia y la tuya y sé escribir mi nombre de tres maneras diferentes, tanto sobre la arcilla como en el papiro. He visitado también muchas grandes villas y he ido hasta Egipto por mi dios y he danzado delante de numerosos espectadores que han admirado mi arte hasta el día en que los mercaderes me raptaron cuando naufragó nuestro barco. Sé que los hombres y las mujeres son iguales en todos los países a pesar de la diferencia de su color y de su lengua, pero adoran a dioses diferentes. Sé también que la gente culta es igual en todos los países y que difieren poco en ideas y costumbres, pero se alegran el corazón con vino y en el fondo no creen ya en los dioses porque así ha sido siempre y vale estar seguro. Sé todo esto, pero desde mi infancia he sido criada en el ambiente del dios y habiendo sido iniciada en todos los ritos secretos de su culto ninguna potencia ni ninguna magia pueden separarme de mi dios. Si hubieses bailado también delante de los toros y saltado al bailar por entre sus cuernos afilados tocando con el pie el hocico mugiente del animal, acaso pudieses comprenderme. Pero me parece que no has visto nunca muchachas ni muchachos danzar delante de los toros.

–He oído hablar de ello –dije–. Y sé también que se han practicado estos juegos en el Bajo País, pero pensaba que era para divertir al pueblo; sin embargo, hubiera debido adivinar que los dioses estaban por algo. También en Egipto se adora a un toro que lleva las marcas del dios y nace solamente una vez por generación, pero no he oído nunca decir que se haya saltado sobre su nuca ni bailado delante de él, lo cual hubiera sido una profanación. Pero considero inaudito que tengas que reservar tu virginidad para los toros, pese a que sepa que en los ritos secretos de Siria los sacerdotes sacrificaban a los machos cabríos chiquillas vírgenes elegidas entre el pueblo.

Me largó dos bofetadas ardientes y sus ojos brillaron en la noche como los de un gato montés y gritó:

–Tus palabras me demuestran que no hay diferencia entre un hombre y un macho cabrío y tus pensamientos giran solamente alrededor de las cuestiones carnales, de manera que una cabra podría satisfacer tu pasión lo mismo que una mujer. Vete al diablo y deja ya de atormentarme con tus celos, porque hablas de cosas de las que entiendes tanto como un cerdo de dinero.

Sus palabras eran perversas y las mejillas me escocían, y así me calmé y me retiré a la parte posterior de la barca. Para matar el tiempo comencé a limpiar mis instrumentos y pesar los remedios. Sentada a proa, Minea golpeaba nerviosamente con el pie el fondo de la barca; después, al cabo de un instante, se desnudó y se untó de aceite antes de ponerse a bailar. Y lo hacía con tanto ardor que la barca oscilaba. Yo la observaba a hurtadillas porque su habilidad era grande e increíble; tendía sin esfuerzo el cuerpo como un arco, sosteniéndose sobre las manos. Todos los músculos del cuerpo vibraban bajo la piel reluciente de aceite y sus cabellos flotaban sobre la cabeza porque esta danza exigía una gran fuerza y no había visto jamás nada parecido, a pesar de que hubiese admirado en muchas casas de placer el talento de las danzarinas.

Mientras la miraba, la cólera iba fundiéndose en mi corazón y no pensaba ya en las pérdidas que había sufrido al raptar a aquella criatura caprichosa e ingrata del gineceo real. Me decía también que había estado dispuesta a quitarse la vida para conservar la virginidad, y comprendí que obraba mal y cobardemente exigiéndole lo que no podía darme. Agotada por la danza, con el cuerpo lleno de sudor y los miembros deshechos de fatiga, se dio masaje y se bañó en el río. Después volvió a vestirse, se cubrió la cabeza y la oí llorar. Entonces olvidé mis instrumentos y mis remedios y corrí hacia ella tocándole suavemente la espalda y le dije:

–¿Estás enferma?

No me respondió, rechazó la mano y redobló su llanto.

Me senté a su lado con el corazón henchido de dolor y le susurré:

–Minea, hermana mía, deja de llorar, porque en verdad no puedo pensar ya en tomarte, ni aunque me lo pidieses, porque quiero evitarte pena y dolor.

–No temo ni la pena ni el dolor, como piensas, imbécil. No lloro por causa tuya, sino por mi destino que me ha separado de mi dios haciéndome débil como un trapo mojado, hasta el punto de que la mirada de un hombre basta para turbarme.

Al decir estas palabras no me miraba.

Le tomé las manos, que no me retiró, después volvió la cabeza hacia mí y dijo:

–Sinuhé el egipcio, soy verdaderamente ingrata e irritante a tus ojos, pero no puedo hacer nada, porque no me conozco ya. Te hablaría más de mi dios a fin de que me comprendieses mejor, pero está prohibido decir nada de él a los profanos. Debes saber, sin embargo, que es un dios del mar que vive en una gruta oscura y que nadie, si ha entrado en ella, ha vuelto a salir jamás, pero en ella se vive eternamente con él. Algunos dicen que tiene la forma de un toro aunque viva en el mar, y por esto nos enseñan a bailar delante de un toro. Otros pretenden que es como un hombre con cabeza de toro, pero creo que es una leyenda. Lo único que sé es que cada año se echan en suerte doce iniciados que pueden entrar en la gruta, uno a cada plenilunio, y es la felicidad más grande para un iniciado. La suerte me había designado, pero antes de que me tocase el turno mi navío naufragó, como te he dicho, y unos mercaderes me vendieron como esclava en el mercado de Babilonia. Durante toda mi juventud he soñado las maravillosas salas del dios, el lecho divino y la vida eterna, porque después de haber permanecido un mes con el dios, la iniciada puede regresar a su casa si lo quiere, pero no ha vuelto todavía ninguna. Por esto creo que la vida terrenal no ofrece atractivo alguno a la que ha conocido al dios.

Mientras hablaba, una sombra parecía velar el sol y todo se volvió lívido a mis ojos y me puse a temblar, porque comprendía que Minea no era para mí. Su relato era parecido al de todos los sacerdotes de los países del mundo, pero ella creía y esto la separaba de mí para siempre. Y yo no quería quebrantar su fe ni causarle pena, pero le calentaba las manos y finalmente le dije:

–Comprendo que desees volver a tu dios. Por esto te llevaré a Creta porque ahora reconozco que eres cretense. Lo había presentido cuando me has hablado del toro, pero ahora lo sé seguro, puesto que tu dios habita en una mansión tenebrosa, y los mercaderes y navegantes me habían hablado de ello en Simyra, pero hasta ahora no los había creído.

–Tengo que regresar, ya lo sabes, porque en ninguna parte hallaría la paz. Y, sin embargo, Sinuhé, cada día que paso contigo y cada vez que te veo mi corazón se regocija. No porque me hayas salvado del peligro, sino porque no hay nadie como tú para mí, y ya no entraré con alegría en la mansión del dios, sino con el corazón lleno de pena. Si me lo permiten, volveré a salir para reunirme contigo, pero es poco probable, porque nadie ha regresado todavía. Sin embargo, nuestra vida es breve y del mañana nada se sabe como dices tú. Por esto, Sinuhé, gocemos de cada día, gocemos de los ánades que vuelan sobre nuestras cabezas batiendo las alas, gocemos del río y sus cañaverales, de la comida y del vino, sin pensar en el porvenir.

Ocultos entre los cañaverales comimos y el porvenir estaba lejos de nosotros. Minea bajó la cabeza y me acarició el rostro con sus cabellos y me sonrió, y después de haber bebido vino tomó mis labios con sus labios húmedos, y el dolor que me causaba en el corazón me era delicioso, más delicioso quizá que si la hubiese violado.

2

A la caída de la tarde, Kaptah se despertó frotándose los ojos y dijo:

–Por el escarabajo y sin olvidar a Amón, que mi cabeza no es ya como yunque en la forja y me siento reconciliado con el mundo a condición de que pueda comer, porque tengo la impresión de tener en el estómago algunos leones en ayunas.

Sin pedirnos permiso, se asoció a nuestra comida y se tragó algunos pájaros cocidos en un recipiente de arcilla, escupiendo los huesos al río.

Pero al volver a verlo recordé nuestra situación, que era espantosa, y le dije:

–Mochuelo y borracho, hubieras debido ayudarnos con tus consejos y sacarnos de apuros a fin de que dentro de poco no pendamos los tres boca abajo de las murallas, y en lugar de esto te has emborrachado para revolcarte como un cerdo en el fango. Dinos pronto qué podemos hacer, porque seguramente los soldados del rey están ya buscándonos.

Pero Kaptah no se atolondró y dijo:

–Había creído comprender que el rey no te espera antes de treinta días y que te arrojaría a bastonazos si aparecías antes de la expiración de este plazo. Por esto, a mi juicio, no hay prisa, pero si los portadores han denunciado tu huida o si los eunucos han enredado las cosas en el harén, todos nuestros esfuerzos serán inútiles. Pero conservo la confianza en el escarabajo, y, a mi juicio, has hecho mal en darme este brebaje de adormidera que me ha puesto la cabeza como si un sastre me hubiese picado con su aguja, porque si no hubieses precipitado de esta forma las cosas, Burraburiash hubiera podido ahogarse con un hueso o caer y romperse la nuca, de manera que yo sería ahora rey de Babilonia y dueño de los cuatro continentes y no tendríamos nada que temer. Tal es mi fe en el escarabajo, que te perdono, sin embargo, porque eres mi dueño y no has podido obrar mejor. Y te perdono también haberme encerrado en una jarra de arcilla donde a poco me ahogo, lo cual es una ofensa a mi dignidad. Pero a mi juicio lo más urgente era curarme la cabeza a fin de poder darte buenos consejos porque esta mañana hubieras podido sacarlos mejor de una raíz podrida que de mi cabeza. En cambio, en este momento estoy dispuesto a poner a tu disposición todo mi ingenio, porque sé muy bien que sin mí serías como un cordero descarriado que llora a su madre.

Puse fin a sus sempiternas charlas preguntándole qué podíamos hacer para salir de Babilonia. Se rascó la cabeza y dijo:

–En verdad que nuestra barca es demasiado grande para que entre los tres podamos hacerle remontar la corriente y, además, los remos me estropean las manos. Por esto debemos bajar a tierra y robar dos asnos donde cargar nuestros equipajes. Para no llamar la atención nos vestiremos pobremente y regatearemos en las posadas y en los pueblos, y ocultarás que eres médico. Seremos una compañía de cómicos ambulantes que divierte a la gente por las noches en las eras de los pueblos, porque nadie maltrata a los cómicos y los bandoleros los juzgan indignos de ser saqueados. Tú leerás el porvenir en el aceite como has aprendido a hacerlo y yo contaré leyendas graciosas como las conozco hasta el infinito y Minea puede ganar su pan bailando. Pero debemos partir enseguida, y si los remeros tratan de mandar a los guardias en nuestra persecución creo que nadie los creerá, porque hablarán de diablos desencadenados en jarras funerarias y de prodigios espantosos, de manera que los soldados y los jueces los mandarán al templo sin tomarse la molestia de escuchar sus extravagancias.

La tarde caía, de manera que había que darse prisa, porque Kaptah tenía seguramente razón al creer que los remeros dominarían su miedo e intentarían recuperar su barca, y eran diez contra nosotros. Por esto nos untamos con el aceite de los remeros y ensuciamos de barro nuestras ropas; después nos repartimos el oro y la plata ocultándolo en nuestros cinturones. En cuanto a mi caja de médico no quería abandonarla y la envolví en una alfombra que Kaptah tuvo que cargar sobre sus hombros pese a sus protestas. Abandonamos la barca en los cañaverales con comida abundante y dos jarras de vino, de manera que Kaptah pensaba que los remeros se contentarían con emborracharse sin preocuparse de perseguirnos. Una vez serenos, si se les ocurría dirigirse a los jueces, serían incapaces de explicar lo ocurrido.

Así salimos hacia las tierras cultivadas y alcanzamos la ruta de las caravanas que seguimos durante toda la noche y Kaptah blasfemaba a causa del paquete que le aplastaba la nuca. Al alba llegamos a un poblado donde los habitantes nos recibieron bien y nos admiraron porque habíamos osado caminar toda la noche sin miedo a los diablos. Nos dieron papillas de leche, nos vendieron dos asnos y celebraron nuestra marcha, porque eran gente simple que no habían visto dinero sellado desde hacía dos meses, pues pagaban sus impuestos en trigo y ganado y vivían en cabañas de arcilla con sus animales.

Así, día tras día, avanzamos por los caminos de Babilonia, cruzándonos con mercaderes y apartándonos delante de las literas de los ricos. El sol tostaba nuestra piel y las ropas se iban haciendo andrajos, y dábamos representaciones en las eras de tierra apretada. Yo vertía el aceite en el agua y pronosticaba buenas cosechas y días felices, hijos varones y matrimonios ventajosos, porque sentía piedad de su miseria y no quería anunciarles desgracias. Me creían y se regocijaban. Pero si les hubiese dicho la verdad, les hubiera pronosticado perceptores crueles, bastonazos y jueces inicuos, el hambre, los años de miseria, fiebres durante la crecida del río, la langosta y los mosquitos, la sequía ardiente y el agua podrida en verano, el trabajo penoso y tras el trabajo la muerte, porque ésta era su vida. Kaptah les contaba leyendas de magos y princesas, y de países extranjeros donde la gente se paseaba con la cabeza bajo el brazo y se transformaban en lobos una vez al año, y la gente lo creía, lo respetaba y nos colmaba de vituallas. Minea bailaba delante de ellos, a fin de conservar su ligereza y su arte para su dios, y la admiraban diciendo:

–No hemos visto nunca nada parecido.

Este viaje me fue muy útil y aprendí a ver que los pobres son más caritativos que los ricos, porque creyéndonos pobres nos daban leche cuajada y pescado seco sin reclamar nada a cambio, por pura bondad. Mi corazón se compadecía de aquellos desgraciados a causa de su simplicidad y no podía evitar cuidar a los enfermos, abrirles sus abscesos y limpiar sus ojos, que hubieran perdido la vista sin mis cuidados. Y no pedía regalos a cambio de ello.

Pero no podría decir por qué obraba así a riesgo de hacernos reconocer. Acaso mi corazón se sintiese enternecido a causa de Minea, a quien veía todos los días y cuya juventud calentaba mi cuerpo todas las noches en las eras que olían a paja y a estiércol. Quizá tratase de esta forma de hacerme propicios a los dioses por mis buenas obras, pero podía ser también que quisiera practicar mi arte para no perder mi habilidad manual y la precisión de mis ojos en el examen de mis enfermos. Porque cuanto más he vivido, más he comprobado que, haga lo que haga el hombre, obra por muchas causas que él ignora sin saber los móviles que lo empujan. Por esto todos los actos de los hombres son como polvo a mis pies, mientras no sé de ellos el objeto y la intención.

Durante el viaje nuestras pruebas fueron numerosas y mis manos se endurecieron y mis pies se curtieron; el sol me secó el rostro y el polvo me cegó, pero a pesar de todo, pensándolo después, este viaje por las rutas polvorientas de Babilonia fue bello, y no puedo olvidarlo, y daría mucho por poder volver a empezar tan joven, tan infatigable y tan curioso, como cuando Minea caminaba a mi lado, con los ojos brillantes al igual que un claro de luna sobre el río. La muerte nos acompañó constantemente como una sombra, y no hubiera sido dulce si hubiésemos caído en manos del rey. Pero en aquellos tiempos lejanos no pensaba ni temía la muerte, pese a que la vida me fuese cara desde que tenía a Minea a mi lado y la veía danzar sobre las eras regadas a fin de evitar el polvo. Ella me hacía olvidar la vergüenza y los crímenes de mi juventud, y cada mañana, al despertarme el balido de los corderos, me sentía el corazón ligero como un pájaro, mientras veía el sol levantarse y navegar como una barca dorada por el firmamento azulado de la noche.

Acabamos llegando a las regiones fronterizas que habían sido saqueadas, pero los pastores, tomándonos por pobres, nos guiaron hacia el país de Mitanni evitando los guardias de los dos reinos. Llegados a una villa, entramos en los almacenes para comprar vestidos, y nos lavamos y vestimos según nuestro rango para hospedarnos en una hostería de nobles. Como quedaba poco oro, estuve algún tiempo allí ejerciendo mi arte y tuve muchos clientes y practiqué muchas curaciones, porque los habitantes de Mitanni eran curiosos y aficionados a todo lo nuevo. Minea suscitaba también la curiosidad por su belleza y me ofrecieron a menudo comprármela. Kaptah se consolaba de sus penas y engordaba, y encontró muchas mujeres que fueron amables con él a causa de sus historias. Después de haber bebido en las casas de placer, contaba su jornada como rey de Babilonia y la gente reía y golpeándose los muslos exclamaba:

–¡Jamás hemos oído a un embustero semejante! Su lengua es larga y rápida como un río.

Así pasaron los días hasta el momento en que Minea comenzó a mirarme de una manera inquieta y a llorar por la noche. Finalmente, le dije:

–Sé que echas de menos a tu dios y tu país y que nos espera un largo viaje. Pero por razones que no te puedo exponer, debo ir primero al país de Khatti, donde viven los hititas. Después de haber interrogado a los mercaderes, los viajeros y los hoteleros he recogido muchos informes que son a menudo contradictorios, pero creo que desde el país de Khatti podremos embarcar para Creta y, si lo quieres, te llevaré a la costa de Siria de donde parten cada semana los barcos para Creta. Pero me he enterado de que en breve saldrá una embajada para llevar el tributo anual de los mitannianos al rey de los hititas y con ella podremos viajar con seguridad y ver y conocer muchas cosas que ignoramos, y esta ocasión no se me volverá a presentar hasta dentro de un año. No quiero, sin embargo, imponerte una decisión; tómala tú misma.

En mi corazón yo sabía que mentía porque mi proyecto de visitar el país de los Khatti no estaba inspirado más que en el deseo de conservarla el mayor tiempo posible a mi lado, antes de verme obligado a entregarla a su dios.

Pero ella me dijo:

–¿Quién soy yo para perturbar tus proyectos? Te acompañaré con gusto a donde vayas, puesto que me has prometido llevarme a mi país. Sé también que en la costa, en el país de los hititas, las muchachas y los adolescentes sueñan bailar delante de los toros, de manera que no debe de estar alejado de Creta. Y tendré también ocasión de entrenarme un poco, porque desde hace más de un año no he bailado delante de ningún toro y temo que me atraviesen con sus cuernos si tengo que bailar en Creta sin haberme ejercitado antes.

Yo le dije:

–Nada sé de estos toros, pero debo decirte que según todos los informes los hititas son un pueblo cruel, de manera que durante el viaje nos amenazarán muchos peligros y aun la muerte. Por esto harías mejor en esperarnos en Mitanni y te dejaré suficiente oro para vivir convenientemente.

Pero ella dijo:

–Sinuhé, tus palabras son estúpidas. A donde vayas te seguiré; y si la muerte nos sorprende, estaré contrariada por ti, no por mí.

Así fue como decidí unirme a la embajada real como médico para llegar con seguridad al país de los Khatti. Pero al oír esto Kaptah comenzó a lanzar maldiciones y a invocar a todos los dioses, diciendo:

–Apenas acabamos de escapar a un peligro de muerte cuando ya mi dueño quiere meterse en otra aventura peligrosa. Todo el mundo sabe que los hititas son como bestias feroces que se alimentan de carne humana y sacan los ojos a los extranjeros para hacerles dar vueltas a sus pesadas muelas. Los dioses han castigado a mi dueño con la locura, y tú también, Minea, estás loca, puesto que tomas su partido, y valdría más atar a nuestro dueño con cuerdas y encerrarlo en una habitación y ponerle sanguijuelas en los tobillos para que se calme. ¡Por el escarabajo! He encontrado apenas mi pobre barriga y ya hay que volver a empezar sin motivo un nuevo viaje penoso... ¡Maldito sea el día en que nací para sufrir los caprichos de un amo insensato!

De nuevo tuve que darle de bastonazos para calmarlo.

–Sea como deseas –dije–. Te mandaré a Simyra con unos mercaderes y pagaré tu viaje. Cuida de mi casa hasta mi regreso, porque en verdad estoy harto de tus continuas lamentaciones.

Pero de nuevo se excitó y dijo:

–¿Crees acaso posible que deje a mi dueño ir solo al país de los Khatti? Sería como meter a un cordero recién nacido en una perrera y mi corazón no cesaría de reprocharse un crimen parecido. Por esto te ruego me contestes francamente a una pregunta: ¿Vamos al país de los Khatti por mar?

Le dije que a mi modo de entender no había mar entre Mitanni y el país de los Khatti, pese a que los informes fuesen inciertos, pero que el viaje sería probablemente largo.

Y respondió:

–Que mi escarabajo sea bendito, porque si hubiese habido que ir por mar no hubiera podido acompañarte, ya que lo he jurado a los dioses por razones demasiado largas de explicar y no puedo poner nunca más los pies en un navío. Ni aun por ti, ni por esta arrogante Minea que habla y se comporta como un muchacho, podría romper este juramento hecho a unos dioses cuyos nombres puedo enumerarte si lo deseas.

Y habiendo hablado así, preparó los efectos para el viaje y yo confié en él, porque era más experto que yo.

3

He referido ya lo que se decía de los hititas en el país de Mitanni y en adelante me limitaré a exponer lo que he visto con mis ojos y sé que es exacto. Pero ignoro si se me creerá, tal es el terror que el poderío hitita ha inspirado en todo el mundo y tales son los horrores que se cuentan sobre ellos. Y, sin embargo, tienen cualidades también y puede uno instruirse con ellos, pese a que sean de temer. En su país no reina el desorden, como se ha dicho, sino un orden estricto y una disciplina, de manera que el viaje por sus montañas es seguro para el que ha obtenido un salvoconducto, hasta el punto de que si un viajero desaparece o es desvalijado por el camino, el rey le indemniza el doble de sus pérdidas, y si el viajero perece a manos de los hititas, el rey, de acuerdo con una tabla especial, paga a los parientes una suma correspondiente al valor de lo que ganaba el difunto.

Por esto el viaje en compañía de los enviados del rey de Mitanni fue monótono y sin incidentes, porque los carros de guerra hititas nos escoltaron velando para que tuviésemos vituallas y bebidas en las etapas. Los hititas son gente dura y no temen ni el frío ni el calor, porque habitan las montañas áridas y deben desde la infancia acostumbrarse a las fatigas impuestas por el clima. Por esto son gente sin miedo en el combate y no se perdonan, y desprecian a los pueblos blandos y los someten, pero respetan a los valientes y fuertes buscando su amistad.

Su pueblo está dividido en numerosas tribus y poblados, gobernados soberanamente por príncipes, pero estos príncipes están sometidos a su gran rey, que vive en la villa de Khatushash, en medio de las montañas. Es su sumo sacerdote, su jefe supremo y su gran juez, de manera que acumula toda la soberanía, y no conozco a ningún otro rey que posea un poder tan absoluto. En efecto, en los otros países, como en Egipto, los sacerdotes y los jueces determinan los actos del rey más de lo que él cree.

Y voy a referir cómo es su capital en medio de las montañas, pese a que sepa que no se me creerá si se lee mi relato.

Atravesando todas las regiones fronterizas dominadas por las guarniciones que saquean los países vecinos y cambian a su antojo los jalones para asegurarse un sueldo, nadie podría sospechar la riqueza del país hitita, y menos todavía sus montañas estériles que el sol abrasa en verano, pero que en invierno se cubren con plumas frías, según me han dicho, pero que no he visto. Estas plumas caen del cielo y cubren el suelo, fundiéndose en agua cuando llega el verano. He visto tantas cosas sorprendentes en el país de los hititas que doy crédito a este relato, por más que no comprenda cómo las plumas pueden convertirse en agua. Pero de lejos he visto las montañas cubiertas de estas plumas blancas.

En la llanura desolada de la frontera siria tienen la fortaleza de Karchemish, cuyas murallas están construidas con piedras enormes y cubiertas de imágenes espantosas. Allí es donde recaudan los impuestos sobre todas las caravanas y los mercaderes que cruzan su país, y así amontonan abundantes riquezas, porque los impuestos son pesados y Karchemish está situado en un cruce de numerosas rutas de las caravanas. Quien haya visto esta fortaleza alzarse espantosa sobre la montaña, a la luz del crepúsculo matutino, en medio de la llanura en la cual los cuervos se precipitan para roer cráneos y huesos blanqueados por el sol, creerá lo que cuento de los hititas y no dudará de mis palabras. Pero no permiten a las caravanas y a los mercaderes atravesar su país más que por algunos caminos determinados, y a lo largo de estos caminos los poblados son pobres y mezquinos y los viajeros ven tan sólo algunos raros campos cultivados, y si alguien se aparta del camino autorizado, es aprisionado y desvalijado y llevado, enseguida, como esclavo a las minas.

Yo creo que la riqueza de los hititas proviene de las minas donde los esclavos y los prisioneros extraen, además del oro y el cobre, un metal desconocido que tiene un brillo gris azulado y es más duro que todos los minerales y tan caro que en Babilonia lo utilizan para hacer joyas, pero los hititas hacen armas. Ignoro cómo se puede llegar a forjar o dar forma a este metal, porque no se funde al calor como el cobre. Además de las minas, los valles y las montañas, poseen campos fértiles y arroyos claros y cultivan los árboles frutales, que crecen en las laderas de las montañas, y en las cuestas tienen también viñas. La mayor riqueza visible de cada uno está constituida por los rebaños de ganado.

Cuando se citan las grandes ciudades del mundo se habla de Tebas y Babilonia y algunas veces de Nínive, pese a que no he estado, pero nadie habla nunca de Khatushash, que es la capital de los hititas y el hogar de su poderío, como el águila posee su nido en las montañas en el centro de terrenos de caza. Y, sin embargo, esta villa, por su poderío, resiste la comparación con Tebas y Babilonia, y cuando se piensa que sus inmensos edificios altos como las montañas están construidos con piedras talladas y sus murallas no pueden derrumbarse y son más sólidas que todas las que he visto, estimo que esta villa es una de las maravillas del mundo, porque no esperaba ver lo que en ella descubrí. Pero el misterio de esta villa estriba en que el rey ha prohibido el acceso a ella a los extranjeros, de manera que sólo son admitidos los enviados de los reyes portadores de regalos, y se les vigila estrechamente durante su estancia. Por esto los habitantes no hablan con los extranjeros aunque entiendan su lengua, y si se les hace una pregunta contestan: «No lo sé» o «No entiendo», y miran a su alrededor, con miedo, para ver si alguien les ha visto hablar con el extranjero. Sin embargo, no son mala gente; son de natural amables y observan las ropas de los extranjeros si son soberbias, y los siguen por las calles.

No obstante, las vestiduras de sus nobles y grandes son tan bellas como las de los extranjeros y enviados, porque les gustan mucho las ropas abigarradas y bordadas de oro y plata, y como insignias llevan almenas y un hacha doble que son los emblemas de sus dioses. Sobre sus trajes de fiesta se ve también algunas veces un disco alado. Llevan botas de cuero flexible y pintado o zapatos con la punta larga y levantada, tienen unos altos sombreros puntiagudos y sus mangas son muy largas, llegando a veces hasta el suelo, y unos trajes también muy largos y plisados. Se diferencian de los habitantes de Siria, Mitanni y Babilonia en que llevan el mentón afeitado a la moda egipcia, y algunos nobles se afeitan también el cráneo, no dejando sobre la cabeza más que un mechón de cabellos que trenzan. Tienen la barbilla fuerte y vigorosa, y la nariz es larga y ganchuda como las aves de rapiña. Los nobles y los grandes que viven en la ciudad son gordos, y su rostro reluce, porque están acostumbrados a una alimentación abundante.

No reclutan mercenarios, como los pueblos civilizados,

sino que son todos soldados y se reparten entre sí los grados, de manera que los más elevados son los que pueden sostener un cargo de guerra, y el rango no se fija según el nacimiento, sino según su habilidad en el manejo de las armas. Por esto todos los hombres se reúnen una vez al año bajo el mando de sus jefes y sus príncipes para hacer ejercicios militares. Khatushash no es una villa comerciante como todas las demás grandes ciudades, sino que está llena de talleres y forjas de donde sale sin cesar un estruendo de metal, porque forjan las puntas de las lanzas y las flechas, así como ruedas y cureñas de carros de guerra.

Su justicia difiere también de la de todos los demás pueblos porque sus castigos son extraños y ridículos. Así si un príncipe intriga contra el rey para destronarlo, no es condenado a muerte, sino que es mandado a la frontera para que así adquiera mérito y mejore su reputación. Y no hay casi crimen que no pueda expiarse con multas, porque un hombre puede matar a otro sin ser condenado a muerte y debe sencillamente indemnizar a los parientes de la víctima. No castigan tampoco el adulterio, porque si una mujer encuentra a un hombre que le guste más que su marido, tiene el derecho de abandonar el hogar, pero el nuevo marido debe indemnizar al primero. Los matrimonios estériles son anulados públicamente, porque la ley exige a los súbditos muchos hijos. Si alguien mata a otro en un lugar desierto, no tiene que pagar tanto como si la muerte ha tenido efecto en la ciudad y en público, porque a su juicio el hombre que se va solo a un lugar solitario induce al otro a la tentación de ejercitarse. No hay más que dos crímenes castigados con la muerte, y en este castigo es donde se observa mejor la locura de su sistema judicial. Los hermanos y hermanas no pueden casarse entre sí sin incurrir en la pena de muerte, y nadie debe ejercer la magia sin permiso, pero los magos deben mostrar su habilidad delante de las autoridades y obtener la autorización correspondiente para ejercer su oficio.

A mi llegada al país de Khatti, su gran rey Shubbiluliuma reinaba desde hacía veinticinco años y su nombre era tan temido que la gente se inclinaba y levantaba el brazo al oírlo, y lanzaba vítores en su honor, porque había restablecido el orden en el país y sometido a numerosos pueblos. Habitaba un palacio de piedra en el centro de la ciudad y se contaban muchas leyendas sobre sus hazañas y sus altos hechos, como es el caso con todos los grandes reyes, pero no pude verlo, como tampoco los enviados de Mitanni que tuvieron que depositar sus regalos sobre el entarimado de la gran sala de recepción, y los soldados se mofaban de ellos y los insultaban.

No me pareció al principio que un médico debiese tener mucho trabajo en esta villa, porque, por lo que comprendí, los hititas se avergüenzan de las enfermedades y las ocultan cuanto pueden, y los niños débiles o contrahechos son matados en cuanto nacen, así como los esclavos enfermos. Sus médicos no me parecieron muy hábiles; son hombres incultos que no saben leer, pero tratan hábilmente las heridas y contusiones y tienen excelentes remedios contra el mal de las montañas y las fiebres. Sobre este punto yo me instruí con ellos. Pero si alguien caía mortalmente enfermo, prefería la muerte a la curación, por miedo a quedar enfermizo hasta el fin de sus días. En efecto, los hititas no temen a la muerte, como todos los pueblos civilizados, sino que temen más la debilidad del cuerpo.

Pero, al fin y al cabo, todas las grandes ciudades son parecidas, así como los nobles de todos los países. Así fue que cuando mi reputación se hubo extendido, numerosos hititas acudieron a mis cuidados y pude curarlos, pero acudían a verme disfrazados, a hurtadillas y de noche, para que no se les desconsiderara. Me hicieron regalos generosos, de manera que acabé acumulando mucho oro y plata en Khatushash, cuando había creído marchar como un mendigo. El gran mérito le corresponde a Kaptah, que, como de costumbre, pasaba el tiempo en tabernas y hosterías donde la gente se reunía, y contaba mis alabanzas y ensalzaba mi saber en todas las lenguas posibles, y así los servidores hablaban de mí a sus dueños.

Las costumbres de los hititas son austeras y un noble no puede mostrarse embriagado en la calle sin perder su reputación, pero, como en todas partes, los nobles y los grandes bebían mucho vino, y también unos pérfidos vinos mezclados, y los curé de los males producidos por el vino y los libré del temblor de las manos cuando debían presentarse delante del rey, y a algunos les prescribí baños y calmantes cuando me decían que los ratones les roían el cuerpo. Permití también a Minea bailar delante de ellos y le hicieron muchos regalos sin exigirle nada, porque los hititas son muy generosos cuando alguien les gusta. Supe así ganar su amistad y pude hacerles muchas preguntas sobre temas que no me hubiera atrevido a abordar en público. Fui sobre todo informado por el epistológrafo real, que hablaba y escribía varias lenguas y se ocupaba de la correspondencia extranjera del rey y no estaba ligado por las costumbres. Le di a entender que había sido expulsado de Egipto y que no podría volver allí nunca más, y que recorría los países para ganar oro y aumentar mi saber, y que mis viajes no tenían otro objeto. Por esto me concedió su confianza y respondió a mis preguntas cuando le ofrecí vino mientras hacía bailar a Minea delante de él. Así fue como le pregunté un día:

–¿Por qué Khatushash está cerrada a los extranjeros y por qué las caravanas de mercaderes tienen que seguir determinadas rutas, cuando vuestro país es rico y vuestra villa rivaliza en curiosidades con cualquier otra? ¿No sería mejor que los otros pueblos pudiesen conocer vuestro poderío para elogiaros entre ellos como merecéis?

Saboreó el vino y, dirigiendo miradas de admiración a los flexibles miembros de Minea, dijo:

–Nuestro gran rey Shubbiluliuma dijo al subir al trono: «Dadme treinta años y haré del país de Khatti el imperio más poderoso que el mundo habrá visto jamás.» Este plazo está próximo a expirar y creo que pronto el mundo oirá hablar del país de los Khatti más de lo que quisiera.

–Pero –le dije– yo he visto en Babilonia sesenta veces sesenta soldados desfilar delante del rey y el ruido de sus pasos era como el estruendo del mar. Aquí no he visto más de diez veces diez soldados juntos y no comprendo qué hacéis de los numerosos carros de guerra que construís en vuestra villa, porque ¿qué haréis de ellos en las montañas puesto que están destinados a combatir en el llano?

Se rió y dijo:

–Muy curioso eres por ser médico, Sinuhé el egipcio. Quizá sea para ganar nuestro mezquino pan vendiendo los carros a los reyes de la llanura.

Y al decir estas palabras me guiñaba el ojo y adoptó un aire malicioso.

–No creo una palabra de lo que me dices –le dije osadamente–. Antes prestaría el lobo sus garras y sus dientes a la liebre; si os conozco bien.

Se echó a reír ruidosamente golpeándose los muslos, después bebió un sorbo y dijo:

–Voy a contárselo al rey y acaso veas una gran caza de liebres, porque el derecho de los hititas es diferente del de las llanuras. Si no os comprendo mal, en vuestro país los ricos gobiernan a los pobres, pero en el nuestro los fuertes gobiernan a los débiles, y creo que el mundo conocerá la nueva doctrina antes de que tus cabellos hayan blanqueado.

–El nuevo faraón de Egipto ha descubierto también un nuevo dios –dije yo afectando candidez.

–Lo sé –dijo–, porque leo todas las cartas de mi rey, y este nuevo dios quiere la paz y dice que no hay conflicto en el mundo que no se pueda solventar amistosamente, y no tenemos nada contra este dios, al contrario, lo apreciamos mucho mientras reine en Egipto y en los llanos. Vuestro faraón ha enviado a nuestro rey una cruz egipcia que llama signo de vida, y gozará ciertamente de la paz durante algunos años todavía, si nos manda suficiente oro para que podamos almacenar más cobre y hierro y cereales y fundar nuevos talleres y preparar carros de guerra más pesados todavía; porque todo esto exige mucho, y nuestro rey ha traído a Khatushash los más hábiles armeros de todos los países, ofreciéndoles salarios generosos, pero no creo que el saber de un médico pueda responder a la pregunta de por qué lo ha hecho.

–El porvenir que predices alegrará a los cuervos y a los chacales –le dije–, pero a mí no me causa la menor alegría ni veo en él nada agradable. He observado que las muelas de vuestros molinos son movidas por esclavos con los ojos arrancados y en Mitanni se cuentan de vuestras crueldades en las regiones fronterizas, historias que no quiero repetirte para no ofuscarte, porque son intolerables para un pueblo civilizado.

–¿Qué es la civilización? –preguntó, sirviéndose vino–. También nosotros sabemos leer y escribir y conservamos en nuestros archivos las tablillas de arcilla numeradas. Por pura filantropía arrancamos los ojos a los esclavos condenados a empujar las muelas de los molinos, porque es un trabajo muy penoso y les parecería más penoso aún si viesen el cielo y la tierra y los pájaros en el aire. Esto les daría vanas ideas y habría que condenarlos a muerte por sus tentativas de evasión. Si en nuestras fronteras los soldados cortan las manos de unos y sobre los ojos de otros dan la vuelta a la piel del cráneo, no es por crueldad, porque has podido observar que somos hospitalarios y amables, adoramos a los niños y a los animalitos y no apaleamos a las mujeres. Pero nuestro objeto es despertar el miedo y el terror en los pueblos hostiles a fin de que a la larga se sometan a nuestro poderío sin luchar, evitándose de esta forma daños y destrucciones. Porque no nos gustan los destrozos y desperfectos, y deseamos encontrar los países tan intactos como sea posible y las ciudades respetadas. Un enemigo que tiene miedo está vencido a medias.

–¿Todos los pueblos son, pues, vuestros enemigos? –le pregunté yo irónicamente–. ¿No tenéis, según he de suponer, ningún amigo?

–Nuestros amigos son los pueblos que se someten a nuestro poderío y nos pagan un tributo –dijo con tono doctoral–. Los dejamos vivir a su antojo y no herimos ni sus tradiciones ni sus dioses, con tal de que podamos gobernarlos. Nuestros amigos son también, en general, los pueblos que no son vecinos, en todo caso hasta el momento en que llegan a serlo, porque entonces observamos en ellos muchos rasgos irritantes que perturban la buena comprensión y nos fuerzan a declararles la guerra. Éste fue el caso hasta ahora y temo que así será en el porvenir, si conozco bien a nuestro rey.

–¿Y vuestros dioses no tienen nada que objetar? Porque en los demás países suelen decidir sobre lo justo y lo falso.

–¿Qué es lo justo y qué es lo falso? –preguntó a su vez–. Para nosotros es justo lo que deseamos y falso lo que desean nuestros vecinos. Es una doctrina muy simple que hace la vida fácil y la diplomacia cómoda, y no difiere gran cosa, a mi modo de ver, de la teología de los llanos porque, por lo que tengo entendido, los dioses de los llanos estiman justo lo que desean los ricos y falso lo que desean los pobres. Pero si quieres realmente informarte respecto a nuestros dioses, debes saber que nuestros dioses son el Cielo y la Tierra y los honramos cada primavera, cuando la primera lluvia del cielo fertiliza la tierra como la simiente del hombre fertiliza a la mujer. Durante estas fiestas relajamos un poco la austeridad de nuestras costumbres, porque el pueblo tiene que poder desahogarse por lo menos una vez al año. Por eso entonces se engendran muchos hijos, lo cual es conveniente, porque un país crece a causa de los niños y los matrimonios precoces. El pueblo posee naturalmente un gran número de dioses menores, como todos los pueblos, pero no hay que tenerlos en cuenta, porque no tienen importancia política. En estas condiciones no creo que puedas negar a nuestra religión una cierta grandeza, si es que puedo expresarme así.

–Cuando más oigo hablar de los dioses, tanto más asco me dan –dije yo, desfallecido.

El epistológrafo se limitó a echarse a reír, recostándose en su asiento, con la nariz ya rubicunda.

–Si eres cuerdo y previsor –prosiguió–, te quedarás con nosotros y honrarás a nuestros dioses, porque todos los demás pueblos han dominado a su vez al mundo conocido y ahora nos toca a nosotros. Nuestros dioses son muy poderosos y sus nombres son Poder y Miedo, y vamos a elevarles grandes altares con cráneos blanqueados. Si eres lo suficientemente tonto para abandonarnos, no te prohíbo que repitas mis palabras, porque nadie te creerá, ya que todo el mundo sabe que los hititas son unos pobres pastores que no practican más que el pastoreo y viven en las montañas con sus cabras y corderos. Pero me he demorado ya demasiado en tu casa y debo ir a vigilar a mis escribas e imprimir las monedas sobre arcilla tierna para asegurar a todos los pueblos nuestras buenas intenciones, tal como corresponde a las funciones que desempeño.

Se marchó y aquella misma noche le dije a Minea:

–Sé ya lo suficiente sobre el país de los Khatti y he encontrado lo que quería. Por eso estoy dispuesto a abandonar ahora mismo contigo este país, si los dioses lo permiten, porque aquí todo apesta a cadáver y un olor de muerte se me agarra a la garganta. Verdaderamente la muerte planeará sobre mí como una sombra pesada mientras estemos aquí, y no dudo de que el rey me haría empalar si supiese de cuántas cosas me he enterado. Porque cuando quieren matar a alguien, no lo cuelgan de las murallas como en los pueblos civilizados, sino que lo empalan. Por esto, mientras esté en el interior de estas fronteras, estaré inquieto. Después de todo lo que he oído decir preferiría haber nacido cuervo.

Gracias a mis enfermos influyentes obtuve un salvoconducto que me autorizaba a tomar un barco para salir del país, pese a que mis clientes lamentasen muy profundamente mi marcha, insistiendo en que me quedase y asegurándome que en pocos años acumularía una fortuna. Pero nadie se opuso a mi marcha, y yo sonreía y les contaba historias que les gustaban, de manera que nos separamos en buena amistad llevándonos ricos regalos. Así nos alejamos de las horribles murallas de Khatushash, detrás de las cuales se preparaba el mundo futuro, y pasamos montados en unos asnos cerca de los ruidosos molinos movidos por los esclavos ciegos, y vimos en el borde de los caminos los cuerpos empalados de los brujos, porque era condenado como brujo todo aquel que enseñase doctrinas no reconocidas por el Estado, y el Estado no reconocía más que una. Aceleré el paso lo más que pude y al vigésimo día llegamos a puerto.

4

A este puerto abordaban los navíos de Siria y de todas las islas del mar y era parecido a todos los demás puertos, pese a que los hititas lo vigilasen estrechamente a fin de percibir un impuesto sobre los navíos y fiscalizar las tablillas de todos los que abandonaban el país. Pero nadie desembarcaba para ir al interior del país, y los capitanes, los segundos y los marineros no conocían del país de Khatti más que este puerto, y de este puerto, las mismas tabernas, las mismas casas de placer, las mismas barraganas y la misma música siria que en todos los demás países del mundo. Por esto se encontraban en él a sus anchas y les gustaba, y para mayor seguridad sacrificaban también a los dioses de los hititas, al Cielo y la Tierra, sin olvidar, no obstante, sus propios dioses, que los capitanes conservaban encerrados en sus camarotes.

Permanecimos algún tiempo en esta villa pese a que fuese turbulenta y estuviera llena de vicios y de crímenes, porque cada vez que veíamos un barco que aparejaba para Creta, Minea decía:

–Es demasiado pequeño y podría naufragar; no quiero que me ocurra otra vez.

Si el navío era demasiado grande, decía:

–Es un navío sirio; no quiero viajar en él.

Y de un tercero decía:

–El capitán tiene la mirada de malvado y temo que sea capaz de vender a sus pasajeros como esclavos en el extranjero.

Así nuestra estancia se prolongaba, y no me sentía contrariado, porque bastante quehacer tenía en recoser heridas y trepanar cráneos fracturados. El jefe de los guardias del puerto recurrió también a mí, porque sufría de la enfermedad de los puertos y no podía tocar a una mujer sin experimentar vivos dolores. Pero yo conocía esta enfermedad desde mi estancia en Simyra y pude curarlo gracias a los remedios de los médicos sirios; la gratitud del jefe no tuvo límites, puesto que de nuevo podía divertirse a su antojo con las prostitutas del puerto. Era, en efecto, una de sus prerrogativas, y cada mujer que quería ejercer su profesión en el puerto tenía primero que entregarse gratuitamente a él y a sus secretarios. Por esto estaba desesperado de tener que renunciar a este privilegio.

En cuanto estuvo curado, me dijo:

–¿Qué regalo puedo hacerte para recompensar tu habilidad, Sinuhé? ¿Debo pesar lo que has curado y darte su peso en oro?

Pero yo respondí:

–No me interesa tu oro. Pero dame el puñal que llevas en la cintura y te lo agradeceré, y así tendré un recuerdo tuyo.

Pero él protestó, diciendo:

–Este puñal es común, ningún lobo corre por su hoja y el puño no está plateado.

Pero hablaba así porque esta arma era de metal hitita y estaba prohibido darlo o venderlo a los extranjeros, de manera que en Khatushash no había podido adquirirlo, no atreviéndome a insistir demasiado por miedo a despertar sospechas. Estos puñales no se veían más que en posesión de los grandes señores de Mitanni y su precio era diez veces el de su peso en oro y catorce en plata; sus poseedores no querían deshacerse de ellos porque había muy pocos en el mundo. Pero para un hitita esta arma no tenía gran valor, puesto que no tenía derecho de venderla.

Pero el jefe de los guardias se dijo que yo abandonaría pronto el país y que podría utilizar su oro con mejor provecho que pagando a un médico. Por esto acabó dándome el puñal, que era tan cortante y afilado que cortaba los pelos de la barba mejor que la más afilada navaja de sílex y podía hacer fácilmente una muesca en una hoja de cobre. Este regalo me causó el más vivo placer y decidí dorarlo y platearlo, como hacían los nobles de Mitanni cuando conseguían procurarse uno. El jefe de los guardias, lejos de guardarme rencor, se hizo amigo mío, porque lo había curado radicalmente. Pero le aconsejé que echase del puerto a la mujer que lo había infectado, y me dijo que la había hecho empalar, porque esta enfermedad era indudablemente producto de un embrujamiento.

El puerto poseía también una pradera donde se guardaban toros salvajes como en la mayoría de los puertos, y la gente joven ponía a prueba su agilidad y su valor peleándose contra las bestias, clavándoles rehiletes en la nuca y saltando por encima de ellos. Minea estuvo encantada de ver aquellos toros y quiso entrenarse con ellos. Así fue como la vi por primera vez bailar delante de los toros; yo no había visto nunca un espectáculo parecido y mi corazón se estremecía de angustia por ella. Porque un toro salvaje es la más terrible de todas las fieras, peor incluso que un elefante, que se está quieto si no se le molesta, y sus cuernos son largos y afilados y es capaz de atravesar fácilmente a un hombre y lanzarlo al aire para pisotearlo con sus pezuñas.

Pero Minea bailó delante de los toros, ligeramente vestida, esquivando los cuernos cuando la bestia bajaba la cabeza y atacaba mugiendo. Su rostro se excitaba, y se animaba y arrojaba la redecilla de oro de sus cabellos, que flotaban al viento, y su danza era tan rápida que la mirada no podía discernir sus movimientos cuando saltaba por entre los cuernos del toro, y, agarrándose a ellos, ponía un pie en su testuz peluda para saltar en el aire y volver a caer sobre su lomo. Yo admiraba su arte y ella se daba cuenta porque realizó proezas que hubiera considerado imposibles para un cuerpo humano si me las hubiesen contado. Por esto la miraba, con el cuerpo bañado en sudor, incapaz de permanecer en mi sitio, a pesar de las protestas de los espectadores situados detrás de mí, que me tiraban de los faldones de mi túnica.

A su regreso del campo fue generosamente festejada, y le pusieron coronas de flores en la cabeza y en el cuello, y los muchachos jóvenes le regalaron una copa soberbia sobre la cual estaba pintada en rojo y negro la imagen del toro. Y todos decían:

–Es el espectáculo más bello que verse puede.

Y los capitanes que habían estado en Creta decían:

–Difícilmente se encontraría en toda Creta una bailarina igual.

Pero ella se me acercó y apoyó contra mí su cuerpo juvenil, delgado y flexible, en el que cada músculo temblaba de fatiga y de orgullo; le dije:

–No he visto nunca a nadie que se parezca a ti.

Pero mi corazón estaba henchido de melancolía, porque, después de haberla visto delante de los toros, sabía que los toros la separaban de mí como una magia funesta.

Poco después llegó al puerto un navío de Creta que no era ni demasiado grande ni demasiado pequeño, y cuyo capitán no tenía la mirada de malvado y además hablaba el idioma de Minea. Por esto ella me dijo:

–Este navío me llevará con seguridad hacia el dios de mi patria, de manera que podrás abandonarme y alegrarte de haberte desembarazado por fin de mí, que tantas molestias y perturbaciones te he causado.

Pero yo le dije:

–Sabes muy bien, Minea, que te seguiré a Creta.

Ella me miró y sus ojos eran como el mar al claro de luna; se había pintado los labios, y sus cejas eran dos delgadas líneas negras sobre la frente, y dijo:

–No sé verdaderamente por qué quieres seguirme, Sinuhé, puesto que sabes muy bien que este navío me llevará directamente a mi país y que no puede ocurrirme ninguna desgracia por el camino.

Y yo le dije:

–Lo sabes tan bien como yo, Minea.

Entonces ella puso sus largos dedos en mis manos y suspirando dijo:

–He pasado por muchas pruebas en tu compañía, Sinuhé, y he visto muchos pueblos, de manera que mi patria se ha esfumado un poco en mi espíritu como un bello sueño y no aspiro ya como antes a volver a ver a mi dios. Por esto he demorado mi marcha, como ya te habrás dado cuenta, pero al bailar delante de los toros he sentido que debería morir si pusieras la mano sobre mí.

Y yo le dije:

–Sí, sí, sí, hemos hablado a menudo de eso ya, y no pondré la mano sobre ti, porque sería vano irritar a tu dios por una bagatela que cualquier mujer puede darme, como dice muy bien Kaptah.

Entonces sus ojos lanzaron llamas como los de un gato montés en la oscuridad y clavó sus uñas en mis manos, mientras gritaba:

–Ve corriendo a casa de estas mujeronas, porque tu presencia me repugna. Corre a casa de estas cochinas mujeres del puerto, puesto que sientes deseos, pero debes saber bien que después no te conoceré ya, y que acaso te haga sangrar con mi puñal. Puedes perfectamente prescindir de lo que yo prescindo también.

Yo le sonreí y dije:
–Ningún dios me lo ha prohibido.
Pero ella respondió:
–Yo soy quien te lo prohíbo, e intenta acercarte a mí después de haberlo hecho.
Yo le dije:
–No tengas cuidado, Minea, porque estoy profundamente asqueado de lo que hablas, y no hay nada más fastidioso que divertirse con una mujer, de manera que, después de haberlo probado, no quiero renovar el experimento.
Pero ella se excitó de nuevo y dijo:
–Tus palabras ofenden gravemente mis sentimientos femeninos y estoy segura de que no te cansarías de mí.
Así me era imposible contentarla, a pesar de mi esfuerzo, y aquella noche no acudió a mi lado como de costumbre, sino que se llevó su alfombra a otra habitación y se cubrió la cabeza para dormir.
Entonces la llamé y dije:
–Minea, ¿por qué no calientas mi cuerpo como antes, puesto que eres más joven que yo y la noche es fría y tiemblo bajo mi alfombra?
–No dices la verdad, porque mi cuerpo está ardiendo como si estuviese enferma, y no puedo respirar con este calor asfixiante. Por esto prefiero dormir sola, y si tienes frío pide una estufa o ponte un gato al lado y no me molestes ya más.
Me acerqué a ella y le toqué el cuerpo y la frente, y estaba verdaderamente febril y temblaba en su alfombra, de manera que le dije:
–Quizá estés enferma; déjame que te cuide.
Pero ella rechazó su manta con el pie y dijo con cólera:
–Vete; no dudo de que mi dios curará mi enfermedad.
Pero al cabo de un momento dijo:
–Dame de todos modos un remedio, Sinuhé, porque me ahogo y tengo ganas de llorar.
Le di un calmante y acabó durmiéndose, pero yo velé a su lado hasta el alba, cuando los perros comenzaron a ladrar en el crepúsculo lívido.
Y llegó el día de la marcha y le dije a Kaptah:

–Recoge todos nuestros efectos, porque embarcamos hacia la isla de Keftiú, que es la patria de Minea.

Pero Kaptah dijo:

–Me lo figuraba, pero no desgarraré mis vestiduras porque tendría que volverlas a coser, ni tu perfidia merece que derrame ceniza sobre mis cabellos, porque a nuestra salida de Mitanni me has prometido que no volveríamos a tomar nunca jamás otro navío. Esta maldita Minea acabará llevándonos a la muerte, como lo presentí cuando nuestro primer encuentro. Pero mi corazón se ha endurecido y no protesto ni aúllo por no perder la vista de mi único ojo, porque he llorado ya demasiado por culpa tuya por todos los países a los que tu sagrada locura nos ha llevado. Te digo simplemente que sé de antemano que será mi último viaje y renuncio incluso a cubrirte de reproches. He preparado ya todos nuestros efectos y estoy a punto para la marcha, y no tengo otro consuelo que saber que has escrito ya todo esto en mi espalda a fuerza de bastonazos el mismo día en que me compraste en el mercado de esclavos de Tebas.

La docilidad de Kaptah me sorprendió profundamente, pero pronto comprobé que había interrogado a varios marinos y que les había comprado muy caros diversos medicamentos contra el mareo. Antes de nuestra marcha se puso un amuleto en el cuello y ayunó, y se apretó estrechamente el cinturón y bebió una poción calmante, de manera que subió a bordo con los ojos de un pescado cocido y pidió con voz pastosa carne de cerdo grasa que, según afirmaciones de los marinos, era el mejor remedio contra el mareo. Después se tendió y se durmió con una costilla de cerdo en una mano y el escarabajo en la otra. El jefe de los guardias me deseó buen viaje tomando mi tablilla, y después los remeros sacaron sus remos y el navío ganó alta mar. Así comenzó el viaje a Creta y, delante del puerto, el capitán ofreció un sacrificio al dios del mar y a los dioses secretos de su camarote y, haciendo izar las velas, el barco se inclinó y hendió las aguas, y el estómago se me subió a la boca, porque el mar inmenso estaba muy agitado y no veía ya la costa.

LIBRO OCTAVO

LA CASA OSCURA

1

Durante muchos días el mar onduló delante de nosotros inmenso y sin riberas, pero yo no tenía miedo, porque Minea estaba con nosotros, y, al respirar el aire marino, florecía, y el resplandor de la luna iluminaba sus ojos cuando, inclinada sobre el mascarón de proa, respiraba a pleno pulmón como si quisiera acelerar la marcha del navío. El cielo era azul sobre nuestras cabezas, el sol brillaba y un viento moderado hinchaba las velas. El capitán me aseguraba que navegábamos en buena dirección y yo di crédito a sus palabras. Una vez acostumbrado a los movimientos del navío no me sentí enfermo, pese a que la congoja ante lo desconocido me estrujase el corazón cuando las últimas aves marinas abandonaron el navío el segundo día y se alejaron hacia la costa. Pero entonces fueron los enganches del dios del mar y las marsopas los que nos escoltaron con sus dorsos brillantes, y Minea las saludaba con sus gritos de júbilo, porque le llevaban el saludo de su dios.

Pronto vimos un barco de guerra cretense cuyos flancos estaban adornados con rodelas de cobre y nos saludó con su pabellón después de haber comprobado que no éramos piratas. Kaptah salió de su camarote, orgulloso de poder pasearse por cubierta, y empezó a contar a los marinos sus viajes. Se jactó de la travesía hecha una vez de Egipto a Simyra, con las velas desgarradas, cuando sólo el capitán y él estuvieron en disposición de comer mientras todos los demás gemían y vomitaban. Habló también de los monstruos marinos que guardaban el delta del Nilo y devoran toda barca de pesca suficientemente imprudente para aventurarse en alta mar. Los marinos le respondieron en el mismo tono hablándole de las columnas que sostienen el cielo en el otro extremo del mar y de las sirenas de cola de pescado que acechan a los marineros para hechizarlos y divertirse con ellos; y en cuanto a los monstruos marinos, contaron historias tan terroríficas que Kaptah se refugió cerca de mí, pálido de miedo, agarrándome por la túnica.

Minea se animaba cada vez más, y sus cabellos flotaban al viento y sus ojos eran como un claro de luna sobre el mar, y era viva y bella de ver, de manera que mi corazón se fundía pensando que en breve debía perderla. ¿Para qué regresar a Simyra y a Egipto sin ella? Cuando me decía que pronto no la vería ya, que no tendría ya su mano entre las mías y que su flanco no me calentaría nunca más, la vida no era más que ceniza en mi boca. Pero el capitán y los marineros la respetaban, porque sabían que bailaba delante de los toros y que había echado a la suerte el derecho de entrar en la mansión del dios durante el plenilunio, pese a que se lo hubiese impedido un naufragio. Cuando traté de interrogarlos sobre su dios, me respondieron evasivamente que no sabían nada. Y algunos añadieron:

–No comprendemos tu lengua, extranjero.

Pero me enteré de que el dios de Creta reinaba sobre el mar y que las islas tributarias enviaban muchachos y muchachas a bailar delante de los toros.

Vino el día en que Creta emergió de las olas como una nube blanca, y los marineros lanzaron gritos de júbilo y el capitán sacrificó al dios del mar que nos había concedido una travesía feliz. Las montañas de Creta y las riberas abruptas con sus olivos eleváronse ante mis ojos, y yo los miraba como una tierra extraña en la que debía enterrar mi corazón. Pero Minea la consideraba como su patria y lloró de júbilo ante las montañas salvajes y el dulce verdor de los valles cuando los marineros arriaron las velas y sacaron los remos para acostar el navío al muelle, pasando al lado de los demás navíos anclados, la mayoría de los cuales eran barcos de guerra. El puerto de Creta albergaba quizá mil navíos, y Kaptah al verlos dijo que jamás hubiera creído que en el mundo hubiese tantas embarcaciones. En el puerto no existían ni torres, ni baluartes, ni fortificaciones, y la villa comenzaba en la misma ribera. Tal era la supremacía de Creta sobre el mar y el poderío de su dios.

2

Voy a hablar de Creta y decir lo que he visto con mis propios ojos, pero no diré lo que pienso de Creta y de su dios, y cierro el corazón a lo que mis ojos contarán. Por esto debo decir que no he visto, durante todos mis viajes por el mundo conocido, nada tan bello y tan extraño como Creta. De la misma manera que el mar empujaba hacia las costas su espuma iridiscente y sus burbujas brillan con los cinco colores del arco iris y las conchas marinas dan su resplandor de claridad nacarada, Creta brillaba y lanzaba sus destellos de espuma ante mis ojos. Porque la alegría de vivir y el placer no son en ninguna parte tan directos y caprichosos como en Creta, y nadie consiente obrar de otra forma que siguiendo sus impulsos, de manera que es difícil llegar a algún acuerdo con ellos, porque cada cual cambia de parecer de un momento a otro, según sus caprichos. Por esto dicen siempre lo que puede causar placer, aunque no sea verdad, porque el sonido armonioso de las palabras les gusta y en su país no se conoce la muerte, y creo incluso que en su lengua no hay palabra para designarla, porque la ocultan y, si alguien muere, se le entierra a hurtadillas para no entristecer a los demás. Creo también que queman los cuerpos de los difuntos, pero no estoy seguro, porque durante mi estancia en Creta no he visto ni un solo difunto ni una tumba, aparte las de los antiguos reyes que fueron construidas en los tiempos antiguos con piedras enormes y de las que la gente se aparta, porque nadie quiere pensar en la muerte, como si esto fuese una manera de escapar de ella.

Su arte es también maravilloso y caprichoso, y cada artista pinta según su inspiración, sin preocuparse de las reglas ni los cánones. Sus jarras y sus copas resplandecen de colores brillantes, y en sus flancos nadan todos los animales extraños y los peces del mar, las flores se abren y las mariposas flotan en el aire, de manera que un hombre acostumbrado a un arte dominado por las tradiciones siente una inquietud que le da la sensación de que está soñando.

Sus edificios no son grandes y formidables como los templos y palacios de los demás países, pero al construirlos se busca la comodidad y el lujo sin preocuparse del exterior. Les gusta el aire y la limpieza, y sus ventanas son anchas, en las casas hay numerosas salas de baño, en cuyas pilas brota el agua caliente y fría, según se quiera. Incluso en los recintos más privados el agua a chorros limpia las cubetas, de manera que en ninguna parte he encontrado tanto lujo como en Creta. Y no es solamente el caso para los nobles y los ricos, sino para todos los que viven en el puerto, donde residen los extranjeros y los obreros.

Sus mujeres consagran un tiempo infinito a lavarse, depilarse y pintarse el rostro, de manera que no están nunca listas a tiempo, sino que llegan siempre tarde a las invitaciones. No son puntuales ni siquiera en las recepciones del rey y nadie se preocupa de ello. Pero su indumentaria es de lo más sorprendente, porque se visten con trajes muy ceñidos y bordados en oro y plata que les cubren todo el cuerpo, salvo los brazos y el pecho, que quedan desnudos, porque están orgullosas de su bello pecho. Tienen también trajes compuestos de centenares de lentejuelas de oro, pulpos, mariposas y palmeras, y la piel aparece por entre ellas. Los cabellos los llevan artísticamente rizados en altos peinados que exigen días enteros de trabajo y los adornan con pequeños sombreros fijados con agujas de oro que parecen flotar sobre sus cabezas como las mariposas al remontar el vuelo. Su talle es elegante y flexible y sus caderas delgadas como las de los muchachos, de manera que los partos son difíciles y hacen todo lo posible por evitarlos, de modo que no es ninguna vergüenza no tener más que uno o dos hijos y aun ninguno.

Los hombres llevan unas botas decoradas que les llegan hasta las rodillas, pero como contraste el delantalito es sencillo y pequeño y el talle estrecho, porque están orgullosos de la esbeltez de su cintura y de lo cuadrado de sus hombros. Tienen la cabeza pequeña y fina, los miembros y los puños delicados e, imitando a las mujeres, no dejan un solo pelo en todo su cuerpo. Sólo muy pocos hablan alguna lengua extranjera porque se encuentran bien en su país y no aspiran a abandonarlo por otros que no les ofrecen las mismas comodidades y atractivos. Pese a que obtienen toda su riqueza del puerto y del comercio, he encontrado entre ellos gente que se negaba a bajar hasta el puerto porque olía mal, y que no sabía hacer el cálculo más simple, por lo que fiaba enteramente en sus contables. Por esto los extranjeros listos se enriquecían rápidamente en Creta si se conformaban con vivir en el puerto.

Tienen también instrumentos de música que tocan aun cuando no hay ningún músico en la casa, y pretenden saber anotar la música, de manera que, leyendo estos textos, se puede aprender a tocar una música aunque no se haya oído nunca. Los músicos de Babilonia afirmaban conocer también este arte, pero yo no quiero discutir ni con ellos ni con los cretenses, porque no soy músico y los instrumentos de los diferentes países han desconcertado mi oído. Pero todo eso me ayuda a comprender por qué en todas partes suele decirse: «Mentir como cretense.»

Tampoco tienen templos visibles ni se preocupan de los dioses, contentándose con adorar a los toros. Pero lo hacen con un ardor tan grande que no transcurre un día sin que se les vea en la arena de los toros. No creo, sin embargo, que sea tanto por el respeto debido a los dioses como por el apasionante placer que proporcionan las danzas delante de los toros.

No sabría decir tampoco que den pruebas de profundo respeto por su rey, que es uno de sus semejantes, aun cuando habite en un palacio mucho más grande que los de sus súbditos. Se comportan con él como si fuese un igual, y le gastan bromas, y cuentan anécdotas sobre él y acuden a sus recepciones o se marchan de ellas a su antojo. Beben vino con moderación para alegrarse, y sus costumbres son muy libres, pero no se emborrachan nunca, porque es grosero a sus ojos, y no he visto nunca vomitar a nadie por haber bebido demasiado, como ocurre en Egipto y los demás países. En cambio, se apasionan fácilmente unos por otros, sin preocuparse de si están casados o no, y se divierten juntos cuando y donde les parece bien. Los muchachos que bailan delante de los toros gozan de gran fervor cerca de las mujeres, de manera que hay muchachos que se ejercen en este arte para divertirse, pese a no haber sido iniciados, y a menudo adquieren tanta habilidad como los profesionales que no tienen que tocar mujer, como las muchachas no deben tocar hombre.

Cuento todo esto para demostrar que a menudo me encontré desconcertado por las costumbres cretenses, con las cuales, por otra parte, no me familiarizaría jamás porque su orgullo consiste en encontrar constantemente algo nuevo y sorprendente, de manera que con ellos no se sabe nunca lo que reserva el momento siguiente. Pero tengo que hablar de Minea, pese a que mi corazón se acongoje todavía al pensar en ella.

Llegados al puerto, nos hospedamos en la hostería de los extranjeros, cuyas comodidades sobrepasan todo lo que había visto, pese a que no fuese muy grande, de manera que el «Pabellón de Ishtar», con todo su lujo polvoriento y sus esclavos ignorantes, me pareció una cosa bárbara. Minea se hizo rizar el pelo y compró vestidos para poder mostrarse a sus amigos, de manera que quedé sorprendido de verla con un sombrerito que parecía una lámpara y tenía también unos zapatos con los tacones muy altos que la hacían caminar difícilmente. Pero no quise enojarla criticando su atavío y le regalé unos pendientes y un collar de piedras de colores, porque el vendedor me aseguró que era entonces la moda en Creta, pero que no estaba seguro de la del día siguiente. Miré también con sorpresa sus pechos desnudos que salían de su traje plateado, y vi que se había pintado los pezones de colorado, de manera que evitó mis miradas y dijo con tono de reto que no tenía por qué avergonzarse de su pecho, que podía rivalizar con el de cualquier cretense. Después de haberla mirado bien, no protesté, porque sobre este punto tenía toda la razón.

Después de lo cual una litera nos llevó del puerto a la meseta, donde la ciudad, con sus edificios ligeros y sus jardines, era como un nuevo mundo al lado de la aglomeración, el ruido y el olor a pescado del puerto. Minea me llevó a casa de un noble anciano que había sido su protector especial y su amigo, de manera que había vivido en su casa y usaba de ella como de la suya propia. El anciano estaba estudiando los catálogos de los toros y tomaba notas para las apuestas del día siguiente. Pero al ver a Minea olvidó sus papeles, se alegró muchísimo y la besó diciendo:

–¿Dónde te has escondido durante tanto tiempo? Te creía ya desaparecida en la mansión del dios. Pero no me he procurado todavía una nueva protegida, de manera que tu dormitorio sigue a tu disposición, a menos que los esclavos hayan olvidado cuidar de él o que mi esposa lo haya hecho derribar para construir un estanque, porque se ha puesto a criar peces raros y no piensa más que en esto.

–¿Helea cría peces en un estanque? –preguntó Minea, sorprendida.

–No es ya Helea –dijo el anciano con cierta impaciencia–. Tengo una mujer nueva que recibe en este momento a un joven muchacho no iniciado a quien muestra sus peces y me parece que la contrariaría que la interrumpiésemos. Pero preséntame a tu amigo, a fin de que sea mi amigo también y disponga de esta casa como suya.

–Mi amigo es Sinuhé el egipcio, el que es solitario, y es médico –dijo Minea.

–Me pregunto si permanecerá solitario durante mucho tiempo aquí –dijo el anciano con tono jocoso–. Pero ¿estás acaso enferma, Minea, puesto que llevas un médico contigo? Sería de lamentar, porque esperaba que mañana pudieras bailar delante de los toros y traerme un poco de suerte. Mi intendente del puerto se queja de que mis ingresos no bastan para cubrir mis gastos, o viceversa, no importa, porque no entiendo una palabra de las complicadas cuentas que me mete constantemente por las narices, lo cual me molesta.

–No estoy enferma en absoluto –dijo Minea–. Pero este amigo me ha salvado de numerosos peligros y hemos atravesado juntos muchos países antes de regresar aquí, porque he sufrido un naufragio y he bailado delante de los toros en Siria.

–¿De veras? –dijo el anciano, inquieto–. Espero, sin embargo, que esta amistad no te ha impedido conservar tu virginidad, si no, te negarán el acceso al concurso, y, como sabes muy bien, esto te acarreará una serie de contrariedades. Estoy verdaderamente contrariado, porque veo que tu pecho se ha desarrollado de una manera sospechosa y tus ojos tienen un brillo húmedo. Minea, Minea, ¿te has dejado seducir?

–No –respondió con rabia Minea–. Y cuando digo no, puedes creerme, y nadie tiene que examinarme, como lo hicieron en el mercado de esclavos de Babilonia. Te cuesta creer que sólo gracias a este amigo he podido escapar a todos los peligros y regresar a mi patria, y yo creía que mis amigos se alegrarían de verme, pero no piensas más que en tus toros y en tus apuestas.

Se echó a llorar de despecho y las lágrimas mojaron los afeites de sus mejillas.

El anciano se conmovió y, lamentando sus palabras, dijo:

–No dudo de que estás fatigada por tus viajes, porque en el extranjero no habrás podido bañarte cada día, ¿verdad? Y no creo que los toros de Babilonia valgan más que los nuestros. Pero esto me hace pensar que hace ya rato debería estar en casa de Minos, porque he olvidado esta invitación y voy a ir allá sin cambiarme de ropa. Sin embargo, nadie se fijará en ella, hay tanta gente... Reposad, pues, aquí, amigos míos, y tú, Minea, trata de calmarte, y, si mi mujer viene, decidle que me he marchado ya porque no quería molestarla estando con este muchacho. En el fondo podría irme a dormir porque en casa de Minos no se fijarán en si estoy presente o ausente, pero, ahora que lo pienso, voy a pasar por los establos a preguntar el estado del nuevo toro que lleva una mancha en el costado, de manera que es mejor que vaya. Se trata de un toro verdaderamente notable.

Nos sonrió con aire distraído y Minea dijo:

–Te acompañaremos a casa de Minos, donde podré ver a mis amigos y presentarles a Sinuhé.

Así fue como fuimos juntos al palacio de Minos, a pie porque el anciano no llegó nunca a decidir si valía la pena o no tomar una litera para un trayecto tan corto. Solamente al entrar me di cuenta de que Minos era su rey y me enteré de que se llamaba siempre Minos, pero no sé qué número de orden llevaba porque nadie se preocupaba de la circunstancia. Un Minos desaparecía y era reemplazado por otro.

El palacio comprendía numerosas habitaciones, y en los muros de la sala de recepciones ondulaban las algas, los pulpos y las medusas, nadando en un agua transparente. La gran sala estaba llena de gente vestida de manera más o menos lujosa que hablaba con vivacidad, riéndose fuerte y bebiendo en pequeñas copas bebidas frescas, vinos o jugos de fruta, y las mujeres establecían comparaciones entre sus atavíos. Minea me presentó a sus amigos, que eran todos corteses y distraídos, y Minos me dirigió en mi lengua algunas palabras, dándome las gracias por haber salvado a Minea y haberla llevado hacia su dios, de manera que a la primera ocasión podría entrar en la mansión sombría, pese a que su turno había pasado ya.

Minea andaba por el palacio como si estuviese en su casa, y me llevó de una habitación a otra, admirándose constantemente al reconocer los objetos familiares y saludando a los esclavos que se inclinaban delante de ella, como si no hubiese estado nunca ausente. Me dijo que cualquier noble podía retirarse a sus dominios o salir de viaje sin advertir de ello a sus amigos y que nadie se enfadaba por ello; a su regreso volvía a ocupar su sitio como si no se hubiese movido de allí. Esto hacía también fácil la muerte, porque si alguien desaparecía, nadie se inquietaba por él hasta que había sido olvidado, y si por azar se notaba una ausencia en ocasión de una cita convenida o una reunión, nadie se sorprendía, porque se decían que la persona pudo haberse ausentado de repente por capricho.

Minea me condujo a una habitación situada en lo alto del flanco de la colina, desde la cual la vista dominaba a lo lejos los prados sonrientes, los bosques de olivos y las plantaciones de fuera de la villa. Me dijo que era su habitación, y todo estaba en orden, como si no hubiese salido de ella, pese a que las vestiduras y las joyas de los cofres estuviesen ya pasadas de moda y no podía usarlas ya. Sólo entonces supe que pertenecía a la familia de Minos, si bien hubiera debido darme cuenta antes, dado su nombre. Por esto el oro y la plata y los regalos de precio no ejercían influencia alguna sobre ella, puesto que desde su infancia había estado acostumbrada a tener todo lo que quería. Pero también desde su infancia había sido consagrada al dios, y por esto había sido criada en la casa de los toros, donde vivía cuando no estaba en su habitación o en casa de su viejo amigo, porque los cretenses son tan caprichosos sobre este punto como sobre los demás.

Yo sentía curiosidad por ver las arenas y entramos a saludar al protector de Minea, que quedó muy extrañado al verme, y me preguntó si no nos conocíamos ya, porque mi rostro no le era desconocido. Minea me llevó después a la casa de los toros, que formaba toda una villa con sus establos, sus campos, sus estrados, sus pistas, los edificios de sus escuelas y la habitación de los sacerdotes. Pasamos de un establo a otro entre el olor nauseabundo de los toros, y Minea no se cansaba de dirigirles cumplidos y darles bellos nombres pese a que intentasen atravesar el vallado con sus cuernos, mugiendo y escarbando el suelo con sus agudas pezuñas y lanzando llamas por los ojos.

Encontró también muchachos y muchachas a quienes conocía, pese a que los danzarines no fuesen en general muy cordiales entre sí, porque tenían celos unos de otros y no querían revelarse sus trucos. Pero los sacerdotes que entrenaban a los toros e instruían a los danzarines nos acogieron amablemente, y, habiéndose enterado de que yo era médico, me hicieron una serie de preguntas relacionadas con la digestión en los toros, las mezclas de forraje y el brillo del pelo, y, sin embargo, sabían mucho más que yo sobre esta materia. Minea era bien vista entre ellos, porque obtuvo enseguida un número y un toro para las carreras del día siguiente. Ardía de impaciencia por mostrarme su habilidad frente a los mejores toros.

Para terminar, me llevó a un pequeño edificio donde vivía solitario el sumo sacerdote del dios de Creta y de los toros. De la misma manera que el rey era siempre Minos, el sumo sacerdote se llamaba siempre Minotauro, y era el hombre más respetado y temido de toda la isla, hasta tal punto que se evitaba pronunciar su nombre y se le llamaba «el hombre de la casita de los toros». Minea temía también ir a verle, pese a que no me dijese nada, pero lo leí en sus ojos, de los que ninguna expresión me era desconocida.

El sacerdote nos recibió en una habitación oscura y a primera vista creí columbrar un dios, porque estaba delante de un hombre que parecía un ser humano, pero con una cabeza de toro dorada. Después de haberse inclinado delante de nosotros, se quitó la cabeza dorada y nos mostró su rostro. Pero pese a que nos sonrió cortésmente, no me gustó porque en su rostro inexpresivo había algo duro y cruel, y no pude explicarme esta expresión porque era un hombre bello, de tez bronceada y nacido para mandar. Minea no tuvo necesidad de darle explicaciones porque él conocía ya su naufragio y sus aventuras y no hizo preguntas ociosas, sino que me dio las gracias por la bondad de que había dado pruebas con respecto a Minea y, por tanto, para con Creta y su dios, y añadió que en mi albergue me esperaban numerosos regalos de los que estaría seguramente contento.

–No me preocupo mucho de los regalos –le dije–, porque para mí el saber es más precioso que el oro, y por esto he viajado por numerosos países para aumentar mis conocimientos y me he familiarizado con las costumbres de Babilonia y de los hititas. Por esto espero conocer también el dios de Creta, sobre el cual he oído relatos maravillosos y sé que ama a las vírgenes y a los muchachos irreprochables al contrario de los dioses de Siria, donde los templos son casas de lenocinio y en los que ofician sacerdotes castrados.

–Tenemos numerosos dioses que el pueblo adora –dijo–. En el puerto hay, además, templos erigidos a los diferentes dioses de los demás países, de manera que podrás sacrificar a Amón o al Baal del puerto si lo deseas. Pero no quiero inducirte a error. Por esto reconozco que el poderío de Creta depende del dios adorado en secreto desde los tiempos más remotos. Solamente los iniciados lo conocen, pero lo conocen únicamente al encontrarlo, y nadie ha regresado todavía para describir su apariencia.

–Los dioses de los hititas son el Cielo y la Tierra y la Lluvia que desciende del cielo y fertiliza la tierra –le dije–. Comprendo que el mar sea el dios de los cretenses, puesto que el poderío y la riqueza de Creta dependen del mar.

–Quizá tengas razón, Sinuhé –dijo con una extraña sonrisa–. Debes saber, sin embargo, que nosotros, los cretenses, adoramos a un dios vivo, lo cual nos distingue de los pueblos del continente, que adoran muertos o estatuas de madera. Nuestro dios no es un simulacro, pese a que los toros sean su símbolo, pero mientras viva este dios la supremacía de Creta se mantendrá sobre los mares. Es lo que ha sido predicho, y lo sabemos, pese a que contamos también mucho con nuestros navíos de guerra, con los cuales ningún otro pueblo marítimo puede rivalizar.

–He oído decir que vuestro dios vive en los meandros de una mansión oscura –insistí yo–. Quisiera con gusto ver este laberinto, pero no comprendo por qué los iniciados no regresan jamás a pesar de que tengan la posibilidad de hacerlo después de haber pasado allí una luna.

–El más gran honor y la felicidad más grande que puede ocurrirle a un joven cretense es entrar en la mansión del dios –dijo el Minotauro, repitiendo las palabras que había pronunciado ya incontables veces–. Por esto incluso las islas del mar rivalizan en mandarnos a sus vírgenes más bellas y a sus mejores adolescentes para bailar delante de nuestros toros. En las mansiones del dios del mar la vida es tan maravillosa que nadie que la conozca puede sentir el deseo de volver a encontrar los dolores y las penas terrenales. ¿Temerías acaso tú, Minea, entrar en la mansión del dios?

Pero Minea no respondió nada, y yo dije:

–En la costa de Simyra he visto cadáveres de marinos ahogados y su cabeza estaba hinchada y su vientre abultado y su expresión no reflejaba goce alguno. Es todo lo que sé de las mansiones del dios del mar, pero no pongo en lo más mínimo en duda tus palabras y le deseo a Minea mucha felicidad.

El Minotauro dijo fríamente:

–Verás el laberinto porque la luna llena se acerca, y aquella noche Minea entrará en la mansión del dios.

–¿Y si Minea se negara? –pregunté con vivacidad, porque sus palabras me sorprendían y me helaban el corazón.

–No ha ocurrido jamás –dijo él–. No temas, Sinuhé el egipcio. Minea entrará por propia voluntad en la mansión del dios.

Se volvió a poner la dorada cabeza de toro para demostrar que la entrevista había terminado y no vimos más su rostro.

Minea me tomó de la mano y se me llevó, y ella no sentía ya júbilo alguno.

3

Kaptah nos esperaba en la hostería habiendo saboreado abundantemente los vinos del puerto, y me dijo:

–¡Oh, dueño mío! Este país es el reino del Poniente para los servidores, porque nadie los apalea ni se preocupa de saber cuánto oro llevan en su bolsa o qué joyas han comprado. Verdaderamente, ¡oh, dueño mío!, esto es un paraíso terrestre para los servidores, porque si un dueño se enfada con un esclavo lo arroja de la casa, lo cual es el peor castigo, y el servidor no tiene más que esconderse y volver al día siguiente y el dueño lo ha olvidado todo. Pero para los marinos y los esclavos del puerto, es un país muy duro, porque los intendentes tienen unos juncos muy flexibles y son avaros y los mercaderes engañan a un simyriano tan fácilmente como un simyriano engaña a un egipcio. Sin embargo, preparan unos peces pequeños conservados en aceite que son agradables de comer, si se acompaña con vino. La exquisitez de estos peces hace que se les perdone muchas cosas.

Dijo todo esto a su manera habitual, como si estuviese borracho, pero inmediatamente cerró la puerta y, asegurándose de que nadie nos oía, dijo:

–¡Oh, dueño mío! En este país ocurren cosas muy extrañas, porque en las tabernas los marineros cuentan que el dios de Creta ha muerto, y los sacerdotes, enloquecidos, buscan a otro. Pero estas palabras son peligrosas y algunos marinos, por haberlas repetido, han sido arrojados a los pulpos desde lo alto de las rocas. En efecto, ha sido predicho que el poderío de Creta se derrumbará el día en que muera su dios.

Entonces una insensata esperanza inflamó mi corazón y le dije a Kaptah:

–La noche del plenilunio Minea debe entrar en la mansión del dios, pero si éste ha muerto realmente, lo cual es muy posible porque el pueblo es siempre el primero en saber las cosas, pese a que no se le diga nada, Minea podrá volver a salir de esta mansión de la cual no ha salido nunca nadie.

Al día siguiente, gracias a Minea, obtuve un buen sitio en el estrado levemente inclinado y admiré vivamente la ingeniosa disposición de los bancos escalonados, de manera que todo el mundo podía ver el espectáculo. Los toros fueron introducidos uno a uno en la arena y cada bailarín realizó su programa, que era complicado, porque comprendía diferentes pases que debían ser realizados sin faltas y en el orden prescrito, pero lo más difícil era saltar por entre los cuernos para volver a caer sentados en el lomo del animal. Ni aun el más hábil lo conseguía de una manera impecable, porque también dependía mucho del toro, de la manera cómo corría o se paraba, o doblaba la nuca. Los nobles y los ricos cretenses apostaban por sus protegidos, pero yo no llegaba a comprender aquel apasionamiento y excitación extraordinarios porque para mí todos los toros se parecían y no llegaba a distinguir los diferentes ejercicios.

Minea bailó también delante de los toros y mi inquietud fue grande, hasta el momento en que su maravillosa docilidad y flexibilidad de su cuerpo me hechizaron hasta el punto de hacerme olvidar el peligro que corría y me asocié a los clamores de entusiasmo de la muchedumbre. Allí las muchachas bailaban desnudas delante de los toros, como también los jóvenes, porque la menor vestidura podría entorpecer sus movimientos y poner su vida en peligro. Pero Minea era a mi juicio la más bella de todas cuando bailaba desnuda con el cuerpo reluciente de aceite; sin embargo, debo confesar que muchas de sus camaradas eran tan bellas como ella y obtuvieron un gran éxito. Pero yo no tenía ojos más que para Minea. Después de su larga ausencia estaba mucho menos entrenada que las demás y no ganó una sola corona. Su viejo protector, que había apostado por ella, estaba desolado, pero pronto olvidó sus pérdidas y fue a los establos a elegir otro toro, como era su derecho, puesto que Minea era su protegida.

Pero cuando volví a ver a Minea después del espectáculo, me dijo fríamente:

–Sinuhé, no puedo verte más, porque unos amigos me han

invitado a una fiesta y debo prepararme para el dios, porque pasado mañana es ya el plenilunio. Por esto no nos veremos probablemente más antes de que parta para la mansión del dios, si sientes el deseo de acompañarme con mis amigos.

–Como quieras –dije–. Hay ciertamente muchas cosas que ver en Creta, y las costumbres del país y los trajes de las mujeres me divierten enormemente. Durante el espectáculo, muchas de tus amigas me han invitado a ir a verlas, y sus rostros y sus pechos son agradables de contemplar porque son un poco más gordas y frívolas que tú.

Entonces me cogió vivamente la mano y sus ojos brillaron; respirando agitadamente, dijo:

–No te permito que vayas a divertirte con mis amigas cuando yo no estoy contigo. Podrías esperar, por lo menos, a que estuviese fuera, Sinuhé. Aunque esté demasiado delgada para tu gusto, cosa que no sabía, podrías hacerlo por lo menos por amistad a mí.

–Bromeaba –dije yo–, y no quiero causarte molestias, porque, naturalmente, estás muy ocupada antes de entrar en la mansión del dios. Voy a regresar a casa y cuidar de mis enfermos, porque en el puerto hay mucha gente que necesita de mis cuidados.

Me separé de ella, y durante mucho rato el olor de los toros persistió en mi olfato, y desde entonces me obsesiona hasta el punto de que la mera visión de un rebaño de bueyes me da náuseas y no puedo comer y mi corazón se acongoja. La abandoné, sin embargo, y recibí a los enfermos en mi alojamiento, y los cuidé hasta la caída de la tarde, cuando las luces se encienden en las casas de placer del puerto. A través de los muros oía la música y las risas y todos los ruidos de la despreocupación humana, porque los esclavos y los servidores cretenses seguían en este punto las costumbres de sus dueños y cada cual vivía como si no tuviese que morir jamás y no hubiese en el mundo ni dolor, ni pena, ni contrariedad.

Vino la noche. Kaptah había extendido ya las alfombras para dormir y yo no quería luz. La luna se levantó redonda y brillante, pese a que no fuese llena todavía, y yo la detestaba porque iba a separarme de la única mujer a quien consideraba como mi hermana, y me detestaba a mí mismo, porque era débil y cobarde y no era capaz de obrar. De súbito la puerta se abrió y entró Minea cautelosamente, mirando a su alrededor, y no iba vestida a la cretense, sino que llevaba el sencillo traje con el cual había bailado delante de grandes y pequeños en tantos países, y sus cabellos estaban sujetos por una cinta de oro.

–¡Minea! –exclamé sorprendido–. Hete aquí cuando te creía preparándote para tu dios...

–Habla más bajo, no quiero que nos oigan.

Se sentó a mi lado contemplando la luna y, caprichosamente, dijo:

–Detesto mi lecho de la casa de los toros y no siento con mis amigos el mismo placer de antes. Pero yo misma ignoro por qué he venido a esta hospedería, cosa que no es nada correcta. Si deseas descansar, me marcharé, pero como no podía dormir he deseado volver a verte y sentir el olor de los medicamentos y tirarle de la oreja a Kaptah por sus estúpidos discursos. Porque los viajes y los pueblos seguramente han perturbado mis ideas, ya que no me siento a gusto en la casa de los toros, no gozo ya de las aclamaciones en la arena y no aspiro ya como antes a entrar en la mansión del dios; las palabras de la gente a mi alrededor son como la charla de los niños irrazonables y su júbilo como la espuma, y no me divierto ya con sus juegos. En el lugar del corazón tengo un gran agujero, mi cabeza está vacía y no tengo una sola idea mía; todo me ofende y jamás mi espíritu estuvo tan melancólico. Por esto te pido que cojas mis manos como en otros tiempos, porque no temo nada, ni siquiera la muerte, cuando mis manos están entre las tuyas, Sinuhé, aun cuando sepa que prefieres las mujeres más gordas y más frívolas que yo.

–Minea, hermana mía, mi infancia y mi juventud fueron límpidas como un arroyo, pero mi virilidad fue como un río que se desparrama a lo lejos y cubre muchas tierras, pero sus aguas son bajas y se estancan y corrompen. Pero cuando viniste a mí, Minea, las aguas volvieron a subir y se precipitaron alegremente en un curso profundo y todo en mí se purificó, y el mundo me sonrió de nuevo y todo el mal era para mí como una telaraña que la mano aparta sin pena. Por ti quería ser bueno y curar a la gente sin ocuparme de los regalos que me hacían, y los dioses maléficos no tenían ya presa sobre mí. Así era, pero ahora que me abandonas todo se ensombrece a mi alrededor y mi corazón es como un cuervo solitario en el desierto y no quiero ya socorrer a mi prójimo, sino que lo detesto, y detesto también a los dioses y no quiero oír hablar más de ellos. Por esto, Minea, te digo: en el mundo existen muchos países, pero un solo río. Déjame que te lleve conmigo a las tierras negras al borde del río en el que los ánades cantan en los juncales y el sol navega cada día por el cielo en una barca dorada. Parte conmigo, Minea; romperemos los dos juntos una jarra y seremos marido y mujer y no nos separaremos jamás, sino que la vida nos será fácil y a nuestra muerte nuestros cuerpos serán embalsamados para reunirse otra vez en el país del Poniente y vivir en él eternamente.

Pero ella me estrechó las manos y acariciándome los ojos, la boca y el cuello con los dedos, me dijo:

–Sinuhé, a pesar de todo mi deseo no puedo seguirte, porque ningún navío podría alejarnos de Creta ni ningún capitán querría ocultarme en él. Se me vigila ya y no quisiera ser causa de tu muerte. Aunque quisiera, no podría marcharme contigo, porque desde que he bailado delante de los toros su voluntad es más fuerte que la mía, pero tú no puedes comprenderlo. Por esto debo penetrar en la mansión del dios la noche del plenilunio, y ni tú, ni yo, ni ninguna potencia pueden impedirlo.

Mi corazón estaba vacío en mi pecho como una tumba y le dije:

–Del mañana nadie está seguro y no creo que regreses de allá de donde nadie ha regresado. Quizá en las salas doradas del dios del mar beberás la vida eterna en la copa divina y olvidarás este mundo como a mí. Y, sin embargo, no creo nada de esto, porque todo no es más que leyenda y nada de lo que he visto hasta ahora en todos los países viene a reforzar mi creencia en las leyes divinas. Debes saber, por consiguiente, que si no regresas pronto, penetraré a la fuerza en la mansión divina para sacarte de ella. Y te llevaré conmigo, aunque no quieras. Esto es lo que haré, Minea, aunque fuese el último acto de mi vida en esta tierra.

Pero, asustada, puso su mano sobre mi boca y mirando a su alrededor dijo:

–Cállate, Sinuhé. Cesa ya de alimentar tales pensamientos, porque la mansión del dios es oscura y ningún extranjero hallaría el camino y todo profano que penetra en ella perece de una muerte horrenda. Pero, créeme, volveré por mi propia voluntad, porque mi dios no puede ser tan cruel que me retenga a la fuerza. Es un dios maravillosamente bello que vela sobre la prosperidad de Creta y su poderío, y los olivos florecen, el trigo madura y los navíos navegan de puerto a puerto. Hace los vientos favorables y guía a los navíos en la niebla y nada malo puede ocurrir a los que están bajo su protección. ¿Por qué querría mi desgracia?

Desde su infancia había crecido a la sombra del dios y sus ojos estaban ciegos y yo no podía curarlos con una aguja. Por esto en la rabia de mi impotencia la estreché violentamente entre mis brazos y la besé y le acaricié los miembros, y sus miembros eran lisos como el cristal y era para mí en mis brazos como el manantial para el viajero en el desierto. Y ella no resistía y apretaba su rostro contra el mío y se estremecía y sus lágrimas corrían cálidas sobre mi cuello, mientras me decía:

–Sinuhé, amigo mío, si dudas de mi regreso no puedo rehusarte nada; haz, pues, lo que quieras si esto te puede causar placer, aunque tuviese que morir, porque en tus brazos no temo la muerte y nada me importa al pensar que mi dios pudiese separarme de ti.

Y yo le pregunté:

–¿Te causaría placer?

Ella vaciló y dijo:

–No lo sé. Lo único que sé es que mi cuerpo está inquieto e inconsolable cuando no está cerca de ti. Sé solamente que una niebla invade mis ojos y que mis rodillas flaquean cuando me tocas. Antes me detestaba por esta misma razón y temía tu contacto, porque entonces todo era límpido en mí y nada turbaba mi paz, porque estaba orgullosa de la habilidad y de la flexibilidad inmaculada de mi cuerpo. Ahora ya sé que tus caricias son deliciosas, aunque debieran hacerme daño y, sin embargo, ignoro si experimentaría placer cediendo a tus deseos, y acaso estuviese triste después. Pero si es un placer para ti, no vaciles, porque tu placer es el mío y nada deseo tanto como hacerte feliz.

Entonces deshice mi abrazo y le acaricié los cabellos y el cuello y le dije:

–Me basta con que hayas venido a mi casa tal como durante nuestros viajes por Babilonia. Dame la cinta de oro de tus cabellos y no te pido nada más.

Pero ella me miró con desconfianza, se tocó las caderas y dijo:

–Quizá sea demasiado delgada para tu gusto y dudo que te procurase mucho placer, porque prefieres probablemente las mujeres más frívolas. Pero si quieres, trataré de ser lo más frívola posible y te complaceré en todo a fin de que no quedes decepcionado, porque quiero darte todo el placer que pueda.

Yo sonreía acariciando sus hombros suaves y dije:

–Minea, ninguna mujer es a mis ojos más bella que tú, y ninguna podría proporcionarme mayor placer, pero no quiero tomarte por mi solo goce, porque tú no experimentarías ninguno, dada tu inquietud por tu dios. Pero sé una cosa que podemos hacer y que nos procurará placer a los dos. Vamos a coger una jarra y romperla según la costumbre del país. Y entonces seremos marido y mujer, aunque no haya aquí sacerdote para atestiguar el hecho e inscribir nuestros nombres en el registro del templo.

Sus ojos se agrandaron y brillaron al claro de luna y batió palmas riéndose de gozo. Salí en busca de Kaptah y lo encontré sentado delante de mi puerta, llorando. Al verme se secó el rostro con el reverso de la mano y volvió a llorar.

–¿Qué te ocurre, Kaptah? –le dije–. ¿Por qué lloras?

Y descaradamente me contestó:

–¡Oh, dueño mío! Tengo el corazón sensible y no he podido contener mis lágrimas al oír tu conversación con esta muchacha de las caderas estrechas, porque no he oído nunca nada tan conmovedor.

Yo le di un puntapié diciéndole:

–Entonces, ¿has escuchado todo lo que hemos dicho?

Y él con aire inocente contestó:

–Sí, porque otros venían también a escucharte, pero no tenían nada de común contigo y venían a espiar a Minea. Los he echado amenazándoles con mi palo y me he instalado ante tu puerta para velar por tu tranquilidad, porque me dije que no estarías contento si te interrumpían en medio de esa importante conversación. Y así no he podido evitar oír lo que decíais, y era tan emocionante, aunque infantil, que he llorado.

–Puesto que has escuchado, sabes lo que deseo. Ve a buscarme una jarra.

–¿Qué clase de jarra quieres? –dijo–. ¿De arcilla o gres, pintada o lisa, alta o baja, ancha o delgada?

Le di un bastonazo, pero no muy fuerte, porque mi corazón desbordaba de ternura hacia el prójimo, y le dije:

–Ya sabes lo que quiero, toda jarra es buena para esto. Date prisa y trae la primera que encuentres.

–Voy, corro, vuelo, pero he hablado solamente para darte tiempo a reflexionar, porque romper una jarra en compañía de una mujer es un acontecimiento grave en la vida de un hombre y no hay que precipitarse. Pero iré a buscarla, puesto que tú lo quieres y no puedo evitarlo.

Y así Kaptah volvió con una vieja jarra que apestaba a pescado y yo la rompí con Minea. Kaptah fue nuestro testigo y puso el pie de Minea sobre su nuca diciendo:

–En adelante serás mi dueña y señora y me darás órdenes tan a menudo o más que mi dueño, pero espero que no me tirarás agua caliente a las piernas cuando estés enojada, y espero también que usarás babuchas blandas y sin tacones, porque detesto los tacones que dejan marcas y chichones en mi cabeza. En todo caso, te serviré tan fielmente como a mi dueño, porque por alguna extraña razón mi espíritu te ha cobrado afecto, pese a que estés delgada y tu pecho sea pequeño, y no comprendo qué ve mi dueño en ti. Pero todo irá mejor cuando tengas tu primer hijo. Te robaré tan concienzudamente como a mi dueño hasta ahora, teniendo en cuenta más tu propio interés que el mío.

Habiendo hablado de esta forma, Kaptah se sintió tan

conmovido que comenzó a llorar escandalosamente. Minea le frotó la espalda con la mano y tocó sus recias mejillas para consolarlo, y él se calmó, después de lo cual le mandé recoger los fragmentos de la jarra y se marchó.

Aquella noche Minea y yo dormimos juntos como en los antiguos tiempos, y reposó en mis brazos, respirando apoyada en mi cuello, y sus cabellos me acariciaban las mejillas. Pero no abusé de ella, porque un placer que no hubiese sido compartido por ella no lo hubiera sido tampoco para mí. Creo, sin embargo, que mi júbilo fue mayor teniéndola de aquella forma en mis brazos sin poseerla. No podría afirmarlo con certeza, pero lo que sé es que aquella noche quería ser bueno para todo el mundo y mi corazón no albergaba ni un solo mal pensamiento y cada hombre era mi hermano y cada mujer mi madre, y cada muchacha mi hermana, tanto en las tierras negras como en los países rojos bañados por el mismo claro de luna.

4

Al día siguiente Minea bailó de nuevo delante de los toros y mi corazón temblaba por ella, pero no ocurrió ningún accidente. En cambio, un muchacho resbaló delante del toro y se cayó, y el animal lo atravesó con sus cuernos y lo pisoteó, de manera que los espectadores se levantaron gritando de terror y entusiasmo. Echaron al toro y se llevaron el cadáver del muchacho, y las mujeres corrieron a verlo y tocaron su cuerpo ensangrentado, respirando excitadas y diciendo: «¡Qué espectáculo!» Y los hombres decían: «Desde hace mucho tiempo no habíamos visto una fiesta tan lograda.» Y no gemían al pagar las apuestas y al pesar el oro y la plata, sino que se fueron a beber y a divertirse en sus casas, de manera que las luces brillaron hasta tarde en la ciudad y las mujeres se separaron de sus maridos y se extraviaron por lechos ajenos, pero nadie se ofendió porque ésta era la costumbre.

Pero yo reposé solo sobre mi alfombra, porque Minea no pudo acudir a mi encuentro, y por la mañana alquilé en el puerto una litera para acompañarla a la mansión del dios. Ella iba en un carro dorado tirado por caballos empenachados y sus amigos la seguían en literas o a pie, cantando y arrojando flores, y deteniéndose en el borde del camino para beber vino. El camino era largo, pero todo el mundo se había llevado provisiones, y rompían las ramas de los olivos para abanicarse, asustando a los corderos de los pobres campesinos y gastando toda clase de bromas. Pero la mansión del dios se levantaba en un lugar solitario al pie de la montaña, cerca de la ribera, y al acercarse a ella la gente fue calmándose, hablando en voz baja, y nadie se reía ya.

Pero me es difícil describir la mansión del dios, porque parecía una colina baja y cubierta de césped y de flores y tocaba a la montaña. La entrada estaba formada por unas puertas de bronce altas como montañas y delante de ellas se alzaba un templo donde se procedía a las iniciaciones y donde vivían los guardianes. El cortejo llegó por la tarde y los amigos de Minea bajaron de las literas y acamparon por el césped, comiendo, bebiendo y divirtiéndose, sin observar siquiera el recato debido a la proximidad del templo, porque los cretenses olvidan pronto. A la caída de la tarde encendieron antorchas y jugaron por los matorrales, y se oían los gritos de las mujeres y las risas de los hombres. Pero Minea estaba sola en el templo y nadie podía aproximarse a ella.

Yo la contemplaba sentado en el templo. Iba vestida de oro como un ídolo, con un enorme peinado, y trataba de sonreírme desde lejos, pero sobre su rostro no se leía goce alguno. Al salir la luna, le quitaron la ropa y las joyas y le pusieron una delgada túnica y sus cabellos fueron anudados en una malla de plata. Después los guardas quitaron los cerrojos y abrieron las puertas. Las puertas se separaron con un ruido sordo y fueron necesarios diez hombres para abrirlas y detrás de ellas sólo había oscuridad, y nadie hablaba; todos contenían la respiración. El Minotauro ciñó su espada dorada y se puso la cabeza de toro de manera que no tenía ya aspecto humano. Le dieron una antorcha encendida a Minea y el Minotauro la precedió en el sombrío palacio y pronto el resplandor de la antorcha desapareció. Entonces las puertas volvieron a cerrarse lentamente, se corrieron los cerrojos y no volví a ver a Minea.

Este espectáculo me inspiró una desesperación tan profunda que mi corazón era como una llaga abierta por la cual se escapaba toda mi sangre, y mis fuerzas se agotaban, de manera que caí de rodillas y oculté mi semblante en la hierba. Porque en aquel instante tenía la certidumbre de que no volvería a ver ya nunca más a Minea, pese a que me hubiese prometido que regresaría para irse conmigo. Sabía que no volvería y, sin embargo, hasta entonces había esperado y temido, porque me había dicho que el dios de Creta no era parecido a los otros y que soltaría a Minea a causa del amor que la ligaba a mí. Pero no esperaba ya, permanecía postrado y Kaptah, sentado a mi lado, movía la cabeza y gemía. Los nobles y los grandes cretenses habían encendido antorchas y corrían a mi alrededor ejecutando danzas complicadas y cantando himnos cuyas palabras no entendía. Una vez cerradas las puertas del palacio fueron presa de una frenética excitación y bailaron y saltaron hasta el agotamiento, y sus gritos llegaban a mí como el graznar de los cuervos en las murallas.

Pero al cabo de un momento Kaptah dejó de gemir y dijo:

–Si mi ojo no me engaña, y no creo, porque no he bebido todavía la mitad del vino que soporto sin ver doble, el cornudo ha regresado de la montaña, pero ignoro cómo, porque nadie ha abierto las puertas de bronce.

Decía la verdad, porque el Minotauro había, en efecto, salido de la mansión del dios y su cabeza dorada brillaba con un resplandor terrible bajo el claro de luna mientras ejecutaba con los demás una danza ritual golpeando alternativamente el suelo con sus talones. Viéndolo, no pude contenerme, me levanté, corrí hacia él y agarrándolo del brazo le dije:

–¿Dónde está Minea?

El hombre se soltó y movió la cabeza de toro, pero en vista de que yo no me alejaba, descubrió su rostro y dijo con cólera:

–Es indecente turbar las ceremonias sagradas, pero lo ignoras probablemente porque eres extranjero y por esto te perdono a condición de que no vuelvas a tocarme.

–¿Dónde está Minea?

Ante mi insistencia, dijo:

–La he dejado en las tinieblas de la mansión del dios tal como está escrito y he salido a bailar la danza en honor del dios. Pero ¿qué quieres ya de Minea, puesto que has recibido regalos por habérnosla traído?

–¿Cómo has salido tú, puesto que ella se ha quedado? –le dije colocándome delante de él.

Pero me rechazó y los bailarines me separaron. Kaptah me cogió por el brazo y se me llevó a la fuerza e hizo bien, porque no sé lo que hubiera sido capaz de hacer. Me dijo:

–Eres bestia y estúpido por llamar de este modo la atención; mejor harías en bailar y divertirte como los demás, de lo contrario corres el riesgo de despertar sospechas. Te diré que el Minotauro ha salido por una puertecilla lateral, lo cual no tiene nada de sorprendente, pues he ido y he visto al guarda cerrarla y guardarse la llave. Pero quisiera verte beber vino, ¡oh, dueño mío!, a fin de que te calmes, porque tu rostro se halla contorsionado como el de un poseído y mueves los ojos como un mochuelo.

Me hizo beber vino y dormí sobre el césped al claro de luna, mientras las antorchas se agitaban delante de mis ojos, porque Kaptah había vertido pérfidamente jugo de adormidera en mi vino. Así se vengó del tratamiento que le había infligido en Babilonia para salvarle la vida, pero no me encerró en una jarra, sino que me cubrió e impidió que los bailarines me pisoteasen. Y me salvó la vida, porque en mi desesperación hubiera sido capaz de apuñalar al Minotauro. Toda la noche veló a mi lado mientras hubo vino, y después se durmió, echándome al rostro su avinado aliento.

Al día siguiente me desperté tarde y la droga había sido tan fuerte que me pregunté dónde estaba. Pero me sentí tranquilo y el espíritu despierto, gracias al soporífero. Muchos de los participantes habían regresado ya a la ciudad, pero otros dormían sobre la hierba, hombres y mujeres mezclados, con los cuerpos impúdicamente desnudos, porque habían bebido vino y bailado y saltado hasta el alba. Al despertar, se vistieron y las mujeres se arreglaron el peinado, y se sentían incomodadas porque no podían bañarse, porque el agua de los arroyos era demasiado fría para ellas, acostumbradas como estaban al agua caliente que manaba de los caños de plata.

Pero se enjuagaron la boca y se pintaron los labios y las cejas y bostezando decían:

–¿Quién se queda a esperar a Minea y quién se va a casa?

Las francachelas por los matorrales y sobre el césped habían dejado de divertirles ya, de manera que la mayoría regresaron a la ciudad y sólo los más ardientes amigos de Minea se quedaron con el pretexto de esperar su regreso, pero todos sabían que no había regresado nunca nadie de la mansión del dios. Se quedaban, porque durante la noche habían encontrado un alma hermana, y las mujeres aprovechaban la ocasión para mandar a sus maridos a casa y desembarazarse de ellos. Esto me hizo comprender por qué en toda la villa no había ni una sola casa de placer, y sí solamente en el puerto. Después de haber visto sus juegos durante la noche y el día siguiente, comprendí que las profesionales hubieran tenido dificultad en rivalizar con las mujeres cretenses.

Pero antes de su marcha, le dije al Minotauro:

–¿Puedo quedarme a esperar el regreso de Minea con sus amigos aunque sea extranjero?

Me lanzó una mirada de maldad y dijo:

–Nadie te lo impide, pero creo que en estos momentos hay en el puerto un navío que podría llevarte a Egipto, porque tu espera es vana. Ninguna iniciada ha salido jamás de la mansión del dios.

Pero yo afecté un aire estúpido y le dije para complacerle:

–Es cierto que esta Minea me gusta mucho, pese a que está prohibido divertirse con ella a causa de su dios. A decir verdad, no espero que vuelva, pero hago como los demás, porque veo aquí mujeres encantadoras que me miran a los ojos y me meten en las narices pechos apetitosos como no los he visto nunca. Además, Minea era terriblemente celosa y pesada y me impedía divertirme con las demás. Tengo que pedirte perdón también por haberte molestado la noche anterior en mi borrachera, por más que mis recuerdos sean muy confusos. Pero creo haberte cogido por el cuello para pedirte que me enseñases el paso de baile que tan bien y solemnemente ejecutas. Si te he ofendido, te pido humildemente perdón, porque soy un extranjero que ignora todavía vuestras costumbres, y no sabía que estuviese prohibido tocarte, porque eres un personaje sagrado.

Le largué todas estas frases guiñándole el ojo y cogiéndome la cabeza de manera que acabó considerándome un imbécil y, sonriendo, me dijo:

–Si es así, no quiero impedirte que te diviertas, pero trata de no embarazar a nadie, porque siendo extranjero sería indecente. No somos gente morigerada ni de ideas extrañas; quédate, pues, esperando a Minea tanto tiempo como quieras.

Le aseguré que sería prudente y le conté lo que había visto en Siria y Babilonia con las vírgenes del templo y me tomó verdaderamente por un tonto, y dándome un golpe en el hombro me dejó para regresar a la ciudad. Pero creo que encargó a los guardas que me vigilasen y creo que dijo también a las mujeres que se divirtiesen a costa mía, porque poco después de su marcha algunas cretenses se acercaron a mí para anudarme coronas en el cuello y apoyar sobre mi brazo sus pechos desnudos. Me llevaron hacia los matorrales de laureles para comer y beber conmigo. Así conocí la ligereza de sus costumbres y no se intimidaban en lo más mínimo conmigo, pero bebí y fingí estar ebrio, de manera que no tuvieron goce alguno conmigo y me abandonaron tratándome de bárbaro y de cerdo. Kaptah vino y se me llevó sosteniéndome por los brazos y lanzando maldiciones contra mi embriaguez y ofreciéndose a reemplazarme. Ellas se rieron al verlo y los muchachos se burlaban y señalaban con el dedo su grueso vientre y su cabeza calva. Pero era extranjero, y esto atrae siempre a las mujeres de todos los países, de manera que después de haberse reído de él a sus anchas, se lo llevaron y le ofrecieron vino metiéndole frutos en la boca, apretándose contra él y llamándolo macho cabrío.

Así transcurrió la jornada y yo me cansé de sus placeres y de su libertinaje porque me decía que no puede haber vida más agotadora; que un capricho que no sigue ninguna ley acaba por cansar antes que una vida ordenada. Pasaron la noche como la precedente y continuamente mi sueño fue turbado por los gritos de las mujeres que huían hacia los matorrales perseguidas por los muchachos que les arrancaban las vestiduras y se divertían con ellas. Pero al alba todo el mundo estaba cansado y asqueado de no haber podido tomar un baño, y la mayoría regresó a la ciudad, y sólo los más ardientes permanecieron junto a las puertas de bronce.

Pero al tercer día se marcharon por fin los últimos y yo les presté incluso mi litera, que me había esperado, porque los que habían venido a pie no tenían fuerzas para caminar, sino que se tambaleaban por los excesos de la víspera y me convenía desembarazarme de mi litera, a fin de que nadie me esperase. Cada día había ofrecido vino a los guardas, y no quedaron sorprendidos cuando por la noche les llevé una gran jarra de vino, sino que la aceptaron con gusto, porque tenían pocas diversiones en aquella soledad que duraba un mes entero, hasta la llegada de la nueva iniciada. Su única sorpresa era que yo persistiese en esperar a Minea, porque no había ocurrido todavía nunca, pero yo era extranjero y me tenían por un loco chiflado. Por eso comenzaron a beber, y habiendo visto al sacerdote unirse a ellos, le dije a Kaptah:

–Los dioses han decretado que debemos separarnos ahora, porque Minea no ha regresado y creo que no regresará si no voy a buscarla. Pero nadie que haya entrado en esta mansión ha vuelto a salir, y es probable que yo no regrese tampoco. En estas condiciones es mejor que te ocultes en el bosque, y si al alba no he salido regresa solo a la ciudad. Si te preguntan por mí, di que me he caído desde las rocas al mar o inventa lo que quieras, porque eres más hábil que yo en este arte. Sin embargo, estoy seguro de no regresar, de manera que puedes marcharte enseguida si quieres. Te he escrito una tablilla de arcilla en la que he puesto mi sello sirio a fin de que puedas ir a Simyra a cobrar mi dinero en las casas de comercio. Puedes también vender mi casa si quieres. Entonces serás libre para ir a donde te plazca; pero si tienes miedo de que en Egipto te inquieten como esclavo fugitivo, fíjate en Simyra y vive en mi casa de mis rentas. Y no tendrás que inquietarte por la conservación de mi cuerpo, porque si no encuentro a Minea me es indiferente que mi cuerpo sea conservado o no. Has sido un servidor fiel, aunque algunas veces me hayas fatigado con tus eternas charlas, y por eso lamento los golpes que te he dado, aunque lo he hecho en interés tuyo y te han hecho mucho bien, de manera que espero no me guardarás rencor. Que nuestro escarabajo te traiga suerte, porque te lo doy, puesto que crees en él más que yo. Donde voy no creo tener necesidad del escarabajo.

Kaptah permaneció largo rato silencioso sin decir nada y después habló así:

–¡Oh, dueño mío! No te guardo rencor alguno, pese a que tus golpes fueron algunas veces un poco fuertes, porque lo has hecho por mi bien y según tu leal entender. Pero a menudo has escuchado mis consejos y me has hablado más como a un amigo que como a un servidor, de manera que había temido algunas veces por tu prestigio, hasta que tus bastonazos restablecían la distancia fijada por los dioses. Pero ahora resulta que Minea es mi dueña también, puesto que ha puesto su pie sobre mi nuca, y debo responder de ella también, puesto que soy su servidor. Por otra parte, me niego a dejarte entrar solo en esta mansión oscura, por muchas razones que sería vano enumerar aquí, de manera que, puesto que no puedo acompañarte como servidor tuyo, ya que me has despedido y debo obedecer tus órdenes, aunque sean estúpidas, te acompañaré como amigo porque no quiero dejarte solo, y menos aún sin el escarabajo, por más que piense, como tú, que no nos será de una gran utilidad.

Hablaba con tan buen sentido y reflexión que casi no lo reconocía, y no gemía como de costumbre. Pero considerando insensato mandarlo a la muerte, puesto que uno bastaba, así se lo dije y le mandé marcharse y no decir tonterías. Pero él era obstinado y dijo:

–Si no me permites acompañarte, te seguiré; pero prefiero ir contigo porque tengo miedo en la oscuridad. Por otra parte, esta mansión sombría me atemoriza de tal modo que mis huesos se funden sólo al pensar en ella, y por esto espero que me permitirás llevarme una jarra de vino para animarme por el camino porque sin esto me expongo a aullar de miedo y molestarte. Es inútil que tome un arma, porque tengo el corazón tierno y siento horror de ver correr la sangre, y tengo siempre más confianza en mis piernas que en las armas, y por esto si quieres luchar con el dios, es asunto tuyo, pero yo miraré y te ayudaré con mis consejos.

Pero yo le interrumpí:

–Deja ya de divagar y toma una jarra si quieres, pero vámonos, porque creo que los guardas duermen bajo el efecto del soporífero que les he dado con el vino.

En efecto, los guardas dormían profundamente y el sacerdote también, de manera que pude coger la llave de la pequeña puerta y nos llevamos también una lámpara y antorchas. Al claro de luna, nos fue fácil abrir la puerta y entrar en la mansión del dios, y en las tinieblas oía los dientes de Kaptah castañetear contra el borde de la jarra.

5

Después de haberse dado ánimos bebiendo, Kaptah me dijo con voz apagada:

–¡Oh, dueño mío! Enciende una antorcha porque estas tinieblas son peores que las del infierno, que nadie puede evitar, pero aquí estamos por nuestra voluntad.

Soplé sobre las ascuas y encendí una antorcha y vi que estábamos en una caverna cerrada por puertas de bronce. De esta caverna partían en direcciones diferentes diez corredores de paredes de ladrillo y no me sorprendió, porque había oído decir que el dios de Creta habitaba en un laberinto, y los sacerdotes de Babilonia me habían enseñado que los laberintos se construyen según el modelo de los intestinos de los animales sacrificados. Por esto esperaba encontrar el buen camino, porque durante los sacrificios había visto a menudo intestinos de toro. Por eso mostré a Kaptah el corredor más alejado y le dije:

–Pasemos por allá.

–No tenemos prisa –dijo Kaptah–, y la prudencia es la

madre de las virtudes. Por esto sería prudente asegurarnos poder regresar hasta aquí, cosa que dudo.

Y con estas palabras sacó del bolsillo un ovillo de cordel que ató firmemente a una clavija de madera que hundió sólidamente entre dos ladrillos. En su simplicidad, esta idea era tan cuerda que jamás se me hubiera ocurrido, pero no se lo dije para no perder prestigio a sus ojos. Por esto le dije con rabia que se diese prisa. Avancé por el corredor teniendo en mi mente la imagen de los intestinos de los toros y Kaptah iba desenrollando el ovillo del cordel a medida que avanzábamos.

Anduvimos errantes sin fin por corredores oscuros, y nuevos corredores se abrían ante nosotros y a veces volvíamos sobre nuestros pasos cuando una pared nos cerraba el camino y nos metíamos por otro corredor, pero de repente Kaptah se detuvo, husmeó el aire, sus dientes comenzaron a castañetear, la antorcha que tenía en la mano tembló y dijo:

–¡Oh, dueño mío! ¿No notas el olor de los toros?

Advertí, en efecto, un olor que recordaba el de los toros, pero más repugnante todavía, que parecía trasudar de los muros por entre los que caminábamos, como si el laberinto entero hubiese sido un inmenso establo. Pero di orden a Kaptah de avanzar sin husmear el aire, y cuando hubo echado un buen trago avanzamos rápidamente, hasta el momento en que mi pie tropezó con un objeto y al agacharme vi que era una cabeza de mujer en estado de putrefacción que conservaba todavía los cabellos. Entonces supe que no encontraría a Minea viva, pero una sed insensata de saber toda la verdad me indujo a seguir adelante y empujé a Kaptah prohibiéndole lamentarse, y el cordel iba desenrollándose a medida que avanzábamos. Pero pronto una pared se levantó ante nosotros y tuvimos que volver sobre nuestros pasos.

Súbitamente Kaptah se detuvo, sus escasos cabellos se erizaron en su cabeza y su rostro se puso lívido. Miré también y vi en el corredor una boñiga de toro seca, pero era del tamaño de un cuerpo humano, y si procedía de un toro, debía de ser éste un animal de tales dimensiones que era imposible imaginarlo. Kaptah adivinó mis ideas y dijo:

–No puede ser una boñiga de toro, porque animal de estas dimensiones no podría pasar por estos corredores. Creo que deben de ser los excrementos de una serpiente gigante.

A estas palabras bebió un largo trago, sus dientes castañeteaban contra el borde de la jarra y yo me dije que aquellos meandros parecían efectivamente hechos para ser seguidos por las ondulaciones de una serpiente gigantesca, y me decidí a volver atrás. Pero me acordé nuevamente de Minea. Una horrenda desesperación se apoderó de mí y arrastré a Kaptah agarrando en mi mano un puñal que sabía que había de serme útil.

Pero a medida que avanzábamos el olor se iba haciendo más fuerte y parecía proceder de una especie de fosa común, y nos faltaba la respiración. Pero mi espíritu se reconfortaba, porque sabía que pronto llegaríamos a la meta. Bruscamente, un lejano resplandor llenó el corredor de un tono grisáceo y entramos en la montaña, donde las paredes no eran ya de ladrillo, sino de piedra blanda. El corredor formaba un suave declive y tropezábamos con osamentas humanas y excrementos de toro, como si nos encontrásemos en el antro de alguna enorme fiera, y finalmente se abrió delante de nosotros una inmensa gruta y nos detuvimos en el borde de la roca para contemplar las ondas en medio de una pestilencia espantosa.

Esta gruta estaba iluminada por el mar, porque podíamos ver sin antorchas bajo una espantosa luz verdosa y oíamos el ruido de las olas contra las rocas en algún sitio lejano. Pero delante de nosotros, sobre la superficie del mar, flotaba una hilera de gigantescos pellejos de cuero y pronto nuestros ojos vieron que se trataba del cadáver de un animal enorme, más espantoso que todo lo imaginable y en plena putrefacción. La cabeza estaba metida bajo el agua, pero parecía la de un toro y el cuerpo era el de una inmensa serpiente con sus circunvoluciones tortuosas. Comprendí que contemplaba al dios de Creta, pero vi también que este monstruo espantoso estaba muerto desde hacía algunos meses. ¿Dónde estaba, pues, Minea?

Pensando en ella, pensaba también en todos los que, consagrados al dios, habían penetrado en este antro después de haber aprendido a bailar delante de los toros. Pensaba en los jóvenes que habían tenido que abstenerse de tocar mujer y en las muchachas que habían tenido que preservar su virginidad para poder presentarse ante el dios de luz y felicidad, y pensaba en sus cráneos y sus huesos que yacían en la mansión oscura y en el monstruo que los acechaba en los corredores sinuosos y que les cerraba el camino con su espantoso cuerpo, de manera que su habilidad y sus saltos no les servían para nada. El monstruo vivía de carne humana y una comida al mes le bastaba, y por esta comida los dueños de Creta le sacrificaban la flor y nata de su bella juventud, con la esperanza de conservar su supremacía marítima. Este monstruo debió sin duda salir un día de los abismos espantosos del mar y una tempestad lo había arrojado a aquella gruta y le habían cerrado la salida construyéndole un laberinto para llegar hasta él alimentándolo con ofrendas humanas, hasta el día en que había muerto y no podía ser sustituido por otro. Pero ¿dónde estaba Minea?

Enloquecido de desesperación, la llamé por su nombre y toda la gruta resonó, pero Kaptah me mostró en el suelo unas manchas de sangre ya secas sobre las losas. Seguí este rastro con la mirada y en el agua vi el cuerpo de Minea, o, mejor dicho, lo que de él quedaba, porque reposaba sobre la arena donde los cangrejos la devoraban y no tenía ya rostro, pero la reconocí por sus cabellos. Y no tuve necesidad de ver la herida de espada en su flanco, porque ya sabía que el Minotauro la había llevado hasta allí para herirla por la espalda y arrojarla al agua a fin de que nadie supiese que el dios de Creta había muerto. Tal había sido sin duda la suerte de muchos iniciados antes que Minea.

Ahora que veía, sabía y lo comprendía todo, un grito espantoso salió de mi garganta y cayendo de rodillas, perdí el conocimiento, y hubiera ido seguramente a reunirme con Minea si Kaptah, cogiéndome por los brazos, no me hubiese echado hacia atrás, como me contó más tarde. En efecto, a partir de aquel momento no recuerdo ya nada, salvo lo que Kaptah me contó. Profunda y misericordiosamente, la inconsciencia me había arrancado a mis dolores y a mi desesperación.

Kaptah me contó que durante largo rato gimió al lado de mi cuerpo, creyéndome muerto, y lloró también por la pobre Minea. Cuando recobró la serenidad me tocó y se dio cuenta de que vivía y se dijo que debía salvarme puesto que no podía hacer nada por Minea. Había visto otros cuerpos devorados por los cangrejos, los cuales reposaban blancos y mondos en el fondo del mar. En todo caso, la pestilencia comenzaba a incomodarlo, y habiéndose dado cuenta de que no podía transportar a la vez la jarra y mi cuerpo, la vació resueltamente y la arrojó al agua, y el vino le dio tal fuerza que consiguió llevarme hasta las puertas de bronce, siguiendo el cordel desenrollado. Después de haber reflexionado, arrolló de nuevo el cordel a fin de no dejar rastro de nuestro paso por el laberinto y afirmó haber visto sobre las paredes, en los cruces de corredores, signos secretos que el Minotauro había seguramente trazado para reconocer el camino del dédalo de los corredores. En cuanto a la jarra, la había lanzado al agua para procurar una buena sorpresa al Minotauro cuando efectuara su nueva visita de verdugo.

Amanecía en el momento en que me sacó del laberinto y fue a dejar en su sitio la llave en la casa del sacerdote, porque éste y los guardas dormían todavía bajo el efecto de la droga. Entonces me llevó al borde de un arroyo, ocultándome entre las matas, y me lavó el rostro con agua y me dio masaje en los brazos hasta que recobré el conocimiento. Pero no conservo el menor recuerdo, porque no recuperé mi espíritu hasta mucho más tarde, cuando nos acercábamos a la villa, y Kaptah me sostenía por los brazos. A partir de entonces me acuerdo de todo.

No recuerdo haber sentido entonces un profundo dolor, y no me acordaba mucho de Minea, que era como una sombra lejana en mi memoria, una mujer conocida antaño en otro mundo. En cambio, me decía que el dios de Creta estaba muerto y que el poderío cretense iba a derrumbarse tal como estaba escrito en las predicciones, y a mí no me contrariaba, pese a que los cretenses hubiesen sido amables conmigo, y su existencia despreocupada fuera como una espuma resplandeciente en el borde del mar. Acercándome a la villa, experimentaba júbilo al decirme que aquellas mansiones se retorcerían bajo las llamas y que los gritos de las mujeres en celo se transformarían en aullidos de agonía y que la cabeza dorada del Minotauro sería aplastada a golpes de maza y hecha pedazos cuando llegase la hora del reparto del botín y que nada quedaría del poderío cretense, sino que la isla se hundiría en las ondas de las cuales había emergido junto con el monstruo.

Pensaba también en el Minotauro y no solamente con cólera, porque la muerte de Minea debió de ser dulce y no había tenido que huir delante del monstruo usando de todas sus fuerzas, sino que había perecido sin saber muy bien lo que le ocurría. Pensaba en el Minotauro como en el solo hombre que sabía que su dios estaba muerto y que Creta iba a derrumbarse, y comprendía que el secreto era pesado de llevar. No, no alimentaba ningún odio contra el Minotauro, sino que iba canturreando y riéndome estúpidamente con Kaptah, que me sostenía, de manera que éste podía fácilmente explicar a la gente con quienes nos cruzábamos que estaba todavía ebrio a causa de haber esperado a Minea demasiado tiempo, lo cual era comprensible, puesto que era extranjero y no conocía bien las costumbres del país e ignoraba que no era decente mostrarse ebrio por la calle en pleno día. Kaptah acabó encontrando una litera y me llevó a la hostería, donde pude beber mucho vino a mis anchas y después me dormí larga y profundamente.

Al despertar me sentí de nuevo fresco y dispuesto a todo y alejado ya de todo el pasado, de manera que pensé en el Minotauro y me dije que podría ir a matarlo, pero pensé que aquello no me proporcionaría ni provecho ni placer. Hubiera podido revelar a la gente del pueblo que su dios estaba muerto, a fin de que prendiesen fuego a todo y corriese la sangre por la villa, pero tampoco aquello me hubiera procurado provecho ni goce. Verdad era que hablando así hubiese podido salvar la vida de todos los designados para entrar en la casa del dios, pero sabía que la verdad es un puñal desnudo en la mano de un niño y que se vuelve contra el que lo lleva.

Me decía que el dios de Creta no tenía nada que ver conmigo, puesto que no me devolvería a Minea y que los cangrejos y los camarones desnudarían sus delgados huesos, que reposaban sobre la arena para toda la eternidad. Me decía que todo aquello había estado escrito en las estrellas desde mucho antes de mi nacimiento. Estos pensamientos me procuraban consuelo y así se lo dije a Kaptah, pero me contestó que debía de estar enfermo y necesitaba reposo, y no permitió que nadie fuese a verme.

En general estaba bastante descontento de Kaptah, que me llevaba constantemente comida a pesar de que no tenía apetito y hubiera preferido vino. Tenía una sed inextinguible que sólo el vino era capaz de calmar y me sentía más tranquilo cuando el vino me hacía ver las cosas dobles. Entonces me daba cuenta de que nada es como aparenta serlo, ya que un bebedor ve doble cuando ha bebido y lo cree verdad, pese a que sabe que no lo es. Ésta era a mi juicio la esencia de todo saber, pero cuando trataba de explicárselo pacientemente a Kaptah no me escuchaba y mandándome acostar me hacía cerrar los ojos para calmarme. Sin embargo, me sentía tranquilo y calmado, como un pez muerto en un bocal y no quería tener los ojos cerrados, porque entonces veía cosas desagradables, como en un agua estancada, los huesos humanos blanqueados de una cierta Minea a quien había conocido un día, mientras ejecutaba una danza complicada delante de una serpiente con la cabeza de toro. Por eso no quería tener los ojos cerrados y buscaba mi bastón para apalear a Kaptah, del que estaba asqueado. Pero él lo había escondido, así como el puñal tan precioso que había recibido como regalo del comandante de los guardas hititas del puerto, y no lo encontraba cuando quería ver manar la sangre de mis arterias.

Y Kaptah tuvo la osadía de negarse a llamar a mi casa al Minotauro, a pesar de mi insistencia, porque hubiera querido discutir con él, ya que me parecía el único hombre del mundo capaz de comprender mis profundos puntos de vista sobre los dioses, la verdad y la imaginación. Y Kaptah se negó también a traerme una cabeza de toro ensangrentada para poder discutir con ella sobre los toros, el mar y las danzas delante de los toros. Rechazaba incluso mis demandas más modestas, de manera que estaba seriamente irritado contra él.

Más tarde me di cuenta de que en aquel momento estaba enfermo y no trato siquiera de recordar mis pensamientos de entonces, porque el vino me debilitaba el espíritu y turbaba mi memoria. Pero creo, sin embargo, que el vino me salvó la razón y, con mi fe en los dioses y en la bondad humana, me ayudó a pasar el peor momento, una vez hube perdido a Minea.

El río de mi vida se detuvo en su carrera y se extendió en un vasto estanque bello a la vista, que reflejaba el cielo y las estrellas, pero si se probaba a hundir en él un bastón, el agua era baja y el fondo estaba lleno de limo y podredumbre.

Después vino el día en que me desperté en mi albergue y vi a Kaptah sentado en un rincón de la estancia, llorando suavemente y moviendo la cabeza. Incliné la jarra de vino con mis manos temblorosas y después de haber bebido le dije:

–¿Por qué lloras, perro?

Era la primera vez desde hacía mucho tiempo que le dirigía la palabra, porque estaba harto de sus cuidados y de su idiotez. Levantó la cabeza y dijo:

–En el puerto hay un bello navío que apareja para Siria, y será probablemente el último antes de las grandes tormentas del invierno. Por esto lloro.

Y yo le dije:

–Ve pronto a embarcarte antes de que te apalee, porque estoy hastiado de tu odiosa presencia y de tus incesantes lamentaciones.

Pero tuve vergüenza de mis palabras y dejé la jarra de vino, experimentando un dulce consuelo a la idea de que existía en el mundo un ser que dependía de mí, aun cuando no fuese más que un esclavo fugitivo.

Pero Kaptah dijo:

–En verdad, ¡oh, dueño mío!, también yo estoy harto de ver tu embriaguez y tu vida de cerdo, hasta el punto de que el vino ha perdido todo sabor para mi boca, cosa que jamás hubiera creído posible, y he renunciado incluso a beber cerveza. Los muertos, muertos están, de manera que creo que haríamos bien en largarnos de aquí mientras estemos a tiempo de hacerlo. Has arrojado ya por la ventana todo el oro y la plata que has ganado en tus viajes, y no creo que con tus manos temblorosas seas capaz de curar a nadie, puesto que no eres casi capaz de llevarte una jarra a los labios. Debo confesar que al principio veía con gusto cómo bebías para calmarte y yo te inducía a beber, y he desprecintado para ti nuevas jarras y yo bebía también. Y me jactaba con los demás: «¡Mirad qué dueño tengo! Bebe como un hipopótamo y ahoga todo su oro y su plata en las jarras de vino, llevando una vida de placeres.» Pero no me jacto ya, porque siento vergüenza de mi dueño, porque hay un límite a todo y tú te lanzas siempre a los extremos. No censuro al hombre que lleva un vaso de más y se pelea en las esquinas y se despierta en una casa de placer, porque es una costumbre razonable que consuela maravillosamente el espíritu en el dolor, y durante mucho tiempo he practicado esta receta. Pero esta embriaguez se remedia muy fácilmente con cerveza y pescado seco, y se vuelve al trabajo, como los dioses lo han prescrito y lo exigen las conveniencias. Pero tú bebes como si cada jarra fuese la última de tu vida y temo que bebas para morirte, pero, si quieres hacerlo, ahógate con preferencia en una barrica de vino, porque este método es más rápido y más agradable y no tienes que avergonzarte de él.

Yo reflexionaba sobre sus palabras y contemplaba mis manos que habían sido las de un hombre que curaba, pero que temblaban ahora como si tuviesen voluntad propia y no pudiese dominarlas. Entonces pensé en todo el saber que había acumulado en tantos países, y comprendí que todo exceso era una locura y que tan insensato era exagerar en el comer y beber como en el dolor y la alegría. Y por esto le dije a Kaptah:

–Sea como tú deseas, pero debes saber que estoy perfectamente al corriente de todo lo que acabas de decir y que tus palabras no ejercen influencia alguna sobre mis decisiones, sino que son como el zumbido inoportuno de las moscas en mis oídos. Pero voy a dejar de beber ahora, y durante algún tiempo no abriré una sola jarra de vino. He conseguido, en efecto, ver claro en mí y quiero abandonar Creta y regresar a Simyra.

Al oír estas palabras, Kaptah saltó de júbilo, riéndose, de un lado a otro de la estancia, a la manera de los esclavos.

Después salió a preparar nuestra marcha y el mismo día nos embarcamos. Los remeros metieron los remos en el agua y sacaron el navío del puerto pasando por delante de centenares de navíos y barcos de guerra cretenses con los cascos cubiertos de rodelas de cobre. Pero ya fuera, los remeros retiraron sus remos, el capitán ofreció un sacrificio al dios del mar y a los de su camarote y mandó izar las velas. El navío se inclinó y las olas azotaron su casco con violencia. Pusimos proa a las riberas de Siria, y Creta desapareció bajo el horizonte como una nube azul, una sombra o un sueño, y a nuestro alrededor no quedaba más que la inmensidad agitada del océano.

LIBRO NOVENO

«LA COLA DE COCODRILO»

1

Así fue como llegué a ser hombre y no era ya ningún muchacho cuando llegué a Simyra después de tres años de ausencia. El viento marino disipó los vapores de la embriaguez, dio claridad a mis ojos y restauró la fuerza de mis miembros, de manera que comía y bebía y me comportaba como los demás, aunque no hablase tanto, porque era más solitario todavía que antes. Y, no obstante, la soledad es el patrimonio de la edad adulta, si así ha sido siempre establecido, pero yo había sido solitario desde mi infancia y extraño al mundo desde que abordé a las riberas del Nilo y no tuve que acostumbrarme a la soledad como tantos otros, sino que la soledad era para mí un hogar y un refugio en las tinieblas.

De pie, a proa, frente a las olas verdes y azotado por un viento que alejaba todos los vanos pensamientos, veía a lo lejos unos ojos que parecían el claro de luna sobre el mar y oía la risa caprichosa de Minea y la veía bailar sobre las eras arcillosas de Babilonia, con una túnica ligera, joven y flexible como un junco. Y esta imagen no me causaba ya pena ni dolor, era un tormento delicioso como el que se experimentaba al despertar cuando se evoca un sueño nocturno más bello que la realidad. Por esto me alegraba de haberla encontrado en mi camino y no hubiera renunciado a ninguno de los instantes vividos con ella, porque sabía que sin ella mi medida no hubiera sido colmada. El mascarón de proa era de madera pintada, pero tenía un rostro de mujer y sentía cerca de ella que mi virilidad era todavía fuerte y que gozaría aún de muchas mujeres, porque las noches son frías para un solitario. Pero estaba seguro de que estas otras mujeres no serían para mí más que madera pintada e insensible y que al estrecharlas entre mis brazos por la noche en la oscuridad no buscaría en ellas más que a Minea, el brillo de sus ojos claro de luna, el calor de su cuerpo delgado y el olor a ciprés de su piel. Y así me despedí para siempre de Minea, al lado de aquel mascarón de proa.

En Simyra, mi casa estaba en su sitio, si bien los ladrones habían forzado las ventanas llevándose todo lo que valía la pena y olvidé depositar en los graneros de la casa de comercio. Al prolongarse mi ausencia, los vecinos habían aprovechado el patio para arrojar las basuras y hacer sus necesidades, de manera que el hedor era espantoso y las ratas reinaban en las habitaciones llenas de telarañas. Los vecinos no estuvieron muy encantados de verme, sino que me cerraron las puertas a las narices diciendo: «Es egipcio y todo el mal viene de Egipto.» Por esto me instalé en la hostería mientras Kaptah ponía la casa en orden y yo iba a la casa de comercio donde había depositado mis fondos. Puesto que al cabo de tres años de viajes regresaba más pobre que antes porque, además de todo lo que había ganado con mi arte, había perdido el resto del oro de Horemheb, que quedó en manos de los sacerdotes de Babilonia a causa de Minea.

Los ricos armadores quedaron muy sorprendidos al verme y su nariz se alargó y se rascaron la barbilla, porque pensaban ya haber heredado mi parte. Pero me pagaron honradamente mis buenas ganancias, porque si bien algún barco había naufragado, otros habían reportado pingües beneficios, de manera que era mucho más rico a mi regreso que a mi marcha y no tenía que preocuparme por mi vida en Simyra.

Y entonces mis amigos los armadores me invitaron a sus casas y me ofrecieron vino y bizcochos de miel y me dijeron con aire embarazado:

–Sinuhé, tú eres nuestro médico, pero eres egipcio, y si bien comerciamos gustosos con Egipto, no dejamos de ver con desagrado a los egipcios instalarse en nuestro país, porque el pueblo gruñe y está abrumado por los impuestos que tiene que pagar al faraón. Ignoramos cómo ha comenzado la cosa, pero ha ocurrido, ya que los egipcios han sido lapidados por las calles y su osamenta arrojada al río y se han lanzando animales muertos a sus templos y la gente no quiere mostrarse en público con un egipcio. Tú, Sinuhé, eres nuestro amigo y te respetamos por tus curaciones. Por esto queremos avisártelo, para que estés en guardia.

Estas palabras me causaron la más profunda estupefacción, pues antes de mi partida los sirios rivalizaban en su amistad por los egipcios y los invitaban a sus casas, y de la misma manera que en Tebas se imitaban las costumbres sirias, en Simyra se copiaban las modas de Egipto. Y, sin embargo, Kaptah bien confirmó estas declaraciones y muy excitado me informó:

–Algún malvado diablo ha penetrado sin duda alguna por el ano de los simyrianos, porque se comportan como perros enloquecidos y fingen no hablar el egipcio, y me han arrojado de la taberna donde había entrado para refrescar mi garganta, que estaba seca como el polvo después de todas las pruebas pasadas por tu culpa, ¡oh, mi dueño! Me han arrojado por la puerta cuando han comprobado que era egipcio y me han lanzado injurias y los chiquillos excrementos de asno. Por esto me he metido en otra taberna, porque verdaderamente mi garganta estaba seca como un saco de esparto y tenía muchas ganas de beber cerveza siria, que es fuerte, pero no dije una palabra, lo cual me fue muy difícil, como puedes imaginar, porque mi lengua es como un animal ágil que no puede permanecer quieto. En todo caso, sin decir palabra, metí mi paja en la jarra de cerveza y presté oído a lo que decían los demás bebedores. Decían que antaño Simyra era una ciudad libre, que no pagaban impuestos y que no quieren que sus hijos sean desde su nacimiento esclavos del faraón. Las demás villas sirias han sido también todas libres; por tanto, habría que partir la cabeza a todos los egipcios y echarlos de Siria, y que esto es lo que tenían que hacer los amantes de la libertad que no quisieran ser esclavos del faraón. He aquí las estupideces que decían, y, sin embargo, todo el mundo sabe que Egipto ocupa Siria por el bien de ésta y que no saca de ella provecho alguno, sino que se limita a proteger a los sirios unos de otros, porque, abandonadas a sí mismas, las villas de Siria son como gatos monteses encerrados en un saco, y se querellan, se baten y se destrozan, de forma que la agricultura, la cría de ganado y el comercio van en decadencia. Esto lo saben todos los egipcios, pero los sirios hablaban de una alianza entre todas las ciudades de la Siria y se jactaban de su fuerza, y sus palabras acabaron asqueándome hasta el punto de que me eclipsé, mientras el dueño me volvía la espalda, sin pagar mi gasto.

No tuve necesidad de circular mucho tiempo por la ciudad para darme cuenta de la veracidad de las palabras de Kaptah. Cierto es que nadie me molestó, porque llevaba vestidos sirios, pero la gente que me conocía me volvía la cara y los egipcios iban escoltados por guardias. A pesar de esto los insultaban y les arrojaban frutas podridas y animales muertos. Pero yo no creía que fuese muy peligroso; los sirios estaban manifiestamente enfurecidos por los nuevos impuestos, pero esta excitación se desvanecería porque Siria sacaba de Egipto tanto provecho como ésta de ella y no creo que las ciudades costeras pudiesen subsistir mucho tiempo sin el trigo de Egipto.

Por esto hice instalar mi casa para recibir en ella a los enfermos, y curé a muchos, y muchos clientes volvieron, porque la enfermedad y el dolor no se informan acerca de la nacionalidad del médico, sino de su habilidad. Pero, aun así, a menudo mis clientes discutían conmigo y me decían:

–Tú que eres egipcio, dime si no es injusto que Egipto nos exija impuestos y se aproveche de nosotros y engorde a costa nuestra como una sanguijuela. La guarnición egipcia en nuestra ciudad es una ofensa, porque nos bastamos para mantener el orden y defendernos contra nuestros enemigos. También es injusto que no podamos reconstruir nuestras murallas y reparar nuestras propias torres si no consentimos en soportar los gastos. Nuestras autoridades son aptas para gobernarnos sin que los egipcios intervengan en la coronación de nuestros príncipes y en nuestra jurisdicción. Por Baal, que sin los egipcios sería un pueblo próspero y feliz, pero los egipcios caen sobre nosotros como la langosta y vuestro faraón quiere imponernos un nuevo dios, de manera que perdamos el favor de los nuestros.

Yo no tenía muchas ganas de discutir con ellos, pero respondí, sin embargo:

–¿Contra quién queréis construir murallas y torres sino contra Egipto? Es cierto que en los tiempos de mis padres y de los vuestros vuestra ciudad era libre en sus murallas, pero vertíais sangre y os empobrecíais en unas guerras interminables con vuestros vecinos a quienes seguís detestando, y vuestros príncipes practicaban el arbitraje, de manera que ricos y pobres estaban sometidos a su capricho. Ahora los escudos y las lanzas de los egipcios os protegen de vuestros enemigos y la ley de Egipto garantiza los derechos de los pobres y los ricos.

Pero ellos se excitaban, sus ojos se inyectaban en sangre y con voz agitada decían:

–Las leyes de Egipto son puro estiércol y vuestros dioses una abominación. Si nuestros príncipes empleaban la injusticia y la violencia, cosa que no creemos porque es una mentira de los egipcios para hacernos olvidar nuestra libertad, eran, por lo menos, de los nuestros y nuestro corazón nos dice que la injusticia en un país libre es preferible a la justicia en un país sometido.

Y yo les contestaba:

–No veo sobre vosotros las marcas de la esclavitud, al contrario, engordáis y os jactáis de enriqueceros por la estupidez de los egipcios. Pero si fueseis libres os robaríais los navíos y os cortaríais los árboles frutales y vuestras vidas no estarían seguras durante los viajes por el interior del país.

Pero se negaban a escucharme, me lanzaban su regalo y se marchaban diciendo:

–En el fondo de tu corazón eres egipcio, aunque lleves vestiduras sirias. Todo egipcio es un opresor, y un malhechor, y no hay egipcio bueno más que cuando está muerto.

Por todas estas razones no me encontraba a gusto en Simyra y comencé a entrar en posesión de mis créditos y a preparar mi marcha, porque según mi promesa debía presentar mi informe a Horemheb. Tenía que regresar a Egipto. Pero no me daba prisa porque mi corazón se sentía presa de un extraño temblor al pensar que bebería de nuevo agua del Nilo. El tiempo pasaba y los espíritus se calmaron un poco, porque una mañana se encontró en el puerto a un soldado egipcio degollado y la gente se asustó tanto que todo el mundo se encerró en su casa y se restableció la tranquilidad. Pero las autoridades no consiguieron descubrir al culpable y no ocurrió nada. De manera que los ciudadanos volvieron a abrir sus puertas y aumentó la aversión a los egipcios y la gente no cedía ya el paso a los egipcios, sino que eran ellos los que tenían que apartarse y circular armados.

Una tarde, mientras volvía al templo de Ishtar, al que iba algunas veces, como el hombre sediento que apaga su sed sin mirar en qué pozo bebe, encontré unos sirios cerca de las murallas y dijeron:

–¿No es un egipcio? ¿Vamos a permitir a este circunciso acostarse con nuestras vírgenes y profanar nuestros templos?

Y yo les dije:

–Vuestras vírgenes, que con justicia podrían llamarse con otro nombre, no miran el aspecto ni la nacionalidad del hombre, sino que pesan su placer con el peso del oro de su bolsa, cosa que no les censuro, puesto que voy a divertirme con ellas y cuento hacerlo cada vez que me venga en gana.

Entonces se cubrieron el rostro con sus manos y se arrojaron sobre mí, me derribaron y me golpearon la cabeza contra el suelo hasta el punto de que creí llegada mi última hora. Pero mientras me desvalijaban y me desnudaban para arrojar mi cuerpo al puerto, uno de ellos vio mi rostro y gritó:

–¿No es acaso Sinuhé, el médico egipcio y amigo del rey Aziru?

Se detuvieron y yo les grité que los haría matar y arrojar sus cuerpos a los perros, porque me habían hecho daño y estaba tan furioso que no pensaba siquiera en tener miedo. Entonces me dejaron y me devolvieron mis ropas, y huyeron ocultándose el rostro y yo no comprendí por qué obraban así, pues no tenían nada que temer de las vanas amenazas de un hombre solo.

2

Algunos días más tarde un mensajero detuvo su caballo ante mi puerta, lo cual era un espectáculo raro, porque un egipcio no monta nunca a caballo y un sirio tan sólo en raras ocasiones, y únicamente los rudos bandoleros del desierto utilizan esta montura. Porque el caballo es un animal grande y violento que cocea y muerde si se trata de montarlo y hace caer al jinete, mientras un asno se acostumbra a todo. Incluso enganchado a un carro es un animal temible; sólo los soldados entrenados pueden dominarlo metiéndole los dedos en los agujeros de la nariz. Sea como fuere, un hombre a caballo se presentó ante la puerta de mi casa y el caballo estaba cubierto de espuma y la sangre manaba de su boca y se agitaba terriblemente. Por las ropas del hombre vi que venía de las montañas de los pastores y leí en su rostro que estaba muy inquieto.

Se precipitó tan bruscamente hacia mí que no tuvo apenas tiempo de tocarse la frente con la mano al inclinarse, y lleno de angustia me gritó:

–Haz preparar tu litera, médico Sinuhé, y sígueme con urgencia, porque vengo del país de Amurrú y el rey Aziru me envía a buscarte. Su hijo está enfermo y nadie sabe lo que tiene; el rey está encolerizado como un león en el desierto y le rompe los miembros a todo el que se acerca a él. Toma tu caja de médico y sígueme deprisa; si no, te rebanaré el cuello con este puñal y tu cabeza rodará por la calle.

–Tu rey no haría nada con mi cabeza –le dije yo– porque sin manos no puedo curar a nadie. Pero te perdono tus palabras impacientes y te seguiré. No a causa de tus amenazas, que no me causan ningún temor, sino porque el rey Aziru es mi amigo y quiero ayudarlo.

Mandé a Kaptah a buscar una litera y seguí al mensajero, y mi espíritu se alegraba, porque estaba tan solitario que sería para mí un placer encontrar incluso a un hombre tan simple como Aziru, a quien había dorado los dientes. Pero cesé de gozar cuando llegamos al pie de una montaña y me instalaron con mi caja de médico en un carro de guerra y unos caballos salvajes nos llevaron por entre las rocas y las montañas; de manera que yo esperaba romperme los miembros a cada instante y lanzaba unos aullidos de miedo a mi guía, que se quedaba atrás con su caballo reventado, y yo esperaba a cada momento que se rompiera la nuca.

Detrás de las montañas me arrojaron con mi caja en otro carro con los caballos frescos y yo no sabía ya si estaba de pie o cabeza abajo y no me cansaba de gritar al conductor: «¡Bandido, canalla, granuja!», y de darle puñetazos en la espalda en cuanto el camino era llano y me atrevía a soltar una mano del borde del carro. Pero al hombre no le inquietaba nada de esto, tiraba de las riendas y hacía restallar el látigo, de manera que el carro saltaba por las piedras y yo temía que las ruedas se soltasen.

De esta manera, el viaje no fue largo y antes de la puesta de sol llegamos a la villa rodeada de murallas muy nuevas. Soldados armados velaban en ellas, pero la puerta se abrió ante nosotros y atravesamos la villa en medio del rebuzno de los asnos, los gritos de las mujeres y los chillidos de los chiquillos, derribando las cestas de frutas y rompiendo innumerables jarras de vino, porque el conductor no miraba por dónde pasaba. Pero cuando me bajaron del carro no podía caminar, me tambaleaba como un hombre ebrio, y los guardias me llevaron al palacio de Aziru sosteniéndome por debajo de los brazos mientras los esclavos corrían con mi caja. Apenas llegado al vestíbulo, que estaba lleno de armaduras y escudos, de plumas y de colas de león en las puntas de las lanzas, vi a Aziru precipitarse hacia mí aullando como un elefante herido. Había desgarrado sus vestiduras y lacerado su rostro con las uñas.

–¿Por qué habéis tardado tanto, bandidos, canallas, babosas? –rugió, mesándose la rizada barba.

Golpeó con el puño a los conductores que me sostenían y bramó como una fiera:

–¿Por dónde habéis rondado, malos servidores, mientras mi hijo se muere?

Pero los conductores se defendieron diciendo:

–Hemos corrido tanto que muchos de los caballos están reventados y hemos cruzado las montañas más aprisa que los pájaros. Todo el mérito es de este médico, pues ardía en deseos de llegar para curar a tu hijo, y nos animaba con sus gritos cuando estábamos cansados y nos daba puñetazos cuando la velocidad disminuía, lo cual es increíble por parte de un egipcio; jamás, puedes creernos, se ha venido tan deprisa desde Simyra a Amurrú.

Entonces Aziru me abrazó y llorando dijo:

–Sanarás a mi hijo, lo curarás y cuanto poseo es tuyo.

Pero yo le dije:

–Permíteme primero ver a tu hijo, para saber si puedo curarlo.

Me llevó rápidamente a una gran habitación donde una estufa despedía un fuerte calor, a pesar de que estábamos en verano. En medio había una cuna en la cual lloraba un niño de apenas un año, envuelto en telas de lana. Lloraba con tanta fuerza que tenía el rostro violáceo y el sudor brotaba de su frente, y tenía la espesa cabeza negra de su padre, pese a ser tan pequeño. Lo examiné y vi que no tenía nada grave, pues si hubiese estado a punto de morir no hubiera chillado tan fuerte. Miré a mi alrededor y vi, echada al lado de la cuna, a Keftiú, la mujer que había regalado a Aziru, y estaba más gorda y más blanca que nunca, y sus carnes abundantes temblaban mientras en su dolor golpeaba el suelo con su frente, gimiendo. En todos los rincones de la habitación, esclavas y nodrizas gemían también, y estaban cubiertas de golpes y chichones, tanto las había apaleado Aziru en su impotencia en curar a su hijo.

–Nada temas, Aziru –le dije–. Tu hijo no morirá, pero deseo lavarme antes de auscultarlo, y llevaos esta maldita estufa, porque aquí se ahoga uno.

Entonces Keftiú levantó bruscamente la cabeza, y asustada dijo:

–El niño tendrá frío. –Después me miró largamente y me sonrió; se levantó para reparar el desorden de sus cabellos y sus ropas, y me sonrió de nuevo, diciéndome–: Sinuhé, ¿eres tú?

Pero Aziru se retorcía las manos y gritaba:

–Mi hijo no come, vomita todo lo que toma, su cuerpo está ardiendo desde hace tres días y llora continuamente, de manera que mi corazón se parte al oírlo llorar así.

Le pedí que despidiese a las nodrizas y las esclavas, y me obedeció, olvidando su dignidad real. Después de haberme lavado, desnudé al chiquillo y le quité todas aquellas telas de lana y mandé abrir la ventana para renovar el aire. El chiquillo se calmó en el acto y comenzó a remover sus regordetas piernas. Le toqué la barriga y el cuerpo, y después, al ser asaltado por una duda, le metí el dedo en la boca y vi que había adivinado. El primer diente había atravesado la encía como una perla blanca.

Entonces dije vivamente:

–Aziru, Aziru... ¿Para esta insignificancia has traído aquí con tus caballos salvajes al mejor médico de todo Siria? Porque sin jactancia puedo decir que he aprendido muchas cosas durante mis viajes por los diferentes países. Tu hijo no corre peligro alguno, pero es tan impaciente y rabioso como su padre y quizá tenga un poco de fiebre, pero desaparecerá y, si ha vomitado, ha obrado muy cuerdamente porque lo habéis atracado demasiado de leche grasa. Keftiú debe desmamarlo sin tardar, porque si no, en breve le va a morder los pezones, lo cual, imagino, no te causaría ningún placer, pues supongo que quieres gozar todavía de tu mujer. Debes saber, pues, que tu hijo no ha hecho más que berrear de impaciencia esperando su primer diente y si no me crees míralo tú mismo.

Abrí la boca del chiquillo y Aziru se llenó de alegría, batió palmas y bailó alrededor de la habitación golpeando el entarimado con los pies. Mostré también el diente a Keftiú y me dijo que no había visto nunca un diente de criatura tan bello. Pero cuando quiso volver a poner los pañales al niño se lo prohibí y no autoricé más que una túnica de lino.

Aziru cantaba y bailaba y golpeaba el suelo con los pies y no experimentaba la menor vergüenza por haberme molestado por tan poca cosa, pero quiso hacer admirar el diente por los nobles y los jefes e invitó a los guardias a verlo, y todos se apretujaron alrededor de la cuna, haciendo chocar sus lanzas y sus escudos tratando de meter sus dedos sucios en la boca del príncipe, pero yo los eché y rogué a Aziru que pensase en su dignidad y se mostrase razonable.

Aziru quedó confuso y dijo:

–Verdaderamente he olvidado quizá mi dignidad, pero he velado varias noches al lado de la cuna con el corazón angustiado y debes comprender que es mi primer hijo, mi príncipe, la joya de mi corona, mi leoncito, que llevará la corona de Amurrú después de mí y gobernará numerosos pueblos, porque verdaderamente quiero acrecentar mi reino para que mi hijo tenga una bella herencia y elogie el nombre de su padre. Sinuhé, Sinuhé, no sabes cuán agradecido te estoy por haber quitado esta piedra de mi corazón, porque tienes que reconocer que no has visto jamás una criatura tan vigorosa, a pesar de que hayas viajado por numerosos países. Mira un poco sus cabellos, estas crines negras de león sobre su cabeza, y dime si has visto alguna vez una cabellera como ésta en un niño de su edad. Has visto también que su diente es como una perla, clara y perfecta, y mira su vientre y sus miembros que son como pequeños toneles.

Toda esta charla me fastidió hasta el punto que dije al rey que se fuese al diablo con su hijo y que mis miembros estaban destrozados por el fatigador viaje y no sabía todavía si estaba de pie o sobre mi cabeza. Pero él me acarició y me cogió por los hombros y me ofreció platos variados en fuentes de plata y cordero asado y leche agria cocida en grasa y vino en una copa de oro, de manera que me repuse y le perdoné.

Estuve varios días en su casa y me colmó de regalos abundantes, así como oro y plata, porque se había enriquecido mucho desde nuestro encuentro, pero no quiso decirme cómo su país, tan pobre, había conseguido enriquecerse también, y se limitó a sonreír con su barba rizada diciendo que la mujer que yo le había regalado le había dado suerte. Keftiú se mostró también amable conmigo, respetándome seguramente por el recuerdo del palo con el que había comprobado a menudo la solidez de su piel, y me seguía por todas partes sonriéndome gentilmente, balanceando sus carnes opulentas. La blancura de su piel había deslumbrado a todos los jefes de Aziru, porque a los sirios les gustan las mujeres enormes, al contrario de los egipcios, que difieren también de ellos sobre este particular. Por esto los poetas amorritas han escrito poemas en su honor y se cantan con una voz lánguida repitiendo siempre las mismas palabras, e incluso sobre las murallas los guardias celebran sus encantos, de manera que Aziru estaba orgulloso de ella y la amaba tan apasionadamente que iba raramente a ver a sus otras esposas y tan sólo por cortesía, porque había tomado por esposas a las hijas de sus jefes a fin de atraerse así también a los padres.

Yo había viajado tanto y visto tantos países que él sintió la gran necesidad de jactarse de su realeza y me reveló muchas cosas que seguramente lamentó más tarde haberme referido. Así me enteré que habían sido precisamente sus emisarios quienes me habían atacado en Simyra para arrojarme al agua y de esta manera se enteró de mi regreso a Siria. Deploró vivamente el incidente y dijo:

–Habrá que matar todavía a muchos egipcios y lanzar al puerto muchos cadáveres de soldados antes de que Simyra, Biblos, Sidón y Ghaza comprendan que el egipcio no es invulnerable ni inviolable. Los mercaderes sirios son tremendamente prudentes y sus príncipes unos cobardes, y los pueblos, lentos como bueyes. Por esto los más ágiles deben ponerse a la cabeza del movimiento y dar ejemplo.

Y yo le pregunté:

–¿Por qué obras de esta forma y por qué detestas tanto a los egipcios, Aziru?

Acarició su barba rizada y, dirigiéndome una mirada de astucia, dijo:

–¿Quién pretende que detesto a los egipcios, Sinuhé? Tampoco te detesto a ti, pese a que seas egipcio. También yo he vivido mi infancia en el palacio dorado del faraón, como mi padre antes que yo y como todos los príncipes sirios. Por esto conozco las costumbres egipcias y sé leer y escribir, pese a que mis maestros me hayan tirado de los cabellos y golpeado los dedos mucho más que a los otros discípulos, porque era sirio. Pero a pesar de esto no detesto a los egipcios, porque he aprendido con ellos muchas cosas y podré regresar a su tierra cuando sea ocasión. Deberían saberlo: un señor y un soberano no detesta a nadie ni ve diferencias entre los pueblos, pero el odio es una potente palanca entre sus manos, más potente que las armas, porque sin odio los brazos no tienen fuerza para levantar las armas. Yo he nacido para mandar, porque por mis venas corre sangre de los reyes de Amurrú y con los hiksos mi pueblo dominó un día todos los países de un mar a otro. Por esto me esfuerzo en fomentar el odio entre Siria y Egipto y en soplar entre las ascuas, que se van enrojeciendo lentamente, pero que una vez inflamadas destruirán todo el poderío egipcio sobre Siria. Por esto todas las villas y tribus de Siria deben aprender a saber que el egipcio es más miserable, más haragán, más cruel, más infame, más codicioso y más ingrato que el sirio. Todos tienen que aprender a escupir de desprecio al oír pronunciar el nombre de Egipto y ver en los egipcios unos opresores inicuos, unas sanguijuelas ávidas, verdugos de mujeres y niños, a fin de que su odio sea suficientemente fuerte para mover las montañas.

–Pero todo esto es falso, como sabes muy bien –le hice observar.

Tendió las manos con la palma hacia arriba y dijo:

–¿Qué es la verdad, Sinuhé? Después de haberse impregnado de la verdad que yo les inculco estarán dispuestos a jurar por todos los dioses que es cierto, y si alguien pretende probarles lo contrario, lo matarán como si fuera un blasfemo. Tienen que pensar que son los más fuertes, los más bravos y los más justos del mundo y amar la libertad más que el hambre, la muerte y las privaciones a fin de estar dispuestos a pagar su libertad a cualquier precio. He aquí lo que les enseño y son muchos ya los que creen en mi verdad, y cada creyente convierte a otras personas y pronto el fuego se extenderá oculto por todo Siria. Es también una verdad que Egipto trajo a Siria la sangre y el fuego, y por la sangre y el fuego será expulsado de ella.

–¿Cuál es la libertad de que les hablas? –le pregunté, porque sus palabras me llenaban de temor por Egipto y todas las colonias.

De nuevo me mostró las palmas de sus manos diciendo con benevolencia:

–La libertad es una palabra complicada y cada cual le da el significado que quiere, pero esto importa poco, mientras la libertad no está conseguida. Para llegar a la libertad hay que ser muchos, pero una vez adquirida es mejor no compartirla con nadie y reservarla para uno solo. Por esto creo que el país de Amurrú tendrá un día el honor de ser llamado la cuna de la independencia siria. Puedo también decirte que un pueblo que cree todo lo que le cuentan es como un rebaño de bueyes llevado con las picas o como un rebaño de corderos que sigue al carnero sin preguntarse adónde lo lleva. Quizá yo sea tanto la pica como el carnero.

–Creo verdaderamente que eres un auténtico carnero –le dije–, puesto que hablas así, porque tus palabras son peligrosas; y si el faraón se entera de ellas, podría enviar sus carros de guerra y sus lanceros contra ti para destruir tus murallas y ahorcarte en la proa de su navío con tu hijo al regresar a Tebas.

Pero Aziru se limitó a sonreír y dijo:

–Creo no tener que temer nada del faraón porque he aceptado de su mano la cruz de vida y elevado un templo a su dios. Por esto tiene plena confianza en mí; mucha más que en ninguno de sus enviados y comandantes de guarnición que creen todavía en Amón. Voy a enseñarte algo que te divertirá.

Me llevó cerca de un muro y me mostró un cuerpo colgado cabeza abajo sobre el que pululaban las moscas.

–Si te fijas bien, verás que este hombre está circunciso y es un egipcio. Era incluso un recaudador del faraón y tuvo la osadía de venir a mi palacio a preguntarme por qué mi tribu llevaba un retraso de algunos años. Mis soldados se divirtieron mucho con él antes de colgarlo por su desfachatez. Con este acto he conseguido que en adelante los egipcios se abstengan de atravesar mi país y los mercaderes prefieran pagarme los derechos a mí y no a ellos. Comprenderás lo que esto quiere decir cuando te diga que Megiddo está en mi poder y me obedece a mí y no a su guarnición egipcia, que se oculta en el fuerte y no se atreve a mostrarse por las calles.

–Que la sangre de este desgraciado caiga sobre tu cabeza –dije yo, asustado–. Tu castigo será horrible, porque en Egipto se puede bromear con todo menos con los recaudadores del faraón.

–He expuesto simplemente la verdad sobre este muro –dijo Aziru con satisfacción–. Naturalmente, el asunto fue objeto de largas investigaciones y he accedido con gusto a redactar cartas y tablillas, y he recibido también un gran número que conservo cuidadosamente numeradas en mis archivos a fin de poder hacer referencia a ellas al escribir nuevas epístolas, hasta que pueda edificar con ellas un baluarte para protegerme. Por el Baal de Amurrú, he conseguido ya embrollar el asunto hasta un punto que el gobernador de Megiddo maldice hasta el día de su nacimiento desde que lo asedio a tablillas para que me dé satisfacción del agravio infligido por el osado recaudador. Con ayuda de numerosos testigos he conseguido probar también que este hombre era un asesino, un ladrón y un prevaricador. He probado que violaba a las mujeres en los pueblos, blasfemaba sobre los dioses de Siria y había profanado el altar de Atón en mi propia ciudad, lo cual bastará para ganar la decisión del rey. ¿Comprendes, Sinuhé? La justicia y la ley escritas sobre las tablillas de arcilla son lentas y peliagudas y los asuntos se complican a medida que las tablillas de arcilla se amontonan delante de los jueces, y al final ni el mismo diablo llegaría a desenmarañar las cosas y descubrir la verdad. En esta materia soy más fuerte que los egipcios y pronto seré también más fuerte que ellos en otros aspectos.

Pero cuanto más me hablaba más pensaba en Horemheb, porque estos dos hombres se parecían y eran soldados natos. Aziru tenía más años y estaba más corrompido por la política siria. No le creía capaz de gobernar grandes pueblos y me decía que sus proyectos databan de los tiempos de su padre, cuando Siria era un palpitante nido de serpientes mientras los reyezuelos se disputaban el poder y se asesinaban, antes de que Egipto hubiese pacificado el país y dado a los hijos de los reyes una buena educación en la mansión dorada del faraón para civilizarlos. Traté también de exponerle que no tenía una idea del poderío de Egipto ni de sus riquezas, y lo puse en guardia contra un exceso de confianza, porque un saco puede llenarse de aire, pero si se le hace un agujero, se deshincha y pierde su grosor. Pero Aziru se rió mostrando sus dientes dorados y, para hacer ostentación de sus riquezas, me hizo servir cordero asado en fuentes de plata.

Su cuarto de trabajo estaba en efecto lleno de tablillas de arcilla, y los mensajeros le llevaban cartas de todos los rincones de Siria. Recibía también mensajes de los reyes hititas y de Babilonia, pero no me permitió leerlas, lo cual no le impidió jactarse de ellas. Me interrogó sobre el país de los hititas y Khatushash, pero comprobé que sabía tanto como yo. Los enviados hititas iban a verle y conversaban con sus jefes y sus soldados y, viendo todo aquello, le dije:

–El león y el chacal pueden perfectamente entenderse para cazar a medias, pero ¿has visto alguna vez al chacal recibir los mejores pedazos del botín?

Se rió mostrando sus dientes de oro y dijo:

–Tengo como tú un vivo deseo de instruirme, pero no he podido viajar como tú, que no tienes preocupaciones administrativas y eres libre como el pájaro. No hay mal alguno en que los oficiales enseñen a mis jefes el arte militar, porque tienen armas nuevas y una gran experiencia. No puede ser más que útil para el faraón, porque si estalla una nueva guerra, Siria será de nuevo el escudo de Egipto por el norte y este escudo se ha visto más de una vez ensangrentado, de lo cual nos acordaremos al ajustar cuentas entre Siria y Egipto.

Mientras me hablaba yo pensaba en Horemheb y le dije:

–Hace ya tiempo que abuso de tu hospitalidad y desearía regresar a Simyra, si pones a mi disposición una litera, porque no volveré a subir jamás a estos terribles carros de guerra. Pero Simyra no me gusta y he chupado ya quizá demasiado la sangre de esta pobre Siria, de manera que me propongo regresar a Egipto a la primera ocasión. Por esto quizá estaremos mucho tiempo sin vernos, porque el recuerdo del sabor del agua del Nilo me es delicioso a la boca y me contentaré con beberla durante el resto de mis días, después de haber visto mucho mal en este mundo y haber recibido de ti también una lección.

Y Aziru dijo:

–Del mañana nadie está seguro y en la piedra que rueda no se cría musgo; la inquietud que brilla en tus ojos te impedirá permanecer mucho tiempo en ninguna parte. Pero elige una mujer, la que quieras, en mi país, te haré construir una casa en la villa y no tendrás que arrepentirte de haber practicado la medicina aquí.

Bromeando, le dije:

–El país de Amurrú es el más inicuo y odioso de la tierra, su Baal es un horror y sus mujeres apestan a cobra. Por esto siembro el odio entre Amurrú y yo, y trepanaré a quien dijere bien de él y haré además muchas otras cosas que no puedo enumerar aquí, porque no me acuerdo de ellas, pero cuento con escribir sobre tablillas numeradas que has violado a mi mujer y robado los bueyes que jamás he poseído, y que te has entregado a la magia, a fin de que te cuelguen cabeza abajo, y saquearé tu casa y me llevaré tu oro para comprar cien veces cien jarras de vino a fin de beber a tu salud.

El palacio resonó bajo sus carcajadas, y sus dientes de oro brillaron entre su barba rizada. Bajo este aspecto acude a mi mente durante los malos días, pero nos separamos amigos, y me dio una litera y numerosos regalos, y sus soldados me escoltaron hacia Simyra para evitarme todo incidente en el curso del camino.

Cerca de la puerta de Simyra una golondrina pasó veloz sobre mi cabeza y mi espíritu se inquietó, y la calle me abrasaba los pies. Por esto en cuanto hube llegado dije a Kaptah:

–Vende esta casa y prepara nuestros equipajes, porque nos vamos a Egipto.

3

No me extenderé mucho sobre nuestro viaje de regreso porque fue como una sombra o un sueño de inquietud. Una vez a bordo para regresar al país de las tierras negras y volver a Tebas, la villa de mi infancia, fui presa de una impaciencia tan febril que no podía permanecer quieto, sino que paseaba por cubierta, dando vueltas alrededor de los equipajes y mercancías, perseguido por el olor de Siria, esperando cada día con mayor impaciencia ver, en lugar de las riberas montañosas, las verdes llanuras orladas por los cañaverales. Durante las largas escalas en las villas costeras no tuve la paciencia de estudiarlas ni de recoger informaciones.

La primavera renacía en los valles sirios, y las montañas, vistas desde el mar, se enrojecían como las viñas, y por la tarde la primavera pintaba de verde pálido el agua espumosa de las riberas; los sacerdotes de Baal aullaban en los callejones estrechos, arañándose el rostro, y las mujeres de ojos centelleantes y cabelleras sueltas tiraban de las carretas de madera detrás de los sacerdotes. Pero estos espectáculos me eran familiares, y las costumbres groseras y aquella excitación brutal me repugnaban ahora que veía ya cercana mi patria. Creía mi corazón endurecido, acostumbrado a todas las creencias y costumbres, creía comprender a la gente, fuese cual fuere su color, sin menospreciar a nadie, porque mi sola intención era adquirir saber, pero el mero pensamiento de estar en camino hacia las tierras negras desvanecía esta indiferencia. Como unas vestiduras extranjeras, los pensamientos extranjeros caíanse de mi espíritu y era de nuevo, de todo corazón, un egipcio, y me impacientaba por sentir otra vez el olor a pescado frito de las calles de Tebas a la caída de la tarde, cuando las mujeres encienden los fuegos delante de sus cabañas de tierra amasada; aspiraba el sabor del vino egipcio en mi lengua y del agua del Nilo con su aroma de barro fértil. Quería oír susurrar los papiros bajo el viento primaveral, ver de nuevo el loto florecer en el borde del río, admirar las columnas policromadas con sus imágenes eternas y los jeroglíficos de los templos mientras el humo del incienso subía por entre los pilares. Tal era la locura de mi corazón.

Regresaba a mi país y, sin embargo, no tenía casa en él y era un extranjero sobre la tierra. Llegaba a mi país y los recuerdos me eran más dolorosos, pero el tiempo y el saber los habían cubierto con la arena del olvido. No sentía ya dolor ni vergüenza, sino que el mal del país me saturaba el corazón.

Abandonábamos la rica y fértil Siria, estremecida de odio y de pasión. Nuestro navío seguía las costas rojas del Sinaí y el viento del desierto azotaba seco y ardiente nuestros rostros, pese a que estuviésemos todavía en primavera. Después vino el día en que el mar se tiñó de amarillo y detrás de él apareció una delgada línea verde y los marinos metieron en el mar un cántaro y se llenó de agua casi dulce, porque era el agua del Nilo eterno que sabía a fango de Egipto. Y jamás vino alguno fue más delicioso a mi paladar que aquella agua fangosa salida del mar lejos de la tierra. Pero Kaptah dijo:

–El agua siempre es agua incluso en el Nilo. Espera, ¡oh, dueño mío!, que estemos en una taberna decente donde la cerveza es espumosa y clara y no hay que filtrarla para quitarle la cáscara del grano. Sólo entonces me sentiré en Egipto.

Estas palabras impías y ofensivas me hirieron vivamente y le dije:

–Un esclavo será siempre un esclavo, incluso bajo las ropas más suntuosas. Espera a que haya encontrado mi flexible bastón de junco, como se encuentran en los juncales del Nilo, y entonces te sentirás verdaderamente en casa.

Pero Kaptah no se ofuscó, sus ojos se humedecieron de emoción, su barbilla tembló y se inclinó delante de mí, con las manos a la altura de las rodillas y dijo:

–Verdaderamente, ¡oh, dueño mío!, tienes el talento de hallar en todo momento la palabra justa, porque había olvidado ya la dulzura de un golpe del junco flexible aplicado sobre las nalgas o los muslos. ¡Ah, dueño mío! Es un goce que quisiera que conocieses, porque mejor que el agua y la cerveza, mejor que el incienso en los templos y los ánades en los cañaverales, recuerda la vida de Egipto donde cada cual está en su justo sitio y nada cambia con el curso de los años, sino que todo permanece inmutable. No te extrañes, pues, si lloro de emoción, porque ahora siento verdaderamente que regreso a mi país después de haber visto tantas cosas extrañas, incomprensibles y despreciables. ¡Sé, pues, bendita, caña de junco que pones las cosas en orden y resuelves todos los problemas, porque nada es igual a ti!

Lloró de emoción un buen rato y fue a ungir el escarabajo, pero observé que no empleaba para esto un aceite tan precioso como antes, porque las costas estaban cercanas y, una vez en Egipto, contaba componérselas con sus propios medios.

Sólo al abordar en el gran puerto del Bajo País comprendí hasta qué punto estaba saciado de ver vestiduras amplias y abigarradas, barbas rizadas y cuerpos obesos. Los flancos demacrados de los portadores, sus minúsculos paños, su mentón afeitado, el dialecto del Bajo País, el olor a sudor, el aroma del fango, el de las cañas y el del puerto, todo era diferente de Siria, todo era familiar y mis vestiduras sirias comenzaban a estorbarme. Después de haberme desembarazado de los escribas del puerto y haber inscrito mi nombre allí numerosas veces, fui inmediatamente a comprarme nuevas ropas y, después de la lana, el lino más fino fue de nuevo una delicia para mi piel. Pero Kaptah optó por hacerse pasar por sirio, porque temía que su nombre figurase en la lista de los esclavos fugitivos, pese a que le hubiese procurado una tablilla de arcilla en la que las autoridades de Simyra atestiguaban que había nacido esclavo en Siria y que yo lo había comprado legalmente.

Después de esto subimos a un barco del río para remontar la corriente. Transcurrían los días y nosotros íbamos acostumbrándonos a Egipto, y los campos se secaban a ambos lados del río y los bueyes tiraban lentamente de los arados de madera, y los campesinos, con la cabeza baja, caminaban por los surcos para sembrar en el barro tierno. Las golondrinas volaban por encima de nuestro barco y bandadas de ellas gritaban con inquietud y se lanzaban hacia el suelo para esconderse en el barro durante la época más calurosa del año. Las palmeras elevaban sus cúpulas sobre las riberas, las cabañas aplastadas de los poblados se abrigaban a la sombra de los grandes sicómoros, el barco se detenía en los desembarcaderos de las poblaciones grandes y pequeñas y no había taberna a la que Kaptah no se precipitase para apagar su sed egipcia, para jactarse de su viaje y asombrar a los obreros del puerto, que lo escuchaban riéndose e invocando a sus dioses.

Y yo vi de nuevo al este del río elevarse las tres montañas hacia el cielo, los tres eternos guardianes de Tebas. La población era más densa, y los poblados pobres, con sus cabañas de tierra amasada, alternaban con los barrios ricos de las villas; después aparecieron las murallas, potentes como montañas; y vi el techo del gran templo y sus columnas y los innumerables edificios del templo y el lago sagrado. Al este se extendía sin fin hasta las colinas de la Villa de los Muertos, y los templos mortuorios de los faraones resplandecían de blancura sobre las montañas amarillas, y los pórticos del templo de la gran reina soportaban un mar de árboles en flor. Detrás de las montañas aparecía el valle prohibido con sus serpientes y sus escorpiones, y en esta arena, cerca de la tumba de un gran faraón, era donde reposaban mi padre Senmut y mi madre Kipa, envueltos en una piel de buey para que vivieran eternamente. Pero más lejos, al sur, en el borde del río, se levantaba, ligero y azulado, con sus jardines y sus baluartes, el palacio del faraón. Y yo me pregunté si mi amigo Horemheb habitaba en él.

El barco abordó en el muelle de piedra familiar y todo estaba como antes; no estaba lejos del lugar donde había vivido mi juventud sin darme cuenta de que más tarde aniquilaría la vida de mis padres. La arena del tiempo y de los amargos recuerdos comenzó a moverse ante esta evocación, y sentí deseos de ocultarme y cubrirme el rostro y no experimentaba ningún goce, pese a que la muchedumbre del gran puerto me rodease de nuevo, y sentía en las miradas de la gente, en sus ademanes inquietos y en su precipitación, la vieja pasión de Tebas. Yo no había previsto nada para mi llegada, porque todo dependía de mi encuentro con Horemheb y de su situación en la Corte. Pero en cuanto mis pies tocaron las piedras del puerto, supe lo que haría, y ello no me predecía ni gloria médica, ni riqueza, ni grandes regalos por mi saber tan penosamente adquirido, como me lo había figurado antes, porque todo esto implicaba una vida sencilla, la oscuridad y enfermos indigentes. Y, sin embargo, una extraña paz llenaba mi corazón ante la perspectiva de este porvenir modesto, y esto demuestra una vez más cuán poco conoce el hombre su corazón, y, sin embargo, yo pretendía conocer el mío a fondo. Jamás tal proyecto había pasado por mi espíritu, pero había probablemente madurado sin darme cuenta, como fruto de todas mis experiencias. Después de haber oído el zumbido de Tebas a mi alrededor y tocado con mis pies las piedras calentadas por el sol de Egipto, me sentía de nuevo un niño, y observaba con ojos curiosos y serios a mi padre Senmut recibiendo a sus enfermos. Por esto rechacé a los portadores que se precipitaban hacia mí y le dije a Kaptah:

–Deja los equipajes a bordo y ve pronto a comprarme una casa, cualquiera, cerca del puerto, en el barrio de los pobres, si es posible cerca de donde vivió mi padre hasta que fue derribada la suya. Ve pronto, a fin de que pueda instalarme hoy mismo y comenzar mañana a practicar mi arte.

Kaptah bajó la cabeza y su rostro se alargó, porque había creído que nos alojaríamos en la mejor hospedería, donde nos servirían los esclavos. Pero por una vez no protestó y, mirándome atentamente, cerró la boca y se alejó con la cabeza baja. La misma tarde entré en la casa de un antiguo fundidor de cobre en el barrio de los pobres y me llevaron allí mis efectos y extendí mi alfombrilla sobre el suelo de tierra apisonada. Delante de las cabañas de las callejuelas pobres ardían los fuegos de las cocinas y el olor de pescado frito en grasa flotaba por todo el barrio pobre, sucio y miserable; después se encendieron las luces en las casas de placer, la música siria estalló en la noche mezclándose a los gritos de los marineros ebrios, y por encima de Tebas el cielo se enrojecía a causa de las innumerables luces del centro de la villa. Estaba de nuevo en mi casa, después de haber seguido hasta el fin rutas decepcionantes, huyendo de mí mismo en muchos países en busca de saber.

4

A la mañana siguiente le dije a Kaptah:

–Coloca una placa de médico en mi puerta, pero sencilla, sin pinturas ni adornos. Y si alguien pregunta por mí, no hables de mi sabiduría ni de mi reputación, sino que dirás simplemente que el médico Sinuhé recibe a los enfermos, los pobres también, y que cada cual hará el regalo según sus recursos.

–¿También los pobres? –exclamó Kaptah con un temor inocente–. ¡Oh, dueño mío! ¿No estarás enfermo? ¿Has bebido agua estancada o te ha picado algún escorpión?

–Ejecuta mis órdenes si quieres seguir en mi casa –le dije–. Pero si esta casa modesta no te gusta o el olor de los pobres incomoda tu olfato refinado en Siria, te permito ir y venir a tu antojo. Imagino que me has robado lo suficiente para comprarte una casa y tomar una mujer si lo deseas. No te retengo.

–¿Una mujer? –dijo Kaptah, más asustado todavía–. Verdaderamente estás enfermo, ¡oh, dueño mío! Tienes fiebre. ¿Por qué tomaría yo una mujer que me oprimiría y me olería el aliento a mi regreso, y por la mañana, cuando me despertase con la cabeza un tanto pesada, agarraría el bastón y me abrumaría bajo palabras infames? ¿A qué casarse, en verdad, cuando cualquier esclava rinde el mismo servicio, como te lo he expuesto ya? Sin duda alguna, los dioses te han imbuido la locura, lo cual no me extraña, porque conozco tu idea sobre ellos, pero eres mi dueño y tu camino es el mío, y tu castigo también, y, sin embargo, esperaba haber llegado ya a puerto después de todas las terribles pruebas que me has impuesto, sin hablar de las travesías, pero prefiero olvidar. Si una alfombrilla de juncos te basta para dormir, me bastará a mí también, y esta miseria tendrá por lo menos el buen aspecto de que las tabernas y las casas de placer estarán a mi alcance, y «La Cola de Cocodrilo», de que te he hablado, no está lejos de aquí. Espero que me perdonarás si voy hoy mismo y me embriago. Verdaderamente, al mirarte, presiento siempre una desgracia, y no sé nunca lo que vas a hacer o decir, porque hablas y obras siempre contrariamente al sentido común, pero de todos modos no me esperaba esto. Sólo un loco oculta una joya en un montón de estiércol y tú entierras tu saber y tu habilidad en la basura.

–Kaptah –le dije–, el hombre nace desnudo en este mundo, y en la enfermedad no existe diferencia entre pobres y ricos, egipcios o sirios.

–Es posible –dijo Kaptah–, pero existe una diferencia entre sus regalos. Sin embargo, tu idea es bella y no hubiera tenido nada que objetar si otro la practicase, pero no tú, precisamente en el momento en que, después de tantas penalidades, hubiéramos podido balancearnos sobre una rama dorada. Tu idea convendría más a un esclavo de nacimiento; sería ciertamente comprensible, y en mi juventud he tenido algunas semejantes hasta que me las extirparon a bastonazos.

–Para que lo sepas todo –le dije–, añadiré que dentro de algún tiempo, si descubro algún niño abandonado, me propongo adoptarlo y educarlo como a un hijo.

–¿Para qué? –dijo con aire sorprendido–. En los templos existen hogares para los niños abandonados y algunos llegan a ser sacerdotes de grados inferiores, y otros son castrados y llevan en los gineceos de los faraones una vida mucho más brillante que la que su madre podía esperar para ellos. Por otra parte, si deseas un hijo, lo cual es muy comprensible, nada es más fácil, con tal de que no cometas la tontería de romper una jarra con una mujer que no nos proporcionaría más que disgustos. Si no quieres comprar una esclava, puedes seducir la hija de algún pobre y sería feliz y te estaría agradecido de que la desembarazaras de su hijo y le evitases así la vergüenza. Pero los chiquillos causan muchas preocupaciones y dificultades, y se exagera ciertamente el placer que producen, pese a que yo no sea competente en esta materia, puesto que no he visto nunca a los míos, pese a que tenga muchos motivos de creer que crecen en bandadas por los cuatro vientos del cielo. Obrarías cuerdamente comprando hoy mismo una joven esclava que podría secundarme, porque mis miembros están endurecidos y mis manos tiemblan después de tantas pruebas sufridas, sobre todo por la mañana, y hay demasiado trabajo para mí solo en cuidarme de la casa, sin contar que tengo que ocuparme de colocar mis fondos.

–No había pensado en ello –le dije–. Pero no tengo ganas de comprar una esclava. Contrata, pues, un servidor a mi costa, porque te lo has ganado. Si te quedas en mi casa, serás libre de ir y venir a tu antojo, como premio de tu fidelidad, y creo que podrás proporcionarme muchos informes útiles gracias a tu sed. Haz lo que te digo, y cesa de refunfuñar, porque mi decisión ha sido tomada con una fuerza irresistible y es irrevocable.

Y con estas palabras salí para informarme acerca de mis amigos. Pregunté por Thotmés en «La Jarra Siria», pero el patrón había cambiado y el nuevo no sabía una palabra del pobre artista que ganaba su vida dibujando gatos en los libros para los chiquillos ricos. Para encontrar a Horemheb, fui a la casa de los soldados, pero estaba vacía. No había luchadores en el patio y los soldados no atravesaban ya sacos de cañas con sus lanzas como antes, ni las grandes marmitas hervían en los hogares, sino que todo estaba desierto. Un suboficial sardo, muy malhumorado, me miraba, arañando la arena con los dedos de los pies; su rostro tostado era huesudo y estaba sin engrasar, pero se inclinó al oír el nombre de Horemheb, el jefe militar que había dirigido una campaña contra los khabiri en Siria algunos años antes. Horemheb era todavía comandante real, me dijo en un dialecto egipcio, pero estaba desde hacía dos meses en el país de Kush para suprimir las guarniciones y licenciar las tropas, y no se sabía cuándo regresaría. Le di una pieza de plata porque estaba melancólico y estuvo tan contento que olvidó su dignidad sarda y me sonrió jurando por un dios cuyo nombre me era desconocido.

Me iba a marchar, pero me detuvo cogiéndome de la manga y me mostró el patio desierto.

–Horemheb es un gran capitán –dijo–, comprende a los soldados y es soldado él mismo. Horemheb es un león, y el faraón un macho cabrío sin cuernos. El cuartel está vacío sin soldados ni comida. Mis camaradas van mendigando por los campos. No sé lo que durará esto. Que Amón te bendiga por tu generosidad. Desde hace meses no he bebido convenientemente. Estoy triste. Con bellas promesas se nos atrae a este país. Los reclutadores egipcios van de tienda en tienda prometiendo mucho dinero, muchas mujeres, muchas borracheras. ¿Y ahora, qué? Ni dinero, ni mujeres, ni vino. ¡Nada!

Escupió de despecho y pisó el escupinajo con su pie endurecido. Era un sardo muy triste y me dio lástima, porque comprendía que el faraón había abandonado a sus soldados y licenciado a sus tropas reclutadas con grandes gastos por su padre. Esto me recordó al viejo Ptahor, y para saber dónde vivía me armé de valor y me fui al templo de Amón a preguntar su dirección en la Casa de la Vida. Pero el registrador me dijo que el viejo trepanador había muerto hacía tiempo y estaba enterrado hacía ya dos años en la Villa de los Muertos. Así fue como me encontré sin un solo amigo en Tebas.

Puesto que estaba en el templo penetré en la gran sala de las columnas y reconocí la sombra sagrada de Amón, y el olor del incienso cerca de los pilares policromados cubiertos de inscripciones sagradas, y las golondrinas iban y venían por los altos ventanales de cruceros de piedra. Pero el templo estaba vacío, el patio vacío y en las innumerables tiendas y talleres no reinaba ya la antigua animación. Los sacerdotes, vestidos de blanco, con sus cabezas afeitadas y relucientes de aceite, me dirigían miradas inquietas, y la gente del patio hablaba en voz baja y miraba a su alrededor con recelo. Yo no tenía ningún amor a Amón, pero una extraña melancolía se apoderó de mi corazón, como cuando se evoca la juventud desaparecida para siempre, haya esta juventud sido feliz o penosa.

Pasando por entre las estatuas gigantescas de los faraones, me di cuenta de que cerca del gran templo había sido erigido otro santuario de forma extraña, grande como no había visto ninguno. No estaba rodeado de muros y, al penetrar en él, vi que las columnas circundaban un patio abierto sobre los altares en el cual se acumulaban, a guisa de ofrendas, trigo, flores y frutos. Sobre un gran bajorrelieve, un disco de Atón extendía sus innumerables rayos sobre el faraón sacrificado, y cada rayo terminaba en una mano bendiciendo y cada mano tenía una cruz de la vida. Los sacerdotes vestidos de blanco no se habían afeitado el cráneo y eran todos jóvenes, y su rostro delataba el éxtasis mientras cantaban un himno sagrado cuyas palabras recordé haber oído en Jerusalén y Siria. Pero lo que me impresionó más que los sacerdotes y las imágenes fueron cuarenta enormes pilares, desde los cuales una estatua del nuevo faraón, esculpida en un tamaño mayor que el natural, con los brazos cruzados sobre el pecho y sosteniendo el cetro y el látigo real, miraba fijamente a los espectadores.

Estas esculturas representaban al faraón, estaba seguro de ello, porque reconocía su rostro espantoso de pasión y aquel cuerpo frágil con las caderas anchas y sus brazos y piernas delgados. Un estremecimiento recorrió mi espalda pensando en el escultor que se había atrevido a esculpir aquellas estatuas, porque si mi amigo Thotmés había soñado un día en el arte libre, hubiera visto aquí un ejemplo bajo una forma terrible y caricaturesca. En efecto, el escultor había subrayado contra la lógica los defectos del cuerpo del faraón, sus muslos hinchados, sus tobillos delgados y su cuello flaco, como si poseyesen un sentido divino y secreto. Pero lo más terrible de todo era el rostro del faraón, aquel rostro espantosamente alargado con sus ángulos agudos y sus pómulos salientes, la sonrisa misteriosa del soñador y del cínico circundando sus labios protuberantes. A cada lado del pilón de Amón, los faraones se erguían majestuosos y parecidos a dioses en sus estatuas de piedra. Aquí un hombre rechoncho y raquítico contemplaba desde lo alto de cuarenta pilares los altares de Atón. Era un ser humano que veía más lejos que los otros, y una tensión apasionada, una ironía extática trascendía de su ser esculpido en la piedra.

Viendo aquellas estatuas, todo mi ser se estremecía y temblaba, porque por primera vez veía a Amenhotep IV tal como probablemente se veía él mismo. Yo lo había conocido una vez, en su juventud, enfermo, débil, atormentado por el gran mal, y en mi cordura demasiado precoz lo había observado con los ojos fríos de médico, no viendo en sus palabras más que divagaciones de enfermo. Ahora lo veía tal como lo había visto el artista amándolo y detestándolo a la vez, un artista como no había existido todavía ninguno en Egipto, porque si alguien antes que él se hubiese atrevido a esculpir del faraón una imagen parecida, hubiese sido muerto y colgado de los muros por blasfemo.

No había tampoco mucha gente en este templo. Algunos hombres y mujeres eran manifiestamente cortesanos y grandes a juzgar por el lino real de sus vestidos, sus pesados collaretes y sus joyas de oro. La gente ordinaria escuchaba el canto de los sacerdotes y su rostro expresaba una incomprensión total, porque los sacerdotes cantaban himnos nuevos cuyo sentido era difícil de comprender. No era como los antiguos textos que datan de la época de las pirámides, hace cosa de dos mil años, y a los cuales el oído piadoso está acostumbrado desde la infancia, de manera que se comprenden con el corazón aun sin entender el sentido, si es que en realidad tiene uno todavía, desde el tiempo en que han sido modificados y falsamente reproducidos en el transcurso de las generaciones.

Sea como fuere, un anciano, a quien juzgué campesino por su vestido, fue a hablar respetuosamente con los sacerdotes y les pidió un talismán apropiado o un ojo protector, o algún texto secreto, si es que los vendían a un precio razonable. Los sacerdotes le respondieron que en este templo no vendían nada porque Atón no tenía necesidad de textos mágicos ni talismanes, sino que se acercaba a todo aquel que creía en él, sin ofrendas ni sacrificios. Ante estas palabras el anciano se enojó y, alejándose refunfuñando contra las falsas doctrinas, se dirigió directamente al antiguo templo de Amón.

Una pescadera vieja se acercó a los sacerdotes y, mirándoles con ojos llenos de devoción, dijo:

–¿Es que nadie sacrifica aquí a Atón bueyes o carneros a fin de que tengáis un poco de carne que comer, puesto que estáis tan delgados, mis pobres muchachos? Si vuestro dios es poderoso y fuerte como dicen, e incluso más poderoso que Amón, pese a que yo no lo crea, sus sacerdotes deberían engordar y resplandecer de obesidad. No soy más que una vulgar mujer, pero os deseo de todo corazón mucha carne y buena grasa.

Los sacerdotes se rieron y bromearon entre ellos como chiquillos que se divierten, pero el más viejo recobró pronto la seriedad y le dijo a la mujer:

–Atón no quiere ofrendas sangrientas, y no debes hablar de Amón en su templo, porque Amón es un falso dios y pronto su trono se derrumbará y su templo será destruido.

La mujer se retiró precipitadamente y escupió en el suelo haciendo los signos sagrados de Amón y dijo:

–Tú eres quien lo ha dicho y no yo, y la maldición caerá sobre tu cabeza.

Salió rápidamente seguida de otras personas que lanzaban miradas inquietas a los sacerdotes. Pero éstos se reían ruidosamente gritándoles:

–¡Huid, seres de poca fe, pero Amón es un falso dios! Amón es un falso dios y su poderío se abatirá como la hierba bajo la hoz.

Entonces uno de los hombres cogió una piedra y la arrojó contra los sacerdotes y uno de ellos fue herido en el rostro y comenzó a gemir y sus colegas llamaron enseguida a los guardias, pero el hombre se había eclipsado ya en medio de la muchedumbre delante del pilón del templo de Amón.

Este incidente me dio a reflexionar y, acercándome a los sacerdotes, les dije:

–Soy egipcio, pero he vivido mucho tiempo en Siria y no conozco a este dios a quien llamáis Atón. ¿Tendríais la bondad de disipar mi ignorancia y explicarme quién es, lo que pide y cómo se le adora?

Vacilaron buscando en vano la ironía en mi expresión y uno de ellos dijo:

–Atón es el solo dios verdadero. Ha creado la tierra y el río y los hombres y los animales y todo lo que existe y se mueve. Ha existido siempre y los hombres lo han adorado como Ra en sus antiguas manifestaciones, pero en nuestros tiempos se ha aparecido bajo la forma de Atón al faraón, que es su hijo y vive solamente de la verdad. Desde entonces es el único dios y todos los demás son dioses falsos. No rechaza a nadie que acuda a él y los ricos y los pobres son para él iguales, y cada mañana lo saludamos en el disco del sol, que con sus rayos bendice tanto a la tierra como a los buenos y a los malos, tendiendo a cada cual la cruz de vida. Si lo tomas, eres su servidor, porque su ser es todo amor, y es eterno e imperecedero, y está presente en todas las partes, de forma que nada ocurre sin su voluntad.

Pero yo les dije:

–Todo esto está muy bien, pero ¿también por su voluntad una piedra acaba de ensangrentar el rostro de este hombre?

Los sacerdotes perdieron un poco su seguridad, se miraron y dijeron:

–Te burlas de nosotros.

Pero el que había sido herido dijo:

–Ha permitido que esto ocurriese porque no soy digno de él, para que me instruyera. Me he glorificado en el fondo de mi corazón del favor de que he gozado con el faraón, porque soy de humilde cuna y mi padre apacentaba los rebaños y mi madre transportaba agua del río cuando el faraón me concedió su favor, porque tenía una bella voz para celebrar su dios.

Con fingido respeto le dije:

–Verdaderamente este dios debe de ser muy poderoso, puesto que llega a elevar a un hombre del fango hasta la mansión dorada del faraón.

Con una sola voz respondieron:

–Tienes razón, porque el faraón no se ocupa de la apariencia ni de la riqueza, ni del nacimiento del hombre, sino solamente de su corazón, y gracias a la fuerza de Atón sumerge sus miradas en lo más hondo del corazón de los hombres y lee sus pensamientos más secretos.

Yo protesté:

–Entonces no es un hombre, porque no está en el poder de los hombres leer en el corazón ajeno, y sólo Osiris puede pesar los corazones de los hombres.

Discutieron entre ellos y me dijeron:

–Osiris no es más que un mito popular del que no tiene necesidad el hombre si cree en Atón. A pesar de que el faraón aspira ardientemente a no ser más que un hombre, nosotros sabemos ciertamente que su esencia es divina, y esto lo prueban sus visiones durante las cuales vive en algunos instantes diferentes existencias. Pero sólo lo saben aquellos a quienes ama. Por esto el artista que ha esculpido estas estatuas del templo lo ha representado a la vez como un hombre y como una mujer, porque Atón es la fuerza viva que anima la simiente del hombre y procrea el infante en el seno materno.

Entonces levanté irónicamente los brazos y cogiéndome la cabeza con las manos dije:

–No soy más que un hombre sencillo como la mujer sencilla de hace un momento, pero no llego a comprender vuestra doctrina. Me parece, por otra parte, que vuestra sabiduría es un poco confusa incluso para vosotros mismos, puesto que tenéis que discutirla entre vosotros antes de contestarme.

Protestaron vivamente diciendo:

–Atón es perfecto, como es perfecto el disco del sol, y todo lo que es, vive y respira en él es perfecto, pero el pensamiento humano es imperfecto, y parecido a una bruma, y por esto no podemos explicártelo todo, porque no lo sabemos todavía, pero cada día aprendemos algo de su voluntad, y su voluntad es sólo conocida por el faraón, que es su hijo y vive en la verdad.

Estas palabras me impresionaron porque demostraban que eran sinceros, pese a que estuviesen vestidos de fino lino y al cantar gozasen de las miradas admirativas de las mujeres y se riesen de la gente simple. Sus palabras despertaron en mí un eco, y por primera vez me dije que el pensamiento humano era quizá imperfecto y que aparte este pensamiento podía existir otra cosa que el ojo no percibía y que el oído no oía y que la mano no podía tocar. Quizá el faraón y sus sacerdotes habían descubierto esta verdad que llamaban Atón, esta fuerza desconocida que estaba más allá del pensamiento humano.

5

Regresé a mi casa a la caída de la tarde y encontré encima de mi puerta una placa de médico muy sencilla, y algunos enfermos grasientos me esperaban en el patio. Kaptah, con aspecto malhumorado, estaba sentado en la terraza abanicándose con una hoja de palmera y alejando las moscas que acompañaban a los enfermos, pero para consolarse tenía a su lado una jarra de cerveza apenas comenzada.

Hice entrar primero a una madre que llevaba en brazos a un chiquillo descarnado, porque para curarla bastaba un trozo de cobre a fin de que pudiese comprar el suficiente alimento que le permitiese amamantar a su hijo. Después visité a un esclavo que tenía un dedo aplastado por una rueda de molino de trigo y le di un remedio que tomar con el vino para aminorar su dolor. Curé también a un viejo escriba que tenía en el cuello un tumor grueso como la cabeza de un niño, de manera que no podía apenas respirar. Le di un remedio a base de algas marinas que me habían enseñado en Siria, si bien a mi juicio no podía tener efecto sobre un bocio de aquel tamaño. De un trozo de tela limpia sacó dos trozos de cobre y me los tendió con una mirada imploradora, porque sentía vergüenza de su pobreza, pero yo no los acepté y le dije que lo mandaría llamar si un día tenía necesidad de sus servicios y el pobre hombre se marchó contento por haberse ahorrado su cobre.

Recibí también a una muchacha de la casa de placer de al lado que tenía los ojos tan llenos de costras que llegaban a impedirle ejercer su profesión. La curé y le di una pomada para que se la pusiera en los ojos, y se desnudó tímidamente para pagarme de la única manera que le era posible. Para no ofenderla le dije que tenía que abstenerme de las mujeres a causa de una operación importante y me creyó, porque no entendía nada del oficio de médico, y me respetó mucho a causa de mi abstinencia. Para que su complacencia no fuese totalmente perdida para ella le quité dos verrugas que afeaban su vientre y su flanco después de haberlas untado bien con una pomada anestésica, de manera que la operación no le produjo casi dolor y se marchó tan contenta.

Así durante aquella primera jornada no había ganado ni la sal para mi pan, y Kaptah se mofó de mí sirviéndome una oca gorda preparada a la moda de Tebas, plato como no se come en ninguna otra parte del mundo. La había comprado en un elegante restaurante del centro de la villa, guardándola caliente en el horno, y escanció el mejor vino de los viñedos de Amón en una copa de cristal de colores. Pero mi corazón estaba satisfecho y me sentía contento de mi jornada, más que si hubiese curado a un rico mercader que me hubiera dado una cadena de oro. Debo decir a este respecto que cuando pocos días después el esclavo vino a mostrarme su dedo en vías de curación, me trajo un bote de sémola que había robado en un molino, de manera que, de todos modos, aquella primera jornada de trabajo me había proporcionado un regalo.

Pero Kaptah me consoló diciéndome:

–Creo que después de esta jornada tu reputación se extenderá por todo el barrio y tu casa estará llena de clientes desde el alba porque oigo ya a los pobres decirse al oído: «Ve pronto a la antigua casa del fundidor de cobre porque el médico que se ha establecido en ella cuida a sus enfermos gratuitamente y sin dolor y con mucha habilidad, y da trozos de cobre a las madres pobres y opera gratuitamente a las muchachas de placer para mejorar así su belleza. Ve pronto a encontrarlo, porque el que llega primero recibe más, y pronto estará tan pobre que tendrá que vender su casa y marcharse, a menos que lo encierren en una habitación oscura para ponerle sanguijuelas en las rodillas.» Pero sobre este punto, estos idiotas se engañan, porque, afortunadamente, tienes oro y yo voy a hacerlo trabajar para ti, de manera que no conocerás nunca la necesidad, sino que, si lo deseas, podrás comerte todos los días una oca y beber el mejor vino y, sin embargo, enriquecerte, si te contentas con esta sencilla casa. Pero como no haces nunca nada como los demás, no me extrañaría que el mejor día arrojases todo tu oro a un pozo y vendieses la casa y a mí con ella, por culpa de tu maldita inquietud. Por esto obrarías cuerdamente depositando en los archivos una escritura atestiguando que soy libre de ir y venir a mi antojo, porque las palabras vuelan y desaparecen, pero un escrito dura eternamente si está provisto de un sello. Tengo mis razones para pedirte esto, pero no quiero abusar de tu tiempo y tu paciencia exponiéndotelas.

Era una tarde de primavera y los fuegos de boñigas secas ardían lentamente delante de las cabañas, y del puerto llegaba el olor de los cargamentos de cedros y perfumes sirios. Las acacias embalsamaban el aire, y todos estos olores se mezclaban deliciosamente en mi olfato junto con el olor de pescado frito en aceite rancio, tan característico por la noche, de los barrios pobres. Me había comido una oca preparada a la manera de Tebas y bebido un vino exquisito y me sentía feliz, libre de toda preocupación. Por esto le permití a Kaptah que se escanciara vino en una copa de arcilla.

Dije:

–Eres libre, Kaptah, lo eres desde hace mucho tiempo, como sabes, porque pese a tu desfachatez has sido para mí un amigo más que un esclavo desde el día en que me entregaste tu humilde peculio creyendo no volver a verlo jamás. Eres libre, Kaptah, y mañana redactaremos lo necesario que valorizaré con mi sello egipcio y sirio. Pero dime cómo has colocado mi oro y mis bienes, puesto que dices que el oro trabajará por mí aunque yo no gane nada. ¿No has depositado mi oro en la caja del templo como te lo había mandado?

–No, dueño mío –dijo Kaptah, mirándome francamente con su ojo único–. No he ejecutado tu orden porque era una orden estúpida y no ejecuto nunca órdenes estúpidas, sino que he obrado a mi antojo, y ahora que soy libre puedo decírtelo, porque has bebido moderadamente y no te enfadarás. Pero como conozco tu naturaleza impetuosa e irreflexiva, he escondido tu bastón para mayor seguridad. Te lo digo para que no pierdas el tiempo buscándolo mientras hablo. Sólo los imbéciles depositan el oro en el templo, porque no sólo no pagan nada por el dinero depositado, sino que exigen un óbolo por guardarlo en sus cofres contra los ladrones. Y es estúpido, además, por la razón de que de esta forma el fisco conoce tu fortuna y resulta que tu oro, descansando así, disminuye sin cesar hasta que no queda absolutamente nada. La única razón lógica de acumular oro es hacerlo trabajar, mientras uno permanece sentado con los brazos cruzados mascando salados granos de loto asado para procurarse una sed agradable. Por esto he trotado todo el día por la villa con mis zambas patas en busca de mejores inversiones, mientras tú visitabas los templos y admirabas los paisajes. Gracias a mi sed, he oído muchas cosas. Entre otras, que la gente rica no deposita ya su dinero en los sótanos del templo, porque dicen que no está seguro; y si éste es el caso, no lo estará en ninguna parte de Egipto. Y me he enterado también de que el templo de Amón vende sus tierras.

–Mientes –le dije vivamente, levantándome porque aquella sola idea era insensata–. Amón no vende sus tierras; las compra. Amón ha comprado siempre tierras y así posee ya la cuarta parte de las tierras negras y Amón no abandona jamás lo que ha adquirido.

–Naturalmente, naturalmente –dijo Kaptah con calma, escanciándome vino sin olvidarse de sí mismo–. Toda persona razonable sabe que la tierra es el único bien que conserva siempre todo su valor, a condición de estar en buenos términos con los geómetras y hacerles un buen regalo cada año después de la crecida. Pero es, sin embargo, un hecho cierto que Amón vende secretamente sus tierras a cualquiera de sus adeptos que tenga oro. Me he asustado mucho al enterarme y lo he averiguado, y verdaderamente Amón vende tierras muy baratas, pero reservándose el derecho de volver a comprarlas más tarde si lo desea. Pero, a pesar de esto, el negocio es ventajoso, porque engloba todos los edificios, aperos agrícolas, ganado y esclavos, de manera que el propietario obtiene de ellas unos pingües beneficios cultivando bien la tierra. Tú mismo sabes que Amón posee las tierras más fértiles de Egipto. Si todo estuviese como antes, nada sería más seductor que este negocio, porque el beneficio es seguro y rápido. De esta forma Amón ha vendido en poco tiempo una cantidad enorme de tierras y amasado en sus subterráneos todo el oro y el precio de los inmuebles ha sufrido una fuerte baja. Pero todo esto es secreto y no debe hablarse de ello; yo no sabría nada si mi útil sed no me hubiese puesto precisamente en relación con gente bien informada.

–¿No habrás comprado tierras, sin embargo? –le pregunté yo muy inquieto.

Pero Kaptah me tranquilizó diciendo:

–No soy tan loco, ¡oh, dueño mío!, porque debes saber que no nací con estiércol entre los dedos de los pies, pese a que sea esclavo, sino en calles pavimentadas y altas mansiones. No entiendo una palabra en cuestiones de la tierra, y si compraba tierras por tu cuenta, cada intendente, pastor, esclavo o sirvienta me robaría cuanto quisiera, mientras en Tebas nadie puede robarme nada, sino que soy yo quien engaño a los demás. La gran ventaja de los asuntos de Amón es tan evidente que el más imbécil se da cuenta, y por esto adivino que en este asunto hay algún chacal detrás de una roca, y eso indica también la desconfianza de los ricos respecto a la seguridad de los subterráneos del templo. Yo creo que todo esto es causado por el nuevo dios del faraón. Pasarán muchas cosas, ¡oh, dueño mío!, muchas cosas extrañas, antes de que entendamos y veamos cómo acabará todo esto. Pero yo no veo más que tu interés y he comprado con tu oro algunos inmuebles ventajosos, casas de comercio y de alquiler, que producen cada año un beneficio considerable, y estas compras están tan adelantadas que no se necesita ya más que tu firma y tu sello. Cree que he comprado barato, y si los vendedores me hacen un regalo cuando el asunto esté terminado, no es cosa tuya, sino que es un asunto entre ellos y yo, debido a su imbecilidad, pero yo no te robo nada. Sin embargo, no tendría nada que objetar con respecto a que también tú, por tu propia iniciativa, me hicieras otro regalo por haber hecho para ti tan buenos negocios.

Reflexioné un instante y le dije:

–No, Kaptah, no te haré ningún regalo, porque es evidente que has calculado que podrás robarme al cobrar los alquileres y conviniendo reparaciones anuales con los contratistas.

Kaptah no dio muestras de la menor decepción, sino que afirmó:

–Tienes razón, porque tu riqueza es la mía, y tus intereses los míos, y debo en todo defender tus intereses. Pero debo confesar que después de haber oído hablar de las ventas de Amón, la agricultura ha comenzado a interesarme vivamente y he ido a la Bolsa de los mercaderes de cereales y he rodado de taberna en taberna a causa de mi sed y he aguzado el oído, enterándome de muchas cosas útiles. Con tu oro y tu permiso, ¡oh, dueño mío!, me propongo comprar trigo de la próxima cosecha, naturalmente, porque los precios son aún muy moderados. Verdad es que el trigo es más perecedero que las piedras, pues se lo comen las ratas y lo roban los esclavos, pero para ganar algo hay que correr ciertos riesgos. En todo caso, la agricultura y la cosecha dependen de la crecida y de la langosta, de los musgaños y los canales de irrigación, así como de muchísimas otras causas que ignoro. Quiero con esto decirte que el campesino tiene una responsabilidad más grande que la mía y que comprando ahora mismo recibiré este otoño el trigo al precio convenido. Cuento con guardarlo en depósito y vigilarlo cuidadosamente porque tengo la idea de que el precio del trigo va a subir con el tiempo. Esto es lo que deduzco con mi buen sentido de las ventas de Amón, porque si cualquier imbécil se dedica a la agricultura, la cosecha tiene forzosamente que ser más escasa que antes. Por esto he comprado también almacenes secos y provistos de sólidas cerraduras para conservar el trigo, porque cuando no tengamos necesidad de ellos podremos alquilarlos a los mercaderes y sacar un buen provecho.

A mi modo de ver, Kaptah se tomaba molestias inútiles y se cargaba de demasiadas preocupaciones con todos sus proyectos, pero aquello lo divertía seguramente y yo no tenía nada que objetar con tal de que no tuviese que mezclarme en sus gestiones. Esto es lo que le dije y, disimulando cautelosamente su viva satisfacción, dijo con aire de despecho:

–Tengo todavía otro proyecto ventajoso que quisiera

realizar por tu cuenta. Uno de los principales comercios de esclavos de la ciudad está en venta, y creo poder pretender saber todo cuanto pueda saberse en materia de esclavos, de manera que este comercio te enriquecería rápidamente. Sé cómo se ocultan los defectos y los vicios de los esclavos y sé manejar el bastón como es necesario, cosa que tú no sabes, ¡oh, dueño mío!, si me permites que te lo diga, ahora que lo he ocultado. Pero estoy muy contrariado, porque creo que esta ocasión propicia se nos va a escapar y sin duda te negarás a ella, ¿verdad?

–Tienes toda la razón, Kaptah –le dije–. No seremos mercaderes de esclavos porque es un oficio sucio y repugnante, si bien no sabría decir por qué, puesto que todo el mundo compra esclavos, emplea esclavos y tiene necesidad de esclavos. Así fue y así será siempre, pero yo no quiero ser mercader de esclavos y no quiero que lo seas tú.

Kaptah suspiró aliviado y dijo:

–Así, ¡oh, buen dueño mío!, conozco bien tu corazón y hemos evitado una desgracia, porque, pensándolo bien, quizá hubiera prestado demasiada atención a las esclavas bonitas y malgastado mis fuerzas, cosa que no puedo hacer, porque comienzo a envejecer y mis miembros están anquilosados y mis manos tiemblan, sobre todo por la mañana al despertar, antes de que haya tocado mi jarra de cerveza. Pues bien, me apresuro a decirte que todas las casas que he comprado en tu nombre son respetables, y la ganancia será modesta, pero segura. No he comprado ni una sola casa de placer ni ninguna callejuela de pobres que, con sus miserables covachas, producen, sin embargo, más que las sólidas casas de las familias acomodadas. Cierto es que he debido sostener una dura batalla conmigo mismo para obrar así, porque ¿por qué motivo no nos enriqueceríamos como los otros? Pero mi corazón me dice que no estarás de acuerdo y por esto he renunciado con pena a mis queridas esperanzas. Pero tengo todavía una petición que hacerte.

Kaptah perdió súbitamente su seguridad y me miró

con su ojo único para asegurarse de mi benevolencia. Yo le vertí vino en la copa y lo animé a hablar, porque jamás hasta entonces lo había visto vacilar de aquella manera y aquello aguzaba mi curiosidad. Acabó diciendo:

–Mi petición es desvergonzada e impúdica, pero, puesto que me aseguras que soy libre, tengo la osadía de exponértela, esperando que no te enojarás por ello, si bien, para mayor seguridad, he escondido el bastón. Quisiera, en efecto, que me acompañases a esa taberna del puerto de la que tan a menudo te he hablado y que se llama «La Cola de Cocodrilo», a fin de que bebiésemos juntos una «cola» y vieses cómo es este sitio en el que soñaba con los ojos abiertos mientras bebía la cerveza espesa de Siria y Babilonia.

Me eché a reír y no me enojé, porque el vino me enternecía. El crepúsculo era melancólico y me sentía muy solo. Aunque fuese inaudito y estuviese por debajo de mi dignidad salir con mi servidor para ir a beber a un tugurio del puerto una bebida llamada «Cola de Cocodrilo» a causa de su fuerza, recordé que un día Kaptah me había acompañado por su propia voluntad a la mansión tenebrosa sabiendo que nadie había salido vivo de ella. Por esto le toqué el hombro y le dije:

–Mi corazón me dice que en este instante preciso una «cola de cocodrilo» es lo que necesitamos para terminar la jornada. Vamos.

Kaptah bailó de gozo a la manera de los esclavos, olvidando su anquilosamiento. Me entregó mi bastón y me puso mi manto. Después nos fuimos al puerto y entramos en «La Cola de Cocodrilo», donde llevaba el viento el olor de la madera de cedro y de las tierras fértiles.

6

La taberna de «La Cola de Cocodrilo» estaba situada en el centro del barrio portuario, en un callejón tranquilo, como aplastada entre los grandes almacenes. Era de ladrillos y los muros eran muy gruesos, de manera que en verano era fresca y en invierno conservaba el calor. Encima de la puerta se balanceaba, además de una jarra para vino y otra para cerveza, un gran cocodrilo disecado con los ojos de cristal y cuyas fauces abiertas mostraban varias hileras de dientes. Kaptah me hizo entrar, llamó al patrón y nos ofreció unos asientos tapizados. Era conocido en la casa y se comportaba en ella como si fuera la suya, de manera que los demás clientes se calmaron y reanudaron sus conversaciones después de haberme dirigido miradas suspicaces. Observé con sorpresa que el suelo era de madera y los muros estaban revestidos de planchas y adornados con recuerdos de lejanos países, lanzas de negros y morriones de plumas, conchas de las islas del mar y ánforas cretenses pintadas. Kaptah observaba entusiasmado mis miradas y dijo:

–Te extraña sin duda de que las paredes estén revestidas de madera como en las casas de los ricos. Debes, pues, saber que cada plancha procede de un viejo navío desguazado, y aun cuando no evoco con placer mis viajes por mar, debo mencionar que esta plancha amarilla, roída por el agua, navegó un día hacia la tierra de Punt y que esta plancha parda rozó en un tiempo los muelles de las islas del mar. Pero, si lo permites, vamos a tomar una «cola» que el patrón ha preparado con sus propias manos.

Me entregaron una bella copa en forma de concha que se sostenía en la palma de la mano, pero mi intención fue acaparada por la mujer que me la entregaba. No era ya muy joven, como las sirvientas habituales de las tabernas, y no se paseaba medio desnuda para seducir a los clientes, sino que iba decentemente vestida y llevaba unos anillos de plata en las orejas y unos brazaletes en sus finas muñecas. Respondió a mi mirada y la sostuvo sin descaro a la manera de las mujeres, sin apartar los ojos. Sus cejas eran delgadas y sus ojos expresaban una melancolía sonriente. Eran de un castaño cálido, vivo, y su mirada calentaba el corazón. Tomé la copa de sus manos y Kaptah recibió una también, y sin reflexionar pregunté a la sirvienta:

–¿Qué nombre es el tuyo, bella mujer?

Y en voz baja ella me respondió:

–Mi nombre es Merit y no se me llama bella mujer como hacen los muchachos tímidos para proporcionarse el valor de tocar por primera vez los flancos de una sirvienta. Espero que lo recordarás si quieres hacernos el favor de renovar tu visita, Sinuhé, tú que eres solitario.

Me sentí ofendido y le dije:

–No tengo el menor deseo de tocarte las caderas, bella Merit, pero ¿cómo sabes mi nombre?

Sonrió, y su sonrisa era bella en su rostro moreno y terso mientras me decía con tono malicioso:

–Tu reputación te ha precedido, Hijo de Onagro, y viéndote sé que tu reputación no es exagerada y que es justo todo lo que dice de ti la fama.

En el fondo de sus ojos flotaba la tristeza y a través de su sonrisa mi corazón experimentó pena y no pude enojarme contra ella.

Dije:

–Si entiendes por fama a un tal Kaptah aquí presente, mi antiguo esclavo, de quien he hecho hoy un hombre libre, sabrás probablemente que no se puede uno fiar de sus palabras. En efecto, desde su nacimiento su lengua tiene el defecto innato de no saber distinguir la mentira de la verdad, pero ama a las dos por un igual y algunas veces más a la mentira que a la verdad. Es un defecto que no puede ser corregido ni por el arte de la medicina ni a bastonazos.

Y ella dijo:

–La mentira es a veces más deliciosa que la verdad cuando se es solitario y la primavera ha pasado. Por esto te creo cuando me llamas «bella Merit», y creo todo lo que tu rostro me cuenta. Pero debes probar la «cola de cocodrilo» que te he traído porque tengo curiosidad de saber si soporta la comparación con las maravillosas bebidas de los países donde has estado.

Sin apartar los ojos de ella, levanté la copa con la palma de la mano y bebí, pero dejé en el acto de mirarla, porque la sangre me fluyó a la cabeza y empecé a toser y mi garganta pareció quemada por el fuego. Cuando recuperé la respiración dije:

–Verdaderamente, retiro todo lo que acabo de decir sobre Kaptah porque sobre este punto no ha mentido. Tu bebida es verdaderamente más fuerte que ninguna de las que he probado y más ardiente que el petróleo que los babilonios queman en sus lámparas, y no dudo que derribe a un hombre sólido, como el coletazo de un cocodrilo.

Todo mi cuerpo parecía inflamado y mi boca ardiente conservaba un sabor de plantas y de bálsamo. Mi corazón tenía alas como una golondrina y le dije:

–Por Seth y todos los demonios, no puedo comprender cómo se mezcla esta bebida, y no sé si es ella o tu presencia lo que me encanta, Merit, porque el encanto corre por mis miembros y mi corazón se rejuvenece, y no te extrañes si pongo mi mano en tu cadera, porque será culpa de esta «cola» y no mía.

Retrocedió un poco levantando los brazos maliciosamente; era alta y esbelta, y me dijo sonriendo:

–No debes blasfemar, porque ésta es una taberna decente y yo no soy vieja todavía, aun cuando tus ojos quizá no lo crean. En cuanto a esta bebida, te diré que será la única dote que me dará mi padre, y por eso tu esclavo Kaptah me ha hecho una corte asidua para conocer la receta, pero es tuerto, obeso y viejo, y no creo que una mujer madura pueda experimentar ningún goce con él. Por esto ha tenido que comprar esta taberna con el oro y cuenta comprar también mi receta, pero tendrá que pesar mucho oro antes de que el negocio esté concluido.

Kaptah le dirigía enérgicos ademanes para hacerla callar, pero yo probé otra vez la copa y el fuego se derramó de nuevo por mi cuerpo y dije:

–Creo que Kaptah estaría dispuesto a romper una jarra contigo a cambio de esta receta, incluso sabiendo que inmediatamente después del matrimonio le arrojarás agua caliente a las piernas. Pero yo lo comprendo cuando te miro a los ojos, y acuérdate que ahora es la «cola de cocodrilo» la que habla por mi boca y que mañana no responderé quizá de mis palabras. Pero ¿es verdad que Kaptah posee esta taberna?

–¡Vete al diablo, maldita hembra! –dijo Kaptah, profiriendo enseguida una letanía de nombres de dioses que había aprendido en Siria–. ¡Oh, dueño mío! –añadió, volviéndose humildemente hacia mí–, han sucedido las cosas demasiado pronto, porque quería prepararte paulatinamente y pedirte el consentimiento, puesto que eres todavía mi dueño. Es cierto que he comprado esta taberna a su dueño y quiero tratar de obtener esta receta de su hija, porque la «cola de cocodrilo» ha dado celebridad a este lugar a todo lo largo del río, y he pensado en ella cada día durante nuestra ausencia. Como sabes, durante estos años te he robado lo mejor que he sabido y por esto he tenido también dificultades en colocar mi dinero, porque debo pensar en los días de mi vejez. Desde mi infancia, la profesión de tabernero me pareció la más deseable y envidiable de todas. Desde luego, en aquella época me decía que podía beber gratuitamente toda la cerveza que quería. Ahora sé que el dueño de una taberna debe beber moderadamente y no embriagarse jamás, lo cual me será muy bueno para la salud, porque el exceso de cerveza me hace ver a veces hipopótamos y monstruos espantosos. Pero un tabernero encuentra sin cesar gente que le son útiles y se entera siempre de todo lo que ocurre, lo cual es para mí un gran placer, porque soy muy curioso. Mi lengua bien sujeta me es también muy útil en este oficio y creo que mis relatos sabrán seducir a mis clientes y los inducirán a beber sin asombrarse de nada, hasta el momento de la cuenta. Sí, pensándolo bien, creo que los dioses me habían destinado a esta profesión de tabernero y sólo por error nací esclavo. Pero me fue útil, porque no existe mentira, ardid o astucia para marcharse sin pagar que no conozca por haberlo practicado. Sin jactancia, creo conocer a los hombres, y mi olfato me dice cuándo puedo dar de beber a crédito, lo cual es esencial para un tabernero, porque la naturaleza humana es tan extraña que el hombre bebe a crédito sin preocupaciones, sin pensar en el vencimiento, mientras economiza mezquinamente su dinero cuando tiene que pagar al contado.

Kaptah vació su copa y se cogió la cabeza con las manos con una sonrisa melancólica y prosiguió:

–A mi juicio, el oficio de tabernero es también el más seguro de todos porque la sed del hombre permanece inalterable pase lo que pase, y aunque se tambalease el poderío de los faraones, y los dioses se cayesen de sus tronos, las tabernas y las hosterías no estarían más vacías que antes. Porque el hombre bebe vino en su alegría y lo bebe en su tristeza; en el éxito alegra su corazón con el vino y en el fracaso lo consuela de igual modo; bebe cuando está enamorado y bebe cuando su mujer lo apalea. Acude al vino cuando los asuntos van mal; riega sus beneficios con el vino. Ni tan sólo la pobreza impide al hombre beber vino. Y lo mismo ocurre con la cerveza, si bien he hablado del vino porque es más poético y suscita la elocuencia, puesto que, cosa curiosa, los poetas no han compuesto todavía poemas en honor de la cerveza, lo cual no es justo, porque la cerveza puede también, en caso de necesidad, procurar una buena embriaguez y un dolor de cabeza todavía mejor. Pero no quiero importunarte con el elogio de la cerveza y vuelvo a mi asunto, y por esto he invertido en esta taberna mis economías de oro y plata. Verdaderamente, no imagino oficio más agradable, salvo el de prostituta, que no requiere gastos de instalación, ya que lleva su negocio en sí misma, y si es un poco cauta pasará su vejez en una casa propia, construida con la potencia de sus flancos. Pero perdóname que me extravíe de nuevo, porque no he podido acostumbrarme todavía a esta «cola de cocodrilo» que me suelta la lengua. Sí, esta taberna es mía, y el antiguo tabernero la regenta con la ayuda de la hechicera Merit y nos partimos los beneficios. Hemos firmado un contrato que hemos jurado respetar por los mil dioses de Egipto, de manera que no creo que me robe más de lo razonable, porque es un hombre piadoso que va a sacrificar a los templos, pero obra de esta forma porque tiene sacerdotes entre sus clientes, y son buenos parroquianos, porque se necesitan más de una o dos «colas» para tumbar a unos hombres que están acostumbrados a los vinos fuertes de sus viñedos y beben a cántaros. Por otra parte, es conveniente combinar los intereses comerciales con la práctica de la piedad; sí, diantre, no me acuerdo ya de lo que iba a decir, porque es para mí un gran día de júbilo, y me alegro sobre todo de que no estés enfadado conmigo y no me reproches nada y sigas considerándome como tu servidor, pese a que sea tabernero, oficio que algunos consideran deshonroso.

Después de este largo discurso Kaptah comenzó a gemir y lamentarse; escondió su rostro en mis rodillas, besándome, presa de una viva emoción y completamente ebrio. Yo lo levanté a la fuerza y dije:

–En verdad, creo que hubieras podido escoger un oficio más decente para acabar tus días; pero hay una cosa que no comprendo. Puesto que el patrón sabe que esta taberna es tan ventajosa y posee el secreto de la «cola de cocodrilo», ¿por qué ha consentido en vendértela?

Kaptah me dirigió una mirada de reproche, y con los ojos llenos de lágrimas dijo:

–¿No te he dicho mil veces que tienes el talento maravilloso de envenenar todas mis alegrías con tu razón, que es más amarga que el ajenjo? ¿Bastará que te diga como él que somos amigos de infancia y que nos queremos como hermanos y deseamos compartir nuestras alegrías y nuestros beneficios? Leo en tus ojos que esto no basta para ti, como no basta tampoco para mí, y por esto te confieso que en este negocio hay gato encerrado. Se habla de los grandes disturbios que saldrán de la lucha entre Amón y el dios del faraón y, como sabes muy bien, durante los alborotos las tabernas son las primeras en sufrir, y se hunden las puertas y se apalea a los dueños, arrojándolos al río, se vierten las jarras y se rompen los muebles, y algunas veces se incendia la casa después de haber vaciado las jarras. Esto es lo que ocurre con toda seguridad si el propietario no se ha inclinado hacia el lado mejor, y el patrón es un fiel servidor de Amón y todo el mundo lo sabe, de manera que no puede cambiar de pellejo. Ha comenzado a desconfiar de Amón desde que sabe que se vende sus tierras, y yo he soplado sobre sus dudas; pese a que es un hombre que teme el porvenir, lo mismo puede resbalar pisando la mondadura de un fruto que recibir una teja en la cabeza, o ser aplastado por una carreta de bueyes. Olvidas, dueño mío, que tenemos nuestro escarabajo, y no dudo que protegerá «La Cola de Cocodrilo», pese a que bastante trabajo tiene ya en velar sobre tus numerosos intereses.

Reflexioné y acabé diciéndole:

–Ocurra lo que ocurra, Kaptah, tengo que reconocer que has realizado muchas cosas en un día.

Pero él rechazó mi elogio y dijo:

–Olvidas, ¡oh, dueño mío!, que desembarcamos ayer. Debo confesar que la hierba no ha crecido bajo mis pies y, por increíble que te parezca, mi lengua se encuentra cansada, porque una sola «Cola» llega a paralizarme de este modo.

Nos levantamos para marcharnos y nos despedimos del patrón, Merit nos acompañó hasta la puerta, haciendo sonar los aros de sus muñecas y tobillos. En la oscuridad del vestíbulo le puse la mano en la cadera y la acerqué a mí, pero ella se escabulló rechazándome y dijo:

–Tu contacto podría serme agradable, pero no lo deseo, porque es «La Cola de Cocodrilo» la que se expresa por tus manos.

Levanté confuso las manos y vi que, en efecto, parecían patas de cocodrilo. Regresamos a casa y nos tendimos sobre las alfombrillas y dormimos profundamente toda la noche.

7

Así fue como comenzó mi vida en el barrio de los pobres, en la antigua casa del fundidor de cobre. Tuve muchos enfermos, como Kaptah lo había predicho, y perdía más que ganaba, pues para curar necesitaba medicamentos caros y de nada servía curar a los hambrientos sin asegurarles después una sólida alimentación. Los regalos que recibía tenían escaso valor, pero me procuraban placer, y me alegraba oír que los pobres comenzaban a bendecir mi nombre. Cada noche un resplandor ardiente se encendía sobre Tebas, pero yo estaba agotado por el trabajo, e incluso de noche pensaba en las enfermedades de los pobres y pensaba también en Atón, el nuevo dios del faraón.

Kaptah tomó para nuestro cuidado una mujer vieja que estaba ya asqueada de la vida y de los hombres, lo cual se leía en su mirada. Pero sabía preparar una buena comida y era discreta y no se quejaba del olor de los pobres ni los rechazaba. Yo pronto me acostumbré a ella y su presencia era como una sombra que pasara inadvertida. Su nombre era Muti.

Así pasaban los meses mientras la inquietud aumentaba en Tebas y Horemheb no regresaba. El sol teñía de amarillo los patios y el verano estaba en su apogeo. Algunas veces deseaba un cierto cambio y acompañaba a Kaptah a «La Cola de Cocodrilo» y bromeaba con Merit y la miraba a los ojos, pese a que me fuese extranjera todavía y mi corazón se angustiaba al contemplarla. Pero no tomaba ya la bebida fuerte que había dado el nombre a la taberna, sino que me contentaba con la cerveza fresca que quitaba la sed sin embriagar y daba ligereza al espíritu. Yo escuchaba las conversaciones de los clientes y no tardé en darme cuenta de que no todo el mundo era admitido en aquella taberna, sino que los clientes eran elegidos, y aun aquellos que habían acumulado una fortuna saqueando tumbas o practicando la usura, olvidaban en aquella taberna su profesión y se comportaban decentemente. Yo daba crédito a Kaptah cuando me decía que allí no se encontraban más que gentes que tenían necesidad unos de otros. Yo era la única excepción, porque nadie podía sacar provecho de mí y era forastero incluso allí, pero toleraban mi presencia porque era amigo de Kaptah.

Aprendí muchas cosas y oí hablar y bendecir al faraón, pero se burlaban de su nuevo dios. Una tarde llegó un tratante en incienso, que había desgarrado sus vestiduras y derramado ceniza sobre su cabeza. Había acudido a aligerar su dolor con una «Cola de Cocodrilo» y gritaba diciendo:

–En verdad que este falso faraón será maldito hasta la eternidad, porque este bastardo no se deja guiar y no hace más que lo que se le mete en la cabeza, arruinando mi honorable profesión. Hasta ahora yo ganaba sobre todo con los inciensos que venían del país de Punt, y estos viajes al mar oriental no eran peligrosos, porque cada verano se aparejaban navíos para esta expedición comercial y, al año siguiente, de diez navíos regresaban por lo menos dos y no traían más que una clepsidra de retraso y así yo podía calcular mis beneficios y mis inversiones. Pero ¡esperad un poco! Cuando la flota iba a aparejar, el faraón pasó por el puerto. ¡Por Seth, que es cosa de preguntarse por qué mete la nariz en todas partes como una hiena! ¿No tiene acaso para eso escribas y consejeros encargados de velar para que todo vaya según la ley y la costumbre como hasta ahora? El faraón oyó a los marineros gritar a bordo y vio a sus mujeres y a sus hijos llorar en la ribera, arañándose el rostro como es costumbre, porque todo el mundo sabe que muchos son los que parten por mar y pocos los que regresan. Todo esto, desde los tiempos de la gran reina, forma parte de la marcha de los navíos hacia el país de Punt; pero imaginaos lo que ocurrió. Este chiquillo, este maldito faraón, prohibió a la flota hacerse a la mar y dio orden de no armar más navíos destinados al país de Punt. ¡Por Amón! Todo comerciante sabe lo que esto significa: es la ruina y la quiebra de innumerables personas, es el hambre y la pobreza para las familias de los marinos. ¡Por Seth, que nadie se hace a la mar si no lo ha merecido por sus delitos, y se le condena a prestar servicio en el mar en presencia de los jueces y según las pruebas legales! Pensad también en las cantidades invertidas sobre navíos y almacenes, sobre las perlas de cristal y las jarras de arcilla. Pensad en los comerciantes egipcios condenados a permanecer eternamente en las cabañas de paja de Punt, abandonados a sus dioses. Mi corazón sangra al pensar en ellos y en sus mujeres desesperadas y en los chiquillos que no volverán a ver jamás a sus padres, si bien muchos de estos padres han fundado ya nuevos hogares y engendrado otros chiquillos de piel manchada, por lo que dicen.

Sólo después de la tercera «Cola» el comerciante se calmó y se calló, excusándose por haber pronunciado palabras ultrajantes para el faraón en el paroxismo de su dolor.

–Pero –dijo– yo creía que la reina Tii, que es una mujer sagaz y hábil, sabría guiar a su hijo; tenía al sacerdote Ai por un hombre avisado; pero no quieren más que derribar a Amón y dejan al faraón realizar sus caprichos insensatos. ¡Pobre Amón! Un hombre suele volver a menudo a la razón después de haber roto una jarra con una mujer, pero Nefertiti, la gran esposa real, no piensa más que en sus trajes y en sus modas lascivas. No me creeréis probablemente, pero actualmente las mujeres de la Corte se pintan las orejas con verde malaquita y llevan trajes abiertos hasta abajo, descubriendo el ombligo.

Kaptah intervino:

–No he visto esta moda en ninguna parte, pese a que he observado muchas extravagancias en las costumbres femeninas. Pero ¿estás bien seguro de que las mujeres se pasean con las partes íntimas descubiertas y la reina también?

El mercader de incienso se ofendió y dijo:

–Soy un hombre piadoso y tengo mujer e hijos. Por esto no he bajado la vista más allá del ombligo ni te aconsejaría que cometieses un acto tan indelicado.

Merit tomó la palabra y en tono irónico dijo:

–Es tu boca quien es desvergonzada y no esta moda estival que es muy agradable y pone en evidencia la belleza de la mujer a condición de que tenga el vientre bonito y bien formado y que una comadrona inexperta no le haya estropeado el ombligo. Hubieras podido perfectamente bajar más la vista, porque en el lugar idóneo se encuentra una delgada tira de fino lino de manera que el ojo más piadoso no tiene de qué escandalizarse, si se observa el cuidado de hacerse depilar cuidadosamente, como conviene a toda mujer que se respete.

El mercader de incienso hubiera contestado de buena gana, pero fue incapaz porque la tercera «Cola» le sujetó la lengua. Así pues, inclinó la cabeza y vertió lágrimas amargas sobre los trajes de las mujeres de la Corte y la triste suerte de los egipcios abandonados en el país de Punt. Pero un viejo sacerdote de Amón, con el cráneo afeitado y untado de aceite, intervino en la discusión. Excitado por una «Cola» pegó un puñetazo sobre la mesa y comenzó a gritar:

–¡Eso es ir demasiado lejos! No hablo de los trajes de las mujeres, porque Amón permite todas las modas, con tal de que los días de fiesta los fieles se vistan de blanco, y a todo el mundo le gusta ver un vientre redondo y un ombligo bien hecho. Pero si el faraón se propone verdaderamente, invocando la suerte de los marinos, prohibir la importación de las sustancias aromáticas de Punt, va demasiado lejos, porque Amón está acostumbrado a sus perfumes y no vamos a quemar nuestras ofrendas con estiércol. Es una osadía irritante y una provocación, y no me extrañaría que en adelante la gente respetable escupiese a la cara de los hombres que llevan bordada en sus ropas la cruz de la vida como símbolo de este maldito dios cuyo nombre no quiero pronunciar para no mancillar mi boca. Verdaderamente, ofrecería gran cantidad de «Colas» al hombre que fuese capaz de ir esta noche a cierto templo y hacer sus necesidades sobre el altar, porque el templo está abierto y no hay murallas, y creo que un hombre ágil podría escapar fácilmente de los guardianes. En verdad que lo haría yo mismo si mi dignidad no me lo prohibiese, y la reputación de Amón sufriría si fuese descubierto.

Lanzó a su alrededor una mirada altiva y a poco se acercó a él un hombre con el rostro lleno de pústulas. Comenzaron a cuchichear, el sacerdote encargó dos «Colas» y el sifilítico dijo:

–En verdad lo haré, y no por el oro que prometes, sino por mi «kâ» y mi «bâ», porque aunque haya cometido muchos actos culpables y no vacile todavía en cortarle a un hombre el pescuezo de oreja a oreja si es necesario, creo todavía lo que me enseñó mi madre y Amón es mi dios y quiero merecer sus favores antes de morir, porque cada vez que tengo el vientre enfermo me acuerdo de mis fechorías.

–Verdaderamente –dijo el sacerdote, cada vez más ebrio–, tu acto será meritorio y te será perdonado, y si sucumbes a causa de Amón, debes saber que irás directamente al país del Poniente, incluso si tu cuerpo se pudre en las murallas. Así van directamente al país del Poniente, sin arrastrarse por las marismas del infinito, los marinos que perecen al servicio de Amón, yendo a buscar para él maderas preciosas y sustancias aromáticas. Por esto el faraón es un criminal al negarles la posibilidad de ahogarse al servicio de Amón. –Golpeó la mesa, y volviéndose hacia todos los clientes de la taberna, gritó–: Como sacerdote de cuarto grado tengo el poder de ligar y desligar vuestros «kâ» y vuestros «bâ». En verdad os lo digo, todo acto cometido por Amón os será perdonado, incluso si es un asesinato, un robo o una violación, porque Amón ve en el corazón de los hombres y aprecia sus actos y sus intenciones. Id y tomad armas bajo vuestros mantos y...

Cesó bruscamente de hablar, porque el patrón se había acercado a él y le arreó tan formidable garrotazo en el cráneo que lo tumbó. Los clientes tuvieron un sobresalto y el sifilítico sacó un puñal, pero el patrón le dijo con mucha calma:

–He obrado así por Amón y estoy perdonado de antemano, porque el sacerdote será el primero en darme la razón en cuanto vuelva en sí. Porque si decía la verdad en nombre de Amón, «La Cola de Cocodrilo» hablaba también por su boca porque gritaba demasiado fuerte, y en esta casa nadie debe gritar ni escandalizar más que yo. Creo que si sois un poco listos entenderéis lo que quiero decir.

Todos reconocieron que el tabernero tenía razón. El sifilítico comenzó a reanimar al sacerdote y algunos clientes se eclipsaron prudentemente, y Kaptah y yo nos marchamos también y en el umbral le dije a Merit:

–Sabes que soy solitario y tus ojos me han revelado que tú eres solitaria también. He reflexionado mucho sobre lo que me has dicho y creo que verdaderamente la mentira es la verdad más deliciosa para un solitario cuando su primera juventud se ha extinguido. Por esto quisiera que vistieses uno de estos trajes nuevos de verano de que has hablado, porque estás bien formada y tus miembros son esbeltos y no creo que tuvieses que sonrojarte de tu vientre al pasearte a mi lado por la avenida de los Carneros.

No rechazó mi mano puesta sobre su cadera, sino que la estrechó dulcemente y dijo:

–Seguiré quizá tu consejo.

Pero esta promesa no me causó ninguna alegría, y cuando salí al aire cálido del puerto la melancolía invadió mi espíritu y desde algún sitio lejano, en la noche silenciosa, llegó a mí la voz solitaria de una doble flauta de caña.

Al día siguiente Horemheb regresó a Tebas al frente de un ejército. Pero para hablar de él y de todo lo que ocurrió debo empezar un nuevo libro. Quiero, sin embargo, mencionar aquí que, curando a los pobres, tuve por dos veces que practicar una trepanación, y uno de los enfermos era un hombre robusto y el otro una pobre mujer que se imaginaba ser la gran reina Hatshepsut. Sanaron completamente los dos, lo cual me causó una viva satisfacción, pero me parece que la mujer era más feliz creyéndose ser una gran reina que después de su curación.

LIBRO DÉCIMO

LA CIUDAD DEL HORIZONTE DE ATÓN

1

Horemheb regresó del país de Kush en pleno verano. Las golondrinas habían huido hacia el barro; el agua se corrompía en los estanques y la langosta y el escarabajo de la viña atacaban las cosechas. Pero los jardines de los ricos tebanos desbordaban de flores y lozanía: de ambos lados de la avenida flanqueada por carneros de piedra los arriates brillaban con todos los colores, porque en Tebas sólo los pobres carecían de agua abundante y veían su comida estropeada por el polvo que se depositaba en espesas capas sobre ella y cubría las hojas de los sicómoros y las acacias en el barrio de los pobres. Pero al sur, al otro lado del río, la casa dorada del faraón levantaba sus muros en la bruma estival y sus jardines eran como un sueño azulado y palpitante. El faraón no había abandonado su palacio para irse a sus pabellones del Bajo País. Por esto todo el mundo sabía que se preparaba un acontecimiento importante y la inquietud llenaba los espíritus, como cuando el cielo se oscurece bajo un viento de arena.

Nadie quedó sorprendido cuando al alba las tropas entraron en Tebas por todas las rutas procedentes del sur. Escudos polvorientos, lanzas de puntas centelleantes y cuerdas de arcos tendidas; los soldados negros avanzaban por las calles lanzando miradas de curiosidad a su alrededor de manera que el blanco de sus ojos relucía extrañamente en sus rostros cubiertos de sudor. Precedidos por sus bárbaras insignias, penetraban en los cuarteles, donde pronto se encendieron los fuegos para calentar las gruesas piedras de los hogares. En el mismo momento la flota de guerra amarraba en los muelles y se descargaban los carros de guerra y los caballos empenachados de los jefes, y entre estas tropas no figuraban tampoco egipcios, sino negros del sur y sardos de los desiertos del noroeste. Ocuparon la villa, y después de haber encendido los fuegos de guarda en las esquinas se cerró el río. Durante la jornada el trabajo cesó en los talleres y los molinos, en los almacenes y los pósitos. Los comerciantes recogieron sus tenderetes y cerraron las ventanas con planchas de madera, y los dueños de las casas de placer y tabernas contrataron enseguida hombres fuertes para protegerlos. La gente se vistió de blanco, y de todos los barrios la muchedumbre afluía hacia el templo de Amón, cuyos patios pronto estuvieron llenos a rebosar.

En aquel momento circuló la noticia de que el templo de Atón había sido mancillado y profanado durante la noche.

Habían arrojado sobre el altar un perro muerto y el guardián había sido encontrado degollado de oreja a oreja. La gente cambiaba miradas inquietas, pero muchos no pudieron impedir sonreír secretamente con maligna satisfacción.

–Limpia tus instrumentos, ¡oh, dueño mío! –me dijo Kaptah–, porque si no me equivoco, tendrás antes de la noche mucho trabajo y podrás incluso hacer trepanaciones.

Pero nada especial ocurrió durante la tarde. Sólo algunos negros ebrios saquearon algunas tiendas y violaron a algunas mujeres, pero los guardas los detuvieron y los apalearon en público, lo cual no devolvió la sonrisa ni a los mercaderes robados ni a las mujeres violadas. Me enteré de que Horemheb había llegado también por el río y me dirigí al puerto para tratar de verlo. Con gran sorpresa por mi parte, al oír mi demanda, los guardias me anunciaron y me hicieron subir a bordo. Observé con curiosidad aquel barco de guerra porque era el primero que veía de su especie, pero sólo el armamento y la numerosa tripulación lo distinguía de los demás navíos, porque un navío mercante puede tener también dorados en la proa y velas de color.

Así fue como volví a ver a Horemheb. Me pareció que había ganado todavía en altura y majestuosidad; sus hombros eran anchos y fuertes los músculos de sus brazos, pero su rostro estaba surcado de arrugas y sus ojos estaban melancólicos y enrojecidos por la fatiga. Me incliné respetuosamente delante de él con las manos a la altura de las rodillas, y él, riéndose amargamente, dijo:

–¡Mira, Sinuhé, mi amigo! Llegas en el momento oportuno.

Su dignidad le impedía abrazarme y se volvió hacia un jefe gordo y rollizo que con los ojos muy abiertos y aire contrariado estaba de pie delante de él.

–Toma este bastón de mando dorado y encárgate de las responsabilidades. –Se quitó del cuello la cadena de oro del mando y la entregó al obeso diciéndole–: Toma el mando y que la sangre del pueblo corra por tus cochinas manos. –Sólo entonces se volvió hacia mí y me dijo–: Sinuhé, amigo mío, soy libre de seguirte a donde quieras y espero que tendrás en tu casa una alfombrilla donde poder estirar las piernas, porque, por Seth y todos los demonios, estoy terriblemente cansado y hastiado de disputar con gente chiflada. –Puso la mano sobre el hombro del hombrecillo gordo y me dijo–: Mira atentamente, Sinuhé, amigo mío, y graba en tu espíritu lo que ves, porque he aquí al hombre que tiene hoy entre sus manos la suerte de Tebas y quizá de todo Egipto. Él es quien el faraón ha designado para reemplazarme una vez le hube declarado que estaba loco. Pero viendo a este hombre adivinas probablemente que el faraón tendrá en breve necesidad de mí.

Se rió largamente, golpeándose los muslos, pero era una risa que no delataba alegría y me asusté.

El hombrecillo hacía girar sus ojos asustados, mientras el sudor caía de su rostro sobre su pecho regordete.

–No te enojes conmigo, Horemheb –dijo con una voz

aguda–. Ya sabes que no he ambicionado tu bastón de mando y que prefiero al fragor de la batalla la calma de mi jardín y de mis gatos. Pero ¿cómo hubiera podido negarme al deseo del faraón, cuando me asegura que no habrá combate, sino que el falso dios caerá sin efusión de sangre?

–Considera sus palabras como realidades –dijo Horemheb–. Su corazón precede a su juicio como el pájaro corre más que el caracol. Por esto sus palabras no tienen ninguna importancia, sino que debes pensar con tu propia razón y verter la sangre con moderación y a sabiendas, pese a que no sea más que sangre egipcia. Por mi halcón, que te apalearé con mis propias manos si olvidas tu razón y tu habilidad en compañía de tus gatos, porque, por lo que me han dicho, en tiempos del antiguo faraón eras un buen capitán y por esto probablemente el nuevo faraón te ha confiado esta laboriosa tarea.

Le dio un fuerte golpe en la espalda y el hombre se quedó tan sin aliento que no pudo contestar. Horemheb bajó al puerto en dos zancadas y los soldados se levantaban para saludarlo levantando sus lanzas. Él les hizo un signo con la mano y dijo:

–¡Adiós, soldados! ¡Obedeced a este gato de raza que lleva el bastón de mando por voluntad del faraón! Obedecedle como a un niño ignorante y tened cuidado de que no se caiga del carro de combate o se corte con el puñal. –Los soldados se rieron, pero él les mostró el puño, ensombreciéndose, y dijo–: No os digo adiós, sino hasta pronto, porque veo qué pasión inflama vuestros ojos de granujas. Por esto os emplazo a que recordéis mis órdenes, si no, a mi regreso, os dejaré la espalda en carne viva.

Me preguntó dónde vivía y dio la dirección al jefe de la guardia, pero dejó sus efectos a bordo, donde estarían más seguros. Después me cogió por el cuello, como antaño, y me dijo:

–Verdaderamente, Sinuhé, nadie ha merecido más que yo una buena borrachera esta tarde.

Le hablé de «La Cola de Cocodrilo» y estuvo encantado, de manera que le pedí que mandase un piquete de guardas en previsión del desorden. Dio las instrucciones al jefe, que lo obedeció como si hubiese estado todavía bajo sus órdenes y prometió mandar hombres de confianza. Así pude prestarle a Kaptah un servicio que no me costaba nada.

Yo sabía que en «La Cola de Cocodrilo» había varias habitaciones pequeñas y aisladas, dónde se reunían los saqueadores de tumbas, los vendedores de mercancías robadas, y donde algunas damas nobles recibían a los sólidos descargadores de los muelles. Allí llevé a Horemheb, y Merit le sirvió una «Cola» en un vaso de concha y él la vació de un trago, tosió un poco y dijo:

–¡Oh, oh...!

Y pidió otra, y cuando Merit hubo salido, dijo que era una bonita mujer y me preguntó cuáles eran mis relaciones con ella. Le aseguré que no existían, pero que, sin embargo, estaba contento de que Merit no se hubiese comprado todavía un traje de acuerdo con la moda nueva que dejaba el vientre al descubierto. Pero Horemheb no la tocó, le dio las gracias y cogió la copa, oliéndola lentamente. Luego dijo:

–Sinuhé, mañana correrá la sangre por las calles de Tebas y no puedo evitarlo, porque el faraón es mi amigo, pese a que está loco, y un día lo cubrí con mi túnica y el halcón ha unido nuestros destinos. Quizá lo quiera a causa de su locura, pero no quiero mezclarme en este asunto porque tengo que pensar en el porvenir y no quiero que el pueblo me odie. Sí, Sinuhé, ha corrido mucha sangre por el Nilo y muchas crecidas han inundado el país desde el día de nuestro último encuentro en la pestilente Siria. Regreso del país de Kush, donde, según órdenes del faraón, he licenciado las guarniciones y traigo las tropas negras a Tebas, de manera que el país queda sin protección por el sur. Sinuhé, amigo mío, en todas las grandes villas los cuarteles están vacíos desde hace tiempo. La Siria no está lejos de alzarse. Esto devolverá al faraón su buen sentido, pero entretanto el país se empobrece. No hay que contar ya con el comercio con Punt. Y desde su coronación las minas han trabajado muy despacio, porque no hay que golpear a los perezosos, sino que se les rebaja su ración de comida. Verdaderamente mi corazón tiembla por él, por Egipto y por su dios, pese a que no entienda nada en dioses porque soy soldado. Pero digo que morirá mucha gente a causa de este dios, lo cual es insensato porque los dioses existen para calmar al pueblo y no para crear conflictos.

Y dijo además:

–Mañana Amón será derribado, y no lo lamentaré, porque se ha puesto demasiado gordo para hallar sitio al lado del faraón. Es una buena política derrumbar a Amón, porque el faraón heredará las inmensas riquezas del dios y quizá lo saquen de apuros. Los sacerdotes de los demás dioses han sido rechazados a las sombras y tienen celos de Amón, pero no quieren tampoco a Atón y los sacerdotes reinan sobre el corazón del pueblo, sobre todo los de Amón. Por esto todo tiene que terminar mal.

–Pero –le dije– Amón es un dios detestable y sus sacerdotes han mantenido demasiado tiempo al pueblo en la ignorancia, ahogando toda idea viva hasta el punto que nadie se atreve a pronunciar una palabra sin el asentimiento de Amón. Al contrario, Atón promete la luz y la vida libre, una vida sin temores, lo cual es una cosa increíblemente grande, Horemheb, amigo mío.

–No comprendo lo que entiendes por temor –respondió–. Si Amón se hubiese contentado con ser el servidor del faraón, merecería su situación actual porque no se puede gobernar a los pueblos sin el temor que inspiran los dioses. Por esto este Atón es muy peligroso con toda su dulzura y sus cruces de amor.

–Es un dios más grande de lo que te figuras –dije sin saber muy bien por qué hablaba así–. Está quizá también en ti sin que lo sepas, y en mí sin que yo me dé cuenta. Si los hombres lo comprendiesen, los libertaría del temor y las tinieblas. Pero es muy posible que sean muchos los que perezcan por él, como muy bien has dicho, porque lo que es eterno no puede imponerse a los hombres más que por la violencia.

Horemheb me miró con impaciencia, como se mira a un chiquillo que dice tonterías. Su rostro se ensombreció y cogió su fusta para golpearse los muslos, porque «La Cola de Cocodrilo» comenzaba a hacer su efecto, y dijo:

–Mientras el hombre sea hombre, mientras existan el deseo de poseer, la pasión, el temor y el odio, mientras haya gente de color diferente, lenguas y pueblos diversos, el rico será rico y el pobre pobre, y el fuerte dominará al débil y el astuto dominará al fuerte. Pero este Atón quiere hacer a todo el mundo igual y ante él el esclavo es igual al rico. El sentido común nos dice que esto es estúpido. Estamos de acuerdo sobre un punto: hay que derribar a Amón, pero esto hubiera debido ocurrir en secreto, por sorpresa y por la noche, y ocurrir al mismo tiempo en todo el país, y se hubiera debido matar inmediatamente a todos los sacerdotes de grado superior y enviar a los otros a las minas y a las canteras. Pero en su locura el faraón quiere obrar abiertamente y en público, y a la luz de su dios, porque el disco del sol es su dios, en lo cual no hay nada nuevo. En todo caso es una locura y exigiría mucha sangre, y me he negado a encargarme de ello porque ignoraba sus proyectos. ¡Por Seth y todos los demonios! Si hubiese conocido sus intenciones, lo hubiera preparado todo cuidadosamente y hubiese derribado a Amón tan bruscamente que ni él mismo hubiera tenido tiempo de ver lo que ocurría. Pero ahora hasta los chiquillos están al corriente de lo que ocurre y los sacerdotes excitan al pueblo en los templos y los hombres rompen ramas para armarse y las mujeres van a los templos con las palas de lavar ocultas bajo sus vestidos. ¡Por mi halcón, que siento dolor al pensar en la locura del faraón!

Se cogió la cabeza entre las manos y lloró pensando en la locura de Tebas, y Merit le sirvió otra «Cola de Cocodrilo», admirando sus hombros y sus músculos potentes, de manera que le ordené rudamente que se marchara y nos dejase solos. Traté de exponer a Horemheb lo que había observado por su cuenta en Babilonia, en el país de los Khatti y en Creta, hasta que me di cuenta de que el cocodrilo le había dado un coletazo y que dormía profundamente. Así durmió toda la noche y yo velé su sueño, y oí a los soldados vociferar en la taberna, porque el patrón consideraba preferible albergarlos para mejor asegurarse su apoyo en caso de disturbios. Por esto el escándalo no cesó en toda la noche y se mandó a buscar músicos ciegos y bailarinas y los soldados estuvieron contentos, pero yo no lo estaba porque pensaba que en todas las casas de Tebas se estaban afilando puñales y guadañas, que se tallaban puntas de lanza de madera y que se cubrían de cobre los almireces de la cocina. Sí, creo que no se durmió en Tebas aquella noche, y ciertamente el faraón no durmió tampoco, pero Horemheb estaba profundamente dormido. Esto era probablemente debido a que había nacido soldado.

2

La muchedumbre veló toda la noche en los patios del templo de Amón, y delante del templo los pobres se tendieron sobre el césped fresco de los parterres y los sacerdotes sacrificaron sin cesar en todos los altares, distribuyendo entre el pueblo la carne, el pan y el vino de las ofrendas. Invocaban a Amón en voz alta y prometían la vida eterna a quien creyese en él y expusiese en su honor la vida. En efecto, los sacerdotes hubieran podido evitar la efusión de sangre si hubiesen querido. No hubieran tenido que hacer más que ceder y someterse y el faraón los hubiera dejado en paz, porque su dios detestaba el odio y la persecución. Pero el poderío y la riqueza se habían subido a la cabeza de los sacerdotes, y ni la muerte los asustaba mientras invocaban a Amón, y es posible que durante aquella última noche alguno de ellos hubiese vuelto a encontrar la fe. Sabían que ni el pueblo ni los escasos guardias de Amón podrían resistir un ejército bien formado que barrería la muchedumbre como el río se lleva las briznas de paja. Pero querían que la sangre corriese entre Amón y Atón para hacer del faraón un criminal y un asesino que permitió que unos negros sórdidos vertiesen la sangre pura de los egipcios. Querían víctimas por Amón, a fin de que su Amón viviese eternamente del vapor de la sangre de sus víctimas, incluso si la imagen era derrumbada y el templo destruido.

Por fin, después de una larga noche, el disco del sol se levantó sobre las montañas del este y el calor del día desvaneció en un momento la frescura de la noche. Entonces se tocó la trompeta en todas las esquinas de Tebas y en las plazas, y los heraldos del faraón leyeron el edicto declarando que Amón era un falso dios y que había que derribarlo y maldecirlo por toda la eternidad, y que su nombre maldito debía ser borrado de todas las inscripciones de las tumbas y monumentos. Todos los templos de Amón, desde el Alto al Bajo Egipto, todas las tierras de Amón, el ganado, los esclavos, los edificios, el oro, la plata y el cobre pasaban a ser posesión suya y de su dios y el faraón prometía abrir los templos como paseos públicos, y los parques y los estanques serían accesibles a todos; los pobres podrían nadar en el lago sagrado y sacar agua a su antojo. Repartiría las tierras de Amón entre los que no las poseían a fin de que pudiesen cultivarlas en nombre de Atón.

Al principio, la muchedumbre escuchó en silencio la proclamación del faraón como lo quiere la buena costumbre, pero inmediatamente un sordo clamor se elevó de todas las calles, plazas y delante del templo: «¡Amón, Amón!» Era un grito tan potente que parecía que las piedras de las casas y de las calles gritasen también. Los soldados negros tuvieron un momento de vacilación y sus rostros pintados de blanco y rojo se pusieron lívidos, y sus ojos parecían querer salirse de sus órbitas, al darse cuenta de que, a pesar de su número, estaban como perdidos en aquella inmensa villa que veían por primera vez. Y en el clamor, pocos fueron los que se enteraron de que el faraón, deseoso de suprimir de su nombre el nombre maldito de Amón, se llamaría en adelante Akhenaton, el favorito de Atón.

Estos gritos despertaron a Horemheb, que se desperezó y me dijo, sonriendo, con los ojos cerrados:

–¿Eres tú, Baket, amada de Amón, mi princesa? ¿Eres tú quien me llama?

Pero yo le di un puñetazo y la sonrisa se desvaneció en sus labios y, tocándose la frente, dijo:

–Por Seth y por todos los demonios, que tu bebida es fuerte, Sinuhé, y seguramente he soñado.

Y yo le dije:

–El pueblo implora a Amón.

Entonces se acordó de todo y atravesamos rápidamente la taberna pasando por encima de los soldados borrachos y los cuerpos desnudos de las mujeres. Horemheb tomó un pan y vació una jarra de cerveza, y después nos precipitamos hacia el templo por las calles desiertas como nunca. Por el camino, Horemheb hizo sus abluciones en una fuente pública y metió la cabeza en el agua, porque «Las Colas de Cocodrilo» le azotaban todavía las sienes.

Entretanto, aquel hombre regordete, cuyo nombre era Pepitamon, había dispuesto sus tropas y sus carros de guerra delante del templo. Habiéndose enterado de que todo estaba en orden y que cada destacamento conocía su misión, subió a su litera dorada y con voz aguda gritó:

–¡Soldados de Egipto, guerreros impávidos de Kush, bravos sardos! ¡Id y derribad a este maldito Amón por orden del faraón y vuestra recompensa será grande!

Habiendo así cumplido con todo lo que consideraba su deber, volvió a recostarse sobre los muelles almohadones de su litera y se hizo abanicar por sus esclavos, porque el calor era ya sofocante.

Pero el vestíbulo del templo blanqueaba de gente vestida de blanco, y había una muchedumbre inmensa de hombres, mujeres, niños y ancianos, y no retrocedieron cuando las tropas avanzaron hacia el templo y los carros emprendieron la marcha. Los negros se abrían paso con las astas de sus lanzas y distribuyendo golpes con sus mazas, pero la muchedumbre era densa y no se movía. Súbitamente la multitud comenzó a invocar a Amón y se arrojó de bruces delante de los carros, de manera que los caballos pasaban por encima de ellos y los carros aplastaban sus cuerpos extendidos. Los jefes vieron entonces que no podrían avanzar sin verter sangre y retiraron sus tropas, porque el faraón había dado orden de no hacer correr la sangre. Pero las piedras de las plazas estaban ya enrojecidas y los cuerpos aplastados gemían y aullaban y una alegría insensata se apoderó del pueblo cuando vio las tropas retroceder, porque creían haber alcanzado la victoria.

Pero Pepitamon recordó entonces que el faraón había cambiado su nombre por el de Akhenaton. Así decidió cambiar el suyo también para complacer al faraón, y cuando sus jefes acudieron, confusos e indecisos, a pedirle nuevas órdenes, fingió no entenderlos y declaró moviendo los ojos:

–No conozco a Pepitamon. Mi nombre es Pepitaton, Pepit bendito de Atón.

Los jefes, cada uno de los cuales, con una fusta trenzada de oro, mandaba mil hombres, se sintieron ofendidos, y el comandante de los carros dijo:

–¡Que Atón se hunda en el abismo de los infiernos! Pero ¿qué farsa es ésta y qué órdenes das para que penetremos en el templo?

Y entonces se burló de ellos y dijo:

–¿Sois mujeres o soldados? Dispersad a la muchedumbre, pero sin verter sangre, porque el faraón lo ha prohibido expresamente.

A estas palabras los jefes se miraron y escupieron en el suelo, pero fueron a reunirse con sus tropas porque no podían hacer otra cosa.

Durante este consejo de guerra el pueblo, cada vez más excitado, perseguía a los negros y arrancaba las piedras de la calle para lanzarlas contra los soldados, blandiendo mazas y ramas arrancadas de los árboles. La muchedumbre era enorme y la gente se animaba con gritos y muchos negros rodaban por el suelo, y los caballos de los carros se empinaban y desbocaban, de manera que los conductores debían agarrarse a las riendas para retenerlos. Al regresar a sus carros, el comandante vio que uno de los ojos de su caballo favorito estaba atravesado y que cojeaba a consecuencia de una pedrada. Se irritó de tal manera que llorando de rabia dijo:

–¡Mi flecha de oro, mi rápido corcel, mi rayo de sol, te han atravesado un ojo y te han roto una pierna, pero verdaderamente me eres más querido que toda esta ralea y todos los dioses juntos! Por esto quiero vengarte, pero sin verter sangre, tal como lo ordena el faraón.

A la cabeza de los carros se arrojó contra la muchedumbre y los conductores metían en sus carros a los manifestantes que más gritaban, y los caballos pisoteaban a los ancianos y a los niños, y los gritos se convertían en aullidos. En cuanto a los hombres llevados por los carros, fueron colgados de las riendas y así no se vertió sangre y se arrastraron sus cuerpos para amedrentar a la gente. Los negros sacaron las cuerdas de sus arcos y se arrojaron sobre la multitud y estrangularon a los manifestantes. Estrangularon también a los niños, protegiéndose con sus escudos de las pedradas y bastonazos. Pero todo negro separado de sus compañeros era descuartizado por la muchedumbre y un conductor de carro fue arrancado de él y le machacaron la cabeza con una piedra.

Horemheb y yo asistimos a estas escenas, pero la confusión, el ruido y el escándalo delante del templo era tal que no podíamos discernir lo que pasaba. Horemheb me dijo:

–No tengo el poder de intervenir, pero es muy instructivo para mí.

Por esto trepó sobre el lomo de un león de cabeza de carnero para mejor observar los acontecimientos, comiendo un pan que había cogido antes de salir.

Pero el comandante real Pepitaton acabó poniéndose nervioso y la clepsidra iba vaciándose a su lado y los gritos de la muchedumbre llegaban a él como el rugir de una inundación funesta. Llamó a sus jefes y, reprochándoles su lentitud, dijo:

–Mi gata sudanesa *Mimo* va a parir hoy y estoy muy inquieto por ella. Id, en nombre de Atón, y derribad esta maldita imagen para que podamos irnos todos a casa; ¡si no, por Seth y todos los diablos, os arrancaré vuestras cadenas de oro y romperé vuestras fustas, os lo juro!

Ante estas palabras, los jefes comprendieron que estaban perdidos hiciesen lo que hiciesen, y decidieron salvar, por lo menos, su reputación militar. Por esto dispusieron sus tropas y pasaron al ataque y barrieron a la muchedumbre como la crecida barre las ramas secas, y las lanzas de los negros se tiñeron de sangre y la plaza quedó ensangrentada, y cien veces cien hombres, mujeres y niños perecieron aquella mañana por Amón delante de su templo. Y viendo a los soldados pasar rápidamente al ataque, los sacerdotes habían hecho cerrar las puertas del pilón, y la muchedumbre se dispersó en todas direcciones como un rebaño de corderos asustados, y los negros, excitados por la sangre, los perseguían y los mataban con sus flechas y los carros recorrían las calles atravesando a los fugitivos con sus lanzas. En su huida la muchedumbre invadió el templo de Atón y derribó los altares y mató a los sacerdotes y los carros penetraron en él también. Así fue como las losas del templo de Atón no tardaron en quedar también cubiertas de sangre y de cadáveres.

Pero delante de las murallas del templo de Amón los soldados de Pepitaton tuvieron que detenerse, porque los negros ignoraban el arte de asediar una plaza y sus arietes eran impotentes contra las puertas de cobre del pilón, pero en cambio podían forzar fácilmente las empalizadas de un poblado en el país de las jirafas. Sólo pudieron rodear el templo y los sacerdotes los injuriaban desde lo alto de los muros y los guardas lanzaban flechas y venablos de manera que fueron muchos los negros pintados que perecieron en vano. Pero en la plaza, delante del templo, el olor a sangre había atraído de todas partes enormes enjambres de moscas. Pepitaton se hizo llevar allí y su rostro se alargó, y mandó a los esclavos que quemasen incienso a su alrededor, y lloró desgarrando sus vestiduras a la vista de tantos cadáveres. Pero su corazón estaba preocupado por la suerte de su gata *Mimo* y por esto dijo a sus jefes:

–Temo que la cólera del faraón caiga terriblemente sobre vosotros, porque no habéis derribado la imagen de Amón y, en cambio, la sangre corre a mares por la plaza. Pero lo hecho, hecho está. Por esto voy a correr a casa del faraón a referirle lo ocurrido y trataré de defenderos. Tendré probablemente tiempo también de pasar por mi casa y echar una ojeada a mi gata y cambiarme de ropas, porque el olor aquí es espantoso y penetra en la piel. Entretanto, calmad a los negros y dadles de comer y beber, porque es inútil tratar de derribar hoy las murallas del templo. Lo sé porque soy un jefe lleno de experiencia y no estamos equipados para derribar murallas. Pero no es culpa mía, pues el jefe no me ha dicho que sería necesario asediar el templo. Él es quien debe decidir lo que conviene hacer.

Aquel día no ocurrió nada más, los jefes retiraron lejos de sus muros a sus tropas y los montones de cadáveres e hicieron avanzar el tren de carretas para avituallar a los negros. Los sardos, que eran más inteligentes que los negros y no les gustaba estar al sol, invadieron todas las casas vecinas al templo, echando de ellas a sus habitantes y saqueando sus bodegas porque eran casas ricas. Entretanto, los cadáveres de las plazas comenzaron a hincharse y los primeros cuervos y milanos acudieron procedentes de las montañas de Tebas, donde no se les había visto jamás hasta entonces.

Por la noche las lámparas no se encendieron y el cielo estaba oscuro sobre Tebas, pero los negros y los sardos se escaparon de los campamentos y, encendiendo antorchas, forzaron las puertas de las casas de placer y saquearon las de los ricos, y en la calle preguntaban a todo el mundo: «¿Amón o Atón?» Si alguien no contestaba lo golpeaban y le quitaban la bolsa. Y si alguien, asustado, respondía: «¡Que Atón sea bendito!», le gritaban: «¡Mientes, perro; no nos engañas!» Y le cortaban el pescuezo o lo atravesaban con su lanza y le quitaban las ropas y la bolsa. Para ver mejor pegaron fuego a algunas casas y a medianoche el cielo de Tebas se enrojeció nuevamente, y nadie se hallaba seguro en la villa; pero nadie podía huir porque los caminos estaban cerrados y el río también, y los guardias rechazaban a los fugitivos, porque se les había dado orden de impedir que alguien pudiese llevarse el oro y los tesoros de Amón.

Pero lo peor era que los cadáveres seguían pudriéndose en las calles cercanas al templo, pues nadie se atrevía a recogerlos por no incurrir en la cólera del faraón, a quien se había dicho que las víctimas eran poco numerosas. No se permitía tampoco a los parientes llevarse los cuerpos de los suyos. Así fue como el olor de los muchos cadáveres apestó el aire de la villa e incluso el agua del río, y al cabo de pocos días las enfermedades se desencadenaron en la villa y no se las pudo combatir porque la Casa de la Vida estaba dentro del recinto de Amón, con sus depósitos de medicinas.

Cada noche las casas ardían y eran saqueadas, y los negros pintados bebían vino en copas de oro y los sardos dormían blandamente en las camas de los ricos. Día y noche, desde lo alto de las murallas del templo, los sacerdotes lanzaban maldiciones contra el falso faraón y contra todos los que abjuraban de Amón. Toda la turbamulta de la villa salió de sus antros: los ladrones, los saqueadores de sepulturas y los bandoleros que no temían a ningún dios, ni siquiera a Amón. Invocaban piadosamente a Atón e iban a su templo a pedir a los sacerdotes supervivientes una cruz de vida que se ponían en el cuello como talismán, para poder saquear, matar y robar a su antojo. Después de estos días y estas noches, Tebas necesitó años enteros para recuperar su aspecto anterior.

3

Horemheb vivía en mi casa, donde velaba y se enflaquecía, y sus ojos se ensombrecían porque se negaba a tocar la comida que Muti le preparaba con abnegación, pues lo admiraba como las mujeres admiran a los hombres robustos; en cambio, yo no era más que un médico sin musculatura, pese a todo mi saber. Y Horemheb me decía:

–¡Qué me importa Amón o Atón! Mis soldados olvidan la disciplina y se convierten en fieras, de manera que tendré que distribuir muchos golpes y hacer rodar muchas cabezas para restablecer el orden. Es lástima porque conozco a muchos de ellos por sus nombres y son excelentes soldados, siempre y cuando los mantenga firmes y les dirija buenas reprimendas.

Pero Kaptah se enriquecía cada día más y su rostro relucía de grasa; no salía jamás de «La Cola de Cocodrilo», donde los oficiales sardos y los centuriones pagaban sus consumiciones en oro, y las habitaciones posteriores se llenaban de tesoros robados, joyas, cofres y alfombras dadas en pago. Pero nadie se atrevía a alborotar en aquella taberna porque se sabía que estaba guardada por los soldados de Horemheb. Kaptah mimaba a los guardias para estimular su celo, y los soldados bendecían su nombre y colgaban cabeza abajo a todo ladrón cogido *in fraganti*, para que sirviese de ejemplo y atemorizase a los alborotadores.

Al tercer día mis remedios se acabaron y me fue imposible comprar otros ni a precio de oro, y mi habilidad era impotente ante las enfermedades propagadas por el agua infectada por los cadáveres. Yo estaba agotado y mi corazón era como una llaga en mi pecho, y mis ojos estaban enrojecidos de tanto velar. Por esto me asqueé de todo, de los pobres y de las heridas, e incluso de Amón, y me fui a «La Cola de Cocodrilo», donde bebí vinos mezclados y me dormí, y por la mañana Merit me despertó y me llevó a dormir a su alfombrilla al lado de ella. Yo estaba avergonzado y le dije:

–La vida es como una noche fría, pero es bello que dos solitarios se calienten en una noche fría, aunque sus ojos y sus manos se mientan por amistad.

Ella bostezó y dijo:

–¿Cómo sabes que mis ojos y mis manos te mienten? Estoy verdaderamente cansada de golpear en los dedos de los soldados y arrearles patadas, y a tu lado, Sinuhé, es donde encuentro en esta villa el único lugar donde nadie se atreve a tocarme. Pero ignoro por qué, y estoy un poco enojada contigo porque dicen que mi vientre no tiene defectos y que soy bella, aunque no hayas deseado nunca verlo. –Bebí la cerveza que me ofrecía para aclararme las ideas y no supe qué responder. Ella me miraba a los ojos sonriendo, pero en el fondo de sus pupilas pardas la pena brillaba como el agua negra de un pozo. Y añadió–: Sinuhé, querría ayudarte si pudiese, y hay en esta villa una mujer que tiene una gran deuda contigo. Estos días el suelo está en el techo y las puertas se abren al revés y se arreglan muchas cuentas por las calles. Quizá sería conveniente para ti cobrar tu crédito a fin de que ceses ya de pensar en que toda mujer es un horno que te consumirá.

Yo le dije que no la consideraba como un horno y la dejé, pero sus palabras germinaban en mí, porque no era más que un hombre y mi corazón estaba acongojado por la sangre y había experimentado la embriaguez del odio. Por esto sus palabras anidaron en mí como una llama y recordé el templo de la diosa de cabeza de gato y la casa de al lado, pese a que el tiempo hubiese cubierto de arena estos recuerdos. Sin embargo, en estas jornadas de horror los cuerpos salían de sus tumbas, y recordaba a mi tierno padre Senmut y a mi buena madre Kipa, y un sabor de carnicería me llenaba la boca, porque ahora nadie estaba seguro en Tebas y me hubiera bastado sobornar a dos soldados para satisfacer mi venganza. Pero no sabía lo que quería. Por esto regresé a mi casa dispuesto a cuidar a mis enfermos lo mejor que pudiese, sin medicinas, e invité a los pobres a cavar fosos en la ribera para que el agua se purificase filtrándose a través del fango.

Al quinto día, los oficiales de Pepitaton se sintieron inquietos porque los soldados se negaban a obedecer y arrancaban las fustas de las manos de los oficiales para romperlas sobre sus rodillas. Fueron a encontrar a su jefe, que estaba asqueado de la penosa vida de soldado y echaba de menos a sus gatos, y le hicieron prometer ir a casa del faraón para decirle la verdad y renunciar a sus funciones, devolviendo su collar de mando real. Aquel mismo día se presentó en mi casa un mensajero del faraón para convocar a Horemheb al palacio. Horemheb se incorporó como un león, se lavó y vistió, y se marchó pensando en lo que diría, porque en aquellos días el mismo poder del faraón vacilaba y nadie sabía lo que ocurriría al día siguiente. Delante del faraón, dijo:

–Akhenaton, el tiempo apremia y sería demasiado largo exponerte la forma en que te aconsejo obrar. Pero concédeme durante tres días tus poderes de faraón y al tercero te restituiré tus poderes, y no tendrás que saber lo que ha pasado.

Pero el faraón le dijo:

–¿Derribarás a Amón?

Y Horemheb dijo:

–Estás más loco que un poseído de la luna; pero, después de todo lo ocurrido, Amón tiene que ser derribado para que la autoridad del faraón subsista. Por esto destruiré a Amón, pero no me preguntes cómo.

–No debes maltratar a sus sacerdotes –dijo el faraón–, porque no saben lo que hacen.

Horemheb le respondió:

–Verdaderamente habría que trepanarte porque es el

único medio de obtener tu curación, pero obedeceré tu orden, puesto que un día te cubrí con mi túnica.

Entonces el faraón lloró y le entregó su fusta y su cetro para un plazo de tres días. No presencié la escena, pero sé que ocurrió así por Horemheb, que, como todos los soldados, algunas veces tiene tendencia a exagerar. En todo caso, regresó a la villa en el coche dorado del faraón, y recorrió las calles y llamó a los soldados por sus nombres y reunió los más fieles e hizo sonar las trompetas para agrupar a sus hombres alrededor de las insignias. Toda la noche administró justicia y los aullidos y los llantos resonaban en los grupos, y los portaverjas de los regimientos rompieron muchísimas varas de junco y sus brazos se cansaron y dijeron que jamás hasta entonces habían sido sometidos a prueba parecida. Horemheb envió a los hombres seguros a patrullar por las calles y detuvieron a todos los soldados que no habían obedecido las órdenes, y se los llevaron para ser apaleados, y aquellos cuyas manos o vestiduras estaban ensangrentadas fueron decapitados delante de sus camaradas. Al alba, toda la ralea de Tebas volvió como ratas a sus cuevas, porque todo ladrón o saqueador cogido *in fraganti* era matado en el mismo lugar donde era sorprendido. Por esto huyeron a sus escondrijos, temblando, y se arrancaron sus cruces de Atón, creyendo que traían la desgracia.

Horemheb convocó a todos los obreros de la construcción y les dio orden de derribar las casas de los ricos y algunos navíos, a fin de procurarse madera para construir arietes, escaleras y torres de asedio; así el ruido de los martillos llenó la noche de Tebas. Pero este ruido era dominado por los gemidos de los negros y de los sardos apaleados, y sus gritos eran agradables a los oídos de los tebanos. Por esto perdonaron de antemano a Horemheb todos sus actos y lo amaron, porque la gente razonable se había apartado ya de Amón después de aquellos destrozos y esperaba que Amón sucumbiera para verse liberado de sus soldados.

Horemheb no perdió el tiempo en vanas discusiones

con los sacerdotes, sino que desde el alba dio sus órdenes a los jefes y, reuniendo las centurias, les dio sus instrucciones. En cinco lugares distintos los soldados avanzaron sus torres contra las murallas del templo y en el mismo momento los arietes atacaron las puertas y nadie fue herido, porque los soldados se cubrían con sus escudos como las tortugas, y los sacerdotes y los guardianes, habiendo imaginado que el asedio seguiría, no habían preparado agua hirviendo ni fundido la pez para rechazar a los atacantes. Así pues, no pudieron contrarrestar los ataques bien combinados, dispersaron sus fuerzas y corrieron sin plan por las murallas, y la gente comenzó a gritar de miedo en los patios. Por esto los sacerdotes de grado superior, viendo ceder las puertas y trepar los negros por las murallas, hicieron sonar las trompetas para que cesara la lucha y economizar vidas, porque consideraban que Amón había recibido ya suficientes víctimas y querían conservar a los más fieles en previsión del porvenir. Se abrieron, pues, las puertas y los soldados entraron en los patios; la muchedumbre huyó invocando la ayuda de Amón y regresó a sus hogares con alegría, porque su exaltación se había desvanecido y el tiempo les parecía largo en aquellos patios excesivamente calentados por el sol.

Así fue como Horemheb se apoderó del templo sin efusión de sangre. Mandó a los médicos de la Casa de la Vida que cuidaran los enfermos de la villa, pero no penetró en la Casa de la Muerte, porque vive al margen de la vida y está vedada, pase lo que pase en el mundo. Pero los sacerdotes se atrincheraron detrás del templo para proteger al santo de los santos e hicieron beber drogas a los guardianes para que combatieran hasta el fin insensibles al dolor.

El combate en el templo duró hasta la noche, pero al crepúsculo todos los guardias a quienes les habían suministrado drogas y los sacerdotes cogidos con armas fueron ejecutados y no quedaron más que los sacerdotes de grado superior que se habían agrupado en torno a su dios. Entonces Horemheb dio por terminado el combate y mandó recoger los cadáveres para arrojarlos al río; después se acercó a los sacerdotes y les dijo:

–No tengo nada contra Amón porque adoro a Horus, mi halcón. Pero debo obedecer las órdenes del faraón y derribar a Amón. Mas sería más agradable para vosotros y para mí que no se descubriese la imagen en el santuario porque los soldados la profanarían, y no quisiera cometer tal profanación, si bien tengo que seguir las órdenes recibidas. Pensad en mis palabras; os doy el tiempo de una clepsidra para reflexionar. Después podréis alejaros en paz y nadie pondrá la mano sobre vosotros.

Estas palabras gustaron a los sacerdotes, que estaban dispuestos a morir por Amón. Permanecieron en el recinto sagrado, detrás de la cortina, hasta que el agua de la clepsidra se hubo agotado. Entonces Horemheb arrancó la cortina de sus manos e hizo salir a los sacerdotes, y a su marcha el santuario quedó vacío y no se vio en ninguna parte la imagen de Amón, porque los sacerdotes lo habían hecho añicos y se llevaban los trozos bajo sus mantos para poder decir que se había producido el milagro y que Amón vivía siempre. Pero Horemheb hizo poner los sellos del faraón en todos los depósitos y selló con sus propias manos los subterráneos donde se guardaba el oro y la plata. La misma noche los escodadores comenzaron a trabajar para borrar, a la luz de las antorchas, el nombre de Amón de las imágenes e inscripciones, y después Horemheb hizo recoger los cadáveres de las plazas y apagar los últimos incendios.

Habiéndose enterado de que Amón había sido derribado y el orden restablecido ya, los ricos y los grandes volvieron a vestir sus mejores galas, encendieron las lámparas delante de sus casas y salieron a la calle a celebrar la victoria de Atón. Los cortesanos, refugiados en la casa del faraón, regresaron también a sus villas de la otra orilla del río, y pronto el cielo de Tebas se enrojeció de nuevo bajo el resplandor de las lámparas y las antorchas, y se lanzaron flores por las calles y la gente reía y se abrazaba entre sí. Horemheb no podía impedirles servir vino a los sardos ni retener a las mujeres nobles que besasen a los negros que llevaban en la punta de sus lanzas las cabezas de los sacerdotes asesinados. Aquella noche Tebas nadó en la alegría bajo el nombre de Atón, y en nombre de Atón todo estaba permitido y no había diferencia entre negros y egipcios, y para demostrarlo las damas de la Corte se llevaban a los negros a sus casas y abrían sus vestiduras delante de ellos gozando de su fuerza y del olor de su cuerpo. Y cuando a la sombra de los muros, un guardián herido se arrastraba invocando el nombre de Amón, se le rompía la cabeza contra las piedras de la calle y las mujeres bailaban de júbilo alrededor de su cuerpo. Esto es lo que he visto con mis propios ojos.

Vi todo aquello con mis propios ojos y entonces me cogí la cabeza con ambas manos y todo me importó un ardite, y me dije que ningún dios era capaz de curar al hombre de su locura. Aquella noche todo me importó un ardite, por esto me fui a «La Cola de Cocodrilo» y las palabras de Merit zumbaron en mis oídos, y llamé a los soldados que seguían custodiando la taberna. Ellos me escucharon porque habían visto a Horemheb en mi compañía, y en aquella noche de insensata alegría, entre la muchedumbre que danzaba por las calles, los conduje delante de la casa de Nefernefernefer. Las lámparas y las antorchas brillaban también allí; la casa no había sido saqueada y desde la calle se oían las risas y los gritos de los beodos. Pero en aquel momento mis rodillas comenzaron a temblar y dije a los soldados:

–He aquí la orden de Horemheb, mi amigo, el comandante real. Entrad en esta casa; encontraréis en ella a una mujer que mantiene la cabeza alta y cuyos ojos son verdes como la piedra. Id y traédmela, y, si resiste, dadle un golpe con el asta de vuestra lanza, pero no le hagáis daño.

Entraron satisfechos, y a continuación la gente, asustada, huyó despavorida, tambaleándose, y los servidores llamaron a los guardias. Pero los soldados regresaron con las manos llenas de frutas, pasteles de miel, jarras con vino y llevando en brazos a Nefernefernefer, porque se había resistido y tuvieron que darle un fuerte golpe en la cabeza; había perdido su peluca y su cabeza afeitada sangraba. Puse la mano sobre su pecho, que era suave como el vidrio y cálido, pero tenía la impresión de tocar una piel de serpiente. Sentí que su corazón latía, observé que no tenía herida grave y la envolví en un manto negro, como se hace con los cadáveres, depositándola en mi litera; los guardias no intervinieron, porque vieron los soldados que me acompañaban. Los soldados me escoltaron hasta la Casa de la Muerte, y yo estaba sentado en la litera que se balanceaba con el cuerpo de Nefernefernefer inerte sobre mis rodillas; era tan bella como antes, pero para mí era repugnante como una serpiente. Así nos llevaron a través de la alegre noche de Tebas, y delante de la Casa de la Muerte di oro a los soldados y despedí la litera. Cogí a Nefernefernefer y entré, y los embalsamadores acudieron a mi encuentro y les dije:

–Os traigo una mujer que he encontrado en la calle y no conozco ni su nombre ni sus parientes, pero creo que tiene joyas que os compensarán por vuestro trabajo si conserváis su cuerpo para la eternidad.

Se enfurecieron contra mí diciendo:

–¡Pobre loco! ¿Crees acaso que no tenemos bastantes cadáveres estos días? ¿Quién nos pagará nuestro trabajo?

Pero después de haber abierto el manto negro notaron que el cuerpo estaba caliente todavía, y al quitar las joyas y las ropas vieron que la mujer era bella, más bella que ninguna de las que habían llevado a la Casa de la Muerte. Dejaron de refunfuñar y poniendo la mano sobre el pecho advirtieron que el corazón latía todavía. Entonces la envolvieron otra vez precipitadamente y guiñándose los ojos se echaron a reír, diciendo:

–Vete ya, extranjero, y bendito seas, porque haremos cuanto podamos por conservar eternamente este cuerpo, y si depende de nosotros la guardaremos aquí setenta veces setenta días para que su cuerpo se conserve eternamente.

Así fue como cobré mi deuda sobre Nefernefernefer, que me debía ciertamente mucho a causa de mis padres. Y yo pensaba en su sorpresa al despertarse en los antros de la Casa de la Muerte, despojada de su riqueza y poderío, en manos de los embalsamadores, que no le permitirían volver a ver jamás la luz del día, si eran como yo los había conocido. Tal fue mi venganza, porque a causa de ella conocí la Casa de la Muerte, pero fue una venganza infantil, como pude darme cuenta más tarde. Hablaré de ello a su tiempo, pero quiero decir aquí que la venganza embriaga y su sabor es delicioso, pero de todas las flores de la vida es la que más pronto se marchita, y bajo las delicias de la venganza ríe siniestramente una calavera. Y no encontraba ningún consuelo en la idea de que quizá mi acto había salvado a muchos hombres jóvenes de una muerte vergonzosa y prematura, porque la ruina, la vergüenza y la muerte siguen todos los pasos dados por el pie de Nefernefernefer. No, esta idea no me causaba ninguna satisfacción, porque todo tiene un fin, y la existencia de Nefernefernefer lo tiene también, y es necesario que haya mujeres como ella para poder poner los corazones a prueba.

Regresé a «La Cola de Cocodrilo», donde encontré a Merit, y le dije:

–He cobrado mi deuda y de la manera más cruel que puedas imaginarte. Pero mi venganza no me causa alegría ninguna y mi corazón está más vacío todavía que antes y tiemblo, pese a que la noche sea suave.

Bebí vino, y el vino era como polvo en mi boca, y le dije:

–En verdad te digo que mi cuerpo se reseque si vuelvo jamás a tocar a una mujer, porque cuanto más pienso en las mujeres, más las temo, porque su cuerpo es como un desierto devastado y su corazón un cepo mortal.

Ella me tocó la mano y, mirándome con sus ojos pardos, me dijo:

–Sinuhé, no has encontrado todavía a la mujer que haya querido hacer tu felicidad.

Entonces yo le dije:

–¡Que todos los dioses de Egipto me protejan de la mujer que quiera hacer mi felicidad, porque también el faraón quiere hacer la felicidad de su pueblo y el río arrastra infinidad de cadáveres fruto de su bondad! –Bebí más vino y llorando le dije–: Merit, tus mejillas son lisas como el vidrio y tus manos son cálidas. Permíteme esta noche tocar tus mejillas con mis labios y guardar entre las tuyas mis manos frías, para que pueda dormir sin pesadillas, y te daré cuanto me pidas.

Ella me sonrió tristemente y dijo:

–Me doy cuenta de que «La Cola de Cocodrilo» habla en este momento por tu boca, pero ya estoy acostumbrada y no te guardo rencor. Debes saber, Sinuhé, que no te pediré nada y que no he pedido todavía nunca nada a un hombre ni aceptado regalo alguno, porque si quiero dar algo lo doy de todo corazón, y a ti te lo daré con mucho gusto porque soy tan solitaria como tú.

Tomó la copa de mis manos, extendió la alfombrilla y se acostó sobre ella, y yo me tendí a su lado y me calentó mis manos frías. Con mis labios toqué la piel lisa de sus mejillas y respiré el olor de cedro de su piel y me divertí con ella, y fue para mí como un padre y una madre, y como el fuego para un hombre temblando en una noche de hielo, y como la luz de la ribera que en una noche de tempestad conduce al marino a puerto. Cuando me quedé dormido fue como Minea para mí, la Minea que había perdido para siempre, y yo reposaba a su lado como en el fondo del mar al lado de Minea, y no tuve malos sueños, sino que dormí profundamente, mientras ella murmuraba a mi oído las palabras que las madres dicen a sus hijos asustados por las tinieblas. A partir de aquella noche fue mi amiga, porque en sus brazos creía de nuevo que existía en mí y fuera de mi saber algo que se me escapaba y para lo cual valía la pena de vivir.

A la mañana siguiente le dije:

–Merit, he roto una jarra con una mujer que está muerta pero conservo todavía una cinta de plata que ató un día sus largos cabellos. Y sin embargo, a causa de nuestra amistad, estoy dispuesto a romper una jarra contigo, si lo deseas.

Pero ella bostezó y, llevándose la mano a la boca, dijo:

–No debes beber nunca más ninguna «Cola», Sinuhé, porque al día siguiente dices tonterías. Recuerda que me he criado en una taberna y que no soy ya la muchacha inocente que podría dar crédito a tus palabras para llevarse después una decepción.

–Cuando te miro a los ojos, Merit, creo que existen en el mundo mujeres buenas también –le dije, besando sus mejillas suaves–. Por esto te he hablado así, a fin de que comprendas todo lo que eres para mí.

Sonrió y dijo:

–Habrás observado que te he prohibido beber más «Colas de Cocodrilo», porque una mujer, para demostrar que ama a un hombre, empieza siempre prohibiéndole algo para así comprobar su poder. Pero no hablemos de jarras, Sinuhé. Sabes muy bien que mi alfombrilla estará siempre libre para ti cuando estés demasiado solo y triste. Pero no te enfades, Sinuhé, si alguna vez descubres que en el mundo hay otros hombres solitarios y afligidos, porque soy libre de elegir mi compañía y no quiero de ninguna manera ligarte. Por esto, a pesar de todo, te voy a ofrecer con mis manos una «Cola de Cocodrilo».

4

Aquél fue el día en que Horemheb devolvió al faraón su fusta y su cetro y le dijo que había derribado a Amón y restablecido el orden en la villa. El faraón le puso en el cuello la cadena dorada del mando real y le entregó la fusta dorada de comandante en jefe que olía todavía a gato después de haber estado en manos de Pepitaton. El faraón se proponía ir al día siguiente en procesión por la avenida de los Carneros hasta el templo de Atón para festejar la victoria de su dios, pero aquella noche deseaba recibir a sus amigos en palacio. Horemheb le habló de mí y así fue como fui invitado al palacio dorado, porque Horemheb había exagerado mucho hablando de mi habilidad y de mi profesión de médico de los pobres y todo lo que había realizado curando a los desgraciados y secando las lágrimas de los huérfanos.

En palacio vi por primera vez la moda estival de las mujeres, de que tanto se había hablado en la villa, y confieso que, a pesar de su audacia, era agradable y graciosa y que no dejaba gran cosa para adivinar a los ojos del hombre. Vi también que las mujeres se habían pintado las ojeras con verde malaquita y los labios y las mejillas de rojo ladrillo, de manera que parecían cuadros.

Horemheb me llevó a presencia del faraón, que durante mi ausencia se había hecho ya un hombre; su rostro era pálido y ardiente, y sus ojos estaban abotargados por el insomnio. No llevaba ni una sola joya, sino que iba vestido enteramente de blanco, pero sus ropas eran de lino real y no disimulaban la afeminada deformidad de su cuerpo escuálido.

–Sinuhé, el médico, tú que eres solitario, me acuerdo de ti –dijo.

Y en aquel instante supe que era un hombre a quien había que odiar o amar, porque nadie podía permanecer indiferente delante de él.

–Tengo unos dolores de cabeza que me impiden dormir –dijo, tocándose la frente–. Un espantoso dolor de cabeza se apodera de mí en cuanto se actúa contra mis deseos, y mis médicos son impotentes para curarme. Sólo consiguen aplacar mis dolores, pero no quiero estupefacientes, porque mis ideas tienen que ser claras como el agua a causa de mi dios, y estoy también harto de los médicos del dios maldito. Horemheb, el hijo del halcón, me ha hablado de tu arte, Sinuhé. ¿Podrías acaso curarme? ¿Conoces a Atón?

Era una pregunta delicada, y pensé bien mi respuesta:

–Conozco a Atón, si es lo que está en mí y más allá de mi saber, fuera y por encima de todo saber humano. No le conozco de otra manera.

Se animó, resplandeció su rostro y con excitación dijo:

–Hablas de Atón mejor que ninguno de mis discípulos, porque sólo por el corazón se puede comprender a Atón y no por la razón. Sinuhé, si lo deseas, te daré la cruz de vida.

Y yo le dije:

–La noche pasada, a causa de tu cruz, vi a gente machacar la cabeza de un herido, y las mujeres bailaban alrededor del cuerpo invocando a Atón. He visto también a mujeres fornicar con negros invocando a Atón.

Su rostro se ensombreció y frunció el ceño y sus pómulos huesudos brillaron en su rostro delgado. Se llevó la mano a la frente, su mirada se veló y gritó:

–También tú, Sinuhé, aumentas mis tormentos diciéndome cosas que me desagradan.

Y yo le dije:

–Afirmas vivir en la verdad, faraón Akhenaton. Por esto te digo la verdad, sin dejar de comprender que tus cortesanos y los aduladores de Atón te la ocultan bajo los ricos ropajes y las pieles. Porque la verdad es un puñal desnudo en la mano del hombre y puede volverse contra él. La verdad se vuelve contra ti, Akhenaton, y te hiere. Yo te curaré fácilmente, si consientes en cerrar tus oídos a la verdad.

Akhenaton me preguntó:

–¿Podrías curarme trepanándome?

Después de haber reflexionado, contesté:

–Sabes que conozco tu mal sagrado, faraón Akhenaton, y te cuidé durante una de tus crisis cuando fuiste niño. Creo que una trepanación podría aliviarte, si un médico se atreviera a emprenderla. Pero debes recordar que si la operación tiene éxito perderás el don de las visiones.

Me dirigió una mirada de suspicacia y dijo:

–¿Crees verdaderamente que si me trepanaras aniquilarías a Atón en mi corazón?

–No tengo ni la menor intención de trepanarte, Akhenaton –le dije vivamente–. No lo haría aunque me lo ordenases, porque los síntomas no lo exigen y un médico no procede a una trepanación más que cuando es absolutamente indispensable y nada más puede salvar al enfermo.

El rostro del faraón se iluminó y dijo:

–El viejo Ptahor ha muerto y la Casa de la Vida no ha designado todavía su sucesor. Por esto te nombro, Sinuhé, trepanador real, y a partir del día de la Estrella del Can gozarás de todas las ventajas inherentes al cargo, como serás informado por la Casa de la Vida.

Después de esto Horemheb me llevó a la sala del festín, donde se habían reunido los invitados y los cortesanos se disputaban los mejores sitios cerca del faraón. Tomé sitio con Horemheb cerca de la familia real, a la derecha del faraón, y observé con viva sorpresa que el sacerdote Ai formaba también parte de ella, pero entonces me acordé de que su hija Nefertiti era la gran esposa real después de la princesa de Mitanni, que había muerto a poco de su llegada a Egipto.

Por todo alimento el faraón tomó gachas cocidas con leche, sirviéndose de una cuchara en cuyo mango figuraba una cabeza de antílope. Después partió el pan y lo comió, y no bebió vino, sino que vertió agua pura en su copa de oro. Después de haber comido dijo con voz fuerte:

–Contad al pueblo que el faraón Akhenaton vive en la verdad y que su alimentación es agua y pan y las gachas del pueblo, y que su comida no se diferencia de la de un pobre.

Más tarde me enteré de que el faraón no detestaba el vino y que se alegraba a menudo el espíritu con él cuando las cosas iban como él deseaba. Y que no detestaba tampoco una oca grasa o la carne de antílope, sino que experimentaba aversión por la carne sólo cuando deseaba purificarse con sus visiones. Era muy caprichoso en cuestiones de comida y bebida y creo que esto procedía del hecho de que no daba gran importancia a la cuestión del alimento cuando su espíritu estaba absorbido y las ideas acudían tan rápidamente a su cerebro que no tenía casi tiempo de dictarlas a sus escribas.

Los invitados se levantaban e iban de una a otra mesa para saludar a los amigos y cambiar chismorreos. Un hombre gordo, de ancho rostro, se acercó a mí. Sólo en sus ojos pardos y maliciosos reconocí a Thotmés y lancé un grito de alegría y me levanté para abrazarlo. Le dije que lo había buscado en «La Jarra Siria», pero él me dijo:

–No conviene a mi dignidad frecuentar oscuras tabernas, y bastante trabajo tengo en beber todo lo que me ofrecen mis amigos y protectores en sus casas. Porque Él, el transfigurado, me ha nombrado escultor real, como puedes leerlo en mi cadena. Yo soy quien le dibujé el disco de Atón y las innumerables manos que salen de sus rayos para ofrecer las cruces de vida a quien desea recibirlas.

–Thotmés, amigo mío –le dije–. ¿Eres tú quien ha esculpido el Atón del rey sobre las columnas del templo? Porque no he visto jamás cosa parecida.

Respondió evasivamente y dijo:

–El faraón tiene numerosos escultores y trabajamos juntos, y nuestra única ley es nuestro ojo. No profanamos al faraón, sino que lo amamos y queremos expresar todo su ser en nuestras obras. En verdad, Sinuhé, henos hoy instalados en la casa dorada bebiendo en copas de oro, nosotros, que en el tiempo del falso dios sufríamos persecuciones y mofas y bebíamos mala cerveza. Conocemos la libertad del arte cretense y hemos encontrado nuestra propia libertad, y tendrás de qué maravillarte porque ahora la piedra vive en nuestras manos, pese a que tengamos todavía muchas cosas que aprender.

Mi júbilo al volver a ver a Thotmés fue grande, como lo fue el de Horemheb, pero su dignidad le impedía manifestarlo. Pero Thotmés lo observó atentamente y dijo que quería hacer de él una escultura para el templo, puesto que había liberado a Tebas del yugo del falso dios, y su prestancia y su rostro se prestaban a la escultura, si el faraón le concedía el oro y la piedra necesaria. Horemheb se sintió muy halagado porque nadie había hecho nunca su retrato.

Súbitamente se levantó, inclinándose con las manos a la altura de las rodillas, y Thotmés y yo seguimos su ejemplo, porque la reina Nefertiti se acercaba a nosotros y nos habló poniéndose la mano en el pecho. Sus dedos no ostentaban una sola sortija y no llevaba brazaletes para mejor hacer resaltar la belleza de sus manos y la delicadeza de sus muñecas.

Se dirigió a mí y me dijo:

–El grano de cebada ha germinado de nuevo en mi agua y mi espera es impaciente, porque el faraón desea un hijo y su poder no está asegurado mientras un descendiente de su sangre no esté sólidamente delante de él, porque el falso dios nos acecha en la sombra y no podemos disimulárnoslo porque lo sabemos todo. Tú, Sinuhé, que has acumulado saber en tantos países, y que como médico, según cuentan, has hecho prodigios, dime si tendré un hijo.

La miré con ojos de médico tratando de olvidar su belleza, porque por su voluntad esta belleza afluía hacia mí como si algo en ella me llamase, y producía este mismo efecto en todos aquellos a quienes ella miraba.

–Nefertiti –le dije–, gran esposa real, no desees un hijo, porque tus caderas son estrechas y el nacimiento de un hijo podría poner tu vida en peligro. Sólo Atón puede determinar el sexo de una criatura en el seno materno y ningún hombre tiene ese poder. Cierto es que en diferentes países he aprendido muchas creencias populares y visto muchos talismanes con la ayuda de los cuales las mujeres creían dar a luz niños varones, pero se equivocaban una vez de cada dos, puesto que las probabilidades son iguales. Sin embargo, puesto que has tenido dos hijas ya, es verosímil que tengas ahora un hijo, pero no es seguro, porque quiero ser honrado contigo, sin tratar de engañarte con prácticas mágicas perfectamente ineficaces.

Estas palabras no le gustaron y no me sonreía ya al mirarme con sus ojos claros e inexpresivos.

Thotmés intervino osadamente en la conversación y dijo:

–Nefertiti, la más bella de las bellas, infanta sólo hijas que hereden tu belleza a fin de que el mundo sea más rico. La joven Meritaton es ya una belleza y las mujeres de la Corte tratan de imitar la forma de su cabeza por medio del peinado. Pero quiero hacer de ti un retrato que haga perdurar eternamente tu belleza.

A la mañana siguiente llevé a Merit a ver el cortejo del faraón, y estaba muy bella, con su traje de última moda, pese a que hubiese nacido en una taberna, y yo no sentía la más mínima vergüenza de ella cuando nos sentamos juntos en los sitios reservados para los favoritos del faraón.

La avenida de los Carneros estaba empavesada con oriflamas y atestada de gente a ambos lados que habían acudido a ver al faraón, y los chiquillos habían trepado a los árboles y Pepitaton había dispuesto en los bordes del camino numerosas cestas de flores para que el pueblo pudiese, según la costumbre, sembrar con ellas el camino del rey. Yo me sentía el espíritu ligero y radiante pensando en un porvenir de luz y libertad para Egipto. A mi lado tenía a una mujer madura y bella que era mi amiga y apoyaba su mano sobre mi brazo y en torno nuestro no veíamos más que rostros joviales y risueños. Pero reinaba un silencio impresionante, tan absoluto, que el graznido de los cuervos en lo alto del templo flotaba sobre la villa, porque los cuervos y las aves de rapiña llegados a Tebas estaban tan ahítos que no querían regresar a sus montañas.

Fue un error hacer escoltar la litera real por negros pintados, porque su sola presencia irritó al pueblo. En efecto, casi no había un solo espectador que no hubiese sufrido algún perjuicio durante los recientes alborotos. Muchos habían visto sus casas incendiadas; las lágrimas de las mujeres no se habían secado todavía, las heridas de los hombres escocían aún, y ninguna sonrisa aparecía en los labios. Y Akhenaton apareció, balanceado en su litera, muy por encima de las cabezas de la muchedumbre. Llevaba la doble corona, la de lirio y la de papiro, y tenía los brazos cruzados sobre el pecho y sus manos estrechaban la fusta y el cetro real. Permanecía inmóvil como una estatua, según la costumbre de los faraones en público, y el silencio a su paso era espantoso, como si el espectáculo hubiese hecho enmudecer al pueblo. Pero los soldados apostados a ambos lados del camino levantaron las lanzas y lanzaron aclamaciones y los ricos y los nobles siguieron su ejemplo lanzando flores hacia la litera real. Pero en el silencio impresionante del pueblo estas aclamaciones parecían débiles como el zumbido de un mosquito aislado en la noche invernal, y pronto todos se callaron cambiando miradas de consternación.

Y entonces, contrariamente a todas las costumbres, el faraón se movió y levantó el cetro y la fusta para saludar al pueblo. La muchedumbre sintió un estremecimiento y súbitamente estalló un grito unánime y potente como el estruendo de las olas contra las rocas. El pueblo entero gritaba con voz lamentable: «¡Amón, Amón, devuélvenos a Amón, el dios de todos los dioses!» La muchedumbre se agitaba y su grito aumentaba en intensidad, de manera que los cuervos y las aves de rapiña del templo levantaron el vuelo y pasaron por encima de la litera real. Y la gente seguía gritando: «¡Vete, falso faraón, vete!»

Estos gritos asustaron a los servidores de la litera, que se detuvieron; pero cuando los oficiales, inquietos, los hubieron hecho avanzar de nuevo, la muchedumbre rompió la barrera de los guardias y se precipitó delante de la litera para impedir que ésta avanzara. Nadie podía observar lo que pasaba, porque los soldados comenzaron a distribuir golpes para abrirse paso, pero pronto tuvieron que recurrir a las lanzas y los puñales para defenderse; los palos y las piedras volaron y pronto la sangre corrió por la avenida de los Carneros y los gritos de agonía ahogaban el escándalo producido por la muchedumbre. Pero ninguna piedra fue lanzada contra el faraón, porque había nacido del sol como todos sus predecesores. Su persona era sagrada y nadie de aquella multitud hubiera siquiera soñado levantar el brazo contra él, pese a que fuese odiado. Creo que ni los sacerdotes se hubieran atrevido a cometer un acto tal. Por esto el faraón pudo observar con toda tranquilidad todo lo que ocurría en torno suyo. Olvidando su dignidad se levantó y gritó para detener a los soldados, pero nadie lo oía.

La muchedumbre lapidaba a los soldados y los golpeaba y ellos se defendían matando a sus adversarios, y la gente gritaba sin cesar: «¡Devuélvenos a Amón!» Y gritaba también: «¡Vete, falso faraón, vete!» Los hombres penetraban en los lugares reservados, los nobles y los ricos huían y las mujeres abandonaron sus flores y sus frascos de perfumes.

Entonces Horemheb hizo sonar sus trompetas y los carros de guerra salieron de los patios y las callejuelas donde los había estacionado para no irritar al pueblo. Los carros avanzaron y aplastaron a mucha gente, pero Horemheb había hecho quitar las hoces de las ruedas y avanzaron lentamente y en un orden perfecto, rodeando la litera del faraón, y siguieron avanzando protegiendo también el cortejo y la familia real. Pero la muchedumbre no se dispersó hasta haber visto las embarcaciones reales atravesar de nuevo el río. Entonces lanzaron gritos de odio, y la plebe, que se había mezclado con la muchedumbre, se lanzó contra las casas de los ricos para saquearlas, hasta el momento en que los soldados hubieron restablecido el orden y cada cual volvió a su casa, mientras cerraba la noche y acudían los cuervos a despedazar los cadáveres en la avenida de los Carneros.

Así fue como el faraón Akhenaton se enfrentó por primera vez con su pueblo irritado y vio correr la sangre por su dios y no olvidó jamás aquel espectáculo que destrozó algo en su interior; la cólera envenenó su amor y su ardor aumentó de manera que dio orden de mandar a las minas a todos los que pronunciasen el nombre sagrado de Amón o lo conservasen en imágenes o copas. Pero la gente se negaba a delatarse unos a otros y sólo se recibían denuncias de ladrones y esclavos y nadie estuvo ya en seguridad ante los delatores, de manera que la gente honorable fue enviada a las minas y las canteras, y los denunciantes tomaban posesión de sus bienes en nombre de Atón.

Cuento todo esto por anticipado para explicar cómo ocurrió. Pero a la noche siguiente me mandaron llamar urgentemente del palacio dorado porque el faraón había tenido un ataque de su enfermedad y los médicos, temiendo por su vida, querían compartir conmigo la responsabilidad, ya que el faraón les había hablado de mí. Durante mucho tiempo permaneció en la inconsciencia, como un muerto, y sus miembros estaban fríos y no parecía latir su pulso. Pero después de haberse mordido la lengua durante el delirio, recuperó el conocimiento, de manera que la sangre manaba de su boca. Al volver en sí echó de su presencia a todos los médicos de la Casa de la Vida porque no quería verlos delante de él, y se quedó solo conmigo. Y entonces dijo:

–Convoca a los remeros e iza las velas rojas, y que quien se llame mi amigo me siga, porque quiero partir y mi visión me conducirá hacia una tierra que no pertenece a ningún dios ni a ningún hombre. Consagraré esta tierra a Atón y construiré en ella una villa que será la ciudad de Atón, y no volveré nunca más a Tebas. –Y añadió además–: La actitud del pueblo de Tebas es la más repugnante de todas, y es más infame y miserable que todo lo que cualquiera de mis antepasados haya recibido incluso de los pueblos extranjeros. Y por esto abandono Tebas para siempre y la dejo sumida en sus tinieblas.

Su excitación era tan grande que, estando enfermo todavía, se hizo llevar enseguida a su barca, y en vano me opuse como médico y sus consejeros no pudieron disuadirlo tampoco. Y después Horemheb dijo:

–Así está bien, porque el pueblo de Tebas tendrá lo que quiere y Akhenaton hará lo que le parezca y todo el mundo estará contento y la paz renacerá.

Akhenaton tenía un aspecto tan descompuesto y sus ojos tenían una expresión tal que me incliné ante su decisión, porque me dije que un cambio de aire le sería propicio. Así fue cómo acompañé al faraón en su viaje y estaba tan impaciente por partir que no esperó siquiera a la familia real y tomó la delantera, y Horemheb lo hizo escoltar por sus navíos de guerra.

La barca real de velas rojas descendió por la corriente y Tebas desapareció detrás de nosotros, con sus murallas, y sus templos y las puntas doradas de los obeliscos, y las tres montañas, eternas guardianas de Tebas, se borraron también en el horizonte. Pero el recuerdo de Tebas nos acompañó durante muchos días porque el río estaba infestado de grandes cocodrilos cuyas aguas azotaban con la cola, enfangándolas, cien veces cien cadáveres hinchados descendían por la corriente y no había playa donde algún cadáver no fuese arrastrado por los cabellos o las ropas a causa del dios de Akhenaton. Pero el faraón no supo nada, porque yacía en su departamento real sobre muelles alfombras y los servidores lo ungían con aceite oloroso y quemaban incienso para que no advirtiese el olor pestilente de los cadáveres.

Al cabo de diez días, llegamos a aguas más claras y el faraón subió a cubierta para examinar el paisaje. La tierra era amarillenta y los campesinos recogían las cosechas; por la tarde conducían los rebaños a abrevarlos al río y los pastores tocaban el caramillo. Al ver la barca del faraón, la gente acudía de los poblados y saludaba a su faraón con grandes gritos y agitando palmas. Más que las medicinas, la vista de aquel pueblo feliz produjo efecto en el faraón y alguna vez bajó a tierra para hablar con aquellos hombres y los tocaba con sus manos y bendecía a las mujeres y a los niños, que no podrían olvidarlo nunca. Los corderos se acercaban tímidamente a él y husmeaban los faldones de su traje y los lamían, y él reía de gozo. Y no temía el disco del sol que era su dios, que era, sin embargo, un dios mortal en medio del verano, sino que exponía su rostro a él y el sol le tostaba la tez de manera que se reprodujeron su excitación y su fiebre y su espíritu echaba llamas por sus ojos.

Llegada la noche, se sentaba a proa y me decía:

–Repartiré las tierras del falso dios entre los que se han contentado con poco y han trabajado con sus manos, a fin de que sean felices y bendigan el nombre de Atón. Les daré estas tierras, porque mi corazón se regocija al ver a estos niños rollizos y estas madres sonrientes y estos hombres que trabajan en nombre de Atón sin odiar a nadie y sin temer a nadie. –Y añadió–: El corazón del hombre es tenebroso y jamás lo hubiera creído si no lo hubiese visto con mis ojos. Porque mi blancura es tan deslumbrante que no comprendo las tinieblas, y cuando la luz brilla en mi corazón olvido los falsos corazones. Pero hay ciertamente muchos que no pueden comprender a Atón ni aun viéndolo y experimentando su amor, porque han vivido siempre en las tinieblas y sus ojos no reconocen la luz, sino que ven en ella un flagelo que ofusca sus ojos. Por esto los dejaré en paz y no los inquietaré, pero no quiero vivir con ellos, sino agrupar a mi alrededor a todos mis fieles y viviré con ellos sin abandonarlos jamás, sin sufrir estos espantosos dolores de cabeza al ver lo que me desagrada y es una abominación para Atón.

Contempló las estrellas y dijo:

–La noche es una abominación para mí y no me gustan las tinieblas, sino que las temo, y no me gustan tampoco las estrellas, porque cuando brillan, los chacales salen de sus guaridas y los leones rondan rugiendo, sedientos de sangre. Tebas es una noche para mí, y por esto la abandono y pongo mis esperanzas en los jóvenes y los niños, porque de ellos brotará la primavera de la vida y, después de haber sabido desde su infancia la doctrina de Atón, se purificarán del mal y se purificará todo el mundo. Por esto habrá que reformar las escuelas y echar a todos los viejos maestros y redactar nuevos textos de lectura. Quiero también simplificar la escritura, porque no tenemos necesidad de imágenes para comprender lo que está escrito, y quiero inventar una escritura que el más simple pueda aprender, y no habrá ya diferencia entre el pueblo y los que saben escribir, porque el pueblo sabrá escribir también y en cada pueblo habrá por lo menos un hombre que sabrá leer las cartas que yo mandaré. Pues quiero escribir a menudo y mucho, y sobre todas las cosas que quiero que sepan.

Estas palabras me asustaron porque conocía ya la nueva escritura, que era fácil de aprender y escribir, pero que no era una escritura sagrada, y no era tan bella ni tan rica como la antigua, y por esto todas las personas letradas la despreciaban. Y le dije:

–La escritura popular es fea y grosera y no es una escritura sagrada. ¿Qué será de Egipto si todo el mundo aprende a leer? Es una cosa que no ha ocurrido jamás y después la gente no querrá trabajar con sus manos, y la tierra permanecerá inculta y el pueblo no obtendrá provecho alguno de su escritura, puesto que morirá de hambre.

No hubiera debido hablarle así, porque se enojó y dijo:

–Las tinieblas están todavía cerca de mí, como el fuego, y mis ojos, a través de todos los obstáculos como a través de un agua transparente, ven el mundo tal y como será después de mí. En este mundo no habrá ya odio ni temor, los hombres se repartirán el trabajo como hermanos y se partirán el pan y no habrá ya pobres ni ricos, sino que todos serán iguales y todos sabrán leer lo que les escribiré. Y nadie dirá de su prójimo: asqueroso sirio, o miserable negro, sino que cada hombre será hermano del otro y no habrá nunca más guerras. He aquí lo que ven mis ojos, y por esto mi fuerza y mi alegría me invaden el corazón hasta el punto de hacerlo desbordar.

Me di nuevamente cuenta de que estaba loco y haciéndolo acostar sobre su alfombra le di un calmante. Pero sus palabras me atormentaban y me apuñalaban el corazón, porque estaba casi a punto de aceptar su doctrina. Había visto muchos pueblos y todos se parecen fundamentalmente y había visto muchas villas que se parecían también básicamente, y para un médico no debía haber diferencia entre un rico y un pobre, un sirio o un egipcio, porque el deber del médico es curar a todos por igual. Por esto le dije a mi corazón: «Su locura es grande y está originada probablemente por su enfermedad, pero al mismo tiempo su locura es suave y contagiosa y quisiera que su teoría se realizase, pese a que mi razón me dice que un mundo tal sólo podría ser edificado en el reino del Poniente. Pero mi corazón grita y dice que su verdad es más grande que todas las demás que le han sido expuestas, pese a que sepa que la sangre y la ruina acompañan sus pasos y que si vive mucho tiempo acabará aniquilando un gran imperio.»

Durante las tinieblas nocturnas, contemplaba las estrellas y me decía a mí mismo: «Yo, Sinuhé, soy un extranjero en este mundo y no sé siquiera quién me engendró. Por propia voluntad soy médico de los pobres, porque el oro no tiene valor para mí, pese a que prefiera una oca guisada a un mendrugo de pan y el vino al agua. Pero nada de todo esto me resulta tan caro que no pueda renunciar a ello. De manera que, no teniendo otra cosa que perder que mi espíritu, ¿por qué no sostenerlo en su debilidad, situándome a su lado y dándole ánimos sin plantear dudas? Es el faraón y el poder está en sus manos; no existe país más rico que Egipto y quizá Egipto pudiera soportar esta prueba. De ser así, el mundo será renovado y un nuevo año del mundo comenzará entonces, y los hombres serán todos hermanos y no habrá ya ricos ni pobres. Jamás se había ofrecido todavía al hombre una ocasión tal de realizar sus aspiraciones, porque ha nacido faraón y no creo que esta ocasión se renueve, de manera que este instante es el único en el cual la verdad pueda realizarse.»

Así, en la barca real mecida sobre el río, soñaba con los ojos abiertos y el viento de la noche llevaba hasta mi olfato el olor del trigo maduro y de las eras. Pero el viento refrescó y mi sueño se apagó y le dije melancólicamente a mi corazón: «Si tan sólo Kaptah estuviese aquí y hubiese oído estas palabras... Porque, pese a que sea un médico hábil y sepa curar muchas enfermedades, la enfermedad y la miseria de este mundo son tan grandes que todos los médicos del mundo no las pueden curar, pese a todo su saber, y hay enfermedades contra las cuales los médicos son impotentes. Es posible que el faraón sea el médico de los corazones humanos, pero no puede estar en todas partes y los médicos de corazones que él trata de formar no entienden más que a medias sus palabras y deforman su pensamiento cada cual según su propio entender, y no conseguirá en toda su vida llegar a formar número suficiente de médicos para curar los corazones de la humanidad; hay, además, corazones que se han endurecido de tal manera que incluso la verdad permanece estéril. Y Kaptah diría seguramente: "Si llega un día en que no haya ricos ni pobres, existirán siempre cuerdos e imbéciles, astutos e ingenuos. Así ha sido siempre y siempre será. El fuerte pone su piel sobre la nuca del débil; el astuto se lleva la bolsa del cándido y hace trabajar al simple por su cuenta, porque el hombre es un animal engañador e incluso su bondad es incompleta, de manera que sólo el hombre que está tendido para no levantarse más es completamente bueno. Ya ves lo que la bondad del faraón ha causado. Los que más lo bendicen son seguramente los cocodrilos del río y los cuervos ahítos de las cornisas del templo."»

Así era como me hablaba el faraón Akhenaton y así hablaba yo a mi corazón, y mi corazón era débil e impotente; pero al decimoquinto día vimos un país que no pertenecía a nadie ni a ningún dios. Las colinas azuleaban a lo lejos y la tierra era inculta y sólo algunos pastores apacentaban sus rebaños alrededor de sus cabañas de juncos cerca de la ribera. Entonces el faraón descendió de su barca y consagró aquella tierra a Atón para construir en ella una nueva capital, a la cual dio el nombre de «Ciudad del Horizonte de Atón».

Una tras otra fueron llegando las barcas y el rey reunió a sus arquitectos y contratistas y les indicó la dirección de las calles principales, y el emplazamiento de su palacio y del templo de Atón, y a medida que sus favoritos iban llegando designaban en las calles principales un sitio para la casa de cada uno. Los constructores echaron a los pastores con sus rebaños, derribaron sus cabañas e instalaron unos muelles. Akhenaton ordenó a los constructores construir sus casas fuera de la villa, cinco calles de norte a sur y cinco de este a oeste, y cada casa tenía la misma altura y en cada una había dos habitaciones idénticas y el hogar estaba en el mismo sitio y cada taza y cada utensilio era igual a los otros y ocupaba el mismo sitio en todas las casas, porque el faraón quería la igualdad entre todos los constructores a fin de que viviesen felices en su villa bendiciendo el nombre de Atón.

Pero ¿bendecían el nombre de Atón? No, lo maldecían, como maldecían también al faraón por su inconsciencia, porque les había sacado de una ciudad para llevarlos a un desierto sin calles ni tabernas, con sólo arena y cañaverales. No había ninguna mujer que estuviese contenta de su cocina porque hubieran querido encender los fuegos delante de la puerta a pesar de la prohibición y continuamente cambiaban de sitio jarras y alfombras, y las que tenían muchos hijos sentían celos de las que no tenían. La gente acostumbrada a los suelos de tierra batida consideraba los de arcilla malsanos y polvorientos, mientras otros decían que el barro de la Ciudad del Horizonte no era como en los otros sitios, sino que debía de estar maldito, porque los utensilios hechos con él se partían al lavarlos.

Querían también plantar hortalizas delante de sus casas, según su costumbre, y no estaban contentos de los terrenos que el faraón les había dado fuera de la villa y decían que faltaba agua y estaban demasiado lejos para llevar hasta ellos el estiércol. Tendían su colada a secar en unas cuerdas a través de la calle y tenían en sus casas cabras, a pesar de la prohibición dictada por el faraón por razones de higiene y a causa de los chiquillos, de manera que no he visto en mi vida ciudad más descontenta y querellante que la de los constructores durante la edificación de la nueva capital. Pero acabaron acostumbrándose y resignándose y dejaron de maldecir al faraón, no pensando en sus antiguos hogares más que con un suspiro, pero sin verdaderas ganas de regresar a ellos. Sin embargo, las mujeres siguieron teniendo las cabras en su casa.

Después vino la inundación del invierno, pero el faraón no regresó a Tebas, sino que siguió gobernando el país desde su barca. Cada piedra colocada y cada columna erigida lo alegraban, y a veces, al ver levantarse las bellas casas de madera a lo largo de las calles, se reía maliciosamente porque pensaba en Tebas. Consagró a la Ciudad del Horizonte todo el oro robado a Amón, pero las tierras del dios fueron repartidas entre los pobres que deseaban cultivar el suelo. Hizo detener todos los navíos que remontaban el río comprando todos los cargamentos para así crear dificultades a Tebas y activó de tal manera los trabajos que el precio de la madera y de la piedra aumentó de tal modo que un hombre podía ganar una fortuna con un solo cargamento de vigas desde la primera catarata a la Ciudad del Horizonte. Había acudido una muchedumbre de obreros que se alojaban en las cabañas de la ribera, donde amasaban la arcilla para fabricar ladrillos. Construían las calles y los canales de irrigación y excavaban el suelo para construir el lago sagrado de Atón en el jardín del palacio. Se llevaron también arbustos y árboles que se plantaron después de la primera crecida, así como árboles frutales en plena producción, de manera que en el verano siguiente el faraón pudo ya coger con su mano ávida los primeros dátiles, higos y granadas de su ciudad.

Yo estaba muy ocupado, pues, mientras el faraón sanaba, prosperaba y gozaba viendo su ciudad brotar de la tierra, los constructores tuvieron que soportar muchas enfermedades antes de que el suelo se sanease por la filtración, y durante los trabajos se produjeron numerosos accidentes. Mientras no hubo muelles, los cocodrilos atacaban a los descargadores obligados a meterse en el agua. No hay nada tan horrible como oír los gritos de un hombre medio sumergido en las fauces de un cocodrilo que lo arrastra para dejarlo pudrir en su nido. Pero el faraón estaba tan poseído de su vanidad que no veía nada de esto, y los armadores contrataron cazadores de cocodrilos del País Bajo, quienes no tardaron en limpiar el río de estos monstruos. Eran muchos los que pretendían que los cocodrilos habían seguido la barca de Akhenaton desde Tebas a la nueva ciudad, pero yo no me atrevería a opinar sobre este punto, pese a que sepa que el cocodrilo es un saurio terriblemente astuto y sagaz. Sin embargo, es difícil admitir que los cocodrilos hubiesen podido establecer una relación entre la barca del faraón y los cadáveres que flotaban sobre el agua; pero si es así, el cocodrilo es, en este caso, un animal terriblemente inteligente. Pero su inteligencia no les sirvió de nada contra los cazadores y juzgaron oportuno dejar en paz la Ciudad del Horizonte, lo cual es una nueva prueba de su grande y temible astucia. Pero se establecieron en grandes grupos más abajo, hasta Menfis, donde Horemheb había instalado su cuartel general.

Debo, en efecto, citar que, al retirarse las aguas de la crecida, Horemheb había ido a la Ciudad del Horizonte con los nobles de la Corte, pero sólo con la idea de incitar a Akhenaton a renunciar a su decisión de disolver el ejército. El faraón le había ordenado que licenciase a los negros y los sardos y los mandase a sus casas, pero Horemheb había ido demorando las cosas paulatinamente, porque temía, no sin razón, que hubiese una revuelta en Siria, donde quería mandar las tropas. Porque después de los incidentes de Tebas, los negros y los sardos eran detestados en todo Egipto. Pero el faraón continuó sin ceder y Horemheb perdió el tiempo. Sus conversaciones se desarrollaban cada día de la misma manera. Horemheb le decía:

–Una gran inquietud reina en Siria y sus colonias egipcias son débiles. El rey Aziru fomenta el odio contra Egipto y no cabe la menor duda de que en el momento propicio se levantará abiertamente.

Y Akhenaton decía:

–¿Has visto los suelos de mi palacio, donde los artistas dibujan rosaledas y ánades volando, a la manera cretense? Por otra parte, no creo en un levantamiento en Siria, porque he mandado a cada rey una cruz de vida. En cuanto a Aziru, es mi amigo, ha aceptado la cruz de vida y ha erigido un templo a Atón en el país de Amurrú. Has visto seguramente ya el pórtico de Atón delante de mi palacio, y vale la pena, si bien, para ganar tiempo, las columnas son de ladrillo. Me es desagradable pensar que los esclavos tendrán que penar en las canteras para sacar la piedra para Atón. Volviendo a Aziru, haces mal en dudar de su fidelidad, porque he recibido de él numerosas tablillas de arcilla en las cuales se informa ávidamente sobre Atón, y, si lo deseas, mis epistológrafos podrán enseñártelas en cuanto los archivos estén en orden.

Horemheb decía:

–Me meo en las tablillas porque son tan sórdidas y tan pérfidas como él. Pero si estás firmemente decidido a licenciar el ejército, permíteme por lo menos reforzar los puestos fronterizos, porque las tribus del sur empujan ya sus rebaños hacia nuestros pastos del país de Kush e incendian los poblados de nuestros aliados negros, lo cual es fácil, pues sus cabañas están hechas de cañas.

Akhenaton decía:

–No los creo animados de malas intenciones; la necesidad les obliga. Por eso nuestros aliados negros deben compartir sus pastos con las tribus del sur, y les mandaré también cruces de vida. No creo tampoco que incendien los poblados con premeditación y con el deseo de perjudicar, porque estos poblados de cañas se incendian fácilmente y no es posible condenar a tribus enteras por algunos incendios. Pero si lo deseas puedes reforzar los puestos fronterizos de Kush y de Siria, porque tu misión es velar por la seguridad del país, pero no debe ser con un ejército regular.

Y Horemheb decía:

–En todo caso, Akhenaton, mi insensato amigo, debes

permitirme reorganizar todo el sistema de guardias en el país, porque los soldados liberados saquean las casas y roban las pieles de los impuestos.

Y el faraón, como citando una lección, decía:

–Ya ves, Horemheb, las consecuencias de tu desobediencia. Si hubieses hablado más extensamente de Atón a tus soldados, se portarían bien, pero ahora sus corazones están en tinieblas y las marcas de los golpes les queman la espalda y no saben lo que hacen. ¿No has visto que mis dos hijas se pasean ya solas y Meritaton toma a su hermana pequeña de la mano y llevan una linda gacela como compañera? Por otra parte, nada te impide contratar como guardias a los soldados licenciados, a condición de que no sean más que guardias y no formen un ejército regular con vistas a una guerra. A mi juicio, habría que destruir también todos tus carros de guerra, porque la desconfianza engendra la desconfianza y debemos convencer a nuestros vecinos de que Egipto no entrará nunca en guerra, pase lo que pase.

–¿No sería mucho más sencillo vender los carros a Aziru o a los hititas, que te darán un buen precio por ellos y los caballos? –decía irónicamente Horemheb–. Comprendo que no quieras sostener un ejército normal, puesto que hundes todos los recursos de Egipto en los pantanos y entre los ladrillos.

Así pasaban los días discutiendo, y finalmente, gracias a su obstinación, Horemheb fue nombrado comandante en jefe de las tropas de la frontera y de los guardias del país, pero, por orden del faraón, debían ir armados tan sólo con lanzas de punta de madera. Horemheb convocó entonces a los jefes de los guardias de los nomos en Menfis, que era el centro del país y la frontera de los dos reinos, y se disponía a embarcarse en su barca de guerra cuando unos mensajeros regresaron de Siria con cartas y tablillas alarmantes, de manera que la esperanza renació de nuevo en el corazón de Horemheb. Estos mensajes establecían con certeza que el rey Aziru, informado de los alborotos ocurridos en Tebas, había juzgado el momento propicio para tomar al asalto dos villas vecinas de las fronteras. En Megiddo, que era la llave de la Siria, habían estallado alborotos y las tropas de Aziru asediaban la ciudadela, cuya guarnición imploraba del faraón una rápida ayuda. Pero el faraón dijo:

–Creo que Aziru ha obrado de esta forma a sabiendas, porque sé que es muy quisquilloso y mis embajadores quizá lo han ofendido. Por esto no puedo condenarlo antes de haberlo oído. Pero puedo hacer algo, y es lástima que no haya pensado en ello antes. Puesto que aquí se levanta una villa de Atón, debo construir otra también en el país rojo, en Siria y en Kush. Y estas villas serán el centro de todo el gobierno. Megiddo está en el cruce de las rutas de las caravanas, y por esto veo que sería la más indicada, pero temo que la situación sea demasiado agitada para empezar los trabajos de construcción. Sin embargo, me has hablado de Jerusalén, donde elevaste un templo a Atón cuando la guerra de los khabiri, guerra que no te perdonaré nunca. Cierto es que esta villa no es tan céntrica como Megiddo, pero voy a hacer construir inmediatamente en ella una ciudad de Atón que se convertirá en la capital de Siria, pese a que no sea más que un miserable villorrio.

Ante estas palabras, Horemheb quebró su fusta y arrojó los trozos a los pies del faraón, y después embarcó para Menfis con objeto de reorganizar sus guardias. Durante su estancia en la Ciudad del Horizonte tuve tiempo suficiente para exponerle cuanto había visto y aprendido en el país de los Khatti y en Creta. Me escuchó en silencio, moviendo a veces la cabeza como si estuviese ya al corriente de lo que le contaba, manejando el puñal que me había dado el capitán hitita del puerto. Algunas veces me hacía preguntas infantiles como por ejemplo: «¿Los soldados de Babilonia echan a andar con el pie izquierdo como los egipcios o con el derecho como los hititas?» O bien: «¿Los hititas llevan el caballo de reserva de los carros pesados de guerra al lado de los otros caballos o detrás del carro?» O aún: «¿Cuántos radios tienen las ruedas de los carros hititas, y van reforzados con metal?»

Me hacía estas preguntas infantiles porque era soldado y los soldados se interesan por estas cosas sin importancia, como los chiquillos se divierten contando las patas de los ciempiés. Pero me hizo marcar por escrito todo lo que dije con respecto a las rutas, puentes y ríos, y también todos los nombres que le cité, de manera que para esto le aconsejé que se dirigiese a Kaptah, porque era tan infantil como él en cuanto a recoger recuerdos inútiles. Pero no le interesó en absoluto mi relato referente a la lectura del hígado y mi descripción de sus mil puertas, canales y cavernas, y no tomó nota de ello.

Fuese como fuese, el caso es que se marchó furioso de la Ciudad del Horizonte y el faraón estuvo encantado de ello porque las conversaciones con Horemheb lo irritaban y le daban dolor de cabeza. Pero me dijo con aire soñador:

–Es posible que Atón desee que Egipto pierda la Siria y en este caso nada puedo contra ello, porque será un bien para Egipto. La riqueza de Siria ha roído el corazón de Egipto, y de Siria ha venido el lujo, el fausto, los vicios y las malas costumbres. Si perdemos Siria, Egipto deberá volver a una vida más simple en la verdad, y será un bien. La nueva vida debe renacer en Egipto para extenderse después por todas partes.

Pero mi corazón se rebeló ante estas palabras y dije:

–El hijo del jefe de la guarnición de Simyra se llama Ramsés y es un muchacho inteligente, con grandes ojos color castaño, a quien gusta jugar con guijarros de colores. Lo curé de la viruela. En Megiddo vive una egipcia que fue a Simyra a consultarme porque tenía el vientre hinchado y había oído hablar de mi reputación, y la operé y se curó. Su piel era tersa como la lana y su paso bello como el de las egipcias, pese a que la fiebre brillase en sus ojos y su vientre estuviese hinchado.

–No comprendo por qué me cuentas todo esto –dijo Akhenaton, dibujando un templo tal como lo veía su espíritu, porque molestaba continuamente a los arquitectos con sus dibujos y sus explicaciones.

–Pienso solamente que he visto al pequeño Ramsés y ahora su boca está destrozada y su frente llena de sangre. Y veo también a esta mujer de Megiddo tendida desnuda y ensangrentada en el patio de la ciudadela, y los soldados de Amurrú profanan su cuerpo. Cierto es que mis pensamientos son nimios al lado de los tuyos, y un soberano no puede pensar en todos los pequeños Ramsés y en todas las mujeres delicadas que son sus súbditos.

Entonces Akhenaton cerró los puños y levantó los brazos y sus ojos se ensombrecieron al gritar:

–Sinuhé, ¿no comprendes que si debo elegir entre la vida y la muerte prefiero la muerte de cien egipcios a la de mil sirios? Si declaraba la guerra a Siria para salvar la vida de los egipcios que allá viven, ocasionaría la muerte de muchos egipcios y también de muchos sirios, y un sirio es un hombre como un egipcio y un corazón late en su pecho, y hay también mujeres y niños de ojos claros. Si respondo al mal con el mal, sólo obtendremos el mal. Pero respondiendo al mal con el bien, el mal que resultará será menor que si respondo con el mal. No quiero elegir la muerte en lugar de la vida. Por esto cierro mis oídos a tus palabras y te ruego que no me hables más de Siria si respetas mi vida y me quieres, porque al pensar en Siria pienso en todos los que morirán por mi voluntad, y un hombre no puede soportar largo tiempo el dolor de muchos. Por esto te pido que me dejes tranquilo en nombre de Atón y de toda mi verdad.

Inclinó la cabeza y sus ojos se enrojecieron de dolor y sus gruesos labios temblaron. No insistí, pero en mis oídos resonaba el choque de los arietes contra las murallas de Megiddo y los gritos de las mujeres violadas en las tiendas de lona de los soldados amorritas. Endurecí mi espíritu porque quería al faraón, pese a que estuviese loco, o quizá a causa de su locura, porque su locura era más bella que la locura de muchos otros.

5

Debo hablar también de los cortesanos que habían seguido al faraón a su nueva villa, porque su vida no tenía otro objeto que transcurrir al lado del faraón y sonreír y fruncir el ceño al mismo tiempo que él. Así lo habían hecho sus padres antes que ellos, y de ellos habían heredado sus funciones y sus títulos y se glorificaban de sus dignidades comparándolas entre ellas. El portador de la sandalia real que no se había puesto nunca zapatos, y el escanciador real que no había pisado nunca la viña, y el panadero real que no había visto nunca amasar la masa, y el portador real de la caja de ungüentos y el circuncidador real y una nube de dignatarios, y yo mismo era el trepanador real, pero nadie esperaba que trepanase al faraón, pese a que, contrariamente a otros, hubiera sido capaz de hacerlo sin provocar la muerte del rey.

Llegaron todos alegremente a la Ciudad del Horizonte, cantando los himnos de Atón en sus embarcaciones adornadas con flores, con las damas de la Corte y una gran cantidad de jarras de vino. Acamparon en sus tiendas en la ribera y comieron y bebieron y gozaron de la vida, porque la inundación había terminado y empezaba la primavera, y el aire de los campos era ligero como el vino nuevo, y los pájaros cantaban en los árboles y las palomas se arrullaban. Tenían tantos esclavos y servidores que su campo formaba una verdadera villa, porque eran incapaces de lavarse las manos solos, y sin los esclavos hubieran estado tan abandonados como niños pequeños.

Pero seguían atentamente al faraón, que les mostraba el emplazamiento de las calles y las casas y los esclavos protegían sus preciosas cabezas de los ardores del sol. Se interesaban también activamente en la construcción de sus casas, porque algunas veces el faraón cogía personalmente un ladrillo y lo ponía en su sitio. Transportaban los ladrillos para sus futuros hogares y se reían de los arañazos de sus manos, y las mujeres nobles amasaban la arcilla arrodilladas sobre el suelo desnudo. Si eran jóvenes y bonitas, aprovechaban este pretexto para no usar sobre ellas más ropa que el delantal anterior, como las mujeres del pueblo cuando muelen el trigo. Pero mientras trabajaban así, las esclavas sostenían los parasoles sobre sus cabezas, y cuando se cansaban de amasar la arcilla se marchaban dejándolo todo en desorden, de manera que los constructores las maldecían y tenían que volver a quitar los ladrillos puestos por las manos nobles.

Pero no criticaban a las mujeres nobles, pues les gustaba verlas y les daban golpes suaves con las manos sucias, fingiendo la imbecilidad, de manera que ellas lanzaban gritos de sorpresa y excitación. Pero cuando las mujeres viejas se acercaban a ellos para darles ánimos en el trabajo y pellizcaban sus robustos músculos con admiración, acariciándoles las mejillas en nombre de Atón, se volvían para maldecirlas y dejaban caer los ladrillos sobre los pies de las importunas.

Los cortesanos estaban muy orgullosos de su trabajo y contaban el número de ladrillos que habían colocado, mostrando al faraón sus manos arañadas para granjearse su favor.

Pero se cansaron de este entretenimiento y pronto comenzaron a plantar jardines y a cavar zanjas como los chiquillos. Los jardineros invocaban a los dioses y juraban que los cortesanos cambiaban continuamente árboles y arbustos, y los cavadores de canales de irrigación los llamaban hijos de Seth, porque cada día indicaban nuevos lugares donde había que cavar estanques a los obreros; ellos, sin embargo, se imaginaban ayudarlos y cada noche, mientras bebían vino, se vanagloriaban de sus trabajos.

Pero pronto se cansaron de todo aquello, quejándose del calor de sus alfombrillas, y sus tiendas fueron invadidas por las pulgas de la arena, de manera que pasaban la noche gimiendo y por la mañana me pedían ungüentos contra las picaduras de las pulgas. Acabaron maldiciendo la Ciudad del Horizonte y muchos se retiraron a sus posesiones, y muchos otros regresaron en secreto a Tebas, para divertirse; pero los más fieles permanecieron a la sombra de sus tiendas bebiendo vino fresco y jugando a los dados, con alternativas de pérdidas y ganancias, para matar el tiempo. Pero poco a poco las paredes de las casas iban elevándose y en algunos meses la Ciudad del Horizonte surgió en pleno desierto, como en un cuento, con sus maravillosos jardines. Ignoro lo que aquello costó. Lo único que sé es que el oro de Amón no bastó, porque los subterráneos del templo estaban vacíos cuando se rompieron los sellos, y los sacerdotes de Amón, presintiendo la tormenta, repartieron mucho oro entre los fieles al dios.

Debo referir también que la familia real se había dividido, porque la reina madre se había negado a seguir a su hijo al desierto. Tebas era su ciudad, y el palacio real, que se elevaba azul y oro rojo en medio de los jardines al borde del río, había sido construido por el faraón Amenhotep para albergar sus amores, porque la reina madre Tii no había sido más que la hija de un pajarero de los cañaverales del Bajo Egipto. Por esto no quiso renunciar a Tebas, y la princesa Baketaton se quedó también al lado de su madre, y el sacerdote Ai gobernaba sosteniendo el cetro de la derecha del soberano y administrando justicia en el trono del rey delante de los rollos de cuero, de manera que para la gente de Tebas nada había cambiado, salvo que el falso faraón había desaparecido y nadie le echaba de menos.

La reina Nefertiti regresó a Tebas para dar a luz, porque no se atrevía a prescindir de la asistencia de los médicos de Tebas y de los hechiceros negros, y dio a luz a una tercera hija, que fue llamada Anksenaton y tenía que ser reina. Pero para facilitar el parto, los hechiceros negros tuvieron también que tirarle del cráneo, y cuando las princesas crecieron, todas las mujeres que querían ir a la moda, copiando a la familia real, llevaban cráneos postizos para alargar su cabeza. Pero las princesas se hacían afeitar la cabeza, porque estaban orgullosas de la forma elegante de su cráneo. Los artistas las admiraban también y esculpían sus retratos y dibujaban y pintaban las imágenes, sin darse cuenta de que todo aquello no había ocurrido más que por las prácticas de los hechiceros negros.

Después del nacimiento de esta hija, Nefertiti regresó a la Ciudad del Horizonte y se instaló en el palacio que entretanto había sido terminado. Dejó en Tebas el harén del faraón, porque estaba muy irritada por haber tenido otra hija y no quería que el faraón gastase sus fuerzas con otras mujeres. Akhenaton no tuvo nada que objetar, porque estaba cansado de sus obligaciones en el gineceo y no deseaba ninguna otra mujer, lo cual era muy comprensible para todo el que contemplase la belleza de Nefertiti, a quien su tercer embarazo no había para nada afeado, sino que parecía más joven y más resplandeciente que nunca. Mas no sé si esto provenía del amor de Akhenaton o de la hechicería de los negros.

Así fue como la Ciudad del Horizonte se elevó en el desierto en el transcurso de un solo año y las orgullosas cimas de las palmeras se balanceaban a lo largo de las avenidas, y los granados florecían en los parques y los lotos daban sus flores rosadas también en los estanques. Toda la villa era un jardín florido, porque las casas eran ligeras y de madera, como pabellones de placer, y sus columnas de palmera y junco eran graciosas y estaban pintadas. Los jardines penetraban hasta dentro de las casas, porque sobre los muros, los sicómoros y las palmeras pintadas eran dulcemente mecidos por el viento, y sobre los bancales, entre los cañaverales, los peces nadaban y los ánades remontaban el vuelo.

Nada faltaba de lo que pudiese alegrar el corazón del hombre; las gacelas domesticadas corrían por los parques y los caballos fogosos adornados con plumas de avestruz tiraban los coches ligeros, y las especias de fuertes olores venidas de todos los países del mundo embalsamaban las cocinas.

Así fue construida la Ciudad del Horizonte, y cuando volvió el otoño y las golondrinas salieron del fango para volar en inquietas bandadas sobre el río hinchado, el faraón Akhenaton dedicó esta tierra y esta ciudad a Atón. Dedicó las cuatro estelas límite en las cuatro direcciones, y sobre cada estela, Atón bendecía con sus rayos al faraón y su familia, y una inscripción afirmaba que el faraón no abandonaría jamás este suelo consagrado a Atón. Para esta dedicatoria se construyeron en las cuatro direcciones vías empedradas, de manera que el faraón podía trasladarse a las estelas en su carro dorado y la familia real lo seguía en coche o en literas, así como los cortesanos, que sembraban flores mientras las flautas y los instrumentos de cuerda tocaban el himno a Atón.

Akhenaton no quería abandonar su ciudad ni aun después de muerto, y mandó a los constructores excavar tumbas eternas en las montañas del este, sobre el territorio consagrado a Atón, y su trabajo debía durar tanto tiempo que no regresarían nunca más a sus casas. Pero aquellos hombres no aspiraban ya a regresar a sus hogares y se resignaron a su suerte y vivieron allí a la sombra del faraón, porque sus raciones de trigo eran abundantes y el aceite no faltaba jamás en sus jarras, y sus mujeres les daban hijos sanos.

Habiendo así decidido construir su tumba y la de los nobles que quisieran permanecer para siempre en la Ciudad del Horizonte, Akhenaton mandó construir una Casa de la Muerte en las afueras de la ciudad, a fin de que los cuerpos de las personas muertas allí fuesen conservados toda la eternidad.

Por esto mandó venir, a la mayor rapidez, a los más eminentes embalsamadores de la Casa de Tebas, sin preocuparse por su fe, porque los embalsamadores no pueden creer en nada a causa de su oficio y sólo su habilidad importa. Llegaron en una barca negra y el olor los precedió con el viento, de manera que la gente se refugiaba en su casa bajando la cabeza, y quemaban incienso recitando plegarias a Atón.

Pero muchos invocaban también a los antiguos dioses y recitaban oraciones haciendo los signos sagrados de

Amón, porque el olor de los embalsamadores les recordaba a su antiguo dios.

Bajaron de su barca con todo el equipo, y sus ojos acostumbrados a las tinieblas parpadeaban ante la luz viva del sol, y maldecían este viaje. Entraron rápidamente en su nueva Casa de la Muerte y no volvieron a salir de ella, y pronto se encontraron como en su casa a causa del olor que habían llevado consigo. Como los sacerdotes de Atón tenían horror a esta casa, el faraón me encomendó su vigilancia y encontré en ella al viejo Ramose, que estaba encargado de vaciar los cerebros. Me reconoció y quedó muy sorprendido de este encuentro. Cuando hube ganado de nuevo su confianza, pude calmar mi impaciencia de saber cómo había acabado mi venganza contra la mujer que tanto daño me había hecho en Tebas. Por esto le pregunté:

–Ramose, amigo mío, ¿recuerdas haber tratado a una mujer muy hermosa que llevaron a la Casa de la Muerte después de los disturbios de Tebas y que, si mal no recuerdo, se llamaba Nefernefernefer?

Inclinando la cabeza, me miró con sus inmóviles ojos de tortuga y dijo:

–En verdad, Sinuhé, que eres el primer noble que jamás haya dado el nombre de amigo a un embalsamador. Mi corazón está emocionado, y el informe que me pides es seguramente importante, puesto que me das el nombre de amigo. ¿No serías tú quien nos la llevó una noche, envuelta en el manto negro de los muertos? Porque si eres tú, no podrías ser amigo de ningún embalsamador, y, si se sabe, los embalsamadores te envenenarán con veneno de cadáver para que tu muerte sea espantosa.

Estas palabras me hicieron temblar y le dije:

–Poco importa quién la llevase, puesto que merecía su suerte, pero tus palabras me dan a entender que no ha muerto.

Ramose dijo:

–En verdad, aquella mujer terrible recobró el conocimiento en la Casa de la Muerte, porque una mujer como ella no muere nunca, y si muere, su cuerpo debe ser quemado para que no regrese jamás, y después de haber aprendido a conocerla, la llamamos Sethnefer, la belleza del diablo.

Un terrible presentimiento se apoderó de mí y le dije:

–¿Por qué dices que estaba en la Casa de la Muerte? ¿No estaría ya, pese a que los embalsamadores hubiesen prometido guardarla setenta veces setenta días?

Ramose agitó nerviosamente sus pinzas y creo que me hubiera golpeado con ellas si no le hubiese llevado una jarra del mejor vino del faraón. Tocó el sello polvoriento del faraón y dijo:

–No te hicimos ningún mal, Sinuhé, y eras para nosotros como un hijo, y con gusto te hubiera guardado conmigo para que aprendieras mi arte. Hemos embalsamado los cuerpos de tus padres como si fuesen nobles, sin economizar los mejores bálsamos ni los aceites más preciosos. ¿Por qué has querido, pues, hacernos daño entregándonos viva a esa espantosa mujer? Debes saber que antes de su llegada vivíamos una vida simple y laboriosa, alegrando nuestros corazones con la cerveza y nos enriquecíamos robando a los difuntos sus joyas, sin distinción de rango ni sexo, y vendiendo a los hechiceros ciertas partes de su cuerpo que necesitan para sus prácticas. Pero la llegada de esa mujer transformó la Casa de la Muerte en una gruta infernal y por esa mujer los hombres se batieron a cuchilladas como fieras. Nos ha sonsacado todo nuestro oro y nuestra plata acumulada en el transcurso de tantos años y no despreciaba ni el cobre, y nos quitó incluso nuestra ropa, porque si un hombre era viejo, como yo, y no podía ya gozar de ella, incitaba a los otros a robarlo una vez habían dilapidado sus bienes. Le bastó tres veces treinta días para despojarnos completamente. Habiendo comprobado que no podía sacar ya nada más de nosotros, se echó a reír y nos despreció, y dos embalsamadores que estaban locos por ella se ahorcaron con sus cinturones porque se burlaba de ellos y los despreciaba. Después se marchó, llevándose todas nuestras riquezas, y no pudimos impedirlo porque si alguien quería detenerla, otro se interponía a su favor para merecer una sonrisa o una caricia de ella. Así se llevó nuestra tranquilidad y nuestras economías, y tenía lo menos trescientos *deben* de oro, sin contar la plata y el cobre y las bandeletas de lino y ungüentos que habíamos robado a los muertos durante tantos años, como es costumbre. Pero prometió volver al cabo de un año para darnos los buenos días y ver cómo habíamos economizado. Por esto ahora, en la Casa de la Muerte de Tebas, se roba más que nunca, y los embalsamadores han aprendido a robarse unos a otros, de modo que la tranquilidad ha desaparecido. Por esto comprenderás por qué la hemos llamado Sethnefer, porque aunque verdaderamente es una mujer muy bella, resulta la belleza del diablo.

Así me enteré de cuán infantil había sido mi venganza, porque Nefernefernefer había salido de la Casa de la Muerte más rica que antes, y el único inconveniente que tuvo por causa de su estancia en aquel antro fue el olor a cadáver de que su piel se impregnó y que le impidió durante algún tiempo ejercer su profesión. Pero tendría seguramente necesidad de un poco de reposo después de haber estado con los embalsamadores, y en el fondo no le guardaba ya rencor, porque mi venganza me había roído el corazón sin haber podido perjudicarla, y esto me demostró que la venganza no procura ninguna satisfacción, sino que su dulzura es efímera y se vuelve contra su autor, abrasándole el corazón a fuego lento.

Al llegar a este punto voy a empezar otro libro para referir lo que ocurrió mientras el faraón Akhenaton habitó la Ciudad del Horizonte, así como los acontecimientos de Siria y Egipto. Debo hablar también de Horemheb y de Kaptah y de mi amigo Thotmés, y no hay que olvidar tampoco a Merit. Y por esto comienzo un nuevo libro.

LIBRO UNDÉCIMO

MERIT

1

Todo el mundo ha visto correr el agua de la clepsidra. La vida humana corre de la misma manera, pero no puede medirse su curso con una clepsidra; es necesario valorarla según lo que ocurre en ella. Es una verdad grande y sublime que el hombre no comprende la vida más que durante los días de su vejez, cuando la vida huye y no le ocurre ya nada. Una sola jornada puede parecerle más larga que un año o incluso dos, durante los cuales trabaja y vive una vida simple, sin cambios. Comprobé esta verdad en la Ciudad del Horizonte, porque el tiempo huyó como la corriente del río y mi vida fue un sueño breve o un bello canto que resonó para nada, y los diez años que pasé a la sombra del faraón en su nuevo palacio dorado fueron más cortos que un solo año de mi juventud, pero comprendieron también días pródigos en acontecimientos que fueron más largos que un año.

Mi saber y mi pericia no se incrementaron durante aquellos años, pero yo bebía en mis acontecimientos adquiridos en tantos países durante los días de mi juventud, como la abeja consume en invierno la miel almacenada durante el tiempo de las flores. Quizá, el tiempo gastase mi corazón, como el agua desgasta lentamente la piedra, y quizá mi corazón cambió durante aquel tiempo sin que yo me diese cuenta, porque no era tan solitario como antes. Era también más moderado y no me vanagloriaba tanto de mi habilidad, pero no era por mi mérito, sino porque Kaptah no estaba ya conmigo, ya que se había quedado en Tebas para administrar mis bienes y dirigir su taberna de «La Cola de Cocodrilo».

Debo decir que la villa de Akhenaton vivía entregada a sí misma y a las visiones y sueños del faraón; el mundo exterior no tenía importancia, porque cuanto ocurría más allá de las estelas de Atón era tan lejano e irreal como el reflejo de la luna sobre el agua, y la única realidad era lo que ocurría en la Ciudad del Horizonte. Pensar de una manera retrospectiva era quizá una ilusión, y esta villa, con toda su actividad, no fue quizá más que una sombra y una bella apariencia, mientras la realidad estaba formada por el hambre, los sufrimientos y la muerte que reinaban más allá de sus límites. Porque se ocultaba al faraón cuanto podía desagradarle, o si algún asunto molesto requería absolutamente su atención se lo mostraban envuelto en delicados velos, sazonándolo con miel y plantas aromáticas, y se lo presentaban con prudencia para evitarle dolores de cabeza.

En aquellos tiempos, el sacerdote Ai gobernaba Tebas llevando el cetro de la derecha del rey y, en la práctica, Tebas era la capital de los dos reinos, porque el faraón había dejado allí todo lo que en el aparato administrativo era molesto o desagradable, como la percepción de los impuestos, el comercio y la justicia, de la que no quería oír hablar, ya que tenía plena confianza en Ai, que era su suegro y un hombre ambicioso. Así fue cómo este sacerdote se convirtió en realidad en el soberano de los dos reinos, porque cuanto hacía referencia a la vida de un hombre ordinario, fuese agricultor o ciudadano, dependía de él. Después de la caída de Amón, ninguna potencia rival restringía el poderío del faraón y Ai esperaba que la agitación se calmase un poco. Por esto era feliz al ver que el faraón estaba ausente de Tebas y contribuía con gusto a la edificación de la Ciudad del Horizonte y a su embellecimiento y mandaba sin cesar valiosos regalos a fin de que la villa le gustase todavía más a Akhenaton. Así, en verdad, la calma hubiera podido renacer y todo hubiese estado como antes, pero sin Amón, si el faraón Akhenaton no hubiese sido un palo en las ruedas y la piedra que hace volcar el carro.

Al lado de Ai, Horemheb gobernaba Menfis y respondía del orden en el país, de modo que, en resumen, era la fuerza de los bastones de los perceptores y la de los martillos de los escobadores de piedra lo que borraba el nombre de Amón de las inscripciones y las imágenes, incluso en las tumbas. En efecto, Akhenaton habían mandado abrir la tumba de su padre para destruir por todas partes el nombre de Amón. Y Ai no se opuso a ello, mientras el faraón se entregó a una actividad tan poco peligrosa, sin intervenir en la vida cotidiana del pueblo.

Así, después de las jornadas de horror de Tebas, Egipto fue como un mar tranquilo al que ninguna tormenta turba las aguas. El sacerdote Ai repartió la recaudación de los impuestos entre los jefes de los nomos, lo cual le evitó muchas molestias, y los jefes arrendaron la percepción a los perceptores de las villas y poblados y se enriquecieron rápidamente. Y si los pobres se quejaban y se cubrían la cabeza con ceniza después del paso de los perceptores, no hay en ello nada nuevo.

Pero en la Ciudad del Horizonte el nacimiento de una cuarta hija fue una catástrofe más grave que la pérdida de Simyra en Siria, y la reina Nefertiti se creyó embrujada y fue a Tebas a consultar a los hechiceros negros de su madrastra. En efecto, es raro que una mujer tenga cuatro hijas seguidas sin ningún hijo. Pero era su destino dar seis hijas al faraón y éste era también el destino de Akhenaton.

Los mensajes de Siria eran cada vez más angustiosos y a la llegada de cada correo me iba a los archivos para leer las tablillas conteniendo llamamientos desgarradores. Me parecía oír silbar las flechas a mis oídos y oler el humo de los incendios, y bajo las palabras respetuosas me parecía percibir los aullidos de los hombres moribundos y los gritos de los chiquillos destrozados, porque los amorritas eran salvajes y crueles y guerreaban bajo las órdenes de oficiales hititas, de manera que a la larga ninguna guarnición podía resistírseles. Leí las cartas del rey de Biblos y del príncipe de Jerusalén, en las que invocaban su edad y su fidelidad para obtener socorro del faraón, apelando al recuerdo de su padre y a su amistad, pero finalmente el faraón se cansó de tantos llamamientos y ordenó archivar sus cartas sin leerlas siquiera, de manera que los escribas y yo éramos los únicos que nos enterábamos de ello, y los escribas no tenían otra preocupación que numerarlas y archivarlas por orden de llegada.

Después de la caída de Jerusalén, las últimas villas fieles a Egipto renunciaron a la lucha y se aliaron a Aziru. Entonces volvió Horemheb para ver a Akhenaton y pedirle un ejército con que organizar la resistencia de Siria. Hasta entonces se había limitado a una guerra secreta mandando oro a Siria a fin de dar ánimos a los últimos defensores de Egipto. Y dijo al faraón:

–Permíteme alistar por lo menos cien veces cien lanceros y arqueros y cien carros de guerra y te reconquistaré todo Siria, pues, en verdad, cuando incluso la villa de Joppe renuncia a resistir, la resistencia egipcia toca a su fin.

El faraón Akhenaton tuvo una gran decepción al enterarse de la caída de Jerusalén, porque había tomado ya las medidas necesarias para hacer de ella la ciudad de Atón destinada a pacificar la Siria. Y por esto dijo:

–Este viejo príncipe de Jerusalén, de cuyo nombre no puedo acordarme, era amigo de mi padre y yo lo vi en el palacio dorado de Tebas con su larga barba. Por esto, como indemnización de sus pérdidas, le pagaré una fuerte pensión, pese a que la recaudación de los impuestos haya bajado mucho desde el cese del comercio con Siria.

–No tiene ya necesidad de pensiones ni de collares egipcios –dijo Horemheb–. El rey Aziru mandó en efecto confeccionar con su cráneo una bella copa dorada que mandó al rey Shubbiluliuma de Khatushash, según me han dicho mis espías.

El rostro del faraón se puso gris y sus ojos se enrojecieron, pero se dominó y tranquilamente dijo:

–Me cuesta admitir este acto de Aziru, a quien creía mi amigo, y que con tanto placer recibió la cruz de vida, pero quizá me hubiese equivocado en mi juicio respecto a él y su corazón sea más negro de lo que pensaba. Pero, al pedirme lanzas y carros, me reclamas lo imposible, Horemheb, porque me han dicho que el pueblo murmura ya a causa de los impuestos y las cosechas han sido malas.

Horemheb dijo:

–Por tu Atón, dame por lo menos una orden de diez carros y diez veces diez lanceros, para que pueda ir a Siria y salvar lo que pueda salvarse todavía.

Pero Akhenaton dijo:

–No puedo hacer la guerra a causa de Atón, porque toda efusión de sangre le inspira horror y prefiero perder la Siria. Que Siria sea libre y forme una unión y comerciaremos con ella como antes, porque sin el trigo de Egipto Siria no puede subsistir.

–¿Crees acaso que se detendrán allá, Akhenaton? –preguntó Horemheb en el colmo de la sorpresa–. Cada egipcio muerto, cada muro derribado, cada villa tomada aumenta su confianza y les da ánimos para seguir adelante. Después de Siria serán las minas de cobre del Sinaí, y si Egipto las pierde, no podremos ya fabricar puntas de lanzas y flechas.

–Ya he dicho que a los guardias les bastaban puntas de madera –dijo Akhenaton con impaciencia–. ¿Por qué me estás golpeando los oídos con tus puntas de lanzas y de flechas, hasta el punto de que las palabras del himno a Atón que estoy componiendo se mezclan en mi cerebro?

–Después del Sinaí vendrá el Bajo Egipto –dijo amargamente Horemheb–. Como has dicho, la Siria no puede subsistir sin el trigo egipcio, pese a que compre ya en Babilonia. Pero si no temes a Siria, teme por lo menos a los hititas, porque su ambición no tiene límites.

Entonces Akhenaton tuvo una risa de compasión, como la hubiera tenido cualquier egipcio sensato al oír estas palabras, y dijo:

–Jamás un enemigo ha hollado el suelo de Egipto, ni nadie osará hollarlo, porque Egipto es el país más rico y más poderoso del mundo. Pero para calmarte, puesto que tienes pesadillas, puedo decirte que los hititas son un pueblo bárbaro que apacienta sus rebaños en sus pobres montañas y nuestros aliados de Mitanni forman un baluarte contra ellos. He mandado también al rey Shubbiluliuma una cruz de vida, y a su demanda le he dado también oro para que pueda colocar en sus templos una estatua mía de tamaño natural. Por esto no inquietará a Egipto, porque de mí recibe oro cada vez que lo reclama, pese a que el pueblo se queja de los impuestos que tengo que recaudar.

Las venas se hincharon en el rostro de Horemheb, pero tenía la costumbre de dominarse y no dijo nada más cuando declaré que como médico tenía el deber de dar la entrevista por terminada. Mientras me acompañaba a casa, dándose golpes en las piernas con la fusta, dijo:

–Por Seth y todos los demonios, que una boñiga de vaca en el camino es más útil que su cruz de vida. Pero lo más increíble es que cuando me mira fijamente a los ojos y me toca amistosamente el hombro creo en su verdad, pese a que sepa que yo tengo razón y él anda equivocado. Por Seth y todos los demonios, que se llena de fuerza en esta villa pintada y arreglada como una cortesana. En verdad que si se le pudiese llevar a todos los hombres unos tras otros para que les hablase y los tocase con sus tiernos dedos, creo que el mundo cambiaría, pero esto es imposible. Y, sin embargo, les inyectaría su fuerza y transformaría su corazón. Creo que si me quedase mucho tiempo aquí me saldrían ubres como a los cortesanos y podría amamantar a recién nacidos.

2

Estas palabras de Horemheb comenzaron a atormentarme el corazón y me reproché ser un mal amigo para él y un mal consejero para el faraón. Pero mi cama era blanda y dormía bien bajo el baldaquino, y mi cocinero ponía en conserva pájaros en miel y los asados de antílope no faltaban en mi mesa, mientras el agua de mi clepsidra iba corriendo lentamente. La segunda hija del faraón, Meketaton, cayó gravemente enferma y tuvo fiebre, y comenzó a toser y adelgazarse. Traté de darle fortificantes y le hice beber oro disuelto, y yo maldecía mi suerte, ya que, una vez curado el faraón, su hija requería mis cuidados, de manera que yo no sabía lo que era el reposo ni día ni noche. El faraón estaba inquieto, pues quería a sus hijas, y las dos mayores lo acompañaban durante las recepciones del palacio dorado y daban condecoraciones y cadenas de oro a aquellos a quienes el faraón quería demostrar su favor.

Por un fenómeno natural, esta hija enferma era todavía más querida de su padre, de manera que yo le di bolitas de plata y marfil y le compré un perrito que la seguía a todas partes y velaba durante su sueño. Pero el faraón velaba y adelgazaba de inquietud y se levantaba varias veces durante la noche para escuchar la respiración de la pobre enferma y cada acceso de tos le desgarraba el corazón.

Y también para mí aquella enfermita llegó a ser más importante que todos mis bienes en Tebas, y Kaptah, y la penuria de Egipto, y todos los que sufrían hambre y morían en Siria por Atón. Le consagré todo mi arte y mi saber prescindiendo de los otros enfermos, los nobles aquejados del mal procedente de excesos cometidos en la mesa y con el vino, y sobre todo de dolores de cabeza, puesto que el faraón sufría de ellos. Al cuidarlos, hubiera podido amasar una fortuna, pero yo estaba asqueado del oro y de las reverencias, de manera que a menudo trataba bruscamente a mis clientes y por eso decían: «La dignidad del médico real se le ha subido a la cabeza a Sinuhé; imaginándose que el faraón escucha sus palabras, olvida lo que le dicen los demás.»

Pero, pensando en Tebas, en Kaptah y en «La Cola de Cocodrilo», me sentía presa de la melancolía y mi corazón estaba hambriento, como si hubiese tenido siempre hambre y ningún alimento pudiese saciarlo. Me di cuenta también de que mis cabellos caían y mi cráneo iba desnudándose bajo la peluca, y había días en que olvidaba mis deberes y soñaba con los ojos abiertos, errando de nuevo por las rutas de Babilonia y oliendo el olor de trigo en las eras de tierra batida. Había engordado y mi sueño era pesado y me ahogaba a los pocos pasos, de manera que la litera me era indispensable.

Pero cuando vino el otoño y el río se desbordó, y las golondrinas salieron del cieno para batir el aire con sus alas inquietas, la hija del faraón mejoró y entró en convalecencia. Mi corazón seguía el vuelo de las golondrinas y me embarqué hacia Tebas autorizado por el faraón, y con el encargo de su parte de saludar a mi paso a todos los agricultores que se habían repartido las tierras del falso dios, esperando que a mi vuelta le llevaría buenas noticias.

Por esto hice muchas escalas en los villorrios y los campesinos acudían a hablarme y el viaje no me fue penoso, como lo había temido, porque en mi mástil flotaba la oriflama del faraón, mi lecho era blando y no había moscas. Mi cocinero me seguía en otra embarcación y le entregaban constantemente regalos, de manera que tenía siempre víveres frescos. Pero los campesinos que acudían a verme estaban delgados como esqueletos, sus mujeres me lanzaban miradas despavoridas y los chiquillos eran raquíticos y tenían las piernas demacradas y torcidas. Me mostraban sus arcas de trigo medio vacías y el trigo tenía unas manchas coloradas como de sangre. Y me decían:

–Al principio creímos que nuestras malas cosechas procedían de nuestra ignorancia, puesto que no habíamos cultivado nunca la tierra. Pero ahora sabemos que la tierra que el faraón nos ha distribuido está maldita, y por esto nuestras cosechas son mezquinas y nuestro ganado muere. Y también nosotros estamos malditos. Unos pies invisibles hollan por la noche nuestras tierras y unas manos invisibles rompen las ramas de los árboles que hemos plantado, nuestro ganado muere sin razón y nuestros canales se obstruyen, y encontramos cadáveres de animales en los pozos, de manera que no tenemos agua potable. Muchos han abandonado ya las tierras para regresar a la villa más pobres que antes, maldiciendo el nombre del faraón y de su dios. Pero hasta ahora hemos resistido poniendo nuestra confianza en las cruces y en las cartas del faraón, y las suspendimos en los campos para alejar a los saltamontes. Pero la magia de Amón es más poderosa que la de Akhenaton y por esto nuestra fe se tambalea y tendremos que abandonar en breve estas tierras malditas antes de perecer en ellas como tantas mujeres y chiquillos.

Fui también a visitar las escuelas, y, al ver sobre mis ropas la cruz de Atón, los maestros escondían piadosamente sus palos y hacían los signos de Atón, y los chiquillos estaban sentados en los patios con las piernas cruzadas, muy bien alineados. Y los maestros me decían:

–Sabemos que es insensato pretender que todos los chiquillos aprendan a leer y escribir, pero ¿qué no haríamos por el amor del faraón, que es nuestro padre y nuestra madre y que respetamos como hijo de su dios? Pero somos hombres instruidos y es ofensivo para nuestra dignidad estar sentados en estos patios sonando a los chiquillos grasientos y dibujando letras en la arena, porque no tenemos tablillas ni plumas de caña, y estas nuevas letras son incapaces de representar la ciencia y el saber que con tantas penas y gastos hemos adquirido. Nuestro salario es muy irregular y los padres no nos pagan justamente y su cerveza es ácida y floja y el aceite se vuelve rancio en nuestras jarras. Pero esperamos llegar a demostrar al faraón que es imposible conseguir que todos los chiquillos aprendan a leer y escribir, porque sólo los mejores son capaces de ello. También es insensato enseñar a las muchachas a escribir, porque no se ha hecho nunca, y creemos que los escribas del faraón se han equivocado al escribirlo, lo cual es una prueba más de cuán imperfecta y mala es la nueva escritura.

Comprobé su saber, y este saber no me satisfizo mucho, y me satisfizo menos ver sus rostros hinchados y sus ojos temerosos, porque estos maestros eran escribas caídos de los que no quería nadie. Su instrucción era deplorable y habían aceptado la cruz de Atón solamente para asegurarse el pan, y si había entre ellos alguna excepción, no es una mosca quien transforma el invierno en verano. Los agricultores y los viejos de los poblados maldecían amargamente el nombre de Atón y decían:

–¡Oh, Sinuhé! Dile al faraón que nos desembarace por lo menos del peso de estas escuelas, puesto que no podemos vivir, ya que nuestros hijos regresan de la escuela con la espalda llena de cardenales y los cabellos arrancados, y estos maestros son insaciables como cocodrilos y nada es bastante bueno para ellos, pero desprecian nuestro pan y nuestra cerveza, y nos despojan de nuestras últimas monedas de cobre y de las pieles de nuestros bueyes para comprar vino, y cuando estamos en los campos penetran en nuestras casas para divertirse con nuestras mujeres, diciendo que es la voluntad de Atón, puesto que no hay diferencia entre un hombre y otro, ni entre una y otra mujer.

Pero el faraón me había autorizado tan sólo a saludarlos en su nombre y yo no podía aliviarlos en su miseria. Pero, no obstante, les dije:

–El faraón no puede hacerlo todo por vosotros y en parte por vuestra culpa Atón no bendice vuestros campos. Sois ávidos y no queréis que vuestros hijos vayan a la escuela para que trabajen por vosotros en los canales de irrigación mientras holgazaneáis. No puedo hacer nada tampoco por el pudor de vuestras mujeres, porque a ellas incumbe saber con quién quieren divertirse. Por esto, al veros, siento vergüenza por el faraón, porque os ha encomendado una alta misión. Pero habéis estropeado las tierras más fértiles de Egipto y sacrificado vuestro ganado para venderlo.

Pero ellos protestaron vivamente:

–No deseábamos ningún cambio en nuestras vidas,

porque si éramos pobres en la ciudad, por lo menos éramos felices, pero aquí no vemos más que cabañas de arcilla y vacas que mugen. Tenían razón los que nos pusieron en guardia diciéndonos: «Temed cualquier cambio, porque para el pobre es siempre el mal, y su medida de trigo disminuye y el aceite baja en sus jarras.»

Mi corazón me decía que tenían probablemente razón, y no queriendo discutir más con ellos reemprendí la ruta. Pero mi espíritu estaba acongojado por el faraón y me extrañaba que cuanto tocase trajese la desgracia, de manera que la gente enérgica se volvía perezosa a causa de sus regalos, y sólo los más miserables se agrupaban alrededor de Atón como las moscas en torno a un animal muerto.

Y un temor se apoderó de mí: el de que verdaderamente el faraón, los cortesanos, los nobles y los dignatarios que vivían en la ociosidad, así como yo durante estos últimos años, no fuésemos más que parásitos engordados por el pueblo, como las pulgas en la pelambrera del perro. Quizá la pulga en la pelambrera del perro se imagina ser lo esencial y que el perro no vive más que para mantenerla. Quizá también el faraón y su dios no son más que dos pulgas en la pelambrera de un perro y no procuran a éste más que molestias sin ningún provecho, porque el perro sería más feliz sin pulgas.

Así fue como mi corazón se despertó después de un largo sueño y despreció la Ciudad del Horizonte, y miré en torno mío con ojos nuevos y nada de lo que vi a mi alrededor era bueno. Pero esto procedía quizá de que la magia de Amón reinaba en todo Egipto en secreto y que su maldición falseaba mi vista, y que la Ciudad del Horizonte fuese el único lugar al que no alcanzaba su poderío.

Pronto aparecieron en el horizonte los tres gigantes eternos que guardaban Tebas, y el techo y las murallas del templo emergieron delante de mis ojos, pero las puntas de los obeliscos no centelleaban ya bajo el sol, porque su dorado no había sido renovado. Sin embargo, esta vista fue deliciosa para mi corazón, y procedí a hacer una libación de vino en las aguas del Nilo como los marinos al regresar de un largo viaje, pero los marinos vierten cerveza en lugar de vino, porque prefieren bebérselo. Vi los grandes muelles de Tebas y sentí en mi olfato el olor del puerto, el olor del trigo podrido y del agua cenagosa, de las especias y de la pez.

Pero cuando volví a ver la casa del antiguo fundidor de cobre en el barrio de los pobres, me pareció muy pequeña y estrecha y la calle era sucia y pestilente y estaba llena de moscas. Y el sicómoro del patio no alegró ya mis ojos, pese a que lo hubiese plantado yo mismo y hubiera crecido mucho durante mi ausencia. Hasta tal punto la riqueza y el lujo de la Ciudad del Horizonte me habían corrompido; y sentí vergüenza de mí y mi corazón se entristeció porque no podía alegrarme de volver a ver mi casa.

Kaptah no estaba en casa, pero sí la cocinera Muti, que al verme dijo amargamente:

–Bendito sea el día que me devuelve a mi dueño, pero las habitaciones no están listas y la ropa está en la colada, y tu regreso me trae molestias y preocupaciones, pues no espero ya ningún bien de la vida. Pero no me sorprende tu brusco regreso, porque es ésta la manera de obrar de los hombres.

La calmé diciéndole que me quedaría a bordo de la barca y me informó sobre Kaptah. Después me hice llevar a «La Cola de Cocodrilo» y Merit me recibió, pero no me reconoció a causa de mis vestiduras elegantes y mi litera, y me dijo:

–¿Has reservado un sitio para la velada? Porque si no lo has reservado no podré dejarte entrar.

Había engordado un poco, pero sus ojos eran los mismos, pese a las leves arrugas que los circundaban. Por esto mi espíritu se regocijó y le puse una mano en la cadera diciendo:

–Comprendo que no te acuerdes ya de mí después de haber calentado en tu alfombrilla a tantos hombres solitarios y tristes, pero creía, sin embargo, encontrar un asiento en tu casa y una copa de vino helado, aunque no me atreva a pensar en tu alfombrilla.

Gritó de sorpresa y exclamó:

–¡Sinuhé! ¿Eres tú? –Y dijo, además–: Bendito sea el día que me devuelve a mi dueño. –Puso sus manos bellas y firmes sobre mis hombros y dijo–: Sinuhé, Sinuhé, ¿qué has hecho de tu soledad? Porque si antes era la del león ahora es la del perrito engordado que lleva una correa al cuello. –Me quitó la peluca y acariciando cariñosamente mi cráneo calvo, continuó–: Siéntate, Sinuhé, voy a traerte vino helado, porque estás sudando y jadeante después de tu largo viaje.

–No me traigas una «Cola de Cocodrilo», porque mi estómago no la soportaría y me daría dolor de cabeza.

Ella me tocó la mejilla y dijo:

–¿Soy ya tan vieja y gorda que piensas antes que todo en tu estómago al volver a verme después de una larga ausencia? Antes no te daba miedo tener dolor de cabeza en mi compañía, pero abusabas de las «Colas» y yo debía velar para que te moderases.

Me sentí apenado, porque tenía razón y la verdad apena. Por esto le dije:

–¡Ay de mí, Merit, soy ya viejo y no valgo para nada!

Pero ella dijo:

–Es imaginación tuya creerte viejo, porque tus ojos no lo son al mirarme y esto me alegra sobremanera.

Entonces le dije:

–Merit, en nombre de nuestra amistad, tráeme pronto una «Cola», sino, temo cometer locuras contigo y sería contrario a mi dignidad de trepanador real, sobre todo en Tebas y en una taberna del puerto.

Me sirvió de beber y me puso la concha en la mano y bebí y la bebida abrasó mi garganta acostumbrada a vinos más dulces, pero este ardor era delicioso porque mi otra mano reposaba sobre la cadera de Merit.

Le dije:

–Merit, me dijiste un día que la mentira podía ser más

exquisita que la verdad si el hombre es solitario y su primera primavera está deshojada. Por esto te digo que mi corazón ha permanecido joven y florece al volver a verte y los años que nos han separado han sido largos y durante estos años no ha transcurrido día en que no haya confiado tu nombre al viento, y con cada golondrina te he mandado un saludo y cada mañana me he despertado murmurando tu nombre.

Me miró, y a mis ojos siguió permaneciendo esbelta y familiar, y en el fondo de sus ojos dormitaba una sonrisa triste como la superficie negra del agua en un pozo profundo. Y me acarició la mejilla, diciéndome:

–Hablas bien, Sinuhé, amigo mío. ¿Por qué no te confesaría que mi corazón te ha echado mucho de menos y que mis manos han buscado las tuyas, mientras reposaba sola por la noche sobre mi alfombrilla y cada vez que los hombres, bajo la influencia de «Las Colas de Cocodrilo», empezaban a decirme tonterías, pensaba en ti y me ponía triste? Pero en el palacio dorado del faraón abundaban las bellas mujeres, y como médico de la Corte te habrás seguramente dedicado a curarlas a conciencia.

Verdad es que me había divertido con algunas damas de la Corte que habían acudido a pedirme consejo en sus contrariedades, porque su piel era lisa como la corteza de los frutos y tierna como el vello y en invierno especialmente se tiene más calor siendo dos que uno. Pero estas aventuras fueron tan insignificantes que no he hablado siquiera de ellas en mis libros. Por esto le dije:

–Merit, si bien es cierto que no siempre he dormido solo, no por esto deja de ser verdad que eres mi única amiga.

«La Cola de Cocodrilo» comenzaba a hacer su efecto sobre mí y mi cuerpo se rejuvenecía tanto como mi corazón y un fuego delicioso se apoderaba de mis venas, y dije:

–Muchos hombres habrán sin duda compartido tu lecho, pero tendrás que ponerlos en guardia contra mí durante mi estancia en Tebas, porque cuando me enfado soy un hombre terrible, y durante la batalla contra los khabiri los soldados de Horemheb me llamaron el Hijo de Onagro.

Ella levantó la mano fingiendo miedo y dijo:

–Es lo que temía, y Kaptah me ha contado las numerosas riñas y batallas a que tu temperamento fogoso te ha llevado y de las que sólo gracias a tu serenidad y sangre fría has salido indemne. Pero debes recordar que mi padre guarda una porra debajo de su asiento y no tolera escándalo alguno en esta casa.

Al oír el nombre de Kaptah y presintiendo todas las patrañas que habría contado a Merit sobre mí y mi vida en los países extranjeros, mi corazón se fundió emocionado y las lágrimas acudieron a mis ojos y exclamé:

–¿Dónde está Kaptah, mi fiel servidor, para que pueda abrazarle, porque mi corazón lo ha echado de menos pese a que sea indigno de mí, puesto que no es más que un antiguo esclavo?

Merit dijo:

–Veo claramente que «Las Colas de Cocodrilo» no te sientan bien y mi padre dirige ya hacia nosotros miradas de enojo porque haces demasiado ruido. Pero no verás a Kaptah antes de la noche porque pasa sus jornadas en la Bolsa del trigo y en las tabernas, donde hace grandes negocios, y creo que quedarás sorprendido al verlo, porque ha olvidado completamente que ha sido esclavo y que ha llevado tus sandalias y tu bastón en sus hombros. Por esto voy a salir contigo para que te calmes con el aire fresco, y además, te gustará sin duda ver cuánto ha cambiado Tebas durante tu ausencia, y por fin estaremos solos.

Fue a cambiarse de traje y se untó el rostro con un bálsamo precioso y se adornó con oro y plata, de manera que tenía aspecto de una gran dama. Los esclavos nos llevaron por la avenida de los Carneros y vi que Tebas no había recuperado todavía su aspecto anterior, sino que los macizos de flores estaban todavía pisoteados y rotas las ramas de los árboles, y se reconstruían las casas derribadas. Íbamos estrechamente unidos en una litera y yo respiraba el perfume de Merit, y era el perfume de Tebas, más excitante y embriagador que el de todos los preciosos ungüentos de la Ciudad del Horizonte. Tenía su mano en la mía y no me asaltaba ningún mal pensamiento; me parecía haber regresado a mi hogar después de una larga ausencia.

Llegamos cerca del templo y unos pájaros negros revoloteaban por encima del templo desierto, porque se habían quedado en Tebas y nadie los molestaba dentro del recinto del dios maldito. Bajamos de la litera y entramos en el patio, y no se veía gente más que delante de las Casas de la Vida y de la Muerte, porque su traslado hubiera ocasionado demasiados gastos y dificultades. Pero Merit me dijo que mucha gente temía la Casa de la Vida, de manera que muchos médicos la habían abandonado para instalarse en la ciudad. La hierba crecía en los caminos del parque y muchos árboles habían sido cortados y vendidos; los grandes peces del lago sagrado habían sido arponeados, y en aquel parque, que el faraón había puesto a disposición del pueblo y de los niños, no se veían más que raros paseantes andrajosos y suspicaces.

Paseándome por el recinto del templo desierto sentía la sombra del falso dios pesar sobre mí, porque su poderío no había desaparecido con sus imágenes, sino que continuaba reinando por el temor en el corazón de los hombres. En el gran templo la hierba había crecido entre las losas y nadie nos impidió entrar en el santuario de los santuarios, y las inscripciones sagradas de las paredes estaban afeadas por las profanaciones porque los grabadores habían borrado torpemente el nombre y las imágenes del dios. Y Merit dijo:

–Éste es un lugar funesto y mi corazón se hiela al errar por aquí contigo, pero ciertamente esta cruz de Atón te protege y, sin embargo, me alegraría de que la quitases de tu cuello porque podrían tirarte alguna piedra o apuñalarte en un lugar solitario a causa de esta cruz. Porque el odio es muy grande en Tebas.

Decía la verdad, porque en la plaza delante del templo mucha gente escupía al ver la cruz de Atón en mi cuello. Quedé sorprendido al ver a un sacerdote de Amón pasearse descaradamente por entre la muchedumbre, con el cráneo afeitado y vestido de blanco, a pesar de haberlo prohibido el faraón. Su rostro relucía de grasa y sus ropas eran del lino más fino y la gente se apartaba respetuosamente a su paso. Por esto creí prudente poner mi mano delante de la cruz de Atón a fin de ocultarla, porque no tenía interés en provocar un escándalo. No quería herir los sentimientos de la gente, porque, contrariamente al faraón, yo entendía que cada cual tenía el derecho de elegir su fe y, además, no quería crearle complicaciones a Merit.

Nos detuvimos cerca de la muralla para escuchar a un narrador sentado sobre una alfombrilla, con un pote vacío delante de él, a la manera de los narradores, y la gente se había agrupado en torno a él; los pobres, sentados, porque no temían ensuciar sus vestiduras. Yo no había oído nunca aquel cuento, porque hablaba de un falso faraón que había vivido antaño y que Seth había engendrado en el seno de una bruja negra. Esta bruja había conseguido apoderarse del amor del faraón. Por la voluntad de Seth, este falso faraón se proponía arruinar el pueblo egipcio y hacer de él el esclavo de los negros y los bárbaros, y había derribado las estatuas de Ra, y Ra había maldecido el país y la tierra no daba frutos, las inundaciones ahogaban a la gente, la langosta devoraba las cosechas, los estanques se convertían en charcas ensangrentadas y las ranas saltaban a las prensas de harina. Pero los días del faraón estaban contados, porque la fuerza de Ra es superior a la de Seth. Por esto el falso faraón perecía de una muerte miserable y la bruja que lo había parido perecía de una manera miserable también y Ra aniquilaba a todos los que habían renegado de él y distribuía sus casas y sus bienes a todos los que, pese a todas las pruebas, le habían permanecido fieles, creyendo en su regreso.

Este cuento es muy largo y muy cautivador y la gente mostraba su impaciencia por conocer el final, golpeando con el pie y levantando los brazos, y yo también estaba con la boca abierta. Pero cuando el cuento hubo terminado y el falso faraón hubo recibido su castigo siendo precipitado a un abismo infernal, cuando su nombre fue maldito y Ra hubo recompensado a sus fieles, los auditores saltaron de alegría y gritaron de júbilo, lanzando monedas de cobre en el recipiente. Sorprendido, le dije a Merit:

–En verdad es un cuento nuevo que no había oído nunca, pese a que creyese conocerlos todos por mi madre Kipa, a quien gustaban y que protegía a los narradores, de manera que mi padre Senmut los amenazaba con su bastón cuando les daba de comer en la cocina. Es verdaderamente un cuento nuevo y peligroso, porque parece poder aplicarse al faraón Akhenaton y al falso dios cuyo nombre no debe ser pronunciado. Por eso debería prohibirse.

Merit sonrió y dijo:

–¿Quién podría prohibir un cuento que se cuenta en los dos reinos, cerca de todas las murallas, incluso en los más pequeños poblados y que gusta tanto a la gente? Si los guardias intervienen, los narradores dicen que se trata de un cuento muy antiguo y lo pueden probar, porque los sacerdotes han descubierto esta leyenda en un documento que se remonta a varios siglos. Por esto los guardias son impotentes, pese a que se diga que Horemheb, que es un hombre cruel y se ríe de las pruebas y los documentos, ha hecho colgar de las murallas a varios narradores y ha dado sus cuerpos a los cocodrilos. –Merit me cogía la mano y prosiguió, riendo–: Se citan en Tebas numerosas profecías y en cuanto dos personas se encuentran se comunican las profecías que han oído contar y los presagios funestos, porque, como sabes muy bien, el trigo no cesa de aumentar de precio, los pobres conocen el hambre y los impuestos abruman a los pobres y los ricos. Pero las predicciones dicen que veremos todavía cosas peores, y tiemblo al pensar en todas las desgracias que se predicen para Egipto.

Entonces retiré mi mano de la suya y mi corazón se enojó con ella; «La Cola de Cocodrilo» había dejado de producir su efecto y la tontería y la obstinación de Merit aumentaban mi malestar. Así llegamos de nuevo a «La Cola de Cocodrilo», enfadados, y yo sabía que el faraón Akhenaton había tenido razón al decir: «En verdad Atón separará al hijo de su madre y al hombre de la hermana de su corazón, hasta que su reino se haya extendido sobre la tierra.» Pero yo no tenía ningún deseo de separarme de Merit por culpa de Atón y por esto estuve de bastante mal humor hasta el momento en que, a la caída de la tarde, encontré a Kaptah.

3

No había nadie capaz de estar de mal humor viendo a Kaptah entrar majestuosamente en la taberna, hinchado e imponente como un lechón cebado y tan gordo que tenía que entrar de lado. Su rostro era redondo como la luna y brillaba de aceite perfumado y de sudor y llevaba una elegante peluca azul que cubría su ojo tuerto con una placa de oro. No llevaba ya el traje sirio, sino que iba vestido a la egipcia con las más finas telas de Tebas, y su cuello, sus muñecas y sus tobillos estaban cargados de brazaletes sonoros.

Al verme lanzó un grito de alegría y levantó los brazos en signo de sorpresa y se inclinó delante de mí, llevándose las manos a la altura de las rodillas, lo cual era penoso a causa de su barriga, y dijo:

–¡Bendito sea el día que me devuelve a mi dueño!

Y después la emoción se apoderó de él y comenzó a llorar y postrándose de hinojos me abrazaba las rodillas lanzando gritos, de manera que por ellos reconocí a mi antiguo Kaptah, pese a su peluca y a sus finas telas. Lo levanté agarrándolo de los brazos y lo abracé y acaricié con mi nariz sus hombros y sus mejillas y era como si hubiese abrazado a un buey cebado y olido un pan caliente, tan fuertemente olía a trigo. Me husmeó también respetuosamente los hombros y después de secar sus lágrimas se echó a reír ruidosamente y dijo:

–Es para mí un día de gran júbilo y ofrezco gratuitamente una ronda a todos los que están sentados en este momento en mi taberna. Pero si alguien desea otra «Cola» tendrá que pagarla.

Y con estas palabras me llevó a la sala del fondo haciéndome sentar sobre una mullida alfombra y permitió a Merit que se sentase a mi lado y ordenó que me sirviesen lo mejor que hubiera en la casa, y su vino podía compararse con el del faraón; la oca que me sirvió estaba guisada a la manera de Tebas y no puede haberla mejor, porque el animal se alimentaba de pescado podrido que da a su carne un sabor exquisito. Cuando nos hubimos saciado, dijo:

–¡Oh, mi dueño y señor! Espero que habrás leído atentamente todos los papeles de cuentas que te he mandado durante tantos años a la Ciudad del Horizonte. Me permitirás que apunte esta comida en los gastos de representación, así como la ronda que una alegría exagerada me ha incitado a ofrecer por error a mis clientes. No te reportará perjuicio alguno, al contrario, porque bastante trabajo tengo en engañar a los perceptores en beneficio tuyo.

Yo le dije:

–Tus palabras son para mí un balbuceo de negro porque no entiendo de ellas ni una palabra, pero obra a tu antojo porque ya sabes que tengo plena confianza en ti. He leído tus cuentas y memorias, pero tengo que confesarte que no las veo claras porque hay demasiadas cifras y me dolía la cabeza de verlas.

Kaptah se rió ruidosamente sacudiendo su gruesa barriga como una enorme almohada y Merit se rió también porque había bebido vino conmigo y se había echado sobre la alfombra, con las manos en la nuca, para hacerme admirar su pecho bajo la tela tirante. Kaptah entonces dijo:

–¡Oh, mi dueño y señor! Me regocija ver que sigues tan ingenuo e inocente como antes y que no entiendes una palabra de los asuntos razonables de la vida cotidiana, lo mismo que un cerdo se ríe de las perlas, si bien no es que quiera compararte a un cerdo, pero alabo y doy las gracias a todos los dioses de Egipto en tu nombre porque me han dado a ti, porque de la misma manera hubieran podido darte a un ladrón o un canalla que te hubiese dejado sobre la paja mientras que yo te he enriquecido.

Le recordé que no tenía que dar gracias a los dioses, sino a mi buen sentido el día que lo compré en el mercado y no caro, porque era tuerto. Estos viejos recuerdos me conmovieron y dije:

–En verdad que jamás olvidaré la primera vez que te vi, porque estabas atado a una columna gritando impertinencias a las mujeres que pasaban y reclamabas cerveza de los hombres. He tenido incontestablemente razón al comprarte, pese a que al principio lo dudaba un poco. Pero entonces no tenía mucho dinero, puesto que era un médico joven, y tenías un ojo perdido, lo cual me convenía, como debes de recordar.

Kaptah se ensombreció, su rostro se cubrió de arrugas y por fin dijo:

–¿A santo de qué recordar cosas tan viejas y tan penosas que hieren mi dignidad? –Después alabó nuestro escarabajo y dijo–: En verdad que hiciste bien en confiarme este escarabajo para que nos protegiese; en realidad por él nos hemos enriquecido, y eres más rico de lo que imaginas, pese a que los perceptores anden constantemente detrás de mí, de manera que he tenido que contratar a dos escribas sirios para que me lleven la contabilidad especial para el fisco, porque ni el mismo Seth ni todos los demonios serían capaces de ver claro en la contabilidad siria; y a propósito de Seth ahora pienso en nuestro viejo amigo Horemheb, a quien he prestado dinero por cuenta tuya, como ya sabes.

Pero no hablemos de él ahora, porque mis pensamientos vuelan libres como pájaros a causa del júbilo que siento al volver a verte, ¡oh, dueño mío!, y quizá vuelen tan libremente a causa del vino que anotaré en los gastos de representación y por esto, dueño mío, bebe tanto como tu panza pueda contener, porque las bodegas del faraón no pueden ofrecerte nada parecido y no te robo mucho sobre el precio. Sí, quería hablarte de riquezas, aun cuando no entiendas nada de ellas, pero me limitaré a decirte que gracias a mí eres más rico que muchos grandes del país, y eres rico con verdaderas riquezas, porque no posees oro, sino casas y depósitos, y navíos, y muelles, y ganado, tierras y árboles frutales, bestias y esclavos. Posees todo esto, pese a que lo ignores quizá, porque he tenido que inscribir muchos inmuebles a nombre de nuestros servidores y de nuestros escribas y de nuestros esclavos a fin de ocultar tu fortuna al fisco. Porque los impuestos que impone el faraón abruman pesadamente al rico, que debe pagar más que el pobre, y así como el pobre debe dar al faraón la quinta parte de su cosecha de trigo, el rico debe entregar a los malditos perceptores una tercera parte o casi la mitad. Es lo más injusto e impío que ha ordenado el faraón. Esta imposición y la pérdida de Siria han empobrecido el país; pero lo más extraño (sin duda alguna gracias a los dioses) es que mientras el país se empobrece los pobres son cada día más pobres, porque los ricos se enriquecen todavía más y ni el propio faraón puede evitarlo. Alégrate, pues, Sinuhé, porque eres verdaderamente rico y voy a confiarte un secreto, y es que tu riqueza proviene del trigo.

Habiendo hablado así, Kaptah bebió vino, y comenzó a elaborar sus asuntos de trigo diciendo:

–Nuestro escarabajo es maravilloso, ¡oh, dueño mío!, puesto que desde el primer día de nuestra llegada aquí me llevó a la taberna donde los mercaderes de trigo se embriagaban después de haber hecho buenos negocios. Así fue como compré también trigo por tu cuenta y el primer año los beneficios fueron ya grandes, pues los campos de Am..., quiero decir unos vastos campos, quedaron sin cultivar. Pero el trigo es maravilloso porque se puede comprar y vender aun antes de que la crecida haya inundado el país y el grano esté sembrado, y es más maravilloso todavía porque sube siempre de un año a otro, como por arte de magia, de manera que comprando trigo no se pierde nunca, se gana siempre. Por esto, a partir de ahora, no quiero vender trigo, sino que compraré y lo acumularé en los almacenes, hasta que una medida de trigo se cambie por oro, porque llegaremos a esto si las cosas siguen así, de la misma manera que los viejos tratantes de granos se arrancan los cabellos al pensar en todo el trigo que han vendido por su ignorancia, cuando hubieran podido realizar enormes beneficios guardándolo.

Kaptah me lanzó una mirada satisfecha y se sirvió más vino, me sirvió a mí y a Merit y dijo con tono serio:

–Pero no hay que arriesgar todo el oro en un solo golpe de dados y por esto he repartido cuidadosamente tus beneficios y juego, por decirlo así, con varios dados por tu cuenta, mi querido dueño. El momento es de los más propicios a causa del faraón, cuyo nombre por esta razón debería bendecir, porque por sus órdenes y por sus actos y sobre todo por su maldita imposición, arruina a gran cantidad de ricos que deben vender sus bienes a cualquier precio. Eres, pues, muy rico, y no te he robado más que antes, ni siquiera la mitad de lo que has ganado por mi habilidad, de manera que algunas veces me reprocho mi delicadeza y mi conciencia, y doy gracias a los dioses por no tener mujer e hijos que me reprocharan no robarte bastante, pese a que nadie sea tan fácil de robar como tú, ¡oh, mi querido y amado dueño Sinuhé!

Merit, acostada sobre la alfombra, me miraba sonriéndome gentilmente por mi expresión confusa, porque no llegaba a comprender todo lo que me contaba Kaptah. Éste prosiguió su exposición:

–Debes comprender que al hablar de tus ganancias y de tus riquezas entiendo el beneficio neto, una vez pagados los impuestos. He deducido también todos los regalos que he debido hacer a los perceptores a causa de la contabilidad siria, y el vino que les he servido para que no viesen las cifras, y era necesario darles mucho, porque son hombres astutos y resistentes. Y se enriquecen aprisa, porque la época les es propicia, y si yo no fuese Kaptah, el rey del trigo y el amigo de los pobres, me haría perceptor. He distribuido algunas veces trigo entre los pobres, a fin de que bendijesen mi nombre, porque en épocas de turbulencia es conveniente estar bien con los pobres. Es una especie de seguro para el porvenir, porque se ha observado que en época de perturbaciones los incendios estallan con mucha facilidad en las casas de los ricos y los grandes mal vistos por el pueblo.

»Además, estas distribuciones son muy poderosas, porque en su locura, el faraón permite deducir su valor del impuesto, y cuando se le da una medida a un pobre se le hace atestiguar que recibe cinco, porque los pobres no saben leer y, aunque supiesen, están agradecidos de recibir una medida de trigo y bendicen mi nombre, e imprimen el pulgar sobre cualquier documento.

Después de este discurso, Kaptah cruzó los brazos sobre el pecho y esperó mis felicitaciones. Pero sus palabras me hicieron reflexionar y le pregunté:

–¿Tenemos, pues, mucho trigo en los depósitos?

Kaptah asintió rápidamente esperando mis elogios, pero yo le dije:

–Pues bien, vas a ir inmediatamente a casa de los agricultores que cultivan las tierras malditas y les distribuirás este trigo para sus siembras, porque no tienen grano y su trigo está manchado como si hubiese llovido sangre. La crecida ha pasado, es el tiempo de la labranza y la siembra, de manera que debes darte prisa.

Kaptah me dirigió una mirada de piedad y movió lentamente la cabeza. Después me dijo:

–¡Oh, dueño mío! No atormentes tu cabeza con pequeñeces parecidas, y deja que piense yo por ti. Trata de seguirme; al principio los tratantes en trigo han ganado mucho prestando grano a los agricultores, porque éstos debían, en su pobreza, pagar dos medidas por una, y si no podían pagar se hacía sacrificar su ganado y se quedaban las pieles. Pero ahora que el precio del trigo ha subido sin cesar, estos negocios ya no son interesantes, y el beneficio es modesto, de manera que nos será más ventajoso que esta primavera queden muchas tierras yermas, porque esto hará subir todavía más el precio del trigo. Por esto no debemos cometer la locura de prestar trigo a los agricultores, porque de esta manera perjudicaríamos nuestros intereses. Y si lo hacía, provocaría la cólera de todos los demás graneros.

Pero yo le dije con tono enérgico:

–Ejecuta mis órdenes, Kaptah, porque el trigo es mío y no pienso en ganancias, sino en los hombres cuyas costillas les salen por la piel como a los esclavos de las minas, y pienso en las mujeres cuyos pechos cuelgan como pellejos vacíos, y pienso en los niños que rondan por las riberas con las piernas torcidas y los ojos enfermos. Por esto quiero que les distribuyas para la siembra todo el trigo que poseo. Quiero que lo hagas por Atón y por el faraón Akhenaton, porque le quiero. Pero no les darás el trigo gratuitamente, porque he observado que los regalos engendran la pereza y el ocio y la mala voluntad. Han recibido gratuitamente las tierras y el ganado y no han sabido aprovecharlos. Recurre al palo si es necesario, pero vigila de modo que se hagan las siembras y las cosechas. Mas al recuperar nuestro crédito no quiero que tomes beneficio alguno, sino que les pedirás tan sólo medida por medida.

Ante estas palabras Kaptah lanzó clamores y desgarró sus vestiduras, que estaban manchadas de vino, y dijo:

–¿Medida por medida? Es insensato, porque ¿sobre qué podré yo robar puesto que no te puedo robar el trigo, ya que me limito a retirar una parte de los beneficios? Estas palabras son insensatas e impías, porque voy a incurrir no sólo en la cólera de los tratantes en granos, sino en la de los sacerdotes de Amón, y me atrevo a pronunciar su nombre porque estamos en un local cerrado y nadie puede denunciarnos. Digo a gritos su nombre, ¡oh, dueño mío!, porque vive todavía en potencia y es más de temer que nunca, y maldice nuestras casas y nuestros navíos y nuestros depósitos e incluso esta taberna que haría bien en inscribir a nombre de Merit, si ella consiente; y me alegro de que una parte de tus bienes esté inscrita a nombres extranjeros, porque así los sacerdotes no podrán maldecirlos. Pero ahora que te has quitado la peluca veo que empiezas a volverte calvo y si lo deseas podría procurarte un ungüento maravilloso que te haría volver a crecer el pelo más largo que antes y rizado, y te lo regalaré sin inscribirlo en ningún libro, porque procede de nuestro almacén y tengo numerosos atestados que demuestran su eficacia maravillosa, pese a que un hombre ha declarado que este ungüento le ha hecho salir un cabello lanoso y rizado como el de un negro.

Kaptah charlaba de esta forma para ganar tiempo y llevarme a renunciar a mis intenciones, pero viendo que yo permanecía imperturbable comenzó a lanzar imprecaciones y a invocar una serie de dioses cuyos nombres había aprendido durante el curso de nuestros viajes. Y dijo:

–¿Te ha mordido acaso un perro rabioso o un escorpión? En verdad creía que bromeabas. Tu decisión va a arruinarnos, pero acaso nuestro buen escarabajo nos salve al final y, hablando francamente, no me gusta tampoco ver gente flaca, pero aparto la mirada y deberías hacer como yo, ¡oh, dueño mío!, porque el hombre no sabe más que lo que ve y para tranquilizar mi conciencia he distribuido ya trigo a los pobres porque me beneficiaba con ello. Pero lo que más me desagrada en tus palabras es que me impones un viaje penoso, porque tendré que caminar sobre tierra resbaladiza en la que mis pies resbalarán quizá y me caeré a un canal y serás responsable de mi muerte, porque en verdad soy viejo y estoy fatigado, y mis miembros están anquilosados y me gusta mi lecho confortable y la cocina de Muti y sus asados, y me ahogo al andar.

Pero yo me mostré implacable y le dije:

–En verdad que mientes más que antes, Kaptah, porque estos últimos años te has rejuvenecido y tu mano no tiembla ya ni tus ojos se enrojecen si no es por la acción del vino. Por otra parte, te impongo como médico este viaje penoso, porque te quiero, porque estás demasiado gordo y esto fatiga tu corazón y te corta el aliento, y espero que adelgazarás para recobrar tu aspecto decente a fin de que no tenga que avergonzarme del aspecto de mi servidor. En verdad, Kaptah, recuerdo el placer que sentíamos al correr antaño por las rutas polvorientas de Babilonia y atravesar las montañas del Líbano y sobre todo al bajar de tu asno en Kadesh. En verdad te digo que si fuese más joven, es decir, si no tuviese misiones importantes que llevar a cabo aquí por cuenta del faraón, te acompañaría para regocijar mi espíritu, porque serán muchos los que bendecirán tu nombre después de este viaje.

Sin presentar más objeciones, Kaptah se sometió a mi decisión y bebimos vino hasta tarde en la noche y Merit nos hizo compañía y descubrió su pecho a fin de que pudiese tocarlo con mi boca. Kaptah evocó los viejos recuerdos y las eras de Babilonia y, según decía, mi amor por Minea me había vuelto sordo y ciego durante aquel viaje. Porque no olvidaba a Minea; pero, sin embargo, aquella noche me divertí con Merit y mi corazón se calentó y mi soledad se fundió. Pero no la llamaba mi hermana; me divertía con ella porque era mi amiga y hacía por mí lo más amistoso que una mujer puede hacer por un hombre. Por esto hubiera estado dispuesto a romper una jarra con ella, pero ella no lo consintió, porque había nacido en una taberna y yo era demasiado rico y distinguido para ella. Pero creo que sobre todo deseaba conservar su libertad y mi afecto.

4

Al día siguiente tuve que ir al palacio dorado a ver a la reina madre, a quien todo Tebas llamaba ya la hechicera negra. Creo que a pesar de toda su cordura y habilidad era ella la responsable de este nombre, porque era pérfida y cruel, y el poder había aniquilado en ella todo lo que era bueno. Mientras me vestía de lino real en mi barca y me ponía mis insignias, vino mi cocinera Muti y me dijo:

–Bendito sea el día que te devuelve a mí, ¡oh, dueño mío!, pero, verdaderamente, es obrar como un hombre rondar toda la noche por las casas de placer y no venir a tomar una comida en casa, a pesar de que he penado preparándote platos muy sabrosos y he azotado a las esclavas para activar la limpieza, hasta el punto que tengo el brazo derecho cansado. Porque soy ya vieja y no creo en los hombres y tu conducta de esta noche no me hará cambiar de opinión. Date prisa, pues, y ven a saborear la comida que te he preparado y tráete a tu concubina si no puedes prescindir de ella.

Hablaba así y, no obstante, yo sabía que estimaba mucho a Merit y la admiraba, pero estaba acostumbrado a su forma de hablar, de manera que sus palabras ofensivas eran dulces a mis oídos y me sentía de nuevo en mi casa. Por esto la seguí y envié un mensaje a Merit; y, mientras caminaba al lado de mi litera, Muti seguía refunfuñando.

–Creía que habrías aprendido a vivir convenientemente desde que frecuentas la Corte, pero veo que eres tan desvergonzado como antes. Y, sin embargo, al volver a verte ayer, me dije que tenías el aspecto apaciguado y tranquilo. Me alegra ver tus mejillas rollizas, porque al engordar el hombre se serena y no será culpa mía si te adelgazas en Tebas; será culpa de tu temperamento excesivo, porque todos los hombres son iguales y todo mal proviene de este pequeño objeto que ocultáis tras el delantal porque os avergonzáis de él, lo cual no me extraña.

Así hablaba refunfuñando y me recordaba a mi madre Kipa y hubiera sido capaz de llorar de emoción si no me hubiese serenado diciéndole severamente:

–¡Cállate, mujer, porque tus palabras me molestan y son como zumbidos de moscas en mis oídos!

Entonces se calló, y estaba muy satisfecha por haber

provocado mis reproches, porque ahora sabía que su dueño había vuelto al redil.

Había decorado la casa para recibirme y guirnaldas de flores adornaban la terraza; había barrido el patio, y lanzamos al patio del vecino un gato muerto que allí había. Había contratado a unos chiquillos para que gritasen: «¡Bendito sea el día que nos devuelve a nuestro dueño!» Obraba así porque se sentía decepcionada de que no tuviese hijos como ella hubiera querido, pero sin introducir ninguna mujer en casa. Yo distribuí monedas de cobre entre los chiquillos y Muti les dio pasteles de miel y se alejaron muy contentos. Merit llegó con sus mejores galas y flores en sus cabellos perfumados. La comida preparada por Muti fue deliciosa a mi paladar, porque eran platos típicos de Tebas y en la Ciudad del Horizonte había olvidado que no hay lugar alguno donde la comida pueda compararse a la de Tebas.

Felicité a Muti alabando su habilidad y estuvo encantada pese a que frunciese el ceño y arrugase la nariz, y Merit la alabó también. Esta comida celebrada en la casa del antiguo fundidor de cobre no tiene nada de particular, pero la cito aquí porque me sentía feliz; y dije:

–¡Suspende tu curso, clepsidra, y retén tu agua, porque el instante es propicio y quisiera que el tiempo se detuviese para que este instante durase para siempre!

Durante la comida, algunos pobres se aglomeraron en el patio vestidos con sus mejores ropas para venir a saludarme, y me contaron sus males y sus penas, y decían:

–Mucho te hemos echado de menos, Sinuhé, porque mientras habitabas entre nosotros no supimos apreciar tu valor y sólo durante tu ausencia nos hemos dado cuenta de cuánto nos habías ayudado y cuánto habíamos perdido al marcharte.

Me llevaban regalos, aun cuando estos regalos fuesen modestos, porque eran todavía más pobres que antes a causa del dios de Akhenaton. Pero uno me daba una medida de sémola y otro un pájaro que había matado y otro dátiles secos, o incluso una flor, y al ver la cantidad de flores amontonadas en mi patio, comprendí por qué los parterres de la avenida de los Carneros estaban desnudos. Entre aquellos hombres estaba el viejo escriba que llevaba la cabeza inclinada a causa de su bocio, y me extrañó que viviese todavía. Vi también al esclavo a quien había curado los dedos y los movió delante de mí, y él era quien me había llevado la sémola, porque seguía trabajando en el molino y podía robarla. Una madre me llevó a su hijo, que se había hecho un chiquillo robusto y tenía un ojo tumefacto y lleno de equimosis, y se jactaba de poder apalear a cualquier chiquillo de su edad en el barrio. Acudió también la meretriz a quien había curado el ojo y me llevó a todas sus amigas con la idea de que podía desembarazarlas de todas las marcas que afeaban su cuerpo. Había prosperado, porque había hecho economías y había comprado unos baños públicos cerca de la plaza del mercado, donde vendía también perfumes y procuraba a los mercaderes las direcciones de muchachas libres de prejuicios. Todos me entregaron sus regalos diciéndome:

–No desprecies nuestros regalos, Sinuhé, aunque seas médico real y mores en el palacio dorado del faraón, porque nuestro corazón se regocija al volver a verte, pero no vuelvas a hablarnos de Atón.

No les hablé, pues, de Atón, pero los recibí uno tras otro y escuché sus quejas y les di medicinas y los curé. Para ayudarme, Merit se quitó su rico traje para no mancharlo y lavó las llagas y limpió mi cuchillo a la llama y mezcló los anestésicos para aquellos a quienes había que arrancar un diente. Cada vez que la veía, mi corazón se regocijaba, y la miraba a menudo, porque era bella de ver y su busto era firme y esbelto y su porte elegante, y no sentía vergüenza de estar desnuda, como las mujeres del pueblo cuando trabajan, y ninguno de los enfermos se ofuscó por ello porque cada cual tenía suficientes preocupaciones con sus propias penas.

Así pasé el tiempo recibiendo enfermos como en días pasados, y yo les hablaba y me alegraba de mi saber que me permitía ayudarlos, y me gustaba ver a Merit que era mi amiga, y a veces, suspirando profundamente, decía:

–¡Suspende tu curso, clepsidra, y retén tu agua, porque este instante presente no puede continuar siendo tan bello!

Y así olvidé que tenía que ir al palacio dorado y que mi llegada había sido anunciada a la reina madre. Pero me parece que no pensaba en ello porque en aquel instante de felicidad no quería pensar en nada.

Cuando se alargaron las sombras, mi patio se vació y Merit me vertió agua en las manos y me ayudó a lavarme y yo la ayudé en sus abluciones, y lo hice con gusto, y nos lavamos. Pero cuando quise acariciar sus mejillas y besar sus labios, me rechazó diciendo:

–Corre hacia tu bruja, Sinuhé, y date prisa para regresar antes de la noche, porque mi alfombrilla te espera con impaciencia. Sí, verdaderamente, tengo el sentimiento de que mi alfombrilla te espera con impaciencia, bien que no sepa por qué, ya que tus miembros son lacios, Sinuhé, y tu carne es blanda y yo no puedo decir que tus caricias sean hábiles; pero, a pesar de todo, eres diferente de los demás hombres y por esto comprendo a mi alfombrilla.

Anudó a mi cuello las insignias de mi rango y me puso mi peluca de médico y me acarició la mejilla, de manera que con gusto hubiera renunciado por ella a ir al palacio dorado. Pero hice correr a mis esclavos prometiéndoles oro y bastonazos y di prisa a los remeros, de manera que el agua parecía hervir alrededor de la barca. Así pude penetrar en el palacio en el momento en que el sol descendía sobre la montaña del oeste y las estrellas se encendían.

Pero antes de referir mi conversación con la reina madre tengo que decir que ésta no había ido más que dos veces a la Ciudad del Horizonte, y las dos veces reprochó al faraón su locura, lo cual afectó vivamente a Akhenaton, porque quería a su madre y estaba ciego por ella, como a menudo los hijos están ciegos con sus madres hasta el día en que se casan y sus esposas les abren los ojos. Pero Nefertiti no había abierto los ojos de su marido a causa de su padre. Debo, en efecto, reconocer que en aquellos tiempos el sacerdote Ai y la reina Tii vivían libremente juntos y no trataban de disimular su felicidad, y dudo de que el palacio hubiese pasado jamás por una vergüenza parecida, pero estas cosas no se escriben nunca y se olvidan con la muerte de los que han sido testigos de ellas. Pero no quiero opinar sobre el nacimiento de Akhenaton, porque creo que su origen es divino, porque si no hubiese tenido en sus venas la sangre real de su padre, no hubiera tenido sangre real alguna, y entonces hubiera sido efectivamente un falso faraón, como lo pretendían los sacerdotes, y todo lo que ocurría hubiese sido todavía más insensato y vano. Por estos motivos prefiero dar crédito a mi corazón y a mi espíritu en este asunto.

La reina madre me recibió en un saloncito particular en el cual revoloteaban unos pajarillos con las alas recortadas. No había olvidado el oficio de su juventud y le gustaba atrapar pajarillos en el jardín, poniendo pez en las ramas de los árboles y tendiendo redes. Cuando me presenté delante de ella estaba tejiendo una alfombrilla de cañas pintadas. Me acogió con reproches, censurándome mi retraso y dijo:

–¿Acaso la locura de mi hijo se cura o ha llegado el momento de trepanarlo? Porque ya escandaliza demasiado alrededor de su dios Atón y tiene al pueblo inquieto, lo cual es superfluo porque el falso dios ha sido derribado y nadie le disputa el poder.

Yo le hablé de la salud del faraón, de las princesitas y de sus juegos, y de sus paseos en barca por el lago sagrado, y acabó calmándose y me permitió sentarme a sus pies y me ofreció cerveza. No por avaricia me ofrecía cerveza, sino porque, a la manera de la plebe, prefería la cerveza al vino; su cerveza era fuerte y dulce y bebía muchas jarras al día, de manera que su rostro estaba rechoncho y su cuerpo también era desagradable de ver porque se parecía mucho a un rostro de negro, a pesar de que no era completamente negro. Nadie hubiera sido capaz de imaginar que aquella mujer obesa hubiese podido un día conquistar por su belleza el amor del faraón. Por esto el pueblo pretendía que había conquistado este amor por medio de prácticas mágicas, porque es verdaderamente excepcional que un faraón tome por mujer a la hija de un pajarero del río.

Saboreando su cerveza comenzó a hablarme abiertamente y en confianza, lo cual no es de extrañar, porque era médico y las mujeres confían a los médicos cosas que callan a los demás hombres, y bajo este aspecto la reina Tii no difería de las demás mujeres.

Bajo el efecto de la cerveza me habló y dijo:

–Sinuhé, a quien el estúpido capricho de mi hijo dio el nombre de Solitario, pese a que no tengas aspecto de ello, pues apostaría que en la Ciudad del Horizonte te has divertido cada noche con una mujer distinta, porque conozco las mujeres de esa ciudad; sí, Sinuhé, eres un hombre tranquilo, quizá el más tranquilo que conozco, y tu calma me irrita y quisiera pincharte con una aguja para verte saltar y gritar, y me pregunto de dónde viene tu calma, pero eres seguramente un buen hombre, si bien no me explico qué ventaja proporciona esta bondad, porque he comprobado que sólo los imbéciles incapaces de otra cosa son buenos. Sea como sea, tu presencia me calma maravillosamente y quisiera decirte que este Atón que en mi locura he desencadenado, me pone furiosa y no creía que las cosas fuesen tan lejos, pero yo había inventado a Atón para derribar a Amón, a fin de que mi poder y el de mi hijo fuesen mayores, pero en el fondo es Ai quien lo ha inventado, Ai, mi marido, como tú sabes, a menos que seas suficientemente inocente para no saberlo, pero es mi marido aunque no hayamos decidido romper juntos una jarra. Quiero decir que este maldito Ai, que no tiene más fuerza que una ubre de vaca, ha traído a este Atón de Heliópolis y lo ha revelado a mi hijo. No comprendo lo que ha encontrado en este Atón, pero sueña despierto en él desde su infancia, y creo verdaderamente que está loco y que es hora de trepanarlo y no comprendo por qué su bella esposa, que es hija de Ai, no le da más que hijas, pese a que mis hechiceros hayan tratado de ayudarla. No comprendo por qué el pueblo detesta a mis hechiceros, porque son honrados, pese a que sean negros y lleven agujas de marfil atravesadas en la nariz, y estiren sus labios y los cráneos de los niños. Pero el pueblo los detesta, lo sé, de manera que debo tenerlos ocultos en los sótanos del palacio, si no, el pueblo los mataría, pero no puedo prescindir de ellos porque nadie como ellos sabe hacerme cosquillas en la planta de los pies y me preparan filtros que me permiten gozar todavía de la vida como mujer y divertirme, pero si crees que encuentro algún placer con Ai, te equivocas, y me pregunto por qué le tengo tanto afecto, cuando sería mejor abandonarlo. Mejor para mí, naturalmente. Pero quizá no pueda ya abandonarlo aunque quiera, y esto es lo que me inquieta. Por esto mi único placer procede de mis queridos negros. –La reina madre se echó a reír, como las viejas lavanderas del puerto cuando beben cerveza, y continuó–: Estos negros son hábiles doctores, Sinuhé, pese a que el pueblo los trata de hechiceros, pero es por pura ignorancia y tú mismo te instruirías seguramente con ellos si dominases tus prejuicios contra su color y su olor y si consintiesen en revelarte su arte, cosa que dudo, pues son muy celosos de él. Su color es cálido y oscuro y su olor no tiene nada de desagradable cuando está uno acostumbrado a él; al contrario, es excitante y no se puede prescindir de él. Puedo confesarte, Sinuhé, puesto que eres médico, que algunas veces me divierto con ellos porque me lo prescriben como remedio. Pero no para experimentar sensaciones nuevas como lo hacen las mujeres agotadas de la Corte, que recurren a los negros, de la misma manera que una persona, que lo ha probado todo y está cansada de todo, pretende que la carne convenientemente pasada es el mejor alimento. No, no por esto me gustan mis negros, porque mi sangre es roja y joven y no tiene necesidad de excitantes artificiales, y los negros son para mí un misterio que me aproxima a las fuentes de la vida cálida, de la tierra, del sol y de los animales. No quisiera que divulgases esta confesión, pero si lo hicieses, no me reportará ningún perjuicio, porque siempre podré afirmar que has mentido. En cuanto al pueblo, cree todo lo que se cuenta de mí y mucho más, de manera que, a sus ojos, mi reputación no puede sufrir ya, y por esto poco importa lo que cuentes, pero prefiero que no digas nada, y te callarás, porque eres bueno, cosa que yo no soy.

Se ensombreció y después volvió a tejer su alfombra de cañas de colores y yo contemplaba sus dedos oscuros porque no me atrevía a mirarla a la cara. En vista de que yo guardaba silencio y no prometía nada, prosiguió:

–Por la bondad no se gana nada y la única cosa que importa en este momento es el poder. Pero los que nacen en las gradas de un trono no aprecian su valor como los que han nacido con estiércol entre los dedos de los pies, como yo. En verdad, Sinuhé, que comprendo el valor del poder y todos mis actos han tendido a conseguirlo para poder transmitirlo a mis hijos y los suyos, a fin de que mi sangre viva en el trono dorado de los faraones, y no he retrocedido ante nada para alcanzar este fin. Quizá mis actos sean reprobables a los ojos de los dioses, pero, a decir verdad, los dioses no me inquietan mucho, pues los faraones son superiores a los dioses, y en el fondo no existen ni buenas ni malas acciones, sino que lo que sale bien es bueno y lo que fracasa y se descubre es malo. Pero a pesar de todo, mi corazón tiembla algunas veces y mis entrañas se convierten en agua al pensar en mis acciones, porque en el fondo no soy más que una mujer y todas las mujeres son supersticiosas, pero creo que en esto mis hechiceros podrán ayudarme. Lo que sobre todo me hace temblar es ver que Nefertiti no pone en el mundo más que hijas y a cada nacimiento tengo la impresión de ver delante de mí una piedra que he lanzado hacia atrás, como una maldición que reptase hacia mí.

Murmuró algunos conjuros y agitó sus grandes pies, pero sin dejar de tejer sus cañas coloreadas, y al contemplar sus dedos sombríos un estremecimiento recorrió mi espalda. Porque hacía nudos de pajarero y yo creía reconocer estos nudos. En verdad los reconocía porque eran los nudos del Bajo Egipto y yo, en la casa de mi padre, los había observado en la cesta suspendida encima del lecho de mi madre. Mi lengua se paralizó y mis miembros adquirieron rigidez porque la noche de mi nacimiento un ligero viento del oeste empujó mi cesta de cañas por el río ya en crecida, hasta detenerse ante la puerta de la casa de mi madre. La idea que germinaba en mi espíritu al ver los dedos de la reina madre era tan terrible e insensata que me negaba a admitirla, y me decía que cualquiera era capaz de hacer nudos de pajarero a una cesta de cañas. Pero los pajareros ejercían su oficio en el Bajo Egipto y no en Tebas. Por esto, durante mi infancia, había examinado a menudo estos nudos desconocidos en Tebas, sin ni siquiera saber entonces de qué forma aquella cesta había de unirse a mi destino.

Pero la reina madre no observó mi actitud, y sumida en sus recuerdos y sus ideas prosiguió de esta forma:

–Acaso me encuentras mala y desagradable, Sinuhé, porque te hablo así, pero no me condenes demasiado severamente por mis actos y trata de comprenderme. No es fácil para la hija de un pajarero penetrar en el gineceo real donde se la desprecia a causa de su color y de sus grandes pies, y la pinchan con mil agujas, y su única salvación es un capricho del faraón. No te sorprenderá que no haya vacilado ante los medios de conservar el favor real familiarizándome noche tras noche con las extrañas costumbres de los negros hasta que no podía vivir sin mis caricias y yo gobernaba Egipto por medio de él. De esta forma deshacía todas las intrigas del palacio dorado y evitaba los lazos que me tendían y destrozaban las redes tendidas en mi camino, sin vacilar en vengarme en caso necesario. Por el temor he ligado todas las lenguas a mi alrededor y he gobernado el palacio dorado a mi antojo, y mi voluntad fue que ninguna mujer diese al faraón un hijo antes de habérselo dado yo. Por esto ninguna mujer del harén dio un hijo faraón, y desde su nacimiento casaba con nobles a las hijas que nacían. Tal era la fuerza de mi voluntad, pero yo no me atrevía a engendrar por miedo a que perjudicase la belleza de mi cuerpo, porque al principio no lo dominaba más que por él. Pero el faraón envejeció y mis caricias lo agotaban, y con gran terror, cuando vino el momento de procrear le di una hija. Y esta hija es Baketaton y no la he casado, sino que la guardo como una flecha en mi carcaj, porque la persona prudente guarda siempre más de una flecha en su carcaj, no fiándose de una sola. El tiempo pasaba para mí en la angustia, pero al fin di a luz un hijo que no me ha dado la alegría que esperaba de él, porque se ha vuelto loco, y así basaba todas mis esperanzas en su hijo que no ha nacido todavía. Pero mi poder era tan grande que durante todos estos años ninguna mujer dio a la luz un hijo, sino solamente niñas. ¿No tienes que reconocer, como médico, Sinuhé, que mi habilidad y mi hechicería son grandes?

Entonces temblé y mirándola a los ojos, dije:

–Tu hechicería es simple y despreciable, reina madre, porque la tejes con tus dedos en las cañas pintadas y todo el mundo puede reconocerla.

Dejó caer las cañas como si le hubiesen quemado las manos, y sus ojos, enrojecidos por la cerveza, brillaron de furor y dijo:

–¿Eres también tú hechicero, Sinuhé, para hablar de esta forma, o es que el pueblo sabe esta historia también?

Y yo le dije:

–A la larga no se puede ocultar nada al pueblo, y el pueblo lo sabe todo sin que se lo diga. Tus actos no han tenido quizá testigos, reina madre, pero la noche te ha visto y el viento nocturno ha susurrado tus actos a numerosos oídos y si puedes ligar las lenguas no puedes evitar que el viento charle. Sin embargo, la alfombrilla que tejes con tus manos es ciertamente una bella alfombra y te agradecería que me la regalases, porque sabría apreciarla mejor que nadie.

Estas palabras la calmaron y tomó de nuevo su tejido

y bebió cerveza. Después me miró con aire de astucia y dijo:

–Quizá te dé esta alfombrilla, Sinuhé, cuando esté terminada. Es una alfombrilla preciosa, porque la he tejido con mis propias manos y es una alfombrilla real. Pero, ¿qué me darás tú a cambio?

Yo me eché a reír y respondí:

–Te daré mi lengua, ¡oh, reina madre! Pero quisiera que me la dejases hasta mi muerte. Mi lengua no conseguirá ningún provecho hablando mal de ti. Por esto te la doy.

La reina murmuró algunas palabras y, mirándome de soslayo, dijo:

–No puedo aceptar un regalo que poseo ya. Nadie me impedirá tomar tu lengua ni tus manos para que no pudieses escribir lo que no podrías decir. Podría también mandarte a mis hechiceros de los subterráneos del palacio y probablemente no regresarías nunca más, porque les gusta sacrificar a seres humanos.

Pero yo le dije:

–Has bebido ciertamente demasiada cerveza, ¡oh, reina madre! No bebas más; si no, corres el riesgo de soñar hipopótamos. Mi lengua es tuya y espero recibir la alfombrilla cuando esté terminada.

Me levanté para despedirme y ella no me retuvo, sino que se echó a reír y dijo:

–Me diviertes mucho, Sinuhé; en verdad me diviertes mucho.

Así la dejé y regresé a la ciudad. Y Merit compartió su alfombra conmigo. Yo no era enteramente feliz, porque me acordaba de la cesta de cañas suspendida sobre el lecho de mi madre, y pensaba también en los dedos negros que tejían alfombrillas de caña con nudos de pajarero, y pensaba en el viento nocturno que se lleva las cestas ligeras lejos de los muros dorados del palacio hacia las riberas de Tebas. Pensaba en todas estas cosas y no era enteramente feliz, porque lo que aumenta el saber aumenta también el dolor, y hubiera querido evitármelo porque no era ya joven.

5

La razón oficial de mi viaje a Tebas era hacer una visita a la Casa de la Vida, donde no había ido desde hacía años, a pesar de que mi función de trepanador real me obligaba a ello, y temía también que mi habilidad manual disminuyese, porque durante todos los años de estancia en la Ciudad del Horizonte no había practicado una sola trepanación. Por esto di en la Casa de la Vida algunas lecciones a los discípulos. Pero esta Casa había cambiado mucho y disminuido en importancia, porque la gente, incluso los pobres, la evitaban, y los mejores médicos la habían abandonado para ir a practicar en la ciudad. Yo pensé que la ciencia se habría liberado y desarrollado desde que los discípulos no tenían que pasar el examen de sacerdocio de primer grado y nadie les impedía preguntar el porqué de las cosas, pero me equivocaba, porque los discípulos eran jóvenes y holgazanes y no sentían el menor deseo de preguntar el porqué, y su mayor afán era recibir de sus maestros la ciencia ya preparada e inscribir su nombre en *El libro de la vida*, a fin de poder ejercer su profesión y ganar oro y plata.

Los enfermos eran tan poco numerosos que tuve que esperar varias semanas para poder trepanar tres cráneos, como había decidido antes para comprobar mi habilidad. Estas tres operaciones me valieron gran renombre, y maestros y discípulos cantaron las alabanzas de mis manos y mi destreza. Sin embargo, yo tenía la decepcionante impresión de que mis manos no poseían la seguridad de antaño. Mi vista había disminuido y no podía reconocer tan fácilmente las enfermedades de mis clientes, sino que tenía que hacer muchas preguntas y largas investigaciones antes de estar seguro del caso. Por esto cada día recibí enfermos en mi casa y los cuidé sin pedirles nada, porque quería recobrar mi antigua habilidad.

Hice, pues, tres trepanaciones en la Casa de la Vida,

una de ellas por piedad, porque el enfermo era incurable y sufría atrozmente. Pero los otros dos eran interesantes y requerían de todo mi talento. Uno de ellos era un hombre que se había caído del tejado a la calle hacía dos años, tratando de escapar de un marido engañado. No se había producido herida aparente alguna, pero más tarde había comenzado a sufrir ciertas crisis que se renovaban en cuanto bebía vino. No tenía pesadillas, pero daba gritos y patadas y se mordía la lengua y se mojaba. Temía tanto aquella crisis que quiso hacerse trepanar. Y consentí en ello y por consejo de los médicos de la Casa recurrí a un hombre hemostático, cosa que no entraba en mis costumbres. Este hombre era todavía más estúpido y más dormido que el que murió en la cámara del faraón, como ya he referido, y durante toda la operación hubo que mantenerlo despierto para que produjese efecto. A pesar de todo, la sangre goteó alguna vez en la herida. Durante la operación vi que el cerebro del enfermo estaba negro de sangre coagulada en muchos sitios. Por esto la limpieza duró mucho tiempo y no pude limpiarlo a fondo porque hubiera podido estropear la superficie del cerebro. Pero las crisis del mal cesaron completamente, porque murió tres días después de la operación, como es normal. Pero la operación fue considerada como un éxito, y me felicitaron, y los discípulos anotaron cuidadosamente todo lo que había hecho.

El segundo caso era muy sencillo porque se trataba de un hombre joven que los guardias habían encontrado en la calle desvanecido y moribundo, desvalijado y con el cráneo fracturado. Yo me encontraba en la Casa de la Vida cuando lo llevaron allí y decidí trepanarlo enseguida, porque lo consideré perdido. Quité cuidadosamente las esquirlas de hueso y cubrí la abertura con una placa de plata desinfectada. Se curó y vivía todavía dos semanas más tarde cuando salí de Tebas, pero tenía dificultad en mover las manos, y la palma de la mano y de los pies no respondían a las cosquillas. Pero creo que con el tiempo debe de haberse restablecido completamente. Esta trepanación no produjo tanto efecto como la primera porque todo el mundo consideró mi éxito natural y alabó mi habilidad manual. Sin embargo, a causa de la urgencia, operé sin haber afeitado antes el cráneo y cuando hube cosido el cuero cabelludo sobre la placa de plata, el cabello creció sobre su cabeza como antes.

A causa de mi categoría me trataban respetuosamente en la Casa de la Vida, pero los médicos ancianos me evitaban y no se atrevían a hablarme con confianza, porque venía de la Ciudad del Horizonte y el falso dios les inspiraba temor. Yo no les hablaba de Atón, sino únicamente de cuestiones médicas. Día tras día me husmeaban como un perro que buscara un rastro y acabé extrañándome de ello. Finalmente, después de la tercera trepanación, un médico muy hábil e inteligente fue a encontrarme y me dijo:

–Sinuhé real, habrás sin duda observado que la Casa de la Vida está cada vez más vacía y que se recurre menos a nuestros cuidados, pese a que haya en Tebas más enfermos que antes. Has viajado por muchos países y has visto muchas curas, Sinuhé, pero creo que no has visto ninguna curación como las que se producen en secreto en Tebas, porque no se utiliza en ellas ni cuchillo, ni fuego, ni medicina, ni apósitos. Me han encargado que te hablase de estas curaciones y te preguntase si querías ser testigo de ellas. Pero debes prometerme no decir nada a nadie de todo lo que veas. Tendrás también que dejarte vendar los ojos cuando te lleven al lugar de las curaciones milagrosas.

Estas palabras no me gustaban mucho porque por este motivo temía complicaciones con el faraón. Pero mi curiosidad era grande y dije:

–He oído hablar, efectivamente, de cosas asombrosas que ocurren en Tebas en estos momentos. Los hombres cuentan muchas historias y las mujeres tienen sueños, pero no he oído hablar nunca de curaciones. Como médico, dudo mucho de las curaciones obtenidas sin cuchillo ni fuego, sin medicina ni apósitos. Por esto no quiero intervenir en esta charlatanería, a fin de que mi nombre no se vea mezclado en testimonios posibles.

Pero él insistió y dijo:

–Después de tus viajes al extranjero, donde has aprendido tantas cosas, pensábamos que no tendrías prejuicios. Por otra parte, la sangre deja también de manar sin tener que recurrir a las pinzas ni al cauterio. ¿Por qué no se podría, pues, curar sin cuchillo ni fuego? Tu nombre no estará mezclado en el asunto, te lo prometemos, porque por ciertas razones deseamos que lo veas todo, a fin de que sepas que no hay fraude en estas curas. Eres solitario, Sinuhé, y serás un testigo imparcial; por esto tenemos necesidad de ti.

Estas palabras aguzaron mi curiosidad. Por esto acepté su proposición y por la tarde fue a buscarme con su litera y me vendó los ojos. Cuando la litera se detuvo, me cogió del brazo y me guió por largos corredores, subiendo y bajando escalones, y acabé diciéndole que estaba harto de aquella farsa. Pero él me tranquilizó y me quitó la venda y me hizo entrar en una sala donde ardían numerosas lámparas y cuyos muros eran de piedra. Tres enfermos estaban tendidos en unas camillas y un sacerdote se acercó a mí con la cabeza afeitada y el rostro reluciente de aceite sagrado. Me llamó por mi nombre y me invitó a examinar a los enfermos para evitar todo fraude. Su voz era firme y suave y sus ojos inteligentes. Por esto seguí su exhortación y examiné a los enfermos, y el cirujano de la Casa de la Vida me asistió.

Vi que los tres enfermos lo estaban realmente y no podían levantarse solos. Uno de ellos era una mujer cuyos miembros estaban descarnados y completamente insensibles, y sólo sus ojos se movían en su rostro asustado. El otro era un muchacho cuyo cuerpo estaba cubierto de una erupción terrible y de húmedas postillas. El tercero era un anciano cuyas piernas estaban paralizadas y no podía andar, y no era un simulacro, pues lo pinché con una aguja y no sintió nada. Por esto le dije al sacerdote:

–He examinado a estos tres enfermos con toda mi

ciencia y si fuese su médico sólo podría mandarlos a la Casa de la Vida. Esta Casa no podría seguramente curar a la mujer ni al anciano, pero disminuiría los sufrimientos del muchacho con baños de azufre.

El sacerdote sonrió y me invitó a tomar asiento con el otro médico y a esperar pacientemente. Después llamaron a unos esclavos que colocaron las camillas sobre un altar y quemaron unos inciensos que espesaban el aire. En el corredor se oían cánticos y entró un grupo de sacerdotes entonando los cánticos de Amón. Se agruparon alrededor de los enfermos y comenzaron a orar, saltando y bailando. El sudor corría por sus rostros y se quitaron la túnica y agitaron cascabeles produciéndose cortes en todo el cuerpo con unas piedras afiladas, de manera que la sangre corría. Yo había visto ceremonias parecidas en Siria y observaba fríamente como médico, pero comenzaron a gritar todavía más fuerte y a golpear el muro de la sala con sus puños, y el muro se abrió y a la luz de unas lámparas apareció la estatua de Amón, colosal y atemorizadora. Al instante los sacerdotes se callaron y el silencio fue más terrible que el ruido precedente. En la bóveda sombría el rostro de Amón brillaba con una luz celeste y de repente el más alto de los sacerdotes se acercó a los enfermos y, llamándolos por sus nombres, dijo:

–Levantaos y marchaos, porque el gran Amón os ha bendecido para que creáis en él.

Y entonces vi con mis propios ojos cómo los tres enfermos, con inseguros ademanes, se levantaban fijando la vista en la estatua de Amón. Se pusieron primero de rodillas, después de pie y se tocaron las piernas con sorpresa, después se echaron a llorar bendiciendo el nombre de Amón. Pero el muro se volvió a cerrar, los sacerdotes salieron y los esclavos se llevaron el incienso y encendieron otras lámparas a fin de que pudiésemos examinar a los enfermos. Y la mujer pudo mover los miembros y dar algunos pasos delante de nosotros, y el anciano caminaba sin dificultad, y la erupción había desaparecido de todo el cuerpo del muchacho, cuya piel era lisa y sana.

Todo aquello se había producido en muy poco tiempo, y si no lo hubiese visto con mis propios ojos no creería que fuese posible.

El sacerdote que nos había recibido se acercó a nosotros con una sonrisa de victoria y nos dijo:

–¿Qué dices ahora, real Sinuhé?

Yo le miré a los ojos y le dije:

–Comprendo que la mujer y el anciano eran víctimas de prácticas mágicas que habían ligado su voluntad, y la magia es vencida por la magia, si la voluntad del mago es superior a la del hechizador. Pero una erupción es una erupción y no se cura por la magia, sino por un tratamiento prolongado de baños medicinales. Por esto reconozco que no había visto todavía nada parecido.

Me miró y su mirada echó llamas, y dijo:

–¿Reconoces, Sinuhé, que Amón sigue siendo el rey de todos los dioses?

Pero yo le dije:

–Te ruego que no pronuncies en voz alta el nombre de este falso dios, porque el faraón lo ha prohibido y estoy todavía a su servicio.

Vi que mis palabras lo irritaban, pero era sacerdote de grado superior y su voluntad dominó sus sentimientos. Y así recobrando la serenidad, dijo sonriendo:

–Mi nombre es Hribor, y te lo digo a fin de que puedas denunciarme a los guardias, porque no temo a los guardias del falso faraón, ni sus azotes ni sus minas, y curaré a todo aquel que venga a mí en nombre de Amón. Pero no disputemos de estas cosas y hablemos como personas civilizadas. Permíteme que te invite a tomar una copa de vino en mi celda, porque debes de estar seguramente cansado de haber permanecido tanto tiempo sentado sobre la dura piedra.

Me llevó por unos largos corredores hacia su celda y por el aire pesado de estos corredores adiviné que estábamos bajo tierra y supuse que nos hallábamos en los subterráneos de Amón, sobre los que se contaban tantas leyendas, pero que ningún profano había visto. Hribor despidió al médico de la Casa de la Vida y entramos en su celda donde no faltaba nada de lo necesario para proporcionar el bienestar al hombre. Un baldaquino cubría el lecho, y los cofres y las cajas eran de marfil y ébano, las alfombras eran mullidas y la habitación olía a perfumes preciosos. Me vertió cortésmente agua perfumada sobre las manos y me hizo sentar, y me ofreció pasteles de miel, frutos y ese vino fuerte de los viñedos de Amón al que se había mezclado mirra. Bebimos juntos y me habló en estos términos:

–Sinuhé, te conocemos y hemos seguido tus pasos y sabemos que amas mucho al falso faraón y que su dios no te es tan indiferente como nosotros quisiéramos. Sin embargo, te aseguro que este dios no tiene nada más que Amón, porque la persecución lo ha purificado y lo ha hecho más fuerte que antes. Pero no quiero abordar las cuestiones teológicas contigo; deseo hablarte como a un hombre que, sin exigir nada, ha curado a los pobres y como un egipcio que ama más las tierras negras que las tierras rojas. Por esto te digo: el faraón Akhenaton es un flagelo para los pobres y una maldición para Egipto, y debe ser muerto a fin de que sus fechorías no sean irremediables.

Yo bebí vino y le dije:

–Los dioses me son indiferentes y estoy cansado de ellos, pero el dios del faraón es diferente a todos los demás, porque no tiene imágenes y todos los hombres son iguales delante de él, y cada cual, sea pobre o esclavo, o incluso extranjero, tiene un valor a sus ojos. Por esto creo que el año del mundo toca a su fin y que otro comienza. Puede ocurrir lo increíble y también lo que es contrario a la razón humana. Porque jamás se había presentado como ahora la ocasión de renovarlo todo y hacer que los hombres sean hermanos entre sí.

Hribor hizo un gesto de protesta y, sonriendo, dijo:

–Comprendo, Sinuhé, que sueñas con los ojos abiertos, mientras yo te creía un hombre sensato. Mis aspiraciones son más modestas. Espero únicamente que las cosas vuelvan a ser las de antes y el pobre tenga su medida llena y las leyes sigan en vigor. Quiero solamente que todo el mundo pueda ejercer su profesión en paz y tenga la fe que desee. Quiero que se conserve todo lo que perpetúa la vida, la diferencia entre el esclavo y el señor, entre el siervo y el patrón. Quiero que el poderío y el honor de Egipto queden a salvo, quiero que los niños nazcan en su país, donde cada cual esté en su sitio, con una misión fijada de antemano hasta el final de su vida y donde ninguna inquietud atormente su corazón. He aquí lo que quiero y por esto el faraón Akhenaton tiene que desaparecer.

»Tú, Sinuhé, eres un hombre bueno y dócil, y no quieres mal a nadie. Pero vivimos en una época en que todo el mundo tiene que tomar su partido. Quien no esté con nosotros está contra nosotros y sufrirá las consecuencias, porque no eres suficientemente ingenuo para creer que el faraón conservará mucho tiempo su poder. Poco importa qué dios es el que honras, porque Amón no tiene necesidad de ti. Pero está en tus manos, Sinuhé, aniquilar la maldición que pesa sobre Egipto. Está en tus manos suprimir el hambre, la miseria y la inquietud en las tierras negras. Está en tus manos restaurar el poderío de Egipto.

Estas palabras inquietaron mi corazón. Por esto bebí más vino y mi boca y mis narices se llenaron del perfume exquisito de la mirra. Traté de reírme diciéndole:

–Un perro rabioso o un escorpión te han mordido, porque mi poder no es tan extenso ni soy siquiera tan hábil como tú para curar enfermos.

Se levantó y dijo:

–Quiero enseñarte algo.

Tomó una lámpara y me llevó por el corredor hasta una puerta cerrada por varios cerrojos, que abrió, y entramos en una habitación donde centelleaban el oro y la plata y las piedras preciosas. Y dijo:

–No temas. No quiero tratar de corromperte, no soy tan tonto, pero es conveniente que veas que Amón es más rico que el faraón. No, no trato de seducirte con el oro.

Abrió una pesada puerta de cobre e iluminó una pequeña estancia en la que reposaba sobre un lecho de piedra una imagen de cera cuyo pecho y sienes estaban atravesadas por unas afiladas agujas. Instintivamente levanté el brazo y recité las fórmulas contra la magia, tal como las había aprendido antes de mi iniciación como sacerdote de primer grado. Hribor me miró sonriendo y vi que su mano no temblaba.

–Ya ves que el tiempo del faraón toca a su fin –dijo– porque le hemos hecho un sortilegio en nombre de Amón y hemos atravesado su corazón y sus sienes con las agujas sagradas de Amón. Pero el sortilegio es lento y pueden ocurrir todavía muchas desgracias, y su dios puede protegerlo hasta cierto punto. Por esto quisiera discutir todavía contigo, ahora que has visto esto.

Volvió a cerrar cuidadosamente todas las puertas y me llevó de nuevo a su celda y llenó mi copa de vino, pero el vino me cayó por la barbilla y la copa tintineó contra mis dientes, porque había visto con mis propios ojos un sortilegio más funesto que todos los demás y contra el cual todo el mundo es impotente. Y Hribor dijo:

–Ya ves que el poderío de Amón se extiende hasta la Ciudad del Horizonte, pero no me preguntes cómo hemos podido procurarnos cabellos y limaduras de uñas del faraón para meterlas dentro de la imagen de cera, aunque puedo decirte que no las hemos conseguido a precio de oro, sino que las hemos recibido de Amón. –Me dirigió una mirada indagadora y, pesando sus palabras, continuó–: La fuerza de Amón crece de día en día, como has podido ver mientras curaba a los enfermos en su nombre. Día tras día la maldición de Amón pesa sobre Egipto. Cuanto más viva el faraón, más sufrirá Egipto, porque el sortilegio obra lentamente. ¿Qué dirías, Sinuhé, si te diese una droga que librase para siempre al faraón de sus dolores de cabeza?

–El hombre está siempre sujeto a enfermedades –dije–. Sólo un muerto está libre de ellas.

Me miró con sus ojos que echaban llamas y su voluntad me inmovilizó en el suelo, de manera que no pude levantar el brazo cuando dijo:

–Es probable, pero esta droga no deja rastro y nadie podrá acusarte, y ni aun los embalsamadores observarán nada anormal en las entrañas. Y no tendrás más que darle al faraón un remedio que cura los dolores de cabeza. Se dormirá y no conocerá ya nunca más el dolor ni la pena. –Levantó la mano y añadió–: No quiero ofrecerte oro, pero, si lo haces, tu nombre será bendito eternamente y tu cuerpo no se descompondrá jamás y vivirás eternamente. Manos invisibles protegerán los días de tu vida y no habrá deseo humano que tú no consigas. Te lo prometo, porque tengo el poder para ello. –Levantó los brazos y sus ojos echaron llamas y no pude evitar su mirada. Su voluntad me encadenaba de manera que no podía moverme, ni levantar el brazo, ni ponerme de pie. Y dijo–: Si te digo: «¡Levántate!», te levantarás. Si te ordeno levantar el brazo, lo levantarás. Pero no puedo obligarte a adorar a Amón si tú no quieres, ni puedo obligarte a realizar actos contrarios a tu voluntad. De manera que mi poder sobre ti es limitado. Por esto te conjuro, Sinuhé, en nombre de Egipto, a que tomes la droga que he preparado y se la des.

Bajó los brazos y pude de nuevo moverme y llevarme la copa a los labios, que no temblaban ya. El perfume de la mirra invadió mi boca y mi olfato, y le dije:

–Hribor, no te prometo nada, pero dame la droga. Dame esta medicina lamentable, porque acaso sea mejor que el jugo de la adormidera y quizá venga un día en que el faraón desee no despertarse.

Me dio la droga en una redoma de colores y dijo:

–El porvenir de Egipto está en tus manos, Sinuhé. No conviene que nadie levante la mano contra el faraón, pero la miseria y la impaciencia del pueblo son grandes y puede venir el momento en que alguien se acuerde de que el faraón es también mortal y que la sangre corre si se agujerea su piel con una lanza o un puñal. Pero esto no debe ocurrir, porque entonces el poderío de los faraones se tambalearía. Por esto el destino de Egipto está en tus manos.

Tomé la droga y dije irónicamente:

–El destino de Egipto estuvo, quizá, el día de mi nacimiento, en unas manos negras que tejen cañas. Pero hay cosas que tú ignoras, Hribor, pese a que creas saberlo todo. En todo caso, tengo la droga, pero recuerda que no te prometo nada.

Sonrió levantando la mano en señal de despedida y dijo según la costumbre:

–Tu recompensa será grande.

Después me acompañó por unos largos corredores sin ocultarme nada, porque sus ojos veían en el corazón de los hombres y sabía que no lo denunciaría. Por esto puedo decir que los subterráneos de Amón se encuentran debajo del gran templo, pero no quiero decir cómo se penetra en ellos, porque este secreto no es mío.

6

Algunos días después la reina madre Tii moría en el palacio dorado. Había sido mordida por un áspid mientras visitaba los cepos para pájaros en el jardín del palacio. No hubo manera de encontrar a su médico, como suele ocurrir cuando más necesidad se tiene de él. Por esto fueron a buscarme a mi casa, pero a mi llegada a palacio no pude hacer sino certificar su defunción. Su médico no puede jamás ser responsable, porque la mordedura de esta serpiente es siempre mortal, a menos que antes de las cien primeras pulsaciones se abra la mordedura y se haga la ligadura de las venas.

Tuve que ocuparme de hacer entregar el cuerpo a los embalsamadores de la Casa de la Muerte. Allí encontré también al sombrío sacerdote Ai, el cual tomó las mejillas hinchadas de la reina madre y dijo:

–Era ya hora de que muriese porque no era más que una mujer vieja y fastidiosa que intrigaba contra mí. Sus propios actos la condenaban y ahora que está muerta espero que el pueblo se calmará.

De todos modos no creo que Ai la hubiese matado, porque no se hubiera atrevido. Los crímenes comunes y los sombríos secretos unen, en efecto, a la gente más sólidamente que el amor, y sé que, a pesar de sus palabras cínicas, Ai echaba de menos a la difunta, porque en el transcurso de los años se habían acostumbrado uno a otro.

Cuando la noticia de esta muerte se esparció por Tebas el pueblo se puso las vestiduras de fiesta y se agrupó en plazas y calles. Las predicciones corrían de boca en boca y numerosas santas mujeres comenzaron a contar presagios todavía más funestos. La muchedumbre se precipitó hacia los muros del palacio y, para calmarla y ganar su favor, Ai hizo arrojar a latigazos a los hechiceros negros que vivían en las bodegas de palacio. Eran cinco, y uno de ellos era una mujer vieja y gorda como un hipopótamo, y los guardias los expulsaron por la puerta del Papiro, después de lo cual la muchedumbre se arrojó sobre ellos y los descuartizó y toda su magia no pudo salvarlos. Ai hizo también destrozar y quemar en los subterráneos todos sus objetos mágicos y sus drogas, lo cual es lástima, porque hubiera querido estudiar sus filtros y sus fórmulas herméticas.

Nadie en palacio lloró la muerte de la reina madre ni el fin de los hechiceros. La princesa Baketaton acudió, sin embargo, a ver el cuerpo de su madre y le tocó las manos con sus lindos dedos, y dijo:

–Tu marido ha obrado mal permitiendo al pueblo descuartizar a tus hechiceros negros. –Y me dijo luego–: Estos hechiceros no eran mala gente y no estaban a gusto aquí; deseaban volver a sus selvas y a sus cabañas. No hubieran debido ser castigados por los actos de mi madre.

Así fue como conocí a Baketaton y me gustó mucho, a causa de su aire altivo y su belleza. Me habló de Horemheb y se burló de él y dijo:

–Horemheb es de baja extracción y sus palabras son

groseras, pero si tomaba mujer podría ser el generador de una familia noble. ¿Puedes decirme por qué no está casado?

Y yo le dije:

–No eres tú la primera en preguntármelo, Baketaton real, pero a causa de tu belleza voy a contarte lo que todavía no he contado a nadie. Cuando siendo muy joven Horemheb llegó por primera vez a palacio miró por equivocación la luna. Y desde entonces no ha podido mirar a una mujer ni romper una jarra. Pero ¿qué es de ti, Baketaton? Ningún árbol crece sin cesar, mas debe dar frutos, y como médico vería con gusto hincharse tus flancos de fertilidad.

Ella levantó la cabeza y dijo:

–Sabes muy bien, Sinuhé, que mi sangre es demasiado sagrada para unirse aun a la sangre más noble de Egipto. Por esto mi hermano hubiera hecho mejor en tomarme por esposa como es la buena costumbre y seguramente le hubiera dado un hijo. Por otra parte, si estuviese en mi poder, le haría arrancar los ojos a este Horemheb porque es infamante pensar que ha osado levantar su vista hacia mí. Te digo francamente que la mera idea de un hombre me aterra, porque su contacto es brutal y vergonzoso, y sus miembros duros destrozan a las mujeres frágiles. Por esto creo que se exagera mucho el placer que un hombre puede proporcionar a una mujer.

Pero sus ojos brillaban y respiraban ansiosamente, y vi que aquella conversación le gustaba. Y continué diciendo:

–He visto cómo mi amigo Horemheb, tendiendo sus fuertes músculos, rompía un brazalete de cobre. Sus miembros son largos y robustos y su pecho resuena como un tambor cuando en su cólera lo golpea. Y las damas de la Corte lo persiguen con sus asiduidades, mayando como gatas, y puede hacer con ellas lo que quiere.

Baketaton me miró y su boca pintada temblaba y sus ojos lanzaban llamas.

Me dijo:

–Sinuhé, tus palabras son muy desagradables, y no comprendo por qué me ensalzas a tu Horemheb. Ha nacido con estiércol entre los dedos de los pies y su nombre mismo me desagrada. ¿Por qué hablarme así de él delante del cuerpo de mi madre?

Renuncié a hacerle ver que había sido ella la que había empezado, pero, fingiendo sorpresa, le dije:

–¡Oh, Baketaton! Permanece como un árbol florido; tu cuerpo no se usará y florecerás todavía muchos años. Pero ¿tu madre no tiene ninguna sirvienta fiel para llorar y lamentarse al lado de su cuerpo hasta que la Casa de la Muerte se la lleve y las lloronas retribuidas se arranquen el cabello alrededor de ella? Si pudiese, lloraría, pero un médico no puede llorar delante de la muerte. La vida es una jornada calurosa, Baketaton; la muerte es quizá una noche fría. La vida es un golfo estancado, Baketaton; la muerte es quizá una ola profunda y clara.

Y ella me dijo:

–No me hables de la muerte cuando la vida es todavía deliciosa en mi boca. Pero es verdaderamente escandaloso que nadie llore al lado del cuerpo de mi madre. Yo no puedo llorar, porque no convendría a mi dignidad, y el color de mis cejas correría y estropearía el afeite de mis mejillas, pero voy a mandar una mujer que llore contigo, Sinuhé.

Yo bromeé y le dije:

–Divina Baketaton, tu belleza me ha seducido y tus palabras han vertido aceite sobre mi fuego. Por esto te pido que mandes una mujer fea y vieja, a fin de que no la seduzca en mi excitación, lo cual sería profanar la casa mortuoria.

Ella movió la cabeza y dijo:

–Sinuhé, Sinuhé, ¿no te avergüenzas de las tonterías que dices? Porque si es verdad, como dicen, que no temes a los dioses, menos deberías temer a la muerte.

Pero como era una mujer no se ofendió de mis palabras y salió para ir en busca de una llorona.

Yo había tenido mi idea al hablar con tanta impiedad

delante del cuerpo de la difunta y esperaba con ansiedad a la enviada, y cuando vino vi que era más fea y vieja de lo que había osado esperar, porque en el gineceo vivían todas las mujeres de su ex real marido y las del faraón Akhenaton y sus nodrizas y damas de compañía. El nombre de esta vieja era Mehunefer y vi por su rostro que le gustaban los hombres y el vino. Por deber comenzó a aullar y gemir y arrancarse los cabellos. Fui a buscar vino y lo aceptó cuando le hube asegurado que sería muy útil a su dolor. Después le dirigí algunas pullas y alabé su antigua belleza. Y le hablé de los hijos del viejo faraón y de las hijas de Akhenaton, y para terminar, fingiendo tontería, le pregunté:

–¿Es verdaderamente exacto, como se dice, que la reina madre fue la única mujer del faraón que le dio un hijo?

Mehunefer dirigió una mirada de terror hacia la difunta y movió la cabeza como para impedirme continuar. Por esto comencé a halagarla y hablé de su cabello, de sus ropas y de sus joyas. Y alabé también sus labios y sus ojos, y acabó olvidando las lágrimas y escuchándome embelesada. Porque una mujer cree siempre los halagos, porque quiere creerlos. Así nos hicimos buenos amigos, y cuando los hombres de la Casa de la Muerte se hubieron llevado el cuerpo me invitó a su habitación con toda clase de mimos y me ofreció vinos. El vino le desató la lengua y me acariciaba las mejillas dándome nombres cariñosos y me contó las historias más picarescas de la Corte para darme ánimos. Me dejó entender también que la difunta reina se había divertido a menudo con los hechiceros negros, y, riéndose, añadió:

–Era una mujer terrible, y ahora que está muerta respiro y no comprendo en absoluto sus gustos, puesto que existen bellos egipcios jóvenes de carne tostada y que huelen muy bien.

Me olió las mejillas y las orejas, pero yo me aparté.

–La gran reina Tii –dije– era una hábil tejedora de cañas, ¿verdad? Tejía pequeñas barquichuelas y las ponía de noche en el río, ¿verdad?

Estas palabras la inquietaron y dijo:

–¿Cómo quieres que lo sepa?

Pero el vino le hizo perder toda reserva y sintió la necesidad de jactarse y dijo:

–Sé, sin embargo, mucho más que tú; y sé que tres recién nacidos descendieron por el río como los hijos de los pobres, porque esta vieja bruja temía a los dioses y no quería ensuciarse las manos con sangre. Fue Ai quien le enseñó el uso de los venenos, de manera que la princesa de Mitanni murió llorando y reclamando a su hijo.

–¡Oh, bella Mehunefer! –dije tocándole las mejillas cubiertas de una espesa capa de ungüentos–, te aprovechas de mi juventud y mi inexperiencia para contarme historias inventadas. La princesa de Mitanni no tuvo hijos, y si tuvo uno, ¿cuándo ocurrió?

–No eres ni joven ni inexperimentado, Sinuhé, muy al contrario; y tus manos son desvergonzadas y peligrosas y tus ojos pérfidos, pero sobre todo tu lengua es pérfida y hábil en el mentir. Pero tus mentiras son deliciosas a mis viejos oídos y por esto voy a decirte todo lo que sé de la princesa de Mitanni, que hubiera podido llegar a ser la gran esposa real, pero estas palabras pasarían un hilo alrededor de mi garganta si Tii viviese todavía. La princesa Tadu-Hepa no era más que una chiquilla cuando llegó de su lejano país. Jugaba todavía con las muñecas mientras crecía en el harén, igual que la pequeña princesa casada con Akhenaton, que murió. El faraón Amenophis no la tocó, la consideraba una chiquilla y jugaba a muñecas con ella y le daba juguetes dorados. Pero Tadu-Hepa creció y a la edad de catorce años era bella de veras y sus miembros eran finos y lisos y su piel blanca como la de las mujeres de Mitanni. Entonces el faraón cumplió sus deberes para con ella, como hacía con todas las mujeres, pese a las intrigas de Tii, porque un hombre no se deja fácilmente retener en estos asuntos mientras las raíces de su árbol no se han resecado. Y así el grano de cebada comenzó a germinar en Tadu-Hepa, pero al cabo de poco tiempo germinó también en Tii y Tii experimentó un gran júbilo, porque había dado al faraón una hija que es esta insoportable y arrogante Baketaton.

Se mojó la garganta y dijo:

–Todos los bien informados sabían que el grano de cebada de Tii venía de Heliópolis, pero es mejor no insistir sobre este asunto. En todo caso, Tii estaba sumamente preocupada por el embarazo de Tadu-Hepa e intentó por todos los medios hacerla abortar, como lo ha hecho con muchas mujeres por medio de sus hechiceros negros. Antes había mandado a dos niños por el río en barquichuelos de cañas, pero estos dos niños eran hijos de concubinas sin importancia y las mujeres temían a Tii, que las consolaba con regalos, de manera que se resignaban a encontrar una hija en lugar de su hijo. Pero la princesa de Mitanni era una adversaria más peligrosa, porque era de familia real y tenía amigos que la protegían y esperaban que llegase a ser la gran esposa real en lugar de Tii si daba un día un hijo al faraón. Pero el poder de Tii era tan grande y su pasión tan violenta desde que su seno había sido fertilizado, que nadie osaba resistírsele, y Ai, a quien se había traído de Heliópolis, estaba a su lado. Y cuando la princesa de Mitanni parió, despidieron a todos sus amigos y los hechiceros negros la rodearon con el pretexto de calmar sus dolores, y cuando quiso ver a su hijo le enseñaron una niña que había nacido muerta, pero ella se negó a creer a Tii. Yo sabía que había dado a luz un niño y este niño vivía y aquella misma noche se marchó río abajo.

Yo me eché a reír ruidosamente y dije:

–¿Cómo pudiste saberlo, bella Mehunefer?

Ella se enfadó y vertió el vino sobre la barbilla al beber y dijo:

–Por todos los dioses, fui yo misma quien cortó las cañas con mis propias manos porque Tii no quería mojarse a causa de su embarazo.

Estas palabras me alteraron y me levanté y vertí vino sobre la alfombra y lo pisoteé para demostrar mi horror. Pero Mehunefer me cogió del brazo y me hizo sentar a la fuerza a su lado y dijo:

–He hecho mal en contarte esta historia que me puede ocasionar disgustos, pero tienes un no sé qué que atrae y mi corazón no tiene ya secretos para ti, Sinuhé. Por esto te lo confieso; yo fui quien cortó las cañas y Tii tejió la cesta, porque no tenía confianza en la servidumbre y a mí me había afectado a ella por medio de prácticas mágicas porque sabía las tonterías que había cometido durante mi juventud, por las cuales me hubieran flagelado y arrojado de la casa dorada si se hubiesen sabido, pero todo el mundo obraba de aquella manera en palacio. Sea como sea, estaba ligada a ella, y tejió la cesta en la oscuridad y se reía diciendo palabras impías, porque era feliz por haber apartado así de su camino a la princesa de Mitanni. Pero mi corazón se consolaba diciéndome que alguien recogería al chiquillo, y, sin embargo, sabía que no sería así, porque los niños confiados al río perecen bajo el sol ardiente o bien son devorados por los cocodrilos y las aves de rapiña. Pero la princesa de Mitanni se negó a reconocer a la niña muerta puesta a su lado, porque el color de su piel era diferente de la suya y la forma de la cabeza también. Porque, efectivamente, la piel de las mujeres de Mitanni es tersa y lisa como la de un fruto y de color de humo o de ceniza blanca y sus cabezas pequeñas y finas. Por esto comenzó a gemir y arrancarse los cabellos acusando a los hechiceros negros y a Tii, pero Tii le administró unos calmantes diciéndole que había perdido la razón en el dolor de dar al mundo una criatura muerta. Y el faraón dio más crédito a Tii que a Tadu-Hepa y entonces ésta perdió rápidamente la salud y murió, pero antes de morir intentó varias veces escapar del palacio dorado para ir a buscar a su hijo y por esto todo el mundo creyó que se había vuelto realmente loca.

Yo miraba mis manos, que eran blancas al lado de las manos de mona de Mehunefer, que tenían color de humo. Mi emoción era inmensa y en voz baja pregunté:

–Bella Mehunefer, ¿recuerdas cuándo ocurrió todo esto?

Ella me acarició el cuello con sus dedos secos, haciéndome mimos, y respondió:

–¡Oh, mi muchacho precioso! ¿Por qué perder tiempo con estas viejas historias? Pero como no puedo negarte nada, te diré que todo esto ocurrió durante el vigesimosegundo año del reinado del gran faraón, en otoño, cuando la lluvia estaba en plena intensidad. Si me preguntas cómo puedo recordarlo con tanta precisión, te diré que el faraón Akhenaton nació aquel mismo año, pero un poco más tarde, en primavera, en el tiempo de las siembras.

Estas palabras me dejaron helado de terror hasta el punto de que fui incapaz de defenderme y no sentí nada cuando me tocó con sus labios avinados y tiñó de rojo mis mejillas con su pintura. Rodeó mi talle con sus brazos y me estrechó contra ella y me llamó torito y pichón lindo. Yo la rechazaba distraídamente y mis pensamientos hervían como el mar y todo en mí se rebelaba contra esta terrible historia, porque si todo lo que me había dicho era verdad, la sangre del gran faraón corría por mis venas y era hermanastro de Akhenaton y hubiera sido faraón antes que él si la perfidia de Tii no hubiese podido más que el amor de mi madre. Miraba fijamente delante de mí y me parecía comprender por qué había sido siempre tan solitario y extraño sobre la tierra, porque la sangre real es siempre solitaria entre los hombres. Pero los mimos de Mehunefer me volvieron a la realidad y me dominé para soportar sus caricias y sus palabras que ahora me asustaban. Y le serví vino para que se embriagase y olvidase todo lo que me había contado. Pero el vino la excitaba todavía más y tuve que verterle jugo de adormidera, de manera que quedó atontada y pude desembarazarme de ella.

Cuando salí del gineceo, la noche había cerrado ya y los servidores y los guardias me señalaban con el dedo y se reían de mí, pero me parece que era porque mis pasos eran vacilantes y mis ropas estaban arrugadas. Merit me esperaba en casa, inquieta y turbada, por tener noticias de la muerte de Tii, y al verme se llevó la mano a la boca y Muti hizo igual y cambiaron una mirada. Y después Muti le dijo a Merit con tono agrio:

–¿No te he dicho mil veces que todos los hombres son iguales y que no hay que fiarse de ellos?

Pero yo estaba cansado y quería quedarme solo con mis pensamientos, y por esto les dije con impaciencia:

–La jornada ha sido penosa y me río de vuestras observaciones.

Entonces los ojos y el rostro de Merit se endurecieron de cólera, y me tendió un espejo de plata diciéndome:

–Mírate, Sinuhé; no te he prohibido nunca divertirte con otras mujeres, pero deberías hacerlo sin que yo me entere para no ofender mi corazón. No puedes pretender que estuvieses solitario y triste al salir de esta casa hoy.

Me miré en el espejo y quedé asustado, porque mi rostro estaba embadurnado con la pintura de Mehunefer y sus labios habían dejado rastros rojos en mis mejillas, mi nuca y mi cuello. Para ocultar su fealdad y sus arrugas se había pintado el rostro con una capa tan espesa que parecía el revoque de una pared y cada vez que había bebido se había vuelto a poner rojo en los labios. Por esto mi rostro estaba lleno de rayas rojas como el de un enfermo y sentí vergüenza y me limpié rápidamente, mientras Merit sostenía implacable el espejo delante de mis ojos.

Una vez lavado con aceite, dije en tono de arrepentimiento:

–Te equivocas en tus suposiciones, Merit querida, y te lo voy a explicar.

Pero ella me miró fríamente y dijo:

–No necesito tus explicaciones, Sinuhé, y no quiero que mancilles tu boca con embustes a causa de mí, porque en este asunto es imposible equivocarse después de haberte visto. No pensabas sin duda que velaba esperándote, porque no te has lavado siquiera después de tu orgía. ¿O acaso querías vanagloriarte delante de mí de tus conquistas y mostrarme que las damas del palacio dorado son flexibles como los juncos delante de ti? ¿O es que te has embriagado simplemente como un cerdo hasta el punto de que no ves cuán indecente es tu conducta?

Me costó mucho trabajo calmarla y Muti se echó a llorar y se retiró a su cocina con un desprecio redoblado hacia todos los hombres. A decir verdad me fue más difícil calmar a Merit que desembarazarme de Mehunefer, de manera que al final maldije a todas las mujeres y dije:

–Merit, me conoces mejor que nadie y podrías tener confianza en mí. Créeme, pues si quisiera podría explicártelo todo y me comprenderías, pero el secreto no es mío, sino del palacio dorado, y por esto es mejor para ti ignorarlo.

Pero su lengua era más acerada que un aguijón de avispa y dijo:

–Creía conocerte, Sinuhé, pero ahora me doy cuenta de que tu corazón oculta abismos de los que no me daba cuenta. Pero tienes seguramente razón al respetar el honor de una dama y no quiero arrancarte secretos. Por mí eres libre de ir y venir a tu antojo, y doy gracias a los dioses por haber sabido salvaguardar mi libertad negándome a romper una jarra contigo aun cuando me lo hubieses propuesto en serio. ¡Ah, Sinuhé, cuán estúpida he sido en dar crédito a tus palabras falaces! Porque a tu modo seguramente has murmurado a unas lindas orejas otras parecidas. Por esto quisiera estar muerta.

Quise acariciarla para que se calmase, pero dio un salto y dijo:

–No me toques, Sinuhé, porque estás seguramente cansado después de esta noche sobre las mullidas alfombras del palacio dorado. No dudo que son más mullidas que mi alfombrilla y que se encuentran en ellas mujeres más jóvenes y más bellas que yo.

Así hablaba, clavándome en el corazón dardos inflamados que me enloquecían. Sólo entonces me dejó en paz y salió, negándose a que la acompañase. Su marcha me hubiera afectado todavía más vivamente si mi espíritu no estuviese en ebullición y no hubiera preferido quedarme solo con mis ideas. Por esto la dejé marchar y me parece que se quedó sorprendida.

Velé toda la noche rumiando mis pensamientos, y estos pensamientos eran cada vez más lejanos y fríos, a medida que la acción del vino se disipaba y el frío se apoderaba de mis miembros, porque no tenía a nadie para calentármelos. Escuchaba el agua correr lentamente por la clepsidra y no se paraba, y el tiempo pasaba para mí sin fin mientras me sentía alejado de todo. Y le decía a mi corazón:

«Yo, Sinuhé, soy lo que mis actos han hecho de mí y todo lo demás es vano. Yo, Sinuhé, he precipitado a mis padres adoptivos a una muerte prematura a causa de una mujer cruel. Yo, Sinuhé, conservo todavía una cinta de plata de Minea, mi hermana. Yo, Sinuhé, he visto al Minotauro muerto en el mar y a mi adorada devorada por los cangrejos. ¡Qué me importa mi sangre si todo estaba ya escrito en las estrellas mucho antes de mi nacimiento y estaba destinado a ser un forastero en este mundo! Por esto la paz de la Ciudad del Horizonte no fue para mí sino un espejismo dorado y necesitaba este terrible conocimiento para arrancar a mi corazón de su letargo y saber que seré para siempre un solitario.»

Pero al levantarse muy amarillo el sol detrás de las montañas del este disipó en un instante todas las sombras nocturnas, y el corazón humano es tan extraño que me reí amargamente de mis quimeras. Porque cada noche eran muchos los chiquillos que bajaban por el río en cestas de caña sujetas con nudos de pajarero. Y si mi tez era de color de humo, era sobre todo porque los médicos trabajaban con preferencia de noche y su piel palidece. No, a la claridad del día no encuentro ninguna prueba formal de mi nacimiento.

Me lavé y vestí y Muti me sirvió cerveza y pescado salado, con los ojos enrojecidos por las lágrimas y llenos de desprecio hacia mí, porque era un hombre. Me hice llevar a la Casa de la Vida y examiné a los enfermos, pero no encontré uno solo a quien pudiese trepanar. Salí de la

Casa de la Vida y pasé por delante del gran templo desierto, en cuyo tejado graznaban grandes cuervos.

Pero una golondrina voló delante de mí hacia el templo de Atón y la seguí, y en el templo los sacerdotes cantaban los himnos de Atón y le ofrecían incienso, frutos y trigo. El templo no estaba vacío, sino que había mucha gente que escuchaba los himnos y levantaba la mano para alabar a Atón, y los sacerdotes les enseñaban la verdad del faraón. Pero esto no significaba gran cosa, porque Tebas era una ciudad muy poblada y la curiosidad atrae a la gente de todas partes. Yo miré las imágenes grabadas sobre las paredes del templo, y desde lo alto de diez columnas el faraón me contemplaba con su mirada espantosa de pasión. Esta imagen había sido esculpida según las reglas del arte moderno, y vi al faraón Amenophis sentado en su trono dorado, viejo y enfermo, con la cabeza inclinada bajo el peso de las coronas, y la reina Tii sentada a su lado. Encontré también todas las imágenes de la familia real y me detuve largamente delante de la de Tadu-Hepa de Mitanni sacrificando a los dioses de Egipto, pero la inscripción primitiva había sido borrada a martillazos y la nueva afirmaba que sacrificaba a Atón, pese a que no se le honrase todavía en Tebas en sus tiempos.

Esta imagen había sido esculpida según el estilo antiguo y la princesa era una bella muchacha, con un peinado real; sus miembros eran graciosos y frágiles y su rostro elegante y racial. Yo contemplé aquella imagen largo rato y una golondrina pasó volando por encima de mi cabeza lanzando gritos de alegría, pero una emoción terrible se apoderó de mi espíritu fatigado por los pensamientos de la noche anterior y bajé la cabeza y lloré por la suerte de aquella princesa solitaria venida de su lejano país. Al comparar con ella mi cabeza calva y mi cuerpo obeso por el exceso de comida en la Ciudad del Horizonte y mi rostro arrugado, no podía creerme su hijo; pero a pesar de todo una emoción inmensa hacía acudir las lágrimas a los ojos mientras pensaba en su vida solitaria en el palacio dorado, y la golondrina seguía revoloteando por encima de mí. Evoqué las bellas casas de Mitanni y sus habitantes melancólicos, evoqué también los caminos polvorientos de Babilonia y sus eras de arcilla, y sentía que mi juventud había huido hacia lo inaccesible y mi virilidad había naufragado en el fango y el agua estancada de la Ciudad del Horizonte.

Así pasó el día, vino la noche y regresé al puerto y entré en «La Cola de Cocodrilo» para reconciliarme con Merit. Pero ella me acogió fríamente y me trató como a un forastero y me ofreció de comer sin hablarme. Y después me dijo:

–¿Has vuelto a ver a tu amante?

Respondí malhumorado que no había ido a ver mujeres, sino que había practicado mi arte en la Casa de la Vida e ido de allí al templo de Atón. Para mostrarle bien mi contrariedad le expuse detalladamente todo lo que había hecho durante la jornada, pero ella me observó durante todo el tiempo con una sonrisa de mofa. Cuando hube terminado, dijo:

–Ya me imaginaba que no habías corrido detrás de las mujeres porque después de tus hazañas de anoche eres incapaz, con lo gordo y calvo que eres. Pero tu amante ha venido a buscarte aquí y la he mandado a la Casa de la Vida.

Me levanté bruscamente y mi asiento se cayó, y grité:

–¿Qué quieres decir, mujer insensata?

Merit se arregló el cabello, sonrió maliciosamente y dijo:

–En verdad te digo que tu amante ha venido aquí a buscarte; iba vestida como una novia, llevaba joyas e iba pintada como una mona y apestaba a hierbas aromáticas. Ha dejado una carta para ti, y te ruego que le digas que no vuelva por aquí porque ésta es una taberna respetable y ella parece la dueña de una casa de lenocinio.

Me tendió una carta que no estaba cerrada y la abrí temblando. Cuando la hube leído, la sangre me subió a la cabeza y mi corazón palpitó. He aquí lo que escribía Mehunefer:

Al médico Sinuhé, el saludo de Mehunefer, hermana de su corazón, guardiana de las agujas de la casa dorada del faraón. Mi adorado torito, mi pichón delicioso, Sinuhé. Me he despertado sola sobre mi alfombra, con la cabeza enferma, pero mi corazón estaba más enfermo que mi cabeza, porque mi alfombra estaba desierta y no estabas a mi lado y no sentía el perfume del ungüento de tus manos. ¡Por qué no seré yo el delantal de tu cintura, un ungüento sobre tus cabellos, el vino de tu boca, Sinuhé! Me hago llevar de una casa a otra para encontrarte y no renunciaré hasta haberlo conseguido, porque mi cuerpo está lleno de hormigas cuando pienso en ti, y tus ojos son deliciosos a mis ojos. Y no tienes que privarte de venir a mi casa, pese a que seas tímido, como sé, porque en el palacio dorado todo el mundo conoce ya mi secreto y la servidumbre te mirará por entre los dedos. Ven hacia mí en cuanto recibas esta carta, ven con las alas del pájaro, porque mi corazón tiene necesidad de ti. Si no acudes a mí, yo volaré hacia ti más rápida que el pájaro. Mehunefer, hermana de tu corazón, te saluda.

Leí varias veces la espantosa misiva sin osar mirar a Merit, que acabó arrancándomela de las manos y rompió el palo a que iba sujeta, y la rasgó y la pisoteó diciendo:

–Podría en cierto modo comprenderte si fuese joven y bella, pero es vieja y arrugada y más fea que un asno aunque se pinte como el revoque de un muro. No comprendo tu gusto, Sinuhé, a menos que el resplandor de la casa dorada te haya cegado hasta el punto de que lo veas todo de través. Tu conducta te pondrá en ridículo delante de todo Tebas, y a mí contigo.

Yo desgarré mis vestiduras, me arañé el pecho y grité:

–Merit, he cometido una solemne tontería, pero tenía mis motivos y no pensaba que el castigo fuese tan terrible. En verdad te digo, Merit, que mandes a buscar a mis remeros y que icen las velas, porque debo huir. Si no, esta horrible vieja querrá acostarse conmigo, y no puedo defenderme contra ella, puesto que escribe que volará más rápida que un pájaro, y la creo.

Merit vio mi pena y desesperación, y creo que al final quedó convencida de mi inocencia, porque bruscamente se echó a reír y su risa era cordial, y, riéndose todavía, me dijo:

–Esto te enseñará a ser más prudente con las mujeres, Sinuhé; porque nosotras las mujeres somos unos vasos de frágil cristal y sé yo misma cuán hechicero eres, mi querido Sinuhé. –Se burlaba cruelmente de mí, y, afectando humildad, dijo–: Imagino que esta mujer te gusta más que yo sobre la alfombra; tiene dos veces mi edad y ha tenido tiempo de desarrollar su talento amoroso, de manera que no podría rivalizar con ella, y por esto pienso que me vas a abandonar fríamente.

Mi tormento era tan grande que me llevé a Merit a la casa del fundidor y se lo conté todo. Le revelé el secreto de mi nacimiento y le repetí todo lo que había sabido por Mehunefer, y le dije también por qué me negaba a creer que mi nacimiento tuviese relación alguna con el palacio dorado y la princesa de Mitanni. Al escucharme se puso seria y no se rió ya. Miraba a lo lejos, y en el fondo de sus ojos parecía acumularse el dolor; al final me tocó el hombro y me dijo:

–Ahora comprendo muchas cosas, Sinuhé, y comprendo por qué tu soledad me ha hablado sin palabras cuando te vi por primera vez, y por qué me he sentido débil al mirarte. También yo tengo un secreto y estos días he estado tentada de contártelo, pero ahora doy gracias a los dioses por no habértelo revelado, porque los secretos son pesados de llevar y peligrosos, y por esto vale más llevarlos uno solo que confiarlos a alguien. Y, sin embargo, estoy contenta de que me lo hayas contado todo. Pero, como dices muy bien, es más prudente no cansar el corazón pensando en lo que quizá no ha existido nunca, y olvidarlo todo, como si fuese un sueño, y también yo lo olvidaré.

Mi curiosidad se había despertado y le pedí que me revelase su secreto, pero ella no quiso revelármelo y tocó mi mejilla con sus manos, rodeó mi cuello con sus brazos y lloró un poco. Y después dijo:

–Si no te mueves de Tebas, no podrás desembarazarte de esta mujer, te perseguirá con encarnizamiento y tu vida será insoportable, porque conozco esta clase de mujeres y sé que pueden ser terribles. Has hecho mal en halagarla demasiado hábilmente. Vas a regresar, pues, a la Ciudad del Horizonte, porque has hecho ya las trepanaciones necesarias y nada te retiene aquí. Pero antes de marcharte tienes que escribirle una carta conjurándola a que te deje en paz; en otro caso, te seguirá para romper una jarra contigo y serás incapaz de resistirla, y no te deseo tal suerte.

Su consejo era bueno y encargué a Muti que embalase mis efectos y arrollase las alfombrillas y mandé un esclavo a buscar a mis remeros en las tabernas de cerveza y en las casas de placer. Y entretanto escribí una carta a Mehunefer, y escribí muy cortésmente, porque no quería ofenderla:

El trepanador real Sinuhé saluda a Mehunefer, guardiana de las agujas de la casa dorada del faraón de Tebas. Amiga mía, lamento profundamente que mi ardor te haya dado una falsa imagen de mi corazón, porque no puedo volver a verte nunca más, ya que este encuentro podría inducirme a ciertos pecados y mi corazón está ligado ya. Por esto me voy de viaje y no te veré nunca más; espero que guardarás de mí el recuerdo de un amigo y con esta carta te mando una jarra de una bebida llamada «Cola de Cocodrilo», que espero mitigará tu dolor, pese a que puedo asegurarte que no tienes que preocuparte por mí, porque soy viejo, cansado y lacio e incapaz de alegrar a una mujer como tú. Soy feliz pudiendo de esta forma evitarnos a los dos el pecado, y cuento no volver a verte nunca más. Es lo que desea ardientemente tu amigo Sinuhé, médico real.

Merit leyó esta carta y dijo, moviendo la cabeza, que el tono era demasiado cortés. A su modo de ver hubiera debido escribir más categóricamente diciéndole que Mehunefer era a mis ojos una mujer vieja y fea y que huía para escapar a sus asiduidades. Pero yo no podía escribir a una mujer en esta forma, y, después de un momento de discusión, Merit me permitió doblar la carta y cerrarla, pese a que seguía moviendo la cabeza. Mandé un esclavo con ella y cogió también una jarra de «Cola de Cocodrilo», que a mi juicio debía asegurarme la tranquilidad aquella noche por lo menos.

Así fue como me creí liberado de Mehunefer y lancé un suspiro de tranquilidad.

Había estado tan absorbido por mi angustia que había olvidado completamente a Merit, pero una vez expedida la carta, mientras Muti embalaba mis efectos y mis cajas, miré a Merit y una melancolía indecible se apoderó de mi corazón ante la idea de que por mi estupidez iba a perderla, cuando hubiera podido perfectamente quedarme todavía en Tebas. Merit estaba pensativa también y súbitamente me dijo:

–¿Te gustan los chiquillos, Sinuhé? –Esta pregunta me embarazó; Merit me miraba tristemente a los ojos y sonriendo me dijo–: No te asustes, Sinuhé, no tengo la intención de darte hijos. Pero tengo una amiga que tiene un hijo de cuatro años y dice a menudo que su hijo quisiera navegar por el río y ver los prados verdes y los campos ondulantes y los pájaros acuáticos y el ganado en lugar de las calles polvorientas de Tebas con sus perros y sus gatos.

Yo tuve miedo y dije:

–¿No vas a pensar que me voy a llevar a bordo al retoño de una de tus amigas para que mi tranquilidad desaparezca y durante todo el viaje tenga que velar para que no caiga al agua o se haga arrancar una mano por un cocodrilo?

Merit me miró sonriendo, pero el dolor ensombreció su mirada y dijo:

–No quisiera causarte molestias, pero un viaje por el río le haría mucho bien a este chiquillo que yo misma llevé a la circuncisión, de manera que, como comprenderás, tengo deberes acerca de él. Naturalmente le acompañaría en el barco para vigilarlo, y así tendría un motivo para acompañarte, pero no quiero hacer nada contra tu voluntad, de manera que no hablemos más de este proyecto.

Al oír estas palabras lancé un grito de júbilo, batí palmas sobre mi cabeza y exclamé:

–En este caso puedes traer contigo a todos los chiquillos de las escuelas del templo. En verdad que hoy es un día de júbilo para mí, y era lo suficiente idiota para no pensar que podías acompañarme a la Ciudad del Horizonte. Y tu reputación no sufrirá en nada por culpa mía, puesto que tendrás al chiquillo contigo.

–Sí, Sinuhé –dijo con una sonrisa irritante, como hacen las mujeres cuando ven que un hombre no entiende algo–. Sí, mi reputación no sufrirá en nada, puesto que el chiquillo estará conmigo y dependerá de mí. Tú lo has dicho. ¡Ah, qué tontos son los hombres! Pero te perdono.

Nuestra marcha fue precipitada, pues temía a Mehunefer, y partimos al alba. Merit llevó al chiquillo dormido y bien envuelto y su madre no lo acompañó; sin embargo, hubiera querido ver a aquella mujer que había osado dar a su hijo el nombre de Thot, porque raras veces se atreve nadie a dar a un chiquillo el nombre de un dios. Thot es, además, el dios de la escritura y de todo saber humano y divino, de manera que la desfachatez de aquella mujer era más grande todavía. Pero el chiquillo dormía sobre las rodillas de Merit sin experimentar el peso de su nombre, y no se despertó hasta que los eternos guardianes de Tebas desaparecían en el horizonte y el sol doraba el agua del río. Era un lindo chiquillo, sus rizos eran negros y sedosos y a mí me gustaba tenerlo, porque era tranquilo y no se defendía y me miraba con sus ojos sombríos y pensativos, como si estuviese meditando en su cabecilla todos los problemas del saber. Yo me aficioné pronto a él a causa de su tranquilidad y le tejí pequeñas barcas de cañas y juncos y le dejaba jugar tranquilamente con mis instrumentos de médico y oler todas mis redomas porque le gustaba mucho el olor.

El chiquillo no nos molestó en lo más mínimo, ni se cayó al agua, ni se dejó morder una mano por un cocodrilo, ni rompió mis plumas de caña, sino que nuestro viaje fue luminoso y feliz, porque estaba en compañía de Merit y cada noche reposaba a mi lado mientras el chiquillo dormía no lejos de nosotros. El viaje fue feliz y hasta el último día de mi vida conservaré su recuerdo. En ciertos momentos mi corazón se henchía de felicidad, como un fruto que rezuma jugo, y yo le decía a Merit:

–Merit, amada mía, rompamos una jarra a fin de vivir siempre juntos y quizá me darás un hijo que se parecerá a este Thot. En verdad, jamás hasta ahora había deseado tener un hijo, pero mi juventud ha pasado y mi sangre ha perdido su ardor, y al ver a Thot he sentido deseos de tener un hijo contigo, Merit.

Pero ella me ponía una mano delante de la boca y se alejaba de mí, diciendo en voz baja:

–Sinuhé, no digas tonterías, pues ya sabes que nací en una taberna y quizá no puedo tener ya hijos. Quizá sea mejor también para ti, que llevas tu destino en tu corazón, permanecer solo sin estar ligado a una mujer y un chiquillo, porque esto es lo que he leído en tus ojos el día que nos encontramos. No, Sinuhé, no me hables así porque tus palabras me debilitan y siento deseos de llorar, y no quisiera llorar ahora que la felicidad me rodea. También yo quiero mucho a este chiquillo y tendremos todavía muchos días de plena felicidad sobre el río. Imaginemos, pues, que hemos roto juntos una jarra y que somos marido y mujer y que este chiquillo es nuestro hijo. Yo le enseñaré a llamarnos padre y madre, porque es todavía muy pequeño y olvidará pronto y no le hará ningún daño. Así robaremos a los dioses una joven vida que será nuestra durante estas jornadas. ¡Que ninguna preocupación ensombrezca nuestra alegría!

Así arrojé de mi espíritu todos los malos pensamientos

y cerré los ojos ante la miseria de Egipto y la gente hambrienta de los pueblecillos de la ribera, y vivía día tras día a medida que iban transcurriendo, a medida que íbamos bajando por el río. El pequeño Thot pasaba sus brazos alrededor de mi cuello y ponía sus mejillas junto a la mía y me decía: «Padre», y su frágil cuerpo era delicioso a mis rodillas. Cada noche sentía sobre mi cuello los cabellos de Merit y sujetaba mis manos con las suyas, respirando contra mi mejilla, y siendo mi amiga ninguna pesadilla turbaba mi sueño. Así pasaron aquellos días, rápidos como un sueño, y no existieron ya. No quiero hablar más de ellos, porque el recuerdo me abrasa la garganta y mis lágrimas manchan lo que escribo. El hombre no debería ser nunca demasiado dichoso.

Así llegué de nuevo a la Ciudad del Horizonte, pero no era ya el mismo que a mi marcha, y vi la ciudad con ojos distintos; y las casas ligeras y de alegres colores bajo el sol radiante me hicieron el efecto de una burbuja frágil o un espejismo pasajero. Y la verdad no vivía en la Ciudad del Horizonte, vivía en otra parte, y esta verdad era el hambre, la miseria, el sufrimiento y el crimen. Merit y Thot regresaron a Tebas llevándose mi corazón. Por esto veía de nuevo todas las cosas con los ojos fríos y sin velo engañador, y todo lo que veía era malo.

Pero pocos días después de mi llegada la verdad penetró en la Ciudad del Horizonte y el faraón tuvo que acogerla en la terraza de su palacio y mirarla cara a cara. En efecto, Horemheb había enviado de Menfis a una banda de fugitivos de Siria, con todo el esplendor de su miseria, para hablar al faraón, y creo que les había recomendado exagerar todavía más sus sufrimientos, de manera que su llegada causó sensación y los nobles enfermaron de miedo y se encerraron en sus casas y los guardias prohibieron a los fugitivos el acceso al palacio dorado. Pero lanzaron gritos y arrojaron piedras contra los muros del palacio, de manera que el faraón acabó oyéndolos y los hizo entrar en el patio.

Y dijeron:

–Escucha de nuestras bocas torturadas los gritos de dolor de los pueblos, porque el poderío del país de Kemi no es más que un fantasma que vacila en el borde de la tumba; y el estruendo de los arietes y el horror de los incendios, la sangre de todos los que tuvieron confianza en ti y pusieron su esperanza en ti corren hoy por todas las ciudades de Siria.

Y levantaban los muñones de los brazos amputados hacia la terraza del faraón y decían:

–¡Mira nuestros brazos, faraón Akhenaton! ¿Dónde están nuestras manos?

Hicieron avanzar hombres con los ojos vaciados y ancianos con la lengua cortada que lanzaban aullidos. Y añadieron:

–No nos preguntes dónde están nuestras mujeres y nuestras hijas porque su destino es peor que la muerte entre las manos de los soldados de Aziru y de los hititas. Nos han vaciado los ojos y cortado las manos porque tenemos confianza en ti, faraón Akhenaton.

Pero el faraón se tapó el rostro con las manos y tembló de miedo, y les habló de Atón. Y entonces se burlaron de él y lo injuriaron diciéndole:

–Ya sabemos que has mandado una cruz de vida a nuestros enemigos. Han prendido esta cruz del pecho de sus caballos y en Jerusalén han cortado los pies de tus sacerdotes y los han hecho bailar así en honor a tu dios.

Entonces Akhenaton lanzó un grito terrible y el mal sagrado se apoderó de él y rodó por la terraza perdiendo el conocimiento. Los guardias, enloquecidos, quisieron rechazar a los fugitivos, pero ellos resistieron en su desesperación y su sangre corrió sobre las losas del palacio y sus cuerpos fueron arrojados al río. Nefertiti y Meritaton, la frágil Anksenaton y la pequeña Meketaton contemplaban este espectáculo desde lo alto de la terraza, y no olvidaron jamás, porque era la primera vez que veían las huellas de la sangre, la miseria y la muerte.

Yo hice poner compresas frías al faraón y le di remedios calmantes y soporíficos; porque esta crisis era tan fuerte que temía un desenlace fatal. El faraón se durmió, pero al despertar, con el rostro descompuesto y los ojos enrojecidos por el dolor de cabeza, me dijo:

–Sinuhé, amigo mío, esto no puede continuar así; Horemheb me ha dicho que conocías a Aziru. Ve a verle y cómprale la paz. Compra la paz para Egipto aunque me cueste todo mi oro y aunque Egipto tenga que ser en adelante un país pobre.

Yo protesté vivamente diciendo:

–Faraón Akhenaton, manda tu oro a Horemheb; te comprará rápidamente la paz con las lanzas y los carros de guerra, y, así, Egipto no tendrá que sonrojarse de vergüenza.

Él se cogió la cabeza con las dos manos y dijo:

–Por Atón, Sinuhé, ¿no comprendes que el odio suscita el odio, la venganza engendra la venganza y la sangre llama a la sangre? ¿De qué sirve a las víctimas vengar sus sufrimientos con los sufrimientos de otro? Lo que dices de la vergüenza no es más que un prejuicio. Por esto te ordeno que vayas a encontrar a Aziru para comprar la paz.

Traté de luchar contra esta manía, diciendo:

–Faraón Akhenaton, me arrancarían los ojos y me cortarían la lengua antes de haber llegado a Aziru, que ha olvidado ya seguramente nuestra amistad, y no estoy acostumbrado a las fatigas de la guerra porque detesto los combates. Mis miembros están fatigados y no puedo viajar rápidamente y no sé componer mis frases como la gente educada desde su infancia para mentir, y así te pido que mandes a alguien en mi lugar.

Pero él con obstinación dijo:

–Ejecuta mis órdenes; el faraón ha hablado.

Yo había visto los fugitivos en el patio del palacio, había visto sus bocas mutiladas y sus ojos vacíos y los muñones de sus brazos y no sentía el menor deseo de partir para Siria. Por esto decidí irme a casa y fingir una enfermedad hasta que el faraón hubiese olvidado por completo su capricho. Pero mi sirviente vino a mi encuentro y con aire sorprendido me dijo:

–Felizmente has llegado, Sinuhé, dueño mío, porque acaba de llegar de Tebas una barca trayendo una mujer llamada Mehunefer que dice ser tu amiga. Te espera en casa y va vestida como una novia y la casa entera está llena de su perfume.

Di media vuelta y regresé al palacio y le dije al faraón:

–Serás obedecido. Salgo para Siria, pero que mi sangre caiga sobre tu cabeza. Quiero partir enseguida y, por consiguiente, manda a tus escribas que redacten todas las tablillas necesarias para establecer mi rango y mis poderes, porque Aziru tiene en alta estima las tablillas.

Mientras los escribas trabajaban, me refugié en el taller de Thotmés, que era mi amigo, y no me rechazó. Estaba terminando la estatua de Horemheb en gres pardo de estilo moderno, y estaba lleno de vida, pese a que a mi juicio Thotmés había exagerado un poco la potencia de los músculos y la anchura del pecho, de manera que Horemheb tenía más el aspecto de un luchador que de un jefe real. Pero el arte nuevo tenía tendencia a exagerar todo lo que veían los ojos, incluso la fealdad, por respeto a la verdad, porque el arte antiguo había disimulado la fealdad humana para destacar la parte bella, mientras el arte moderno, para ser fiel a la realidad, veía al hombre por el lado feo. No sé si es especialmente verídico acusar la fealdad del hombre, pero Thotmés estaba convencido de ello y no quise contradecirlo, porque era mi amigo. Frotó la estatua con una tela mojada para mostrarme cómo brillaba el gres en los músculos de Horemheb y cómo el color de la piedra respondía a la tez del modelo y me dijo:

–Creo que te acompañaré hasta Hetnetsut con esta estatua, para velar porque la erijan en el templo en un lugar digno del rango de Horemheb y de mi nombre de escultor. En verdad, te acompañaré, Sinuhé, y el viento del río disipará en mi cabeza los vapores del vino de la Ciudad del Horizonte, porque mis manos tiemblan al manejar el martillo y el cincel y la fiebre me roe el alma.

Los escribas me entregaron las tablillas y el oro para el

viaje con la bendición del faraón, y después de haber hecho llevar la estatua de Horemheb a la barca real, partimos sin más demora. Pero yo había ordenado a mi servidor que dijese a Mehunefer que me había ido a Siria, donde había muerto en la guerra, lo cual no era del todo mentira, porque estaba seguro de sucumbir de una muerte cruel. Le dije también que volviese a meter a Mehunefer en un barco que zarpase hacia Tebas, empleando la fuerza si era necesario. Porque le dije que si contra toda probabilidad volvía de Siria y encontraba a esta mujer en mi casa, haría azotar a todos mis servidores y esclavos antes de hacerles cortar la nariz y las orejas y mandarlos a las minas para el resto de sus días. Mi servidor vio en mi mirada que hablaba en serio y tuvo miedo, jurándome que sería obedecido. Así embarqué con el corazón ligero acompañado de Thotmés; y como estaba seguro de perecer en manos de los hombres de Aziru y los hititas, no fuimos parcos en vino. Thotmés dijo también que no había que economizar el vino cuando se partía para la guerra, y debía saberlo, pues había nacido en la casa de los soldados.

LIBRO DUODÉCIMO

LA CLEPSIDRA MIDE EL TIEMPO

1

Así se realizó el voto emitido por Kaptah cuando le ordené que distribuyera el trigo entre los agricultores de Atón, pero mi sino era mucho más terrible que el suyo, porque no solamente tenía que renunciar a mi casa, a mi lecho y a mis comodidades, sino que a causa del faraón iba a exponerme a todos los horrores de la guerra. El hombre debería reflexionar sobre los votos que emite en voz alta, porque los deseos así formulados tienen una enojosa tendencia a realizarse, y se realizan muy fácilmente si tienden al mal de nuestro prójimo. Cuando se desea algún mal a alguien, este deseo se realiza mucho más fácilmente que si se le desea bien.

Esto es lo que le decía a Thotmés mientras descendíamos por el río bebiendo vino. Pero Thotmés me hizo callar y comenzó a dibujar pájaros en pleno vuelo. Dibujó también mi retrato, pero sin favorecerme, y por esto le dirigí vivos reproches diciéndole que no era mi amigo. Pero él dijo que un artista, cuando dibuja o pinta a alguien, no debe ser amigo de nadie, sino que debe obedecer únicamente a su visión. Pronto llegamos a Hetnetsut, que es una pequeña población situada en el borde del río, tan pequeña, que los corderos circulan por las calles y el templo es de ladrillo. Las autoridades nos acogieron con gran respeto y Thotmés erigió la estatua de Horemheb en un templo que había sido consagrado a Horus, pero que, ahora, estaba consagrado a Atón. Esto no turbaba en absoluto a los habitantes, que seguían a Horus con su cabeza de halcón, pese a que la imagen del dios hubiese sido quitada. Fueron muy felices al ver la estatua de Horemheb y supongo que no tardaron en asociarle la idea de Horus y llevarle ofrendas, porque Atón no tenía imagen y sólo contados habitantes de la población sabían leer.

Así encontramos a los padres de Horemheb, que vivían en una casa de madera, después de haber estado entre las más pobres de la villa. En su vanidad, Horemheb había hecho que les nombraran para determinadas altas funciones honoríficas, como si hubiesen sido nobles, mientras habían ganado su vida apacentando rebaños y preparando queso. El padre era ahora guardasellos real y vigilaba las construcciones en diversas villas y poblados, y la madre era dama de la Corte y guardiana de las vacas reales, y, sin embargo, ni uno ni otro sabían escribir. Pero gracias a estos títulos, Horemheb podía pretender descender de padres nobles y en ninguna parte de Egipto se podía poner en duda su alta estirpe. Tal era la vanidad de Horemheb.

El viaje hasta Menfis fue pesado y yo permanecía echado sobre cubierta mientras los oriflamas del faraón flotaban sobre mi cabeza y yo veía los cañaverales del río y los ánades y me decía: «¿Acaso todo esto vale la pena de ser visto y vivido?» Y decía también: «El sol es ardiente y las moscas pican y la alegría humana es mínima al lado de las penas. El ojo se cansa de ver, los ruidos y las vanas palabras fatigan el oído, y el corazón sueña demasiado para ser feliz.» Así calmaba mi corazón durante el viaje y comí los buenos platos preparados por el cocinero real y bebí vino, y al final la muerte no era más que un viejo amigo sin nada espantoso, mientras la vida era peor que la muerte, con todos sus tormentos, y la vida era como una ceniza caliente y la muerte como una onda fresca.

Horemheb me recibió con todos los honores debidos a mi rango de enviado del faraón y se inclinó profundamente delante de mí, porque su palacio estaba atestado de dignatarios fugitivos de Siria y de nobles egipcios de las ciudades sirias, y de enviados y representantes de países extranjeros que no habían tomado parte en la guerra, y en su presencia tenía que honrar al faraón en mi persona. Pero en cuanto estuvimos solos comenzó a azotarse las pantorrillas con su fusta y me preguntó con impaciencia:

–¿Qué mal viento te trae por aquí como enviado del faraón y qué maldito excremento ha soltado de nuevo su loco cerebro?

Le expuse que tenía que ir a Siria y comprar a Aziru la paz a cualquier precio. Al oír mis palabras, Horemheb juró y lanzó maldiciones, y dijo:

–Ya había temido que comprometiese todos mis planes, porque debes saber que, gracias a mis medidas, Ghaza está todavía en nuestro poder, de manera que Egipto posee todavía una cabeza de puente para las operaciones de Siria. Por medio de regalos y amenazas he conseguido que la flota cretense proteja nuestras comunicaciones con Ghaza, porque una unión siria potente e independiente no es conforme a los intereses de Creta, sino que amenazaría su supremacía marítima. Debes saber que el propio Aziru tiene muchas dificultades para contener a sus propios aliados, y numerosas villas sirias se hacen la guerra después de haber echado a los egipcios. Además, los sirios que han perdido sus casas y sus bienes, sus mujeres y sus hijos, han formado cuerpos francos, y de Ghaza a Tanis estos cuerpos francos dominan el desierto y combaten a las tropas de Aziru. Yo los he equipado con armas egipcias y muchos egipcios se han unido a ellos. Son, sobre todo, antiguos soldados, bandoleros y esclavos fugitivos y exponen sus vidas en el desierto para formar una muralla delante de Egipto. Claro es que hacen la guerra contra todo el mundo y viven a costa del país donde se baten y destrozan toda vida en él, pero así está bien, porque causan más perjuicios a Siria que a Egipto, y por esto sigo proveyéndoles de armas y trigo. Pero lo esencial es que los hititas han atacado por fin Mitanni con todas sus fuerzas y han aniquilado su pueblo, de manera que este país no existe ya. Pero sus lanzas y sus carros están detenidos en Mitanni, y Babilonia se inquieta y equipa sus tropas para proteger sus fronteras, y los hititas no tienen tiempo de ayudar a Aziru. Es probable que Aziru, ahora que los hititas han conquistado Mitanni, comience a temerlos, porque no hay más protección entre su país y Siria. Por esto la paz que vas a ofrecer ahora a Aziru es el don más precioso que puede esperar para consolidar su poderío y respirar un poco. Pero dame medio año más y compraré una paz honrosa con Siria, y con las flechas silbantes y el rugido de los carros de guerra forzaré a Aziru a temer los dioses de Egipto.

Yo protesté y dije:

–No puedes hacer la guerra, Horemheb, porque el faraón lo ha prohibido y no te dará oro para ello.

Pero Horemheb dijo:

–Me meo en su oro. He pedido prestado por todas partes para equipar un ejército en Tanis. Verdad es que son tropas miserables y sus carros de guerra son pesados y sus caballos cojean, pero los cuerpos francos pueden formar la punta de la lanza que penetrará hasta el corazón de Siria, y hasta Jerusalén y Megiddo bajo mis órdenes. ¿No comprendes, Sinuhé, que he pedido prestado a todos los ricos de Egipto que se hinchan y engordan como ranas mientras el pueblo sufre y suspira bajo el peso de los impuestos? Les he pedido prestado oro y he fijado la suma que cada uno de ellos debe prestarme y me la han dado con gusto, porque les he prometido un cinco por ciento al año, y me río ya de ver su cara si un día tienen el aplomo de reclamarme su oro o sus intereses, porque he obrado así para conservar Siria para Egipto, y precisamente los ricos se aprovecharán de ello porque los ricos sacan siempre ventajas de las guerras, y lo curioso es que los ricos sacarían también un beneficio aunque perdiesen. Por esto no siento piedad por su oro.

Horemheb se rió satisfecho y golpeándose las pantorrillas con su fusta dorada puso su mano sobre mi hombro y me llamó su amigo. Pero pronto recuperó la seriedad y dijo:

–Por mi halcón, Sinuhé, ¿no vas a estropear todos mis planes yéndote a Siria a negociar la paz?

Pero yo le expliqué que el faraón había hablado entregándome todas las tablillas necesarias para hacer la paz. Pero me alegraba saber, si Horemheb había dicho la verdad, que Aziru deseaba también hacer la paz, porque en este caso estaría dispuesto a venderla a un precio razonable.

Pero Horemheb se excitó, volcó su silla y gritó:

–En verdad que si compras la paz a Aziru para vergüenza de Egipto te desollaré vivo y arrojaré tu cuerpo a los cocodrilos en cuanto regreses, a pesar de que seas mi amigo. Habla de Atón a Aziru y haz el imbécil y dile que en su bondad incomprensible el faraón está dispuesto a perdonarlo. Verdad es que Aziru no te creerá, porque es astuto, pero rumiará sobre la cosa antes de volverte a mandar y te fatigará con sus regateos a lo sirio, tratando de darte gato por liebre. Pero guárdate mucho de rendirle Ghaza, y dile que el faraón no es responsable de los cuerpos francos ni de sus saqueos. Porque estos cuerpos francos no depondrán jamás las armas y harán sus necesidades sobre las tablillas del faraón. Yo me ocuparé de ello. Naturalmente, no tienes por qué decírselo a Aziru. Dile simplemente que los cuerpos francos están formados por hombres bondadosos y pacientes a quienes el dolor ha cegado, pero que, una vez restablecida la paz, cambiarán gustosamente sus lanzas por el cayado de pastor. Pero no abandones Ghaza o te desollaré vivo. He necesitado mucho trabajo y mucho oro y espías antes de conseguir mis fines y entrar en Ghaza para mantener una puerta abierta con Egipto.

Permanecí varios días en Menfis para discutir con Horemheb las condiciones de paz. Encontré allí al embajador de Creta y al de Babilonia, así como a los nobles refugiados de Mitanni. Sus palabras me dejaron adivinar todo lo que había ocurrido y por primera vez sentí despertarse mi ambición al darme cuenta de que podía desempeñar un importante papel en una partida en la que estaban en juego los destinos de las ciudades y los pueblos.

Horemheb tenía razón; en aquellos momentos la paz era más ventajosa para Aziru que para Egipto, pero en la situación actual no sería más que una tregua, porque en cuanto Aziru hubiese consolidado su posición en Siria, se levantaría contra Egipto. Siria era, en efecto, la clave del mundo, y Egipto no podía permitir para su seguridad que este país cayese en manos de un príncipe versátil, venal y hostil, una vez los hititas habían conquistado Mitanni. Todo dependía de saber si los hititas, una vez su poderío consolidado en Mitanni, atacarían a Babilonia o, a través de Siria, a Egipto. El buen sentido decía que llevarían su esfuerzo sobre el punto de menor resistencia y Babilonia se armaba ya, mientras Egipto era más débil y no tenía armas. El país de Khatti era ciertamente un aliado desagradable, pero al entenderse con los hititas, Aziru se aseguraba una aportación de fuerzas, mientras al aliarse con Egipto contra los hititas, iba a un desastre cierto, puesto que bajo el reinado de Akhenaton, Egipto no tenía nada que ofrecerle.

Horemheb me dijo que encontraría a Aziru en algún lugar de Tanis y Ghaza, donde sus carros daban caza a los cuerpos francos. Me habló también de la situación de Simyra y me enumeró el número de casas incendiadas y los nombres de los nobles asesinados, lo cual suscitó mi viva sorpresa. Entonces me habló de los espías que penetraban en las ciudades sirias y seguían a las tropas de Aziru como tragadores de sables, prestidigitadores o charlatanes, o como vendedores de cerveza o compradores de botín. Pero añadió que Aziru poseía también espías que llegaban hasta Menfis y seguían a los cuerpos francos como tragadores de sables, prestidigitadores o charlatanes, o bien vendedores de cerveza o compradores de esclavos. Aziru había alistado también a algunas vírgenes de Astarté, y estas espías eran peligrosas porque al acostarse con los oficiales egipcios, les sonsacaban importantes informaciones, pero, felizmente para nosotros, eran poco competentes en materias militares. Existían también espías que servían a la vez a Aziru y a Horemheb, y eran los más hábiles.

Pero los refugiados y los oficiales de Horemheb me habían contado tantos horrores sobre los soldados de Amurrú y sobre los cuerpos francos, que en el momento de partir, mi corazón comenzó a temblar y mis rodillas se fundieron en agua. Y Horemheb me dijo:

–Puedes a tu antojo viajar por tierra o por mar. Si vas por mar, los navíos cretenses te protegerán quizá hasta Ghaza, pero es posible que huyan en cuanto vean de lejos los barcos de guerra de Sidón y Tiro. En este caso, tu navío será hundido si te defiendes y te ahogarás. Si te rindes, serás hecho prisionero y condenado a remar en los barcos sirios, donde perecerás bajo los latigazos y el ardor del sol. Pero eres egipcio y noble, y por esto lo más probable es que te desuellen vivo y tu piel servirá para hacer sacos. No quisiera asustarte, y es posible que llegues sano y salvo a Ghaza, donde acaba de llegar un navío de armas, mientras un cargamento de trigo ha sido hundido por el camino. En cuanto a saber cómo forzarás el bloqueo de Ghaza para llegar a Aziru, lo ignoro completamente.

–Sería quizá mejor que fuese por tierra –dije yo, casi vacilando.

Horemheb movió la cabeza y dijo:

–Te daré alguna escolta desde Tanis, algunos lanceros y carros ligeros. Mas en cuanto hayan entrado en contacto con las tropas de Aziru, te abandonarán en el desierto y escaparán a toda prisa. Pero es igualmente posible que los soldados de Aziru, al reconocerte como noble y egipcio, te empalen a la manera hitita y se orinen sobre tus tablillas de arcilla. También es posible que, a pesar de tu escolta, caigas en manos de los cuerpos francos, que te desvalijarán y te harán dar vueltas a las muelas de los molinos hasta que hayas ganado lo suficiente para pagar tu rescate, pero no aguantarás mucho tiempo este régimen, porque sus látigos están hechos con tiras de piel de hipopótamo. Por otra parte, pueden también reventarte la barriga a lanzazos y dejar que tu cuerpo se pudra en el desierto, lo cual, al fin y al cabo, no es una muerte muy dolorosa.

Ante estas palabras, mis temores aumentaron y temblé, pese a que hiciese un calor estival. Y por esto dije:

–Deploro haber dejado mi escarabajo en manos de Kaptah, porque ahora me sería de una ayuda más eficaz que el Atón del faraón, cuyo poderío no se extiende ahora a estas regiones malditas. Pero, en resumen, encontraré más rápidamente la muerte o a Aziru viajando por tierra con una escolta. Pero te conjuro, Horemheb, a que si alguna vez sabes que soy prisionero en alguna parte, me rescates en el acto sin mirar el precio, porque ya sabes que soy rico, más rico de lo que crees.

Y Horemheb respondió:

–Conozco tu fortuna, y te he pedido prestada también una fuerte suma de oro por mediación de Kaptah, como a los demás ricos, porque soy justo y equitativo y no quería privarte de este mérito. Pero, en nombre de nuestra amistad, espero que no me reclamarás nunca este oro, porque nuestra amistad podría llegar a romperse. Parte, pues, Sinuhé, parte para Tanis y toma una escolta y penetra en el desierto, donde mi halcón te protegerá tal vez, porque mi poderío no se extiende hasta allá. Si eres hecho prisionero, te rescataré, y si mueres serás vengado. Que esto sea un consuelo para ti en el momento en que una lanza te desgarre el vientre.

–Si te enteras de mi muerte –le dije–, no pierdas el tiempo vengándome. Mi cráneo roído por los cuervos no experimentaría ningún alivio al verme regado con sangre nueva. Pero saluda a la princesa Baketaton en mi nombre, porque es bella y deseable, aunque un poco altiva, y me ha interrogado sobre ti al lado del lecho mortuorio de su madre.

Después de haberle lanzado por encima del hombro esta flecha envenenada, me marché un poco consolado y redacté mi testamento a favor de Kaptah, Merit y Horemheb. Este testamento fue depositado en los archivos reales de Menfis una vez hube tomado el barco para Tanis, y al borde del desierto, en un fuerte abrasado por el sol, encontré a los soldados de Horemheb.

Estaban bebiendo cerveza, maldiciendo su existencia, cazaban antílopes y volvían a beber cerveza. Sus cabañas eran sucias y pestilentes, y las más miserables mujeres, que no eran dignas siquiera de los marineros de los puertos del Bajo Egipto, amenizaban su existencia. Esperaban que Horemheb los llevase en breve a la guerra con Siria, porque incluso la muerte era preferible a aquella existencia monótona y putrefacta. Desde hacía años no se veían llegar ya caravanas, porque los cuerpos francos las pillaban por el camino.

Mientras la escolta se preparaba para la marcha, observé la vida de los soldados. Pronto comprendí el secreto de toda educación militar. En efecto, todo buen capitán impone a sus soldados una disciplina tan espantosa que los agota con maniobras durísimas que les hacen la vida tan insoportable que cualquier otra cosa, incluso la batalla y la muerte, les parece preferible a la vida de cuartel. Pero lo más sorprendente es que los soldados no detestan a sus jefes por ello, al contrario, los admiran y los alaban y se jactan de todos los sufrimientos pasados y de las marcas de los golpes en sus espaldas.

Según las órdenes de Horemheb, me prepararon una escolta de diez carros de guerra tirados por dos caballos cada uno, con un caballo de reserva, y en el carro, además del cochero, iban un lacayo y un lancero. Al anunciarme su tropa, el jefe se inclinó delante de mí con las manos a la altura de las rodillas y yo lo observé atentamente, porque iba a confiarle mi vida. Su delantal estaba tan sucio como el de sus soldados, y el sol del desierto le había ennegrecido el rostro y el cuerpo; sólo una fusta trenzada de plata lo diferenciaba de sus soldados. A pesar de su apariencia, tuve más confianza en él de la que hubiera puesto en un oficial vestido con telas preciosas que se hubiese hecho llevar un parasol sobre su cabeza. Olvidó todo respeto y se echó a reír cuando le hablé de una litera. Lo creí cuando me dijo que toda nuestra seguridad no dependía más que de nuestra rapidez y que por esta razón tenía que subir a su carro y renunciar a las literas y comodidades. Me prometió que podría sentarme sobre un saco de forraje, pero me aseguró que haría mejor en acostumbrarme a ir de pie, porque las sacudidas no tardarían en quebrarme los huesos.

Le respondí que no era la primera vez que subía a un carro de guerra y que una vez había realizado en un tiempo mínimo el viaje de Simyra a Amurrú, lo cual había suscitado la admiración de los hombres de Aziru. Pero entonces era más joven y no tenía que temer los esfuerzos físicos exagerados. El oficial, que se llamaba Juju, me escuchó cortésmente, después encomendé mi alma a todos los dioses de Egipto y subí al carro. La escolta tomó el camino de las caravanas y yo me senté sobre un saco de forraje, agarrándome al carro con las dos manos y lamentándome de mi suerte.

Los carros corrieron así durante toda la jornada y pasé la noche sobre unos sacos, más muerto que vivo. Al día siguiente traté de mantenerme de pie en el carro, agarrándome a la cintura de Juju, pero una piedra me hizo perder el equilibrio y, describiendo un arco de círculo, caí de cabeza sobre la arena, donde unas plantas espinosas me laceraron el rostro. Por la noche, Juju se preocupó por mi suerte y me vertió agua sobre la cabeza, pese a que se negaba a darla a sus hombres, y me aseguró que nuestro viaje se desarrollaba bajo felices auspicios y que, si la suerte nos favorecía, encontraríamos a los hombres de Aziru al cuarto día.

La jornada transcurrió sin incidentes, pero atravesamos un campamento en el que todos los hombres habían sido aniquilados poco antes y los cuervos desgarraban sus cuerpos. La noche siguiente percibimos a lo lejos el resplandor de los fuegos de un vivac o de algunas casas incendiadas. Juju me dijo que nos aproximábamos a Siria, y al claro de luna avanzamos prudentemente después de haber dado forraje a los caballos. Yo acabé durmiéndome sobre mi saco de forraje y al alba fui despertado bruscamente cuando Juju me agarró y me tiró del carro con mis tablillas de arcilla y mi saco de viaje; entonces dio media vuelta y me confió a todos los dioses de Egipto. Los carros se alejaron a toda velocidad, levantando chispas de las piedras del camino.

Después de haberme sacudido el polvo que me cegaba, vi avanzar por entre dos colinas un grupo de carros de guerra sirios que se abrieron en abanico para la batalla. Yo me levanté y agité sobre mi cabeza un ramo de palmera en signo de paz, pese a que fuese un ramo muy seco y mustio después del viaje. Pero los carros pasaron por mi lado sin detenerse y una flecha me rozó el rostro antes de clavarse en la arena. Perseguían a Juju, que consiguió, no obstante, escapar.

Después de aquella vana persecución, los carros de Aziru regresaron hacia mí y los conductores se apearon. Yo les expuse quién era y les mostré las tablillas del faraón. Pero no me hicieron caso y me desvalijaron y me tomaron mi oro y después de haber abierto mi cofre me ataron detrás de un carro de manera que tuve que correr hasta perder el aliento y la arena me desollaba las rodillas.

Sin duda alguna hubiera sucumbido por el camino si el campamento de Aziru no se hubiese encontrado detrás de la primera colina. Con mis ojos cegados por la arena vi numerosas tiendas de campaña y unos caballos que pacían en un cercado formado por carros de guerra y carretas de bueyes. Después no vi nada más y no volví en mí hasta que unos esclavos me echaron agua sobre la cabeza y me frotaron los miembros con aceite, porque, un oficial que sabía leer, había leído mis tablillas y desde entonces me trataron con las consideraciones que me eran debidas y me devolvieron mis vestiduras.

En cuanto pude caminar me llevaron a la tienda de Aziru, que apestaba a sebo, lana e incienso, y Aziru avanzó hacia mí rugiendo como un león, con unas cadenas de oro en el cuello y la barba en una redecilla de plata. Y me abrazó diciendo:

–Estoy desconsolado de que mis hombres te hayan maltratado, pero hubieras debido decirles tu nombre y tu rango y que eras enviado del faraón, además de ser amigo. Hubieras debido también, según la buena costumbre, agitar una rama de palmera sobre tu cabeza en signo de paz, pero mis hombres me han dicho que te precipitaste sobre ellos gritando y con un puñal en la mano, de manera que han tenido que calmarte con gran riesgo de su vida.

Las rodillas me ardían, mis muñecas estaban doloridas, y le dije a Aziru con amargura:

–Mírame y dime si tengo un aspecto peligroso para tus hombres. Han quebrado mi hoja de palmera y me han desvalijado y han pisoteado las tablillas del faraón. Por esto debes azotarlos con vergas a fin de enseñarles a respetar a los enviados del faraón.

Pero Aziru levantó los brazos con irónica sonrisa y dijo:

–Has tenido sin duda alguna pesadilla, y no es culpa mía si te has herido las rodillas durante el curso de tu penoso viaje. No tengo la menor intención de hacer fustigar a mis mejores hombres por un miserable egipcio, y las palabras de un enviado del faraón son como un zumbido de moscas en mis oídos.

–Aziru –le dije–, tú que eres rey de varios reyes, haz, por lo menos, azotar al hombre que me ha pinchado las nalgas mientras corría detrás del carro. Me declararé satisfecho y debes saber que te traigo como regalo la paz para ti y para Siria.

Aziru se echó a reír y, frotándose el pecho con los puños, dijo:

–¡Qué me importa que tu miserable faraón se postre delante de mí en el polvo e implore la paz! Pero tus palabras son sensatas, y puesto que eres mi amigo y el amigo de mi mujer y de mi hijo, haré azotar al hombre que te ha pinchado las nalgas con su lanza para hacerte avanzar, porque es contrario a las buenas costumbres y, como sabes muy bien, yo me bato con armas nobles y por fines elevados.

Así tuve la satisfacción de ver a mi martirizador fustigado delante de las tropas en presencia de Aziru, y sus camaradas no lo compadecieron, sino al contrario, se rieron y se burlaron de él al oír sus aullidos, señalándolo con el dedo, porque eran soldados y apreciaban cualquier distracción en su monótona existencia. Aziru lo hubiera hecho sucumbir bajo los golpes, pero al ver la carne arrancarse de las costillas y la sangre correr levanté la mano e hice cesar el suplicio. Hice llevar al hombre a una tienda que Aziru me había destinado como alojamiento, con gran cólera de los oficiales que la ocupaban, y los soldados gritaron de júbilo al pensar que iba a torturar con refinamiento a su camarada. Pero yo le unté la espalda y los miembros, y curé sus llagas y le di cerveza, de manera que me creyó loco y perdió todo respeto hacia mí.

Por la tarde Aziru ofreció un asado de cabrito y harina amasada cocida en la grasa y yo comí con él y sus nobles y los oficiales hititas reunidos en el campo, cuyos pechos y capas estaban adornados con hachas dobles e imágenes de un soldado alado. Bebimos juntos y todos me trataron muy amablemente, creyéndome estúpido, puesto que les traía la paz en el momento en que más necesidad tenían de ella. Hablaban con fuego de la libertad de Siria y de su futuro poderío y del yugo que se habían sacudido. Pero cuando hubieron bebido bastante comenzaron a querellarse y un nativo de Joppe sacó un puñal y lo clavó en la garganta de un amorrita. Pero la herida no era grave y pude curarla fácilmente y este acto confirmó mi reputación de imbécil.

Hubiera hecho mejor en dejar morir al herido, porque aquella misma noche hizo asesinar por sus servidores al hombre de Joppe, y Aziru lo hizo colgar en el muro cabeza abajo para mantener la disciplina entre sus tropas. En efecto, Aziru trataba a sus tropas más duramente que los demás sirios, porque estaban más celosos de su poderío e intrigaban contra él, de manera que estaba constantemente sentado sobre un hormiguero.

2

Después de la comida, Aziru mandó a sus nobles y a sus oficiales a que disputasen en sus tiendas. Me mostró a su hijo, que lo acompañaba a la guerra aunque no tuviese más que siete años. Era un bello chiquillo de mejillas rosadas y una pelusilla como los melocotones, y sus ojos eran brillantes y vivos. Sus cabellos eran rizados y negros como la barba de su padre y tenía la tez de su madre. Aziru le acarició los cabellos y dijo:

–¿Has visto jamás una criatura más soberbia? He reunido para él varias coronas y será un gran rey y no me atrevo a pensar hasta dónde se extenderá su poderío, porque ha atravesado ya con su pequeña espada a un esclavo que lo había ofendido y sabe leer y escribir y no tiene miedo en el combate, porque me lo llevo conmigo a la batalla, pero solamente cuando castigamos los poblados rebeldes y no tengo que temer por su preciosa vida.

Keftiú se había quedado en Amurrú, y Aziru no se consolaba de su ausencia y era en vano que buscara una diversión con las mujeres prisioneras o con las vírgenes de Astarté, porque quien había conocido el amor de Keftiú no podía olvidarlo jamás, y su belleza había florecido de tal modo que casi no la reconocía.

Durante nuestra conversación se oyeron gritos en el campo y Aziru me dijo con tono irritado:

–De nuevo los oficiales hititas torturan a las mujeres porque es su costumbre. No me atrevo a prohibírselo porque tengo necesidad de ellos. Pero no me gustaría que enseñasen sus malas costumbres a mis hombres.

Yo sabía ya lo que podía esperar de los hititas y por esto le dije a Aziru:

–¡Oh, rey de reyes! Renuncia a tiempo a la alianza con los hititas antes de que te arranquen tus coronas, porque no hay que fiar de ellos. Concluye la paz con el faraón ahora que los hititas se han aliado para guerrear contra Mitanni. Babilonia se arma también contra ellos, como seguramente sabes, y si sigues con los hititas no recibirás más trigo de Babilonia. Por esto a la entrada del invierno el hambre penetrará en Siria como un lobo famélico si no quieres hacer la paz con el faraón, que te mandará trigo como antes.

Pero Aziru protestó:

–Tus palabras son insensatas porque los hititas son buenos con sus amigos, pero terribles con sus enemigos. Ninguna alianza me liga con ellos pese a que me manden ricos regalos y bellas armaduras, de manera que puedo pensar en la paz sin inquietarme por ello. Los hititas se han apoderado de Kadesh contrariamente a nuestras convenciones y utilizan el puerto de Biblos como si fuese suyo. Por otra parte, me han mandado un navío entero cargado de armas forjadas con un metal nuevo que harán a mis hombres invencibles en el combate. En todo caso me gusta la paz y prefiero la paz a la guerra y hago la guerra únicamente para obtener una paz honrosa. Por esto concluiría con gusto la paz si el faraón me cede Ghaza, que ha tomado por medio de un ardid, si desarma a los bandoleros del desierto y me indemniza con trigo y aceite y oro de todos los perjuicios sufridos durante esta guerra con las ciudades de Siria, porque es Egipto el único responsable de esta guerra, como sabes muy bien.

Me observaba de soslayo y sonriendo, pero yo me excité y dije:

–¡Aziru, bandido y ladrón de ganado y verdugo de inocentes! ¿Ignoras acaso que en todo el Bajo Egipto se forjan puntas de lanza y que los carros de guerra de Horemheb son más numerosos que los piojos en tu campo y que estos piojos te morderán cruelmente cuando llegue el momento oportuno? Este Horemheb que conoces ha escupido a mis pies cuando le he hablado de paz, pero a causa de su dios el faraón desea la paz y no quiere verter sangre. Por esto te ofrezco una última oportunidad, Aziru. Ghaza seguirá siendo de Egipto y tú podrás dominar por tu mano a los bandoleros del desierto, porque Egipto no es responsable de sus actos, puesto que son fugitivos sirios arrojados de su país por tu crueldad. Deberías también liberar a todos los prisioneros egipcios y compensar los perjuicios sufridos por los comerciantes egipcios en las villas de Siria y restituirles sus bienes.

Pero Aziru rasgó sus vestiduras y se arrancó pelos de la barba gritando:

–¿Te ha mordido acaso un perro rabioso, Sinuhé, para proferir tales insensateces? Ghaza pertenece a Siria y los mercaderes egipcios podrán resarcirse ellos mismos de sus pérdidas, y los prisioneros serán vendidos como esclavos según la respetable costumbre, lo cual no impide al faraón comprarlos, si tiene oro suficiente para ello.

Y yo le dije:

–Si obtienes la paz podrás elevar las murallas de tus villas y fortificar las ciudades, de manera que no tendrás nada que temer de los hititas y Egipto te sostendrá. En verdad los comerciantes de tus ciudades se enriquecerán en tus negocios con Egipto sin pagar impuestos, y los hititas no podrán entorpecer el comercio, ya que no poseen navíos de guerra. Todas las ventajas serán para ti, Aziru, si haces la paz, porque las condiciones del faraón son razonables y no puedo rebajarte nada.

Día tras día discutimos y regateamos así, y muchas veces Aziru desgarró sus vestiduras y derramó cenizas sobre su cabeza, tratándome de ladrón descarado y lamentándose sobre la suerte de su hijo, que iba seguramente a morir de miseria arruinado por Egipto. Una vez salí de la tienda y pedí una litera para irme a Ghaza, pero Aziru me llamó. Creo que, como buen sirio, gozaba con todos estos regateos, en la creencia de que engañaba y estafaba.

No se daba cuenta de que el faraón me había encargado comprar la paz a todo precio.

Pero yo conservaba mi sangre fría y pude de esta manera salvaguardar los intereses del faraón, y el tiempo trabajaba por mí, porque la discordia nacía en el campo y cada día los hombres partían para regresar a sus villas y Aziru no podía retenerlos porque su poderío no estaba todavía suficientemente consolidado. Para terminar ya, me propuso la solución siguiente: las murallas de Ghaza serían arrasadas y él designaría un rey a su elección que sería asistido de un consejero del faraón, y los barcos sirios y egipcios podrían entrar libremente en el puerto y comerciar sin pagar derechos. Pero yo no lo pude consentir, porque Ghaza, sin murallas, no tenía ningún valor para Egipto.

Al ver que rechazaba esta proposición se enojó y me arrojó de la tienda lanzándome a la cabeza mis tablillas, pero no me permitió abandonar el campo. Yo comencé a curar a los heridos y a los enfermos y a comprar los esclavos egipcios. Compré también algunas mujeres, pero a otras les di una poción para hacerlas morir, porque después de las violencias de los hititas la muerte era para ellas una liberación. Así pasaban los días y sólo podía ganar porque Aziru iba perdiendo terreno, maldiciendo mi intransigencia y arrancándose la barba.

Una noche, dos hombres trataron de asesinar a Aziru en su tienda, pero él mató a uno de sus agresores y su hijo hirió a otro por la espalda. Al día siguiente me convocó y, después de haberme insultado copiosamente, consintió en hacer la paz y en nombre del faraón firmé una paz con él y con todas las villas de Siria, y Ghaza siguió siendo egipcia, y Aziru tenía que destruir todos los cuerpos francos y el faraón se reservaba el derecho de comprar todos los prisioneros. Estas condiciones fueron consignadas en unas tablillas de arcilla como un tratado de paz perpetuo entre Siria y Egipto y fue puesto bajo la protección de todos los dioses de Egipto y todos los de Siria, sin olvidar a Atón. Aziru lanzó terribles maldiciones al imprimir su sello en la arcilla, y yo también lloré amargamente y me desgarré las vestiduras al imprimir el sello egipcio, pero en el fondo estábamos muy contentos los dos. Aziru me colmó de regalos y yo le prometí enviar ricos presentes para él, su mujer y su hijo, en el primer navío que llegase al puerto de Ghaza después de la paz.

Nos separamos en perfecto acuerdo y Aziru me besó llamándome su amigo, y antes de partir levanté a su hijo en brazos para depositar un beso en sus mejillas. Pero tanto Aziru como yo sabíamos que el tratado firmado para durar eternamente no valía siquiera la arcilla en que estaba escrito. Aziru había firmado la paz porque estaba obligado a ello, y Egipto porque el faraón lo quería. En resumen, todo dependía de lo que harían los hititas a partir de Mitanni, así como de la resolución de los cretenses, que protegían el comercio marítimo.

Aziru quería licenciar sus tropas y me dio una escolta para ir a Ghaza y dar orden de cesar el asedio de la plaza. Pero antes de entrar en Ghaza corrí un gran peligro, pues mientras nos aproximábamos a la ciudad blandiendo ramas de palmera, la guarnición egipcia nos recibió disparando flechas y venablos, de manera que creí llegada mi última hora. Me oculté tras un escudo, al pie de las murallas, pero los defensores, que no podían alcanzarnos con las flechas, nos arrojaron pez hirviendo que me causó quemaduras en las manos y las rodillas. Los hombres de Aziru se reían con el espectáculo a pesar de mis gritos lamentables, después tocaron la trompeta y finalmente los egipcios aceptaron acogerme en la ciudad. Pero no quisieron abrir las puertas, bajaron un cesto y tuve que acomodarme allí y así me izaron por las murallas con mis tablillas y mis ramas de palmera.

Protesté enérgicamente ante el comandante de la plaza, pero era un hombre violento y obstinado y me dijo que había sufrido tantas traiciones por parte de los sirios, que no abría las puertas de la plaza sin orden expresa de Horemheb. Ni siquiera quiso creerme cuando le dije que la paz estaba firmada y hubo visto las tablillas. Era un hombre sencillo y de cortas ideas y seguramente a estas cualidades era debida la heroica resistencia de Ghaza.

Un barco me llevó hacia Egipto y para mayor seguridad hice izar en el mástil la insignia del faraón y todas las insignias de paz, de manera que los marinos me despreciaron y dijeron que el navío estaba pintado y lleno de afeites como una prostituta. Pero una vez en el río, la gente acudía a la ribera con hojas de palmera y me alabaron porque les llevaba la paz, de manera que todos los marinos acabaron respetándome también y olvidaron que en Ghaza me habían izado en una cesta.

Llegado a Menfis, fui recibido por Horemheb, que elogió mi habilidad, cosa que era contraria a sus costumbres con respecto a mí. Lo comprendí al enterarme de que los navíos cretenses habían recibido orden de ganar su isla, de manera que si la guerra hubiese continuado, Ghaza no hubiera tardado en caer en manos de los sirios, porque, sin comunicación marítima, la villa estaba perdida. Por esto Horemheb se dio prisa en enviar numerosos navíos cargados de tropas, víveres y armas.

Durante mi estancia en Menfis llegó un embajador de Burraburiash, y yo lo tomé a bordo de la barca real para llevarlo a Tebas, y este viaje nos fue muy agradable, porque era un respetable anciano de barba blanca y su saber era grande. Hablamos de las estrellas y del hígado del cordero, y los temas de conversación no nos faltaron nunca.

Pero observé que temía muchísimo el creciente poderío de los hititas. Me dijo, sin embargo, que los sacerdotes de Marduk habían predicho que el poderío de los hititas duraría un siglo, pero que del oeste vendría un pueblo bárbaro y blanco que barrería al pueblo hitita. La idea de que esto ocurriría dentro de un centenar de años no me tranquilizaba en absoluto y me pregunté también cómo podía un pueblo venir por el oeste cuando por allí no había más que las islas del mar. Pero debía de haberlo, puesto que las estrellas lo habían predicho, porque había visto tantas maravillas en Babilonia que tenía más fe en las estrellas que en mi inteligencia.

Tenía el vino más delicioso para alegrarnos el corazón y me aseguró que todas las señales indicaban que el año del mundo tocaba a su fin. De esta forma él y yo sabíamos que estábamos viviendo el crepúsculo del mundo y la noche estaba delante de nosotros; se producirían terribles catástrofes y pueblos enteros serían borrados de la superficie de la tierra, como el de Mitanni, y los antiguos dioses perecerían, pero nacerían otros nuevos y un nuevo milenio comenzaría.

Me interrogó sobre Atón, moviendo la cabeza y acariciándose la barba mientras me escuchaba. Declaró que no había visto jamás un dios parecido sobre la tierra y que por esta razón la aparición de Atón podía muy bien marcar el fin del año del mundo, porque jamás hasta entonces había oído exponer una doctrina tan peligrosa.

3

Durante mi ausencia los dolores de cabeza del faraón se habían agudizado y la inquietud le devoraba el corazón porque veía que todas sus empresas fracasaban y su cuerpo, inflamado por los sueños y las visiones, adelgazaba y se mustiaba. Para calmarlo, el sacerdote Ai había decidido organizar una fiesta trentenaria después de las cosechas, en el momento de la crecida del río. Poco importaba que el faraón Akhenaton no hubiese reinado más que trece años, porque la costumbre permitía al faraón celebrar el trentenario cuando le parecía bien.

Todos los presagios eran favorables, porque la cosecha había sido del todo satisfactoria, pese a que el trigo siguiese manchado, y los pobres tenían su medida. Yo regresaba con la paz y todos los comerciantes celebraron la reanudación del comercio con Siria. Pero lo más importante para el porvenir era que el embajador de Babilonia traía como esposa del faraón a una de las numerosas hermanastras del rey Burraburiash y le pedía una hija al faraón como esposa de su rey. Esto representaba que Babilonia buscaba una doble alianza con Egipto por miedo a los hititas.

Muchos fueron los que pensaron que la idea de enviar una hija del faraón al gineceo de Babilonia era una injuria para Egipto, porque la sangre sagrada del faraón no debe mezclarse con la sangre extranjera. Pero Akhenaton no vio en ello nada injurioso. Cierto es que deploró mucho la suerte de su hijita en la Corte lejana y se acordó de las pequeñas princesas de Mitanni que habían muerto en Tebas, pero la amistad con Burraburiash le era tan preciosa que accedió a su demanda. Pero como la chiquilla no tenía dos años prometió casarla por poderes y la princesa no saldría hacia Babilonia hasta haber alcanzado la edad núbil.

El embajador aceptó con verdadero entusiasmo esta proposición.

Rejuvenecido por todas estas buenas noticias, el faraón olvidó sus dolores de cabeza y festejó dignamente el trentenario en la Ciudad del Horizonte. Ai había organizado el festejo con todo esplendor. Del país de Kush llegaron mensajeros con asnos rayados y jirafas que montaban unos monos pequeños sosteniendo loros. Los esclavos entregaron al faraón marfil y arena de oro, plumas de avestruz y cofrecitos de ébano, y nada faltaba de todo lo que el país de Kush puede ofrecer a Egipto como tributo. Pero eran pocos los que sabían que Ai había tomado todos estos regalos del tesoro del faraón y que las cestas trenzadas en las cuales se transportaba el oro estaban vacías. El faraón no supo nada de todo esto y, alabando la fidelidad del pueblo de Kush, se alegró al ver tantos ricos presentes. Le llevaron también los regalos del embajador de Creta, y el rey de Babilonia le entregó unas copas maravillosas y jarras de aceite del más fino, y Aziru había enviado regalos también, porque le habían prometido otros a cambio si consentía en hacerlo y porque su embajador tendría de esta forma la ocasión de hacer espionaje en Egipto y sondear las disposiciones del faraón.

Después de los desfiles y las ceremonias, Akhenaton condujo a su hija, que no tenía todavía dos años, al templo de Atón, y la colocó al lado del embajador de Babilonia y los sacerdotes rompieron una jarra entre ellos como era la costumbre. Fue un momento solemne, porque aquel acto consolidaba la amistad y la alianza entre Egipto y Babilonia y disipaba muchas sombras en el camino del porvenir. Los rostros desconcertados del embajador de Aziru y del delegado de los Khatti hubieran bastado para disipar nuestros temores y reforzar nuestro júbilo.

El embajador de Babilonia se inclinó profundamente delante de la princesa que, desde aquel instante, era la esposa de su dueño. La chiquilla se portó muy bien durante la ceremonia, después de la cual se agachó para coger los trozos de la jarra rota. Y todos vieron en el ademán de la princesa un feliz presagio.

Después de esta ceremonia el faraón estaba tan excitado que no podía permanecer en cama y se levantó para pasearse, levantando los brazos al cielo como si tuviese el poderío de liberar al mundo del miedo y las tinieblas. En vano le di calmantes y soporíferos; no consiguió dormirse, y me habló de esta forma:

–Sinuhé, Sinuhé, ésta es la jornada más feliz de mi vida y mi fuerza me hace temblar. Mira, Atón crea millones de seres producto de sí mismo, de su propia fuerza, ciudades, pueblos, campos, caminos y el río. Atón, todas las miradas te ven cuando brillas como un sol sobre la tierra. Pero cuando has desaparecido, cuando los hombres cierran los ojos en los rostros que has creado, cuando duermen profundamente sin verte, entonces brillas con todos tus rayos en mi corazón.

Se sumergió en la claridad de sus visiones, que le abrasaban el cuerpo, de manera que su corazón latía en su pecho hasta romperse. Y después lloró de éxtasis y levantó los brazos y cantó con fervor:

No hay nadie que te conozca verdaderamente;
sólo tu hijo, el faraón Akhenaton, te conoce,
y brillas eternamente en su corazón,
día y noche, noche y día;
sólo a él le revelas tus intenciones y tu fuerza;
el mundo entero reposa en tus manos
tal como Tú lo has creado;
cuando te levantas, el hombre renace a la vida;
cuando ocultas tu luz, muere.
Tú mides su vida,
sólo en ti vive el hombre.

Su excitación era tal que lo habría seguramente escuchado y la magia de su corazón hubiera cautivado mi espíritu si no hubiese sido su médico y, como tal, responsable de su salud. Por esto traté de calmarlo y la noche transcurrió así, y las estrellas se movían lentamente en el firmamento, mientras yo velaba sobre el faraón.

Súbitamente su perrito se puso a ladrar en la lejanía y sus ladridos atravesaron las murallas, y después el perro aulló a la muerte como un chacal. Estos aullidos sacaron al faraón de su éxtasis y volvió rápidamente en sí; levantándose echó a correr a través del palacio mientras yo lo seguía con una lámpara, hasta que llegamos a la habitación de la princesita Meketaton. Toda la servidumbre dormía después de la fiesta y sólo el perrito había velado al lado de la princesita enferma, que había comenzado a toser, y su cuerpo agotado no había podido resistir el esfuerzo y la sangre manaba de sus tiernos labios pálidos, mientras el perro le lamía el rostro y las manos en su impotente ternura. Después había aullado a la muerte, porque los perros sienten la muerte antes que los hombres. Así fue como la princesita murió antes del alba en brazos de su padre y toda mi ciencia fue impotente. Era la segunda de las hijas y tenía sólo diez años.

El faraón no podía conciliar el sueño y andaba errante por las habitaciones del palacio y salió solo al jardín, despidiendo a las guardias. Una mañana, mientras se paseaba cerca del lago sagrado, dos hombres trataron de asesinarlo, pero un discípulo de Thotmés, que dibujaba ánades del natural, porque Thotmés quería que sus discípulos aprendiesen a dibujar según lo que veían con sus ojos y no según los modelos, se echó delante del faraón y pidió socorro. El faraón salió con una herida en el hombro, pero el dibujante fue muerto ante sus ojos y su sangre se derramó sobre las manos del faraón. Así la muerte perseguía al faraón.

Me llamaron para hacer la cura al faraón, cuya herida no era grave, y vi a los asesinos. Uno de ellos iba afeitado y tenía el rostro reluciente de aceite; el otro llevaba las orejas cortadas por algún delito cometido. Atados y golpeados seguían invocando a Amón pese a que la sangre les saliese por la boca. Los sacerdotes de Amón los habían seguramente embrujado para hacer que fueran insensibles al dolor.

Era un crimen inaudito, porque jamás hasta entonces nadie había osado levantar la mano sobre un faraón. Es posible, sin embargo, que antaño los faraones hubiesen perecido en su palacio de muerte violenta, sin que dejase rastro, ya por el veneno, ya estrangulados por una delgada cuerdecilla, o bien ahogados bajo una alfombra. Y algunas veces se había trepanado también a algún faraón contra su voluntad, según había oído referir en palacio; pero públicamente nadie había atentado contra el faraón.

Los dos prisioneros fueron interrogados en presencia del faraón, pero se negaron a decir quién los había enviado. A pesar de los golpes de los guardias, se limitaban a invocar el nombre de Amón y a maldecir al falso faraón. Exasperado de oírles pronunciar el nombre maldito del dios, Akhenaton los hizo torturar, y pronto los dos hombres tuvieron el rostro cubierto de sangre y los dientes les cayeron de la boca, pero no cesaban de clamar en nombre de Amón y gritaban:

–¡Haznos torturar, falso faraón! ¡Haznos arrancar los miembros y lacerar nuestra carne, haznos quemar nuestra piel, porque no sentimos el dolor!

Su endurecimiento era tal que el faraón se apartó de ellos y recobró la calma. Se avergonzó de haber permitido a los guardias que maltratasen a aquellos hombres y dijo:

–Soltadlos, porque no saben lo que hacen.

Pero, una vez libres de sus ligaduras, comenzaron de nuevo sus maldiciones y la espuma les salía de la boca y juntos gritaban:

–¡Danos la muerte, faraón maldito! ¡Por Amón, danos la muerte, para que obtengamos la vida eterna!

Viendo que iban a ponerlos en libertad sin castigarlos, se soltaron bruscamente y se arrojaron contra el muro del patio, donde se partieron el cráneo. Tal era el poder secreto de Amón en el corazón de los hombres.

Desde entonces todo el mundo supo en el palacio que la vida del faraón no estaba segura. Por esto sus fieles reforzaron los puestos de guardia y no lo perdieron nunca de vista, incluso cuando quería pasearse solo por el parque a causa de su dolor. El atentado tuvo, además, como consecuencia, aumentar el fanatismo, tanto en los partidarios de Atón como en los de Amón.

En Tebas, donde se celebraron también festejos para conmemorar el trentenario, el pueblo no demostró ningún entusiasmo al ver desfilar el cortejo con las panteras en jaulas y las jirafas, los monos pequeños y los loros de brillante plumaje. Por la calle estallaron alborotos, se arrancaron las cruces de Atón a los transeúntes y dos sacerdotes de Atón que se habían extraviado entre la muchedumbre fueron muertos.

Pero lo peor fue que los embajadores extranjeros pudieron darse cuenta de todo y se enteraron del atentado efectuado contra el faraón. Por esto creo que el emisario de Aziru tuvo bastantes cosas interesantes que referir a su señor, además de entregarle los regalos que el faraón le mandaba. Por mi parte, entregué al embajador los regalos prometidos a Aziru. A su hijo le mandé todo un pequeño ejército de lanceros y arqueros de madera pintada, caballos y carros, la mitad pintados de hititas y la mitad de sirios, esperando que los haría luchar unos con otros para divertirse. Estos juguetes estaban hábilmente esculpidos por los mejores artesanos de Amón, que no tenían trabajo desde que los ricos no encargaban ya servidores ni barcas para sus tumbas. Este regalo me costó más caro que el que le hice a Aziru.

Fue aquél un tiempo de grandes sufrimientos para el faraón, que se sentía asediado por la duda y deploraba que sus visiones hubiesen cesado, pero acabó persuadiéndose de que el atentado era para él un signo de tener que redoblar sus esfuerzos para disipar las tinieblas que reinaban todavía sobre Egipto. Y se deslizó paulatinamente hasta saborear el amargo pan de la venganza y el agua salada del odio, pero este pan no calmó su hambre ni esta agua apagó su sed, porque sólo por pura bondad y amor imaginaba obrar al dar orden de intensificar las persecuciones contra los sacerdotes de Amón, y mandar a las minas a cuantos pronunciasen su nombre maldito. Fueron naturalmente los pobres y los simples de espíritu los que más tuvieron que sufrir, porque el poder oculto de los sacerdotes de Amón se conservaba intacto y los guardias no se atrevían a atacarlos. Por esto la cólera y el odio rugieron en breve por todo Egipto.

Para consolidar su poder, en vista de que no tenía hijos, el faraón casó a dos de sus hijas con nobles de la Corte. Meritaton rompió una jarra con un muchacho llamado Smenkhkaré, que era copero del palacio real, y que creía en Atón ciegamente. Soñaba con los ojos abiertos, y era predilecto de Akhenaton, que le ciñó la corona y lo designó su sucesor.

Anksenaton rompió una jarra con un muchacho de diez años llamado Tut, que fue nombrado guardián de las caballerizas reales y vigilante de los edificios y canteras del rey. Era un muchacho raquítico y enfermizo que jugaba con muñecas, le gustaban los dulces y era sumiso y obediente en todo. Era imposible decir de él ni mal ni bien. Al dar así sus hijas a nobles egipcios, el faraón esperaba atraerse a sus poderosas familias y ganarlas para la causa de Atón. Le gustaban aquellos muchachos, porque no tenían voluntad propia y el faraón no soportaba ya la contradicción ni escuchaba a sus consejeros.

Así todo parecía seguir sin cambio alguno, pero la muerte de la princesa y de su perro y el atentado frustrado eran funestos presagios, y lo peor de todo era que el faraón cerraba sus oídos a todas las voces terrestres para no escuchar más que las suyas propias. Por esto la vida en la Ciudad del Horizonte llegó a ser exasperante, el ruido cesó en la calle y la gente no se atrevía a reír y hablaba menos y en voz baja, como si un peligro amenazase la ciudad. Algunas veces la ciudad parecía verdaderamente muerta, tan profundo era el silencio, porque no se oía más que el ruido del agua de mi clepsidra, que medía el tiempo y parecía indicar que el fin se aproximaba. Pero bruscamente pasaba un carro por la calle tirado por caballos con plumas pintadas sobre sus cabezas, y el ruido de las ruedas se mezclaba a las voces de la cocinera que desplumaba una gallina en el patio. Y entonces me parecía salir de una desagradable pesadilla.

Y, sin embargo, durante ciertos momentos de lucidez me decía que la Ciudad del Horizonte no era sino una soberbia cáscara cuya almendra había sido roída por los gusanos. El gusano del tiempo destruía la médula de toda vida alegre y el júbilo se apagaba y la risa se moría en la ciudad. Por esto comenzaba a echar de menos a Tebas, donde, por otra parte, asuntos importantes me llamaban. Además, eran ya muchos los que abandonaban la Ciudad del Horizonte, unos para ir a vigilar sus dominios y otros para casar a algún pariente. Algunos regresaban, pero muchos no temían ya perder el favor del faraón por una ausencia prolongada y pensaban en reconciliarse con la temible potencia de Amón. Yo pedí a Kaptah que me mandase numerosos escritos de negocios y me reclamase a Tebas, y así el faraón no se opuso a mi partida.

4

Una vez a bordo y en ruta hacia Tebas, mi corazón se sentía como liberado de un embrujamiento, y era la primavera, y las golondrinas hendían el aire y la crecida había bajado ya. El fango fértil había cubierto los campos; los árboles estaban en flor y yo impaciente por llegar, como el prometido a quien espera su prometida. Así el hombre es esclavo de su corazón y cierra los ojos a lo que le desagrada y cree en lo que espera. Liberado de la magia y del miedo subrepticio de la Ciudad del Horizonte, mi corazón se alegraba como un pájaro escapado de la jaula, porque es muy duro para un hombre vivir ligado a la voluntad de otro; y todos los habitantes de la ciudad estaban sometidos a la tiranía ardiente del faraón y a sus coléricos caprichos. Para mí no era más que un hombre, porque yo era su médico, y por esto mi esclavitud era más dura que la de los demás, para quienes era un dios.

Me regocijaba poder de nuevo ver con mis propios ojos, oír con mis propios oídos y hablar con mi propia lengua, y, en una palabra, vivir a mi antojo. Y esta libertad no es perjudicial para el hombre, porque le permite ver más claramente en él. Así, remontando el río, me hice una imagen más exacta del faraón y, a medida que me alejaba de él, me daba cuenta mejor de su grandeza y lo quería más profundamente en mi corazón.

Recordé cómo Amón dominaba a los hombres por el miedo y les prohibía preguntar: «¿Por qué?» Recordaba también el dios muerto de Creta y cómo flotaba sobre el agua corrompida y cuyas víctimas estaban entrenadas para bailar delante de los toros a fin de divertir al monstruo. Todos estos recuerdos aumentaban mi odio hacia los viejos dioses, y la luz y la claridad de Atón tomaba un resplandor deslumbrante ante todo el pasado, porque Atón liberaba a los hombres del miedo, y estaba en mí y fuera de mí y más allá de todo saber, porque era un dios vivo, y como la naturaleza, vivía en mí y fuera de mí, y, como los rayos del sol, calentaba la tierra que se cubría de flores. Pero en la vecindad de Akhenaton este dios era impuesto a la gente, lo cual lo hacía desagradable, y eran muy numerosos los que sólo lo servían por miedo y a la fuerza.

Esto es lo que comprendí al remontar el río bajo un cielo azul y a través de paisajes floridos. Nada aclara tanto el espíritu como una larga travesía sin una ocupación precisa. Me di cuenta de que mi estancia en la Ciudad del Horizonte me había aletargado en la molicie y las comodidades y que mi viaje a Siria me había vuelto jactancioso y lleno de vanidades, porque creía haber aprendido en él cómo se gobiernan los reinos y se dirigen los pueblos. Y la compañía del embajador de Babilonia me había saturado de cordura terrenal y ahora las escamas caían de mis ojos y veía que toda la cordura de Babilonia no era más que terrenal y sólo tendía a fines terrenales.

Por esto acabé humillándome e inclinándome delante de la divinidad que vivía en mí y en cada ser humano, a la que el faraón Akhenaton llamaba Atón y proclamaba dios único. Reconocía que había tantos dioses como seres humanos en el mundo y que la mayoría de ellos caminaban del nacimiento a la tumba sin haber conocido jamás el dios que llevaban en el corazón. Y este dios no era sólo saber ni comprensión; era una cosa más grande todavía.

Para ser franco y vivir en la verdad tengo que confesar que estas ideas me incitaban a mostrarme bueno, mejor incluso que el faraón Akhenaton, porque no pretendía imponerlas al prójimo y hacerle daño. Y ya en mi juventud había curado gratuitamente a los pobres.

Durante el viaje pude observar por todas partes los rastros del nuevo dios. Pese a que estuviésemos en época de siembra, la mayoría de los campos estaban sin cultivar, las malas hierbas y las ortigas invadían el suelo y los fosos y los canales de irrigación no estaban desobstruidos. Y era que Amón había lanzado maldiciones terribles contra los colonos de sus antiguas tierras, de manera que los esclavos huían a las ciudades para escapar a ellas. Algunos miserables agricultores habían permanecido en sus cabañas de tierra, temerosos y descorazonados, y yo les pregunté por qué no sembraban, exponiéndose así a morir de hambre.

Pero ellos me dirigieron miradas hostiles y dijeron mirando mis ropas de hilo fino:

–¡Para qué sembrar, ya que el trigo que crecerá en nuestros campos será maldito y manchado como el que ya ha hecho morir a nuestros hijos!

La Ciudad del Horizonte vivía tan lejos de la realidad que sólo aquí oí hablar del trigo manchado de rojo que hacía morir a los chiquillos. Yo no había visto jamás semejante epidemia, y los chiquillos tenían el vientre hinchado y morían gimiendo, y los médicos eran impotentes para curarlos, lo mismo que los hechiceros. Y yo me decía que esta enfermedad no podía proceder del trigo, sino que era causada por el agua de la crecida como las demás enfermedades contagiosas del invierno, pese a que sólo los chiquillos fuesen afectados. En cuanto a los adultos, no se atrevían a cultivar sus campos y preferían esperar la muerte. Pero yo no acusaba a Akhenaton, sino que atribuía la responsabilidad a Amón, que atemorizaba a los campesinos.

En mi impaciencia por volver a Tebas di prisa a los remeros, que me mostraron sus manos llenas de callosidades y ampollas. Yo les ofrecí oro y cerveza porque quería mostrarme bueno, pero les oí discutir entre ellos y decían:

–¿Por qué remar para este viajero gordo como un cerdo, puesto que delante de su dios todos somos iguales? Que reme él mismo y verá lo que significa y si sus manos se curarán con una moneda de oro y dos gotas de cerveza.

Mis brazos sentían el hormigueo de levantar mi bastón, pero quería ser bueno porque nos acercábamos a Tebas. Por esto bajé hasta ellos y les dije:

–Remeros, dadme un remo.

Y maniobré el pesado remo y mis manos se llenaron de ampollas, que reventaron. Mi espalda estaba dolorida y todas mis articulaciones crujían; me parecía que mi espinazo iba a quebrarse y mi respiración desgarraba mi pecho.

Pero le dije a mi corazón: «¿Vas a abandonar el trabajo apenas emprendido para que los esclavos se mofen de ti? Bastante más soportan ellos cada día. Soporta hasta el final el sudor de tus manos ensangrentadas a fin de que sepas cómo es la vida de remero. Eres tú, Sinuhé, quien has reclamado una vez la copa llena.» Por esto remé hasta caer desvanecido y me llevaron a mi lecho.

Pero al día siguiente remé de nuevo con mis manos destrozadas y los remeros no se burlaron ya de mí, y me invitaron a renunciar diciendo:

–Tú eres nuestro dueño y nosotros tus esclavos; no remes más, de lo contrario el suelo se convertirá en el techo y caminaremos con los pies al aire. Deja de remar, querido dueño Sinuhé, para no sucumbir, porque el orden es necesario en todo y cada hombre tiene el lugar que los dioses le han asignado y el banco de los remeros no está hecho para ti.

Remé con ellos hasta Tebas y su comida fue la mía y cada día remaba mejor y mi flexibilidad aumentaba y gozaba de la vida al darme cuenta de que no me quedaba sin aliento al remar. Pero mis servidores estaban inquietos por mí y entre ellos decían:

–Un escorpión ha mordido seguramente a nuestro dueño o se ha vuelto loco como se vuelve uno en la Ciudad del Horizonte, porque la locura es contagiosa. Pero no tenemos miedo de él, porque llevamos un cuerno de Amón oculto en nuestro mandil.

Pero yo no estaba loco, porque no tenía ninguna intención de remar más allá de Tebas.

Así fue como llegamos a Tebas y de lejos el río nos trajo sus efluvios, y nada hay más delicioso que el olor de Tebas para quien ha nacido allí. Me hice ungir las manos con un ungüento especial y vestí mis mejores ropas después de haberme lavado. Pero mi mandil era demasiado ancho, porque había adelgazado, lo cual desolaba a mis servidores. Pero yo me mofé de ellos y los envié a la antigua casa del fundidor de cobre para anunciar mi regreso a Muti, porque no me atrevía ya a presentarme en mi casa sin previo aviso. Distribuí oro y plata entre los remeros, y les dije:

–Por Atón, id y comed y llenaos la panza y alegrad vuestro espíritu con cerveza y divertíos con bellas muchachas de Tebas, porque Atón es dispensador de bienes y ama los placeres simples y prefiere los pobres a los ricos, porque su placer es más simple que el de los ricos.

Pero ante estas palabras los remeros se ensombrecieron; sopesaron su oro y su plata y me dijeron:

–No queremos ofenderte, dueño nuestro, pero ¿no estará maldito tu oro, puesto que nos hablas de Atón? No podemos aceptarlo porque todos sabemos que abrasa la mano y se convierte en barro.

Jamás me hubieran hablado así si no hubiese remado con ellos, pero aquello les inspiró confianza en mí.

Yo les calmé diciéndoles:

–Si teméis que se convierta en barro daos prisa en cambiarlo por cerveza. Pero estad tranquilos, mi dinero no está maldito, podéis ver por el troquel que es buena plata vieja, sin mezcla de cobre, de la Ciudad del Horizonte. Pero debo deciros que sois estúpidos por temer a Atón, porque Atón no tiene nada que haga temer.

Pero ellos me contestaron así:

–No tememos a Atón, porque ¿quién temería a un dios sin fuerza? Pero sabes muy bien a quién tememos, ¡oh, dueño nuestro!, aunque no podamos pronunciar su nombre.

Renuncié a seguir discutiendo con ellos y los despedí, y se alejaron cantando alegremente como marineros. También yo tenía ganas de saltar y hacer piruetas, pero era contrario a mi dignidad. Me dirigí enseguida a «La Cola de Cocodrilo», sin esperar siquiera una litera. Así fue como volví a ver a Merit después de una larga ausencia y me pareció más bella que nunca. Pero debo reconocer que el amor enturbia la vista de los hombres, como todas las pasiones, porque Merit no era ya muy joven, mas en la radiante madurez de su estío era mi amiga y nadie estaba tan cerca de mí. Al verme se inclinó profundamente y levantó el brazo, y después se acercó y me tocó el hombro y la mejilla, y dijo sonriendo:

–Sinuhé, Sinuhé, ¿qué te ha ocurrido para que tus ojos sean tan brillantes y hayas perdido la barriga?

Yo le respondí en estos términos:

–Merit, querida mía, mis ojos brillan de deseo y relucen de amor, y mi barriga se ha fundido y desaparecido de nostalgia, tan aprisa corría hacia ti, ¡oh hermana mía!

Ella se secó los ojos y dijo:

–¡Oh, Sinuhé, cuán más bella es la mentira que la verdad, cuando la primavera se ha agotado! Pero tu regreso me aporta la primavera y creo en las leyendas, ¡oh, amigo mío!

Pero hablemos de Kaptah. Su barriga no se había fundido y estaba más imponente que nunca y numerosos abalorios y anillos pendían de su cuello, de sus muñecas y de sus tobillos, y había hecho engarzar piedras preciosas en la placa de oro que cubría su ojo tuerto. Al verme se echó a llorar de alegría, diciéndome:

–¡Bendito sea el día que me devuelve a mi dueño!

Me llevó a una habitación reservada y me instaló sobre muelles alfombras y Merit me ofreció lo mejor que había en la taberna y así pasamos alegremente algunos instantes. Kaptah me dio cuenta de mis riquezas y dijo:

–¡Oh, Sinuhé, dueño mío! Eres el más astuto de los hombres, porque eres más listo que todos los mercaderes de trigo, porque hasta ahora raros son los que los han engañado y en cambio la primavera pasada tú los engañaste con tu habilidad, a menos que no sea un mérito de nuestro escarabajo. Como recordarás, me habías dado orden de distribuir todo nuestro trigo a los colonos y pedirles solamente medida por medida, de manera que te he tratado de loco y tenía razón, a juzgar por las apariencias. Debes saber, pues, que, gracias a tu habilidad, eres doblemente rico que antes, hasta el punto que no llego a retener de memoria la cifra de tu fortuna, y los perceptores del faraón me están obsesionando constantemente con su desfachatez y codicia, que no cesan de aumentar. En efecto, en cuanto los tratantes de trigo supieron que los agricultores iban a recibirlo para así poder sembrar, los precios bajaron, y cuando corrió la voz de que iba a firmarse la paz, los precios siguieron bajando, y todo el mundo quería vender para liberarse de sus compromisos, de manera que los mercaderes se arruinaron. Entonces fue cuando compré trigo a bajo precio incluso mucho antes de que fuese cosechado. En otoño cobré medida por medida, según tus órdenes, y he recuperado todo lo que distribuí. Por otra parte, puedo confiarte bajo secreto que es mentira decir que el trigo de los colonos está manchado, porque es tan bueno e inofensivo como el otro. Creo que los sacerdotes han vertido secretamente sangre sobre el trigo de los colonos, pero hay que guardarse de repetirlo; por otra parte, nadie te creería porque todo el mundo está convencido de que el trigo y el pan de los colonos está maldito. Después, en invierno, los precios subieron todavía cuando el sacerdote Ai dio orden de embarcar trigo para Siria a fin de hacer la competencia al trigo babilónico en el mercado. De manera que jamás el precio del trigo había sido tan elevado como ahora, y nuestro beneficio es inmenso y aumentará aún si guardamos nuestras reservas, porque el invierno próximo el hambre se extenderá por Egipto, puesto que las tierras están incultas, los esclavos huyen de las tierras del faraón y los campesinos ocultan su trigo para que no lo exporten a Siria. Por esto debo elevar a las nubes tu sagacidad, ¡oh, dueño mío!, porque te has revelado más sagaz que yo, pese a que te creía loco.

Kaptah desbordaba de entusiasmo y prosiguió así:

–Bendigo los tiempos que enriquecen al rico aunque lo enriquezcan contra su voluntad. Y se saca oro incluso de las jarras vacías, como te lo voy a demostrar. Me he enterado, en efecto, que hay unos hombres que recorren el país en busca de jarras vacías de cualquier clase. Enseguida me puse a la caza en Tebas y mis esclavos compraron centenares de jarras a un precio miserable, y si te dijese que he vendido mil veces mil este invierno, no exageraría mucho.

–¿Quién es suficientemente loco para comprar jarras vacías? —pregunté.

Kaptah guiñó el ojo y dijo:

–Los compradores pretenden que en el Bajo Egipto han descubierto un nuevo procedimiento para conservar el pescado en agua salada, pero me he informado y me he enterado de que estas jarras salían hacia Siria. Han descargado en Tanis cargamentos enteros de jarras vacías y las caravanas se las llevan a Siria, y han descargado también en Ghaza, pero nadie sabe para qué las utilizan los sirios. Y tampoco se sabe qué les lleva a pagar las jarras viejas al mismo precio que las nuevas.

Esta historia era muy extraña, pero renuncié a romperme el cerebro en averiguarla, porque el asunto del trigo era más importante. Cuando Kaptah hubo terminado, le dije:

–Vende todo lo que tienes si es necesario y compra trigo tanto como puedas y a cualquier precio. Pero compra solamente el trigo que veas con tus ojos, no aquel que no ha germinado todavía. Considera también si no convendría, además, comprar el trigo exportado a Siria, porque, aunque el faraón tenga que exportar trigo según el tratado de paz, Siria puede recibirlo de Babilonia. Es verdad que en otoño próximo el hambre se extenderá en el país de Kemi, y por esto maldigo a quien venda trigo a Siria para hacer la competencia a los babilonios.

Ante estas palabras Kaptah alabó de nuevo mi cordura y dijo:

–Tienes razón, ¡oh, dueño mío!, porque serás el hombre más rico de Egipto cuando estas compras hayan sido efectuadas. Pero el hombre a quien maldices no es otro que el sacerdote Ai, que, en su idiotez, ha vendido a Siria trigo suficiente para cubrir los gastos de las fiestas del trentenario. Pero los sirios no quieren revender este trigo, porque son unos comerciantes sagaces y esperan a que en Egipto se pague a precio de oro. Y entonces nos lo revenderán y acumularán en sus cofres todo el oro de Egipto.

Pero pronto olvidé el trigo y la miseria amenazadora, así como el porvenir incierto, y al mirar a Merit mi corazón se regalaba con su belleza, porque era el vino en mi boca y el perfume de mis cabellos. Kaptah se retiró y Merit se tendió sobre la alfombrilla y yo no vacilé en llamarla hermana, pese a que hubiese dudado ya de poder hacerlo nunca más. En la oscuridad de la noche tenía mis manos sujetas entre las suyas y su cabeza reposaba sobre mi hombro y mi corazón no tenía ya secretos para ella. Pero ella conservaba su discreción y no me confió su misterio. Al reposar en el suelo al lado de Merit no me sentía ya forastero en esta tierra, sino que sus brazos eran un hogar para mí y su boca alejaba mi soledad. Pero no era más que un espejismo pasajero que debía conocer para que mi copa estuviese colmada.

Volví a ver también al pequeño Thot y su presencia alentó mi espíritu y me pasó sus brazos alrededor del cuello y me llamó padre, de manera que su memoria me emocionó. Merit me dijo que su madre había muerto y lo había tomado a su cargo porque lo había llevado a la circuncisión comprometiéndose a velar por él en el caso de que sus padres no pudiesen hacerlo. Thot llegó pronto a ser el favorito de «La Cola de Cocodrilo», donde los clientes le llevaban juguetes para complacer a Merit. Durante mi estancia en Tebas me llevé a Thot a mi casa, lo cual produjo un gran placer a Muti, y al verlo jugar bajo el sicómoro y oírlo jugar con los chiquillos de la calle, recordaba mis años de infancia en Tebas y lo envidiaba. Le gustó tanto mi casa que pasó allá la noche, y para divertirme le daba lecciones, pese a que fuese todavía demasiado tierno para estudiar. Habiendo comprobado que era inteligente y aprendía con facilidad las imágenes y los signos, decidí llevarlo a la mejor escuela de Tebas, con los hijos de los nobles, lo cual alegró mucho a Merit. Y Muti no se cansaba de prepararle golosinas con miel y contarle leyendas, puesto que había conseguido su fin, que era tener en casa a un chiquillo sin madre que le arrojase agua caliente a las piernas, como hacen las mujeres después de haber disputado con sus maridos.

Así hubiera podido ser feliz, pero en Tebas la excitación era grande, y me era imposible escapar a ella. No pasaba día sin alborotos por las calles y las plazas, y la gente se hería y se partía el cráneo discutiendo de Atón y Amón. Los guardias y los jueces no cesaban, y cada semana se llevaban al puerto hombres y mujeres atados para mandarlos a las minas o a los campos del faraón después de haberlos arrancado a sus familias. Pero estos condenados no partían como culpables, la muchedumbre los aclamaba y les arrojaba flores, y, levantando sus manos atadas, decían:

–Volveremos pronto.

Y otros añadían:

–Volveremos y conoceremos el sabor de la sangre de Atón.

Y los guardias no se atrevían a intervenir por miedo a la muchedumbre.

La discordia reinaba en Tebas y el hijo abandonaba a su padre y el marido a su mujer a causa de Atón. Así como los servidores de Atón llevaban una cruz sobre sus ropas o en el cuello, los fieles a Amón llevaban un cuerno como símbolo, lo llevaban muy visible y nadie podía impedírselo, porque de todos los tiempos el cuerno había sido un ornamento lícito. Ignoro por qué habían elegido este símbolo, acaso porque fuese uno de los numerosos nombres de Amón. Sea como fuere, los que llevaban el cuerno volcaban los cestos de los vendedores de pescado y rompían los cristales de las ventanas gritando:

–¡Embestimos con el cuerno, reventaremos a Atón con nuestros cuernos!

Pero los servidores de Atón comenzaron a llevar puñales adornados con una cruz bajo su ropa y se defendían gritando:

–¡En verdad nuestra cruz es más cortante que vuestros cuernos, y con nuestras cruces de vida os daremos la vida eterna!

Y así las muertes y las agresiones se multiplicaban rápidamente por la ciudad.

Quedé sorprendido al ver cuánto había aumentado la influencia de Atón en Tebas desde un año atrás. Porque muchos colonos que se habían refugiado en la ciudad después de haberlo perdido todo, comenzaron a acusar a los sacerdotes de envenenar el trigo y a los nobles de obstruir sus canales de irrigación y pisotear los campos, y se habían afiliado a Atón. Por otra parte, muchos jóvenes se habían apasionado por la nueva doctrina, como reacción contra la generación precedente. De la misma forma los esclavos y los descargadores del muelle se decían:

–Nuestra medida ha disminuido en una mitad y no tenemos nada que perder. Delante de Atón ni hay dueños ni esclavos, amos ni servidores, pero a Amón debemos pagárselo todo.

Pero los más ardientes partidarios de Atón eran los ladrones, los saqueadores de tumbas y los denunciadores que se habían enriquecido y temían la venganza. Y también todos aquellos que se aprovechaban de Atón o querían conservar el favor del faraón. En cuanto a la gente respetable o pacífica, acabó cansándose de todo y no creyó más en los dioses, sino que se lamentó tristemente diciendo:

–Amón o Atón, poca importa. Sólo deseamos trabajar en paz para ganar nuestra vida, pero tiran de nosotros por uno y otro lado, de manera que no sabemos qué hacer.

Los más desgraciados de aquella época fueron los que querían conservar los ojos abiertos y dejar a cada cual su fe. Los atacaban por todos lados, se les censuraba y criticaba, y eran tratados de cobardes e indiferentes, de imbéciles y de renegados, de manera que al fin elegían la cruz o el cuerno, según creyesen qué les podía resultar menos pernicioso.

Ocurrió así que las cruces bebían en sus tabernas y los cuernos en las de ellos, y las mujeres de placer que ejercían su profesión al pie de las murallas sacaban la cruz o el cuerno a gusto del cliente. Y cada noche, las cruces y los cuernos salían ebrios de las tabernas y recorrían las calles rompiendo lámparas y apagando las antorchas y golpeaban los postigos de las casas y herían a sus adversarios de manera que no podría decir quiénes eran peores, si los cuernos o las cruces, pero yo los detestaba a los dos.

«La Cola de Cocodrilo» había tenido que elegir también su signo, pese a que Kaptah hubiera preferido abstenerse y sacar provecho de los dos bandos. Pero aquello no dependía de él y cada noche dibujaban una cruz en los muros de la taberna, rodeada de dibujos obscenos. Era muy natural, porque los tratantes en trigo detestaban a Kaptah, que los había arruinado distribuyendo simiente entre los colonos, y poco importaba que hubiese inscrito la taberna a nombre de Merit en el registro de los impuestos. Se decía también que los sacerdotes de Amón habían sido maltratados en su taberna. Los clientes habituales eran principalmente individuos sospechosos que no habían tenido escrúpulos en los medios utilizados para enriquecerse, y a los jefes de los saqueadores de tumbas les gustaba saborear «Las Colas de Cocodrilo» vendiendo su botín en las habitaciones posteriores. Toda esta gente se había adherido a Atón porque los enriquecía, y los ladrones declaraban incluso que penetraban en las tumbas para borrar el nombre maldito de Amón.

No tardé en darme cuenta de que me visitaban muy pocos enfermos y que en mi barrio la gente me evitaba o apartaba la mirada. Cuando se cruzaban conmigo en un lugar solitario, me decían:

–No tenemos nada contra ti, Sinuhé, y nuestras mujeres y nuestros hijos están enfermos, pero no nos atrevemos a recurrir a tu arte porque tu Corte está maldita y no queremos crearnos disgustos.

Y decían además:

–No tememos la maldición, porque estamos hartos de los dioses y sus querellas, y no sabemos ya si vivimos o estamos muertos, tan escasa es nuestra medida. Pero tenemos miedo de los cuernos, porque rompen las puertas de nuestras casas y golpean a nuestros hijos mientras estamos trabajando. Sabes muy bien que has hablado demasiado de Atón y llevas esta desgraciada cruz colgada de tu cuello.

Pero los esclavos y los faquines continuaban acudiendo a mi casa para curarse, y prudentemente me preguntaban:

–¿Es verdad que Atón, que no entendemos por qué no tiene imagen, no hace diferencia entre el rico y el pobre? Quisiéramos también nosotros reposar bajo baldaquinos y beber vino en copas de oro y tener gente que trabajase por nosotros. Hubo un tiempo en que los ricos trabajaban en las minas y sus mujeres mendigaban en las esquinas y los que no tenían nada mojaban su pan en el vino y dormían en lechos dorados. ¿Por qué no vuelve este tiempo si Atón lo quiere, Sinuhé?

Traté de explicarles que un hombre puede ser esclavo y, sin embargo, sentirse libre. Pero ellos se reían burlonamente y decían:

–Si hubieses recibido bastonazos en la espalda, no hablarías así. Pero nosotros te queremos porque eres bueno y simple y nos cuidas sin exigirnos ningún regalo. Por esto, cuando comiencen los tumultos, ve al puerto y te ocultaremos. Porque este tiempo llegará pronto.

Pero nadie se atrevió a inquietarme, porque era médico real y todo el mundo me conocía. Por esto no dibujaban cruces ni obscenidades en mi puerta. Tal era aún el respeto popular por los que llevaban el emblema real.

Pero un día el pequeño Thot llegó a casa lleno de contusiones, sangrando por la nariz y con un diente roto. Muti lloraba mientras lo lavaba y, tomando el tundidor de la ropa, salió diciendo:

–Amón o Atón, los chicos del tejedor me las van a pagar.

Pronto resonaron gritos de dolor en la calle y vimos a Muti azotando a los cinco hijos del tejedor y atacando también al padre y a la madre. Después regresó rezumando cólera, y en vano le expliqué que el odio siembra el odio. Pero más tarde se calmó y fue a llevar pasteles de miel al tejedor y se reconcilió con él y su mujer.

Desde entonces la familia del tejedor sintió un vivo respeto por Muti, y sus hijos fueron los mejores amigos de Thot y pescaban golosinas en la cocina y se iban a la calle a jugar con los demás chiquillos sin preocuparse de los cuernos ni de las cruces.

5

Mi estancia en Tebas se prolongaba y tuve que ir una vez al palacio dorado, a pesar de mi temor de encontrarme con Mehunefer. Me deslicé como una liebre que pasa de un matorral a otro por miedo al águila rapaz. Vi a Ai, con su cetro; estaba sombrío e inquieto y me habló con franqueza.

–Sinuhé, los disturbios estallan por todas partes y temo que mañana sea peor que hoy. Trata de volver al faraón a la razón, si puedes; y si fracasas, adminístrale estupefacientes para que quede atontado, porque sus órdenes son cada vez más insensatas y creo que no se da cuenta de su alcance. En verdad el poder es amargo y este maldito Horemheb intriga contra mí y retiene en Menfis los cargamentos de trigo que mando a Siria para obtener oro. La autoridad se tambalea porque el faraón ha prohibido la pena de muerte y no se puede azotar a los criminales. ¿Cómo pretende asegurar el respeto de las leyes si no se corta la mano del criminal para servir de ejemplo? ¿Y cómo mantener el respeto de unas leyes que cambian sin cesar y según el capricho del faraón? –Se quedó pensativo y sombrío, y añadió–: ¡Si tan sólo me hubiese quedado de sacerdote en Heliópolis! Pero aquella maldita mujer me trajo aquí contagiándome su sed de poder, de manera que no soy ya libre e incluso en sueños su alma se me ha aparecido repetidas veces. No, Sinuhé, quien ha saboreado el poder quiere siempre más y más, y esta pasión es la más terrible de todas, pero proporciona también el mayor goce posible. Cierto es que si yo ostentara el poder en Egipto sabría calmar al pueblo y restablecer el orden, y la autoridad del faraón sería más grande que nunca frente a un Atón y un Amón rivales. Pero habría que hacer de Atón una imagen a la que el pueblo pudiese adorar.

Le pregunté de nuevo si había elegido ya el sucesor del faraón Akhenaton, pero él levantó el brazo para protestar y dijo:

–No soy ningún traidor, ya lo sabes, y si discuto con los sacerdotes es por su bien y para salvar su autoridad. Pero un hombre prudente lleva varias flechas en su carcaj. Y me permito recordarte de paso que soy el padre de la reina Nefertiti y de esa manera mi sangre está aliada a la familia real. Te lo digo para tu buen gobierno. Porque sé que estás muy ligado a ese vanidoso e inoportuno Horemheb, pero está sentado sobre unas puntas de lanza y es un asiento muy incómodo del que es fácil caer y romperse la crisma. Sólo la sangre de los faraones une los reinos, y esta sangre debe transmitirse de siglo en siglo, pero puede reinar también por las mujeres si el faraón no tiene herederos.

Estas palabras me llenaron de estupefacción.

Dije:

–¿Crees verdaderamente que Horemheb, mi amigo Horemheb, trata de acaparar la doble corona? Es una idea loca, sabes muy bien que nació con estiércol entre los dedos de los pies y llegó a la Corte con la túnica gris de los pobres.

Pero Ai me escrutaba con sus ojos oscuros hundidos en su rostro, y me dijo:

–¿Quién puede leer en el corazón de los hombres? La

ambición es la más grande de las pasiones, pero si Horemheb vuela tan alto, lo derribaré rápidamente.

Pasé al gineceo a visitar a la princesa de Babilonia, que había roto una jarra con el faraón Akhenaton, porque Nefertiti la había expedido inmediatamente a Tebas. Era una linda muchacha y había aprendido ya el egipcio, que hablaba de una manera verdaderamente divertida. Aunque estaba muy disgustada de que el faraón no hubiese cumplido con su deber para con ella, estaba contenta en Tebas y más a gusto que en Babilonia.

Y me dijo:

–No sabía que la mujer pudiese ser tan libre como lo es en Egipto. No tengo necesidad de velarme el rostro delante de los hombres y puedo dirigir la palabra a quien quiero y me basta decir una palabra para que me lleven a Tebas, donde soy bien acogida en los banquetes de los nobles y nadie me juzga mal si permito a los hombres guapos cogerme por el cuello y poner sus labios sobre mis mejillas. Pero quisiera que el faraón cumpliese su deber conmigo a fin de ser más libre y poder divertirme con quien quisiera porque, según es costumbre en Egipto, cada cual puede divertirse con quien quiere, a condición de que no se sepa. ¿Crees que el faraón me llamará pronto? Porque es muy enojoso permanecer virgen cuando la jarra está ya rota desde hace tiempo.

Yo olvidaba que era médico y la miraba con ojos de hombre, y pude asegurarle que no tenía ningún defecto y que la mayoría de los hombres preferirían una alfombra mullida a una dura. Pero le aconsejé que renunciase a las cosas dulces y a la leche, porque el faraón y su real esposa estaban delgados y las conveniencias exigían que las damas de la Corte lo estuviesen también, y que, además, la moda se inspiraba en ello. Pero ella añadió:

–Tengo debajo del pecho izquierdo una pequeña marca, como vas a ver. Es tan pequeña que casi no se ve y hay que acercarse mucho para examinarla mejor. A pesar de su pequeñez, me molesta mucho y quisiera que me operases. Las damas que han estado en la Ciudad del

Horizonte me han dicho que manejas admirablemente el bisturí y que sabes hacer la operación tan agradable para ti como para el enfermo.

Su pecho juvenil era verdaderamente espléndido y merecía ser visto, pero me di cuenta de que la princesa había sido ya víctima de la pasión de Tebas y yo no sentía deseos de romper los precintos de las jarras del faraón. Por esto le dije que desgraciadamente no tenía allí los instrumentos y salí rápidamente.

Había pasado en Tebas toda la primavera y se acercaba el verano, con sus calores y sus moscas, pero yo no pensaba en abandonar la ciudad. Al final, el faraón Akhenaton me reclamó porque sus dolores de cabeza habían empeorado y no pude demorar por más tiempo mi partida. Me despedí, pues, de Kaptah, que me dijo:

–¡Oh, dueño mío! He comprado en tu nombre todo el trigo disponible y lo he depositado en diferentes ciudades y lo he escondido, porque un hombre prudente obra con cautela en previsión de todo lo que puede ocurrir; si, por ejemplo, se requisa el trigo en caso de hambre para venderlo a los pobres, el fisco se metería en el bolsillo todo el beneficio, lo cual sería profundamente injusto y contrario a las costumbres. Pero me parece que los acontecimientos van a precipitarse, porque han prohibido ya el envío de jarras vacías a Siria, de manera que hay que embarcarlas a escondidas, lo cual disminuye mi beneficio. Han prohibido también exportar trigo a Siria, pero ésta es una orden natural y comprensible, que viene, sin embargo, demasiado tarde, porque no se encontraría en todo Egipto trigo que comprar para mandarlo a Siria. Esta última resolución es razonable, pero no la de las jarras vacías. Verdad es que siempre se puede burlar la ley llenándolas de agua, de manera que no estén vacías, y los perceptores no han puesto todavía ningún impuesto sobre el agua, pero son muy capaces.

Me despedí de Merit y del pequeño Thot, porque, desgraciadamente, no podía llevármelos en vista de la orden del faraón llamándome a toda prisa. Pero le dije a Merit:

–Ve a verme con el pequeño Thot y pasaremos días felices en la Ciudad del Horizonte.

Y Merit dijo:

–Toma una flor del desierto y plántala en un suelo graso y riégala cada día; se mustiará y morirá. Eso es lo que me ocurriría a mí en la Ciudad del Horizonte, y tu amistad por mí se mustiaría y perecería, porque las mujeres de la Corte te harían ver todo lo que me separa de ellas, y creo conocer tan bien a los hombres como a las mujeres. Además, no es conforme a tu rango tener en tu casa a una mujer nacida en una taberna y a quien los hombres ebrios han tocado los muslos durante muchos años.

Yo le dije:

–Merit, querida, regresaré en cuanto pueda, porque tengo hambre y sed en cuanto estoy a tu lado. Quizá regresaré para no volverme a marchar nunca más.

Pero ella dijo:

–No hablas lo que te dicta el corazón, Sinuhé, porque te conozco lo suficiente para saber que no abandonarás al faraón ahora que tantos nobles se apartan de él. No lo abandonarás en los malos tiempos. Tal es tu corazón, Sinuhé, y ésta es quizá la razón por la cual soy tu amiga.

Estas palabras me indignaron y sentí una opresión en la garganta al pensar que quizá la perdería para siempre. Y por esto le dije:

–Merit, Egipto no es el único país del mundo. Estoy hastiado de las querellas de los dioses y de las locuras del faraón. Huyamos, pues, juntos muy lejos los tres, sin pensar en el mañana.

Pero ella sonrió tristemente y dijo:

–Tus palabras son vanas y sabes bien que tu mentira me es agradable porque me prueba que me amas. Pero no creo que pudieses vivir feliz fuera de Egipto y yo no podría ser feliz más que en Tebas. No, Sinuhé, cuando sea vieja y arrugada y gorda, me abandonarás y me detestarás a causa de todo lo que habrás hecho por mí. Por esto prefiero renunciar a ti.

–Eres para mí el hogar y la patria, Merit –le dije–. Eres

el pan en mi mano y el vino en mi boca, y lo sabes muy bien. Eres la única mujer en el mundo con quien no me siento solitario, y por eso te amo.

–Sí, es verdad –dijo ella con cierta amargura–. No soy, en realidad, más que la manta de tu soledad esperando ser una alfombra usada. Pero bien está así. Por esto no te diré el secreto que me roe el corazón y que debieras quizá conocer. Pero por ti lo callo, Sinuhé, no por mí.

Así no me reveló el secreto, porque era más orgullosa que yo y quizá más solitaria también, pese a que no lo hubiese comprendido entonces, porque, en el fondo, no pensaba más que en mí. Yo creo que en el amor todos los hombres son lo mismo, pero esto no es una excusa.

Poco después abandoné Tebas y me fui a la Ciudad del Horizonte y desde aquel momento no tengo más que cosas tristes que contar. Por esto me he extendido tanto sobre mi estancia en Tebas, pese a que no ocurriese nada notable, pero lo he evocado para mí.

LIBRO DECIMOTERCERO

EL REINO DE ATÓN SOBRE LA TIERRA

1

A mi regreso a la Ciudad del Horizonte, el faraón estaba verdaderamente enfermo y necesitaba mis cuidados. Sus mejillas estaban hundidas y sus pómulos salientes, y el cuello parecía más largo todavía; en las ceremonias no soportaba ya el peso de la doble corona, que le hacía inclinar la cabeza. Sus muslos estaban hinchados y las pantorrillas eran delgadas como vergas y tenía los ojos ojerosos y apagados por el insomnio. No miraba ya a la gente cara a cara y a menudo, a causa de su dios, olvidaba a las personas con quien hablaba. Acentuaba todavía sus males saliendo al sol con la cabeza descubierta y sin parasol, para exponerse a los rayos benefactores de su dios. Pero éstos, en lugar de bendecirle, lo envenenaban, de manera que deliraba y tenía pesadillas. Su dios era como él, ofrecía su bondad y su amor con demasiada generosidad y violencia y este amor sembraba las ruinas a su alrededor.

Pero en sus momentos de lucidez, cuando le había puesto compresas frías en las sienes y administrado pociones calmantes, me miraba con sus ojos sombríos y amargos, como si una decepción indecible hubiese invadido su espíritu, y esta mirada me penetraba hasta el corazón, de manera que lo amaba en su debilidad y hubiera dado mucho por evitarle su decepción. Y me decía:

–Sinuhé, ¿mis visiones habrán sido engañadoras? Si es así, la vida es más espantosa de lo que pensaba y el mundo está gobernado no por la bondad, sino por un mal inmenso. Por esto mis visiones tienen que ser verdad. ¿Me oyes, Sinuhé? Tienen que ser verdad aunque el sol no brille ya sobre mi corazón y mis amigos escupan en mi lecho. No soy ciego, veo en los corazones, en el tuyo también, Sinuhé, en tu corazón tierno y débil, y sé que me tienes por loco, pero te perdono, porque la luz ha iluminado una vez tu corazón.

Pero cuando el dolor lo atormentaba se lamentaba y decía:

–Sinuhé, se remata a un animal enfermo o a un león herido pero nadie le da el golpe de gracia a un ser humano. Mi decepción es más cruel que la muerte, que no temo, porque mi espíritu vivirá eternamente. Nací del sol y regresaré al sol, y sólo a esto aspiro después de todas mis decepciones.

Hacia otoño, gracias a mis cuidados, estuvo mejor, pero yo me preguntaba si hubiera debido dejarlo morir. Un médico no debe nunca abandonar a sus enfermos si su arte es suficiente para hacerlos vivir, lo cual es a menudo la maldición del médico, pero no puede evitarlo, debe cuidar a los buenos y a los malos, a los justos y a los culpables, sin hacer diferencias entre ellos. Así el faraón se repuso hacia el otoño y se encerró en sí mismo y no habló con nadie y sus ojos eran duros mientras permanecía a menudo solo.

Pero tenía razón al decir que la gente escupía sobre su lecho, porque después de haber dado a luz una quinta hija, la reina Nefertiti se cansó de él y comenzó a odiarlo y a no pensar más que en hacerle daño. Por esto cuando el grano de cebada comenzó a germinar en ella por sexta vez, el hijo que llevaba en su seno no era más que nominalmente de sangre real, porque había permitido a una simiente extranjera fecundarla, y no conocía ya el límite en su libertinaje y se divertía con todo el mundo, incluso con mi amigo Thotmés. Su belleza se había conservado intacta pese a que su primavera estuviese desflorada, y su mirada y su sonrisa irónica tenían un encanto que atraía a los hombres. Se dedicó a seducir a los familiares del faraón para así apartarlos de él.

Su voluntad era firme y su inteligencia terriblemente viva, y como a ello unía la belleza y el poderío, era muy peligrosa. Durante años enteros le había bastado sonreír y dominar por su belleza, y se contentó con joyas y vinos, poesías y galanterías. Pero después del nacimiento de la quinta hija, hizo a su marido responsable. Y no olvidemos que por sus venas circulaba la sangre ambiciosa de su padre Ai, la sangre negra de la mentira, el ardid y la perfidia.

Hay que reconocer, sin embargo, que durante todos los años transcurridos su conducta había sido irreprochable y que rodeó al faraón Akhenaton de toda su ternura de mujer amante y había creído en sus visiones. Por esto mucha gente quedó sorprendida de este cambio y lo atribuyó a la maldición que flotaba sobre la Ciudad del Horizonte como una sombra mortal. Porque su desvergüenza era tal que llegó a decirse que se divertía con la servidumbre, los sardos y los obreros, si bien me niego a creerlo, porque la gente tiene siempre tendencia a exagerar.

En cuanto al faraón, se encerró en su soledad, y su alimento era el pan y la harina amasada del pobre y su bebida el agua del Nilo, porque quería purificarse para volver a encontrar su claridad y creía que la carne y el vino turbaban sus visiones.

Las noticias del extranjero eran todas malas. Aziru mandaba de Siria numerosas tablillas de arcilla para quejarse. Decía que los hombres querían regresar a sus hogares para apacentar sus corderos, cuidar su ganado, cultivar las tierras y divertirse con su mujer, porque eran amantes de la paz. Pero los bandoleros de los desiertos del Sinaí cruzaban a cada instante la frontera y saqueaban a Siria, y estos bandoleros iban provistos de armas egipcias e iban mandados por oficiales egipcios y constituían un peligro para la apacible Siria, de manera que Aziru no podía licenciar a sus tropas. El comandante de Ghaza había adoptado una actitud inconveniente contraria a la letra y el espíritu del tratado, porque cerraba las puertas de la villa a los comerciantes y las caravanas, no admitiendo más que a sus protegidos. Las quejas de Aziru eran incesantes, y escribía que cualquier otro que no fuese él hubiera perdido ya la paciencia, pero que amaba la paz por encima de todo. Era necesario, sin embargo, terminar; de lo contrario, no respondería de las consecuencias.

Babilonia estaba muy descontenta de la competencia egipcia en los mercados sirios del trigo, y Burraburiash estaba decepcionado a causa de los regalos del faraón y presentaba una larga lista de reivindicaciones. El embajador de Babilonia en Egipto se encogía de hombros, abría los brazos y se arrancaba la barba, diciendo:

–Mi señor es como un león que husmea el viento desde su antro para saber lo que le aporta. Ha puesto todas sus esperanzas en Egipto, pero si Egipto es realmente tan pobre que no puede enviarle el oro necesario para construir carros de guerra, no sé lo que ocurrirá. Mi señor desea ser siempre el amigo de un Egipto fuerte y rico, y esta alianza aseguraría la paz del mundo, porque Egipto y Babilonia son lo suficientemente ricos para no tener que desear la guerra. Pero la amistad de un Egipto débil y pobre no tiene ninguna importancia, no es más que una carga, y debo confesar que mi señor ha quedado sorprendido al ver a Egipto renunciar a Siria por debilidad. Pese a que amo a Egipto y le deseo todo el bien posible, el interés por mi país domina mis sentimientos y no me extrañaría ser en breve llamado a Babilonia, lo cual me causaría una gran pena.

Así hablaba, y ningún hombre razonable podía negarle la razón. Y el rey Burraburiash cesó de enviar juguetes y huevos teñidos a su esposa de tres años, pese a que fuese la hija del faraón y la sangre real corriese por sus venas.

Y he aquí que una embajada hitita llegó a la Ciudad del Horizonte, presidida por numerosos nobles, diciendo que iba a confirmar la amistad tradicional entre Egipto y el país de Khatti y a familiarizarse, además, con las costumbres egipcias, de las cuales habían oído decir mucho bien, y con el ejército egipcio, cuya disciplina y armamento no dejaría de procurarles algunas informaciones útiles. Su actitud era deferente y cortés y eran portadores de numerosos regalos para los personajes de la Corte. Así dieron al joven Tut, yerno de Akhenaton, un puñal de un metal azul que era más brillante y cortante que todos los demás. Yo tenía un puñal idéntico que me había regalado el capitán del puerto, como he referido, y aconsejé a Tut que lo hiciese dorar y platear a la moda siria. Estuvo encantado con su regalo y dijo que habría que ponerlo en su tumba, porque era delgado y raquítico y pensaba a menudo en la muerte, más que la gente joven de su edad.

Estos jefes hititas eran hombres bellos, agradables e instruidos. Su nariz aguileña, su mentón enérgico y sus ojos de animal feroz les procuraron numerosos éxitos, porque las mujeres se entusiasman fácilmente con todo lo que es nuevo. Y durante el transcurso de las veladas a que estaban invitados, decían así:

–Sabemos que se cuentan muchas leyendas atroces sobre nuestro país, pero es obra de pérfidos envidiosos. Por esto somos felices al demostraros que somos gente culta que sabe leer y escribir. No comemos carne cruda ni bebemos la sangre de los niños, como se cuenta, sino que apreciamos la cocina siria y la egipcia. Somos gente apacible que detestamos las querellas y a cambio de nuestros regalos sólo os pediremos algunas informaciones que puedan sernos útiles para desarrollar el nivel cultural de nuestro pueblo. Nos interesamos vivamente por la forma cómo vuestros sardos manejan sus armas así como vuestros carros de guerra dorados, a los que no podríamos comparar con los nuestros, pesados y primitivos. Y no debéis creer las calumnias difundidas sobre nosotros por los fugitivos de Mitanni, porque están amargados por la desgracia que les ha valido su cobardía. Os podemos asegurar que si se hubiesen quedado en el país no les hubiera ocurrido ningún mal, y les aconsejamos que regresen al país y vivan en buena armonía con nosotros y no les guardamos rencor alguno por sus calumnias, porque nos hacemos cargo de su decepción. Pero debéis comprender que nuestro país es demasiado pequeño para nosotros, porque tenemos muchísimos hijos, ya que nuestro gran rey Shubbiluliuma los ama enormemente. Y necesitamos espacio para ellos y para apacentar nuestros ganados, y en Mitanni había sitio para nosotros porque las mujeres no tienen más que uno o dos chiquillos. Por otra parte, no podíamos soportar ver reinar en este país la injusticia y la opresión, y en realidad los habitantes de Mitanni nos han llamado en su ayuda y hemos entrado en su país como liberadores y no como invasores. Ahora tenemos en Mitanni suficiente espacio vital para nosotros y nuestros hijos y nuestros ganados, y no soñamos con nuevas conquistas, porque somos un pueblo apacible y pacífico.

Levantaban sus copas tendiendo el brazo y elogiaban grandemente a Egipto, y las mujeres admiraban sus nucas potentes y sus ojos salvajes. Y ellos decían:

–Egipto es un país maravilloso y lo admiramos. Pero id también al nuestro, aprenderéis a conocer mejor nuestras costumbres.

Gracias a estos halagos consiguieron ganar el favor general y la Corte y nada les quedó oculto. Yo pensaba en su país árido y en sus hechiceros empalados a lo largo de los caminos y me decía que su estancia en Egipto no presagiaba nada bueno para nosotros. Y así estuve encantado de verlos marchar.

La Ciudad del Horizonte había cambiado enormemente y jamás hasta entonces la gente se había divertido tanto, jamás había comido y bebido de aquella manera, ni jugado de aquella forma, ni sus costumbres fueron tan licenciosas. De la tarde al alba las antorchas ardían delante de los palacios de los nobles, y de la mañana a la tarde resonaban los cantos, las músicas y las risas, y este furor se había apoderado incluso de los criados y los esclavos, que rondaban ebrios por las calles. Pero era una alegría enfermiza y malsana, trataban de olvidar el presente y no pensar en el porvenir. A menudo un silencio de muerte pesaba bruscamente sobre la ciudad.

Los artistas estaban poseídos también de una rabia de crear, como si se hubiesen dado cuenta de que el tiempo se les escapaba entre los dedos. Exageraban la verdad, que se convertía en caricatura bajo sus pinceles y cinceles, y rivalizaban en encontrar formas cada vez más extravagantes, hasta el punto que acabaron por decir que algunas líneas y manchas bastaban para simbolizar el modelo. Hacían del faraón Akhenaton unas imágenes que escandalizaban a la gente de edad, exagerando sus muslos hinchados o la delgadez de su cuello. Parecía que detestasen al faraón, pero ellos pretendían que jamás se había expresado la vida con tanta realidad. Yo conversaba con Thotmés:

–El faraón Akhenaton te ha sacado del arroyo y ha hecho de ti su amigo, ¿por qué lo representas como si fuese tu enemigo y por qué has escupido sobre su lecho y profanado su amistad?

Y Thotmés decía:

–No te metas en lo que no entiendes, Sinuhé. Quizá es cierto que lo odio, pero me odio todavía más a mí. En mí arde la fiebre de la creación y jamás mis manos fueron más hábiles que ahora, y es posible que un artista descontento y saturado de odio cree obras más grandes que un artista harto y satisfecho de sí mismo. Soy un creador y lo hallo todo en mí y cada imagen que esculpo es una imagen mía que vivirá eternamente. Nadie puede igualarme y valgo más que todos los hombres y no existen para mí leyes que no pueda violar, porque en mi arte estoy por encima de todas las leyes y soy más un dios que un hombre. Al crear formas y colores rivalizo con su dios Atón, porque todo lo que Atón crea está llamado a desaparecer, mientras lo que creo yo vivirá eternamente.

Pero para hablar así había bebido vino desde la mañana, y yo le perdonaba sus divagaciones, porque en su rostro se dibujaba un verdadero tormento y leía en sus ojos que era muy desgraciado.

Y con esto llegaron las cosechas y el agua del Nilo subió y volvió a bajar, y después vino el invierno que llevó la miseria a Egipto, de manera que todo el mundo se preguntaba qué desgracia traería el día de mañana. A principios de invierno se divulgó la noticia de que Aziru había abierto la mayoría de las ciudades sirias a los hititas y que los carros hititas habían atravesado el desierto de Sinaí y atacado Tanis, devastando toda la región.

2

Ante estas noticias, Ai llegó de Tebas y Horemheb de Menfis para entrevistarse con el faraón. Yo asistía a las reuniones en mi calidad de médico porque temía que el faraón se excitase y tuviese una recaída a causa de lo que tendría que oír. Pero permaneció ensimismado y frío y no perdió la calma.

El sacerdote Ai le dijo:

–Los graneros del faraón están vacíos y este año el país de Kush no ha pagado su tributo en el cual ponía todas mis esperanzas. Un hambre terrible reina en todo el país y el pueblo arranca las raíces para alimentarse con ellas y comen la corteza de los árboles frutales y los saltamontes, los escarabajos e incluso las ranas. Muchos han muerto ya, pero muchos más morirán todavía porque, incluso estrictamente racionado, el trigo del faraón no basta para alimentar a todo el mundo, y el trigo de los mercaderes es demasiado caro para que los pobres puedan comprarlo. La inquietud se apodera de todo el país y los campesinos afluyen a las ciudades y los ciudadanos huyen a los campos y todos dicen: «Es la maldición de Amón y sufriremos por culpa del dios del faraón.» Por esto, Akhenaton, debes reconciliarte con los sacerdotes y devolver a Amón su poderío, a fin de que el pueblo pueda adorarlo, y esto le calmará. Devuelve a Amón sus tierras para que las cultive, porque el pueblo no se atreve a sembrar las tierras de Amón y las tuyas han quedado también incultas, porque el pueblo dice que están malditas. Por esto debes llegar a un acuerdo con Amón y sin perder tiempo, de lo contrario me lavo las manos con respecto a todo lo que ocurra.

Y Horemheb dijo:

–Burraburiash ha comprado la paz a los hititas y Aziru ha cedido a su presión y se ha aliado con ellos. El número de soldados hititas en Siria es como las arenas del mar y sus carros son numerosos como las estrellas en el cielo y es el fin de Egipto, porque en su malicia han puesto jarras de agua en el desierto en vista de que no disponen de flota. En el desierto disponen de una cantidad de agua inmensa, de manera que en la primavera un ejército podrá atravesar el desierto sin morir de sed. Y en Egipto es donde han comprado la mayoría de estas jarras, de manera que los mercaderes que se las han vendido han cavado su propia tumba por codicia. En su impaciencia, los carros de Aziru y los hititas han hecho incursiones hasta Tanis y en territorio egipcio, violando así la paz. Cierto es que estas incursiones son poco graves, pero he hecho propagar por el pueblo el rumor de destrucciones terribles y crueldades hititas, de manera que el pueblo está dispuesto para la guerra. Todavía es tiempo, faraón Akhenaton. Da orden de que soplen las trompetas, iza las oriflamas y declara la guerra. Convoca a todos los hombres aptos para el combate, reúne todo el cobre del país para fabricar lanzas y tu poderío será salvado. Yo lo salvaré y aseguraré a Egipto un triunfo y batiré a los hititas y reconquistaré Siria. Pero necesito para esto todos los recursos de Egipto. ¡Nada de Atón ni Amón! En la guerra el pueblo olvidará sus males y su cólera se descargará en el exterior, y una guerra victoriosa consolidará tu trono. Te prometo una guerra victoriosa, porque soy Horemheb, hijo del halcón, y he sido creado para realizar grandes hazañas y mi hora ha sonado al fin.

A estas palabras Ai se precipitó para añadir:

–No creas a Horemheb, faraón Akhenaton, hijo mío, porque la mentira habla por su boca y desea tu poder. Reconcíliate con los sacerdotes de Amón y declara la guerra, pero no confíes el mando a Horemheb, sino a un viejo jefe experimentado que haya estudiado los escritos de estrategia de los antiguos faraones y en quien puedas tener plena confianza.

Y Horemheb dijo:

–Si no estuviésemos delante del faraón te pondría la mano en la cara, asqueroso Ai. Me mides por tu talla y tú eres quien miente, porque has negociado ya en secreto con los sacerdotes de Amón y llegado a un acuerdo. Pero yo no engañaré al chiquillo que un día protegí con mi túnica en el desierto de las montañas de Tebas, y mi objeto es la grandeza de Egipto y sólo yo puedo salvar al país.

El faraón les preguntó:

–¿Habéis hablado?

Y con una sola voz dijeron:

–Hemos terminado.

Y entonces el faraón dijo:

–Tengo que velar y orar antes de tomar una decisión. Pero convocad para mañana a todo el pueblo, a todos los que me aman, nobles y villanos, dueños y esclavos, y llamad también a los mineros de las canteras porque quiero hablar con mi pueblo y comunicarles mi decisión.

La orden fue cumplida y el pueblo fue convocado para el día siguiente. Pero durante toda la noche el faraón veló y oró errando por su palacio, sin comer ni hablar con nadie, de manera que yo estaba muy inquieto por él. Al día siguiente se hizo llevar delante del pueblo y tomó asiento en el trono y su rostro brilló como el sol cuando levantó el brazo y comenzó a hablar:

–A causa de mi debilidad, el hambre reina en Egipto y a causa de mi debilidad el enemigo amenaza las fronteras, porque debéis saber que los hititas se disponen a invadir todo Egipto a través de Siria y en breve sus pies hollarán las tierras negras. Todo esto ocurre por mi debilidad, porque no he comprendido claramente la voz de mi dios ni ejecutado sus voluntades. Pero al fin mi dios se me ha aparecido. Atón se me ha aparecido y su verdad arde en mi corazón, de manera que no soy ya débil ni vacilante. He derribado al falso dios, pero en mi debilidad he dejado que los demás dioses reinasen al lado de Atón, el único, y su sombra ha oscurecido a Egipto. Así, que en esta jornada caigan todos los viejos dioses del país de Kemi y que la claridad de Atón reine como una luz única sobre todo el país. Que en esta jornada todos los antiguos dioses desaparezcan y que comience el reinado de Atón sobre la tierra.

Ante estas palabras el pueblo se estremeció de angustia y fueron muchos los que se postraron de rodillas. Pero el faraón elevó la voz y gritó:

–Vosotros, los que me amáis, id y derribad a todos los antiguos dioses de Kemi, destruid sus altares, romped sus imágenes, verted su agua sagrada, demoled todos su templos, borrad sus nombres de todas las inscripciones y penetrad incluso en las tumbas para destruirlos a martillazos, a fin de que Egipto sea salvado. Nobles, tomad una maza; artistas, cambiad el pincel por un hacha; obreros, tomad vuestros martillos e id a todas las ciudades y pueblos para derribar a los viejos dioses y borrar sus nombres. Así es como purificaré a Egipto del mal.

Muchos huyeron despavoridos, pero el faraón respiró profundamente y su rostro brilló de éxtasis y añadió:

–¡Que comience el reinado de Atón sobre la tierra! ¡Que desde hoy no haya más dueños ni esclavos, señores ni servidores! Porque todos los hombres son iguales y libres delante de Atón y nadie viene obligado ya a cultivar la tierra de otro ni hacer girar la piedra del molino de otro, sino que todos podéis elegir vuestro oficio e ir y venir a vuestro antojo. El faraón ha hablado.

El pueblo observaba un silencio aterrador, pero el resplandor que se desprendía del rostro del faraón era tan potente que la gente comenzó en breve a gritar de ardor, diciendo:

–No había ocurrido jamás una cosa parecida, pero,

en verdad, su dios habla por su boca y debemos obedecerlo.

Y así la gente comenzó a dispersarse y en breve comenzaron a cambiar puñetazos y mataron a los ancianos que se habían atrevido a rebelarse contra las palabras del faraón.

Una vez la muchedumbre dispersada, Ai le dijo al faraón:

–Akhenaton, lanza tu corona a lo lejos y rompe tu cetro, porque tus palabras acaban de derribar tu trono.

Y el faraón Akhenaton le respondió:

–Las palabras que he pronunciado asegurarán la inmortalidad a mi nombre, y mi poderío vivirá en el corazón de los hombres de eternidad en eternidad.

Entonces Ai se frotó las manos y escupió en el suelo delante del faraón y pisando su saliva con el pie, dijo:

–Si es así, obraré a mi antojo y me lavo las manos, porque ante un loco no me considero responsable de mis actos.

Iba a alejarse cuando Horemheb lo retuvo por el brazo a pesar de que era un hombre robusto. Y Horemheb dijo:

–Es tu faraón y debes obedecerle, Ai, y no lo traicionarás; porque si lo traicionas te atravesaré el vientre con mi espada, aunque tuviese que levantar un ejército a mi costa para conseguirlo. Créeme, no tengo costumbre de mentir. En verdad su locura es grande y peligrosa, pero incluso en su locura lo amo y le soy fiel, porque le he prestado juramento. Y en su locura hay una brizna de cordura, porque si se hubiese limitado a derribar a los dioses todo se hubiera reducido a una guerra civil, pero habiendo liberado a los esclavos de los molinos y los siervos, entorpece los planes de los sacerdotes y gana el apoyo del pueblo, pese a que la confusión no hará más que crecer en el país. Todo lo demás me da lo mismo, pero ¿qué vamos a hacer con los hititas, faraón Akhenaton? –El faraón estaba sentado, con los brazos cruzados sobre las rodillas y no respondió. Horemheb siguió adelante–: Dame oro y trigo, armas, carros y caballos y el derecho de alistar soldados y de convocar las guardias del Bajo Egipto y trataré de rechazar el ataque de los hititas.

Entonces el faraón levantó sus ojos enrojecidos y todo el éxtasis había desaparecido de su rostro. Y dijo:

–Te prohíbo que declares la guerra, Horemheb. Pero si el pueblo quiere defender la tierra negra no se lo puedo impedir. No tengo oro ni trigo para no hablar de las armas, pero no te las daría si las tuviese, porque no quiero responder al mal con el mal. Pero puedes preparar a tu manera la defensa de Tanis, con tal de que no viertas sangre y te limites a mantenerte a la defensiva.

–De acuerdo –dijo Horemheb–. Entonces moriré en Tanis, porque, sin oro ni trigo, el ejército más hábil y más valiente no puede defenderse largo tiempo. Pero me meo en tu vacilación, faraón Akhenaton, y me defenderé como yo lo entiendo. Te saludo.

Se fue, y Ai salió también, dejándome solo con el faraón. Me miró con sus ojos infinitamente cansados y dijo:

–Ahora que he hablado, toda mi fuerza ha desaparecido; pero a pesar de todo me siento feliz en mi debilidad. ¿Qué vas a hacer, Sinuhé?

Esta pregunta me extrañó y le dirigí una mirada de sorpresa. Sonrió con expresión de cansancio y dijo:

–¿Me quieres, Sinuhé? –Cuando le hube asegurado que le quería a pesar de toda su locura, dijo–: Si me quieres, ya sabes lo que debes hacer, Sinuhé.

Me rebelé contra su voluntad, pese a que sabía perfectamente lo que deseaba de mí. Malhumorado le respondí:

–Creía que tenías necesidad de mí como médico; pero si puedes prescindir de mí, me marcharé. En verdad no sirvo para derribar las imágenes de los dioses y mis brazos son demasiado débiles para manejar el martillo, pero que tu voluntad sea hecha. El pueblo reventará seguramente mi piel y me machacará el cráneo y me colgará de los muros cabeza abajo, pero todo esto no me inquieta. Me iré, por consiguiente, a Tebas, donde hay muchos templos y mucha gente que me conoce.

No dijo nada y me marché sin decir palabra. Permaneció solo en su trono y fui en busca de Thotmés, porque necesitaba aliviar mi corazón. Horemheb estaba sentado en el taller con un viejo artista borracho llamado Bek y estaban bebiendo vino mientras los servidores de Thotmés preparaban los equipajes para la marcha.

–Por Atón –dijo Thotmés, levantando su copa de oro– ya no hay nobles ni villanos y yo que soy artista que doy vida a la piedra, voy a destrozar con gusto unas malas estatuas. Bebamos juntos, amigos míos, porque me parece que no nos queda mucho tiempo que vivir.

Bebimos, y Bek dijo:

–Me ha sacado del fango y me ha llamado su amigo y cada vez que me había bebido hasta mi mandil me ha dado ropas nuevas. ¿Por qué no complacerlo? Espero solamente que la muerte no me sea demasiado penosa, porque en mi pueblo los campesinos tienen mal carácter y la mala costumbre de recurrir a sus hoces cuando se enfadan, y abren la barriga de los que no les gustan.

Horemheb dijo:

–Ciertamente no te envidio, pese a que puedo asegurarte que los hititas tienen costumbres todavía más desagradables. En todo caso voy a hacerles la guerra y rechazarlos, porque tengo confianza en mi suerte y una vez vi un matorral ardiendo que no se consumía, y con ello supe que estaba destinado a grandes cosas. Pero es difícil realizar hazañas con las manos vacías, porque es poco probable que los hititas se dejen atemorizar por los excrementos secos que les lanzarán mis soldados.

Yo dije:

–Por Seth y todos los demonios, decidme por qué lo amamos y obedecemos pese a que sepamos que está loco y sus palabras son insensatas. Explicadme este misterio si es que sois capaces.

–No tiene acción alguna sobre mí –dijo Bek–, pero no soy más que un viejo ebrio y mi muerte no causará pena a nadie. Por esto lo obedezco y pagaré de esta manera todos los años de borrachera que he vivido gracias a él.

–No lo quiero; al contrario, lo detesto –afirmó Thotmés–. Y precisamente por esta razón salgo para ejecutar sus órdenes, porque quiero precipitar su fin. En verdad estoy hastiado de todo y espero que venga pronto el fin.

Pero Horemheb dijo:

–¡Mentís, cerdos! Confesad que cuando os mira a los ojos vuestro espinazo grasiento comienza a temblar y quisierais ser de nuevo chiquillos y jugar con los corderos. Yo soy el único sobre quien su mirada no surte efecto, pero mi destino está unido al suyo y debo confesar que lo quiero, pese a que se porta como una vieja y hable con esa voz aguda.

Así hablábamos mientras bebíamos vino y veíamos las barcas subir o bajar por el río y la gente marcharse de la Ciudad del Horizonte. Algunos nobles huían con sus mejores efectos, pero otros iban a derribar los dioses y cantaban himnos a Atón al marcharse. Creo que no cantaron mucho tiempo, pues los sones se helaron en sus bocas cuando se enfrentaron con las multitudes enfurecidas en los templos. Estuvimos todo el día bebiendo vino, pero no conseguía alegrarnos el espíritu, porque el porvenir se abría ante nosotros como un abismo negro y nuestras palabras eran cada vez más amargas.

Al día siguiente, Horemheb se embarcó para regresar a Menfis y de allí a Tanis. Antes de marcharse, le prometí prestarle todo el oro que pudiese reunir en Tebas y mandarle la mitad del trigo que poseyese. Probablemente este error de juicio determinó mi suerte, porque di la mitad a Akhenaton y la otra mitad a Horemheb y ninguno de los dos quedó satisfecho.

3

Thotmés y yo nos marchamos juntos a Tebas y ya de lejos vimos los cadáveres flotar sobre las aguas. Aparecían hinchados y reconocíamos las cabezas afeitadas de los sacerdotes, nobles y villanos, guardianes y esclavos. Los cocodrilos celebraban festines en el borde de las aguas, porque por todas partes había matanzas y arrojaban los cadáveres al Nilo, y los cocodrilos, que son animales muy inteligentes, comenzaban a hacer remilgos y elegían los bocados más exquisitos, prefiriendo la carne de los chiquillos y mujeres a la de los trabajadores y esclavos. Si los cocodrilos tienen uso de razón, como creo, aquel día debieron de cantar las alabanzas de Atón.

A nuestra llegada a Tebas había incendios en todas partes y un humo espeso se elevaba también de la ciudad de los muertos y la plebe saqueaba las tumbas de los sacerdotes y quemaba las momias. Cruces muy excitados arrojaban a los cuernos al río y los golpeaban con unas pértigas hasta que se ahogaban. Esto nos demostró que los viejos dioses estaban ya destronados en Tebas y que Atón había vencido.

Fuimos directamente a «La Cola de Cocodrilo», donde encontramos a Kaptah. Se había despojado de sus bellas vestiduras y disfrazado de pobre. Se había quitado también la placa de oro de su ojo tuerto y ofrecía de beber a los esclavos harapientos y a faquines armados diciéndoles:

–Divertíos y alegraos, hermanos, porque hoy es un día de júbilo y ya no hay dueños ni esclavos, nobles ni villanos, sino que todos los hombres son libres de ir y venir a su antojo. Bebed hoy por mi cuenta y espero que os acordaréis de mi taberna si la suerte os favorece y conseguís robar oro en los templos de los falsos dioses y las casas de los malos dueños. Soy esclavo como vosotros y esclavo nací, y mi ojo me fue reventado por mi dueña un día en que había vaciado su jarra de cerveza para llenarla con mi orina. Pero estas injusticias no se producirán más y nadie soportará ya la caricia de los vergajos porque sea esclavo y nadie tendrá que trabajar con las manos porque sea esclavo, sino que no habrá más que alegría y júbilo, danzas y diversiones mientras dure.

Sólo entonces se dio cuenta de mi presencia y de la de Thotmés y se apresuró a llevarnos a una habitación aislada y dijo:

–Es prudente que os vistáis con mayor modestia y os ensuciéis las manos de barro, porque los esclavos y los faquines recorren las calles alabando el nombre de Atón y matando a todos los que les parecen demasiado gordos y demasiado limpios. A mí me han perdonado mi obesidad porque soy un antiguo esclavo y les he distribuido trigo y los obsequio gratuitamente. Pero ¿qué mal viento os trae a Tebas, donde el clima es malo para los nobles?

Le mostramos nuestros martillos y nuestras hachas diciéndole que veníamos a derribar a los viejos dioses y a borrar sus nombres de los templos. Kaptah movió la cabeza y nos dijo:

–Vuestro proyecto puede quizá ser inteligente y gustará al pueblo, a condición de que no sepan quiénes sois, porque siempre son posibles los cambios y los cuernos se vengarán si vuelven a adueñarse del poder. No creo que este sistema pueda durar mucho tiempo, porque los esclavos no sabrán adónde ir a buscar su trigo para vivir, y en su excitación han cometido una serie de actos que han inducido a muchas cruces a reflexionar y unirse con los cuernos para mantener el orden. Sin embargo, la decisión de liberar a los esclavos es muy sagaz, porque así puedo despedir a todos los esclavos demasiado viejos o incapaces que consumen inútilmente mi precioso trigo y mi aceite. No tengo ya necesidad de mantener a mis esclavos con grandes gastos, sino que puedo contratar obreros cuando me convenga y despedirlos cuando quiera sin estar comprometido con ellos, y pagaré lo que quiera. El trigo está más caro que nunca y una vez disipada su embriaguez vendrán a suplicarme que les dé trabajo, y esto me costará menos que la mano de obra servil, porque para tener pan aceptarán cualesquiera condiciones.

–Has hablado de trigo, Kaptah –le dije–. Debes saber, pues, que he prometido la mitad del mío a Horemheb a fin de que pueda partir a la guerra contra los hititas, y debes embarcarlo inmediatamente hacia Tanis. La otra mitad la harás moler y panificar para que se distribuya entre los hambrientos de las villas donde está depositado nuestro trigo. Al distribuir este pan, tus servidores no exigirán pago alguno, sino que dirán: «He aquí el pan de Atón; tomadlo y comedlo en nombre de Atón y alabad al faraón Akhenaton.»

Al oír mis palabras, Kaptah desgarró sus vestiduras porque iba solamente vestido de esclavo. Se arrancó después los cabellos haciendo volar el polvillo de barro y lloró amargamente diciendo:

–Este acto te arruinará, ¡oh, dueño mío! ¿Y adónde estará mi provecho? La locura del faraón se ha apoderado de ti, te sostienes cabeza abajo y caminas al revés. ¡Ay de mí, que debo vivir esta jornada! Y nuestro escarabajo no nos puede ayudar, porque nadie nos dará las gracias por esta distribución de pan, y este maldito Horemheb responde descaradamente a mis cartas en que le reclamo mi oro y me dice que vaya a cobrarlo en persona. Tu amigo Horemheb es peor que un bandido, porque un bandido se contenta con robar, pero él ofrece pagar con interés y después atormenta a sus acreedores y los hace morir de rabia. Pero leo en tus ojos que hablas en serio, ¡oh, dueño mío!; y no tengo más remedio que obedecerte, pese a que te arruines.

Dejamos a Kaptah con sus clientes y los traficantes en objetos y vasos preciosos robados en los templos. Toda la gente respetable se había encerrado en casa y las calles estaban desiertas, y algunos templos donde los sacerdotes se habían atrincherado estaban en llamas. Entramos en los templos saqueados para borrar las inscripciones de los dioses y encontramos a otros fieles del faraón y nuestro martillo hacía brotar chispas de la piedra. Día tras día nuestro celo aumentaba y a menudo teníamos que pelearnos con sacerdotes que se obstinaban en proteger a sus dioses.

El pueblo sufría hambre y miseria, y los faquines y los esclavos, ebrios de su libertad, formaban bandas para saquear las casas de los ricos y repartirse el botín. Los guardias del faraón eran impotentes. Kaptah había contratado gente para moler el trigo y hacer el pan, pero la muchedumbre arrancaba los panes a los portadores y decía: «Este pan ha sido robado a los pobres y es justo que les sea distribuido.» Y nadie bendecía mi nombre, pese a que me hubiese arruinado en una sola luna.

Cuando hubieron transcurrido cuarenta días y cuarenta noches y la confusión era extrema en Tebas y los hombres que habían poseído oro mendigaban en las esquinas y sus mujeres vendían sus joyas a sus esclavos para comprar pan para sus hijos, Kaptah vino a encontrarme una noche y me dijo:

–¡Oh, dueño mío! Ha llegado para ti el momento de huir, porque el poder de Atón no tardará en derrumbarse y creo que nadie respetable lo lamentará. Hay que restaurar las leyes y el orden y los antiguos dioses, pero antes de esto los cocodrilos tendrán sus buenos festines, porque los sacerdotes se proponen extirpar la mala sangre de todo Egipto.

Y yo le pregunté:

–¿Cómo lo sabes?

Adoptó un aire inocente y dijo:

–¿No he sido acaso siempre un cuerno fiel que adoraba a Amón en secreto? También he prestado mucho dinero a los sacerdotes, porque daban un buen interés y en garantía las tierras de Amón. Para salvar el pellejo, Ai se ha puesto de acuerdo con los sacerdotes. Todos los ricos y los nobles han vuelto a Amón y los sacerdotes atraen a negros del país de Kush y alistan a sardos. En verdad te digo, Sinuhé, que el molino va pronto a girar y moler el grano, pero el pan que se sacará será el de Amón y no el de Atón. Los dioses volverán, el orden antiguo será restaurado, gracias sean dadas a Amón, porque ya estoy harto de esta confusión, pese a que me haya enriquecido considerablemente.

Estas palabras me emocionaron profundamente y grité:

–¡El faraón Akhenaton no cederá jamás!

Pero Kaptah esbozó una sonrisa de astucia y, frotándose su ojo ciego, respondió:

–No le pediremos permiso. La Ciudad del Horizonte está ya maldita y todos los que permanezcan en ella están condenados a morir. Una vez en el poder, los sacerdotes harán cortar todas las rutas que llevan a ella y morirán todos de hambre. Porque exigen que el faraón regrese a Tebas y se incline delante de Amón.

Entonces mis ideas se aclararon y vi delante de mí el rostro del faraón y sus ojos expresaban una decepción más amarga que la muerte. Y por esto dije:

–Esta vergüenza no ocurrirá, Kaptah. Tú y yo hemos corrido muchos caminos juntos, Kaptah, y seguiremos éste también hasta el fin. Ahora yo soy pobre y tú eres rico. Compra, pues, armas, lanzas y flechas, y compra también mazas y soborna a los guardias y distribuye las armas a los esclavos y a los faquines. No sé cuál será el resultado, porque jamás hasta ahora el mundo ha tenido una ocasión parecida de reformarlo todo. Cuando la tierra haya sido repartida y las riquezas distribuidas y las casas de los ricos sean habitadas por los pobres y sus jardines sirvan de lugares de juego para los hijos de los esclavos, el pueblo se calmará y cada cual tendrá su parte, cada cual trabajará a su antojo y todo irá mejor que antes.

Pero Kaptah se puso a temblar y dijo:

–¡Oh, dueño mío! No tengo interés alguno en mis viejos días en trabajar con mis manos, y han obligado ya a algunos nobles a hacer girar las muelas de los molinos y les dan de bastonazos y han obligado a las mujeres y las hijas de los ricos a acostarse con los faquines y los esclavos, en las casas de placer, lo que está muy mal. ¡Oh, amo Sinuhé! No me pidas esta vez que te acompañe, porque me acuerdo de la sombría mansión a la que te seguí un día. Me diste la orden de no volver a hablarte jamás de ello, pero hoy tengo que hacerlo. ¡Oh, dueño mío! Te dispones a penetrar de nuevo en una mansión sombría e ignoras lo que en ella te espera, y si entras descubrirás quizá un monstruo en descomposición. Porque, por lo que hemos podido ver, el dios del faraón Akhenaton es tan terrible como el de Creta y hace bailar a los mejores y más dotados egipcios delante de los toros y los manda a una mansión sombría sin esperanza de regreso. No, ¡oh, dueño mío!, no te seguiré más al antro del Minotauro. –No lloraba ni gemía, como de costumbre, sino que me hablaba seriamente, para convencerme de que debía renunciar a mis intenciones, y añadió–: Si no quieres pensar en ti ni en mí, piensa por lo menos en Merit y en el pequeño Thot, que te quiere. Llévatelos lejos de aquí, ponlos a salvo, porque su vida no estará ya en seguridad en cuanto el molino de Amón empiece a machacar.

Pero la pasión me había cegado y las advertencias eran vanas, y respondí con convicción:

–¿Quién perseguiría a una mujer y a un chiquillo? Estarán en seguridad en mi casa porque Atón vencerá. Si así no fuera, la vida no merecería la pena de ser vivida. El pueblo tiene buen sentido y sabe que el faraón desea su bien. Es imposible que pretenda volver a caer en el temor y la oscuridad. La casa de Amón es la mansión sombría de que me hablas, no la de Atón. Algunos guardias comprados y unos pocos nobles atemorizados no bastarán para derribar a Atón que tiene todo el pueblo detrás de él.

Y Kaptah dijo:

–Te he dicho lo que tenía que decirte y no me vuelvo atrás. Tengo ciertamente deseos de revelarte un pequeño secreto, pero como no es mío, renuncio a ello, y además sería ineficaz en ti, porque eres presa de la locura. No me acuses después si un día te ves obligado a lacerarte el rostro y el pecho en tu desesperación. No me dirijas reproches si el monstruo te devora. No soy más que un antiguo esclavo sin hijos que puedan llorarme. Por esto te acompañaré esta vez también, pese a que sé que es inútil. Así penetraremos juntos en esta mansión sombría y, con tu permiso, me llevaré también una jarra de buen vino.

Desde entonces Kaptah comenzó a beber de la mañana a la noche, pero sin desobedecer mis órdenes, y distribuyó armas a los antiguos esclavos y a los faquines y tuvo conciliábulos con algunos jefes de guardias a fin de ganarlos para la causa de los pobres.

El hambre y la violencia reinaron en Tebas aquellos días en que Atón descendía sobre la tierra y mucha gente estaba impresionada por la crueldad de los tiempos y decían: «Nuestra vida no es más que una pesadilla y la muerte un despertar delicioso. Abandonemos el oscuro corredor de la vida por la aurora de la muerte.» Y se mataban y algunos mataban también a sus mujeres y a sus hijos. Otros bebían sin cesar para hallar el olvido y nadie se inquietaba ya ante las cruces y los cuernos; pero si alguien encontraba por la calle una persona llevando un pan, le arrancaban el pan diciendo:

–Dame este pan, porque ¿no somos acaso todos hermanos delante de Atón?

Y si veían un hombre vestido de lino fino le decían:

–Dame tu túnica, porque todos somos hermanos delante de Atón y no es justo que un hermano vaya mejor vestido que el otro.

Los que llevaban los cuernos, si no eran muertos y sus cuerpos arrojados a los cocodrilos que se agitaban en el agua en los mismos muelles de Tebas, eran enviados a las minas o a los molinos, y no existía ya orden alguno en la ciudad y los saqueos y los robos menudeaban.

Así transcurrieron dos veces treinta días y el reino de Atón sobre la tierra no duró ya más, porque se hundió. Los negros reclutados en el país de Kush y los sardos alistados por Ai cercaron la ciudad a fin de impedir toda fuga. Los cuernos se rebelaron y los sacerdotes les procuraron armas procedentes de las cavernas de Amón, y los que no tenían armas endurecían las pértigas al fuego o dotaban de cobre sus cilindros de amasar y fundían las joyas para fabricar puntas de lanza. Los cuernos se rebelaron y arrastraron a todos los que querían el bien de Egipto; e incluso la gente pacífica y ponderada decía:

–Queremos volver al orden antiguo, porque estamos cansados del orden nuevo y Atón nos ha atormentado ya bastante.

4

Pero yo decía a la gente:

–Es posible que la injusticia haya ganado al derecho en estos días en que muchos inocentes han pagado por los culpables, pero, a pesar de todo, Amón es el dios de las tinieblas y del miedo y domina a los hombres a causa de su ignorancia. Atón es el único dios, porque vive en cada uno de nosotros y fuera de nosotros y no hay otros dioses. Luchad, pues, por Atón, esclavos y pobres, faquines y servidores, porque no tenéis nada que perder, y si Amón se lleva la victoria conoceréis la servidumbre y la muerte. Luchad por el faraón Akhenaton, porque no existe en el mundo un hombre como él y el dios habla por su boca, y no ha habido nunca, ni nunca volverá a presentarse, una ocasión como ésta de renovar el universo.

Pero los esclavos y los faquines se reían ruidosamente y decían:

–Cesa ya de decir tonterías sobre Atón, Sinuhé, porque todos los dioses se valen y todos los faraones son iguales. Pero eres un buen hombre, aunque un poco cándido, y has vendado nuestras manos aplastadas y sanado nuestras llagas sin pedirnos nada. Arroja, pues, a lo lejos esta maza que ya no tienes fuerza para manejar, porque no estás hecho para pelear, y los cuernos te matarán si te ven con esta maza. En cuanto a nosotros, poca importancia tiene que muramos, porque hemos mojado nuestras manos en la sangre y vivido bellas jornadas durmiendo bajo los baldaquinos y bebiendo en copas de oro. Nuestra hora ha terminado y vamos a morir con las armas en la mano, porque después de haber saboreado la libertad no queremos volver a caer en la esclavitud.

Estas palabras me sumieron en un mar de confusiones, y arrojando la maza me fui a casa a buscar mi estuche de médico. Durante tres días y tres noches la gente peleó en

Tebas e innumerables fueron las cruces que adoptaron el cuerno y muchos se escondieron en las casas y los sótanos y los depósitos de trigo y las cestas vacías del puerto. Pero los esclavos y los faquines se batieron valientemente. Tres días y tres noches se batieron en Tebas y se incendiaron casas para iluminar los combates, y los negros y los sardos incendiaban también las casas para saquearlas y mataban a la gente al azar, fuesen cruces o fuesen cuernos. Su jefe era el mismo Pepitaton, aquel que había atropellado a la muchedumbre en la avenida de los Carneros y delante del templo de Amón, pero se llamaba nuevamente Pepitamon y Ai lo había elegido porque era el más instruido de todos los jefes del faraón.

En cuanto a mí, curaba las heridas de los esclavos y los faquines y los cuidaba en «La Cola de Cocodrilo», y Merit cortaba a tiras mis ropas, las suyas y las de Kaptah para hacer vendas, y el pequeño Thot llevaba vino a los que había que aliviar los sufrimientos. El último día se luchó únicamente en el barrio del puerto y en el de los pobres, y los negros y los sardos, entrenados para la guerra, segaban a la gente como si fuese trigo, y la sangre corría por los callejones. Jamás la muerte había hecho una tan rica cosecha en el país de Kemi, porque no se daba cuartel y los esclavos se batían hasta la muerte.

Los jefes de los esclavos y los faquines acudían algunas veces a reponer sus fuerzas a la taberna, y me decían:

–Te hemos preparado en el puerto una cesta donde podrás ocultarte, Sinuhé, porque imaginamos que no tienes ganas de que te cuelguen cabeza abajo en los muros de la ciudad con nosotros esta noche. Es el momento de ocultarte, Sinuhé, porque es inútil curar heridos que van a ser degollados de un momento a otro.

Pero yo les contestaba:

–Soy médico real y nadie osará poner la mano sobre mí.

Y entonces se echaban a reír y me daban golpes en la espalda con sus grandes manazas huesudas, bebían vino y volvían a la lucha.

Finalmente, Kaptah se acercó a mí y dijo:

–Tu casa arde, Sinuhé, y los cuernos han matado a Muti, que los amenazaba con su pala de lavar. Es hora ya de vestir tus finas vestiduras y ostentar las insignias de tu dignidad. Abandona, pues, a estos heridos y sígueme a las habitaciones posteriores a fin de que nos preparemos a recibir a los sacerdotes y oficiales.

Merit me rodeó el cuello con sus brazos y me dijo también:

–Huye, Sinuhé, y si no quieres hacerlo por ti, hazlo por mí y por Thot.

Pero las largas vigilias y la decepción y la muerte me habían embrutecido hasta el punto que no sabía ya lo que sentía.

Dije:

–¡Qué me importa mi casa, qué me importa Thot y qué me importas tú! La sangre que corre es la sangre de mis hermanos en Atón y no quiero vivir si el reino de Atón se derrumba.

Pero ignoro por qué pronuncié estas palabras, que no expresaban los sentimientos de mi corazón.

No sé si hubiera tenido tiempo de huir, porque al poco rato los sardos hundieron la puerta de la taberna y entraron precedidos por un sacerdote con la cabeza afeitada y reluciente de aceite. Comenzaron a matar a los heridos y el sacerdote les reventaba los ojos con su cuerno y los negros, con los pies juntos, saltaban sobre su barriga, de manera que la sangre manaba por sus heridas. Y el sacerdote aullaba:

–Es un inmundo antro de Atón, ¡limpiémoslo por el fuego!

Ante mis ojos le partieron la cabeza al pequeño Thot y asesinaron a Merit a lanzazos, y mientras yo volaba en su socorro un sacerdote me dio un golpe en la cabeza y me caí y no supe nada más de lo que ocurría.

Recobré el conocimiento en la callejuela que había delante de «La Cola de Cocodrilo» y de momento no supe dónde estaba ni si estaba vivo o muerto. El sacerdote se había marchado y los soldados habían depuesto las armas y bebían el vino que Kaptah les ofrecía, mientras los oficiales les daban prisa para que fuesen de nuevo a pelear, y «La Cola de Cocodrilo» ardía. Entonces lo recordé todo y traté de levantarme, pero las fuerzas me fallaron. Comencé a reptar sobre mis manos y las rodillas y penetré en la casa en llamas para reunirme con Merit y Thot, y mis cabellos se encendieron y mis ropas también, pero Kaptah llegó corriendo y gritando; sacándome de las llamas me hizo rodar por el polvo hasta que mis ropas se hubieron apagado. Ante este espectáculo los soldados se echaron a reír, y Kaptah les dijo:

–Está indudablemente atontado, porque el sacerdote le ha dado un golpe en la cabeza con el cuerno y será castigado. Porque este hombre es médico real y no debe tocarse su persona y es, además, sacerdote de primer grado, si bien ha tenido que disfrazarse de pobre para ocultar sus insignias y escapar así de la furia del pueblo.

Sentado en el polvo me cogí la cabeza con ambas manos y las lágrimas corrieron por mis mejillas y gemí:

–¡Merit, Merit mía!

Pero Kaptah me dio un golpe y me susurró al oído:

–¡Cállate, loco! ¿No has causado todavía bastantes desgracias con tu locura? –Y en vista de que no me callaba se inclinó hacia mí y dijo–: Que todo esto te vuelva a la razón, ¡oh, dueño mío!, porque tu medida está ya más que colmada. Debes saber, pues, aunque ya sea tarde, que Thot era tu hijo, nacido de ti, y fue concebido la primera vez que abrazaste a Merit y dormiste a su lado. Te digo este secreto para que recobres el espíritu, ya que ella no quiso hablarte de ello porque era orgullosa y solitaria y la abandonaste por Akhenaton y su ciudad. El pequeño Thot era de tu sangre, y si no estuvieses completamente loco hubieras reconocido tus ojos y tu boca en su boca y en sus ojos. Yo hubiera dado mi vida por salvar la suya, pero a causa de tu locura no he podido salvar ni la de Merit ni la suya. Por tu locura han perecido los dos, de manera que espero que recobres tu espíritu, dueño mío.

Estas palabras me impusieron silencio y, mirándolo frente a frente, le pregunté:

–¿Es verdad?

Pero esta pregunta era inútil. Y así seguía en el polvo de la calle y ya no lloré más ni sentí más dolor, sino que todo se helaba en mí y mi corazón se cerraba, de manera que no sabía ya lo que me pasaba.

«La Cola de Cocodrilo» seguía ardiendo delante de mí con el pequeño Thot y el bello cuerpo de Merit. Sus cadáveres se consumían en medio de los cadáveres de los esclavos y faquines y yo no podía hacerlos conservar eternamente, pues Thot era mi hijo y era posible que por sus venas hubiese corrido sangre real, como corría por las mías. Si lo hubiese sabido, acaso hubiera obrado de otra forma, porque por un hijo un padre es capaz de muchos actos que no haría por sí mismo. Pero era ya tarde y permanecía sentado contemplando las llamas que devoraban los dos cuerpos y me tostaban la cara.

Kaptah me llevó a casa de Ai y Pepitamon porque la batalla había terminado y, mientras el barrio de los pobres ardía, administraban justicia en tronos de oro y los soldados y los guardias les llevaban sus prisioneros. Todo el que fue cogido con las armas en las manos era colgado cabeza abajo de los muros, y quien era encontrado en posesión de botín era arrojado a los cocodrilos, y el que llevaba una cruz de Atón era apaleado y enviado a las minas y las mujeres eran entregadas a los soldados y a los negros, que se divertían con ellas, y los chiquillos eran entregados a Amón para ser educados en los templos. Así la muerte reinaba en las riberas de Tebas y Ai no conocía la piedad, porque quería ganar el favor de los sacerdotes y decía:

–Extirpo la mala sangre de todo Egipto.

Pepitamon estaba en el colmo de su cólera, porque los esclavos y los faquines habían saqueado su palacio llevándose la comida de sus gatos para dársela a sus hijos, y los gatos, hambrientos, se habían vuelto salvajes. Por esto tampoco él conocía la piedad y en dos días los muros estuvieron cubiertos de cuerpos colgados cabeza abajo.

Pero los sacerdotes volvieron a levantar con alegría la estatua de Amón y le ofrecieron grandes sacrificios. Se entronizaron de nuevo las imágenes de los demás dioses y los sacerdotes dijeron al pueblo:

–No habrá ya más hambre ni más lágrimas en el país de Kemi, porque Amón ha vuelto y bendecirá a todos los que creen en él. Sembremos los campos de Amón y el trigo crecerá centuplicado y la riqueza y la abundancia volverán a Egipto.

Pero, a pesar de todo, el hambre era todavía espantosa en Tebas y los sardos saqueaban y robaban sin hacer distinción entre las cruces y los cuernos y violaban a las mujeres y vendían a los chiquillos como esclavos, y Pepitamon no podía retenerlos, ni Ai se bastaba para imponer la disciplina. Y en Egipto no había faraón, porque los sacerdotes habían declarado que Akhenaton era un falso faraón y su sucesor tenía que entrar en Tebas e inclinarse ante Amón para ser reconocido por los sacerdotes como soberano legítimo.

Ante esta confusión, Ai nombró a Pepitamon gobernador de Tebas y fue urgentemente a la Ciudad del Horizonte a incitar a Akhenaton a que renunciase a la doble corona. Y me dijo:

–Acompáñame, Sinuhé, porque quizá tendré necesidad de los consejos de un médico para hacer ceder al faraón.

Y yo le contesté:

–En verdad te acompañaré, Ai, porque quiero que mi medida esté bien colmada.

Pero él no comprendió lo que quería decirle.

5

Así, con Ai llegué de nuevo a la Ciudad del Horizonte, pero Horemheb se había enterado en Menfis de los acontecimientos de Tebas y de otras ciudades de las riberas del río y acudió también al faraón. Mientras iba remontando el río, las villas y los poblados iban calmándose a su paso, porque se abrían los templos y se colocaban las imágenes de los dioses en su sitio, y creo que los cocodrilos bendijeron de nuevo su nombre. Pero tenía prisa en llegar antes que Ai a fin de disputarle el poder, y por esto indultó a todos los esclavos que depusieron las armas y no castigó a los que cambiaban la cruz de Atón por el cuerno de Amón. Y el pueblo alababa su generosidad, si bien su objeto era conservar a los hombres válidos para su ejército.

Pero la Ciudad del Horizonte era una tierra maldita, y sacerdotes y cuernos vigilaban los caminos que llevaban a ella y asesinaban a todos los que salían si no consentían en sacrificar a Amón. Habían cerrado también el río con cadenas de cobre. Y al ver la ciudad desde el barco no la reconocí porque reinaba en ella un silencio de muerte y las flores estaban mustias en los parques y el césped quemado por el sol, porque nadie regaba ya. Los pájaros no piaban ya en los árboles desecados por el sol y un olor de muerte flotaba por las calles. Los nobles habían abandonado sus palacios y la servidumbre huyó dejándolo todo como estaba, sin querer llevarse nada de la ciudad maldita. Los perros habían muerto en sus casetas y los caballos en las cuadras, con los tobillos cortados por los esclavos en fuga.

Pero el faraón y su familia no se habían movido de su palacio dorado y algunos servidores fieles habían permanecido con ellos, con algunos viajeros cortesanos que no podían concebir la existencia alejados de la Corte. Ignoraban todo lo ocurrido, porque desde hacía dos lunas ningún mensajero había llegado a la Ciudad del Horizonte. Y los víveres comenzaron a faltar en el palacio y todo el mundo se alimentaba de pan y harina amasada, según la voluntad del faraón. El sacerdote Ai me mandó a ver al faraón, que tenía confianza en mí, para que le contase todo lo ocurrido. Así me presenté de nuevo ante

Akhenaton, pero todo estaba helado en mí y no conocía ya ni pena ni alegría, y mi corazón estaba cerrado. Levantó hacia mí su rostro devorado por la consunción y me miró con sus ojos apagados diciendo:

–Sinuhé, ¿eres tú el único en volver a mí? ¿Dónde están mis fieles? ¿Dónde están todos aquellos a quienes yo amaba y me amaban a mí?

Y yo le dije:

–Los antiguos dioses reinan de nuevo en Egipto y los sacerdotes sacrifican a Amón en Tebas, mientras el pueblo está lleno de júbilo. Te han maldecido, faraón Akhenaton, han maldecido tu villa y tu nombre hasta la consumación de los siglos y lo borran de las inscripciones.

Movió la cabeza con impaciencia y la excitación le enrojeció el rostro, y dijo:

–No te pregunto lo que pasa en Tebas; te pregunto dónde están mis fieles, todos aquellos a quienes amaba.

Yo le contesté:

–Tienes todavía a tu lado a la bella Nefertiti y a tus hijas. El joven Smenkhkaré pesca peces en el río y Tut juega al entierro con sus muñecas. ¿Qué te importa todo lo demás?

Y él preguntó:

–¿Dónde está mi amigo Thotmés, que era también tu amigo? ¿Dónde está ese artista que hacía vivir eternamente la piedra?

–Ha muerto por ti, faraón Akhenaton. Los negros lo han atravesado con sus lanzas y han dado su cuerpo como pasto a los cocodrilos porque te era fiel. Quizá haya escupido en tu lecho, pero ya no piensa en ello, y ahora su chacal aúlla en su taller desierto.

Akhenaton hizo un ademán con la mano como si quisiera apartar una telaraña de delante de sus ojos. Después me nombró un gran número de personas a quienes había amado. A algunos nombres yo respondía: «Han muerto por ti», pero la mayoría de las veces decía: «Sacrifica a Amón y maldice tu nombre.» Para terminar, dije:

–El reino de Atón se ha derrumbado sobre la tierra, y Amón reina de nuevo.

Miró fijamente en el vacío y, agitando sus manos exangües, dijo por fin:

–Sí, sí, lo sé todo. Mis visiones me lo han dicho. El reino de lo eterno no tiene lugar en los límites terrenales. Todo quedará como antes, y el miedo, el odio y la injusticia seguirán reinando. Por esto sería mejor que estuviese muerto, y mejor aún que no hubiese nacido nunca para ver todo el mal que reina sobre la tierra.

Entonces su ceguera me irritó y, exaltándome, le dije:

–No has visto más que una parte del mal causado por tu culpa, faraón Akhenaton. La sangre de tu hijo no ha corrido por tus manos y tu corazón no se ha helado por el estertor de la mujer que amas. Por esto tus palabras no tienen sentido.

Con aire cansado me dijo:

–Vete, abandóname, puesto que tan malo soy. Abandóname para que no tengas que sufrir por mi culpa. Abandóname, porque estoy cansado de ver tu rostro, cansado de ver todos los rostros humanos, porque bajo todos los rostros se distinguen los rasgos de la bestia.

Pero yo me senté a sus pies y le dije:

–No te abandonaré, faraón Akhenaton, porque quiero mi medida llena. Debes saber que el sacerdote Ai va a llegar y Horemheb ha hecho sonar sus trompetas sobre el río y ha cortado las cadenas de cobre para abordar en la Ciudad del Horizonte.

Sonrió débilmente levantando el brazo y dijo:

–Ai y Horemheb, el crimen y la lanza, son, pues, los únicos fieles que acuden a mí...

Y entonces guardó silencio hasta el momento en que los dos hombres entraron. Habían disputado con violencia y sus rostros estaban rojos de indignación y respiraban con fuerza hablando sin respeto para el faraón. Y Ai dijo:

–Debes abdicar, faraón Akhenaton, si quieres conservar la vida. Que Smenkhkaré reine en tu lugar y que regrese a Tebas para sacrificar a Amón. Y los sacerdotes lo ungirán faraón y colocarán la doble corona sobre su cabeza.

Pero Horemheb dijo:

–Mis lanzas salvarán tu corona, faraón Akhenaton, si regresas a Tebas y sacrificas a Amón. Los sacerdotes gruñirán quizá un poco, pero yo los calmaré con mi fusta y dejarán de gruñir, porque declararás la guerra santa para conquistar la Siria.

El faraón lo contempló largamente, soslayándole con una sonrisa muerta.

–Viviré y moriré como faraón –dijo–. Jamás consentiré en sacrificar a un falso dios y jamás declararé una guerra para salvar mi trono en la sangre. El faraón ha hablado.

Ai levantó los brazos y miró a Horemheb, que hizo el mismo ademán.

Yo estaba sentado en el suelo, porque no tenía ya fuerza en las rodillas y los observaba. Súbitamente Ai sonrió astutamente y dijo:

–Horemheb, las lanzas están a tu disposición y el trono es tuyo. Ponte sobre la cabeza la doble corona que deseas.

Pero Horemheb tuvo una sonrisa de mofa y exclamó:

–No soy tan tonto. Toma tú estas malditas coronas, si las quieres. Sabes muy bien que las cosas ya no volverán nunca más a ser como antes, sino que Egipto está amenazado por el hambre y la guerra, y si ahora asumiera el poder, el pueblo me acusaría de todos los males que tendrá que soportar y te sería fácil destronarme en el momento preciso.

–En este caso –dijo Ai–, que lo sea Smekhkaré, si consiente en regresar a Tebas. Si no, Tut, que consentirá seguramente. Sus esposas son de sangre real. Que soporten la cólera popular hasta que los tiempos mejoren.

–Tú te propones reinar en su nombre –dijo Horemheb.

Pero Ai respondió:

–Olvidas que tienes un ejército y por consiguiente debes rechazar a los hititas. Si consigues hacerlo, nadie será más poderoso que tú en el país de Kemi.

Así disputaban, pero acabaron dándose cuenta de que su suerte estaba ligada y que nada podía el uno sin el otro. Y por esto Ai dijo al fin:

–Reconozco que he hecho cuanto he podido para derribarte, Horemheb, pero ahora eres más fuerte que yo, hijo del halcón, y no puedo prescindir de ti. Pero si los hititas invaden el país, el poder carecerá de todo atractivo para mí, porque sé muy bien que Pepitamon es incapaz de resistir a los hititas y no sirve más que como verdugo. Que este día selle, pues, nuestra alianza, Horemheb, porque juntos podemos gobernar Egipto, pero separados fracasaremos. Sin mí, tu ejército es impotente, y sin tu ejército, Egipto sucumbe. Juremos, pues, en nombre de todos los dioses de Egipto, que a partir de hoy estamos ligados uno a otro. Soy ya viejo, Horemheb, y deseo saborear la embriaguez del poder, pero tú eres joven y tienes tiempo para esperar.

–No anhelo estas coronas, sino una buena campaña para mis rufianes –dijo Horemheb–. Pero quiero una garantía, Ai; si no, me traicionarás a la primera ocasión. No protestes, te conozco.

Ai tendió su brazo y dijo:

–¿Qué garantía puedo darte? ¿Es que el ejército no es una garantía de duración eterna?

Horemheb se puso sombrío y miró las paredes con aire embarazado arañando el suelo con sus sandalias como si hubiese querido hundir los dedos en la arena. Y después le dijo:

–Quiero a la princesa Baketaton por esposa. En verdad te digo que quiero romper una jarra con ella aunque los cielos y la tierra se abran, y no podrás impedirlo.

Ai exclamó diciendo:

–¡Ah! Ya comprendo lo que deseas, y eres más astuto de lo que yo pensaba, de manera que te respeto. Ha vuelto a tomar ya el nombre de Baketamon y los sacerdotes no tienen nada contra ella y por sus venas corre la sangre sagrada del gran faraón. En verdad que al casarte con ella tendrás un derecho legítimo al trono, Horemheb, y un derecho más directo que los maridos de las hijas de Akhenaton, porque no tienen más que la sangre del falso faraón detrás de ellos. En verdad has combinado bien el golpe, Horemheb, pero no puedo aceptar tu condición; en todo caso, todavía no, porque entonces estaría enteramente en tus manos y no tendría ningún poder sobre ti.

Pero Horemheb gritó:

–¡Guárdate tus cochinas coronas, Ai! Más que las coronas es a ella a quien deseo y he deseado desde el primer día que la vi en el palacio dorado. Deseo mezclar mi sangre con la del faraón, a fin de que de mis flancos salgan reyes de Egipto. Tú no deseas más que la corona, Ai. Tómala, pues, cuando juzgues llegado el momento propicio y mis lanzas sostendrán tu trono, pero dame a la princesa y no reinaré hasta después de ti, porque, como has dicho, tengo tiempo para esperar.

Ai se frotó el rostro con la mano, reflexionando largamente, mientras su aspecto iba tiñéndose de satisfacción porque había encontrado una manera de dominar a Horemheb. Por esto dijo:

–Has esperado largo tiempo a la princesa y la esperarás aún, porque tienes que ganar primero una guerra difícil. Y requerirá tiempo también el conseguir que la princesa consienta, porque te desprecia profundamente, ya que naciste con estiércol entre los dedos de los pies. Pero yo y sólo yo poseo la manera de hacerla ceder, y te juro por todos los dioses de Egipto que el día en que coloque sobre mi cabeza la corona roja y la corona blanca, yo mismo romperé una jarra entre la princesa y tú. Y no puedo ir más lejos en mis concesiones; lo comprenderás muy bien.

–De acuerdo. Llevemos a término esta empresa y creo que no harás las cosas despacio, tal es tu impaciencia por ceñir en tus sienes estas coronas que no son más que simples juguetes.

En el ardor de la discusión, habían olvidado totalmente mi presencia en el suelo, y, al descubrirme, Horemheb exclamó casi asombrado:

–Sinuhé, ¿todavía estás aquí? Es lamentable para ti, porque has oído cosas que no convienen a tus oídos indignos y por esto debes matarte, aun cuando lo siento, porque eres mi amigo.

Estas palabras me hicieron sonreír porque me dije que los dos, Ai y él, eran de baja extracción y se repartían coronas, mientras yo era quizá el único heredero varón del trono. Por esto no pude evitar reírme, y poniéndome la mano delante de la boca me eché a reír, ahogándome como una vieja.

Ai se sintió vejado y dijo:

–No tienes por qué reírte, Sinuhé, porque estamos tratando de asuntos muy serios. Pero no te haremos perecer, como te merecerías, porque es conveniente que lo hayas oído todo y puedas servirnos de testigo. Porque no repetirás a nadie lo que has oído hoy. Tenemos necesidad de ti y te consideramos de los nuestros porque comprenderás que es hora ya de que el faraón Akhenaton muera. Por esto vas a trepanarlo hoy y harás que tu bisturí penetre lo suficientemente profundo para que muera según la buena vieja costumbre.

Pero Horemheb dijo:

–Yo no me meto en este asunto. Pero Ai tiene razón. El faraón debe morir para que Egipto pueda salvarse. No hay otro medio.

Yo acabé calmándome y dije:

–Como médico no puedo trepanarlo, porque nada en su estado lo exige y los deberes de mi profesión me atan. Pero estad tranquilos; como amigo le administraré una buena poción. Se dormirá y no despertará ya más y así estaré ligado a vosotros y no tendréis que temer que hable mal de vosotros.

Habiendo hablado así, tomé la redoma que me había dado Hribor, y vertí su contenido en el vino de una copa de oro, y no se notaba ningún olor. Tomé la copa y fuimos al encuentro del faraón. Se había quitado las coronas, dejado el cetro y la fusta, y reposaba sobre el lecho, con el rostro terroso y los ojos hinchados. Ai fue a sopesar las coronas y la fusta dorada, y dijo:

–Faraón Akhenaton, tu amigo Sinuhé te ha preparado una bebida. Bébela para curarte y mañana volveremos a hablar de estos enojosos asuntos.

El faraón se incorporó sobre el codo, nos miró a uno después de otro con una mirada que me atravesó y sentí un estremecimiento en el espinazo. Y después dijo:

–Se da el golpe de gracia a un animal enfermo. ¿Eres tú quien me lo das, Sinuhé? Si es así, te doy las gracias, porque mi desesperación es peor que la muerte y hoy la muerte me es más deliciosa que el perfume de la mirra.

–Bebe, faraón Akhenaton –le dije–. Bebe por Atón.

Y Horemheb dijo también:

–Bebe, Akhenaton, amigo mío. Bebe para salvar a Egipto y yo cubriré tu debilidad con mi túnica, como en otro tiempo en el desierto.

El faraón Akhenaton bebió, pero su mano temblaba tanto que el vino manchó su barbilla. Entonces tomó la copa con las dos manos, la apuró y volvió a acostarse. No nos dirigió más la palabra, sino que nos miró con sus ojos apagados y enrojecidos. Al cabo de un momento comenzó a temblar como si tuviera frío y Horemheb se quitó la túnica y la tendió sobre él, mientras Ai se probaba las coronas.

Así fue como murió el faraón Akhenaton y recibió la muerte de mis propias manos. Ignoro cuáles fueron mis verdaderos motivos, porque el hombre no conoce su propio corazón. Creo que fue sobre todo por causa de Merit y por el pequeño Thot, que era mi hijo. Y creo que no tanto por piedad de él, sino por todo el odio y amargura y por todo el mal que había causado. Pero sobre todo porque seguramente estaba escrito en las estrellas que debía obrar de esta forma para colmar mi medida. Al verle morir, creí que mi medida estaba llena, pero el hombre no se conoce a sí mismo y su corazón es insaciable, más insaciable que los cocodrilos del río.

Una vez el faraón muerto, salimos del palacio, prohibiendo a los servidores molestarlo porque dormía. Sólo por la mañana los servidores lanzaron lamentaciones cuando lo hallaron muerto y los lloros llenaron el palacio, pese a que su muerte aportase un descanso para todos. Pero la reina Nefertiti estaba de pie al lado de la puerta, sin verter una lágrima, y nadie podía descifrar su expresión. Con su bella mano tocó los dedos demacrados del faraón y le acarició las mejillas, como lo vi cuando llegué para cumplir mi cometido. El cuerpo fue transportado a la Casa de la Muerte y los embalsamadores comenzaron su trabajo a fin de conservarlo eternamente.

Así, según la costumbre, el joven Smenkhkaré fue faraón, pero estaba dominado por el dolor y lanzaba miradas ansiosas a su alrededor, porque había adoptado la costumbre de no pensar más que por Akhenaton. Ai y Horemheb le hablaron diciéndole que tenía que salir inmediatamente hacia Tebas a fin de sacrificar a Amón si deseaba conservar las coronas sobre la cabeza. Pero se negó a creerlo, porque era cándido y soñaba con los ojos abiertos. Y por esto dijo:

–Proclamaré la caridad de Atón a todos los pueblos y construiré un templo a mi padre Akhenaton y lo adoraré como a un dios en este templo, porque no era parecido a los demás hombres.

Ante su obstinación, Ai y Horemheb lo dejaron, y al día siguiente, según su costumbre, el muchacho fue a pescar al río y cayó al agua y fue devorado por los cocodrilos. Esto es lo que se contó, pero ignoro lo que ocurrió verdaderamente. No creo, sin embargo, que fuese Horemheb quien lo hiciese matar; debió de ser más bien Ai, que tenía prisa en regresar a Tebas a fin de consolidar allí su poder.

Ai y Horemheb fueron a ver al joven Tut, que jugaba al entierro con sus muñecas, y su esposa Anksenaton jugaba con él. Y Horemheb dijo:

–Vamos, Tut, ha llegado la hora de levantarte, porque eres faraón.

Tut se levantó y se sentó en el trono dorado, y dijo:

–¿Soy el faraón? No me extraña, porque siempre me he sentido superior a los demás y es justo que sea faraón. Mi fusta castigará a los malhechores y mi cetro gobernará a los buenos y a los piadosos.

Y Ai le dijo:

–Nada de tonterías, Tut. Harás todo lo que yo te diré, y sin rechistar. Ante todo vamos a regresar a Tebas donde te inclinarás ante Amón, ofreciéndole un sacrificio, y los sacerdotes te ungirán y colocarán sobre tu cabeza la doble corona blanca y roja. ¿Comprendes?

Tut reflexionó un instante y dijo:

–Si voy a Tebas, quiero que me construyan una tumba al igual que la de todos los grandes faraones, y los sacerdotes la llenarán de juguetes y de asientos dorados y de bellos lechos, porque las tumbas de la Ciudad del Horizonte son estrechas y pesadas; y quiero otra cosa, además de las pinturas de los muros, quiero un verdadero juguete y también el puñal azul que me regalaron los hititas.

–Los sacerdotes te van a construir seguramente una bella tumba –le aseguró Ai–. Siendo ya faraón, eres cuerdo al pensar ante todo en tu tumba, Tut, eres más cuerdo de lo que te figuras. Pero debes cambiar de nombre. Tutankhaton desagrada al sacerdocio de Amón. Que tu nombre sea Tutankhamon.

Tut no hizo ninguna objeción; deseaba aprender únicamente a escribir su nuevo nombre, porque no conocía el signo representativo de Amón. Así este nombre fue escrito por primera vez en la Ciudad del Horizonte. Pero al ver que Tutankhamon había sido hecho faraón y que ella quedaba completamente olvidada, Nefertiti revistió sus mejores galas, ungió su cuerpo y su cabello, pese a que fuese una viuda desconsolada, fue a buscar a Horemheb a bordo de su navío y le dijo:

–Es ridículo nombrar faraón a un chiquillo y mi maldito padre Ai le usurpará todo el poder y gobernará en su sitio, pese a que yo sea la gran esposa real y la madre real. A los hombres les gusta mirarme y me juzgan bella y dicen que soy la mujer más bella de Egipto, pese a que quizá exageren. Mírame, pues, Horemheb, pese a que el dolor haya turbado mis ojos y encorvado mi espalda. Mírame, Horemheb, porque el tiempo es precioso y tienes lanzas detrás de ti, y entre los dos podríamos combinar toda clase de proyectos que serían útiles a Egipto. Te hablo francamente, porque no pienso más que en el bien de Egipto y sé que mi padre, el maldito Ai, es malvado y hará daño a Egipto.

Horemheb la miró y Nefertiti abrió sus ropas tratando de seducirlo y diciendo que hacía mucho calor en su camarote. Y era que ignoraba el pacto secreto establecido ya entre Horemheb y su padre Ai, y si como mujer quizá adivinaba que Horemheb deseaba a Baketamon, imaginaba que su belleza triunfaría fácilmente sobre esta princesa orgullosa e inexperimentada. Estaba acostumbrada a éxitos fáciles en el palacio dorado.

Pero su belleza no produjo efecto alguno en Horemheb, que la miró fríamente y dijo:

–Me he enlodado ya demasiado en esta maldita ciudad, y no tengo el menor deseo de enlodarme más todavía contigo, bella Nefertiti. Por otra parte, tengo que dictar ahora unas cartas a los escribas, referentes a la guerra, de manera que no tengo tiempo para divertirme contigo.

Horemheb fue quien me contó la escena, y es probable que exagerase, pero la parte esencial debía de ser verdad, porque desde aquel día Nefertiti demostró un odio implacable contra Horemheb y se esforzó siempre en perjudicarlo y ensombrecer su reputación, y en Tebas se alió con Baketamon, lo cual causó muchos disgustos a Horemheb, como veremos más tarde. Horemheb hubiera hecho mejor en no ofenderla a fin de asegurarse su apoyo. Pero es que no quería escupir sobre el cuerpo de Akhenaton porque, por extraño que pueda parecer, seguía queriendo al faraón muerto a pesar de que hiciese desaparecer su nombre de todas las inscripciones y destruyese el templo de Atón en Tebas. Como prueba de este amor, puedo mencionar que Horemheb encargó a sus hombres de confianza que transportaran el cuerpo de Akhenaton, en secreto, de la Ciudad del Horizonte a la tumba de su madre, en Tebas, a fin de que no cayese en manos de los sacerdotes, que hubieran querido quemarlo y dispersar sus cenizas en el río. Pero esto ocurrió mucho más tarde.

6

Habiendo obtenido el consentimiento de Tutankhamon, Ai hizo preparar los navíos y toda la Corte embarcó en ellos, abandonando la Ciudad del Horizonte, de manera que no quedó en ella alma viviente, salvo los embalsamadores de la Casa de la Muerte, que preparaban el cuerpo del faraón. Los últimos habitantes huyeron con tal precipitación, que lo abandonaron todo, y los platos quedaron sobre las mesas de la casa dorada y los juguetes de Tut continuaron en el suelo jugando eternamente al fúnebre cortejo.

El viento del desierto derribó los postigos, y la arena llovió sobre los suelos, donde los ánades volaban sin cesar entre los cañaverales verdes, y los peces de colores nadaban en las aguas frías. El desierto invadió de nuevo la Ciudad del Horizonte y los estanques se secaron y los canales se obstruyeron y los árboles frutales se agostaron. El barro de las paredes se resquebrajó, los techos se hundieron y los chacales rondaron por las ruinas y se acostaron sobre los blandos lechos bajo los baldaquinos lujosos. Así murió la Ciudad del Horizonte de Atón, tan rápidamente como había nacido por la voluntad de Akhenaton. Y nadie se atrevió a aventurarse a robar los objetos preciosos que fueron enterrados por la arena, porque esta tierra estaba maldita para siempre y Amón hería con una languidez mortal a todo el que se hubiera aventurado. Así la Ciudad del Horizonte desapareció como un sueño o un espejismo.

Precediendo a los navíos reales, Horemheb remontó la

corriente del río restableciendo la paz en ambas orillas, e hizo cesar los desórdenes en Tebas; el bandolerismo desapareció y no se colgó ya a nadie de cabeza abajo a causa de Atón, porque necesitaba para la guerra a todos los hombres aptos para llevar armas. Ai ordenó izar las oriflamas del nuevo faraón en la avenida de los Carneros y los sacerdotes le prepararon un recibimiento fastuoso en el gran templo. El faraón pasó en su litera dorada seguido de Nefertiti y sus hijas, y la victoria de Amón fue completa. Los sacerdotes ungieron al nuevo faraón delante de la imagen del dios en el santuario de los santuarios y colocaron sobre su cabeza, en presencia de la muchedumbre, la corona roja y blanca, la de los lirios y la de los papiros, para mostrar bien claramente al pueblo que recibía el poder de manos del clero. Los cráneos de los sacerdotes estaban afeitados y sus rostros relucían de óleos sagrados, y el faraón ofreció a Amón todas las riquezas que Ai había podido obtener del país empobrecido. Pero Hribor había convenido con Horemheb prestarle las riquezas de Amón para la guerra, porque del Bajo Egipto llegaban noticias alarmantes y Horemheb las exageraba todavía para sembrar el miedo entre el pueblo.

Los tebanos estaban encantados con Amón y con el nuevo faraón, pese a que fuese todavía un chiquillo, porque el corazón humano es tan insensato que deposita su confianza en el porvenir y la esperanza, sin aprender nada de sus errores, e imaginando que el mañana será mejor que la víspera. Por esto el pueblo se aglomeró en la avenida de los Carneros y aclamó al nuevo faraón, sembrando flores a su paso.

Pero en el puerto y el barrio de los pobres, los incendios no se habían extinguido todavía y un humo acre salía de las ruinas y el río apestaba a podredumbre y cadáveres. Sobre el tejado del templo los cuervos alargaban el cuello, tan hartos que no tenían ya fuerzas para remontar el vuelo. Por entre los escombros corrían las mujeres despavoridas y los chiquillos hurgaban el suelo tratando de descubrir los utensilios domésticos y yo recorría los muelles en medio del olor de sangre corrompida y miraba las cestas vacías, y pensaba en Merit y en Thot, que habían muerto a causa de Atón y de mi locura.

Mis pasos me condujeron hacia las ruinas de «La Cola de Cocodrilo». En medio del humo y el polvo, me parecía ver el cuerpo mutilado de Merit y los rizos ensangrentados del desgraciado Thot y me decía que la muerte del faraón Akhenaton había sido bien dulce. Me decía también que nada en el mundo es más peligroso que los sueños de un faraón, porque siembran la sangre y la muerte. Oía a lo lejos las aclamaciones del pueblo que saludaba a su nuevo rey y se imaginaba que aquel chiquillo, sólo preocupado por su tumba, sería capaz de suprimir la injusticia y restablecer la paz y la prosperidad.

Así yo estaba de nuevo solitario en Tebas y sabía que mi sangre se había extinguido con Thot y que no podía esperar ya la inmortalidad, pero la muerte sería para mí un consuelo y un reposo, como una estufa en una noche fría. El dios del faraón Akhenaton me había despojado de toda esperanza y de toda alegría, y sabía que todos los dioses moran en un palacio sombrío del que no se regresa jamás. El faraón había bebido la muerte ofrecido por mi mano, pero aquello no me devolvía nada, y su muerte había sido un olvido misericordioso. Yo vivía y no podía olvidar. Por esto la amargura devoraba mi corazón y sentía repulsión por la muchedumbre vulgar que rugía en el templo sin haber aprendido absolutamente nada.

El puerto estaba desierto, pero súbitamente un hombrecillo salió de entre un montón de cestas y me dijo:

–¿No eres tú, Sinuhé, el médico real que cuidaba las heridas en nombre de Atón? –Se echó a reír, señalándome con el dedo, y añadiendo–: ¿No eres tú el Sinuhé que distribuía el pan entre el pueblo diciendo: «Es el pan de Atón, tomad y comed el pan de Atón»? Por esto te pido en nombre de todos los dioses infernales que me des un trozo de pan, porque hace días que estoy escondido aquí y no me atrevo a salir y la saliva se ha secado en mi boca. –Pero yo no tenía pan que darle, ni él lo esperaba de mí, porque se había acercado tan sólo para burlarse de mí. Y dijo–: Yo tenía una cabaña y, aunque era sórdida y olía a pescado podrido, era mía. Tenía una mujer y, aunque era fea y flaca, era mía. Tenía hijos y, aunque conocían el hambre, eran míos. ¿Dónde está mi cabaña y mi mujer y mis hijos? Es tu dios quien me los ha quitado, Sinuhé, ese Atón funesto que lo destruye todo, y pronto moriré, pero no me importa.

Rodó por el suelo y comenzó a llorar, y como no podía ayudarle me alejé y pasé por delante de la casa del antiguo fundidor de cobre, cuyos muros ennegrecidos se elevaban cerca del estanque seco y el sicómoro de ramas calcinadas. Pero contra el muro se había instalado un abrigo y vi una jarra de agua, y Muti salió a mi encuentro con los cabellos en desorden, y cojeaba al andar. Y al verme se inclinó delante de mí y dijo irónicamente:

–Bendito sea el día que devuelve a mi amo al hogar.

No pudo decir más, porque la amargura le ahogaba la voz y se sentó y ocultó su rostro entre sus manos. Su cuerpo demacrado llevaba señales de los cuernos y su pie estaba dislocado. La curé lo mejor que supe y le pregunté dónde estaba Kaptah.

–Kaptah ha muerto. Se dice que los esclavos lo asesinaron porque vieron que daba vino a los soldados de Pepitamon y que los traicionaba.

Pero yo no lo creí, porque sabía que Kaptah no podía morir de aquella forma.

Muti se irritó ante mi incredulidad y dijo:

–Sin duda eres feliz ahora que has visto el triunfo de tu Atón. Los hombres son todos iguales y de ellos provienen todos los males, porque no llegan nunca a adultos, sino que siempre permanecen chiquillos y lanzan piedras y su mayor placer es entristecer a los que los quieren. No hablo por mí, que no tengo como recompensa a mi abnegación más que llagas y granos de trigo podrido, sino por Merit, que era demasiado buena para ti y la has arrojado deliberadamente a las fauces de la muerte. También he llorado todas mis lágrimas por Thot, que era para mí como un hijo y le gustaban tanto mis pasteles de miel. Pero ¿qué importa? Llegas seguramente muy contento de ti, después de haber dilapidado todos tus bienes, para reposar bajo el refugio que me he construido y reclamarme comida. Apostaría a que antes de la noche me reclamarás cerveza y mañana me darás bastonazos porque no te sirvo suficientemente deprisa, pero los hombres son así y no te guardo rencor.

Así me habló y sus palabras me recordaban a mi madre Kipa y mi corazón se anegó de melancolía y las lágrimas rodaron por mis mejillas. Entonces Muti quedó desconcertada y dijo:

–Comprenderás, Sinuhé, hombre orgulloso, que hablo por tu bien. Me queda todavía un puñado de grano y voy a molerlo y te prepararé un muelle lecho de cañas y podrás volver a ejercer tu profesión para ganar nuestra vida. Pero no te inquietes, porque he ido a lavar ropa a casa de los ricos, donde hay muchas vestiduras ensangrentadas, y pediré prestada una jarra de cerveza en una casa de placer donde se han alojado unos soldados, de manera que podrás alegrarte el espíritu. No llores más, Sinuhé, hijo mío, porque no cambiarás nada y los hijos son los hijos y deben hacer tonterías para destrozar el corazón de sus madres y de sus esposas, como fue siempre el caso. Pero te ruego que no introduzcas nuevos dioses en esta casa, porque no quedaría piedra sobre piedra en todo Tebas. En cuanto a Merit, la quería como una hija, pese a que no he tenido hijos, porque soy fea y detesto a los hombres; quiero solamente decir que no es la única mujer en este mundo. En verdad te digo, Sinuhé, que el tiempo es un remedio misericordioso, y verás que hay otras mujeres capaces de calmar el pequeño objeto que llevas debajo del mandil, puesto que es una cosa esencial para los hombres. Pero has adelgazado mucho, Sinuhé, tus mejillas están hundidas y casi no te reconozco. Y voy a cuidarte, a condición de que dejes de llorar.

Acabé calmándome y le dije:

–No he venido a importunarte, querida Muti; volveré a marcharme y no regresaré antes de mucho tiempo. Pero he querido volver a la casa donde fui feliz y acariciar el tronco rugoso del sicómoro y franquear el umbral tantas veces hollado por Merit y el pequeño Thot. No te preocupes por mí, Muti, y voy a hacerte enviar un poco de dinero a fin de que puedas subvenir a tus necesidades durante mi ausencia. Y te bendigo por tus palabras, como si fueses mi madre, porque eres buena, pese a que tu lengua algunas veces pica como una avispa.

Muti comenzó a sollozar, negándose a dejarme partir, encendió fuego y me preparó comida y tuve que comer para no ofenderla, pero cada bocado se me quedaba en la garganta. Y ella me miraba moviendo la cabeza y sollozando, y me dijo:

–Come, Sinuhé, come, hombre orgulloso, aun cuando mi comida esté mal guisada, pero no tengo nada mejor que ofrecerte hoy. Adivino que vas a meter nuevamente la cabeza en todos los cepos, pero no puedo evitarlo. Come, pues, para recuperar las fuerzas, y regresa cuanto antes, porque te esperaré fielmente. Y no te preocupes por mí porque aunque sea vieja y coja, soy robusta y ganaré mi subsistencia haciendo coladas y cociendo el pan en cuanto llegue algo a Tebas.

Permanecí sentado hasta la noche en las ruinas de mi casa y el fuego encendido por Muti brillaba pálidamente en la oscuridad. Y yo me decía que quizá era mejor no regresar nunca allí y morir en la soledad, puesto que no causaba más que tormentos a todos los que me amaban.

Cuando las estrellas se encendieron, me despedí de Muti para ir de nuevo a la mansión dorada del faraón. Siguiendo las calles hacia la ribera, veía de nuevo el resplandor rojizo sobre la ciudad y en las calles principales resonaban las orquestas y brillaban las luces, porque era el día de la coronación de Tutankhamon y Tebas estaba en fiesta.

7

Pero aquella misma noche los viejos sacerdotes trabajaban con ardor en el templo de Sekhmet y arrancaban la hierba que había crecido entre las losas y ponían en su lugar la imagen de cabeza de leona, revistiéndola de lino rojo y adornándola con sus emblemas de guerra y destrucción. Después de la coronación, Ai había dicho a Horemheb:

–Ha sonado tu hora, hijo del halcón. Haz sonar las trompetas y declara que la guerra ha comenzado. Haz correr la sangre para limpiar el país de Kemi a fin de que todo quede como en el pasado y el pueblo olvide al falso faraón.

Y al día siguiente, mientras el faraón jugaba al cortejo fúnebre con su esposa, y los sacerdotes, ebrios por la victoria, incensaban a su dios y maldecían el nombre de Akhenaton para toda la eternidad, Horemheb hizo sonar las trompetas en todas las esquinas y abrió de par en par las puertas del templo de Sekhmet, y Horemheb avanzó con sus tropas por la avenida de los Carneros y ofreció un sacrificio a la diosa. Por todas partes, a martillazos y con cinceles, se destruía el nombre del faraón Akhenaton. El faraón Tutankhamon había recibido también su parte porque los arquitectos reales discutían ya el lugar del emplazamiento de su tumba. Ai tenía asimismo su parte porque, sentado a la derecha del faraón, gobernaba el país de Kemi, regulando los impuestos, la justicia, los donativos, los favores y las tierras reales. Le tocó el turno a Horemheb y también tuvo éste su parte, y yo lo seguí al templo de Sekhmet, porque él quería mostrarme toda la extensión de su poderío.

Pero debo decir en su honor que en el momento del triunfo menospreció todo honor y todo lujo externo y quiso impresionar al pueblo por su simplicidad. Se dirigió al templo en un sólido carro de guerra, sin plumas en los arneses de los caballos ni oro en los radios de las ruedas. Pero dos hoces afiladas hendían el aire a ambos lados de su carro, y los lanceros y arqueros desfilaban en perfecto orden y el ruido de sus pies descalzos sobre el pavimento de la avenida era rítmico y potente como el ruido del mar, y los negros marcaban el ritmo de la marcha con sus tambores de piel humana.

Silencioso y poseído de temor, el pueblo admiraba su imponente estatura y sus tropas rebosantes de bienestar cuando toda la ciudad tenía hambre. Silencioso, contemplaba a Horemheb al verlo entrar en el templo, sintiendo confusamente que sus sufrimientos no habían hecho más que comenzar. Delante del templo, Horemheb se apeó de su carro y entró seguido de sus jefes, y los sacerdotes acudieron a recibirlo con las manos manchadas de sangre fresca y lo condujeron delante de la estatua de la diosa. Sekhmet iba vestida de lino rojo y sus vestiduras, impregnadas en la sangre de las ofrendas, se pegaban a su cuerpo marcando sus altivos pechos. En la penumbra del templo parecía mover su cabeza de leona y sus ojos flameantes miraban a Horemheb mientras machacaba sobre el altar los corazones calientes de las víctimas, implorando la victoria para sus ejércitos. Los sacerdotes danzaban en torno a él en señal de alegría y se herían con puñales, gritando todos al unísono:

–¡Regresa vencedor, Horemheb, hijo del halcón! Regresa vencedor, y la diosa descenderá viva a tu lado para enlazarte con su cuerpo desnudo.

Horemheb no se distrajo con los gritos ni las danzas de los sacerdotes, llevó a cabo con fría dignidad las ceremonias de ritual y se alejó. Delante del templo, en presencia de la muchedumbre amontonada, levantó sus manos ensangrentadas y dijo al pueblo:

–Escúchame, pueblo de Kemi, escúchame, porque soy Horemheb, el hijo del halcón, y traigo en mis manos la victoria y el honor inmortal para todos aquellos que quieran seguirme a la guerra santa. En este instante los carros hititas rugen en el desierto del Sinaí y sus vanguardias recorren el Bajo Egipto, y la tierra de Kemi no ha conocido jamás un peligro más temible, porque al lado de los hititas, la antigua dominación de los hiksos era dulce. Los hititas llegan y su número es infinito y su crueldad un horror para todo el pueblo. Destruirán las villas y os reventarán los ojos, violarán a vuestras mujeres y se llevarán a vuestros hijos como esclavos. El trigo no crece donde han pasado sus carros y la tierra se convierte en un desierto cuando han puesto sobre ella los cascos de sus caballos. Por esto la guerra que les declaro es una guerra santa, porque es una guerra para vuestras vidas y los dioses del país de Kemi, y si todo va bien, reconquistaremos la Siria, y el país de Kemi renacerá y cada cual tendrá la medida llena. Hace ya demasiado tiempo que el extranjero ha ofendido al país de Kemi, demasiado tiempo que se ha burlado de nuestro ejército. La hora ha sonado y voy a restaurar el honor guerrero de Kemi. Quien quiera seguirme recibirá una medida llena de trigo y su parte de botín, y en verdad que el botín será rico. Pero los que no me sigan voluntariamente me seguirán a la fuerza y deberán doblegarse bajo el peso de la carga y serán objeto de mofa sin tener derecho al botín. Por esto espero que todo egipcio que posea un corazón de hombre y sea capaz de soportar el peso de una lanza, me seguirá voluntariamente. Ahora carecemos de todo y el hambre repta bajo nuestros talones, pero la victoria vendrá acompañada de días de abundancia, y quien haya muerto por la libertad del país de Kemi entrará directamente en el campo de los bienaventurados, porque los dioses de Egipto recibirán su cuerpo. Hay qué intentarlo todo para también ganarlo todo. Por esto os digo, mujeres de Egipto, trenzad cuerdas de arco con vuestros cabellos y mandad con alegría a vuestros maridos y vuestros hijos a la guerra. Hombres de Egipto, transformad vuestras joyas en punta de lanza y seguidme porque os ofrezco una guerra como no se ha visto jamás otra conocida. El espíritu de los grandes faraones combatirá a nuestro lado. Todos los dioses de Egipto, y sobre todo el poderoso Amón, están con nosotros. Rechazaremos a los hititas, como la inundación barre las briznas de paja. Reconquistaremos las riquezas de Siria y lavaremos en sangre la vergüenza de Egipto. Escúchame, pueblo de Kemi, Horemheb, el hijo del halcón, el vencedor, ha hablado.

Bajó sus manos tintas en sangre y su pecho jadeaba, porque había hablado con voz potente. Las trompetas resonaron y los soldados golpearon sus escudos con las lanzas y el suelo con los pies y la muchedumbre comenzó a lanzar gritos que se convirtieron en clamores de alegría. Horemheb sonrió y volvió a subir a su carro. Los soldados le abrieron paso por entre la muchedumbre que lo aclamaba. Entonces comprendí que la mayor alegría del pueblo era poder gritar todos a la vez, sin que importara nada lo que se grita ni por qué se grita, pero al gritar con los demás uno se siente fuerte y está convencido de la justicia de la causa por la cual se grita. Horemheb estaba muy satisfecho y levantaba los brazos para saludar al pueblo.

Fue directamente al puerto y subió al barco de mando para dirigirse con rapidez a Menfis, porque se había retrasado en Tebas, y según las últimas noticias los hititas habían acampado ya en Tanis. Yo embarqué con él y nadie me impidió acercarme y decirle:

–Horemheb, el faraón Akhenaton ha muerto y no hay ya trepanador real, pero soy libre de ir adonde me plazca y nada me retiene. Por esto deseo acompañarte y partir contigo a la guerra, porque todo me da lo mismo y nada me divierte ya. Tengo curiosidad de ver qué bendición nos aportará esta guerra de la que has hablado toda la vida. En verdad siento deseos de ver si tu poderío es superior al de Akhenaton o si son únicamente los espíritus de los infiernos los que gobiernan el mundo.

Horemheb me sonrió y dijo:

–Es un buen presagio, porque jamás pensé que serías el primer voluntario que se alistara para esta guerra. Sé que te gusta la comodidad y pensaba dejarte en Tebas para velar por mis intereses en la casa dorada, pese a que seas solitario y cándido y sea fácil engañarte. Pero bien está así, porque, por lo menos, tendré conmigo un médico de calidad y me parece que habrá necesidad de él. Mis soldados tenían razón al llamarte el Hijo de Onagro en la guerra contra los khabiri, porque verdaderamente tienes un espíritu bélico, puesto que no tienes miedo de los hititas.

Los marineros metieron sus remos en el agua y la barca comenzó a descender la corriente del río empavesado. Los muelles de Tebas estaban blancos de gente y el viento nos traía las aclamaciones. Horemheb lanzó un profundo suspiro y dijo:

–Como ves, mi discurso ha producido una honda impresión en el pueblo. Pero entremos en mi camarote, porque quiero lavarme las manos.

Yo lo seguí y al entrar hizo salir a su escriba y lavó la sangre de sus manos, las que husmeó fríamente diciendo:

–Por Seth y todos los demonios, nunca hubiera creído que los sacerdotes de Sekhmet hiciesen todavía sacrificios humanos. Pero estaban por lo visto llenos de celo porque las puertas de su templo no se habían abierto desde hacía más de cuarenta años. Ahora comprendo por qué me han pedido prisioneros hititas y sirios para sus ceremonias.

Estas palabras me causaron tal pavor que mis rodillas temblaron, pero Horemheb prosiguió tranquilamente:

–Si lo hubiese sabido, me hubiera negado, porque puedes imaginar que quedé muy sorprendido al recibir ante el altar un corazón humano todavía caliente. Pero si Sekhmet se muestra reconocida sosteniendo nuestras armas, pasaré por alto estas cosas, porque verdaderamente tengo necesidad de toda la ayuda posible, si bien una lanza bien templada es quizá mucho más eficaz que todas las bendiciones de Sekhmet. Pero rindamos a los sacerdotes lo que es de los sacerdotes y nos dejarán en paz para todo lo demás.

Volvió a hablar de su discurso delante de todo el pueblo y yo le dije que prefería el que pronunció en Jerusalén delante de sus tropas. Mi observación le vejó un poco y dijo:

–No es lo mismo hablar a los soldados que al pueblo. Mi discurso delante del templo de Sekhmet estaba destinado también a la posteridad, porque seguramente lo grabarán en la piedra. Y en este caso conviene elegir las palabras y lanzar frases que despabilen la cabeza al pueblo y lo impresionen. Puesto que no entiendes una palabra, te diré que mi discurso se limitaba a reproducir las frases que se han dicho siempre al principio de todo conflicto. Para empezar he declarado que la guerra contra los hititas era meramente defensiva y he excitado al pueblo a rechazar al invasor que asola Egipto. En general, todo está de acuerdo con la verdad, pero no he ocultado que me proponía al mismo tiempo reconquistar Siria. En segundo lugar, he declarado que los que me siguiesen voluntariamente no tendrían de qué arrepentirse, mientras que los que viniesen obligados tendrían una triste suerte. Tercero, he afirmado que era una guerra santa y he invocado la ayuda de todos los dioses. En realidad, no creo que los dioses de los egipcios sean más poderosos que los de los hititas, ni que un país sea más seguro que otro, pero he leído en todas las proclamas de los grandes faraones de la antigüedad que es bueno invocar el auxilio de los dioses, y un buen capitán no omite jamás esta formalidad. Al pueblo le gusta y está contento, como has podido ver. Por otra parte, había mezclado mis hombres entre la muchedumbre a fin de dar la señal de las aclamaciones, porque más vale ser prudente. Te habrás fijado en que no he dicho nada de las dificultades que nos esperan, porque bastante tiempo tendrá el pueblo de darse cuenta y no sirve de nada asustarlo de antemano. Porque esta guerra será muy dura, ya que no tengo suficientes tropas entrenadas ni carros de guerra. Pero no dudo de la victoria final porque tengo fe en mi destino.

–Horemheb –le dije yo–, ¿hay algo sagrado para ti?

Reflexionó un instante y dijo:

–Un gran capitán y un soberano deben saber interpretar las palabras de las imágenes a fin de aprovecharlas últimamente. Reconozco que es penoso y que entristece la vida, pese a que el sentimiento de dominar a otro por la voluntad y obligarlo a realizar grandes cosas sea quizá una compensación. Cuando era joven, tenía fe en mi lanza y en mi halcón. Ahora no creo más que en mi voluntad, pero esta voluntad me gasta, como la muela gasta la piedra. Por esto no tengo un instante de reposo y para distraerme no puedo hacer otra cosa que beber hasta la embriaguez. Cuando era joven creía en la amistad y creía también amar a una mujer cuyo desprecio y resistencia me irritaban, pero ahora sé que los hombres no son más que instrumentos en mis manos y esta mujer no es ya un fin, sino solamente un medio. Yo soy el centro de todo. Yo soy Egipto y su pueblo. Y al asegurar la grandeza de Egipto aseguro la mía. ¿Me comprendes?

Estas palabras no produjeron el menor efecto en mí, porque ya siendo joven lo había juzgado un jactancioso y sabía que sus padres olían a estiércol y queso, pese a que los hubiese ennoblecido. Por esto me era difícil tomarlo en serio, pese a que quisiera impresionarme como un dios. Pero le oculté mis reflexiones y le hablé de la princesa Baketamon, que se había sentido muy ofendida por no haber tenido un sitio digno de ella en el cortejo de Tutankhamon. Horemheb me escuchó atentamente y me ofreció vino para que le hablase más largamente de la princesa. Así pasamos el tiempo navegando hacia Menfis, mientras los carros hititas asolaban el Bajo Egipto.

LIBRO DECIMOCUARTO

LA GUERRA SANTA

1

Horemheb convocó en Menfis a los nobles y los ricos y les habló de esta manera:

–Vosotros sois todos ricos y yo no soy más que un pobre pastor nacido con los pies en el estiércol. Pero Amón me ha bendecido y el faraón me ha encargado conducir sus ejércitos, y el enemigo que amenaza el país es cruel y terrible, como todos sabéis. Me he enterado de que decís que la guerra exige grandes sacrificios y que por esto habéis reducido a la mitad la ración de trigo de vuestros esclavos y aumentado los precios de las cosas en el país. Vuestros actos y vuestras palabras me prueban que estáis dispuestos al sacrificio. Está muy bien y os felicito, porque para encontrar dinero para llevar adelante esta guerra, para los armamentos y para el sueldo de las tropas he decidido pediros prestada una parte de vuestras fortunas y he pedido al fisco la lista de vuestras imposiciones y, además, he tenido otros informes sobre vosotros, de manera que creo saber las cantidades que habéis ocultado a los perceptores y al falso faraón. Pero ahora un verdadero faraón reina en nombre de Amón y no tenéis necesidad de disimular vuestros bienes, sino que debéis ofrecerlos abierta y generosamente para la guerra. Por esto cada uno de vosotros va a entregarme en el acto la mitad de su fortuna, y poco me importa que sea en oro, plata o trigo, o en ganados, caballos y carros de guerra, con tal que os deis prisa.

Ante estas palabras los ricos se lamentaron en voz alta y, desgarrando sus vestiduras, dijeron:

–El falso faraón nos ha empobrecido y estamos casi arruinados, y los informes que te han dado sobre nosotros son ciertamente falsos. Pero ¿qué garantía nos das por nuestros préstamos y qué interés nos pagarás?

Horemheb los miró con aire sonriente y dijo:

–Mi garantía es la victoria que estoy esperando obtener lo antes posible gracias a vuestra generosa ayuda, amigos míos. En efecto, si no consigo la victoria, los hititas os lo cogerán todo, de manera que a mi juicio la garantía es suficiente. En cuanto a los intereses, los discutiré con cada uno de vosotros en particular, y me permito esperar que aceptaréis mis proposiciones. Pero os habéis quejado demasiado pronto porque no he terminado todavía. Exijo, pues, inmediatamente la entrega de la mitad de vuestra fortuna a título de préstamo solamente, amigos míos. Dentro de cuatro lunas deberéis entregarme como préstamo la mitad de lo que os quedará y dentro de un año la mitad de lo que os quede. Sois lo suficientemente inteligentes para calcular vosotros mismos a cuánto ascenderá este resto, pero estoy seguro de que seréis todavía suficientemente ricos para llenar vuestras marmitas hasta el fin de vuestros días, de manera que no os arruino.

Entonces los ricos se arrojaron a sus pies lamentándose y golpearon la tierra con la frente y gritaron que preferían rendirse a los hititas. Fingiendo sorpresa, Horemheb les dijo:

–Si es así, me conformaré con vuestros deseos y me parece que mis soldados, que se juegan la piel y la vida, se irritarán al saber que no queréis consentir en ningún sacrificio para la guerra. Creo que no tendrán inconveniente en ataros con cuerdas y embarcaros para entregaros a los hititas como deseáis. Yo lo lamentaré mucho y verdaderamente no sé qué provecho obtendréis de vuestras fortunas abandonadas, que confiscaré, puesto que estaréis con los hititas dando vueltas a la noria con los ojos arrancados. Pero tal es vuestra voluntad y voy a decírselo a los soldados.

Ante estas palabras los ricos gritaron de terror y le besaron las rodillas y aceptaron todas sus proposiciones, si bien maldiciéndole en su fuero interno. Pero él los consoló diciéndoles:

–Os he convocado porque sabía que amabais a Egipto y estabais dispuestos a todos los sacrificios por él. Sois los hombres más ricos del país y habéis adquirido vuestras fortunas por vuestra propia habilidad. Por esto estoy seguro de que os enriqueceréis de nuevo rápidamente, porque un rico se enriquece siempre, aunque se le exprima algunas veces para sacarle el jugo superfluo. Sois para mí, mis queridos amigos, como un precioso vergel y si os estrujo como una granada cuyos granos se me escapan por entre los dedos, no pienso ni remotamente, como buen jardinero, en arrancar los árboles que me dan fruto, sino que me contento con hacer de vez en cuando la cosecha. Además, durante las guerras, los ricos se enriquecen siempre, y no hay manera de evitarlo, ni siquiera el fisco. Por esto deberíais agradecerme que os procure una larga guerra, y con esto os despido dándoos las gracias. Id en paz y trabajad para engordaros como gusanos, puesto que es inevitable. Y no me quejaré si de cuando en cuando, además de vuestra aportación obligatoria, me enviáis alguna aportación voluntaria, porque voy a conquistar Siria y ya sabéis cuál será el beneficio de Egipto y en primer lugar para vosotros, si después de la victoria estoy contento de vuestra conducta. Gemid, pues, a vuestro antojo si gemir os consuela, porque vuestros gemidos resuenan en mis oídos con un tintineo de oro.

Los ricos salieron y en cuanto estuvieron fuera cesaron sus gemidos y comenzaron a contar sus pérdidas y a pensar en la manera de compensarlas. Pero Horemheb me dijo:

–Gracias a la guerra, los ricos podrán imputar a los hititas todas las desgracias que asolarán al país, y el faraón podrá acusarlos del hambre y la miseria que reinará este invierno. Será, en efecto, el pueblo quien lo soportará y lo pagará todo y los ricos sabrán todavía sonsacarle lo necesario para compensar sus pérdidas y podré sangrarlos de nuevo. Este sistema es mejor que el de imponer impuestos de guerra porque así el pueblo bendice mi nombre y me juzga equitativo. Porque tengo que velar celosamente por mi reputación, previendo el porvenir.

Entretanto, los hititas asolaban el delta y daban el trigo verde como forraje a sus caballos y los fugitivos acudían a Menfis y contaban historias horribles sobre el furor destructivo del enemigo. Y Horemheb me dijo:

–Egipto tiene que conocer la crueldad hitita a fin de que se convenza de que no hay suerte más horrenda que la esclavitud de los hititas. Sería por mi parte una locura salir contra ellos con unas tropas mal entrenadas y sin carros de guerra. Pero no temas, Sinuhé, Ghaza es todavía nuestra, y Ghaza es la piedra angular sobre la cual reposa esta guerra y los hititas no se atreverán a aventurarse por el desierto con el grueso de sus tropas mientras resista esta plaza, porque no tienen la supremacía del mar. No permanezco inactivo, como pareces creer, sino que tengo hombres en el desierto para inquietar y molestar a las patrullas hititas. Por esta parte, el peligro no es muy grande para Egipto mientras la infantería hitita no haya franqueado el desierto. Los hititas fundan su estrategia en la guerra de los carros, pero en el país negro los canales de irrigación obstruyen su avance y pierden el tiempo incendiando desgraciados poblados y pisoteando los campos de trigo. Cuanto menos trigo haya en Egipto, más hombres se alistarán en mis ejércitos, porque saben que allí hay la medida de trigo llena e incluso cerveza.

De todo Egipto acudían hombres a Menfis, gente hambrienta que lo había perdido todo a causa de Atón, y aventureros ávidos de botín. Horemheb, sin preocuparse de los sacerdotes, publicó una amnistía general de todos los que habían trabajado por Atón y liberó a los condenados a las canteras para alistarlos. Menfis fue pronto un vasto campamento militar, y la vida se hizo agitada, porque estallaban riñas en las casas de placer y en las tabernas y de noche había alborotos, de manera que la población pacífica se encerraba en casa y vivía en la angustia y el terror. Pero las forjas resonaban bajo el martillo, y el miedo a los hititas era tan grande que incluso las mujeres pobres daban sus joyas para forjar puntas de lanza.

De las islas del mar y de Creta llegaban numerosos navíos y Horemheb los compraba a la fuerza y reclutaba marineros y capitanes a sus órdenes. Se apoderó también de navíos de guerra cretenses y decidió a sus tripulaciones a servir a Egipto. Porque los navíos cretenses erraban de puerto en puerto y no osaban regresar a Creta, donde, según se decía, había estallado una revuelta de los esclavos y los incendios asolaban la isla. Pero no se sabía nada cierto sobre estos acontecimientos, porque los marinos cretenses seguían mintiendo como de costumbre. Algunos afirmaban que los hititas habían invadido Creta, cosa inadmisible, puesto que no era un pueblo marinero. Otros pretendían que un pueblo blanco y desconocido había invadido Creta viniendo por el norte. Pero todos estaban de acuerdo en atribuir todas estas desgracias al hecho de que el dios de Creta hubiese muerto. Por esto se alistaban sin protestar al servicio de Egipto, mientras los navíos cretenses que habían abordado en Siria pasaban a manos de los hititas y de Aziru. Esta situación era favorable a Horemheb, porque la mayor confusión reinaba sobre el mar y todo el mundo trataba de apoderarse de los navíos. En Tiro estalló una revuelta contra Aziru y los rebeldes capturaron los navíos y se unieron a las fuerzas egipcias. Así fue como Horemheb pudo constituir una flota en la que embarcó unas tripulaciones adiestradas.

Ghaza seguía resistiendo en Siria y, después de la siega, al empezar la crecida, Horemheb abandonó Menfis con todas sus tropas. Mandó emisarios a Ghaza, asediada por tierra y mar, y un navío que pudo forzar el bloqueo con sacos de trigo llevó este mensaje: «¡Sosteneos, defended Ghaza a toda costa!» Mientras los arietes hacían temblar las murallas de la villa y las casas ardían sin que hubiese tiempo de apagar los incendios, caía un mensaje con una flecha: «¡Defended Ghaza, es la orden de Horemheb!» Y mientras los hititas lanzaban a la ciudad marmitas llenas de serpientes venenosas, una de ellas resultó contener trigo y un mensaje de Horemheb: «¡Defended Ghaza!» Yo no comprendo cómo esta villa pudo sostener el asedio de Aziru y los hititas, y el comandante malhumorado que me vio izar sobre las murallas en una cesta merece seguramente la reputación que le valió la defensa de Ghaza.

Horemheb hizo avanzar a sus tropas hacia Tanis y cortó un regimiento de carros en un recodo del río. Hizo limpiar los canales de irrigación enlodados y, cuando vino la crecida, los hititas se encontraron sitiados en un islote. Nuestros soldados pudieron entonces destrozar los carros y matar a los caballos, lo cual enfureció a Horemheb, que había esperado apoderarse de todo aquel material. Por esto ordenó un ataque, en el cual sus soldados mal adiestrados consiguieron, sin embargo, vencer a los hititas combatiendo a pie. Así se apoderó de un centenar de carros y trescientos caballos e hizo inmediatamente pintar sobre los carros el emblema de Egipto y marcar a los caballos. Pero el efecto moral fue todavía más importante, porque ahora se sabía que los hititas no eran invencibles.

Horemheb avanzó entonces sobre Tanis con todos sus carros de guerra, dejando atrás a la infantería pesada y las columnas de avituallamiento. Un ardor loco animaba su rostro y me dijo:

–Si quieres dar, da el primero y da con fuerza.

Por esto se dirigió hacia Tanis sin preocuparse de las tropas hititas que asolaban el Bajo País y de Tanis penetró directamente en el desierto donde batió los puestos hititas encargados de velar por las jarras llenas de agua. Así se apoderó rápidamente de varios depósitos de agua en el desierto. Los hititas habían transportado centenares de jarras de agua para avituallar las tropas durante la travesía del desierto, porque no se atrevían a intentar un desembarco en Egipto. Sin economizar los caballos, Horemheb seguía adelante y muchos caballos perecieron durante esta loca hazaña, pero los que presenciaron aquel avance dicen que centenares de carros de guerra levantaban una columna de polvo que subía hasta el cielo, de manera que Horemheb parecía llegar con una violenta tempestad. Cada noche se encendían las señales convenidas en las montañas del Sinaí, y los cuerpos francos salían de sus escondrijos y atacaban los puestos hititas y los depósitos establecidos en el desierto. Poco tardó en esparcirse la noticia de que Horemheb marchaba contra la Siria, de día como una tempestad de polvo y de noche como una columna de fuego. Después de esta campaña su reputación llegó a ser tan grande que el pueblo comenzó a contar leyendas sobre él como se cuentan sobre los dioses.

Horemheb conquistó así todos los depósitos de agua del desierto de Sinaí sorprendiendo a los hititas, que no podían imaginarse que se atrevería a lanzarse a través del desierto mientras sus vanguardias asolaban el Bajo País y sabían la debilidad de Egipto. Además, su ejército no estaba todavía unido, había tenido que diseminarse por las ciudades de Siria esperando la caída de Ghaza, porque los alrededores de esta villa y el borde del desierto no podían alimentar al enorme ejército que habían levantado para someter a Egipto. Porque los hititas eran muy minuciosos en sus preparativos militares y no pasaban a la ofensiva hasta que estaban seguros de su superioridad, y sus jefes poseían una lista de todos los pastos y abrevaderos de la región que debían atacar. Por esto quedaron sorprendidos ante la brusca ofensiva de Horemheb, porque hasta entonces nadie había osado atacarlos y pensaban que los egipcios no tenían suficiente número de carros para una ofensiva de esta importancia.

El propio Horemheb no había tenido por objetivo primitivo más que destruir los depósitos de agua de los hititas en el desierto, con el fin de ganar tiempo para adiestrar a sus tropas en una guerra penosa. Pero su éxito inesperado lo embriagó y marchó sobre Ghaza, sorprendiendo por la retaguardia a los sitiadores, destrozando sus máquinas de guerra, pero no pudo entrar en la ciudad, porque los hititas, viendo la debilidad de su ejército de carros, se volvieron contra él. Horemheb hubiera estado perdido si los sitiadores hubiesen tenido carros de guerra, pero consiguió batirse en retirada en el desierto y destrozar las reservas de agua de la frontera siria antes de que los hititas, furiosos, hubiesen podido reunir sus carros diseminados.

Después de esta osada expedición, Horemheb se dijo que su halcón no lo había abandonado y, recordando el matorral ardiendo que había visto una vez, ordenó a sus lanceros y arqueros que acudiesen a marchas forzadas por el camino que los hititas habían jalonado de jarras de agua suficientes para abastecer a todo un ejército. Se proponía de esta forma hacer la guerra en el desierto pese a que este terreno fuese favorable a los carros de combate. Pero creo que se vió obligado por las circunstancias, porque cuando hubo conseguido escapar de los hititas y ganar el desierto, los hombres y los caballos estaban tan extenuados que acaso no hubieran estado en condiciones de atravesarlo para regresar a Egipto. Por esto, cosa que no se había visto nunca, concentró un gran ejército en el desierto.

Lo que acabo de referir de esta primera campaña de Horemheb lo sé por él y por sus hombres, porque esta vez no le acompañé. Me había dejado en el Bajo Egipto diciéndome que esta vez no tendría tiempo de curar a los heridos, sino que quien se cayese de un carro o fuese herido en el camino debería ser abandonado a su suerte para que eligiese su propia muerte: degollarse o entregarse a los hititas.

Pero el botín de esta expedición fue muy mezquino, porque una jarra no es más que una jarra, incluso si, llena de agua, vale su peso en oro en el desierto. En cuanto a los hombres que habían bajado de sus carros delante de

Ghaza para saquear el campo hitita contra la orden de Horemheb fueron todos muertos, y sus cabezas cortadas y clavadas en pértigas hicieron durante largo tiempo muecas contra los muros de Ghaza y su piel sirvió para fabricar sacos y bolsas, porque los hititas son muy hábiles en este género de trabajo manual.

Es posible que esta campaña haya salvado a Egipto, como lo pretendía Horemheb, y los soldados que lo acompañaron merecieron una gloria inmortal. Pero de momento se quejaron de la mezquindad del botín obtenido y con gusto hubieran cambiado la gloria por un puñado de plata.

Atravesando el desierto a marchas forzadas, bajo el polvo y el calor, siguiendo las trazas de Horemheb, el ejército que yo acompañaba no veía sino de vez en cuando el cuerpo medio devorado de un soldado caído del carro, o los esqueletos de los caballos muertos, o algunas jarras rotas y los cadáveres de los hititas desnudos y empalados en señal de victoria. Por esto es comprensible que tenga que narrar aquí los horrores de la guerra y no la embriaguez de las batallas.

Después de dos semanas de marcha agotadora a pesar de la abundancia de agua acumulada por los hititas, vimos una columna de fuego que nos anunció que Horemheb nos esperaba con sus carros. Aquella noche no dormí. El desierto es frío por la noche, después del calor sofocante del día, y los soldados que han caminado descalzos durante semanas enteras sobre la arena ardiente, por entre las plantas espinosas, gimen y gritan durmiendo, lo cual ha creado probablemente la leyenda de que el desierto está poblado de malos espíritus.

Antes del alba sonó la trompeta y los soldados reemprendieron su marcha agotadora y muchos se caían de cansancio. En pequeños grupos, bandoleros y cuerpos francos se reunían así con Horemheb, cuya señal nos daba órdenes de apresurarnos.

Cuando llegamos cerca del campamento vimos todo el horizonte cubierto de nubes de polvo, porque los hititas llegaban por fin para reconquistar sus depósitos de agua. Sus vanguardias recorrían el desierto en pequeños grupos y caían sobre nuestros soldados, sembrando la confusión y el pánico entre ellos, poco acostumbrados a luchar contra los carros e insuficientemente adiestrados para el combate. Por esto el pánico se apoderó de nuestras filas y muchos soldados huyeron al desierto, donde los hititas los mataron con sus lanzas. Felizmente Horemheb envió en nuestro auxilio los carros que tenía todavía utilizables y el respeto de los hititas por los soldados de Horemheb era tan grande que nos dejaron tranquilos y se retiraron.

Esta retirada renovó la moral de nuestros soldados y los lanceros blandieron sus armas gritando y los arqueros dispararon en vano sus flechas contra los carros en fuga. Y observando las nubes de polvo en el horizonte, decían:

–No hay nada que temer, porque el brazo potente de nuestro Horemheb nos protege. No hay nada que temer porque se arroja como un halcón sobre los hititas y les vacía los ojos y los ciega.

Pero si pensaban poder descansar al llegar al campo de los hititas, se llevaron un desengaño, y si imaginaban que iban a felicitarlos por su marcha a través del desierto y sus pies desollados, se equivocaban. Porque Horemheb nos acogió con los ojos rojos de fatiga y la expresión malhumorada, y agitando una fusta llena de sangre y de polvo, vociferó:

–¿Por dónde habéis andado, cobardes perezosos? ¿Por qué llegáis tan tarde, desgraciados? No me importa en absoluto que mañana vuestros cráneos se blanqueen en el horizonte, porque siento vergüenza de vosotros al veros. Avanzáis como la tortuga y oléis a sudor y excrementos, de manera que tengo que taparme las narices y, sin embargo, mis mejores hombres pierden su sangre por innumerables heridas y mis nobles caballos jadean agotadas sus fuerzas. Pero poneos a cavar, cavad para salvar el pellejo, puesto que estáis acostumbrados a manejar el fango cuando no os hurgáis la nariz u otra cosa con vuestros cochinos dedos.

Y los soldados egipcios no adiestrados no se enojaron por este discurso y estuvieron encantados y se rieron entre ellos, porque todos tenían la sensación de haber escapado al peligro cuando vieron a Horemheb. Olvidaron sus pies desollados y su lengua reseca, y, siguiendo las órdenes de Horemheb, cavaron profundos fosos y hundieron palos en el suelo entre las rocas y tendieron unas cuerdas de cañas entre los palos y arrastraron grandes piedras hacia el desfiladero de las montañas.

Los hombres agotados de Horemheb salieron de sus tiendas y sus abrigos y vinieron a mostrar sus heridas y narrar sus proezas, y de los dos mil quinientos que habían partido con Horemheb no quedaban más allá de quinientos en situación de combatir.

Poco a poco todo el ejército fue llegando al campamento y Horemheb mandó en el acto a sus hombres a cavar trincheras y construir obstáculos para cerrar el acceso al desierto de los carros de los hititas. Mandó mensajeros a los retardatarios para emplazarlos a llegar al campamento durante el transcurso de la noche lo más tarde, porque todos los que permaneciesen en el desierto después de este plazo serían cruelmente asesinados por los hititas si sus carros conseguían abrirse paso.

Pero los soldados egipcios se sentían reconfortados al verse tan numerosos en el borde del desierto y tenían una confianza ciega en Horemheb, que, a su juicio, conseguiría salvarlos de los hititas. Mientras cavaban las trincheras y tendían las cuerdas de cañas entre los palos a ras del suelo y hacían rodar las enormes moles de piedra, vieron llegar los carros de los hititas en medio de una nube de polvo y oyeron sus gritos de guerra. Entonces su nariz se enfrió y comenzaron a tener miedo de los carros y de sus hoces.

Pero la noche cerraba y los hititas no se atrevieron a atacar en terreno de Horemheb. Acamparon en el desierto y encendieron hogueras y dieron pienso a los caballos con plantas espinosas, y el desierto estaba cubierto, hasta perderse de vista, de pequeños resplandores. Durante toda la noche los exploradores reconocieron los obstáculos con sus carros ligeros y mataron a los centinelas y a todo lo largo del frente hubo escaramuzas. Pero en las dos alas donde no había obstáculos, los bandoleros y los cuerpos francos sorprendieron a los hititas y se apoderaron de muchos carros.

Aquella noche fue incesantemente turbada por el ruido de los carros, los gemidos de los heridos, el silbido de las flechas y el chocar de las armas. Horemheb aconsejó a sus hombres que durmiesen si podían, pero yo pasé la noche curando a los soldados y él me daba ánimos diciéndome:

–Cúralos bien, Sinuhé, porque no hay soldados más valientes que éstos y cada uno de ellos vale por cien. Cúralos porque quiero a mis granujas y son los únicos que saben batirse y todos los demás tendrían que aprender de ellos la manera de comportarse. Te daré un *deben* de oro por cada soldado que pongas en condiciones de batirse.

Pero yo estaba demasiado agotado por la travesía del desierto, pese a que la realicé en litera, y mi garganta estaba irritada por el polvo, y maldije a Horemheb que iba a obligarme a perecer en manos de los hititas. Por esto le respondí bruscamente:

–Guarda tu oro y distribúyelo entre tus pobres granujas para que se sientan ricos en el momento de morir. Porque mañana todos estaremos ciertamente muertos, ya que nos has traído a este desierto horrible. Si cuido con celo a estos hombres es por mí, porque a mi juicio son los únicos de todo el ejército que saben batirse, mientras los que han venido conmigo huirán en cuanto vean al primer hitita. Lo más cuerdo sería escoger los dos caballos más rápidos y huir los dos, y podrías reclutar un ejército mejor que éste.

Horemheb se frotó la nariz y dijo:

–Tu consejo es digno de tu cordura, Sinuhé. Pero no lo seguiré. Por una razón muy simple. Ahora no tenemos otro medio de salvación que batir a los hititas. Y los batiremos, porque no tenemos otro medio de salvarnos.

Voy a dormir un momento y beber vino, porque cuando llevo un vaso de más soy más irritable y me bato mejor.

Se separó de mí y al poco rato oí el gotear de su jarra de vino. Ofreció también a los soldados que pasaban por allí y los llamó por su nombre, dándoles golpes en la espalda.

Así transcurrió la noche y el alba lívida se levantó en el desierto. Delante de los obstáculos yacían los caballos muertos y los carros volcados y los cuervos picoteaban los cráneos de los hititas muertos. Horemheb reunió sus tropas al pie de la montaña y les habló.

2

Mientras los hititas apagaban los fuegos del vivac con arena, poniendo los arneses a los caballos y afilaban sus armas, Horemheb, apoyado contra una roca rugosa, mordisqueando un mendrugo de pan seco y una cebolla, habló así a sus tropas:

–Al mirar ante vosotros veis un gran milagro, porque en verdad Amón nos ha entregado a los hititas y realizaremos hoy una gran hazaña. Como veis, la infantería hitita no ha llegado todavía; espera en el borde del desierto, donde hay agua en abundancia, a que los carros le hayan abierto camino para reconquistar los depósitos de agua e invadir Egipto. Sus caballos sufren ya de la sed y no tienen forraje, porque he incendiado sus depósitos y roto las jarras desde aquí a Siria. Por esto los carros hititas tienen hoy que forzar el paso o retirarse a Siria a esperar haber renovado sus depósitos. Si fuesen inteligentes, renunciarían a la batalla y se retirarían a Siria, pero son ambiciosos y han puesto todo su oro en las jarras de agua que jalonan la ruta de Egipto y no quieren perderlas sin combate. Por esto os digo que Amón nos los ha entregado, porque sus caballos tropezarán enredándose las patas en nuestras cuerdas y el asalto de sus carros, que es la fuerza de los hititas, será anulado por las trincheras que habéis abierto sin reparar en los esfuerzos.

Horemheb escupió un trozo de cebolla y mascó un pedazo de pan, y las tropas comenzaron a golpear el suelo con el pie y a reclamar como chiquillos que piden que les cuenten un cuento. Entonces Horemheb frunció el ceño y gritó:

–¡Por Seth y todos los demonios! ¿Es que mis cocineros han metido excrementos de gato en mi pan para que apeste de esta manera? Haré colgar a dos cabeza abajo, pero no os riáis, asquerosas ratas de lodo, no los castigaré por vosotros, porque son libres de alimentaros con boñigas de vaca, y el fiemo de mis caballos tiene para mí más valor que todos vosotros. No tenéis nada de soldados y sois una cuadrilla de ratas pestilentes. Recordad que los palos que lleváis en la mano son lanzas y no están hechas para rascaros las nalgas, sino para reventar las barrigas de todos los hititas. Y a los arqueros que se creen muy listos porque tienden el arco y lanzan al aire una flecha, les digo que hay que apuntar a los hititas, y si sois verdaderos soldados les sacaréis los ojos. Pero es inútil daros estas instrucciones, de manera que contentaos con apuntar a los caballos que son un blanco suficientemente grande para vosotros. Cuanto más los dejéis acercar, más fácilmente los alcanzaréis pese a vuestra torpeza, y acordaos de que azotaré a todo hombre que haya fallado su objetivo, porque no tenemos medios de desperdiciar las flechas. Recordad que sus puntas han sido forjadas en Egipto con las joyas de las mujeres y de las muchachas de placer, si la información os interesa. Y a los lanceros les digo: Cuando un caballo se acerque, apoyad vuestra lanza en el suelo y dirigid la punta contra el pecho del caballo; no correréis ningún peligro, porque siempre tendréis tiempo de saltar de lado antes de que el caballo se caiga. Si os caéis, sacad vuestro puñal y cortad las corvas del caballo, es vuestra salvación, antes de que las ruedas os aplasten. He aquí lo que debéis hacer, ratas del Nilo.

Olió con asco un trozo de pan y lo arrojó a lo lejos, después levantó la jarra y bebió un buen trago de vino antes de continuar:

–En el fondo, es inútil que os hable, porque en cuanto oigáis los aullidos de los hititas y el rugido de sus carros, comenzaréis a llorar y hundiréis vuestros rostros en la arena del desierto porque no tenéis regazo maternal a vuestro alcance. Pero quiero deciros que si los hititas fuerzan el paso y alcanzan los depósitos de agua que tenemos detrás de nosotros, estaremos todos perdidos y dentro de poco tiempo vuestra piel servirá de saco a las mujeres de Biblos y de Sidón cuando vayan al mercado, a menos que, vaciados los ojos, deis vueltas a la rueda de algún molino del campo de Aziru. Porque nos encontraremos cercados. Pero tengo que haceros observar que ahora estamos ya cercados y que no hay retirada posible, porque si abandonamos nuestra posición, los carros hititas nos perseguirán en el desierto y nos dispersarán como la crecida que arrastra las briznas de paja. Os digo esto únicamente para quitaros toda idea de huir. Y para mayor seguridad, voy a colocar a buena distancia detrás de vosotros a quinientos de mis buenos granujas para que puedan reírse a gusto viéndoos combatir, cosa que han merecido ampliamente, pero también para que maten sin piedad a todo el que se equivoque de dirección o le hagan sufrir la pequeña operación que transforma a un toro salvaje en un apacible buey de labranza. Ya sabéis, pues, que si delante de vosotros os espera una muerte posible, detrás os espera cierta, pero delante tenéis también el triunfo y la gloria, porque si todo el mundo cumple con su deber, no dudo de nuestra victoria sobre los hititas. Para esto basta caer sobre ellos y agujerearles la piel o abrirles la cabeza con las armas que os han sido confiadas. Ésta es vuestra única salvación, y yo me batiré al lado vuestro, y si mi fusta os azota más a menudo que los hititas será porque vosotros lo habréis querido, mis valientes ratas de estiércol.

Los hombres lo escuchaban fascinados y debo confesar que yo me sentía inquieto, porque los hititas se acercaban ya a los obstáculos. Pero me pareció que Horemheb hablaba sólo para ganar tiempo y para comunicar su calma a los soldados abreviando la nerviosidad de la espera. Dirigió una mirada al desierto, blandió la fusta y gritó:

–Nuestros amigos los hititas se acercan con sus carros y yo doy gracias a todos los dioses de Egipto por haber cegado su entendimiento. Id, ratas de barro del Nilo, que cada cual ocupe el sitio fijado y nadie lo abandone sin orden mía. Y vosotros, mis bravos granujas, colocaos detrás de estas babosas y estas liebres y castradlos como conviene si tratan de huir. Podría deciros: batíos por la tierra negra, luchad por los dioses de Egipto, pelead por vuestras mujeres y vuestros hijos. Pero sería inútil, porque estaríais dispuestos a mearos sobre vuestras mujeres si pudieseis huir con seguridad. Por esto os digo: ratas de barro del Nilo, luchad por vosotros, luchad por vuestro pellejo y no retrocedáis, porque no tenéis otra salvación. Corred, muchachos, corred; si no, los carros hititas llegarán a los obstáculos antes que vosotros y la batalla terminará antes de haber comenzado.

Despidió a sus hombres y las tropas corrieron hacia los obstáculos lanzando grandes gritos, no sé si de valor o de miedo.

Horemheb los siguió lentamente y yo me quedé al pie de la montaña para seguir a distancia el desarrollo de la batalla, porque era médico y mi vida era preciosa.

Los hititas habían alineado sus carros en orden de batalla en el desierto. Era soberbio y espantoso ver brillar los soles alados en los pechos de los hombres y en los carros, y las oriflamas y las plumas flotantes y los escudos abigarrados. Era ya evidente que iban a concentrar su ataque sobre el terreno descubierto, sumariamente fortificado por Horemheb, sin meterse por las gargantas de las montañas ni aventurarse a lo lejos en el desierto, donde los cuerpos francos y los bandoleros protegían los flancos de Horemheb. No se atrevían a aventurarse demasiado lejos en el desierto, porque carecían ya de agua y de forraje y contaban con su fuerza y su táctica eficaz para forzar el paso por un lugar defendido por unas tropas inexperimentadas. Sus carros combatían por grupos de seis y una sección de diez grupos formaba un regimiento, y creo que tenían en total sesenta regimientos. Y los carros pesados con tres caballos y tres hombres formaban el centro de su línea de batalla y al ver aquellos carros pesados no comprendía cómo las tropas de Horemheb podrían detener su ataque, porque se movían con una lentitud pesada, como navíos del desierto, destrozándolo todo a su paso.

Hicieron sonar las trompetas y los jefes izaron las oriflamas y los carros se pusieron en movimiento a un paso acelerado, y cuando se acercaron a los obstáculos vi con sorpresa que entre ellos corrían caballos sueltos y sobre cada caballo un hombre agarrado a las crines le golpeaba los flancos con los talones. Y no comprendí el objeto de esta rara cabalgata hasta ver bajarse los hombres y cortar las cuerdas tendidas entre las estacas a ras del suelo para hacer caer a los caballos de los carros. Pero otros hombres a caballo avanzaron por entre los obstáculos y clavaron en el suelo lanzas provistas de pequeñas banderas de colores. Todo esto ocurrió con la velocidad del relámpago, pero yo no entendía el objeto. Pronto los hombres a caballo hubieron desaparecido detrás de los carros y sólo algunos caballos heridos se estremecían en los obstáculos.

Súbitamente vi a Horemheb correr solo hacia los obstáculos y arrancando una de las lanzas la arrojó a lo lejos y entonces comprendí que los hititas las habían colocado para marcar los puntos débiles de los obstáculos y servir de guía a los carros pesados. Otros hombres siguieron el ejemplo de Horemheb y la mayor parte se llevaron las lanzas como trofeos. Yo creo que la rápida intervención de Horemheb salvó a Egipto durante aquella jornada, porque si los hititas hubiesen podido concentrar todo el peso de sus fuerzas en los sitios marcados por las banderas, los egipcios no hubiesen sido capaces de resistir su ataque.

Pronto los carros ligeros llegaron a los obstáculos y

abrieron brecha en ellos. Este primer choque levantó tal polvareda que me fue difícil discernir nada de los movimientos. Pero pude, sin embargo, ver que numerosos carros habían quedado inmovilizados delante de los obstáculos y que los conductores hititas iban rodeándolos prudentemente. En algunos puntos, los carros hititas consiguieron franquear los obstáculos, a pesar de sus grandes pérdidas, pero no prosiguieron su avance, sino que se agruparon, y los hombres se apearon para allanar el terreno y abrir camino a los carros pesados que esperaban su turno, fuera del alcance de las flechas.

Un soldado experimentado hubiera visto en el acto que todo estaba perdido, pero las tropas de Horemheb no vieron más que los caballos en el suelo y los carros inmovilizados y creyeron que el ataque había sido dominado por su valentía. Por esto se precipitaron hacia los carros ligeros inmovilizados y otros se arrastraron para ir a cortar las corvas de los caballos, mientras los arqueros disparaban contra los hititas ocupados en mover enormes bloques de piedra. Horemheb los dejó obrar a su antojo y gracias a su número consiguieron apoderarse de muchos carros, que entregaron a los soldados de Horemheb lanzando exclamaciones de triunfo. Horemheb sabía que la batalla no hacía más que empezar, pero conservaba la confianza en su suerte y en el gran foso que había hecho excavar detrás de las tropas, en medio del valle, y que habían cubierto de ramas y arena. Los carros ligeros no habían avanzado hasta esta trinchera, creyendo haber salvado ya todos los obstáculos.

Después de haber limpiado un espacio suficiente para los carros pesados, los hititas supervivientes volvieron a subir a sus carros y se replegaron rápidamente, lo cual ocasionó una inmensa alegría en las tropas egipcias, convencidas ya de haberse llevado la victoria. Pero Horemheb hizo sonar las trompetas y ordenó colocar los bloques de piedra en su sitio y plantar las lanzas con la punta dirigida contra los asaltantes, porque se veía obligado a retirar sus tropas al abrigo de los obstáculos y dejar las brechas sin guarnecer para evitar que las hoces de los carros pesados causasen estragos entre las fuerzas defensoras.

Apenas esta orden había sido cumplida, cuando los carros pesados de los hititas, flor y orgullo de su ejército, arrancaron con estruendo. Iban tirados por enormes caballos más altos que los egipcios, cuya cabeza estaba protegida por una placa de metal y cuyos flancos estaban cubiertos por espesas corazas de lana. Las anchas ruedas separaron las piedras y el peto de los caballos quebró las lanzas clavadas en tierra y los gritos y clamores se elevaron cuando las ruedas aplastaron a los defensores y las hoces los destrozaron haciéndoles pedazos.

Pronto vi salir de la nube de polvo los carros pesados cuyos caballos galopaban como monstruos espantosos con sus caparazones abigarrados y las puntas de bronce adornando sus máscaras. Se lanzaban hacia adelante y ninguna fuerza del mundo parecía capaz de detenerlos y cerrarles el paso hacia los depósitos de agua, porque los soldados se habían retirado a las dos alas sobre las primeras pendientes de las colinas, como lo había ordenado Horemheb. Los hititas lanzaron el grito de guerra y prosiguieron su avance levantando nubes de polvo y yo me arrojé al suelo llorando por Egipto y el país sin protección y por todos los hombres que iban a perecer allí a causa de la estúpida obstinación de Horemheb.

Pero los hititas no se dejaron deslumbrar por su triunfo, los frenos de sus carros labraron el suelo, y mandaron carros ligeros en reconocimiento, porque era prudente y temían las sorpresas, pese a que no tuviesen el menor respeto por los egipcios. Pero es difícil frenar el asalto de los carros porque los enormes caballos lanzados al galope rompen las riendas y vuelcan los carros si se los detiene demasiado bruscamente.

Así los carros continuaron avanzando por un vasto frente de terreno descubierto hasta el momento en que, de repente, el suelo se abrió bajo sus pies y se los tragó. La trinchera cavada por las ratas del fango del Nilo se extendía en toda la anchura del valle y los carros pesados cayeron en ella por docenas antes de que los conductores hubiesen tenido tiempo de frenar para seguir por el borde del foso, de manera que el frente de ataque quedó roto. Al oír los aullidos de los hititas levanté la cabeza y vi su derrota, pero pronto el polvo cubrió el campo de batalla.

Si los hititas hubiesen sabido dominarse y reconocer su derrota hubieran podido salvar, por lo menos, la mitad de sus carros y aplastar a los egipcios. Hubieran podido, en efecto, volver a atravesar los obstáculos destruidos y desencadenar otro ataque, pero no podían admitir una derrota porque era a sus ojos una cosa inconcebible. Por esto no les vino a la mente la idea de escapar a la infantería egipcia sin carros, sino que treparon por las laderas de las colinas para detenerse en la cumbre y bajaron de los carros para examinar cómo podrían franquear la trinchera y salvar a sus camaradas en cuanto se hubiese disipado el polvo.

Pero Horemheb no esperó a que hubiesen vuelto de su sorpresa, hizo sonar las trompetas y declaró a sus tropas que su ardid había aniquilado los carros hititas y que el enemigo estaba ahora a su merced. Mandó arqueros a las colinas para hostigar a los hititas y encargó a sus hombres que pisoteasen el suelo para levantar nubes de polvo, en parte para molestar a los hititas y en parte para impedir que sus hombres viesen el enorme número de carros que estaban todavía en situación de combatir. Dio orden también de hacer rodar piedras de lo alto de la colina para cerrar las brechas de los obstáculos, a fin de completar su victoria y apoderarse de los carros intactos.

Entretanto, los regimientos de carros ligeros acampaban en la llanura para abrevar los caballos y reparar los arneses y las ruedas. Oían los gritos y el ruido de las armas y, al ver el torbellino de polvo, creyeron que los carros pesados perseguían a los egipcios para aniquilarlos como ratas.

Bajo la protección del polvo, Horemheb envió a sus

mejores lanceros cerca de la trinchera para impedir que los hititas socorriesen a sus camaradas y llenasen el foso. Ordenó a otros hombres que llevasen rodando grandes piedras alrededor de los carros inmovilizados y, si era posible, aislarlos por grupos para encerrarlos en un espacio estrecho donde no pudiesen evolucionar fácilmente. Por las laderas de las colinas no tardaron en rodar gruesas piedras, porque los egipcios son hábiles en manejar las piedras y en las tropas de Horemheb había muchos hombres que habían aprendido a manejar las piedras en las canteras.

Los hititas se extrañaron mucho de ver que el polvo no se disipaba, y no podían ver lo que pasaba en torno de ellos, y caían sobre ellos flechas de todas partes. Sus jefes disputaban, porque no habían visto todavía nunca nada parecido y no sabían qué hacer, porque durante las maniobras no les habían enseñado lo que había que hacer en una situación parecida. Por esto perdieron el tiempo discutiendo y mandaron algunos carros a la nube de polvo para reconocer la posición de los egipcios, pero estos carros no regresaron, porque los caballos tropezaron con las piedras y los soldados mataron a los conductores. Para terminar, los jefes hititas hicieron sonar las trompetas para que sus soldados se reunieran y lanzaron un ataque para volver a ganar la llanura a fin de preparar un nuevo asalto. Pero no reconocieron el camino que habían seguido y los caballos tropezaban con las cuerdas y en los cepos y los carros se volcaban, de manera que los hombres tuvieron que apearse y combatir a pie. Eran valientes y diestros en la batalla y mataron a muchos egipcios, pero no estaban acostumbrados a luchar a pie. Por esto los soldados de Horemheb los vencieron, pero la batalla duró hasta la noche.

A la caída de la tarde el viento sopló del desierto y barrió las nubes de polvo y descubrió el campo de batalla y la terrible derrota de los hititas, que habían perdido la mayoría de sus carros pesados, y otro gran número de carros había caído en manos de Horemheb con sus caballos. Pero los vencedores, agotados y excitados por el ardor del combate, por las heridas y el olor de sangre, se asustaron al ver sus propias pérdidas, porque los cadáveres de los egipcios eran mucho más numerosos que los de los hititas. Y los supervivientes dijeron:

–Fue una jornada terrible y felizmente no vimos lo que ocurrió en torno a nosotros, porque si hubiésemos advertido la multitud de hititas y comprobado la cuantía de nuestras pérdidas, el corazón se nos hubiera subido a la garganta y no nos hubiéramos batido como leones, como lo hemos hecho.

Los últimos hititas cercados se rindieron y Horemheb los hizo atar con cuerdas y todas las ratas del fango del Nilo se acercaron a ellos para examinarlos y tocar con el dedo sus heridas y arrancarles los soles alados y el hacha doble que adornaba sus cascos y vestidos.

En medio de aquella confusión terrible, Horemheb iba de un grupo a otro y distribuía palmadas a sus hombres y elogiaba a los que se habían batido bien, llamándolos hijos suyos y escarabajos de estercolero. Les hizo distribuir vino y cerveza y les permitió desvalijar a los muertos, tanto a los egipcios como a los hititas, a fin de que se hiciesen la ilusión de recoger un botín. Pero el botín más precioso lo constituían los carros pesados y los caballos que coceaban y mordían rabiosamente, pero se les dio agua y forraje y los hombres de Horemheb, acostumbrados a tratar con caballos, les hablaron dulcemente y los decidieron a servir a Egipto. Porque el caballo es un animal muy inteligente, aunque temible, y entiende el lenguaje humano. Por esto, una vez bien alimentados, aceptaron servir a Horemheb. Pero me pregunto cómo pudieron entender el egipcio cuando estaban acostumbrados a entender tan sólo el incomprensible lenguaje hitita. Pero los hombres de Horemheb me aseguraron que los caballos entendían todo lo que se les hablaba y tuve que creerlo al ver cómo aquellos animales poderosos y salvajes se sometían dejándose quitar sus pesados caparazones.

La misma noche Horemheb envió un mensaje a los bandoleros del desierto y a los cuerpos francos invitándoles a alistarse en el ejército de carros porque los hombres del desierto saben cuidar mejor los caballos que los egipcios, que tienen miedo de ellos. Todos respondieron a la llamada y estuvieron encantados de sus carros y sus magníficos caballos.

Yo no tenía tiempo de descansar porque tenía que cuidar a los heridos y coser las heridas, poner en su sitio los miembros dislocados y trepanar los cráneos hundidos por las mazas hititas. Tenía muchos ayudantes y, sin embargo, el trabajo duró tres días y tres noches y durante este tiempo murieron todos aquellos cuyas heridas eran incurables. Me fue imposible trabajar en paz, porque el ruido de la batalla me destrozaba los oídos y los hititas se negaron todavía a reconocer su derrota. Al día siguiente lanzaron otro ataque con los carros ligeros a fin de recuperar los carros perdidos, y al tercer día trataron de franquear los obstáculos, porque no se atrevían a regresar a Siria y presentarse ante sus grandes jefes.

Al tercer día Horemheb pasó a la ofensiva con los carros tomados al enemigo y consiguió dispersar los carros ligeros de los hititas, pero los egipcios sufrieron grandes pérdidas, porque los hititas eran más rápidos y estaban más entrenados que los egipcios en la guerra de los carros. Pero, según me explicó Horemheb, estas pérdidas eran necesarias, porque sólo en el combate sus nuevos soldados podían aprender a manejar los carros y los caballos, y valía más entrenarlos contra un enemigo inferior en número y desalentado por la derrota que contra unas tropas reposadas y con buenos equipos.

–Si no tenemos carros que oponer a los carros, no reconquistaremos nunca Siria –dijo Horemheb–. Por eso toda la batalla al amparo de los obstáculos no era más que un juego de niños, y la única ventaja ha sido haber impedido la invasión de Egipto.

Horemheb esperaba que los hititas mandarían su infantería al desierto, pero eran demasiado cautos para ello y conservaron sus tropas en Siria diciéndose que tal vez en la embriaguez de la victoria Horemheb invadiría el país, donde sus hombres hubieran sido una presa fácil para sus tropas aguerridas y experimentadas. Pero su derrota había suscitado una gran inquietud en Siria y numerosas ciudades se levantaron contra Aziru y le cerraron las puertas, porque estaban cansados de la ambición de Aziru y de la rapacidad de los hititas y pensaban en granjearse la amistad de Egipto, cuya pronta victoria se daba por descontada. En efecto, las ciudades de Siria han estado siempre desunidas y los emisarios de Horemheb sembraban la discordia y propalaban rumores exagerados y espantosos sobre la derrota de los hititas en el desierto.

Mientras sus tropas descansaban en la Montaña de la Victoria, Horemheb urdía nuevos proyectos y de nuevo envió emisarios a Ghaza sitiada: «¡Defended Ghaza!» Porque sabía que si Ghaza caía no tendría punto de apoyo sobre las costas de Siria. Hizo también propalar entre sus tropas rumores sobre las riquezas de Siria y las sacerdotisas del templo de Ishtar, que tan hábiles son en el arte de seducir a los bravos soldados. No sé lo que pretendía, pero un día un hombre medio muerto de hambre y de sed se deslizó por entre los obstáculos y, constituyéndose prisionero, pidió ser llevado a presencia de Horemheb. Los soldados se burlaron de él, pero Horemheb lo recibió y el hombre se inclinó respetuosamente delante de él, llevándose las manos a la altura de las rodillas pese a que iba vestido a la manera siria. Después se llevó la mano a un ojo como si lo tuviese herido y Horemheb le dijo:

–¿Te ha picado acaso algún escarabajo en el ojo?

Yo me encontraba en aquel momento en mi tienda y me extrañó aquella estúpida pregunta porque un escarabajo es un animal inofensivo que no pica, pero el hombre respondió:

–En verdad, un escarabajo me ha picado en el ojo, porque en Siria hay diez veces diez escarabajos y son todos muy venenosos.

Y Horemheb le dijo:

–Te saludo, hombre valiente, y puedes hablar con franqueza porque este médico es un hombre estúpido que no entiende nada.

A estas palabras el emisario dijo:

–¡Oh, mi señor Horemheb, ha llegado el heno!

No dijo nada más, pero por estas palabras adiviné que era un espía de Horemheb, y Horemheb salió e hizo encender un fuego en la cresta de la colina, y al cabo de un momento en todas las colinas entre la Montaña de la Victoria y el Bajo Egipto se encendieron hogueras. Así fue como Horemheb transmitió a Tanis un mensaje ordenando a la flota trasladarse a Ghaza y, en caso necesario, dar la batalla a las fuerzas navales sirias.

Al día siguiente, Horemheb hizo sonar las trompetas y el ejército emprendió el camino de Siria, y los carros precedían a las tropas y limpiaban el camino preparando las etapas. Pero yo no comprendía cómo Horemheb osaba ahora afrontar a los hititas en terreno descubierto. Los soldados lo seguían sin murmurar porque soñaban en las riquezas de Siria y en el abundante botín. Yo subí a mi litera y seguía a las tropas, y detrás de nosotros dejábamos la Montaña de la Victoria y los huesos de los egipcios y de los hititas que se blanqueaban en buena armonía en el desierto.

3

Debo hablar ahora de la guerra de Siria, pero mi relato será breve porque no entiendo gran cosa en asuntos militares, y todas las batallas se parecen para mí y todas las ciudades incendiadas y las casas saqueadas son semejantes, y las mujeres llorando y los cuerpos descuartizados son idénticos, estén donde estén. Si lo contase todo minuciosamente, mi relato sería muy monótono, porque la guerra de Siria duró tres años y fue una guerra cruel e implacable, porque muchos poblados sirios quedaron despoblados y los árboles eran cortados en los huertos y los pueblos se despoblaban.

Quiero, ante todo, contar el ardid de Horemheb, que no temió penetrar en Siria y derribar los jalones establecidos por Aziru, mientras sus soldados saqueaban los pueblos y se divertían con las mujeres sirias para saborear de antemano los frutos de la victoria. Se dirigió directamente hacia Ghaza; en cuanto se enteraron de este proyecto, los hititas concentraron sus tropas cerca de esta ciudad a fin de cerrarle el paso y aniquilarlo en alguna llanura favorable a la evolución de los carros. Pero el invierno había llegado ya y tuvieron que alimentar sus caballos con heno comprado a los mercaderes sirios y antes de la batalla los caballos comenzaron a vacilar y sus excrementos eran verdosos y muchos de ellos perecieron. Por esto Horemheb pudo dar la batalla con fuerzas iguales y una vez hubo rechazado los carros hititas acabó fácilmente con la infantería. Sus lanceros y arqueros terminaron la derrota, de manera que los hititas sufrieron el desastre más grande de la historia y en el campo de batalla quedaron más cadáveres sirios e hititas que egipcios, y desde entonces aquella llanura fue llamada el Llano de las Osamentas. Pero en cuanto hubo penetrado en el campo hitita hizo inmediatamente quemar el heno y el forraje, porque estaban envenenados y había mezclado a ellos unas drogas que enfermaban a los caballos. Pero yo ignoraba entonces cómo había combinado Horemheb este ardid de guerra.

Así llegó Horemheb ante Ghaza mientras los hititas y los sirios abandonaban principalmente toda Siria del Sur para refugiarse en sus plazas fuertes, y dispersó a los asediadores. Al mismo tiempo la flota egipcia entraba en el puerto de Ghaza, pero en bastante mal estado, y muchos navíos ardieron todavía dos días después de la batalla naval que habían tenido que sostener delante de la villa. Esta batalla había quedado indecisa porque la flota egipcia tuvo que refugiarse en Ghaza y muchos navíos se hundieron antes de que el comandante de la plaza se hubiese decidido a abrir el puerto.

Por su parte la flota unida de Siria y los hititas huyó a Tiro y a Sidón a reparar sus averías.

El día en que las puertas de Ghaza invicta se abrieron para dar paso a las tropas de Horemheb se celebra todavía en Egipto como una fiesta, y es el día de Sekhmet y los chiquillos se pelean con mazas de madera y lanzas de caña jugando al sitio de Ghaza. Y es cierto que jamás villa alguna fue defendida más encarnizadamente que Ghaza y el comandante de la plaza mereció todo el renombre y reputación que le dio su resistencia. Por esto mencionaré su nombre pese a que me afligiese la vergüenza de ser izado en un cesto. Se llamaba Roju.

Sus hombres lo llamaban *Nuca de Toro*, y esto dará idea de su físico y de su carácter, porque jamás he conocido a un hombre más obstinado ni más receloso. Después de su victoria, Horemheb tuvo que esperar un día entero antes de convencer a Roju de que le abriese las puertas de la ciudad. Y, para empezar, no admitió más que a Horemheb solo y se aseguró de su identidad porque lo tomaba por un sirio disfrazado. Cuando al fin comprendió que Horemheb había batido a los hititas y Ghaza no estaba cercada ya, no demostró ningún júbilo y se quedó malhumorado, y encontraba desagradable que Horemheb fuese su superior y le diese órdenes en Ghaza porque durante el curso de este sitio de varios años se había acostumbrado a ser jefe de sí mismo.

Quiero contar también algunas anécdotas sobre este Nuca de Toro porque era un personaje muy curioso y su obstinación fue causa de no pocos incidentes. Me parece que estaba un poco loco o chiflado, pero si no hubiese sido así, los hititas y Aziru hubieran seguramente tomado Ghaza. No creo que en ninguna parte hubiese hecho una tan buena carrera como en Ghaza, donde los dioses y el destino le habían dado un puesto adecuado a sus facultades. Lo habían relegado a Ghaza a causa de sus eternas jeremiadas y lamentaciones, porque esta ciudad era un verdadero puesto de castigo, pero más tarde los acontecimientos le dieron importancia. De hecho fue Roju quien le hizo hacer este papel al negarse a entregarla a Aziru.

Ghaza fue salvada por sus altas murallas de enormes bloques de piedra que se decían habían sido un día construidas por los gigantes. Los mismos hititas fueron impotentes contra estas murallas, pero habían, sin embargo, conseguido, por su habilidad militar, practicar en ellas algunas brechas y excavando una galería provocaron el derrumbamiento de la torre de guardia.

La ciudad antigua había estado en parte incendiada y ninguna casa tenía el techo intacto. En cuanto a la ciudad nueva, la que se encontraba fuera de los baluartes, Roju la hizo arrasar en cuanto se enteró de la revuelta de los hititas, y había dado la orden por simple espíritu de contradicción, porque todos sus consejeros trataban de disuadirle. Naturalmente, los habitantes sirios de la ciudad se pusieron furiosos y se levantaron prematuramente, de manera que Roju pudo sofocar la rebelión antes de que Aziru pudiese llegar en apoyo de los sublevados. La represión fue tan brutal que nadie a partir de entonces se atrevió a rebelarse contra Roju.

Si alguien era sorprendido con las armas en la mano y pedía merced Roju decía: «Degollad a este hombre porque ofende mi equidad pidiéndome merced.» Y si alguno se rendía sin pedir gracia, Roju se enfadaba y decía: «Matad a este rebelde que se atreve a hacerme frente.» Si algunas mujeres acudían con sus hijos a implorar la gracia de sus maridos, las hacía matar sin piedad diciendo: «Matad a toda esta camada de sirios que no comprende que mi voluntad es más fuerte que la suya como el cielo es superior a la tierra.» Así nadie sabía cómo conciliarlo, porque olía una injuria o una resistencia en toda palabra que se le dirigía.

Pero el asalto de Aziru no había sido más que un juego de niños en comparación con el sitio cruel y racional de los hititas. Porque los hititas lanzaban día y noche materias inflamables a la ciudad y también serpientes venenosas encerradas en jarras y carroñas y egipcios prisioneros que se despachurraban contra las murallas. A nuestra entrada en la villa no había ya muchos habitantes vivos y sólo algunas mujeres y ancianos demacrados salieron de los subterráneos de las casas incendiadas. Todos los chiquillos habían muerto y los hombres habían perecido trabajando por reparar las murallas. Y los supervivientes no nos acogieron con júbilo, sino que nos mostraban el puño y nos injuriaban. Horemheb les hizo distribuir carne, vino y trigo y muchos murieron durante la noche siguiente, porque su estómago hambriento no pudo soportar la abundante y rica comida.

Quisiera describir a Ghaza tal como me apareció el día de nuestra entrada. Quisiera hablar de las pieles humanas suspendidas de los muros y los cráneos ennegrecidos que los cuervos picoteaban. Quisiera contar el horror de las casas destruidas y las osamentas de animales en las callejuelas llenas de escombros. Quisiera hablar del olor espantoso de la ciudad, el hedor de muerte y de peste que forzaba a los soldados de Horemheb a taparse la nariz. Quisiera describir todo esto para explicar por qué, en este día de gran victoria para Egipto, mi corazón no sintió ninguna alegría.

Quisiera también describir a los soldados supervivientes de Roju, *Nuca de Toro*, sus costillas salientes, sus rodillas tumefactas y sus espaldas cebradas por los latigazos. Quisiera hablar de sus ojos que no tenían ya nada de humano, sino que brillaban en las ruinas como los de las fieras. Blandían lanzas en sus manos impotentes y gritaban lamentablemente en honor de Horemheb: «¡Defended Ghaza!» No creo que fuese ironía, sino que ninguna otra idea cabía en su pobre cabeza. No estaban en tan mal estado como los habitantes de la ciudad, porque Roju les había reservado víveres y Horemheb les hizo distribuir carne fresca, cerveza y vino, que tenía en abundancia después de haber saqueado el campo de los hititas y las provisiones de los sitiadores.

A cada soldado de Ghaza Horemheb le dio una cadena de oro, lo cual no le costó mucho porque apenas si quedaban unos doscientos. Les dio también mujeres sirias, pero estaban tan agotados que no tenían fuerzas para gozar de ellas y comenzaron a torturarlas a la manera hitita, porque durante el sitio habían aprendido muchas nuevas costumbres, como, por ejemplo, desollar vivos a los prisioneros y colgar las pieles en los muros. Pero pretendían que sólo torturaban a las mujeres sirias por odio a los sirios y decían: «No nos mostréis un sirio, porque si lo vemos le saltaremos a la garganta y lo estrangularemos.»

A Nuca de Toro le dio Horemheb una cadena de oro esmaltada y adornada con piedras preciosas y un látigo de oro e hizo lanzar a sus hombres gritos en honor de Roju, lo cual todos hicieron con gusto, porque admiraban realmente a aquel hombre cuya valentía había salvado Ghaza. Después de la ceremonia, Roju le dijo a Horemheb:

–¿Me tomas acaso por un caballo que me das un arnés completo? ¿Este látigo ha sido trenzado con oro verdadero o no es más que oro sirio mezclado? –Y dijo también–: Llévate a tus hombres fuera de la ciudad, porque su número me molesta y el ruido que hacen me impide dormir, mientras mi sueño era excelente durante el asedio al ruido de los arietes y a la luz de los incendios. Llévate en verdad a tus hombres, porque en Ghaza soy yo el faraón y si me enfado lanzaré a mis hombres contra los tuyos para aniquilarlos y así dejarán de turbar mi sueño.

Y, verdaderamente, Roju no podía dormir desde que había cesado el sitio, y los soporíferos eran inoperantes y el vino no podía hacerle dormir. Pensaba sin cesar y trataba de recordar en dónde había sido empleado todo el material de los almacenes militares, y un día fue humildemente a encontrar a Horemheb y le dijo:

–Eres mi superior. Inflígeme un castigo porque tengo que dar cuenta al faraón de todo el material que me ha sido confiado y no puedo hacerlo, porque la mayor parte de los papiros han sido quemados en los incendios y mi memoria flaquea desde que duermo tan mal. Puedo dar cuenta de todo, salvo de cuatrocientas retrancas para asnos que no sé dónde encontrar, y mi jefe de material lo ignora también pese a que lo he hecho azotar hasta el punto de que no puede sentarse. ¿Dónde estarán las cuatrocientas retrancas de las cuales no tenemos necesidad, puesto que los asnos han sido comidos desde hace mucho tiempo? Por Seth y todos los demonios, Horemheb, hazme fustigar públicamente, porque la cólera del faraón me inquieta y jamás osaré presentarme ante él como lo exige mi rango si no encuentro estas retrancas.

Horemheb trató de calmarlo y le dijo que con gusto le proporcionaría las cuatrocientas retrancas, pero Roju se enfadó y dijo:

–Buscas de una manera manifiesta incitarme al fraude, porque si aceptase tus retrancas no serían las que me han sido confiadas por el faraón. Obras seguramente así para perjudicarme acusándome de prevaricación ante el faraón, porque tienes celos de mi fama y quieres ser nombrado jefe de Ghaza. Quizá hayas ordenado a tus soldados indisciplinados robar estas retrancas en los almacenes. Pero rehúso las que me ofreces y prefiero demoler la ciudad piedra por piedra hasta encontrarlas.

Estas palabras inquietaron a Horemheb temiendo por el estado mental de Roju y le propuso ir a Egipto a encontrar a su mujer y a sus hijos y descansar de las fatigas del asedio. Pero fue un error, porque desde entonces Roju estuvo más convencido que nunca de que Horemheb quería quitarlo de en medio para apoderarse de su cargo. Y dijo:

–Ghaza es mi Egipto, sus murallas son mi mujer y sus torres mis hijos. Pero en verdad degollaré a mi mujer y cortaré la cabeza a mis hijos si no encuentro estas malditas retrancas.

A espaldas de Horemheb llamó al escriba del material, que había sufrido con él todo el asedio, y encargó a sus hombres registrar todas las torres. Ante estos excesos, Horemheb intervino e hizo vigilar a Roju en su habitación y me pidió mi consejo de médico. Después de haber hablado amistosamente con Roju, el cual se negaba a considerarme un amigo y pensaba que quería apoderarme de su cargo, le dije a Horemheb:

–Este hombre no se calmará hasta que hayas abandonado Ghaza con todos tus hombres y pueda cerrar las puertas y gobernar Ghaza a su antojo.

Pero Horemheb gritó:

–¡Por Seth y todos los demonios, esto es imposible antes de que los navíos hayan traído de Egipto refuerzos de armas y provisiones para que pueda empezar la campaña contra Joppe! Hasta entonces las murallas de Ghaza son mi única protección, y si salgo con mis tropas, me arriesgo a perder todo lo que he ganado.

Yo vacilé un poco y dije:

–Para Roju sería quizá conveniente que lo trepanase para tratar de curarlo, porque sufre enormemente y hay que atarlo en la cama; si no, sería capaz de hacerse daño o hacértelo a ti.

Pero Horemheb se negó a dejar trepanar al héroe más ilustre de Egipto, porque su propia reputación hubiera sufrido con ello si Roju sucumbía en la operación, porque una trepanación es siempre peligrosa e incierta. Por esto regresé a casa de Roju con algunos hombres sólidos y conseguimos amarrarlo a la cama y le administré calmantes y narcóticos. Pero sus ojos relucían en la oscuridad de la cámara con un resplandor verdoso de ojos de fiera, se retorcía en la cama y la rabia le salía de la boca, mientras gritaba:

–¿No soy acaso el comandante de Ghaza, chacal de Horemheb? Ahora recuerdo que en la prisión de la torre se pudre un espía sirio que pesqué poco antes de la llegada de tu dueño y que otras tareas urgentes me han hecho olvidar de colgarlo de la pared. Es un hombre muy astuto, y estoy seguro de que es él quien ha robado las cuatrocientas retrancas. Traédmelo aquí a fin de que pueda hacerle confesar dónde las ha escondido y podré dormir en paz.

Insistió tanto sobre este espía que hice encender una

antorcha y bajé al calabozo, donde numerosos cadáveres devorados por las ratas estaban todavía encadenados al muro. El guardián era un viejo ciego. Le pedí que me llevase al espía sirio que había sido detenido poco antes del fin del sitio, pero me juró por su vida que no había un solo preso vivo en el calabozo, porque eran torturados para interrogarlos y después se les dejaba morir de hambre y sed según las órdenes de Roju. Pero la actitud de aquel hombre me inspiró desconfianza y lo amenacé hasta que cayó de rodillas diciendo:

–Perdóname la vida, porque he servido siempre fielmente a Egipto y en nombre de Egipto he maltratado a los prisioneros y les he quitado la comida. Pero este espía no es un hombre ordinario y su lengua es maravillosa y canta como un ruiseñor y me ha prometido grandes riquezas si lo mantengo vivo y le doy de comer hasta la llegada de Horemheb, y me ha prometido devolverme la vista, porque también él estuvo ciego y un gran médico le curó uno de los ojos, y me ha jurado llevarme a casa de este médico, de manera que podré salir y gozar de mis riquezas. Me debe ya más de dos millones de *deben* por el pan y el agua que le he traído y no le he anunciado el fin del sitio de Ghaza ni la llegada de Horemheb a fin de que su deuda aumente cada día. Porque afirma que lo liberará y le dará cadenas de oro, y estoy convencido de ello, porque su lengua habla de una manera irresistible. Pero no lo llevaré ante Horemheb hasta que su deuda haya alcanzado tres millones, porque es una cifra redonda y fácil de retener.

Mientras hablaba, mis rodillas temblaban y mi corazón saltaba en mi pecho, porque creía ir adivinando poco a poco de quién hablaba. Pero me enderecé y gritando, le dije:

–Pobre viejo, en todo Siria y Egipto reunidos no existe esta cantidad de oro. Pero todo indica que este hombre es un granuja que merece castigo. Por esto debes conducirme inmediatamente a él, y que la desgracia caiga sobre ti si le ha ocurrido algo.

Gimiendo e implorando a Amón, el viejo me hizo entrar en una celda cuya entrada había ocultado con piedras para engañar a los hombres de Roju. A la luz de la antorcha vi a un hombre vestido de harapos sirios encadenado al muro y su espalda estaba en carne viva y su vientre colgaba lacio sobre sus piernas. Era tuerto y su ojo único centelleaba a la luz de la antorcha. Y me dijo:

–¿Eres verdaderamente tú, Sinuhé, oh dueño mío? Bendito sea el día que te trae aquí, pero haz pronto romper estas cadenas y que me traigan una jarra de vino para que pueda olvidar mis penas, y di a tus esclavos que me laven y me unten, porque estoy acostumbrado a la comodidad y al lujo, y las malditas losas de esta celda me han gastado la piel de las nalgas. No veo objeción alguna a que me ofrezcas un buen lecho con algunas vírgenes de Ishtar, porque bastante he estado privado de ellas.

–¡Kaptah, Kaptah! –dije yo acariciando su espalda desollada–. Eres incorregible. En Tebas me han afirmado que estabas muerto, pero no lo he creído, porque estoy convencido de que no morirás nunca, y la prueba es que te descubro en este antro lleno de cadáveres y respiras todavía y no estás en tan mal estado y, sin embargo, es probable que los hombres que han muerto aquí cargados de cadenas fuesen más agradables a los dioses que tú. Sin embargo, me alegro mucho de verte todavía vivo.

Pero Kaptah prosiguió:

–Sigues siempre siendo el mismo charlatán vanidoso, ¡oh, dueño mío Sinuhé! No me hables de los dioses, porque en mi miseria los he invocado a todos, incluso a los de Babilonia y de los hititas, y ninguno me ha ayudado, y he tenido que arruinarme para obtener comida de mi carcelero. Sólo nuestro escarabajo me ha protegido trayéndote a mí, porque el comandante de esta plaza está loco y no cree nada razonable y me ha hecho torturar y azotar, de manera que berreaba como un buey cuando estaba en el lecho de tortura. Pero he conseguido felizmente salvar nuestro escarabajo escondiéndolo en determinado sitio de mi cuerpo que es ciertamente infamante para un dios, pero que es quizá agradable para un escarabajo, puesto que has llegado aquí. Este acontecimiento tan milagroso sólo puede ser obra de nuestro escarabajo.

Me mostró el escarabajo, que guardaba todavía rastros de su reciente estancia. Unos herreros vinieron a cortar las cadenas y me llevé a Kaptah a mi habitación, porque estaba débil y su ojo no soportaba ya la luz. Lo hice lavar y ungir por mis esclavos y le di ropa de lino fino y le presté una cadena de oro y brazaletes para que pudiese parecer conforme a su dignidad, y le hice cortar los cabellos y la barba. Durante todas estas operaciones comió carne y bebió vino eructando de bienestar. Pero el guardián gemía y se lamentaba detrás de la puerta y reclamaba sus dos millones trescientos sesenta y cinco mil *deben* de oro. Y se negaba a rebajar un solo *deben* de esta suma, alegando que había arriesgado su vida para salvar la de su prisionero, robando comida. Para terminar con las lamentaciones del viejo, que me cansaban, le dije a Kaptah:

–Horemheb está aquí desde hace dos semanas y este hombre te ha engañado y no debes nada, sino que voy a hacerlo azotar por los soldados y si es necesario le haré cortar el cuello, porque es un monstruo responsable de la muerte de innumerables prisioneros.

Pero Kaptah protestó enérgicamente y dijo:

–Soy un hombre honrado y como tal tengo que cumplir mis compromisos, de lo contrario mi reputación sufriría. Es cierto que hubiera podido discutir con el viejo y obtener una disminución en sus precios, pero cuando notaba el olor del pan renunciaba a regatear y le prometía cuanto solicitaba.

Yo me froté la frente y dije:

–¿Eres verdaderamente tú, Kaptah? No, no es posible; hay seguramente en esta fortaleza una maldición que vuelve locos a todos los que están en ella algún tiempo. Estás indudablemente loco tú también. ¿Es que tienes verdaderamente la intención de pagar tu deuda a este repugnante viejo? ¿Y con qué?, porque supongo que después del reinado de Atón eres tan miserable como yo.

Pero Kaptah estaba ebrio y dijo:

–Soy un hombre piadoso que respeta a los dioses y cumple su palabra. Pagaré mi deuda hasta el último *deben*, pero pediré un plazo, y por otra parte, el hombre es tan estúpido que si le hacía pesar dos *deben* de oro, se contentaría con ellos, porque no ha visto nunca una suma igual. Creo incluso que estaría en el colmo de su júbilo si le daba uno, pero esto no me liberaría. No sé verdaderamente de dónde sacar todo este oro, porque la revuelta de Tebas me ha arruinado y he debido huir vergonzosamente abandonando mi fortuna cuando los esclavos se metieron en la cabeza la idea de que los había traicionado y denunciado a Amón. Pero después he prestado grandes servicios a Horemheb en Menfis, y cuando tuve que abandonar la ciudad donde me perseguía la venganza de los esclavos, le he hecho todavía más servicios en Siria, vendiendo a los hititas trigo y forraje. Por esto estimo que Horemheb me debe ya cerca de medio millón de *deben* de oro, sin contar que he arriesgado mi vida viniendo por mar a Ghaza. Para colmo, los hititas se han puesto furiosos contra mí cuando sus caballos cayeron enfermos después de haber comido el forraje que yo les había vendido. Pero en Ghaza un peligro más grande todavía me amenazaba, porque el comandante de la plaza estaba loco y me hizo encerrar como espía sirio y me dio tortura y me hubiera seguramente hecho ahorcar si el viejo loco guardián no me hubiese ocultado diciendo que me había muerto en el calabozo. Por esto es necesario que yo pague mi deuda.

Entonces mis ojos se abrieron y comprendí que Kaptah había sido el mejor servidor de Horemheb en Siria y el jefe de sus espías, puesto que en la Montaña de la Victoria el emisario llegado a la tienda de Horemheb había ocultado uno de sus ojos para indicar que venía de parte de un tuerto. Y comprendí también que nadie como Kaptah hubiera sido capaz de componérselas en Siria, porque nadie lo igualaba en astucia y picardía. Pero le dije:

–Admitamos que Horemheb te deba mucho oro, pero podrás extraerlo más fácilmente de una piedra estrujándola que haciéndote pagar tu crédito. Sabes muy bien que no paga nunca sus deudas.

Y Kaptah dijo:

–Sé muy bien que Horemheb es duro e ingrato, y más ingrato aún que el comandante de Ghaza, a quien he hecho lanzar trigo por los hititas, que creían que las jarras cerradas contenían serpientes venenosas. Para convencerlos rompí una jarra y las serpientes venenosas mordieron a tres soldados, que murieron, y desde entonces los hititas no quisieron abrir más las jarras. Pero, a falta de oro, Horemheb puede darme todos los derechos portuarios de Siria que conquistará y debe cederme todo el comercio de sal de Siria para que pueda recuperar mis bienes.

Le pregunté si pensaba trabajar durante toda su vida para pagar su deuda al viejo guardián, pero él se rió y dijo:

–Después de dos semanas de permanencia sobre la piedra dura del calabozo oscuro, se aprecian los asientos blandos, el vino y la luz. No, no estoy loco hasta ese punto, Sinuhé. Pero hay que cumplir la palabra y vas a devolver la vista a este hombre para que pueda jugar a los dados con él, porque antes de ser ciego era muy aficionado a este juego. Y no será culpa mía si la suerte no le sonríe, porque jugaremos sumas importantes.

Era, en efecto, el único medio que tenía Kaptah de librarse honradamente de su deuda, y si podía escoger los dados era un jugador hábil. Le prometí, por consiguiente, devolver al guardián la vista suficiente para que pudiese distinguir los agujeros de los dados y, a cambio, Kaptah me prometió darle a Muti dinero suficiente para reconstruir la casa del antiguo fundidor de cobre de Tebas. Hicimos entrar al guardián, que concedió un plazo a Kaptah para el pago de su deuda, y examiné sus ojos y vi que su ceguera no procedía de su estancia en los subterráneos, sino de una enfermedad mal curada. Y pude devolverle la vista con una aguja, como había aprendido a hacerlo en Mitanni, pero no supe cuánto tiempo pudo gozar de la vista, porque los ojos operados con una aguja se cicatrizan rápidamente y no pueden volver a operarse.

Acompañé a Kaptah a ver a Horemheb, quien se alegró sobremanera de verlo y lo abrazó llamándole héroe, asegurándole que todo Egipto le estaba agradecido por sus hazañas. Pero a estas palabras Kaptah comenzó a lloriquear y dijo:

–Mira mi barriga convertida en un saco arrugado a tu servicio, y mira mi espalda desollada y mis hombros devorados por las ratas por culpa tuya en las mazmorras de Ghaza. Me hablas de reconocimiento, pero el agradecimiento no me da un grano de trigo ni un vaso de vino, y no veo en ninguna parte los saquitos de oro que me has prometido. No. Horemheb, no te pido agradecimiento, sino que me reembolses mi crédito, porque tengo también deudas contraídas a tu servicio y mayores de lo que puedes imaginar.

Pero Horemheb frunció el ceño al oír la palabra «oro» y golpeándose el muslo con la fusta dijo:

–Tus palabras son como un zumbido de moscas en mis oídos y hablas como un imbécil, y tu boca está sucia. Sabes muy bien que no tengo botín que darte y que todo el oro disponible debe ser empleado en la guerra contra los hititas, y yo mismo soy pobre y la gloria es mi única recompensa. Por esto podrías escoger un momento más propicio para hablarme de oro, pero, para prestarte un servicio, puedo hacer encarcelar a tus acreedores acusándolos de crímenes y hacerlos colgar en los muros cabeza abajo y así quedarás libre de tus deudas.

Kaptah protestó, pero Horemheb le dijo con un tono bastante irónico:

–Me gustaría saber cómo es posible que Roju te haya hecho torturar como espía sirio y encerrar en un calabozo porque, aunque estuviese loco, es un buen soldado y no puede haber obrado sin razón.

Entonces Kaptah desgarró sus vestiduras en señal de

inocencia, y lo hizo sin pena alguna, porque eran mías y, golpeándose el pecho, exclamó:

–Horemheb, Horemheb, acabas de hablarme de agradecimiento y ahora lanzas contra mí acusaciones falsas. ¿Acaso no he envenenado los caballos de los hititas y mandado trigo a Ghaza en jarras cerradas? ¿No he sobornado hombres valientes para informarte en el desierto sobre los movimientos de las tropas hititas y hendido los pellejos de agua de los carros mandados contra ti en el desierto? He hecho todo esto por ti y por Egipto sin pensar en un salario y por esto es justo que haya prestado servicios a Aziru y a los hititas, porque no te he perjudicado en nada. Por esto tenía sobre mí una tablilla de arcilla de Aziru como salvoconducto cuando huí a Ghaza escapando de los hititas enfurecidos contra mí porque había envenenado sus caballos causando su derrota en el Llano de las Osamentas. Un hombre prudente procede con cautela y tiene más de una flecha en su carcaj y sin mi habilidad no hubiera servido de nada. Me llevé el salvoconducto de Aziru porque Ghaza hubiera podido sucumbir antes de tu llegada, pero Roju es un hombre desconfiado y me hizo registrar y encontró la tablilla de Aziru y en vano me tapé un ojo con la mano y hablé de las serpientes venenosas como había sido convenido contigo; me hizo torturar y para no ser descuartizado tuve que confesar que era espía de Aziru.

Pero Horemheb se echó a reír y dijo:

–Que tus penas sean tu salario, Kaptah. Te conozco y me conoces, y por tanto debes dejar de reclamar oro, porque me molesta y enfada.

Kaptah no se dio por vencido y acabó obteniendo de Horemheb el monopolio de compra y venta de todo el botín de Siria. Así tuvo el derecho exclusivo de comprar a los soldados y cambiarles por vino, cerveza, dados o mujeres el botín que se les había distribuido después de la victoria del Llano de las Osamentas, y sólo él tenía el derecho de vender el botín del faraón y de Horemheb o de cambiarlo por mercancías necesarias para el ejército.

Y este solo derecho bastaría para enriquecerlo, porque ya llegaban a Ghaza numerosos comerciantes egipcios e incluso sirios para traficar con el botín y comprar prisioneros como esclavos, y a partir de entonces nadie podía cerrar un trato en Ghaza sin pagar a Kaptah un derecho por cada transacción. Y, finalmente, insistiendo con tenacidad, obtuvo el mismo derecho sobre el botín que Horemheb recogiese en Siria y Horemheb consintió en ello, porque no le costaba nada y Kaptah le prometía ricos presentes.

4

Poco después de haber recibido refuerzos de Egipto y puesto en condiciones los carros de guerra y reunido en Ghaza todos los caballos de la Siria meridional y adiestrado las tropas, Horemheb lanzó una proclama afirmando que no llegaba como conquistador, sino como liberador. Las ciudades de Siria habían gozado siempre de la libertad de comercio y una larga autonomía bajo sus reyes y la alta protección de Egipto, pero Aziru había instaurado un régimen de terror después de haber destronado a los reyes hereditarios y percibía fuertes impuestos. Además, en su codicia, había vendido Siria a los hititas, cuya crueldad e inmoralidad podían comprobar los sirios con sus propios ojos. Por esto Horemheb, el hijo del halcón, el invencible, iba a liberar Siria, liberar cada ciudad y cada pueblo del yugo de la esclavitud, liberar el comercio y restaurar los antiguos reyes en sus derechos a fin de que bajo la égida de Egipto, Siria pudiera recuperar su prosperidad y su riqueza. Amparaba a las ciudades que se alzasen contra los hititas. Pero las ciudades que ofreciesen resistencia serían saqueadas e incendiadas, y sus murallas serían destruidas para siempre jamás y sus habitantes vendidos como esclavos.

Horemheb marchó inmediatamente sobre Joppe, mientras su flota bloqueaba el puerto. Su proclama fue mandada por emisarios a todas las ciudades de Siria y provocó discordias y alborotos entre los enemigos, lo cual era su objeto principal. Pero, hombre prudente, Kaptah no se movió de Ghaza por si ocurría el caso de que Horemheb fuese batido, porque Aziru y los hititas reunían tropas en el interior del país.

Roju, *Nuca de Toro*, se había reconciliado con Kaptah una vez éste le hubo curado de su obsesión contándole que los soldados se habían comido las cuatrocientas retrancas porque eran de cuero tierno, y pudieron desligar a Roju, que perdonó a los soldados este pequeño hurto en honor a su heroísmo.

Después de la marcha de Horemheb, Roju hizo cerrar las puertas de la ciudad y juró que jamás volvería a dejar entrar tropas en ella, y comenzó a beber vino con Kaptah, viéndole jugar a los dados con el viejo carcelero. De la mañana a la noche los dos hombres jugaban y bebían vino disputando, porque el pobre hombre estaba desconsolado de perder su oro y Kaptah insistía en jugar fuerte. Mientras Horemheb sitiaba Joppe, el juego se animaba, y Kaptah ganó de nuevo toda su deuda y cuando Horemheb consiguió abrir una brecha en la muralla de la ciudad, el carcelero le debía a Kaptah más de doscientos mil *deben* de oro. Pero Kaptah se mostró generoso y no le exigió esta suma, porque el viejo, al fin y al cabo, le había salvado la vida; e incluso le dio algunas monedas de plata, de manera que el viejo se separó de él llorando de agradecimiento.

No podría decir si Kaptah jugaba con dados trucados, pero en todo caso tenía una suerte fabulosa. A todos los rincones de Siria llegó la noticia de esta partida de dados que había durado varias semanas y ascendió a algunos millones de *deben* de oro. El viejo carcelero terminó sus días en una cabaña al pie de los muros de Ghaza y estaba otra vez ciego, pero se complacía narrando a los numerosos visitantes las fases de esta partida memorable de la cual recordaba todas las peripecias, sobre todo aquella incidencia en la cual, en una sola jugada de dados, perdió cien mil *deben* de oro porque jamás se había jugado sumas parecidas. Y los visitantes le llevaban regalos de manera que vivió desahogadamente hasta su muerte, mejor incluso que si Kaptah le hubiese fijado una renta vitalicia.

Después de la toma de Joppe por Horemheb, Kaptah se fue allá precipitadamente, y yo le acompañé y por primera vez vi una ciudad rica en manos de sus conquistadores. Los más osados de sus habitantes se habían rebelado ya contra Aziru y los hititas al acercarse las tropas egipcias, pero Horemheb se negó a proteger a la ciudad contra el saqueo, porque esta rebelión tardía no le había servido de nada. Durante dos semanas enteras los soldados saquearon la ciudad. Kaptah acumuló una fortuna enorme porque los soldados cambiaban, por vino y cerveza, alfombras magníficas, muebles espléndidos y estatuas de los dioses que no se podían llevar, y por dos brazaletes de cobre se compraba una siria bien educada.

En verdad fue en Joppe donde vi hasta qué punto el hombre es el lobo del hombre, porque no hubo crimen ni infamia que allí no fuese llevada a cabo durante aquellos días de saqueo e incendio. Los soldados ebrios incendiaban las casas para divertirse, a fin de ver por la noche mientras robaban y saqueaban, abusaban de las mujeres y torturaban a los comerciantes para obligarles a revelar sus escondrijos. Algunos se apostaban en una esquina y asesinaban al primer sirio que pasase, fuese hombre o mujer, anciano o niño. Mi corazón se endurecía al ver el espectáculo de la maldad del hombre, y todo lo que había ocurrido en Tebas por causa de Atón no eran más que bagatelas en comparación con lo que ocurría en Joppe por culpa de Horemheb. Porque Horemheb había dejado las manos libres a sus soldados a fin de ligarlos más estrechamente a él. El saqueo de Joppe fue inolvidable y los soldados de Horemheb le tomaron gusto al robo, de manera que nada podía detenerlos en el combate y no temían a la muerte, pensando solamente que renovarían los placeres saboreados en Joppe. Por otra parte, después de estas matanzas, los soldados comprendían que no podían esperar ya cuartel por parte de los hititas, porque los hombres de Aziru desollaron vivos a todos los prisioneros que habían tomado parte en el saqueo de la ciudad. Y, finalmente, para escapar a la suerte de Joppe, muchas pequeñas ciudades de la costa se rebelaron y abrieron sus puertas a Horemheb.

Renuncio a seguir hablando de los horrores de Joppe, porque al evocarlos siento mi corazón como si fuese una piedra en mi pecho y mis manos se hielan. Me limitaré a decir que a la entrada de Horemheb en la ciudad, ésta contaba cerca de veinte mil habitantes y que a su marcha no quedaban ni trescientos.

Así guerreaba Horemheb en Siria y yo le seguía para curar a los heridos y me daba cuenta de todo el mal que el hombre puede hacer al hombre. La guerra duró tres años y Horemheb batió a los hititas y las tropas de Aziru en muchas batallas, y dos veces los carros hititas sorprendieron sus tropas y le causaron grandes daños, obligándolo a retirarse al amparo de los muros de las ciudades. Pero mantuvo las comunicaciones marítimas con Egipto y la flota siria era impotente. Por esto pudo recibir refuerzos y preparar nuevas ofensivas, y las ciudades de Siria eran saqueadas y la gente se ocultaba en las grutas de las montañas. Provincias enteras fueron devastadas y las tropas destruían los cultivos y cortaban los árboles frutales. Así se agotaba el ejército egipcio y Egipto era como una madre que desgarra sus vestiduras y se vierte ceniza sobre la cabeza al ver morir a sus hijos, porque a todo lo largo del río no había ciudad, pueblo o cabaña cuyos hijos no hubiesen muerto en Siria por la grandeza de Egipto.

Horemheb combatió tres años en Siria y durante estos años yo envejecí más que durante los precedentes, y perdí mis cabellos, y mi espalda se encorvó, y mi rostro se arrugó como un fruto podrido. Me convertí en hombre de mal genio y malhumorado y hablaba con rudeza a los enfermos como hace todo médico al envejecer.

El tercer año se declaró la peste en Siria, porque la peste sigue siempre los rastros de la guerra y nace en cuanto un número suficiente de cadáveres se pudre en un mismo lugar. En realidad toda Siria no era ya más que una fosa pestilente, y tribus enteras fueron exterminadas, de manera que sus lenguas cayeron para siempre en el olvido. La peste alcanzó a aquellos a quienes la guerra había perdonado y en los dos ejércitos mató tantos hombres que las operaciones fueron interrumpidas y las tropas huyeron a las montañas y a los desiertos al abrigo de la peste. Y no hacía diferencia alguna entre ricos y pobres, nobles y villanos, azotaba equitativamente a todo el mundo y los remedios ordinarios eran insuficientes y los apestados se tapaban la cabeza con sus mantas y se acostaban en el suelo y morían en tres días. Pero los que curaron conservaban cicatrices espantosas en las axilas y articulaciones, que eran las heridas por donde el pus había corrido durante su convalecencia.

La peste era tan caprichosa en la elección de sus víctimas como en su curación, porque no siempre eran las personas más robustas o más sanas las que se curaban, sino muchas veces las más débiles y enfermizas, como si la enfermedad no hubiese encontrado en ellas suficientes fuerzas para poder matar. Por esto, al cuidar a los apestados, los sangraba lo más posible para debilitarlos y les prohibía todo alimento durante la enfermedad. Así pude curar a un gran número de enfermos, pero muchos murieron también a pesar de mis cuidados, de manera que ignoro si mi tratamiento es bueno. Yo tenía, sin embargo, que curar a los enfermos para mantener la confianza en mí, porque un enfermo que pierde la esperanza de la curación o la que ha depositado en su médico, muere más seguramente que el que confía en él. Mi manera de tratar la peste valía, con toda seguridad, más que cualquier otra, pero no costaba nada.

Los navíos llevaron la peste a Egipto, pero no mató allí a tanta gente como en Siria, porque era más débil, y el número de curaciones fue superior al de defunciones.

Con la crecida, la peste desapareció de Egipto aquel mismo año, y el invierno la suprimió también en Siria, de manera que Horemheb pudo reunir a sus tropas y reanudar las hostilidades. En primavera, llegó a través de las montañas a la llanura vecina de Megiddo y batió a los hititas en una gran batalla, después de la cual pidieron la paz porque, viendo los triunfos de Horemheb, el rey Burraburiash había recobrado la confianza, recordando su alianza con Egipto. Se mostró arrogante con los hititas, e invadiendo el antiguo país de Mitanni, arrojó a los hititas de sus pastos de Naharani. Viendo que no podían conseguir ya nada de una Siria devastada, los hititas ofrecieron la paz, porque eran soldados prudentes y hombres económicos, y no querían arriesgar por una cuestión de honor los carros de guerra que necesitaban para dar una corrección a los babilonios.

Horemheb fue muy feliz al firmar la paz, porque sus tropas se habían agotado y la guerra había arruinado a Egipto y quería emprender la reconstrucción de Siria a fin de reanimar el comercio en provecho de Egipto. Pero exigió como condición la entrega de Megiddo, de la que Aziru había hecho su capital y estaba dotada de murallas infranqueables y de torres. Por esto los hititas aprisionaron a Aziru y su familia en Megiddo y se apoderaron de los enormes tesoros que había acumulado y entregaron a Horemheb a Aziru, su mujer y sus dos hijos, cargados de cadenas. Habiendo dado así un rehén a los egipcios, comenzaron a saquear Megiddo y a empujar hacia el norte, fuera de los terrenos que debían abandonar, todos los rebaños y ganados del país de Amurrú. Y Horemheb no se lo impidió, sino que hizo sonar las trompetas para anunciar el fin de la guerra y ofreció banquetes a los jefes hititas y a los príncipes, bebiendo todas las noches con ellos y jactándose de sus hazañas. Y al día siguiente haría ejecutar a Aziru y a su familia delante de las tropas reunidas y los jefes hititas, para señalar la paz eterna que reinaría en adelante entre Egipto y el país de Khatti.

Por esto rehusé tomar parte en el festín y por la noche

fui a la tienda donde Aziru estaba cargado de cadenas, y los centinelas me dejaron pasar porque sabían que era el médico de Horemheb y que alguna vez incluso le hacía frente. Quería ver a Aziru porque sabía que no tenía ya un solo amigo en toda Siria, porque no era más que un vencido, condenado a morir. Sabía que amaba la vida y yo quería asegurarle que, después de todo lo que había visto, la vida no valía la pena de ser vivida. Y como médico quería decirle que la muerte era fácil y más dulce que el dolor, la pena y el sufrimiento de la vida. La vida es como una llama ardiente que quema, pero la muerte es el agua sombría del olvido. Quería decirle todo esto porque tenía que morir al día siguiente al alba y aquella noche no podría dormir porque amaba la vida. Pero si se negaba a escucharme, me sentaría a su lado en silencio, para que no estuviese solo. En efecto, un hombre puede vivir sin un amigo, pero es difícil morir sin él, sobre todo si durante la vida se ha sido jefe y testa coronada.

Cuando lo llevaron a Horemheb bajo los ultrajes y las mofas de la soldadesca, que le arrojaban barro y boñigas de vaca, yo me tapé la cara para que no me viese. Conocía su orgullo y no quería que sufriese al mostrarse a mí en aquel estado de inferioridad infamante cuando lo había conocido en el apogeo de su poderío. Los guardias me dejaron pasar y se dijeron: «Dejémoslo entrar, porque es Sinuhé, el médico, y su gestión es seguramente lícita. Si lo detenemos nos dirigirá injurias o nos hará perder magníficamente nuestra virilidad, porque es malvado y su lengua pica más cruelmente que el escorpión.»

En la tienda dije:

–Aziru, rey de Amurrú, ¿quieres recibir a un amigo la víspera de la muerte?

Suspiró en la oscuridad, sus cadenas chirriaron y dijo:

–Ya no soy rey ni tengo amigos; pero ¿eres verdaderamente tú, Sinuhé, de quien creo reconocer la voz?

Y yo dije:

–Soy Sinuhé.

Y entonces él dijo:

–¡Por Marduk y todos los demonios del infierno! Si eres Sinuhé, haz traer un poco de luz porque estoy cansado de estar en la oscuridad. Cierto es que estos malditos hititas han desgarrado mis vestiduras y torturado mis miembros, de manera que no soy agradable de ver, pero como médico estás acostumbrado a espectáculos peores y ya no siento vergüenza, porque delante de la muerte no hay que sonrojarse de la miseria. Sinuhé, trae un poco de luz para que vea tu rostro y pueda tener tu mano entre las mías, porque mi hígado está dolorido y mis ojos vierten lágrimas cuando pienso en mi mujer y en mis hijos. Si puedes procurarme un poco de cerveza fuerte para humedecerme la garganta, mañana cantaré tus alabanzas a todos los dioses del infierno. No estoy en condiciones de pagar ni una gota de cerveza siquiera, Sinuhé, porque los hititas me han quitado hasta la última pieza de cobre.

Di orden a los guardias de que trajesen una lámpara de aceite y la encendiesen, porque el humo acre de las antorchas me irritaba los ojos, y me llevaron también una jarra de cerveza. Aziru se incorporó quejándose y yo le ayudé a beber cerveza siria, que es muy espesa. Tenía el cabello enmarañado y gris y su barba había sido arrancada por los hititas, de manera que faltaban algunos trozos de carne en su barbilla. Tenía los dedos machacados y las uñas negras de sangre y las costillas hundidas, de manera que gemía al respirar y escupía sangre. Cuando hubo bebido a placer, miró la lámpara y dijo:

–¡Ah, cuán dulce y clara es la luz a mis ojos fatigados, pero vacilará y se apagará una vez como la vida humana! Te doy las gracias por la luz y la cerveza, Sinuhé, y a gusto te haría un regalo, pero no tengo nada, porque los hititas me han arrancado hasta los dientes dorados que me pusiste.

Es muy fácil ver las cosas claras después de ocurridas, y por esto no quise recordarle que lo había puesto en guardia contra los hititas, y cogí su mano machacada y él colocó su orgullosa cabeza sobre mis manos y lloró y sus lágrimas brotaban de sus ojos hinchados y corrían sobre mis manos. Y después me dijo:

–No he tenido vergüenza delante de ti de mi risa ni de mi alegría durante los días de poderío y felicidad; ¿por qué habría de tener vergüenza ahora de mis lágrimas y mi dolor? Debes saber, Sinuhé, que no lloro por mí, ni por mis riquezas, ni por mis coronas perdidas, sino por mi mujer Keftiú, y lloro por mi valiente hijo mayor y por su hermano pequeño tan tierno, porque mañana deben morir también conmigo.

Y yo le dije:

–Aziru, rey de Amurrú, recuerda que toda la Siria no es más que una fosa llena de cadáveres podridos a causa de tu ambición. Innumerables son los que han muerto por tu causa. Por esto es justo que mueras mañana, puesto que estás vencido, y es justo también que tu familia perezca contigo. Debes saber, sin embargo, que he pedido a Horemheb la vida de tu mujer y de tus hijos ofreciéndole un fuerte rescate, pero se ha negado, porque quiere destruir la simiente de tu nombre y tu recuerdo en Siria. Por esto te niega incluso una tumba, y las fieras descuartizarán tu cuerpo. Porque no quiere que los sirios puedan reunirse junto a tu tumba para prestar juramentos en tu nombre, Aziru.

Ante estas palabras Aziru sintió miedo y dijo:

–Por mi Baal, Sinuhé, ofréceme una libación y un sacrificio de carne humana ante el Baal de Amurrú; si no, erraré eternamente hambriento y sediento por el sombrío reino de los infiernos. Presta el mismo servicio a Keftiú, a quien un día amaste antes de cedérmela por amistad, y haz lo mismo por mis hijos a fin de que muera sin inquietud por ellos. No le guardo rencor a Horemheb, porque yo hubiera obrado probablemente de la misma manera con él si hubiese sido el vencedor. Pero en verdad, Sinuhé, soy feliz de que mi familia perezca conmigo y que nuestra sangre corra junta, porque en los infiernos me atormentaría constantemente pensando que otro se divierte con Keftiú. Porque tiene muchos admiradores y los poetas han cantado sus pródigos encantos. Vale más también que mis hijos mueran, porque han nacido reyes y llevan coronas desde la cuna. No quisiera que fuesen esclavos en Egipto.

Volvió a beber más cerveza y se embriagó un poco en medio de sus sufrimientos; y dijo:

–Sinuhé, amigo mío, me acusas falsamente al decir que la Siria es una vasta fosa de cadáveres podridos por mi causa, porque mi única culpa ha sido haber perdido la partida y dejarme engañar por los hititas. En verdad, si hubiese ganado, culparían de todo a Egipto y se celebraría mi nombre. Pero como he perdido me acusan de todos los males y toda Siria maldice mi nombre. –La cerveza fuerte lo excitaba y gritó–: ¡Oh, tú, Siria, mi desgracia, mi tormento, mi esperanza, mi ardor! Por tu grandeza he penado, por tu libertad me rebelé, y he aquí que el día de mi muerte me rechazas y maldices. ¡Oh soberbia Biblos, oh próspera Simyra, oh astuta Sidón, oh poderosa Joppe, oh vosotras, todas las ciudades que centelleabais como perlas en mi corona!, ¿por qué me habéis abandonado? Os amo demasiado para detestaros, porque amo a Siria porque es pérfida, cruel, caprichosa y pronta a la traición. Las razas desaparecen, los pueblos se levantan y se borran, los imperios se suceden y la gloria huye como una sombra. Pero seguid alzando vuestras murallas blancas sobre la ribera al pie de las montañas rojas, ¡oh ciudades queridas!, vivid eternamente, y del desierto mis cenizas correrán con el viento para besaros.

Estas palabras me llenaron de melancolía y me di cuenta de que era prisionero de su sueño y no quise contradecirlo, porque era un consuelo para él. Continué sujetándole las manos y prosiguió:

–Sinuhé, no lamento mi muerte ni mi derrota, porque tan sólo con mucha audacia puede ganarse mucho, y la victoria y la grandeza de Siria estaban al alcance de mi mano. Todos los días de mi vida he sido poderoso en amor y en odio y no me arrepiento de un solo acto de mi vida, pese a que estos actos hayan acabado formando una cuerda sólida que me arrastra a una muerte infamante, de manera que mi cuerpo será arrojado como pasto a los chacales. Pero siempre he sido curioso porque tengo sangre de comerciante, como todos los sirios. Mañana moriré y la muerte suscita en mí una viva curiosidad, de modo que quisiera saber si existe alguna manera de engañar a la muerte y sobornar a los dioses. Tú, que has reunido en ti toda la cordura y el saber de los demás países, Sinuhé, dime si hay una manera de corromper a la muerte.

Moví negativamente la cabeza y dije:

–No, Aziru; el hombre puede corromperlo y engañarlo todo menos la muerte y el nacimiento. Pero quiero decirte hoy, en el momento en que la lámpara de tu vida está próxima a extinguirse, que la muerte no tiene nada temible, la muerte es buena. Al lado de todo el mal que flagela al mundo, la muerte es la mejor amiga del hombre. Como médico, no creo mucho en el reino de los infiernos, y como egipcio no creo ya en el reino del Occidente ni en la conservación eterna de los cuerpos, sino que para mí la muerte es como un largo sueño, como una noche fresca después de una jornada bochornosa. En verdad, Aziru, la vida es como una ceniza caliente, y la muerte es una onda fresca. En la muerte cierras los ojos y no vuelves a abrirlos; en la muerte tu corazón se calla y no volverá a gemir; en la muerte tus manos se agotan y no arden en deseos de obrar; en la muerte tus pies se inmovilizan y no aspiran más el polvo de las rutas infinitas. Tal es la muerte, Aziru, amigo mío, pero por amistad hacia ti ofreceré sacrificios al Baal de Amurrú, por ti y toda tu familia. Haré un sacrificio digno de tu jerarquía, si esto puede consolarte, pese a que no crea ya en los sacrificios. Pero vale más estar seguro y sacrificaré para que no sufras hambre ni sed en los infiernos, que quizá no existen.

Aziru estuvo encantado de mis palabras y añadió:

–Cuando sacrifiques, ofrece por mí los corderos de Amurrú, porque son los más gordos y su carne se funde. No olvides ofrecerme riñones de cordero, porque son un regalo para mí, y, si puedes, haz libaciones con vino de Sidón mezclado con mirra, porque mi sangre ha preferido siempre los vinos pesados y las comidas grasas.

Enumeró, además, una serie de cosas que debería sacrificarle y se divertía como un chiquillo al pensar en todas las exquisiteces de que podría disfrutar en los infiernos, y especialmente de un lecho sólido donde poder divertirse con Keftiú. Pero pronto cayó de nuevo en la melancolía, y, poniendo su cabeza dolorida sobre mis manos, dijo:

–Si quieres hacerme todos estos favores, Sinuhé, serás verdaderamente un amigo, y no comprendo por qué lo haces, porque te he causado también mucho daño como a todos los egipcios. Has hablado elocuentemente de la muerte, y es quizá, como dices, un largo sueño y una onda fresca. Pero, a pesar de todo, mi corazón se acongoja al pensar en una rama de cerezo en flor en el país de Amurrú, y al oír el balido de los corderos y ver los cabritillos saltar por las colinas. El corazón me arde sobre todo al evocar las primaveras de Amurrú y el florecer de los lirios y el olor de pez y el bálsamo de los lirios, porque el lirio es una flor real. Sufro al pensar que no veré nunca más el país de Amurrú, ni en primavera ni en otoño, ni bajo los calores del verano ni en los rigores del invierno. Y, sin embargo, el dolor de mi corazón es delicioso al pensar en el país de Amurrú.

Así conversamos toda la larga noche evocando nuestros recuerdos comunes y nuestros encuentros cuando yo vivía en Simyra y éramos los dos jóvenes y fuertes. Al alba, mis esclavos nos llevaron comida y los guardias los dejaron pasar, porque tuvieron también su parte, y nos sirvieron cordero bien graso y harina amasada cocida en la grasa, y nos escanciaron vino fuerte de Sidón mezclado con mirra. Dije a mis esclavos que lavasen y peinasen a Aziru y le hice cubrir la barba con una redecilla tejida en oro. Por encima de sus vestiduras desgarradas y de sus grilletes vistió un manto real, y mis esclavos hicieron lo mismo con Keftiú y sus dos hijos, pero Horemheb no le permitió a Aziru que los viera antes de la ejecución.

Por la mañana, cuando Horemheb salió de su tienda con los principales hititas ebrios, riendo con ellos y agarrándolos por el cuello, yo me acerqué a él y le dije:

–En verdad, Horemheb, te he hecho muchos favores y te he salvado quizá la vida en Tiro cuidando tu muslo herido por una flecha envenenada. Por esto te pido también un favor, y es que concedas a Aziru una muerte sin infamia, porque es rey de Siria y se ha batido valientemente. Tu gloria no hará sino aumentar si lo haces perecer sin tratamientos infamantes, y tus amigos hititas lo han torturado ya suficientemente para obligarlo a revelar sus tesoros ocultos.

Horemheb se ensombreció al oír mis palabras, porque había imaginado ya una serie de medios hábiles de prolongar la agonía de Aziru, y todo el ejército se había reunido para gozar del espectáculo y se disputaban los mejores sitios. Horemheb no obraba así más que para proporcionar una diversión a sus soldados y amedrentar a toda Siria, a fin de que el ejemplo terrible desanimase a cualquiera ante la idea de una rebelión. Debo decirlo en honor de Horemheb, porque no era cruel por naturaleza, pero era soldado y la muerte no era más que un arma entre sus dedos. Y pensaba también que el pueblo respetaba más a un soberano duro y cruel y tomaba la dulzura por debilidad. Por esto se ensombreció y dejó el cuello del príncipe Shubbatú y vaciló delante de mí golpeándose el muslo con su fusta de oro. Y me dijo:

–Sinuhé, eres como una espina en mi flanco y comienzo a cansarme de ti, porque contrariamente a la gente razonable eres amargo y criticas con acidez a los que triunfan y alcanzan las riquezas y los honores, y en cambio, si alguien cae y se derrumba, eres el primero en arrullarlo y consolarlo. Sabes muy bien que he convocado de cerca y de lejos a los verdugos más hábiles, y la instalación de sus aparatos de tortura ha costado ya mucho. No puedo en el último momento privar a mis ratas de barro de su diversión, porque todos han soportado muchas penas y vertido su sangre por culpa de este Aziru.

El príncipe Shubbatú le dio una palmada en la espalda exclamando:

–Bien hablado, Horemheb. No vas a privarnos de nuestro placer, porque para que sea completo para ti también hemos evitado arrancarle las carnes, limitándonos a pellizcarlo tan sólo con tornos y tenazas.

Pero Horemheb se sintió ofendido por aquellas palabras poco halagüeñas para él y no le gustaba que lo molestasen. Por esto frunció el ceño y dijo:

–Estás borracho, Shubbatú, y no tengo otro objeto con Aziru que demostrar a todo el mundo la suerte que le espera a cualquiera suficientemente loco para fiarse de los hititas. Pero puesto que hemos pasado esta noche fraternizando y hemos vaciado buena cantidad de copas, voy a respetar a tu aliado Aziru y dispensarle una muerte fácil a causa de vuestra amistad.

Shubbatú se sintió vivamente afectado por estas palabras y su rostro se convulsionó y palideció, porque los hititas son muy sensibles, pese a que todo el mundo sabe que traicionan y venden a sus aliados sin pensar en el honor, en cuanto éstos no les son ya útiles y pueden sacar algún provecho de su traición. Por otra parte, así es como obra todo pueblo y todo soberano hábil, pero los hititas lo hacen más imprudentemente que los demás sin preocuparse de encontrar pretextos ni explicaciones. Y, sin embargo, Shubbatú se enfadó, pero sus compañeros le pusieron la mano en la boca y se lo llevaron, y acabó calmándose después de haber vomitado el vino.

Pero Horemheb hizo traer a Aziru y quedó muy sorprendido al verlo avanzar con la cabeza alta y orgulloso como un rey bajo su manto real. Bien alimentado por mí, Aziru caminaba con arrogancia y reía al dirigirse al lugar de la ejecución y gritaba burlas a los jefes egipcios y a los guardias. Su rostro relucía de grasa y su barba estaba rizada y por encima de la cabeza de los soldados interpeló a Horemheb:

–¡Eh, Horemheb, egipcio grasiento, no tengas ya miedo de mí porque estoy encadenado y no tienes necesidad de esconderte detrás de las lanzas de los soldados! Acércate para que pueda secar el estiércol de mis pies en tu manto, porque no he visto en mi vida un campamento más asqueroso que el tuyo y quiero presentarme ante Baal con los pies limpios.

Horemheb estuvo encantado de estas palabras y se rió en voz alta diciéndole:

–No puedo acercarme a ti porque tu pestilencia siria me da náuseas, pese a que hayas conseguido robar una manta para ocultar tu asqueroso cuerpo. Pero eres ciertamente un hombre valiente, Aziru, puesto que te ríes de la muerte. Por esto te concederé una muerte fácil, para aumentar mi gloria.

Mandó a sus soldados que escoltasen a Aziru e impidiesen a los soldados arrojarle barro y excrementos, y los guardias daban lanzazos a todos los que trataban de burlarse de Aziru. Llevaron también a la reina Keftiú y a sus dos hijos, y Keftiú iba arreglada y pintada y los chiquillos caminaban orgullosamente como hijos de rey y el mayor llevaba al pequeño de la mano. Al verlos, Aziru palideció y dijo:

–Keftiú, mi Keftiú, mi yegua blanca, niña de mis ojos y amor mío. Estoy desconsolado de arrastrarte a la muerte, porque la vida sería todavía deliciosa para ti.

Pero Keftiú le dijo:

–No te entristezcas por mí, ¡oh, rey mío!, porque te sigo a gusto hacia el reino de los muertos. Eres mi marido y fuerte como un toro, y creo que nadie podría satisfacerme como tú. Te he separado de todas las demás mujeres uniéndote a mí. Por esto no permitiría que fueses solo al reino de los muertos, sino que te acompaño para vigilarte e impedirte que te diviertas con otras mujeres, porque te esperan seguramente todas las bellas damas que han vivido antes que yo. En verdad, me estrangularía con mis cabellos para seguirte, ¡oh, mi rey!, porque no soy más que una esclava y has hecho de mí una reina, y te he dado dos bellos chiquillos.

Aziru gozó con estas palabras y se hinchó de júbilo, y dijo a sus hijos:

–Hijos míos, nacisteis hijos de rey. Morid como hijos de rey, a fin de que no tenga que sonrojarme de vosotros. Creedme, la muerte no es peor que la extracción de un diente. Sed valientes, hijos míos.

Y, habiendo pronunciado estas palabras, se arrodilló delante del verdugo y, volviéndose hacia Keftiú, le dijo:

–Estoy asqueado de ver a mi alrededor a todos estos egipcios pestilentes, y asqueado de ver sus lanzas ensangrentadas. Por esto ábreme tu pecho opulento, Keftiú, a fin de que vea tu belleza al morir y muera tan feliz como he vivido contigo.

Keftiú descubrió su opulento pecho, y el verdugo levantó su pesada espada y de un solo golpe le separó la cabeza del tronco. La cabeza rodó a los pies de Keftiú y la sangre salió del tronco y salpicó a los dos chiquillos y el pequeño comenzó a temblar. Pero Keftiú cogió la cabeza de Aziru y besó sus labios tumefactos y acarició sus mejillas laceradas y estrechó la cabeza contra su pecho diciendo a sus hijos:

–Daos prisa, hijos míos, seguid sin temor a vuestro padre, porque me impaciento también por seguirlo.

Y los dos chiquillos se arrodillaron gentilmente y el mayor seguía teniendo al pequeño de la mano, como para protegerlo, y el verdugo les cortó prontamente la cabeza. Después, habiendo apartado con el pie las cabezas cortadas, cortó también de un solo golpe el cuello blanco y graso de Keftiú, de modo que todos tuvieron una muerte fácil. Pero Horemheb hizo arrojar los cuerpos en una fosa para que sirvieran de pasto a los animales salvajes.

5

Así murió mi amigo Aziru sin tratar de corromper la muerte, y Horemheb hizo la paz con los hititas, sabiendo, sin embargo, tan bien como ellos que todo no era más que una tregua, porque Sidón, Simyra, Biblos y Kadesh seguían en poder de los hititas, que hicieron de esta última ciudad una plaza fuerte y una base en la Siria del Norte. Pero los dos bandos estaban cansados de la guerra y Horemheb era feliz de haber llegado a una paz con ellos, porque tenía que velar por sus intereses en Tebas, y tenía que pacificar también el país de Kush y los negros que se habían embriagado con su libertad y se negaban a pagar su tributo a Egipto.

Durante estos años el faraón Tutankhamon reinaba sobre Egipto, pese a que no fuese más que un muchacho preocupado tan sólo por su tumba, y el pueblo le atribuía, sin embargo, todos los males de la guerra y lo detestaba diciendo: «¿Qué podemos esperar de un faraón cuya esposa es de la sangre del falso faraón?» Y Ai no intentaba contradecir al pueblo, porque estas quejas redundaban en ventaja suya, y, al contrario, hacía propalar por el templo nuevas leyendas sobre la indiferencia de Tutankhamon y su codicia que le llevaba a acumular todos los tesoros de Egipto para su tumba. El faraón estableció también un impuesto especial para la edificación de su tumba, de manera que toda persona que hacía conservar eternamente su cuerpo debía pagar un impuesto al faraón. Pero fue Ai quien le sugirió esta idea, porque sabía que sembraría el descontento entre el pueblo.

Durante todo este tiempo estuve ausente de Tebas acompañando a las tropas que tanta necesidad tenían de mis cuidados, y conociendo las penas y la escasez, pero los hombres que llegaban de Tebas contaban que el faraón Tutankhamon era débil y enfermizo y que una enfermedad secreta lo devoraba. Decían que la guerra de Siria parecía minar sus fuerzas, porque cada vez que se enteraba de una victoria de Horemheb caía enfermo; pero si Horemheb sufría una derrota sanaba y abandonaba el lecho. Decían también que era algo como de hechicería y que todo el mundo podía comprobar que la salud del faraón dependía de la guerra de Siria.

Pero con el tiempo Ai se impacientaba más cada día y enviaba a Horemheb mensajeros diciendo: «¿No acabarás ya de pelear y darás la paz a Egipto, porque soy ya viejo y estoy cansado de esperar? Date prisa en sanar y traer la paz para que reciba mi salario y me ocupe también del tuyo.»

Por todas estas razones no quedé en lo más mínimo sorprendido cuando, mientras remontábamos el río embarcados en los navíos de guerra empavesados, recibimos un mensaje diciéndonos que el faraón Tutankhamon había subido a la barca dorada de su padre Amón a fin de ganar el reino de Occidente. Por esto tuvimos que arriar las banderas y ennegrecernos el rostro con ceniza de hollín. Se decía que el faraón Tutankhamon había tenido un grave ataque de su enfermedad el mismo día en que le había llegado la noticia de la capitulación de Meggido y de la firma de la paz. En cuanto a saber de qué enfermedad había muerto, los médicos de la Casa de la Muerte no estaban de acuerdo entre ellos y algunos pretendían que las entrañas del faraón estaban ennegrecidas por el veneno, pero el pueblo decía que había muerto de despecho al ver el final de la guerra, porque gozaba viendo sufrir a Egipto. Pero yo sabía que al poner su sello en el tratado de paz, Horemheb lo había matado tan seguramente como si le hubiese hundido un puñal en el corazón, porque Ai no esperaba más que la paz para desembarazarse de Tutankhamon y subir al trono como faraón de la paz.

Por esto tuvimos que ennegrecernos el rostro y arriar las banderas de victoria, y Horemheb, muy contrariado, tuvo que arrojar al río los cuerpos de los jefes hititas y sirios que había hecho colgar cabeza abajo en la popa del navío, a la manera de los grandes faraones de antaño. Y sus hombres, que llevaba a Tebas para que gozasen de su victoria, dejando a las ratas de fango que pacificasen la Siria y se engordasen con los despojos del país después de las miserias de la guerra, quedaron también muy decepcionados y maldijeron al faraón, que seguía molestándolos.

Mataban el tiempo jugándose a los dados el botín que habían recogido en Siria y peleándose por las mujeres que llevaban para venderlas en Tebas después de haberse divertido con ellas. Se hacían heridas y chichones berreando obscenidades, con gran escándalo de la gente piadosa que estaba reunida en las riberas. Y estos hombres no tenían ya casi aspecto egipcio, porque muchos iban vestidos a la manera siria o hitita y utilizaban palabras sirias y blasfemaban en sirio y muchos se habían puesto a adorar a Baal en Siria. Yo no podía censurárselo, porque también yo había ofrecido a Baal de Amurrú un importante sacrificio de vino y carne en recuerdo de mi amigo Aziru, pero cuento esto para demostrar por qué el pueblo teme a esta gentuza aun enorgulleciéndose de sus victorias.

Por su parte, los soldados de Horemheb contemplaban con sorpresa aquel Egipto que no habían visto desde hacía varios años, porque ya no lo reconocían, y yo también estaba sorprendido. Porque doquiera que bajásemos para pasar la noche, no veíamos más que luto, miseria y desesperación. Las ropas del pueblo eran grises a fuerza de haber sido lavadas y zurcidas, y los rostros estaban demacrados y resecos por falta de aceite; las miradas eran desconfiadas e inquietas y las espaldas de los pobres llevaban la marca de los bastonazos de los perceptores. Los edificios públicos estaban destartalados y las tejas caían de los tejados a la calle. Los caminos no habían sido cuidados desde hacía muchos años, y las paredes de los canales de irrigación se habían derrumbado.

Sólo los templos estaban florecientes y las paredes resplandecían de imágenes e inscripciones en oro y rojo, a la gloria de Amón, y los sacerdotes estaban gordísimos y sus cráneos relucían de aceite y ungüentos. Y mientras se hartaban de la carne de sus víctimas, el pueblo bebía agua del Nilo para regar su pan seco, y los hombres que un día fueron ricos y bebían vino en copas adornadas eran felices si cada luna podían procurarse una jarra de cerveza floja. Y en las riberas no resonaban ya las risas de las mujeres ni los gritos de alegría de los chiquillos, sino que las mujeres blandían en sus manos débiles las palas de lavar y los chiquillos rondaban por los caminos como animales asustados y maltratados y hurgaban el suelo para encontrar las raíces de que se alimentaban. He aquí lo que la guerra había hecho de Egipto, porque la guerra se había llevado todo lo que había dejado Atón. Por esto la gente no tenía ya fuerzas para alegrarse del retorno de la paz y miraban con ansiedad los navíos de Horemheb que remontaban el río.

Pero las golondrinas volaban rápidas como flechas sobre el espejo del Nilo y en los cañaverales de las riberas los hipopótamos gruñían y los cocodrilos se hacían limpiar los dientes por los pájaros. Nosotros bebíamos agua del Nilo, que es la mejor del mundo y la más refrescante. Respirábamos el olor del barro y oíamos a los pájaros murmurar bajo el viento, y los ánades graznaban y Amón cruzaba el cielo rutilante en su barca de oro y nosotros sentíamos que llegábamos a nuestra patria.

Pero vino el día en que vimos las tres colinas de Tebas, y el techo del templo y las puntas doradas de los obeliscos lanzaban rayos fulgurantes. Volvimos a ver las montañas de Occidente y la ciudad infinita de los difuntos, y el puerto con sus muelles y callejuelas del barrio de los pobres formadas por cabañas de tierra y los palacios de los nobles en el esplendor de las flores y el verdor de sus céspedes. Entonces respiramos profundamente, y los remeros, con un ardor creciente, hundieron sus remos en el agua, y los soldados de Horemheb comenzaron a cantar y gritar, olvidando el luto a que les obligaba la muerte del faraón.

Así fue como regresé a Tebas y decidí no salir de ella nunca más, porque mis ojos habían visto ya la maldad de los hombres y no podían contemplar ya nada nuevo bajo el cielo. Por esto decidí instalarme en Tebas y acabar mi vida en la pobreza de la mansión del barrio de los pobres, porque todos los regalos que mi arte me había procurado en Siria fueron consagrados a la ofrenda hecha por

Aziru, porque no quería conservar estas riquezas. Porque a mi olfato estas riquezas apestaban a sangre y no me hubiera proporcionado ningún placer utilizarlas. Por esto le di a Aziru todo lo que había ganado en su país y regresé a Tebas. Pero mi medida no estaba todavía llena, porque una misión me esperaba; una misión que me repugnaba y asustaba, pero a la que no podía negarme, y por esto tuve que abandonar Tebas al cabo de pocos días. Ai y Horemheb habían creído, en efecto, combinar hábilmente su intriga y realizar sus planes, y creían que el poder les pertenecía por fin, pero el poder estuvo a punto de escapárseles de improviso y simplemente por el capricho de una mujer. Por esto debo hablar nuevamente de la reina Nefertiti y de la princesa Baketamon antes de terminar mi relato y conseguir la paz. Pero para esto tengo que comenzar un nuevo libro, que será el último, y explicaré cómo yo, que había sido creado para curar, fui llevado a asesinar.

LIBRO DECIMOQUINTO

HOREMHEB

1

En virtud de su acuerdo con Horemheb, Ai, el portador del cetro, estaba dispuesto a ceñir las coronas de los faraones a la muerte de Tutankhamon. Para conseguir sus fines hizo activar la ceremonia funeraria e interrumpió la construcción de la tumba, que resultó pequeña y estrecha en comparación con las tumbas de los grandes faraones, y se reservó una parte de los inmensos tesoros que Tutankhamon había destinado a acompañarlo en el reino de los difuntos. Pero el acuerdo lo obligaba también a obtener que Baketamon consintiese en ser la esposa de Horemheb a fin de que éste pudiese reclamar legalmente la corona a la muerte de Ai, pese a que hubiese nacido con los pies en el estiércol. Había combinado con los sacerdotes que la princesa se aparecería a Horemheb bajo los rasgos de la diosa Sekhmet, mientras el vencedor celebrase su triunfo en el templo, y que se entregaría a él allá mismo, a fin de que su alianza hallase una consagración divina y Horemheb quedase así divinizado. Esto es lo que Ai había convenido con los sacerdotes, pero la princesa Baketamon había tramado también cuidadosamente su propia intriga y sé que la reina Nefertiti la había inducido a ello, por odio hacia Horemheb y en la esperanza de llegar a ser, con Baketamon, la mujer más poderosa de Egipto si el plan triunfaba.

Su proyecto era impío y atroz, y sólo la astucia de una mujer agriada puede imaginar un plan tal. Tan increíble era que estuvo a punto de triunfar. Sólo el descubrimiento de esta intriga me permitió comprender por qué los hititas habían accedido tan fácilmente a ofrecer la paz y ceder Meggido y el país de Amurrú y hacer otras concesiones. Los hititas son, en efecto, gente astuta, y tenían en su carcaj una flecha cuya existencia Ai y Horemheb ignoraban. Su espíritu de reconciliación hubiera debido despertar las sospechas de Horemheb, pero sus éxitos lo habían cegado y él mismo deseaba la paz a fin de consolidar su poder en Egipto y casarse con Baketamon, porque lo esperaba desde hacía años y la espera había exacerbado su pasión.

Después de la muerte de su marido y una vez hubo consentido en sacrificar a Amón, la reina Nefertiti no pudo soportar verse alejada del poder. A pesar de su edad se había conservado bella gracias a los constantes cuidados y a los cosméticos. Su belleza le atrajo numerosos nobles que vivían en la mansión dorada como zánganos inútiles alrededor de un faraón pueril. Por su inteligencia y su astucia ganó también la amistad y confianza de Baketamon, en quien transformó el orgullo innato en una llama devoradora que le consumía el cuerpo, hasta que llegó a ser una obsesión y una especie de locura. Estaba tan poseída de su sangre sagrada que no permitía ya a una persona ordinaria tocarla y ni siquiera rozar su sombra. Había conservado orgullosamente su virginidad, porque a su juicio no había en todo Egipto un solo hombre digno de ella. Había pasado ya de la edad normal del matrimonio y creo que su virginidad se le había subido a la cabeza y enfermaba su corazón, si bien un buen matrimonio la hubiera curado.

Nefertiti le hizo creer que había nacido para grandes hazañas y que debía salvar a Egipto de las manos de pretendientes de baja extracción. Le habló de la gran reina Hatshepsut, que pegaba una barba a su mentón y ceñía la cola de león y gobernaba a Egipto desde el trono de los faraones. Y la persuadió de que su belleza recordaba la de la ilustre reina.

También Nefertiti le hablaba mal de Horemheb, y Baketamon acabó experimentando en su orgullo virginal un verdadero horror físico hacia Horemheb, que era de baja extracción y mancillaría su sangre sagrada. Pero yo creo que en el fondo de su corazón había conservado, sin confesárselo, una cierta inclinación hacia aquel hombre bello y robusto a quien había visto un día llegar a la Corte.

Nefertiti no tuvo gran dificultad en convencer a Baketamon cuando los planes de Ai y Horemheb se precisaron durante la guerra de Siria. Y, por otra parte, es probable que Ai confiase sus proyectos a Nefertiti, que era su hija. Pero ella detestaba a su padre, que la había apartado del poder después de haberse servido de ella y la tenía encerrada en la mansión dorada porque era la esposa del faraón maldito. Yo digo que la belleza y la inteligencia asociadas en una mujer cuyo corazón se ha endurecido con los años forma una combinación peligrosa, más peligrosa que los puñales desenvainados y las más cortantes hoces de los carros de combate. Esto es lo que demuestra la intriga urdida por Nefertiti y aprobada por Baketamon.

He aquí cómo fue descubierto este plan. Desde su llegada a Tebas, Horemheb, en el colmo de su impaciencia, comenzó a rondar por las habitaciones de Baketamon, a fin de poder verla y hablarle, pese a que ella se negase a recibirlo. Vio por azar a un emisario hitita que penetraba en las habitaciones de la princesa y se preguntó por qué Baketamon recibía a un hitita y estaba tanto rato a solas con él. Por esto, por propia iniciativa y sin consultar a nadie, hizo detener al hitita, quien, en su arrogancia, profirió amenazas y habló de una forma como sólo puede hablar una persona muy segura de su poderío.

Entonces Horemheb lo contó todo a Ai y penetraron por la fuerza en la habitación de Baketamon después de haber matado a un esclavo que se oponía, y en la ceniza del brasero encontraron toda la correspondencia cambiada con los hititas. Después de haber leído estas tablillas de cera se quedaron aterrorizados y pusieron a Nefertiti y a Baketamon bajo una estrecha vigilancia. La misma noche fueron a verme a mi casa, que Muti había hecho reparar con el dinero de Kaptah, y llegaron en una simple litera, con el rostro tapado. Muti los hizo entrar refunfuñando. Yo no dormía porque desde mi regreso de Siria sufría de insomnio. Me levanté, encendí la lámpara y recibí a mis visitantes, a quienes tomé por enfermos. Pero quedé muy sorprendido al reconocerlos y dije a Muti que nos trajese vino y se fuese a dormir, pero Horemheb estaba tan inquieto que quería matarla porque había visto su rostro. Jamás hasta entonces había visto a Horemheb tan asustado y esto me causó una gran alegría. Y por esto le dije:

–Te prohíbo que mates a Muti y me parece que tienes el cerebro resquebrajado. Muti es una mujer vieja y dura de oído que ronca como un hipopótamo, como podrás oírlo. Bebe vino y no temas nada de la pobre vieja.

Pero Horemheb con impaciencia dijo:

–No he venido aquí a hablar de ronquidos, Sinuhé. Pero Egipto corre un peligro mortal y tú debes salvarlo.

Ai confirmó estas palabras diciendo:

–En verdad te digo que Egipto corre un peligro mortal, Sinuhé, y yo también, y para Egipto jamás el peligro ha sido tan grande. Por esto, en nuestro abandono acudimos a ti.

Pero yo me eché a reír tendiendo mis manos vacías. Horemheb sacó entonces las tablillas de arcilla del rey Shubbiluliuma y me las hizo leer, así como la copia de las respuestas de Baketamon. Terminada la lectura, no tuve ya ganas de reír y el vino perdió su sabor en mi boca, porque he aquí lo que Baketamon había escrito a los hititas:

Soy la hija del faraón y por mis venas corre sangre sagrada y no hay en Egipto ningún hombre digno de mí. Me he enterado de que tienes numerosos hijos. Envía aquí a uno de ellos para que yo pueda romper una jarra con él, y tu hijo reinará a mi lado sobre el país de Kemi.

Esta carta era tan inconcebible que el prudente Shubbiluliuma se había negado al principio a creer en ella y había mandado un emisario secreto para concretar más. Baketamon había confirmado su oferta asegurándole que los nobles egipcios estaban de su parte y que los sacerdotes de Amón estaban también de acuerdo. Convencido por esta carta, el rey se había apresurado a hacer la paz con Horemheb y se disponía a enviar a su hijo Shubbatú a Egipto.

Mientras yo leía estas misivas, Ai y Horemheb comenzaron a disputar y Horemheb dijo:

–Esta es mi recompensa de todo lo que he hecho por ti, y el premio de la guerra en que he batido a los hititas y soportado grandes penalidades. En verdad que hubiera hecho mucho mejor en encargar a un perro ciego que velase por mis intereses en Egipto durante mi ausencia, y no eres más útil que una alcahueta a quien se paga aun antes de ver las nalgas de la muchacha. En verdad te digo, Ai, que eres el personaje más repugnante que conozco, y lamento profundamente haber tocado tu pata sucia en señal de acuerdo. No me queda otro remedio que hacer ocupar Tebas por mis soldados y ceñir las dos coronas.

Pero Ai dijo:

–Los sacerdotes no lo consentirán jamás y también ignoramos la extensión de la conspiración y el apoyo de que goza Baketamon entre el clero y la nobleza. No hay que preocuparse del pueblo, porque el pueblo es un buey al que se le pone un ronzal en el cuello y todo el mundo lo lleva allí donde quiere. No, Horemheb, si Shubbatú llega a Tebas y rompe una jarra con Baketamon, nuestro poderío se derrumbará y no podremos resistir por las armas, porque sería una nueva guerra y Egipto no podría soportarla y sería el fin del mundo. En verdad he sido un perro ciego, pero jamás hubiera podido adivinar de lo que se trataba, tan increíble es. Por esto, Sinuhé, debes ayudarnos.

–Por todos los dioses de Egipto –exclamé yo, sorprendido–. ¿Cómo podría yo ayudaros si no soy más que un médico incapaz de decidir a una mujer loca a amar a Horemheb?

Y Horemheb dijo:

–Nos has ayudado ya una vez, y quien coge el remo debe remar hasta el fin, lo quiera o no. Vas a salir al encuentro del príncipe Shubbatú y hacer de modo que no llegue a Egipto. ¿Cómo? Es asunto tuyo y no queremos saber nada. Debes saber, sin embargo, que no podemos hacerlo asesinar públicamente porque esto sería una nueva guerra con los hititas, y quiero escoger yo mismo la fecha.

Estas palabras me aterraron, mis rodillas temblaron y mi corazón se fundía, mientras mi lengua se torcía en mi boca, y dije:

–Si es verdad que os he ayudado una vez fue por el bien de Egipto, y este príncipe no me ha hecho nunca ningún daño, y no lo he visto más que una vez en su tienda el día de la muerte de Aziru. No, Horemheb, no harás de mí un asesino; prefiero morir, porque no hay crimen más abyecto, porque si ofrecí un brebaje mortal a Akhenaton lo hice por su bien, porque estaba enfermo y yo era su amigo.

Pero Horemheb se golpeó los muslos con la fusta frunciendo el ceño y Ai dijo:

–Sinuhé, eres un hombre sensato y comprenderás que no podemos sacrificar este imperio al capricho de una mujer. Créeme, no hay otro medio. El príncipe debe morir por el camino; poco importa que sea por accidente o enfermedad. Por esto vas a partir a su encuentro en el desierto del Sinaí en calidad de emisario de la princesa Baketamon y como médico podrás examinar si es apto para el matrimonio. Te creerá fácilmente, y te recibirá y te hará preguntas sobre la princesa Baketamon, porque los príncipes no son más que hombres y creo que es presa de una viva curiosidad y que se pregunta a qué hechicera lo van a ligar. Tu misión será fácil y no desdeñarás los regalos que te valdrá, porque entonces serás un hombre rico.

Y Horemheb dijo:

–Decídete pronto, Sinuhé, entre la vida o la muerte. Comprenderás que ahora que conoces nuestro secreto no podríamos dejarte vivir, aunque fueses muchas veces nuestro amigo. El nombre que te ha dado tu madre te ha sido funesto, Sinuhé, porque has escuchado demasiados secretos de los faraones. Así, según tu respuesta, te cortaré la garganta de oreja a oreja, y bien contra mi placer, porque eres nuestra mejor ayuda. Estás unido a nosotros por un crimen común y compartiremos contigo la responsabilidad de este nuevo crimen, si tal es a tu juicio el hecho de salvar a Egipto de la dominación de una loca y de los hititas.

–Sabes muy bien que yo nunca temo la muerte, Horemheb –dije.

Pero sentí que la red se había cerrado en torno a mí y que mi suerte estaba ligada a la de Ai y Horemheb.

Confieso francamente que aquella noche tuve miedo de la muerte, porque se presentaba bruscamente y de una forma repugnante. Pero pensaba en el vuelo rápido de las golondrinas sobre el río y pensaba en los vinos del puerto y en la oca asada por Muti al estilo tebano, y la vida me pareció súbitamente deliciosa. Y pensaba también en Egipto y me decía que Akhenaton tuvo que morir para que Egipto se salvase y que Horemheb pudiese rechazar a los hititas. ¿Por qué no matar a un joven príncipe desconocido para salvar nuevamente a Egipto, puesto que había matado ya a Akhenaton?

–Esconde tu puñal, Horemheb, porque la vista de un puñal sin filo me estremece. Me inclino y salvaré a Egipto del yugo hitita, pero en verdad ignoro todavía de qué forma lo haré, y es probable que pierda en ello la vida, porque los hititas me matarán ciertamente una vez su príncipe esté muerto. Pero no tengo ya apego a la vida y quiero impedir que los hititas reinen sobre Egipto. Y no quiero regalo alguno porque todo lo que haré estaba ya escrito en las estrellas antes de mi nacimiento y no puedo escapar a mi sino. Aceptad, pues, vuestras coronas de mis manos, Ai y Horemheb, y bendecid mi nombre, porque soy yo, el humilde Sinuhé, quien os erige faraones.

Esta idea me divirtió mucho, porque llevaba quizá sangre real en las venas y hubiera sido el único sucesor legal de los faraones, mientras Ai no era más que un modesto sacerdote del sol y los padres de Horemheb olían a ganado y queso. En aquel momento los dos hombres se me mostraban sin velos, tal como eran en realidad: los saqueadores que se disputaban el cuerpo agonizante de Egipto, dos chiquillos que jugaban con coronas y emblemas reales, y su pasión los tiranizaba hasta tal punto que no serían jamás felices. Y por eso le dije a Horemheb:

–Horemheb, amigo mío, la corona es pesada, lo sentirás alguna tarde calurosa, cuando se lleva el ganado al abrevadero del río y los ruidos cesan a tu alrededor.

Pero él respondió:

–Date prisa en partir, porque el navío te espera y debes encontrar a Shubbatú en el desierto del Sinaí antes de que llegue a Tanis con su séquito.

Y así partí bruscamente en plena noche, y Horemheb me había dado su navío más rápido, y yo hice llevar mi estuche de médico y el resto de la oca que Muti me había preparado al estilo tebano para la cena. Y no olvidé tampoco de proveerme de vino.

2

A bordo tuve tiempo de reflexionar y comprendí netamente el grave peligro que amenazaba a Egipto como una negra nube de arena en el horizonte. Me sería fácil embellecer mi papel presentándome como el salvador de Egipto, pero los móviles de los hombres son siempre complejos y había aceptado mi misión ante el miedo experimentado bruscamente en presencia de una muerte inminente. Pero mientras iba bajando por el río dando prisa a los remeros, estaba persuadido de que iba a realizar un acto meritorio.

De nuevo estaba solo y más solitario que todos los hombres a causa del secreto que llevaba y no podía revelar a nadie sin causar la muerte de miles y miles de personas. Tenía que ser más astuto que la serpiente para no ser descubierto y sabía que sufriría una muerte atroz si los hititas me sorprendían en el acto.

Alguna vez me inclinaba a abandonarlo todo y huir a lo lejos, como mi homónimo de la leyenda, y esconderme para dejar que la suerte siguiese su curso sobre Egipto. Si hubiese ejecutado este proyecto, el curso de los acontecimientos hubiera cambiado y el mundo no sería hoy como es. Pero al envejecer he comprendido que, en el fondo, todos los soberanos son iguales y que todos los pueblos son idénticos y que poco importa, en resumen, quién gobierna y qué pueblo oprime a otro, porque, finalmente, son siempre los pobres los que soportan los sufrimientos.

Pero no huí, porque era débil, y cuando un hombre es débil se deja llevar por los otros hasta el crimen antes que elegir por sí mismo su camino. Prefiere incluso la muerte a romper la cuerda que lo liga, y creo que no soy el único en ser débil de esta manera.

Así, el príncipe Shubbatú debía morir, y me rompía la cabeza para encontrar el medio de matarlo sin que mi acto fuese descubierto y Egipto tuviese que responder de su muerte. La tarea era ardua, porque el príncipe iría seguramente acompañado de un numeroso séquito digno de su rango, y los hititas eran recelosos y estaban en guardia. No podía pensar en asesinarle y me preguntaba si podría llevármelo al desierto para buscar en él un basilisco cuyos ojos son dos piedras verdes que matan, o para precipitarlo en alguna sima y contar después que había tropezado rompiéndose la nuca. Pero esta idea era infantil, porque jamás podría quedarme solo en compañía del príncipe, y, en cuanto a los venenos, tenía hombres para probar los alimentos y bebidas, de manera que no podría envenenarlo por los procedimientos habituales.

Repasé en mi memoria mis recuerdos sobre los venenos secretos de los sacerdotes y los de la mansión dorada. Sabía que se podía envenenar el fruto de un árbol incluso antes de que estuviese maduro, y sabía también que existían volúmenes de papiros que producían una muerte lenta a sus lectores, y que el perfume de ciertas flores podía matar una vez habían sido tratadas por los sacerdotes. Pero todo esto eran secretos de los sacerdotes y quizá hubiese en todo aquello una parte de leyenda. Además, no hubiera podido recurrir a ello en el desierto.

¡Si tan sólo Kaptah hubiese podido ayudarme con su astucia! Pero no hubiera podido ponerlo al corriente de la situación, y además estaba en Siria, donde trataba de recuperar sus créditos. Por esto recurrí a toda mi ingeniosidad y mi ciencia de médico. Si el príncipe estuviese enfermo, hubiera podido tratarlo llevándolo lentamente a la muerte según las reglas del arte, y ningún médico hubiera tenido nada que objetar a mis prescripciones, porque desde los tiempos más remotos el cuerpo médico entierra junto a sus víctimas. Pero Shubbatú no estaba enfermo, y si lo estaba sería cuidado por los médicos hititas.

Me extiendo sobre este punto tan sólo para mostrar las inmensas dificultades de la empresa que me había sido confiada por Horemheb, pero ahora me limitaré a exponer mis actos: en Menfis completé mi provisión de medicamentos, porque un médico puede tener un veneno mortal que, en sus manos, se convierte en una medicina curativa. Proseguí rápidamente mi viaje hasta Tanis, donde tomé una silla de manos y la guarnición me dio una escolta de algunos carros de guerra y emprendí la gran ruta militar de Siria.

Horemheb había sido correctamente informado del viaje de Shubbatú, porque lo encontré con su séquito a tres días de Tanis, cerca de una fuente rodeada de muros. Viajaba en litera e iba acompañado de numerosos asnos que llevaban pesadas cargas y los regalos preciosos para la princesa Baketamon, y los carros pesados de guerra lo escoltaban, mientras los carros ligeros reconocían el camino, porque el rey había recomendado la prudencia, puesto que sabía que este viaje desagradaría profundamente a Horemheb.

Pero los hititas se mostraron sumamente corteses conmigo y con los oficiales de mi pequeña escolta, según la costumbre de mostrarse corteses con la gente de quien podían obtener gratuitamente lo que no podían ganar por las armas. Nos acogieron en su campamento y ayudaron a los soldados egipcios a plantar nuestras tiendas y colocaron numerosos centinelas para así protegernos, dijeron, contra los bandoleros y los leones, a fin de que pudiésemos dormir en paz. Pero al enterarse de que venía en nombre de la princesa Baketamon, Shubbatú me llamó en el acto movido por una impaciente curiosidad.

Así fue como lo vi en su tienda, y era joven y altivo, y sus ojos eran grandes y claros como el agua cuando no estaba ebrio como lo había estado en la tienda de Horemheb cerca de Megiddo. La alegría y la curiosidad animaban su rostro cetrino y su nariz era firme como el pico de un ave de rapiña y sus dientes relucían de blancura como los de las fieras. Le tendí una carta de la princesa, falsificada por Ai, y me incliné con las manos a la altura de las rodillas en signo de respeto. Me di cuenta con satisfacción de que iba vestido a la moda egipcia, pero que sus vestidos parecían incomodarlo. Y me dijo:

–Puesto que mi futura esposa se ha confiado a ti y eres el médico real, no te ocultaré nada. Al casarme me ligo a mi esposa y su país será el mío y las costumbres egipcias serán las mías, y me he esforzado en acostumbrarme a las costumbres egipcias para no ser un extranjero al llegar a Tebas. Estoy impaciente por ver todas las maravillas de Egipto y conocer todos los dioses de Egipto, que serán de ahora en adelante los míos. Pero estoy impaciente sobre todo por ver a mi gran esposa real, porque voy a fundar con ella una nueva dinastía. Háblame de ella y dime su aspecto y su talla y la anchura de sus caderas como si fuese egipcio ya. Y no debes ocultarme nada de ella, ni siquiera lo que sea desagradable, y puedes tener confianza en mí como yo tengo confianza en ti.

Su confianza se mostraba teniendo a sus oficiales detrás de mí, con el arma en la mano, y guardias en la entrada de la tienda con las lanzas dirigidas hacia mi espalda. Pero yo fingí no darme cuenta y me incliné ante él, diciéndole:

–Mi dueña y señora la princesa Baketamon es una de las mujeres más bellas de Egipto. A causa de su sangre sacra ha conservado su virginidad, pese a que sea considerablemente mayor que tú, pero su belleza no tiene edad y su rostro es como la luna y sus ojos ovalados como el loto. Como médico puedo confiarte también que sus caderas son lo suficientemente anchas para dar a luz, pese a que sean delgadas, como ocurre en Egipto. Por esto me ha mandado a tu encuentro en el desierto para cerciorarse de que tu sangre real es digna de su sangre sagrada y que físicamente eres capaz de cumplir con los deberes que incumbe a un esposo a fin de no decepcionarla, porque te espera impaciente.

Shubbatú arqueó el torso y dobló el brazo para hacer resaltar los músculos y me dijo:

–Mi brazo tiende el arco más duro y entre los muslos puedo ahogar a un asno. Mi rostro no tiene defecto, como puedes verlo, y no recuerdo haber estado nunca enfermo.

Y yo le dije:

–Eres ciertamente un muchacho joven e inexperimentado que no conoce las costumbres egipcias, porque parece que crees que una princesa es una mujer que se tiende con el brazo o un asno que se tritura entre las rodillas. Pero no es éste el caso, y debería darte algunas lecciones sobre las costumbres amorosas en Egipto a fin de que no tengas que sonrojarte delante de la princesa.

Estas palabras lo ofendieron, porque era orgulloso y se jactaba de su virilidad como todos los hititas. Sus jefes se echaron a reír, lo cual lo ofendió más todavía, de manera que palideció de cólera y apretó los dientes. Pero tenía empeño en mostrarse ante mí bajo un aspecto favorable, y con la mayor calma posible dijo:

–No soy ningún chiquillo inocente como crees, sino que mi lanza ha atravesado ya muchos sacos de piel y no creo que tu princesa quede descontenta cuando le enseñe las costumbres hititas.

Y yo le dije entonces:

–No tengo inconveniente en creer en tu fuerza, pero te equivocas al afirmar que no has estado nunca enfermo, porque leo en tus ojos que no estás bien y que tu vientre no está sano.

Es probable que no haya hombre que no se encuentre enfermo, si se le afirma con autoridad e insistencia que no se encuentra bien. Todo el mundo siente, en efecto, la necesidad de dejarse mimar, y los médicos de todos los tiempos lo saben y han sabido aprovecharlo para enriquecerse. Pero yo tenía, además, la suerte de saber que el agua de los manantiales del desierto contiene sodio y que ocasiona diarreas a todos los que no están acostumbrados a ella. Por esto el príncipe quedó muy extrañado de mis palabras y dijo:

–Te equivocas, Sinuhé el egipcio, porque no me siento en absoluto enfermo, pese a que tengo que reconocer que mi vientre anda suelto y he tenido que agacharme varias veces durante la jornada. Eres ciertamente más hábil que mi médico, que no se ha dado cuenta de nada. –Se llevó la mano a la frente y a los ojos, y dijo–: Verdaderamente los ojos me brillan porque he mirado demasiado tiempo la arena roja del desierto, y mi frente arde y no estoy tan bien como quisiera.

Y yo le dije:

–Tu médico debería prepararte un remedio que te cure y te proporcione un sueño tranquilo. Las enfermedades gástricas del desierto son graves y he visto a muchos soldados egipcios morir de ellas durante su marcha hacia Siria. Las causas de estas enfermedades se ignoran; unos dicen que provienen del viento apestado del desierto, otros pretenden que proceden del agua y algunos de la langosta. Pero no dudo de que mañana estarás restablecido para proseguir el viaje si tu médico te administra un buen remedio.

A mis palabras comenzó a reflexionar y entornó los ojos dirigiendo una mirada a sus jefes y diciéndome con aire infantil:

–Dame tú mismo una buena medicina, Sinuhé, porque pareces conocer estas enfermedades mucho mejor que mi médico.

Pero yo no era tan tonto como se imaginaba y levanté los brazos en signo de protesta y dije:

–¡Jamás me atrevería a darte una medicina, porque si empeorabas me acusarías inmediatamente! Tu médico te cuidara mejor que yo, porque conoce tu naturaleza y el remedio sencillo.

Él sonrió y dijo:

–Tu consejo es bueno, porque quiero comer y beber contigo para que me hables de mi esposa real y de las costumbres egipcias, y no quiero verme obligado a correr a cada momento a agacharme detrás de la tienda.

Hizo llamar a su médico, que era un hitita malhumorado y receloso. Cuando comprobó que no quería rivalizar con él se suavizó y preparó una poción astringente que, bajo mis consejos, hizo muy fuerte. Yo tenía ya una idea. Probó el brebaje y lo ofreció al príncipe.

Yo sabía que el príncipe no estaba enfermo, pero quería que todo su séquito lo creyese tal y deseaba que su diarrea cesase a fin de que el veneno que me proponía hacerle beber no saliese demasiado rápidamente. Así pues, antes de la comida que el príncipe encargó en mi honor, volví a mi tienda y me llené el estómago de aceite de oliva, lo cual es muy desagradable, pero, a pesar de las náuseas, lo bebí para salvar mi vida. Después tomé una jarrita de vino en el que había mezclado veneno y que había vuelto a precintar y que era tan pequeña que no contenía más que dos vasos de vino. Regresé a la tienda del príncipe y me senté y me entretuve contando, a pesar de mis náuseas, una serie de anécdotas divertidas sobre las costumbres egipcias, para divertir al príncipe y a sus jefes. Y Shubbatú se rió verdaderamente a gusto mostrando sus bellos dientes; y, dándome palmadas en la espalda, decía:

–Eres un compañero agradable, Sinuhé, pese a que seas egipcio, y te tomaré como médico real. En verdad que me muero de risa y olvido todos mis dolores de barriga mientras me cuentas las costumbres amorosas de los egipcios, que me parecen destinadas sobre todo a evitar tener hijos. Pero yo me propongo enseñarles las costumbres hititas y mis jefes tomarán el mando de las provincias en cuanto le haya dado a Baketamon lo que le pertenece, lo cual será un gran bien para el país. –Se golpeó las rodillas bebiendo vino, y riéndose, exclamó–: Quisiera que la princesa mía estuviese ya acostada sobre mi alfombrilla porque tus relatos me han excitado mucho y quisiera hacerla gemir de placer. Por el Cielo sagrado y la Tierra madre, una vez el país de Khatti y Egipto no formen más que un imperio, ningún Estado podrá resistirnos y someteremos a los cuatro continentes. Pero será necesario primero infiltrar hierro a Egipto y meterle hierro en el corazón, a fin de que se convenza de que la muerte vale más que la vida. ¡Ojalá este momento venga pronto!

Bebió después de haber ofrecido una libación al Cielo y otra a la Tierra, y todos sus compañeros estaban ya un poco ebrios y mis historias alegres habían desvanecido sus sospechas. Y yo aproveché la ocasión para decir:

–No quiero ofenderte criticando tu vino, Shubbatú, pero no debes haber probado nunca el vino de Egipto, porque, si lo conocieses, todos los demás serían insípidos como el agua en tu boca. Perdóname, pues, si prefiero beber mi propio vino, porque sólo él me embriaga convenientemente. Lo llevo siempre conmigo a los festines de los extranjeros.

Sacudí la jarra y rompí el precinto en su presencia y llené mi copa fingiendo embriaguez; algunas gotas cayeron al suelo y bebí y al terminar dije:

–He aquí el verdadero vino de Menfis, el vino de las pirámides que se paga a precio de oro, fuerte, sabroso y embriagador, sin igual en el mundo.

El vino era verdaderamente fuerte y bueno, y yo le había añadido mirra, de manera que toda la tienda quedó perfumada, pero en mi lengua reconocí el sabor de la muerte y la copa tembló en mi mano, pero los hititas lo atribuyeron a mi embriaguez. Shubbatú sintió aumentar su curiosidad y, tendiéndome la copa, dijo:

–No soy ya un extranjero para ti, puesto que mañana seré tu amo y señor. Déjame, pues, probar tu vino, a fin de que me cerciore de que es tan bueno como pretendes.

Pero yo estreché la jarra contra mi pecho y protesté diciendo:

–No hay para dos ni tengo otra jarra aquí y yo quiero embriagarme esta noche porque es un día de júbilo para todo Egipto, ya que es el día de la alianza eterna entre Egipto y el país de Khatti.

Y simulando embriaguez comencé a bramar como un asno abrazando mi jarra, y los hititas reventaban de risa y se golpeaban los muslos. Pero Shubbatú estaba acostumbrado a obtener todo lo que quería y me suplicó que le hiciese saborear mi vino, de manera que acabé por llenar su copa llorando y vacié la jarra. Y no lloraba en vano, porque temía lo que iba a ocurrir.

Pero Shubbatú, como si hubiese recelado un peligro, miró a su alrededor y, a la manera hitita, me tendió la copa diciendo:

–Prueba mi copa, porque eres mi amigo y quiero testimoniarte mi favor.

No se atrevía a demostrar su desconfianza llamando a su catador oficial. Bebí un buen sorbo y él vació la copa y chasqueó la lengua y se recogió un momento, y después añadió:

–En verdad tu vino es fuerte, Sinuhé, y se sube a la cabeza como el humo y me quema el estómago, pero deja en la boca un sabor amargo que quiero borrar con el vino de las montañas.

Llenó su copa con su vino y la aclaró, y yo sabía que el veneno no haría su efecto hasta la mañana siguiente, porque su vientre era duro y había bebido y comido copiosamente.

Bebí tanto como pude fingiendo embriaguez, y después, al cabo de media clepsidra, me hice acompañar a mi tienda y estrechaba contra mi pecho la jarrita que no quería dejar examinar. Una vez los hititas me hubieron dejado sobre mi lecho con toda clase de bromas y se hubieron retirado, me levanté y, metiéndome los dedos en la garganta, vomité el aceite protector y el veneno. Pero mi temor era tal que un sudor frío corría a lo largo de mis miembros y mis rodillas temblaban, y temía que el veneno hubiese comenzado a obrar. Por esto me hice un lavado de estómago y tomé un contraveneno y acabé vomitando por miedo, sin necesidad de vomitivos.

Tuve fuerzas para lavar cuidadosamente la jarra y hacerla pedazos y enterrar éstos en la arena. Después me tendí en el lecho, sin poder dormir, temblando de miedo, y en la oscuridad los ojos grandes de Shubbatú me miraban fijos. Porque en verdad era un hombre bello, y yo no podía olvidar su risa altiva y juvenil, ni sus dientes de un resplandor tan blanco.

3

El orgullo hitita vino en mi ayuda, porque al día siguiente Shubbatú, no sintiéndose muy bien, rehusó mostrarse e interrumpir el viaje para descansar. Subió a su litera a costa de un gran esfuerzo y consiguió disimular sus males. Así avanzamos durante toda la jornada y su médico le administró dos veces astringentes y calmantes que no hicieron sino aumentar sus dolores y reforzar la acción del veneno, porque una fuerte diarrea al alba quizá le hubiera salvado todavía la vida.

Pero por la tarde cayó en el coma y su mirada se extravió y sus mejillas se demacraron y palidecieron, de manera que su médico me llamó a consulta. Ante el estado del enfermo, no tuve que fingir ninguna inquietud porque todo mi cuerpo temblaba, en parte a causa del veneno que había absorbido. Declaré reconocer esta enfermedad del desierto cuyos primeros síntomas había discernido la víspera, pese a que no me quiso creer. La caravana se detuvo y cuidamos al príncipe en su litera dándole remedios y laxantes y colocando piedras calientes sobre su vientre, pero puse buen cuidado en dejar que el médico mezclase las drogas y las administrase él mismo al enfermo abriéndole a la fuerza los dientes. Pero yo sabía que iba a morir y no quería más que aliviarle la muerte, puesto que no podía hacer ya nada más por él.

A la caída de la tarde lo llevaron a su tienda y los hititas comenzaron a lamentarse y desgarrar sus vestiduras y a arrojar arena sobre sus cabellos y a herirse con sus puñales, porque tenían miedo por sus vidas y sabían que el rey no les perdonaría la muerte de su hijo confiado a su custodia. Yo velaba al lado del príncipe junto con el médico hitita y veía a aquel muchacho, ayer todavía tan vigoroso, deslizarse lentamente hacia la muerte.

El médico hitita se rompía la cabeza para hallar la causa de aquella tan brusca enfermedad, pero los síntomas no diferían de los de una fuerte diarrea y nadie podía pensar en el veneno, puesto que yo había bebido en la misma copa que él. Así nadie sospechó de mí y puedo vanagloriarme de haber realizado hábilmente mi cometido para el mayor bien de Egipto, pero no sentía el menor orgullo de mi habilidad al ver morir al príncipe Shubbatú.

Al día siguiente recobró el conocimiento y al acercarse a la muerte no era más que un chiquillo enfermo que llama a su madre. Y con una voz débil y lastimera decía:

–Madre, madre, madre mía.

Después sus dolores se calmaron y sonrió con sonrisa de niño y recordó su sangre azul. Hizo llamar a sus jefes y dijo:

–No hay que acusar a nadie de mi muerte, pues es causada por la enfermedad del desierto y he sido cuidado por el mejor médico del país de los Khatti. Pero su arte no ha podido salvarme porque es la voluntad del Cielo y la Tierra que muera, y seguramente el desierto no depende sólo de la Tierra, sino de los dioses de Egipto, porque protege a este país. Sabed, pues, todos, que los hititas no deben penetrar nunca más en el desierto, porque mi muerte es la prueba de ello y otra prueba fue la derrota de nuestros carros en el desierto. Por esto debéis dar a los médicos regalos dignos de ellos, y tú, Sinuhé, saluda a la princesa Baketamon y dile que la libero de todas las promesas, lamentando infinitamente no haber podido llevarla al lecho nupcial por su propio placer y el mío. En verdad debes transmitirle este saludo porque al morir pienso en ella como en una princesa de leyenda y muero con su belleza sin edad delante de mis ojos, pese a que no la haya visto nunca.

Murió sonriendo, porque, algunas veces, después de grandes dolores, la muerte llega como una beatitud sonriente, y sus ojos, que se extinguían muy lentamente, veían maravillosas visiones.

Los hititas metieron su cuerpo en una jarra llena de vino y de miel para llevárselo a la tumba real de las montañas donde las águilas y los lobos velan por el reposo de los dioses hititas. Todos estaban emocionados por mi compasión y mis lágrimas, y consintieron sin inconveniente en darme una tablilla atestiguando que no era en absoluto responsable de la muerte del príncipe Shubbatú y que no había economizado mis esfuerzos y mis penas por tratar de salvarlo. Pusieron sus sellos en la tablilla, así como el sello del príncipe Shubbatú, a fin de que no recayese sobre mí en Egipto la menor sospecha de la muerte del príncipe. Y es porque juzgaban a Egipto como a su propio país y se imaginaban que la princesa Baketamon me haría matar cuando se enterase de la muerte de su prometido.

Así fue cómo salvé verdaderamente a Egipto del yugo hitita y hubiera debido estar contento de mí, pero no lo estaba en absoluto y tenía la impresión de que, dondequiera que fuese, la muerte me seguía pisándome los talones. Me había hecho médico para curar y sembrar la vida, y mi padre y mi madre habían muerto por mi culpa, Minea sucumbió por mi debilidad, y Merit y el pequeño Thot sucumbieron a causa de mi ceguera y el faraón Akhenaton pereció a causa de mi odio y de mi amor a Egipto. Todos los que amé perecieron por culpa mía de muerte violenta, así como el príncipe Shubbatú, a quien había aprendido a querer durante su agonía. Una maldición me acompañaba por doquier.

Regresé a Tanis y de allí a Menfis y después a Tebas. Mi barca abordó cerca de la mansión dorada y me presenté delante de Ai y de Horemheb, y les dije:

–Vuestra voluntad ha sido cumplida. El príncipe Shubbatú ha muerto en el desierto del Sinaí y ni la menor sombra caerá sobre Egipto.

Ante esta noticia se alegraron mucho, y Ai, tomando una cadena de oro del portacetro, me la colocó en el cuello, y Horemheb dijo:

–Ve a ver a la princesa Baketamon, porque si le llevamos esta noticia no nos creerá y pensará que hemos hecho asesinar al príncipe por celos.

La princesa Baketamon me recibió, y su boca y sus mejillas estaban pintadas de rojo, pero en sus grandes ojos ovalados acechaba la muerte.

Y le dije:

–Tu pretendiente el príncipe Shubbatú te ha liberado de tus promesas porque ha muerto en el desierto del Sinaí de la enfermedad intestinal del desierto, a pesar de todos mis cuidados y de los del médico hitita.

Baketamon se arrancó los brazaletes de oro de sus muñecas y me los dio diciéndome:

–Tu mensaje es bueno, Sinuhé, y te doy las gracias por él, porque he sido consagrada sacerdotisa de Sekhmet y mi traje dorado está preparado ya para la fiesta de la Victoria. Pero comienzo a conocer muy bien esta enfermedad intestinal, Sinuhé, y me acuerdo de la muerte de mi hermano, el faraón Akhenaton. Por esto te digo que maldito seas, Sinuhé, y maldito seas para toda la eternidad, que tu tumba sea maldita y tu nombre olvidado para siempre jamás, porque has hecho del trono de los faraones un juguete de bandoleros y has profanado para siempre más la sangre sagrada de los faraones.

Yo bajé la cabeza y puse mis manos a la altura de las rodillas y dije:

–Que tus palabras sean cumplidas.

Y salí, y ella hizo barrer el suelo detrás de mí hasta el umbral de la mansión dorada.

4

Entretanto, el cuerpo del faraón Tutankhamon había sido preparado para la eternidad y Ai encargó a los sacerdotes que lo transportasen rápidamente a su tumba del Valle de los Muertos. Se llevaron ricos regalos, pero eran pocos, porque Ai había robado mucho. En cuanto se hubieron puesto los sellos a la tumba de este faraón insignificante, Ai dio por terminado el luto y Horemheb hizo ocupar por sus soldados todas las plazas de Tebas. Pero nadie se opuso a la coronación de Ai, porque el pueblo estaba agotado de cansancio como un animal arrojado a lanzadas por una ruta sin fin, y nadie preguntó qué derechos tenía a la corona.

Ai fue consagrado faraón por los sacerdotes, a los cuales había dado inmensos regalos, y el pueblo lo aclamó delante del gran templo de Amón, porque había distribuido pan y cerveza, lo cual era un regalo principesco, tan empobrecido estaba Egipto. Pero eran muchos los que sabían que el poder real pertenecía a Horemheb y se preguntaban por qué no habría ceñido la doble corona.

Pero Horemheb sabía lo que hacía, porque la copa de los sufrimientos no estaba vacía aún. En efecto, noticias alarmantes llegaban del país de Kush, donde habría que guerrear con los negros, y después habría todavía que volver a pelear con los hititas a causa de Siria. Por esto Horemheb deseaba que el pueblo acusase a Ai de todos los sufrimientos debidos a la guerra, para que después lo saludara a él como vencedor que trae de nuevo la paz y la prosperidad.

Ai estaba deslumbrado por el resplandor de sus coronas y gozaba de ellas plenamente. Cumplió la promesa hecha a Horemheb el día de la muerte del faraón Akhenaton. Por esto los sacerdotes llevaron en cortejo a la princesa Baketamon al templo de la diosa Sekhmet y la vistieron de rojo y la adornaron con las joyas de la diosa y la hicieron subir al altar. Horemheb celebró su triunfo sobre los hititas y fue aclamado por el pueblo y delante del templo distribuyó cadenas de oro a sus soldados y los licenció. Y después penetró en el templo y los sacerdotes cerraron las puertas de cobre detrás de él. Sekhmet se le apareció bajo los rasgos de Baketamon y tomó lo que le pertenecía, porque era soldado y había esperado mucho tiempo.

Aquella noche Tebas festejó a Sekhmet y el cielo se enrojeció y los soldados de Horemheb vaciaron las tabernas y tugurios y derribaron las puertas de las casas de placer. Muchos fueron heridos y los soldados ebrios provocaron muchos incendios, pero al alba los hombres se trasladaron al templo de Sekhmet para asistir a la salida de Horemheb. Lanzaron gritos en todas las lenguas y blasfemaron de sorpresa al ver aparecer a su jefe, porque Sekhmet había sido fiel a su aspecto de leona, y el rostro, los brazos y los hombros de Horemheb estaban llenos de arañazos como si una leona lo hubiese desgarrado. Los soldados estuvieron encantados y lo quisieron más todavía. Pero la princesa Baketamon, sin mostrarse a la muchedumbre, fue devuelta a palacio por los sacerdotes.

Tal fue la noche de novios de mi amigo Horemheb y no sé qué placer obtuvo de ella, porque poco después reunió sus tropas cerca de la primera catarata para preparar la campaña contra el país de Kush. Y durante esta campaña los sacerdotes de Sekhmet no carecieron de víctimas, sino que prosperaron y se engordaron, tanto abundaba el vino y la carne en el templo.

Ai gozaba de su poderío y decía:

–Nadie es superior a mí en todo el país de Kemi, y poco importa que muera o viva, porque el faraón no muere jamás, sino que vive eternamente, y subiré a la barca dorada de mi padre Amón. Y me alegro de ello, porque no quisiera que Osiris pesase mi corazón en su balanza, y sus asesores, los justos babuinos, podrían presentar graves acusaciones contra mí y lanzar mi alma a las fauces del Devorador. Porque tengo ya años, y en la oscuridad mis actos se me aparecen a menudo. Felizmente no tengo por qué temer la muerte, puesto que soy faraón.

Pero yo le respondí con tono irónico:

–Eres viejo ya y te creía más cuerdo. ¿Crees acaso en serio que el aceite pestilente de los sacerdotes te ha hecho inmortal? En verdad te digo que con corona o sin ella eres siempre el mismo hombre y la muerte no te respetará.

Él comenzó a gemir y con voz plañidera dijo:

–¿Es, pues, en vano que he cometido tan malas acciones y he sembrado la muerte a mi alrededor toda mi vida? No, seguramente te equivocas, Sinuhé, y los sacerdotes me salvarán de los abismos de los infiernos y mi cuerpo vivirá eternamente. Mi cuerpo es divino, puesto que soy faraón y nadie puede reprocharme nada, puesto que soy el faraón.

Así fue como su razón comenzó a naufragar y no obtuvo ya goce ninguno de su poderío. Temiendo por su salud, se privaba del vino y se alimentaba de pan seco y leche cocida. Su cuerpo estaba demasiado agotado para gozar de las mujeres. Poco a poco comenzó a temer un atentado y no osaba tocar los alimentos por temor a ser envenenado. Así sus maldades lo asediaban durante su vejez, y se volvía desconfiado y cruel y todo el mundo huía de él.

Pero el grano de cebada comenzaba a germinar en la

princesa Baketamon, y en su cólera y su despecho trató de matar al hijo que llevaba en su seno, pero sin conseguirlo. Al término de su embarazo dio a luz un niño después de grandes dolores, porque sus caderas eran estrechas, y le quitaron a su hijo para que no lo maltratase. Sobre este chiquillo se contaron muchas historias y hubo quien pretendió incluso que había nacido con cabeza de león, pero yo puedo asegurar que era un chiquillo normal a quien Horemheb hizo dar el nombre de Ramsés.

Horemheb estaba ahora haciendo la guerra en el país de Kush y sus carros causaban grandes estragos entre los negros, que no estaban acostumbrados a estos artefactos. Incendió sus poblados y sus cabañas y mandó mujeres y niños como esclavos a Egipto, pero alistó a los hombres e hizo de ellos excelentes soldados, puesto que no tenían ya mujeres ni hijos. Y así reclutó un nuevo ejército en previsión de otra guerra contra los hititas, porque los negros eran robustos y no temían a la muerte cuando habían bailado al son de sus tambores.

Horemheb mandó también a Egipto los rebaños tomados a los negros y pronto el trigo comenzó a brotar en el país de Kemi y los chiquillos no carecieron ya de leche ni los sacerdotes de carne para sus sacrificios. Pero tribus enteras abandonaron sus poblados del país de Kush para huir a las estepas más allá de las fronteras, en el país de las jirafas y los elefantes, de manera que el país de Kush permaneció desierto muchos años. Pero Egipto no sufrió con ello, porque desde los tiempos del faraón Akhenaton este país no había pagado su tributo, a pesar de que en las épocas de los grandes faraones hubiese sido la mejor fuente de riquezas de Egipto y más próspero que Siria.

Después de una campaña de dos años, Horemheb regresó a Tebas con un rico botín y distribuyó regalos y donativos entre la población, y Tebas festejó su triunfo durante diez días y diez noches y todo trabajo cesó en la ciudad, y los soldados ebrios rondaban por las calles balando como cabras y las mujeres de Tebas dieron a luz muchos hijos de piel oscura. Horemheb tenía a su hijo en brazos y le enseñaba a andar y orgullosamente decía:

–Mira, Sinuhé, de mis flancos ha brotado una nueva dinastía y en las venas de mi hijo corre sangre real, pese a que yo haya nacido con mis pies en el estiércol.

Fue a ver a Ai, pero éste, presa de terror, cerró la puerta y amontonó delante de ella los muebles y su lecho. Gritó:

–Vete, Horemheb, porque soy el faraón y sé que vienes a matarme para robarme las coronas.

Pero Horemheb se echó a reír y hundió la puerta de un puntapié y lo sacudió entre sus manos diciendo:

–No quiero matarte, viejo zorro, porque eres para mí algo más que un suegro y tu vida me es preciosa. Debes aguantar todavía el tiempo de otra guerra, Ai, pese a que la baba caiga de tus labios, a fin de que el pueblo tenga un faraón en quien descargar su cólera.

Horemheb llevó grandes regalos a su esposa Baketamon, arena aurífera en cestas trenzadas, pieles de león que había matado con las flechas, plumas de avestruz y monos vivos, pero ella se negó a mirar estos regalos y dijo:

–Eres quizá mi marido ante los hombres y te he dado un hijo. Pero esto debe bastarte, porque debes saber que si me tocas escupiré en tu lecho y te seré infiel como jamás una mujer ha sido infiel a su marido. Para cubrirte de oprobio me acostaré con los esclavos y los faquines y me divertiré en las plazas públicas de Tebas con los borriqueros. Porque apestas a sangre y tu sola presencia me causa náuseas.

Esta resistencia excitó todavía la pasión de Horemheb, que vino a exponerme sus preocupaciones y contratiempos. Yo le aconsejé que ofreciese sus tributos a otras mujeres, pero él protestó con indignación porque Baketamon era la única mujer a quien amaba y había deseado durante muchos años, absteniéndose incluso a menudo de divertirse con otras mujeres. Me pidió una droga para inspirar los deseos amorosos de Baketamon, pero yo me negué a ello. Entonces se dirigió a otros médicos y le dieron drogas peligrosas que hizo beber a Baketamon y pudo una vez aprovecharse de su sueño para gozar con ella. Pero cuando la abandonó, ella lo detestaba todavía más que antes y le dijo:

–Acuérdate de lo que te he dicho, ya estás advertido.

Pero Horemheb se marchó en breve a Siria a preparar la guerra contra los hititas y decía:

–En Kadesh es donde los grandes faraones han plantado los jalones de Egipto y no me detendré hasta que mis carros hayan penetrado en Kadesh en llamas.

Pero al darse cuenta de que el grano de cebada comenzaba de nuevo a germinar en ella, Baketamon se encerró en sus habitaciones para ocultar su vergüenza. Le entregaban los alimentos por un ventanillo de la puerta, y cuando el término se acercó tuvieron que vigilarla, porque temían que quisiera parir sola y desembarazarse de su hijo como las mujeres que depositaban a sus hijos en cestos de mimbre en la corriente del Nilo. Pero no hizo nada de esto y, llamando a los médicos, soportó sonriendo los dolores del parto y dio a luz otro niño, al que dio el nombre de Sethos sin consultar a Horemheb. Detestaba tanto a este hijo suyo que le dio el nombre de Seth porque decía había sido engendrado por este espíritu del mal.

En cuanto estuvo restablecida se hizo perfumar y pintar y vestir de lino real y se fue sola al mercado de pescado de Tebas. E interpelaba a los conductores de las recuas y a los faquines y pescadores y les decía:

–Soy la princesa Baketamon, la esposa de Horemheb, el ilustre capitán. Le he dado dos hijos, pero es un hombre aburrido y perezoso que apesta a sangre y no siento goce ninguno con él. Venid, pues, a divertiros conmigo, porque me gustan vuestras manos callosas, vuestro sano olor de estiércol y el olor a pescado.

Pero los hombres tenían miedo de ella y se apartaban, y ella los perseguía para seducirlos y, mostrándoles su bello pecho, les decía:

–¿No soy acaso suficientemente bella para vosotros? ¿Por qué vaciláis? Soy quizá vieja y fea, pero no os pido ningún regalo y sí sólo una piedra, una piedra cualquiera; pero cuanto mayor haya sido vuestro placer conmigo, más grande tiene que ser la piedra.

Jamás hasta entonces se había visto cosa parecida. Poco a poco los ojos de los hombres comenzaron a brillar y su pasión se inflamó ante la belleza que se ofrecía a ellos y el olor de las sustancias aromáticas se les subía a la cabeza y se decían:

–Es ciertamente una diosa que se nos aparece porque somos agradables a sus ojos. Por esto sería falso resistir a su voluntad, porque el placer que nos ofrece es ciertamente un placer divino.

Y otros dijeron:

–En todo caso, este placer no nos costará caro, porque incluso las negras exigen por lo menos un trozo de cobre. Es seguramente una sacerdotisa que recoge materiales para erigir un templo a Bastet y complaceremos a los dioses ejecutando su voluntad.

Y ella se los llevaba poco a poco hacia la ribera y a los cañaverales, al abrigo de las miradas. Y durante todo el día la princesa Baketamon se divirtió con los hombres del mercado de pescado y no los decepcionó, sino que se aplicó a proporcionarles placer, y ellos le regalaron piedras, incluso piedras talladas de las que se compran en casa de los mercaderes de piedras. Y ellos decían:

–En verdad que no hemos conocido jamás una mujer parecida, porque su boca es de miel y sus senos son como manzanas maduras y su abrazo es ardiente como las brasas que fríen el pescado.

Y le suplicaron que volviese prometiéndole prepararle gruesas piedras, y ella les sonrió púdicamente dándoles las gracias por su gentileza y el gran placer que le habían dado. Al regresar por la tarde al palacio dorado tuvo que alquilar una gran barca para transportar todas las piedras recibidas durante el día.

Al día siguiente, en una gran barca, fue al mercado de

legumbres e interpeló a los campesinos que llegaban al alba con sus bueyes y sus asnos, y cuyas manos eran rudas y tenían la piel curtida por el sol. Y a los barrenderos de las calles y a los vendimiadores les hablaba diciéndoles:

–Soy la princesa Baketamon, esposa del ilustre capitán Horemheb. Pero es un hombre aburrido y holgazán y su cuerpo es impotente, de manera que no me proporciona el menor placer. Me maltrata y me priva de mis hijos, y me arroja de su casa, de manera que no tengo siquiera un techo sobre mi cabeza. Venid, pues, a divertiros conmigo y proporcionarme placer, porque no os pido más que una piedra a cada uno.

Los campesinos y los barrenderos y los guardianes negros quedaron sorprendidos, pero ella les descubrió sus encantos y los llevó hacia los cañaverales de la ribera, y ellos abandonaron sus cestos de hortalizas, sus bueyes, sus asnos y sus escobas para seguirla. Y decían:

–No todos los días se ofrece un tal regalo a un pobre diablo, y su piel no recuerda la de nuestras esposas porque huele bien. Estaríamos locos si no aprovechásemos una ocasión como esta de darle el placer que nos pide, puesto que es una mujer abandonada.

Y se divertían con ella y le regalaban piedras, y los campesinos compraron las piedras del umbral de las tabernas, y los guardianes robaron las losas del edificio del faraón. Pero sentían cierta angustia porque se decían:

–Si verdaderamente es la mujer de Horemheb, éste nos matará porque es más terrible que un león y es celoso y suspicaz. Pero si somos muy numerosos, no nos podrá matar y por esto, en interés nuestro, hay que llevarle muchas piedras.

Y por esto regresaron al mercado de hortalizas y contaron lo ocurrido a sus amigos y los condujeron a la ribera, de manera que se formó un largo sendero en los cañaverales, y a la caída de la tarde el cañaveral estaba como si los hipopótamos se hubiesen acostado en él. El mayor desorden reinaba en el mercado de hortalizas y se robaban cargamentos enteros, y los bueyes y los asnos se agitaban porque no tenían qué beber y los dueños de las tabernas corrían y se arrancaban el cabello lamentando las piedras que les habían robado. Y entonces la princesa Baketamon dio las gracias impúdicamente a los hombres del mercado por su gran amabilidad y el placer que le habían proporcionado, y los hombres cargaron las piedras en la barca, que estuvo a punto de zozobrar, y los esclavos tuvieron que penar para atravesar el río hasta la mansión dorada.

Aquella misma noche todo Tebas sabía que la diosa de cabeza de gato se había aparecido al pueblo y había gozado con él, y los rumores más extraños corrían por la ciudad, porque los hombres que no creían en los dioses inventaban otras explicaciones.

Al día siguiente la princesa fue al mercado de carbón y se divirtió todo el día, y por la noche la ribera del Nilo estaba negra de carbón y pisoteada, y los sacerdotes de muchos pequeños templos se quejaban de la impiedad de los hombres del mercado de carbón, que no vacilaban en arrancar las piedras de los templos y que decían con jactancia:

–En verdad hemos saboreado delicias divinas y sus labios se fundían en nuestras bocas y sus pechos eran como ascuas en nuestras manos y no sabíamos que pudiese existir en este mundo un goce parecido.

Pero cuando se extendió por Tebas la noticia de que la diosa había aparecido por tercera vez, una gran inquietud se apoderó de la ciudad, e incluso los hombres más respetables abandonaban a sus mujeres y arrancaban las piedras de las casas del faraón, de manera que al día siguiente cada hombre llevaba una piedra bajo el brazo esperando con impaciencia la aparición de la diosa de cabeza de gato. También los sacerdotes estaban muy turbados y enviaban guardias con orden de detener a la mujer que tanto escándalo y agitación causaba.

Pero aquel día la princesa Baketamon no se movió de palacio para descansar de sus fatigas y se mostró sonriente y amable, lo cual sorprendió profundamente a la Corte, porque nadie podía pensar que fuese ella la mujer misteriosa que aparecía en la ciudad de Tebas y se divertía con los pescadores y barrenderos.

Después de haber examinado las piedras de diferentes tamaños y colores que había coleccionado, la princesa hizo que llamaran al arquitecto de las caballerizas y le dijo:

–He recogido estas piedras en la ribera y son sagradas para mí, y a cada una de ellas va unido un dulce recuerdo, y cuanto mayor es la piedra, más dulce es el recuerdo. Debes, pues, con estas piedras construirme un pabellón de recreo para que tenga un techo sobre mi cabeza, porque mi marido me desprecia, como debes de saber probablemente. Quiero que el pabellón sea amplio, con las paredes elevadas, porque voy a seguir recolectando piedras, y recogeré tantas como sean necesarias.

El arquitecto era un hombre sencillo y quedó sorprendido, y dijo:

–Noble princesa Baketamon, temo no estar a la altura de mi cometido, porque estas piedras son muy difíciles de ajustar y tendrías que dirigirte a un constructor de templos o a un artista, porque no me puedo comprometer por mi ignorancia a la realización de tu bello proyecto.

Pero ella tocó impúdicamente sus hombros callosos y dijo:

–Constructor de las caballerizas reales, no soy más que una pobre mujer a quien su marido abandona y no tengo medios de recurrir a un gran arquitecto. No podré hacerte un buen regalo, como yo quisiera, pero cuando el pabellón esté terminado irás a verlo conmigo y nos divertiremos juntos, te lo prometo. No tengo nada que ofrecerte excepto un poco de placer, pero tú me lo darás también a mí porque eres robusto.

El hombre quedó vivamente impresionado por estas palabras y admiró la belleza de la princesa y recordó todas las leyendas en que las princesas se enamoraban de hombres sencillos y se divertían con ellos. Verdad era que tenía miedo de Horemheb, pero el deseo fue más fuerte que sus temores y las palabras de Baketamon lo halagaban. Por esto se puso al trabajo con todo su ardor, recurriendo a toda su habilidad y perdía el sueño buscando combinaciones para todas las piedras. El deseo y el amor hicieron de él un verdadero artista porque cada día veía a la princesa y su corazón se conmovía y trabajaba como un insensato, adelgazándose y demacrándose, de manera que terminó construyendo con aquellas piedras un pabellón como no se había visto nunca.

Cuando aquellas piedras se terminaron, Baketamon tuvo que procurarse más. Por esto iba a Tebas y recibía piedras en las plazas y en la avenida de los Carneros y también en los parques de los templos, y pronto no hubo lugar en Tebas donde ella no hubiese mendigado piedras. Para terminar, los sacerdotes y los guardianes acabaron sorprendiéndola y quisieron llevarla ante los jueces, pero ella, levantando orgullosamente la cabeza, dijo:

–Soy la princesa Baketamon y quisiera ver quién se atrevería a ser mi juez, porque por mis venas corre la sangre sagrada de los faraones y soy la heredera de los faraones. Pero no os castigaré por vuestra imbecilidad, y me divertiré a gusto con vosotros, porque sois fuertes y robustos, pero cada uno de vosotros tendrá que regalarme una piedra, que tomaréis en la casa de los jueces o en el templo, y cuanto mayor sea la piedra más placer os daré, y cumpliré mi promesa, porque soy ya muy hábil en el arte de amar.

Los guardias la miraron y la locura se apoderó de ellos como de los otros hombres, y con sus lanzas soltaron las gruesas piedras de la casa de los jueces y del templo de Amón y se las llevaron, y ella cumplió generosamente su promesa. Pero debo decir en su favor que jamás se comportó con desfachatez recogiendo las piedras, y una vez se había divertido con los hombres se velaba púdicamente y bajaba los ojos y no permitía a nadie que la tocase. Pero después de este incidente tuvo que entrar en las casas de placer para reunir las piedras sin que nadie la inquietase, y los dueños sacaron de ella gran provecho.

En aquel tiempo todo el mundo sabía ya lo que hacía la princesa Baketamon y la gente de la Corte iba en secreto a ver el pabellón que se levantaba en el parque. Al ver la altura de los muros y el número de piedras las damas de la Corte se llevaban la mano a la boca y lanzaban exclamaciones de sorpresa. Pero nadie se atrevía a hablar de ello a la princesa, y cuando Ai fue informado de la conducta de la princesa Baketamon, en lugar de intervenir con una reprimenda sintió en su locura senil un gran júbilo, porque sabía que para Horemheb sería todo aquello una tremenda humillación. Y Horemheb seguía haciendo la guerra en Siria y recuperó de los hititas Sidón, Simyra y Biblos, y mandó muchos esclavos y botín a Egipto y expidió ricos presentes para su mujer. Todo el mundo sabía ya en Tebas lo que ocurría en la mansión dorada, pero nadie tenía la osadía suficiente para informar de ello a Horemheb, y los hombres que había colocado en el palacio para velar por sus intereses cerraban los ojos sobre la conducta de Baketamon, diciendo:

–Es una cuestión de familia y valdría más meter la mano bajo la muela de un molino que intervenir en una querella entre marido y mujer.

Por esto Horemheb ignoró todo lo ocurrido, y creo que fue una suerte para Egipto, porque el conocimiento de la conducta de Baketamon hubiera turbado considerablemente su calma durante las operaciones militares.

5

He hablado extensamente de lo ocurrido durante el reinado de Ai y poco de mí. Pero es natural, porque no tengo gran cosa que añadir. En efecto, la corriente de mi vida no hervía ya, iba calmándose y se deslizaba como agua mansa. Vivía tranquilamente con Muti en la casa que había hecho construir después del incendio; mis piernas estaban muy cansadas de correr las rutas polvorientas, mis ojos fatigados de ver la inquietud de este mundo y mi corazón harto de ver la vanidad de los hombres. Por esto vivía retirado en mi casa y no recibía enfermos, pero cuidaba a los vecinos y a los que no tenían dinero para pagar un médico. Hice abrir un nuevo estanque en el patio y puse en él peces de colores variados, y pasaba días enteros sentado bajo el sicómoro, mientras los asnos rebuznaban en la calle y los chiquillos jugaban en el polvo mirando los peces que nadaban lentamente por el agua fresca. El sicómoro, ennegrecido por el incendio, comenzó a echar brotes nuevos y Muti me cuidaba bien y me preparaba buenos platos y me servía vino con moderación velando por mi bienestar y mi sueño.

Pero la comida no tenía ya sabor en mi boca ni el vino me causaba ningún placer, sino que me recordaba todas mis malas acciones y el rostro moribundo del faraón Akhenaton y los rasgos juveniles del príncipe Shubbatú en la frescura de los atardeceres. Por esto renunciaba a cuidar a los enfermos, porque mis manos estaban malditas y sembraban la muerte a pesar mío. Miraba los peces del estanque y los envidiaba, porque tienen la sangre fría y viven en el agua sin respirar el aire abrasador de la tierra.

Sentado en el jardín contemplando los peces, le decía a mi corazón:

«Cálmate, corazón insensato, porque no tienes la culpa, y todo lo que pasa en el mundo es insensato, y la bondad y la maldad no tienen sentido, y la codicia, el odio y la pasión dominan por doquier. No es culpa tuya, Sinuhé, porque el hombre permanece el mismo y no cambia. Los años pasan y los hombres nacen y mueren y su vida es como un soplo cálido y no son felices viviendo, sino que lo son tan sólo al morir. Por esto nada es más vano que la vida humana. En vano sumerges al hombre en la corriente del tiempo, su corazón no cambia y sale de la corriente tal como ha entrado en ella. En vano lo pones a prueba en la guerra y la miseria, en la peste y los incendios, en los dioses y las lanzas, porque sólo consigue endurecerse con estas pruebas hasta llegar a ser más malvado que un cocodrilo, y por esto sólo el hombre muerto es el hombre bueno.»

Pero mi corazón protestaba y decía:

«Mira estos peces, Sinuhé; pero mientras vivas no te dejaré en paz, porque cada día te diré: "Tú eres el culpable", y cada noche de tu vida te diré: "Tú eres el culpable, Sinuhé, porque yo, tu corazón, soy más insaciable que un cocodrilo y quiero que tu medida esté colmada."»

Y yo me enojaba contra mi corazón y le decía:

«Eres un corazón alocado y estoy cansado de ti también, porque no me has causado más que contrariedades y fatigas, dolores y tormentos cada día de mi vida. Sé muy bien que mi razón es asesina y tiene las manos negras, pero mis asesinatos son pequeños comparados con todos los que se cometen en este mundo, y nadie me acusa de ellos. Por esto no comprendo que me estés reiterando mi culpabilidad sin dejarme en paz, porque, ¿quién soy yo para curar el mundo y modificar la naturaleza del hombre?»

Pero mi corazón dijo:

«No hablo de tus muertes ni te acuso de ellas, pese a que día y noche te repita: "¡Culpable, culpable!" Millares y millares de personas han muerto por tu culpa. Han sucumbido al hambre y a la peste, a las armas y a las heridas, a las ruedas de los carros de asalto y a la fatiga en los caminos del desierto. Por tu culpa los niños han muerto en el seno materno, por tu culpa los palos han caído sobre las espaldas curvadas, por tu culpa la injusticia se mofa del derecho, por tu culpa la codicia vence a la generosidad, por tu culpa los ladrones reinan sobre este mundo. Innumerables son los que han perecido por tu causa, Sinuhé. El color de su piel es diferente y sus lenguas no están hechas con las mismas palabras, pero han muerto inocentes porque no tenían tu saber, y todos los que han muerto y mueren son tus hermanos y mueren por tu culpa, y sólo tú eres el responsable. Por esto sus lágrimas turban tu sueño y te quitan el gusto de la comida y corrompen todos tus placeres.»

Pero yo endurecí mi espíritu y dije:

«Los peces son mis hermanos porque no dicen vanas palabras. Los lobos del desierto son mis hermanos y los leones feroces y devoradores son mis hermanos, pero no los hombres, porque saben lo que hacen.»

Mi corazón se burló de mí y dijo:

«¿Crees que verdaderamente saben lo que hacen? Tú, tú lo sabes, porque posees el saber, y por todo esto te atormentaré hasta que sea llegada la hora de tu muerte a causa de tu saber, pero los demás no lo saben. Por esto eres culpable, Sinuhé.»

Entonces lancé gritos y rasgué mis vestiduras al tiempo que decía:

«¡Maldito sea mi saber, malditas sean mis manos, malditos sean mis ojos; pero sobre todo, maldito sea mi corazón, que no me deja la paz y forja contra mí acusaciones! Traedme sin tardar la balanza de Osiris para pesar mi corazón pérfido y que los cuarenta babuinos juntos pronuncien su sentencia contra mí, porque tengo más confianza en ellos que en mi miserable corazón.»

Muti salió de la cocina y, mojando en el estanque una tela, me puso compresas frías sobre la frente. Me llenó de reproches, me acostó y me hizo beber pociones amargas que me calmaron. Estuve mucho tiempo enfermo y Muti me cuidó con abnegación, mientras yo deliraba hablándole de Osiris y su balanza y de Merit y de Thot. Muti me prohibió permanecer en el jardín con la cabeza descubierta bajo el sol, porque mis cabellos habían caído y mi calvicie me hacía propenso a las insolaciones. Pero yo me había sentado a la sombra del sicómoro para observar los peces que eran mis hermanos.

Una vez curado me volví más taciturno y melancólico que antes, pero hice las paces con mi corazón, que dejó de atormentarme. No hablé más de Merit ni de Thot, de quienes conservaba el recuerdo y sabía que habían tenido que perecer para que mi medida fuese colmada y me quedase solo, porque si hubiesen permanecido a mi lado hubiera estado satisfecho y contento. Pero yo estaba destinado a estar solo según la medida que me había sido atribuida y por esto la noche de mi nacimiento bajé solo en mi cesta por la corriente del río.

Un día abandoné mi casa disfrazado de pobre y no regresé a ella. Comencé a hacer de faquín en los muelles y mi espalda estaba cansada y dolorida. Fui al mercado a recoger las hortalizas podridas para alimentarme y me contraté en casa de los herreros para hacer funcionar el fuelle. Trabajé como un esclavo y un faquín. Y decía:

–No hay diferencia entre los hombres y todos nacemos desnudos. Y no se puede medir a los hombres por el color de su piel o el sonido de su lengua, ni por sus ropas o sus joyas, sino únicamente por su corazón. Por esto un hombre bueno es mejor que uno malo, y el derecho es mejor que la injusticia y esto es todo lo que sé.

Pero la gente se reía diciendo:

–Estás loco, Sinuhé, al trabajar como esclavo cuando sabes leer y escribir. Has cometido ciertamente crímenes, puesto que te escondes entre nosotros, y tus palabras apestan a Atón, cuyo nombre no debe ser pronunciado. Pero no te denunciaremos; permanecerás entre nosotros para divertirnos con tus ridículos discursos. Pero deja ya de compararnos a los sirios pestilentes o a los negros grasientos, porque nosotros somos egipcios y estamos orgullosos de nuestro color y nuestra lengua, de nuestro pasado y de nuestro porvenir. Y yo les dije:

–No tenéis razón, porque mientras un hombre se glorifique a sí mismo y se considere mejor que los demás, las cuerdas y los bastonazos, las lanzas y los cuervos continuarán persiguiendo a la humanidad. El hombre debe ser pesado según su corazón, y todos los corazones se valen, porque todas las lágrimas están hechas con la misma agua salada, las de los negros y las de los de color pardo, las de los sirios y los negros, las del pobre y las del rico.

Pero ellos se reían, golpeándose los muslos, y decían:

–En verdad estás loco y has vivido en un saco. Porque el hombre no puede vivir si no se considera superior a los demás, y no hay miserable que no se crea mejor que otro. Uno se jacta de la habilidad de sus dedos, otro de la anchura de sus espaldas, el ladrón de la habilidad de su astucia, el juez de su justicia, el avaro de su avaricia, el pródigo de su prodigalidad, la mujer de su virtud, la mujer de placer de su naturaleza generosa. Y nada regocija tanto al hombre como saberse superior a otro en lo que sea. Así, estamos encantados de sabernos más inteligentes que tú y más astutos pese a que seamos unos pobres parias y unos esclavos y tú sepas leer y escribir.

Y yo dije:

–Y, sin embargo, la justicia vale más que la injusticia.

Pero ellos contestaron con amargura:

–Si matamos a un patrono duro porque nos azota y nos roba la comida y mata de hambre a nuestras mujeres y nuestros hijos, cometemos una acción buena y justa, pero vienen los guardias y nos arrastran delante de los jueces y nos cortan las orejas y la nariz y nos cuelgan cabeza abajo.

Me hicieron dar pescado frito por sus mujeres y bebí su cerveza, y dije:

–Un asesinato es el acto más vil que puede cometerse, sea cual sea el motivo.

Entonces se pusieron la mano delante de la boca y miraron a su alrededor y dijeron:

–No queremos matar a nadie, pero si quieres curar a los hombres de su maldad y mejorarlos, dirígete a los ricos y poderosos y a los jueces del faraón, porque en ellos encontrarás más maldad e injusticia que en nosotros. Pero no nos acuses si te cortan la nariz y las orejas o te mandan a las minas o te cuelgan cabeza abajo, porque tus palabras son peligrosas. Es cierto que Horemheb, nuestro gran capitán, te haría condenar a muerte en el acto si oyera lo que dices, porque nada es más glorioso que matar a un enemigo en la guerra.

Seguí, sin embargo, sus consejos, y vestido como un

pobre, con los pies descalzos, recorrí las calles de Tebas y hablé con los mercaderes que mezclaban arena a su harina, y a los molineros que ponían una mordaza a sus esclavos para impedirles comer trigo, y me dirigí también a los jueces que robaban la herencia de los huérfanos y dictaban sentencias inicuas para recibir grandes dádivas. Les hablaba a todos y les reprochaba sus actos y su maldad, y me escuchaban con profunda sorpresa, diciendo:

–¿Quién es en el fondo este Sinuhé que habla con tanta osadía, pese a que vaya vestido como un esclavo? Seamos prudentes, porque debe de ser sin duda un espía del faraón, para osar expresarse con tanta franqueza.

Y por esto me escucharon y me invitaron a sus casas y me hicieron regalos, y los jueces me pidieron consejos y dictaron sentencias en favor de los pobres y en contra de los ricos, lo cual suscitó un vivo descontento, y en Tebas se decía:

–No puede uno fiarse ni de los jueces, porque son más pérfidos que los ladrones que juzgan.

Pero los nobles se burlaron de mí y me lanzaron sus perros y sus esclavos me echaron a bastonazos, de manera que mi vergüenza era grande y corrí por las calles de Tebas con mis vestiduras desgarradas y mis muslos ensangrentados. Los comerciantes y los jueces, al verme en aquel estado, perdieron toda confianza en mí y no creyeron ya mis palabras, sino que llamaron a los guardias para echarme, y me dijeron:

–Si vienes otra vez a lanzarnos acusaciones gratuitas te condenaremos como propagandista de falsos rumores y excitador del pueblo.

Así fue como regresé a mi hogar después de haber comprobado la vanidad de todos mis esfuerzos, porque mi muerte no hubiera sido útil a nadie. Y de nuevo me senté bajo el sicómoro y contemplé los peces mudos, cuyo aspecto me calmaba, mientras los asnos rebuznaban en la calle y los chiquillos jugaban a la guerra y se lanzaban excrementos de asno. Kaptah acudió a verme porque finalmente se había aventurado a entrar en Tebas. Llegó majestuosamente en una litera llevada por doce esclavos negros, sentado sobre muelles almohadones, y un ungüento precioso bañaba su frente y corría por su rostro para evitarle oler la pestilencia del barrio de los pobres. Había engordado y un orfebre le había confeccionado un ojo de oro y pedrería del cual estaba muy orgulloso, pese a que algunas veces le molestase, y se lo quitó en cuanto estuvo sentado bajo mi sicómoro.

Lloró de júbilo al verme y me abrazó, y cuando se sentó en el taburete traído por Muti lo aplastó con su peso. Me contó que la guerra de Siria tocaba a su fin y que Horemheb había puesto sitio a Kadesh. Kaptah había acumulado una inmensa fortuna en Siria y comprado un gran palacio en el barrio de los nobles, y centenares de esclavos trabajaban para arreglarlo a su conveniencia, porque no quería ya ser dueño de una taberna del puerto. Y me dijo:

–En Tebas se habla muy mal de ti, dueño mío, y te acusan de excitar al pueblo contra Horemheb, y los nobles y los jueces están irritados contra ti, porque los acusas en falso. Te aconsejo que seas prudente, porque si sigues propalando estas versiones te enviarán a las minas. Es posible que no se atrevan a atacarte abiertamente porque eres amigo de Horemheb, pero puede ocurrir que peguen fuego a tu casa después de haberte dado muerte, si continúas excitando a los pobres contra los ricos. Cuéntame, pues, lo que te atormenta y te ha metido hormigas en el cerebro, a fin de que pueda ayudarte como conviene.

Bajé la cabeza y le conté lo que había pensado. Me escuchó con la cabeza baja y, cuando hube terminado, dijo:

–Sabía que eras un hombre sencillo y alocado, ¡oh, dueño mío!, pero creía que tu locura se curaría con la edad. Mas veo que no hace más que empeorar pese a que hayas comprobado con tus propios ojos todo el mal hecho por Atón. Yo creo que sufres por tu inacción, que te deja demasiado tiempo para pensar. Por esto deberías volver a curar a los enfermos, porque un solo enfermo curado te causaría más alegría que tus palabras, que son peligrosas para ti y para los que seduces. Pero si no quieres trabajar podrías buscarte otro pasatiempo como los ricos ociosos. Como cazador de hipopótamos no valdrías nada, y sin duda el olor de los gatos te incomoda, de lo contrario podrías seguir el consejo de Pepitamon, que ha adquirido gran renombre como criador de gatos de lujo. Pero ¿quién te impide recopilar viejos textos y establecer un catálogo de ellos o coleccionar objetos y joyas procedentes de la época de las pirámides? Podrías buscar los instrumentos de música de los sirios o los ídolos negros traídos por los soldados del país de Kush. En verdad, Sinuhé, que existen mil maneras de matar el tiempo para evitar verte obsesionado por vanas ideas, y las mujeres y el vino no son los peores remedios. Por Amón, juega a los dados, gasta tu oro con las mujeres, embriágate, haz cualquier cosa, pero deja de atormentarte por nada. –Y añadió–: En este mundo nada es perfecto, la corteza del pan está quemada, cada fruto oculta un gusano y el vino da dolor de cabeza. Por esto no hay tampoco justicia perfecta y las buenas intenciones pueden tener consecuencias desastrosas y las buenas acciones acarrean la muerte, como te lo ha demostrado el ejemplo de Akhenaton. Pero fíjate en mí, me contento con mi suerte modesta y engordo en buena armonía con los dioses, y los hombres y los jueces se inclinan ante mí y la gente me alaba, y en cambio los perros levantan la pata sobre tu pantorrilla. Cálmate, Sinuhé, dueño mío, porque no es tuya la culpa de que el mundo sea como es.

Yo veía su obesidad y su riqueza y le envidiaba su serenidad.

–Tienes razón, Kaptah –le dije–, voy a trabajar de nuevo en mi profesión, pero cuéntame si la gente se acuerda todavía de Atón para maldecirlo, porque has pronunciado este nombre y está prohibido mencionarlo.

Y él dijo:

–En verdad Atón ha sido olvidado en cuanto se han hundido las columnas de la Ciudad del Horizonte. Pero he visto artistas que han permanecido fieles al estilo de Atón y existen narradores que cuentan leyendas peligrosas, y algunas veces se ven dibujadas en la arena algunas cruces de Atón, así como en las paredes de los urinarios públicos, de manera que Atón no está quizá tan olvidado como podría creerse.

–Bien, Kaptah, según tus consejos voy a reanudar mi profesión, y comenzaré a coleccionar, pero como no quiero imitar a nadie coleccionaré a los hombres que se acuerden todavía de Atón.

Pero Kaptah creyó que bromeaba, porque se acordaba todavía de todo el mal que Atón había causado a Egipto y a mí. Muti nos sirvió vino y conversamos agradablemente, pero a poco vinieron los esclavos a levantar a Kaptah, que a causa de su obesidad no podía incorporarse solo. Se marchó, mas al día siguiente me mandó grandes regalos que me hicieron la vida fácil e incluso lujosa, de manera que nada hubiera faltado a mi felicidad si hubiera sido capaz de alegrarme.

6

Así fue como hice poner de nuevo mi emblema de médico en mi puerta, y los enfermos me pagaban según sus medios, y no pedía nada a los pobres, de manera que el patio de mi casa estaba lleno de la mañana a la noche. Al cuidarlos les interrogaba prudentemente sobre Atón, porque no quería ni asustarlos ni incitarlos a propalar rumores enojosos, porque mi reputación era ya bastante mala en Tebas. Pero no tardé en darme cuenta de que Atón había caído completamente en el olvido y que nadie lo entendía ya, aparte los violentos y las víctimas de una injusticia, que no veían en él y en su cruz más que una manera mágica de vengarse.

Después de la crecida, murió el sacerdote Ai, y se dijo que había muerto de hambre, porque en su miedo al veneno no osaba comer nada, ni siquiera el pan que él mismo se fabricaba, porque creía que los granos de trigo habían sido envenenados mientras crecían en los campos. Entonces Horemheb puso fin a la guerra de Siria y dejó Kadesh a los hititas, puesto que no podía apoderarse de ella, y entró en triunfo en Tebas para celebrar sus victorias. No consideraba a Ai como un verdadero faraón y, por consiguiente, no ordenó duelo público, sino que proclamó inmediatamente que Ai había sido un falso faraón que por sus guerras continuas y sus exacciones fiscales había causado a Egipto indecibles sufrimientos. Poniendo fin a la guerra y cerrando las puertas del templo de Sekhmet inmediatamente después de la muerte de Ai, consiguió convencer al pueblo de que él no había querido la guerra, sino que había obedecido al malvado faraón. Y por esto el pueblo lo aclamó a su regreso.

En cuanto llegó a Tebas, Horemheb me hizo llamar y me anunció:

–Sinuhé, amigo mío, soy más viejo que cuando nos separamos y a menudo he estado atormentado por tus palabras y tus reproches de ser un hombre sanguinario y perjudicar a Egipto. Pero he conseguido mis fines y he restaurado el poderío de Egipto, de manera que ningún peligro exterior lo amenaza porque he quebrado la lanza de los hititas y dejo a mi hijo Ramsés la tarea de apoderarse de Kadesh, porque estoy harto de guerras y quiero consolidar el trono de mi hijo. Es cierto que Egipto está sucio como el establo de un pobre, pero pronto verás cómo hago sacar el estiércol y sustituir la injusticia por la justicia, y cada cual recibirá la medida de sus méritos. En verdad, Sinuhé, quiero restaurar los buenos viejos tiempos y todo volverá a ser como antes. Por esto haré borrar de la lista de los soberanos los nombres de Tutankhamon y Ai, de la misma manera que ha sido suprimido ya el de Akhenaton, y sus reinos serán como si no hubiesen existido jamás, y haré comenzar mi reino en la noche de la muerte del gran faraón, cuando llegué a Tebas con la lanza en la mano, mientras mi halcón volaba delante de mí.

Se sintió melancólico y se cogió la cabeza con las manos, y la guerra había trazado surcos en su rostro y sus ojos no expresaban ninguna alegría cuando dijo:

–En verdad el mundo es muy diferente de lo que era cuando nuestra juventud, y el pobre tenía su medida llena y el aceite y la grasa no faltaban en las cabañas de barro. Pero los buenos viejos tiempos volverán conmigo, Sinuhé, y Egipto será fértil y rico y mandaré mis navíos a Punt y volveré a abrir las canteras y las minas abandonadas para construir templos soberbios y hacer afluir el oro, la plata y el cobre a las arcas del faraón. En verdad te digo que dentro de diez años no reconocerás Egipto, porque no verás en él inválidos ni mendigos. Los débiles deben ceder la plaza a los fuertes, y extirparé de Egipto toda la sangre débil o enferma a fin de que nuestro pueblo sea de nuevo sano y fuerte y mis hijos puedan arrastrarlo a la conquista del universo.

Pero estas palabras no me causaron ninguna alegría y mi estómago se me cayó a los talones y el frío me encogió el corazón. Por esto permanecí mudo y sin sonreír. Se sintió vejado y frunció el ceño, y, golpeándose el muslo con la fusta de oro, dijo:

–Eres tan desagradable como antes, Sinuhé, y pareces un estéril matorral espinoso; no comprendo por qué pensaba alegrarme al verte. Eres el primero a quien he llamado a mi presencia, antes incluso de haber visto a mis hijos o saludado a mi esposa, porque la guerra y el poder me han hecho solitario, de manera que en Siria no tenía a nadie con quien compartir mis penas y mis alegrías. A ti, Sinuhé, no te pido nada, sino tu amistad, pero me parece que se ha extinguido y que no estás contento de verme.

Yo me incliné profundamente delante de él, y mi corazón solitario volaba hacia él y le dije:

–Horemheb, soy el único superviviente de nuestros amigos de infancia. Por esto te querré siempre. Ahora el poder es tuyo y en breve llevarás las coronas de los dos reinos y nadie podrá resistirte. Por esto te suplico, Horemheb, haz regresar a Atón. Por nuestro amigo Akhenaton restaura a Atón. Por nuestro crimen atroz restaura a Atón a fin de que todos los pueblos sean hermanos y no haya más guerras.

Ante estas palabras, Horemheb movió la cabeza y dijo:

–Estás tan loco como antes, Sinuhé. ¿No comprendes que Akhenaton lanzó una piedra al agua y el alboroto fue grande, pero yo restablezco la calma en la superficie como si la piedra no hubiese existido jamás? ¿No comprendes que mi halcón me condujo a la mansión dorada, cuando la muerte del gran faraón, a fin de que Egipto no sucumbiese? Por esto lo pondré todo en su lugar, porque el hombre no está nunca contento de su presente y sólo el pasado es bueno para él, así como el porvenir también. Exprimiré a los ricos que han acumulado fortunas escandalosas y estrujaré a los dioses que se han engordado demasiado, a fin de que en mi reino los ricos no sean demasiado ricos ni los pobres demasiado pobres, y nadie, ni tan sólo un dios, podrá disputarme el poder. Pero en vano te explico mis ideas; no las entiendes porque eres débil e impotente, y los débiles no tienen derecho a vivir, han sido creados para ser pisoteados por los fuertes. Lo mismo ocurre con los pueblos; así ha sido siempre y así siempre será.

Así nos separamos Horemheb y yo, y ya no éramos amigos como antes. Después de mi marcha fue a ver a sus hijos y los levantó con sus brazos potentes y después fue a ver a la princesa Baketamon y le dijo:

–Mi esposa real, has brillado como la luna en mi espíritu durante los años transcurridos y he languidecido por ti. Pero ahora la obra está realizada y serás la gran esposa real a mi lado, como te autoriza tu sangre sagrada. Mucha sangre se ha derramado por ti y muchas ciudades han ardido en tu nombre. ¿No he merecido mi recompensa?

Baketamon le sonrió amablemente y, tocándole púdicamente el hombro, le dijo:

–En verdad, has merecido una recompensa, Horemheb, mi marido, gran capitán de Egipto. Por esto he hecho construir en el parque un pabellón sin igual, para poder acogerte en él como mereces, y yo he sido quien, en mi soledad, he recogido las piedras una tras otra esperándote. Vamos a ver este pabellón a fin de que recibas tu recompensa en mis brazos y te cause placer.

Horemheb estuvo encantado de estas palabras y Baketamon lo tomó púdicamente de la mano y lo llevó al parque, y los cortesanos se escondieron conteniendo la respiración, llenos de terror al pensar en lo que iba a ocurrir, e incluso los esclavos y los palafreneros huyeron. Baketamon hizo entrar a Horemheb en el pabellón, pero cuando éste, en su impaciencia, quiso cogerla entre sus brazos, ella lo rechazó suavemente y dijo:

–Refrena un instante tus viriles instintos, Horemheb, a fin de que pueda contarte todas las penas que he pasado para erigirte este pabellón. Espero que recordarás lo que te dije la última vez que me poseíste a la fuerza. Pues bien, mira este pabellón y cada una de sus piedras, y entérate de que cada una, y son numerosas, es para mí el recuerdo de un goce en brazos de otro hombre. Con mis goces he elevado este pabellón en tu honor, Horemheb, y esta gran piedra blanca me ha sido dada por un pescadero que está entusiasmado conmigo, y esta piedra verde procede de un descargador del muelle de carbón, y estas ocho piedras verdes, una al lado de otra, son el regalo de un mercader de hortalizas que era insaciable en mis brazos y que alababa mi habilidad. Por poco que tengas paciencia te contaré la historia de cada piedra y espero que tendremos tiempo todavía. Tenemos muchos años que vivir juntos aún, y los días de nuestra vejez serán comunes, pero me parece que tendré historias suficientes cada vez que quieras tomarme en tus brazos.

Al principio, Horemheb se negó a creerlo, creyendo que era una loca diversión, y la actitud púdica de Baketamon lo engañó. Pero al mirar los ojos ovalados de la princesa vio brillar en ellos un odio más espantoso que la muerte, y la creyó. Loco de rabia sacó su puñal hitita para matar a aquella mujer que lo había deshonrado. Pero Baketamon desnudó su pecho y en tono de reto dijo:

–Hiere, Horemheb, hiere y tus coronas te escaparán, porque soy sacerdotisa de Sekhmet y mi sangre es sagrada, y si me matas no tendrás ningún derecho a la corona de los faraones.

Estas palabras calmaron a Horemheb. Y así la venganza de Baketamon fue completa, porque Horemheb estaba para siempre ligado a ella y no se atrevió siquiera a hacer derribar el pabellón, que tenía constantemente delante de los ojos cuando se asomaba a la ventana. Después de madura reflexión vio que no le quedaba otro camino que fingir ignorar la conducta de Baketamon durante su ausencia. Y si hubiese hecho derribar el pabellón, todo el mundo hubiese comprendido que sabía cómo Baketamon había incitado a la plebe de Tebas a escupir en su lecho. Por esto prefirió dejar que la gente se riese a sus espaldas antes que exponerse a una vergüenza pública. Pero a partir de entonces no tocó más a Baketamon y vivió solitario, y debo decir en honor de Baketamon que renunció a sus empresas de construcción.

7

Para ser equitativo debo hablar aún de las buenas acciones de Horemheb, porque el pueblo lo alababa altamente considerándolo como un buen soberano, y desde los primeros años de su reinado lo clasificó entre los grandes faraones. Porque intervino con los ricos y los nobles, porque no permitía a nadie ser demasiado rico ni demasiado noble a fin de que nadie pudiese disputarle el poder, y esto gustaba mucho al pueblo. Castigó a los jueces inicuos, les devolvió sus derechos a los pobres y reformó la imposición pagando sobre el tesoro público los sueldos de los perceptores, que no tuvieron ya la posibilidad de presionar al pueblo para enriquecerse.

Presa de una constante inquietud recorría el país de provincia a provincia y de pueblo a pueblo, examinando los abusos, y su ruta estaba jalonada de orejas y narices cortadas a los perceptores que no eran honrados y se oían en todas partes aullidos arrancados por los bastonazos. Hasta el más pobre podía exponerle personalmente sus quejas, y administraba justicia con una firmeza inquebrantable. Mandó nuevamente sus navíos a Punt, y las mujeres y los hijos de los marineros lloraron de nuevo en los muelles y se herían el rostro según la buena costumbre, y Egipto se enriqueció rápidamente, porque de cada diez navíos regresaban por lo menos tres cargados con grandes tesoros. Construyó templos y rindió a los dioses lo que es de los dioses, sin favorecer a ninguno en especial, excepto a Horus, y se interesó sobre todo por el templo de Hetnetsu, donde se le adoraba como a un dios y le sacrificaban bueyes. Por esto el pueblo bendecía su nombre y lo ensalzaba altamente contando sobre él historias maravillosas.

Kaptah seguía también prosperando y enriqueciéndose, y nadie podía rivalizar con él. Como no tenía mujer ni hijos, había designado a Horemheb como su heredero universal a fin de poder vivir en paz y gozar de sus riquezas. Por esto Horemheb no lo estrujaba tan implacablemente como a los demás ricos y los perceptores lo respetaban.

Kaptah me invitaba a menudo a su palacio, que estaba situado en el barrio de los nobles, y cuyos parques y jardines ocupaban un vasto espacio, de manera que no había ningún vecino que lo molestase. Comía en vajilla de oro y en su casa el agua manaba a la manera cretense, entre grifos de plata, y su bañera era de plata también y el asiento de sus comodidades era de ébano y las paredes formaban mosaicos de piedra con dibujos divertidos. Me ofrecía platos exquisitos y vino de las pirámides, y tenía músicos y cantores, con las más bellas e ilustres danzarinas de Tebas, que nos divertían durante nuestras comidas.

Daba también grandes banquetes a los que asistían encantados ricos y nobles, a pesar de que hubiese nacido esclavo y conservase modales vulgares, como por ejemplo, sonarse con los dedos y eructar ruidosamente. Pero era un anfitrión generoso y distribuía regalos preciosos entre sus huéspedes, y sus consejos en negocios eran juiciosos, de manera que todos se aprovechaban de su amistad. Sus frases y sus relatos eran de una comicidad irresistible, y a menudo se disfrazaba de esclavo para divertir a sus invitados y contarles bromas a la manera de los esclavos charlatanes, porque era suficientemente rico para no temer ya alusiones desagradables a su pasado. Y me decía:

–¡Oh, dueño mío, Sinuhé! Cuando un hombre es muy rico no puede arruinarse y es más rico cada vez aunque no haga nada por ello. Pero mi fortuna procede de ti, Sinuhé, y por esto te reconozco como mi dueño, y no te faltará jamás nada mientras yo viva, aunque es mejor para ti no ser rico, porque no sabes aprovecharte de la riqueza y no harías más que provocar el escándalo y el desorden. En el fondo fue una suerte para ti dilapidar tu fortuna en tiempos del viejo faraón, pero yo velaré para que no carezcas nunca de lo necesario.

Protegía también a los artistas y lo esculpieron en la piedra, y su retrato era noble y distinguido, y tenía los miembros delgados y las mejillas altas; sus ojos parecía que viesen y estaba con una tablilla sobre las rodillas y un estilete en la mano, pese a que no supo nunca escribir, pues tenía escribas y contables. Estas estatuas divertían mucho a Kaptah, y los sacerdotes de Amón, a quienes había hecho grandes regalos a su regreso de Siria, colocaron una en el templo.

Se hizo construir igualmente una vasta tumba en la necrópolis y los artistas cubrieron los muros de numerosas imágenes de Kaptah entregado a sus ocupaciones cotidianas, y tenía un aspecto elegante y noble, sin barriga, porque quería engañar a los dioses y llegar al reino de Occidente tal como hubiera querido ser y no tal como era. Con este objeto se hizo redactar un libro de los muertos que era el más artístico y complicado que había visto nunca y comprendía doce rollos de imágenes y escrituras, así como unas conjuraciones para aplacar los espíritus de los infiernos y dotar la balanza de Osiris de pesos trucados y sobornar a los cuarenta babuinos. Estimaba que la seguridad importa sobre todo, y respetaba a nuestro escarabajo más que a ningún dios.

Yo no envidiaba las riquezas de Kaptah ni su felicidad, como no envidiaba el placer y la satisfacción de mi vecino, y en vista de que la gente era feliz no quería ya quitarle las ilusiones. Porque a menudo la verdad es cruel y vale más matar a un hombre que quitarle las ilusiones.

Pero las ilusiones no me dejaban ninguna paz y el trabajo no me contentaba, y, no obstante, durante muchos años traté y curé numerosos enfermos y realicé también algunas trepanaciones, y sólo tres enfermos murieron de ellas, de manera que mi reputación de trepanador se extendió muy lejos. Pero a pesar de todo no estaba satisfecho y Muti me comunicaba quizá su misantropía, de manera que refunfuñaba contra todo el mundo. Reprochaba a Kaptah sus excesos y a los pobres su pereza, y a los ricos sus riquezas y a los jueces su indiferencia, y no estando contento de nadie disputaba con todo el mundo. Pero nunca trataba bruscamente a los enfermos ni a los chiquillos, y los curaba causándoles el menor dolor posible, encargando a Muti distribuir pasteles de miel entre los chiquillos de la calle cuyos ojos me recordaban los ojos de Thot.

Y decían de mí:

–Este Sinuhé es malhumorado y gruñón y su bilis hierve sin cesar, de manera que no sabe gozar de la vida. Y sus malas acciones le persiguen, de manera que por la noche no puede dormir.

Pero yo también hablaba mal de Horemheb, de quien todas las acciones me parecían malas, y sobre todo criticaba a sus soldados, que mantenía a cargo de los graneros reales y llevaban una vida de vagancia, y se jactaban de sus hazañas en las hosterías y en las casas de placer y provocaban alborotos inquietando a las mujeres de las calles de Tebas. Porque Horemheb perdonaba a sus hombres todas sus fechorías y no les desposeía nunca de la razón. Si los pobres iban a él a quejarse de que habían violado a sus hijas, les decía que tendrían que sentirse orgullosos de que sus soldados engendrasen una raza fuerte en Egipto. Porque menospreciaba a las mujeres y no veía en ellas más que un instrumento de procreación.

Se me había puesto en guardia contra estas opiniones mías tan imprudentemente manifestadas, pero yo no renuncié a ellas porque no temía nada. Pero a la larga Horemheb se volvió desconfiado y susceptible, y un buen día sus guardias penetraron en mi casa y, echando a los enfermos, me llevaron ante su presencia. Era la primavera y la inundación se había retirado ya y las golondrinas volaban sobre el río con su vuelo rápido como una flecha. Horemheb había envejecido; su nuca se había curvado y su rostro era amarillo y los músculos se marcaban bajo la piel de su largo cuerpo delgado. Me miró a los ojos y me dijo:

–Sinuhé, te he hecho avisar ya muchas veces, pero no haces caso de mis advertencias y sigues diciendo a todo el mundo que el oficio de soldado es el más vil de todos y el más despreciable, y dices que vale más morir en el seno materno que llegar a ser soldado, y que a una mujer le bastan dos o tres hijos y que vale más criarlos bien que tener ocho o nueve y ser pobre. Has dicho también que todos los dioses son iguales y que los templos son lugares oscuros y que el dios del falso faraón era mejor que los otros. Y dices que el hombre no debe comprar a otro para tenerlo por esclavo, y pretendes que el que siembra y recoge la cosecha debería también poseer la tierra, incluso si pertenece al faraón. Y has osado decir que mi régimen no difiere del de los hititas y una serie de estupideces más que merecen tu envío a las minas. Pero he sido paciente contigo, Sinuhé, porque un día fuiste mi amigo y mientras vivió el sacerdote Ai tuve necesidad de ti porque eras mi único testigo contra él. Pero ahora ya no me eres necesario, sino al contrario, podrías perjudicarme a causa de todo lo que sabes. Si hubieses sido cuerdo y prudente, hubieras cerrado la boca y vivido tranquilamente, porque nada te hubiera faltado, pero en lugar de esto vomitas basura sobre mi cabeza y no quiero tolerarlo más.

Se excitaba hablando, golpeándose sus muslos delgados con la fusta y fruncía el ceño al proseguir:

–En verdad eres como el piojo de la arena entre los dedos de mis pies o el abejorro sobre mis hombros, y en mi jardín no tolero matorrales estériles, que no dan más que espinas venenosas. De nuevo es primavera en el país de Kemi, las golondrinas comienzan a hundirse en el fango, las palomas se arrullan y las acacias florecen. La primavera es una estación peligrosa porque suscita siempre perturbaciones y vanas palabras, y los jóvenes ven rojo y cogen piedras para lapidar a los guardias y han ensuciado ya mis imágenes en algunos templos. Por esto tengo que desterrarte de Egipto, Sinuhé, de manera que no volverás a ver más el país de Kemi; porque si te permitiese quedarte aquí, llegaría el día en que tendría que dar orden de ejecutarte, y no quiero verme obligado a ello porque eres mi amigo. Tus palabras insensatas podrían, en efecto, ser la chispa que enciende los cañaverales secos, y una vez encendidos arden con altísimas llamas. Por esto tus palabras son a veces más peligrosas que las lanzas, y quiero extirpar de Egipto tus palabras sediciosas, como un buen jardinero arranca las malas hierbas, y comprendo a los hititas que empalaban a los hechiceros a lo largo de las rutas. No quiero que el país de Kemi siga siendo pasto de las llamas, ni a causa de los hombres, ni a causa de los dioses, y por esto te destierro, Sinuhé, porque ciertamente no has sido nunca egipcio, sino que eres un curioso bastardo cuyo cerebro no abriga más que pensamientos enfermizos.

Quizá tuviese razón, y la pena de mi espíritu provenía acaso de que, en mis venas, la sangre sagrada de los faraones se mezclaba con la sangre pálida de los crepúsculos de Mitanni. Pero, a pesar de todo, estas palabras me hicieron reír, y me puse la mano delante de la boca por cortesía. Y, sin embargo, me sentía lleno de temor, porque Tebas era mi ciudad; en ella había nacido y vivido y no quería vivir en otro sitio que Tebas. Mi risa hirió a Horemheb, que había pensado que me postraría a sus pies implorando el perdón.

Y por esto blandió su fusta y dijo:

–Está decidido; te destierro para siempre, y cuando mueras tu cuerpo no podrá ser enterrado en Egipto, pese a que te autorizo a hacerte conservar para siempre según la tradición. Tu cuerpo reposará en la ribera del mar oriental, en el lugar donde se embarca hacia Punt, y allá es donde te destierro, porque no puedo enviarte a Siria, donde quedan muchos carbones medio apagados, y tampoco al país de Kush, porque dices que todos los hombres son iguales y que los egipcios y los negros valen lo mismo y podrías sembrar ideas locas en la cabeza de los negros. Pero la ribera del mar está desierta y podrás hacer discursos a las rocas rojas, al viento del desierto y a las olas, y tendrás como auditores a los chacales, los cuervos y las serpientes. Los guardias medirán el espacio en el que podrás moverte y te matarán con sus lanzas si tratas de moverte del lugar fijado. Pero, por lo demás, no carecerás de nada; tu lecho será blando y tu comida abundante, y te mandarán todo lo que pidas y sea razonable, porque el destierro en la soledad es un castigo suficiente para ti y no quiero perseguirte porque has sido mi amigo.

Yo no temía la soledad, porque toda la vida había sido solitario, pero mi corazón se fundía de tristeza al pensar que no volvería nunca más a ver Tebas, que jamás volvería a pisar la muelle tierra del país de Kemi y que nunca más volvería a beber agua del Nilo. Y por esto le dije:

–No tengo muchos amigos, porque la gente me huye a causa de mi lengua acerada y amarga, pero me permitirás, sin embargo, despedirme de ellos. Quisiera también decir adiós a Tebas y recorrer una vez más la avenida de los Carneros; respirar el olor del incienso entre las grandes columnas del templo y aspirar por la noche el olor del pescado frito, en el barrio de los pobres, cuando las mujeres encienden fuegos delante de las cabañas de barro y los hombres regresan del trabajo con los hombros caídos.

Horemheb hubiera seguramente accedido a mi demanda si me hubiese arrojado llorando a sus pies, porque era muy vanidoso, y la principal causa de su rencor contra mí era que no lo admiraba ni lo adulaba. Pero pese a que fuese débil y tuviese un corazón de oveja, no quería humillarme delante de él, porque la ciencia no debe inclinarse ante el poder. Oculté mi boca para disimular un bostezo, porque un miedo intenso me da siempre ganas de dormir, y sobre este punto creo diferir de la mayoría de la gente. Y entonces Horemheb dijo:

–No me gustan los retrasos ni las efusiones, porque soy soldado. Vas a partir inmediatamente y tu partida será fácil y no habrá manifestaciones ni alborotos en Tebas, porque te conocen, y mejor de lo que te figuras. Partirás en una litera cerrada, y si alguien quiere acompañarte lo permito, pero tendrá que permanecer contigo en tu lugar de deportación para siempre, incluso después de tu muerte, y morir él también allí. Porque las ideas peligrosas son contagiosas como la peste, y no quiero que el contagio se extienda por Egipto. En cuanto a tus amigos, si piensas en un esclavo de molino de dedos deformados y en un artista borracho que dibuja dioses agachados en los bordes del camino y algunos negros que han frecuentado tu casa, los buscarías en vano, porque han emprendido un largo viaje del que no se regresa nunca.

En aquel instante odiaba a Horemheb, pero me detestaba a mí mismo mucho más, porque mis manos habían sembrado de nuevo la muerte y mis amigos habían sufrido por causa mía. No dije ni una palabra más, coloqué mis manos a la altura de las rodillas y salí. Horemheb dijo simplemente:

–El faraón ha hablado.

Los guardias me metieron en una litera cerrada que salió de Tebas y me dirigí hacia el este, más allá de las montañas, siguiendo un camino muy empedrado que Horemheb había hecho construir. El viaje duró veinte días y llegamos a un puerto donde cargaban los navíos que partían con destino a Punt. Pero el puerto estaba habitado y los guardias me llevaron siguiendo la ribera hasta un pueblo abandonado, a tres jornadas del puerto. Allí midieron el espacio en que me podía mover, y me construyeron una casa en la cual he vivido todos estos años, y no me faltó en ella jamás nada de lo que pude desear, y he vivido la vida del rico y he tenido papiro fino y lo necesario para escribir y cofres de madera negra en los que conservo lo que escribo y mis instrumentos de medicina. Pero éste es el último libro que escribo y no tengo gran cosa que añadir, porque estoy cansado y soy viejo y mis ojos están fatigados, de manera que no distingo ya claramente los signos.

Creo que no hubiera podido soportar esta vida si no hubiese imaginado escribir mis recuerdos y revivir de esta forma mi existencia. Quisiera comprender por qué he vivido, pero al final de este último libro lo sé todavía menos que nunca.

Cada día el mar se extiende delante de mí y lo he visto rojo y negro, verde de día y blanco de noche y durante los grandes calores más azul que las piedras azules, y estoy cansado de contemplar el mar porque es demasiado grande y demasiado espantoso para que se pueda contemplar toda la vida. Y he contemplado también las montañas rojas en torno a mí y he estudiado las pulgas de arena, y los escorpiones y las serpientes han sido mis amigos y ya no me huyen, sino que me escuchan. Pero creo que los escorpiones y las serpientes son malos amigos para el hombre, y por esto estoy cansado de ellos, como estoy cansado de las olas eternas de este mar sin fin.

Debo todavía mencionar que el primer año después de

mi destierro, cuando llegó al puerto la caravana de Punt, me siguió mi fiel Muti. Llevó sus manos a la altura de las rodillas y me saludó, y lloró amargamente viendo mi triste estado, porque mis mejillas estaban hundidas y mi vientre se había fundido, y todo me era indiferente. Pero reaccionó pronto y comenzó a cubrirme de reproches y refunfuñando me dijo:

–¿No te había puesto mil veces en guardia, Sinuhé, contra tu naturaleza, que no puede gastarte más que malas bromas? Pero los hombres son más sordos que las piedras, y son como chiquillos que tienen que romperse la cabeza contra los muros. En verdad ha llegado para ti el momento de calmarte y vivir con cordura, puesto que ese pequeño objeto que los hombres ocultan bajo sus vestiduras porque se avergüenzan de él, no te atormenta ya ni te da fiebre, porque de él proviene todo el mal del mundo.

Pero cuando la reñí por haber abandonado Tebas para reunirse conmigo sin esperanza de regreso y ligar su existencia a la de un desterrado, me respondió bruscamente:

–Al contrario, creo que lo que te ha ocurrido es lo mejor que te podía ocurrir, y creo que el faraón Horemheb es verdaderamente tu amigo, puesto que te ha mandado a un lugar tan tranquilo para pasar tu vejez. También yo estoy fatigada de la agitación de Tebas y de los vecinos pendencieros que me piden prestados mis utensilios sin jamás devolverlos y vacían sus basuras en mi patio. Pensándolo bien, la casa del antiguo fundidor de cobre ya no era la misma después del incendio y el horno quemaba mis asados y el aceite se volvía rancio en mis jarras; había corrientes de aire en la cocina y los postigos crujían sin cesar. Pero aquí podremos empezarlo todo desde el principio y arreglarlo todo a nuestro gusto, y he visto ya un terreno excelente para plantar mi huerto, y plantaré en él los berros que tanto te gustan, ¡oh, mi dueño! En verdad voy a hacer trabajar a estos holgazanes que el faraón te ha dado para defenderte contra los bandoleros y ladrones, y los mandaré cada día a la caza y a la pesca, para procurarte caza y pescado fresco, y cogerán mariscos y moluscos, pese a que temo que los pescados del mar no serán tan sabrosos como los del Nilo. Y, además, quiero escogerme un buen sitio para mi tumba, porque no tengo intención de marcharme de aquí. Estoy harta de correr el mundo en tu busca y los viajes me asustan, porque hasta ahora no había puesto nunca los pies fuera de Tebas.

Así Muti me reconfortaba y consolaba, y creo que gracias a ella volví a tomar gusto a la vida y empecé a escribir. Estuvo encantada, porque veía que era una ocupación para mí, pero creo que en el fondo de su corazón juzgaba perfectamente inútil todo lo que escribía. Me confeccionaba excelentes platos, porque, según su promesa, había obligado a los guardias a trabajar, lo cual les hacía la vida amarga y maldecían a Muti, pero no se atrevían a resistírsele, porque entonces ella los cubría de injurias y su lengua era más aguda que el cuerno de un buey y les contaba sobre el famoso pequeño objeto historias que les hacían bajar los ojos.

Pero, por otra parte, Muti les proporcionaba trabajo, lo cual les evitaba encontrar el tiempo largo, y algunas veces les ofrecía un plato de caldo o les daba cerveza fuerte, y les enseñó a prepararse una comida variada y sana. Cada año, con la caravana de Punt, Kaptah nos mandaba numerosos cargamentos de objetos diversos, a los que añadía cartas dictadas a sus escribas para contarnos lo que pasaba en Tebas, de manera que no vivía completamente ignorado. Los guardias acabaron no deseando ya regresar a Tebas, porque tenían una vida agradable y mis regalos los enriquecían.

Pero ahora estoy cansado de escribir y mis ojos están ya muy fatigados. Los gatos de Muti se sientan en mis rodillas y se frotan contra mis manos. Mi corazón está saciado de todo lo que he referido y mis miembros aspiran al reposo eterno. No soy, quizá, feliz, porque tampoco soy desgraciado en mi soledad.

Pero bendigo mis útiles para escribir porque me han permitido volver a sentirme como un niño en la casa de mi padre Senmut. He recorrido las rutas de Babilonia con Minea, y los bellos brazos de Merit han rodeado mi cuello. He llorado con los desgraciados y he distribuido mi trigo entre los pobres. Pero me niego a evocar de nuevo mis malas acciones y la tristeza de mis pérdidas.

Soy yo, Sinuhé el egipcio, quien ha escrito todos estos libros para mí mismo. No para los dioses ni los hombres, ni para asegurar la inmortalidad de mi nombre, sino para apaciguar mi pobre corazón que ha tenido la medida entera. Sé que los guardias destruirán a mi muerte todo lo que he escrito y derribarán los muros de mi casa por orden de Horemheb; pero no sé si esta perspectiva de demolición completa me contraría.

Mas guardo preciosamente estos quince libros, y Muti ha tejido para cada uno de ellos un sólido estuche de fibras de palmera y los colocaré en un cofre de plata, y este cofre en una sólida caja de madera dura que será puesta a su vez en una caja de cobre, como un día los libros sagrados de Thot, que fueron encerrados en una caja y arrojados al río. Pero ignoro si Muti conseguirá sustraer la caja a los guardianes y colocarla en mi tumba.

Porque yo, Sinuhé, soy un hombre y como tal he vivido en todos los que han existido antes que yo y viviré en todos los que existan después de mí. Viviré en las risas y en las lágrimas de los hombres, en sus pesares y sus temores, en su bondad y su maldad, en su debilidad y su fuerza. Como hombre, viviré eternamente en el hombre y por esta razón no necesito ofrendas sobre mi tumba ni inmortalidad para mi nombre. He aquí lo que ha escrito Sinuhé, el egipcio, que vivió solitario todos los días de su vida.

Sinuhé, el egipcio de Mika Waltari
se terminó de imprimir en octubre de 2017
en los talleres de
Impresora Tauro S.A. de C.V.
Av. Plutarco Elías Calles 396, col. Los Reyes,
Ciudad de México